suhrkamp taschenbuch 3330

Die vorliegende Ausgabe enthält Ernst Penzoldts wichtigste Erzählungen aus den Jahren 1925 bis 1950 und weisen den Verfasser der »Powenzbande« als einen der einfallsreichsten und originellsten deutschen Erzähler aus. In diesen Geschichten, die den Konflikt zwischen Phantasie und Realität thematisieren, besticht das ungezwungene Nebeneinander von Komik und Tragik, Schalkhaftem und Traurigem, der Lust im Schmerz. Dies macht ihn zu einem »Humoristen mit der lachenden Träne im Wappen«, wie Hermann Hesse es formulierte.

»Alles wurde gut, freundlich, unpolemisch in seinem Munde«, schrieb Thomas Mann über Penzoldt, »auch wenn es aus bitterem Leid kam, am hoffnungslos Dummen und Gemeinen ... eine Stimme in der Wüste natürlich, aber die Wüste schien bewohnbarer zu werden durch sein gütliches Wort.«

»Man zeige mir Novellen, die so frisch, ruhend und überlegen komponiert wären wie diese! Kein halbes Dutzend von dieser dichterischen Qualität käme bei unseren zeitgenössischen Autoren zusammen.« *Friedrich Luft*

»Spielerische Leichtigkeit und ein verschmitzter Humor zeichnen Penzoldts Erzählungen aus. Er versteht sich darauf, auch schwierige, verwickelte Dinge im leichten Plauderton hinzusagen mit einer unaufdringlich diskreten Präzision.«

Frankfurter Allgemeine Zeitung

Ernst Penzoldt
Die Erzählungen

Herausgegeben von
Ulla Penzoldt und
Volker Michels

Suhrkamp

Die vorliegende Ausgabe folgt
dem fünften Band, *Die Erzählungen*,
der 1992 zu Penzoldts 100. Geburtstag erschienenen
siebenbändigen Jubiläumsausgabe
seiner Gesammelten Schriften.
Umschlagabbildung:
Nach einem Bilderbrief des Verfassers

suhrkamp taschenbuch 3330
Erste Auflage 2002

Druck: Nomos Verlagsgesellschaft, Baden-Baden
Printed in Germany
Umschlag nach Entwürfen von
Willy Fleckhaus und Rolf Staudt

1 2 3 4 5 6 – 07 06 05 04 03 02

INHALT

DIE ERZÄHLUNGEN

Tommaso Cavalieri
Eine Michelangelo-Novelle

I.

Zur Zeit des Papstes Clemens VII. lebte in Rom ein junger Edelmann, Tommaso Cavalieri mit Namen, begnadet mit so außerordentlicher Schönheit des Leibes und der Seele und der Gabe, sie anmutig und männlich zur Schau zu tragen, daß alle, die Augen hatten sie zu sehen – was gleichermaßen eine wundervolle Gnade ist – seiner Gegenwart über die Maßen froh wurden. Sie nannten ihn aufrichtig und ohne Scheu den göttlichen Tommaso. Sie waren erschrocken, als die Nachricht kam, er sei vor Florenz durch einen Pfeil verwundet worden, und waren dankbar, als er heil zurückkehrte. Er hatte sich im übrigen weder in der Dichtkunst, noch in der Malerei, noch in der Philosophie hervorgetan, sondern einzig durch seine Schönheit.

Nach seiner Heimkehr jedoch zu friedlichen Dingen begann er sogleich nicht nur eifrig zu zeichnen, sondern umgab sich auch mit allerlei Kunst, ihm verwandt an Schönheit, vornehmlich aber mit antiken Werken, von denen er wiederum die Gemmen besonders liebte und verstand, da oft empfindlich klein Großes in edle Steine gegraben war, also daß die Gestalt des Eros etwa, in richtige Einsicht mit dem Lichte gebracht, durchscheinend und leibhaftig, unfaßlich und dennoch sichtbar vor dem entzückten Tommaso stand. Seine Kunstkammer wurde berühmt, sein Reichtum verpflichtete ihn, sie zu mehren. Seine Bibliothek war erlesen, und er war glücklich unter den Büchern und fürchtete sich nicht davor, daß er so viele nicht kannte. Es genügte ihm, daß sie da waren und sein. Sie teilten sich ja mit durch ihre Gegenwart und waren weise, waren lebendig und atmeten. Ja, wahrhaftig sie brauchten reine Luft, verlangten Liebe und Beziehung zu den Händen. Um seines heiteren Besitzes willen und des sorglosen Daseins nannten ihn manche den Glücklichen.

Eine Trauer jedoch, die Trauer der Schönen: ein Geschöpf nur zu sein, ein Gelingen, aus himmlischer Hand zwar, nicht aber teilhaftig am Wirken des sich noch immer verwandelnden Stoffes der Schöpfung, wie es die Alten ehemals, wie es Michelangelo Buonarotti noch tat, obwohl er schon alt war, und alle anderen, denen ein Neues, noch nie Erschautes gelang, die Trauer also: niemals ein Großer und allzu vergänglich zu sein, krönte des Ritters Haupt leidvoll. Denn er kannte sein Maß. Er beschied sich dabei, den Großen nahe zu sein, im sanften Widerschein ihres Lichtes zu wandeln, sie zu ehren und sich durch treue Gefolgschaft.

Da bekannt ward, daß der Sixtina Meister, der, just solange Tommaso heranwuchs und mannbar wurde, nicht mehr in Rom gewesen war, daß also Michelangelo aus Florenz zurückgekehrt sei, dem neuen Papste Paulus dem Dritten zu dienen, sehnte der Ritter sich, ihn von Angesicht zu sehen, dessen Werke er in Furcht und Demut liebte: der Sixtinischen Kapelle Decke zumal, die ihm ein Wunder zu sein schien, nicht von irdischen Händen gezeugt. Engel vielmehr hätten fliegend unter der Wölbung solches vollbracht, oder himmlischen Klängen folgsam habe das Werk sich von selber gefügt.

Da war der einsame Gott, der sich die Welt schuf, zum ersten Male Sonne dachte und Licht durch seinen Anblick für Ewigkeiten lud, der Baum dachte, Blume und Tier, Mensch, Liebe, Tod, Mutter; und es geschah. Und immer noch, so schien es, und von neuem schuf Gott dort oben die Welt und den Menschen. Und wie dies alles nur zwischen seinen zwei liebenden Händen geschah, daß es sichtbar sei, war es genug, dem Erwachenden seinen Finger hinzuhalten, daß der Gott in ihn fahre, und siehe, es sprang über von Hand zu Hand, von Fingerspitze zu Fingerspitze ewig lebendig. Himmlische Scharen, in Falten rauschend um seine Brust, wehten im Wetter des erschaffenden Wortes. Auch der Ewige aber, so glaubte Tommaso, schuf unter Schmerzen. Die Propheten, Jeremias besonders, der gewaltige Greis, und die Sybillen, einsam waren auch sie und tief versunken in ihr fernstes Ich, oder angerufen von oben, aufhorchend aus ihrer Tiefe, halb erwacht, noch trunkenen, träumenden Blickes, Ewiges ahnend, ganz nah, und doch von sich selbst noch so umschleiert, daß sie es ganz nicht faßten. Unbekümmert aber um Schöpfungs- und Heilsgeschichten der Reigen der Jünglinge auf den Gesimsen. Nichts von Weissagung vernahmen sie, wenige nur schauten sich um, was da wohl sei und wehe, andere tanzten und freuten sich ganz des Sturms ihrer Muskeln. Sie waren aus brauner Erde und begehrten nicht endlose Weisheit. Tommaso fühlte es so, als lege sich der Gestalten Schönheit um ihn.

Dieses Werkes Meister zu schauen, sehnte der Ritter sich, und da er noch damit umging, was da zu tun sei, ob er jenen an seiner Werkstatt abwarte oder sonst an drittem Ort eine Gelegenheit finde, ihn aus der Nähe zu sehen, bat ihn ein Bekannter, ob der große Michelangelo, der von des Ritters Kunstkammer Rühmliches habe sagen hören, diese nicht sehen dürfe. Tommaso versprach es. Mancherlei zwar hatte er über Michelangelo gehört, daß er finster und böse sei und gar wunderlich, daß er mit niemand sich vertrage und geizig sei; kurz er sei schwer auszuhalten. ›Sei er böse und hämisch‹, dachte der Ritter unbekümmert, da er schon wartend am Fenster stand, daß er den Finstern schon von weitem sehe, ›ist er nicht liebenswert genug um seiner Werke willen?‹ Dennoch bangte ihm vor dem Anblick. Er hatte befohlen, feine Früchte zu bringen und edelsten Wein, den Kommenden zu bewirten, und trug auch den schönsten Brokat, schwarz und golden: Der springende Hund, seines Hauses Wappen, war darein gewoben. Da er nun durch das Fenster ausschaute und mit unruhigen Händen geschnittene Steine durcheinander würfelte, ganz vergessend ihrer geheimen Bilder, lief ein Wind durch die Straße; Staub und Unrat, den er aufwirbelte, machte ihn sichtbar. Der Himmel über den schäbigen Häusern, in deren Mitte Tommasos Palast sich erhob, war weiß und kalt. Denn es war Januar. Der Ritter konnte weit in die Straße schauen, die Geröll, Abfälle und Furchen beschwerlich machten.

Zwei Männer kamen des Wegs, gerade sich Buben erwehrend, die mit flatternden Lumpen nur zum Teil bedeckt, schreiend und lachend, kobolzschlagend hart vor der Kommenden Schritte sie anzubetteln schienen. Der eine der Männer, der von ferne gar stattlich aussah und, soweit es der mühselige Weg erlaubte, stolz und aufrecht einherschritt, winkte den Zudringlichen unnahbar ab, den erhobenen Zeigefinger lässig hin und her bewegend. Der mochte wohl Michelangelo sein, dachte Tommaso, doch erkannte er gleich, daß es Vasari war: Herr Überall aus Arezzo; und lächelnd über solchen Irrtum wendete er sich dem anderen zu, der gerade fast schamhaft Kupferstücke hart neben sich hinwarf für die bettelnden Buben. Er war wirklich Michelangelo, obgleich er so jung und bewegt, wild beinah einherschritt, die Arme unter dem gewölbten Rücken zusammengenommen. Leicht gebückt, den Kopf seltsam schräg geneigt und dennoch erhoben, beschattet von einem großen unmodischen Filzhute, wurde er älter und älter, je näher er kam. Ja, er stolperte manchmal, was Vasari nie geschah, und fluchte zornig dem Steine, der es getan. Er war dunkel und schwer gekleidet. Nun blieb er stehen, nahm die Hände rasch und gewaltsam vom Rücken und riß hastig – seine Worte faßlich zu machen – scheinbar Stücke aus der Luft und formte damit; – eine Kuppel etwa – dachte Tommaso. Plötzlich aber verstummend und als sei er allein, unvermittelt vorwärtsschreitend, ging er gerade auf den Palazzo der Cavalieri zu. Ganz nahe nun und deutlich sah ihn Tommaso und sein gewaltig häßliches Angesicht. Es war alt und gelb, älter als seine Hände, gleichsam als hätte er alles mit dem Antlitz gemacht, Stirn an Stirn mit dem Stein. Und von den Blicken der kleinen traurigen Augen gefurcht liefen tiefe Runzeln über sein ganzes Gesicht. Die Backenknochen standen hart heraus, dazwischen stak breit und gequetscht die verstümmelte Nase. Da dies alles mit großen erregten Augen der göttliche Tommaso sah, lachte auf ein Witzwort, vielleicht ein Anekdötchen Vasaris, Michelangelo finster und böse auf. Er glich einem Faun. Alles verzerrte und verschob sich, der große Mund entblößte breite gelbe Zähne. Die Augen waren Striche nur noch, und der krause Bart wippte. Tommaso wandte sich ab, aber errötend besann er sich. Nun das Lachen vorüber war, sah er in ein ernstes, ergreifend trauriges, hilfloses Angesicht. Während Vasari sich tänzelnd von dem Meister empfahl, sandte Tommaso die Pagen dem Kommenden entgegen, den schwarzen und den weißen – denn einer war ein Negerknabe. Sie waren rot und gelb gekleidet – die Farben der Cavalieri. Sie liefen hurtig trippelnd die Marmortreppen hinab, öffneten weit die Türen, verneigten sich tief vor dem Alten und führten ihn in den Saal. Tommaso bückte sich tief und auch Michelangelo. Als sie beide die Augen wieder erhoben – sie standen allein in dem hohen, hellen Gemach – und Cavalieri dem Meister freundlich und edel entgegenschritt, denn sie hatten sich in höfischem Abstande vor einander verneigt, da erschütterte den Michelangelo, der ein Greis schon war, tief die Schönheit Tommasos. Dieser, der nun des Meisters Geschöpfe gleich einer bedrohlichen Wolke dunkel über des Alten Haupte schweben zu sehen vermeinte, nahm sich zusammen und redete seinen Gast also ehrfürchtig an: »Meister Buonarotti«, sagte er, »ich danke Euch, daß Ihr zu mir gekommen seid, meine Antiken zu sehen.« Er nahm ihm den Mantel ab und den großen Hut. Michelangelo ließ es geschehen und antwortete mit leiser bewegter Stimme. »Es ist sehr freundlich von Euch, Herr Ritter, sehr gütig, doch bin ich's, der Euch danken muß, daß Ihr mich – verzeiht, o bitte nach Euch! Nun also...« und er verstummte. Tommaso hatte ihn in die Sammlung geführt. Sie sagten nur wenig, solange sie bei den Kunstwerken waren – denn Kunst öffnet sich ja lieber den Schweigsamen – und Michelangelo, bemüht sich zu fassen, betrachtete auch die Gemmen, die kindlich in seinen harten runzligen Händen ruhten. Dabei fiel es ihm ein und er sagte es sogleich, beglückt etwas zu wissen, das ihn und den Ritter verband: »Ihr zeichnet, sagte Vasari, nicht so?« »Vor Euch«, erwiderte Tommaso, »wage ich nicht, es so zu nennen, Meister Buonarotti. Ich versuche mich wohl darin, denn allein schon der Vorgang ist schön und verführerisch, es ist immer wieder zu tun. Genug, ich gestehe, ich tat's.« Und plötzlich vertrauend, da er sich nun schon dazu bekannt, fügte er noch hinzu: »Sehet selbst, wenn es Euch gefällig ist, Meister, was ich beging.« Michelangelo aber, während der Ritter Wein eingoß, betrachtete die Zeichnungen ernsthaft und schweigsam. »Nie mehr wieder«, sagte er endlich und mehr zu sich, »wird so Unbescholtenes meinen Händen gelingen wie dies ist.« Tommaso, dessen Wangen sich röteten, sah verwundert Michelangelo an. Er sagte: »Wenn Ihr mich aber unterweisen wolltet, Meister, daß ich es recht mache?« Da der Alte den Ritter erröten sah, überkam ihn von neuem Trauer, der Schönheit nur Schöpfer zu sein. Grimmig antwortete er: »Wenn Ihr es recht machtet, wie ich es lehre, rührte es mich dann noch?« Und er erhob sich und vermied den Anblick des Ritters. Als er ging, von Tommaso geleitet und verfolgt von der ruhelosen Wolke seiner Gestalten, den vollendeten und den kommenden, der Wolke, die nie ihn in Ruhe ließ, auch im Traume nicht, dachte er immer und immer wieder: Ich sah dich schon, da du noch Marmor warst und dich zu enthüllen begannst; hielt nicht meine Hand dich Unerschauten zum ersten Male und immer von neuem fest in der Sixtina? Oder sahst du dich dort im voraus vielleicht, als Knabe staunend, und begehrtest wie einer jener einmal zu werden, und wurdest? »Ich danke Euch, Herr Ritter, ich habe viel Schönes bei Euch gesehen«, sagte er schließlich und musterte mißtrauisch Tommaso, weil dessen vorher so heitere Augen ihn nun schüchtern und recht bestürzt anschauten. Die Pagen liefen schon hurtig die Treppe hinab, öffneten weit die Türen und verneigten sich tief, als der Alte ging.

Tommaso aber, als er gleichsam wieder zu sich kam und sich besann, was ihm eben begegnet war, trat wieder ans Fenster, dem sich Entfernenden nachzusehen. Michelangelo ging, wie er gekommen war, mit gewölbtem Rükken und hastig. Und, als ginge noch jemand mit ihm, redete er anscheinend laut und griff heftig mit den Händen vor sich her. Plötzlich blieb er stehen und wandte sein Gesicht schräg über die Schulter zurück, während er die Hände noch halb erhoben hatte: Wie ein Organist, angeredet, im Spiel sich wendet, der Musik gehörend und nur halb daraus erwacht. So wandte sich der Alte für einen Augenblick. Dann ging er verdrossen weiter. Die Bettelknaben lungerten noch an den Häusern entlang, aber da sie dem Alten ins Angesicht schauten, wagten sie nicht mehr, ihn anzubetteln.

Seit Tommaso den Alten geschaut, dessen Werke er liebte, bereute er fast das Ereignis und daß er sich nicht gehütet hatte vor ihm. Denn es schmerzt immer, der Großen Angesicht, wenn du beglückt durch ihr Werk, vorwitzig nahst, sie leibhaftig zu sehen. Diese sterblichen Hände, rissig und unrein, haben das Werk vollbracht, und dieses fürchterlich häßliche Angesicht befahl es ihnen? Dieser erschrockene Mensch getraute sich, was noch niemand tat, und dieser alte, verfallene Mund war der Anfang unsterblicher Reime? Solchergestalt begriff der göttliche Tommaso, daß es fast unmöglich sei, Michelangelos jemals ganz froh zu sein, gar ihn zu lieben, daß aber niemand dennoch es so verdiene wie er, herzlich geliebt zu sein. Und er trauerte tief.

II.

Tommaso gelang es viele Tage nicht, so wie vorher heiter und freundlich zu sein, und es blieb auch den Räumen, die er unruhig durchwanderte, etwas von Michelangelo. Und des Tommaso Angesicht verfinsterte sich von neuem, da ihm am siebenten Tag ein Brief Michelangelos überbracht ward. Urbino brachte ihn ihm, des Meisters ergebenster Schüler. Da er nun Tommasos Schönheit mit eigenen Augen sah, gedachte er seines Herrn und wußte nun, daß er ihr verfallen war; so ging er zwiespältigen Herzens. Die Schrift des Briefes war alt und steif. Es waren aber Sonette, und sie lauteten also:

Herr, ich bin längst vorbei, ich bin es nicht,
du bist es selbst und warst in meinen Händen:
von Anfang unruhig Schönes zu vollenden
befahlst du immer wieder dein Gesicht.

Sie folgten willig der geliebten Pflicht;
bis sie erschraken, dich so schön zu enden:
da tratest du lebendig aus den Wänden.
Ach die dich schufen, zürne ihnen nicht!

Denn sie sind müde von so vielen Mauern,
Von Demut, Ruhm, unendlichem Verzicht,
O laß sie schlafen nach so vielem Stein,

damit sie rangen, um in ihm zu trauern.

Und laß sie, Herr, von deinem Angesicht
des Schönen Knechte träumen, schön zu sein.

Als dies der göttliche Tommaso gelesen hatte, gingen ihm die Augen über. Er las aber weiter also:

Der anfangs baute, wußte nichts von Stein.
Er hat nur seine Hände und vom Wind
damit zu spielen und er ist ein Kind
und mit der großen Finsternis allein.

Er fängt mit seinen Händen Nächte ein,
und spielt mit ihnen, bis sie Bäume sind
und sanfte Tiere, und bespricht den Wind,
ihm Blume, Wolke, Mond und Stern zu sein.

Ach! Noch ist Wind, in uns sich zu verfangen
noch Finsternis genug, damit zu bauen!
Und sieh er kommt aus meinem tiefsten Traum

und ihm zum Bilde königlich gegangen:
du bist es, Herr, und schöner anzuschauen
als Mond und Blume, schöner als der Baum.

Als Tommaso bis hierher gelesen hatte, war er jenseits der Tränen. Die Trauer verließ ihn, und er wurde hell davon wie nach heilsamem Regen. So las er das dritte.

Ich gebe dir mein Haupt, geliebtes Licht
und meiner Hände dämmernde Gestalten,
die sich im Wind von deinem Mund entfalten,
wenn er erweckend ihre Namen spricht.

Ich will mein Antlitz dir, geliebtes Licht,
in seiner Finsternis entgegenhalten

und deine Zunge wird die Nächte spalten,
daß Stern um Stern aus ihren Wunden bricht.

Nimm zu dir, Herr, auch meinen tiefsten Schatten,
der sich empor zu deiner Schönheit bückt,
dich anzuschauen, und es zückt

auch seine weiße Seele hin zum Gatten:
und Gottes Auge überbrückt
in Licht verwandelt der geliebte Schatten.

Da wurde Tommaso froh seiner Schönheit und der Würdigkeit, die ihr geschah, von einer unsterblichen Seele. Sie bewahre ihn ja, dachte er bewegt, ganz vergänglich zu sein. Er antwortete aber Michelangelo und bedachte seine Worte wohl:

›Da Ihr, Meister, die Schönheit, die mir die Natur verliehen, Eurer Liebe würdig erachtet, da Ihr es wart, der sie zum erstenmal sah vor allen Menschen, ja sie erschuf, ihre göttliche Seele gleichsam seid, wie ich ihr Bildnis nur, da Ihr ferner es wart, der den Menschen die Augen auftat, sie überhaupt erst zu gewahren, so bitte ich Euch, wenn es Euch gefällt, sie als Euer gerechtes Eigentum zu betrachten. Entnehmt freundlich diesen armen Worten die dankbare Freundschaft, die Euch schuldet

Tommaso Cavalieri.‹

Die Pagen trugen's hurtig zu Michelangelo.

III.

Als der Ritter eines Tages nach langem Ritt, da es schon dunkel zu werden begann, seinen Palast betrat, nahm er sogleich den Duft eines Parfüms wahr und schürzte unwillig die Lippen. »Vasari schon wieder!« schalt er für sich, und es fiel ihm ein, daß jener sich angesagt. Lächelnd empfing ihn der Aretiner. »O göttlicher Tommaso«, rief er, »Ihr ließet mich warten; was sage ich! Die Welt! Ich bin unzufrieden mit Euch«, fügte er hinzu und drohte mit dem Finger. »O göttlicher Vasari«, antwortete Tommaso, »verzeiht meine Säumigkeit Euch gegenüber. Was aber die Welt betrifft?« »Michelangelo«, sagte vertraulich leise Vasari, doch als berausche ihn der Klang und Ruhm dieses Namens, wiederholte er lauter: »Michelangelo, Michelangelo Buonarotti, der unsterbliche Michelangelo, der gewaltigste Mensch unserer Zeit, was sage ich, aller Zeiten, hat die Gnade gehabt, mir zu gestatten, einiges über ihn zu schreiben und der ungeduldigen Welt mitzuteilen. Er besuchte Euch. Was geschah? Was sagte er? Ich für meinen Teil fühle mich verantwortlich, daß keines seiner Worte verlorengeht.« Damit trat Vasari einige Schritte zurück, strich seinen weichen langen Bart und stand dort ganz zur Verfügung. »Ich bin in Verlegenheit, Meister Vasari. Glaubt Ihr, Michelangelo würde zu mir Dinge sagen, die Ihr nicht wüßtet?« Vasari wies diese Behauptung stumm mit einer abwehrenden Bewegung zurück. »Er kam«, fuhr Tommaso fort, »meine Antiken zu sehen, und ich diente ihm gerne damit. Was meine Person betrifft, so...« »Oh«, tat Vasari und dann: »Besinnt Euch, ich bitte Euch ernstlich. Michelangelo, Ihr wißt es, wird alt, sehr alt. Er ist krank.« Tommaso erschrak. »Ist er sehr krank?« »Er arbeitet zuviel und zu Vieles. Er schläft fast nicht. Brot und Wein sind seine kärgliche Nahrung. Er ist zart eigentlich, Ihr versteht.« Tommaso besann sich. »Wenn Euch damit gedient ist«, sagte er langsam, »er sandte mir kürzlich eine Zeichnung, so schön, daß ich mich schäme, sie allein zu besitzen. Seht also und begnügt Euch für diesmal.« »Ah«, rief Vasari, als er die Zeichnung sah. Er hielt sie zimperlich in den Händen, daß ihr ja nichts geschehe. »Welcher Geist«, sagte er dann; und immer wieder in Betrachtung versinkend, belehrte er den Tommaso.

»Wie so etwas gemacht ist! Unübertrefflich! Ich verstehe! Zeus als Adler den schönen Ganymedes entführend. Welche Kraft im Flügel und im Stoß, welche Leidenschaft in des königlichen Vogels Begierde. Schon im Fluge, Tier noch, wirft der verliebte Gott seine Maske ab und verrät sich. Köstlich! Ich beglückwünsche Euch zu diesem Besitz, göttlicher Cavalieri, was sage ich, Ganymed!« Und dann, schon im Gehen geschäftig in ein Merkbuch kritzelnd, verließ er den Ritter. Dieser ärgerlich über das Geschehene, ließ satteln und ritt bald nach jenem aus, selbst nach Michelangelos Befinden zu fragen.

In seiner Wohnung fand er ihn nicht. »Er ist in der Sixtina«, gab Urbino Auskunft, »beim Jüngsten Gericht, Herr, er ruht nicht, bis er's vollendet. Redet ihm zu, daß er sich schone. Ihr könnt es. Denn er ist sanft im Grunde. Auf Euch wird er hören.« »Es ist aber Nacht«, sagte Tommaso. »Er macht keinen Unterschied. Es wird auch nie ganz Tag dort in der Kapelle und ist ja alles für Kerzen gemalt.« Tommaso ritt weiter, und es war seltsam zu reiten durch das nächtliche Rom. Die kleinen Pagen trugen Windlichter voran, denn die Straßen waren schlecht und voll Gesindel.

Am Vatikan wurde Tommaso angehalten, aber als er seinen Namen genannt, durch den wachhabenden Offizier der Schweizer auf sein Begehr höflich zur Kapelle Sixtus IV. geleitet und allein gelassen. Der Raum war finster, aber oben in halber Höhe seiner Nacht flackerte ein Licht und wanderte. Als seine Augen sich gewöhnt, erkannte der Ritter, daß Michelangelo dort auf federnden Brettern eines Gerüstes unruhig hin und her ging. Eine seltsame Krone aus Papier, darinnen eine Kerze stak, trug er auf seinem Kopf. Die Schatten des Gerüstes schwankten. Der Alte aber hörte den Kommenden nicht und sprach mit sich selbst. »Immer, immer vom Dunkeln ins Dunkle, einsam nach Dir, von Finsternis zu Finsternis.« Er hielt inne und Tommaso hörte das Knirschen von Michelangelos Daumennagel, damit er im feuchten Bewurf der Wand einer kommenden Gestalt Grenzen umriß. »Kommst du endlich, kommst du aus meinen Händen und schön«, sagte der Alte. Da nun Tommaso begann, sich die Leiter hinaufzutasten, horchte Michelangelo in die Dunkelheit unter ihm, und seine Stimme klang furchtsam: »Ist jemand da unten, bist du's Urbino? Ich bedarf deiner nicht, ich will doch allein sein.« »Meister, ich bin's nur, Tommaso«, sagte der Ritter. Droben blieb es einen Atemzug still. Dann lachte der Alte traurig und hämisch zugleich. Es hallte sanfter zurück von den Wänden. Wieder knirschte der Daumen. »Meister«, sagte der Ritter, »ich bin es wirklich und kein Wahn, der Euch narrt. Doch will ich wieder gehen, wenn Ihr allein sein wollt.« Michelangelo trat nun an die Leiter, als Tommaso fast schon oben war, nahm den seltsamen Kopfputz ab und leuchtete dem Ritter nahe in das Gesicht, ob er es sei. Des Alten Gesicht war von unten beleuchtet und darum fremd, aber jünger im warmen Lichte der Kerze, als im harten Tag, wenn auch noch furchtbar genug. »Was führt Euch so spät in der Nacht zu mir?« fragte er rauh und glücklich zugleich. Er bot dem Ritter den Dreifuß an, den er selten benutzte. Er malte immer im Stehen. Michelangelo, der lediglich einen Leinenkittel trug und wie dieser an den Händen und im Gesicht bunt bespritzt war, setzte wieder seinen Laternenhut auf. »Hier ist Wein«, sagte er, »und weißes Brot, hier ist Salz. Bedient Euch.« Tommaso gelüstete wirklich darnach, denn er hatte seit Mittag nichts mehr gegessen und war müde vom Ritt. Aber da er des Meisters feuchten ledernen Becher ansah, scheute er sich und zauderte, daraus zu trinken. Doch überwand er sich und griff zu. Der Wein reinigte sein Gefühl und sie teilten das Brot. Michelangelo aß laut und redete noch dazu. Krumen hingen in seinem verwilderten Bart und er sog die Schnurrbartenden, die vom Weine troffen, zwischen den Lippen aus. Da spürte aber Tommaso plötzlich die Nähe der Bilder und daß die Wand nicht mehr Wand war, daß sie zur Wolke wurde, zu Himmel. Er sah Gestalten darin und war mitten unter ihnen. Da war Christus, der, aufspringend vom Wolkenthron, und so schien es Tommaso, Halt gebietend, Stille heischend, gleichsam die Welt anhielt mit seinen Händen. Die heiligen Märtyrer, die sich um ihn scharten, schauten fragend ihn an; staunend begehrten sie auf, widersprachen, fast entrüstet. Christus aber sah an ihnen vorbei in die Tiefe, und sein junges Gesicht war freundlich und wie anders besonnen. Tommaso aber, furchtsam bei dem Gedanken: eine Nacht allein mit den Bildern, trat ganz an die Wand und berührte sie ungläubig. Sie war feucht und kalt. Ganz an der Seite, in gleicher Höhe mit dem Ritter kniete ein Mensch, nackt wie alle, Sankt Sebastian stellte er dar. Mit der einen erhobenen Hand ein Bündel Pfeile umschließend, die andere in der Geste des Bogenspannens haltend, konnte er Amor sein. Da sah Tommaso das Angesicht und wußte, daß er es war. Jene schweren Locken waren blond wie die seinen, fast gelb, so war seine Stirn und ein wenig trotzig der Mund. »Das bin ja ich«, sagte er lächelnd und wandte sich zu Michelangelo, der ihm zusah. Und Tommaso berührte abermals scheu die Wand. Der Alte stand schweigend und hielt im Kauen inne. Sein Gesicht war traurig und bleicher als sonst. Und sogleich wandte er sich ab und machte sich heftig mit Farbnäpfen und -tiegeln zu schaffen. Einer entglitt seinen erregten Händen und fiel ins Dunkel. Michelangelo hielt still, bis der Napf in der Tiefe kreischend zerschellte. »Mein teurer Herr«, sagte dann Michelangelo und erhob sich langsam, »ich bitte Euch – verzeiht – jetzt zu gehen.« Sie stiegen hinab. Tommaso, verwirrt, wagte nicht, dem Meister die Hand zu reichen. Er sammelte sich schwer und wußte nicht, was er ihm sage. »Meister«, sagte er schließlich hilflos, »eine glückliche Nacht«, und errötete unter den Worten. »Nacht«, murmelte auch der Alte und blieb zurück. Er nahm den Laternenhut ab. Als sich Tommaso in der Tür umwandte, kniete Michelangelo bei dem zerschmetterten Napf und sammelte die Scherben. Da ging der Ritter traurig. In der Wachstube schliefen die Pagen über dem Tisch. Tommaso mußte sie rütteln, bis sie langsam erwachten. Da sie endlich wieder auf dem Wege waren, sah Tommaso noch immer den alten Meister, der seine Schönheit liebte, allein in der Kapelle, das Flämmchen über seinem Haupt.

IV.

Dies war zu der Zeit, da man in Rom über die beiden zu reden begann. Denn wirklich sah man sie zuweilen miteinander gehen, wenn etwa Tommaso den Alten begleitete. Tommaso hielt ihm auch die Bügel, wenn jener zu Pferd stieg, nach der Sixtina zu reiten. Er sandte ihm besseren Wein und einen goldenen Becher. Und wie denn in Rom alles durch die Augen geschah und aus Lust am Zuschaun – nannte die ewige Stadt doch ein Spötter auch die alleswissende, allgegenwärtige – so geschah es, daß man im Gespräche, wenn gerade von der Vollendung des Jüngsten Gerichtes und seinem Meister, Michelangelo, dem Florentiner, die Rede war, dabei auch Tommasos gedachte. »Ich sah sie«, erwähnte wohl einer, »neulich in die Campagna reiten, die Via Appia hinaus – der Ritter, glaube ich, gräbt dort nach Antiken – ein kurioses Bild. Der alte griesgrämige Mann, mit dem Gesicht so faltig, und der Schöne daneben, seltsam fürwahr!« Und die es hörten, lachten kopfschüttelnd mit ihm. Auch Tommaso hörte davon – Vasari teilte es ihm mit, besorgt um den Meister und seine furchtsame Seele, aber auch ein wenig eitel darauf, alles zu wissen. Zu dieser Zeit nun ging der Ritter zu Michelangelo, ihn zu bitten, daß er ihn zeichne, wenn das Jüngste Gericht fertig sei. Doch traf er den Meister nicht an. Zu Hause nicht – er sei in der Kapelle, sagte Urbino – dort nicht – zu Hause sei er, hieß es. Und auch am andern Tag und ferner, bis Tommaso ahnte, jener wolle ihn nicht sehen.

Am Tag der Enthüllung des Jüngsten Gerichts trauerte der Ritter besonders, daß er Michelangelo nicht könne dienstbar sein, wie sonst. Es war ein dunkler Tag und unaufhörlich rauschte der Regen aufs Dach der Kapelle, da Klerus und Edle, darunter Tommaso, und die Künstlerschaft Roms auf den Papst und Michelangelo warteten. »Nun werden es alle sehen«, dachte Tommaso traurig und sah auf Michelangelos Antlitz, der zögernd unter die vielen trat. Michelangelo sah ihn auch und wandte sich ab. Schüchtern und unruhig stand er neben dem Sessel des Papstes, sichtlich dankbar, daß Vasari auf ihn einredete. Denn alle anderen waren mitten im Gespräch feierlich verstummt, als der Meister kam. Und dann knieten alle nieder, denn der Papst wurde hereingetragen. Er hob segnend die Hand. Es rauschten Seide und Brokat, als sie niederfielen vor ihm und sich wieder erhoben, metallisch klangen Ketten und Degen. Niemand verstand, was der Papst zu Michelangelo sagte, der noch kniete, aber rasch aufstand, als jener das Zeichen gab, das Bild zu enthüllen. Der Vorhang sank und entblößte das Bild, alle konnten es sehen. Die Kerzen, die sich im Wind des fallenden Vorhangs geduckt, beruhigten sich wieder. Die Schauenden blieben stumm. Vasari hustete. ›Dort oben war ich‹, dachte Tommaso, ›und dort ist mein Bild.‹ Es war beinah klein so von unten. Und dann gewannen die Blicke aller Macht über das Werk, sie sahen es an von oben bis unten. Es hielt still. Es bewegte sich nicht mehr und erstarrte, so schien es Tommaso. »Ein historischer Augenblick«, hörte er neben sich sagen und sah besorgt zu Michelangelo. Der saß nun neben dem Papst, der in seinen Sessel zurückgelehnt, langsam und behaglich Kenntnis von dem Werke nahm, das er gefördert. Michelangelo aber, so sah Tommaso, blickte auf seine Hände und errötete unter dem Schweigen so vieler. Als dann endlich der Papst an den Meister sich wandte und freundlich auf ihn einsprach, kam Bewegung unter Klerus und Adel, besonders auch unter die Künstlerschaft, die, um Vasari geschart, immer lauter wurde. Einige stritten sogar schon heftig. Tommaso ging. Und im Vorübergehen vernahm er Stücke von Sätzen »Meisterschaft in den Verkürzungen«, oder »weshalb aber alle nackt?« und »Raffael im Gegenteil hätte...« Es regnete noch immer, als Tommaso nach des Alten Haus ritt, entschlossen, ihn dort zu erwarten. Er wagte es nicht hineinzugehen, schickte Pagen und Pferd heim und wartete. Er wartete lange im strömenden Regen, bis endlich in einer päpstlichen Sänfte, von Schweizern begleitet, Michelangelo kam. Da öffnete der Ritter den Schlag und grüßte tief. Aber der Alte ging an ihm vorbei ins Haus. Tommaso wartete. Er hörte ein Fenster öffnen und zornig schließen. Er sah nicht auf und wartete. Er hörte harte Schläge von Schlegel, Meißel und Stein. Aber erst, als es bereits dunkel wurde, trat Urbino zu ihm. »Er ist schrecklich«, sagte Urbino, »aber jetzt bittet er Euch hereinzukommen.« »Ich komme«, sagte Tommaso und trat in das Haus.

Michelangelo befand sich in seiner Werkstatt. Er trug wieder seinen Kittel und meißelte an einem kauernden Knaben. Hände und Angesicht waren weiß von Marmorstaub. Als Tommaso eintrat, legte er sein Werkzeug beiseite. Wieder grüßte der Ritter tief. Er sagte leise: »Was habe ich Euch getan, Meister Buonarotti, als daß ich schön bin, denn so sagtet Ihr mir, daß ich sei. Ich kann nicht anders, als immer – seit ich Euch damals kommen sah – ach Meister.« Tommaso hielt inne. Michelangelo aber ging, während der Ritter redete, langsam mit zuckendem Angesicht auf ihn zu. Und da er Tommaso nahe war und sah seine Schönheit, fiel er nieder vor ihm und berührte den Saum seines Mantels.

So begann die Freundschaft zwischen dem jungen Ritter Tommaso Cavalieri und Michelangelo Buonarotti, der ein Greis schon fast war; sie währte dreißig Jahre, bis an des Meisters Tod.

Tommaso war es auch, der, selbst schon ein Fünfziger damals, dem Alten im Kampf um Sankt Peter beistand, die Arbeiten leitete in Michelangelos Sinn, und auch nach dessen Tode. Er half ihm zu Pferde, als der fast Neunzigjährige hartnäckig zu reiten verlangte zwei Tage vor seinem Hingang. Er verließ ihn nicht, als Michelangelo zu sterben begann. Daß es nicht im Schlafe geschehe, möge Tommaso sorgen, im Wachen wolle er scheiden. Und: er solle ihn anschauen, denn solange er Tommaso sehe, sei noch Leben in ihm. Ganz spät noch sagte er zu dem Ritter: »Eine Handvoll Erde, eine Blume, eine Locke von deiner Stirn, Sterbliches also begehre ich hinaufzunehmen, daß ich im Ewigen nie des Schönen vergesse, das ich als Sterblicher sah.«

Er starb. Tommaso aber war bestimmt, das Erbe zu wahren. Mit seinem Ringe, ein springender Hund war darein geschnitten, das Wappen der Cavalieri, versiegelte er das Haus. *(1925)*

Etienne und Luise

Die unbedeutende Pfarrerswitwen- und Pensionistenstadt Mössel an der Maar, zu deren Besichtigung nach Baedeker ein halber Tag genügt, wurde während des Weltkrieges denkwürdig durch die abenteuerliche Liebesgeschichte von Etienne und Luise, die mitzuteilen mich schon seit langem bewegt.

Eines Regentages im September vierzehn, während ein Transportzug mit französischen Kriegsgefangenen in langsamer Fahrt den Tunnel kurz vor der Station passierte, glückte es dem Linieninfanteristen Etienne Champaubert, von Qualm und Finsternis begünstigt, unbemerkt zu entweichen. Denn es erschien ihm schimpflich, ein Gefangener zu sein. Nun stand er mitten im feindlichen Deutschland, im Innern eines Berges im Dunkeln, ohne Ahnung, wo in aller Welt er sich nun eigentlich befand, ohne Karte und Kompaß, ohne Speise und Trank, nichts wissend, als daß Frankreich westlich lag. In eine Nische gedrückt, wartete er, daß es Abend werde. Wenn er sich ein wenig vorbeugte, nach den Öffnungen zu spähen, die am Ende samtener Finsternis nur mehr Schlüssellöchern glichen, sah er die nassen Gleise im Unendlichen sich schneiden, ein Stück grünen Hang und zuweilen einen alten Soldaten, der, den Tunnel bewachend, verdrießlich im Regen auf und ab patrouillierte. Etienne hörte den Bahnwärter tuten, und einmal sah er dessen rote Hand mit einem Messinghorn. Viele Züge fuhren groß und nah vorbei und erschütterten ihm Fleisch und Bein mit ihrem gewaltig lärmenden Widerhall. Eine Weile stand er auch, das Haupt zurückgebeugt, mit offenem Mund die Tropfen zu trinken, die vom Gestein des Gewölbes fielen. Auch hatte er sehr Lust auf eine Zigarette, aber seine Taschen waren leer. Abends dann, als der Wächter des Tunnels, der alte Soldat, umständlich seine Notdurft verrichtend, ihm kurze Zeit den Rücken wandte, schlich sich Etienne mit einem

Stein bewaffnet, falls man ihn ergreife, ins Freie und stieg aufs Geratewohl den Hang hinan, in die schwarze, nasse Nacht empor. Oben erkannte er etwas wie Wald, verwilderte Gärten und einen ehemaligen Schieferbruch. Hinter Brombeergestrüpp, wildem Hopfen und Ginsterbüschen verbarg er sich für die Nacht, nicht weit vom Wege, in einer Höhle. Er konnte von dort die Lichter der Stadt sehen.

Kaum war die Bevölkerung von dem Vorfall durch amtliche Verlautbarung nebst Steckbrief und der Bitte, sachdienliche Wahrnehmungen an zuständiger Stelle zur Anzeige zu bringen, in Kenntnis gesetzt worden, so entstanden schon allerlei Fabeleien. Es hieß, man habe den unglücklichen Franzmann bereits tot auf den Schienen gefunden, in schauderhafter Zerstückelung, dann, es handle sich um einen Offizier, ja einen Prinzen aus Napoleons Geschlecht, und man habe ihn auf einem Schimmel westwärts reiten sehen, schließlich, es sei gar nicht nur einer entkommen, sondern ihrer zwölfe, die nun des Nachts die Dörfer heimsuchten und brandschatzten, weder Frauen noch Kinder verschonend.

Nach Mittag des andern Tages ging Luise, eine Lehrerstochter aus Mössel, über den Tunnelberg, ein Mädchen von sechzehn Jahren, ein Kind fast, unansehnlich und hager von Gestalt, mit einem Gang noch ohne Anmut. Sie trug die Zöglingstracht des Mädchenstiftes, aus dem sie vor kurzem heimgekehrt: ein schwarzes Kleid von keuschem Zuschnitt mit weißem gestärktem Liegekragen und himmelblauem Lackgürtel. Dazu den schwarzen Hut, der durch ein stark einschneidendes Gummiband unter dem Kinn gehalten war. Sie galt gemeinhin für etwas töricht; sie neigte zu Sommersprossen.

Als Luise, wie eine kleine Nonne anzusehen, mit ihrem aufgespannten Regenschirm (es regnete noch immer) so über den Berg spazierte, trat Etienne aus dem Gebüsch vor sie hin.

Sie erschrak sehr über ihn, obschon sie beherzt war,

denn der Mensch sah fremdartig und verwildert aus und hatte so verdächtige rote Hosen an. Er trug nur Hose und Hemd, ein Makohemd, und um den Hals ein schwarzseidenes Tuch geschlungen. Seine Haut war gelb, sein rabenschwarzes Haar ungekämmt und voller Sand, die Füße nackend und blutig.

Er blieb vor Luise stehen, elend lächelnd, und sagte: »Unghär, Mädchen, ja!« Das war all sein Deutsch, das er wußte.

Luise aber stand verdutzt vor dem fremden Soldaten. »Pardon, Monsieur«, stotterte sie einfältig.

In diesem Augenblicke aber vernahm sie Stimmen von Männern und Frauen, die den Berg heraufkamen, und sie griff schnell aus ihrem Täschchen eine Tafel Schokolade, die sie aus reiner Genäschigkeit bei sich führte, und gab sie Etienne. Denn er erbarmte sie.

In seinen Fußspuren lief noch das Wasser zusammen, und auch die Zweige regten sich noch von ihm, als schon die Leute kamen. Sie gingen ohne Verdacht vorüber, laut von Gallenfieber redend. Nun begann Luise aber zu laufen, mit wippendem Schirm den Hang bergab, ganz verschreckt und nahe am Weinen. Sie hielt erst inne, als sie über der Tunneleinfahrt ankam. Von Norden kam ein Zug, sie hörte sein Zischeln weither und wartete, wie so oft, daß er nun schneller und schneller, lauter und immer größer werde, bis er dann schwarz und schmetternd unter ihr in den Berg fuhr, der lange nachzitterte. Es donnerte aus den Tiefen, und der Qualm zerriß im Wind und geiferte über die Hänge. Luise aber wußte wohl, daß es Etienne Champaubert war, der ihr eben von Angesicht begegnet war, laut amtlichem Steckbrief aus Saint-Michel gebürtig, achtzehn Jahre alt und ledigen Standes.

Die Maßnahmen der Behörde zur Verfolgung des Flüchtlings blieben erfolglos. Man besaß seine Personalbeschreibung und außerdem als stumme Zeugen seiner

Existenz seine Soldatenstiefel. Etienne hatte sie kurz vor seiner unvorhergesehenen Flucht, weil ihm die Füße sehr weh taten, ausgezogen. Sie waren ohne ihren Herrn bis zum Transportziel weitergefahren. Diese Stiefel konnten nun einem Polizeihund Witterung geben, und vielleicht hätte das Tier Etienne auch wirklich aufgespürt, wenn es richtig angesetzt worden wäre. Ein Polizeiwachtmeister führte es im Kreise um die ganze Stadt, damit es so des flüchtigen Franzosen Fährte auf alle Fälle schneide, und gab, nachdem er auf diese Weise dreimal vergeblich um Mössel gewandert war, das Suchen auf.

Gegen Abend aber zog auf eigene Faust auch Luisens Vater, der Turnlehrer Konrad Loch vom dortigen Gymnasium, mit zweiundzwanzig Knaben aus, Etienne zu greifen.

Der Turnlehrer, allen, die ihn kannten, unvergeßlich durch seine glühende Vaterlandsliebe, war ein Mann von Wucht, gottesfürchtig und brav. Frühzeitig pensioniert wegen gewisser Eigentümlichkeiten, wodurch er sich zum Gespötte der Knaben machte und die wohl auch jetzt seinen leidenschaftlichen Bemühungen, Soldat zu werden, im Wege waren, ergriff er mit Begeisterung jede Gelegenheit, dem lieben Vaterlande zu dienen: sei es als Hornist der Feuerwehr, beim Flottenbund oder bei der Armbrustschützengesellschaft.

Der Lehrer hatte außer Luise, die ihren Namen zum Gedächtnis an die unglückliche Preußenkönigin trug, zwei Söhne: Leberecht, der jetzt bei Ypern vor dem Feinde stand, und Neidhardt, beide auf des Vaters innigen Wunsch nach dem Fürsten Blücher von Wahlstatt und seinem getreuen Gneisenau so getauft, worunter sie viel zu leiden hatten. Blüchers Rheinübergang bei Kaub hing im Schlafzimmer der Söhne zwischen allerlei kalligraphischen Meisterstücken, und auch für Luises Namen gab es lange Zeit ein Symbol: die blaßgelbe Gipsfigur einer schlanken Frauengestalt im Empirekostüm, um den Hals einen Schal geschlungen, ein Stück Treppe hinabschreitend, das sie, gleichsam aus dem Nichts kommend, betrat. Denn der findige Künstler hatte die Figur einem beliebten Gemälde entlehnt, voraussetzend, daß der Beschauer das Bild kenne und das Fehlende, den erhöhten Hintergrund mit Bäumen und Balustrade, sich im Geiste ergänze.

Es ist nicht angenehm, einen lächerlichen Vater zu haben. Turnlehrer Loch aber war von dem kindlichen Wahn besessen, daß er von Wuchs und Angesicht dem Altreichskanzler Bismarck zum Verwechseln ähnlich sei. Also kleidete er sich ganz wie sein vergöttertes Vorbild, trug einen Schlapphut wie jener, pflegte mit allerlei Tinkturen seine Augenbrauen, die ihm etwas zu spärlich vorkamen; und auch den Schnauzbart, gelb vom Biere und meist betaut, trug er, wie sich's gehörte. Übrigens war er ein vollendeter Kalligraph und in Fachkreisen berühmt, besonders durch seine Rekorde in Kleinschrift. Es ging durch alle Zeitungen, daß es ihm gelungen sei, das ganze Nibelungenlied in Simrocks Übertragung auf eine gewöhnliche Postkarte zu schreiben, was dann natürlich nur mittels einer starken Lupe zu lesen war. Doch soll die Schrift trotz ihrer Winzigkeit von vollendeter Korrektheit gewesen sein.

In Scham und Schimpf seiner militärischen Untauglichkeit hatte er dankbar das Anerbieten angenommen, den zu seinem Truppenteile eingerückten Kollegen Schletz vom Gymnasium vorerst aushilfsweise zu vertreten.

Und jetzt zog er aus, bis an die Zähne bewaffnet, mit kriegerischem Gesang, sehnlichst hoffend, in nächtlicher Streife den Franzosen zu fangen. Die Knaben hatten Holzschwerter, Schleudern und sehr viel bunte Fahnen dabei.

Von solcher Unternehmung hörte Luise, als sie unseligen Herzens von ihrem Spaziergang nach Hause kam. Sie konnte von ihrem Fenster hinüberschauen, wo ihr der hungrige Mensch begegnet war, und als es finster wurde, sah sie die Lichter von der Knaben Taschenlampen drüben am Berge geistern. Manchmal hörte sie Rufe, und dann, während sie unaufhörlich mit gehaltenem Daumen wünschte, sie möchten Etienne um Gottes willen doch nicht finden, hörte sie Schüsse, drei, vier, und nun liefen die Lichter unruhig hin und her, eine verirrte Rotte von Sternen.

»Nun haben sie ihn totgeschossen«, sagte Luise und weinte vor Zorn.

Gegen Mitternacht erst kehrten die Knaben zurück, ohne Etienne gefunden zu haben. Von einem Baum erschreckt, hatte einer blindlings in die Nacht geschossen, so berichtete Luisens kleiner Bruder ganz aufgeregt, schnatternd vor Kälte und Nässe. Luise mußte die ganze Nacht an Etienne denken und wie sie ihn vielleicht rette.

Am andern Morgen spazierte sie wieder über den Tunnelberg. Sie hatte eine Flasche Rotwein bei sich, ein paar Semmeln und Zigaretten, meinend, daß dessen ein Franzose in dieser Lage am ehesten bedürfe.

Sie ging, als sie zur Stelle kam, wo sie einander begegnet waren, sehr langsam, damit er sie bemerke und sich zeige, aber obgleich sie dort lange wartend auf und ab ging und keine Leute in der Gegend waren, rührte sich nichts im Gestrüpp. Da wurde sie traurig und wollte doch wenigstens sehen, wo der Fremde genächtigt, ob vielleicht in der ›Flibustierburg‹, die sie vom Räuber-und-Gendarmen-Spiel kannte. Dort war er nicht, aber in der benachbarten Höhle, die sie ›Fingals Grotte‹ nannten, fand sie Etienne schlafend. Er hatte sich, wie es die Buben im Seebad am Strande machen, mit seinen Händen eine Art Bett gegraben und sich überdies ordentlich mit Laub zugedeckt, denn es schüttelte ihn das Fieber. An seinem Munde waren noch Spuren von der Schokolade zu sehen, wie bei einem Kinde.

Er erwachte von Luisens Augen, erschrak erst und lächelte dann. Luise hatte sich auf alle Fälle vorgenommen, was sie ihm etwa sagen solle.

»Flieht, mein Herr«, flüsterte sie auf französisch, »man ist Euch auf den Fersen.«

Er verstand ihr Französisch nicht. Sie mußte es oftmals wiederholen, wobei sie die Stimme erhob. Endlich begriff er. Er konnte ja aber gar nicht mehr fliehen. Er schüttelte den Kopf, deütete auf sein Herz und zeigte auf seine bösen Füße. Er war sehr krank, erschöpft und fast gleichgültig vor Kälte, Hunger und Fieber.

Luise bot ihm Brot, aber er wollte nicht in ihrer Gegenwart essen. Dann redete er fieberhaft, doch verstand nun sie nicht seine dankbaren und schönen Worte und fragte immer wieder: »Wie? Ich verstehe nicht, noch einmal, bitte.« Endlich, als er verstummte, flüsterte sie so lange, bis er begriff. »Ich will Euch retten, mein Herr, ich werde Euch retten!« und sie verließ ihn.

Luise war erst vor kurzem, an dem Tage, an dem der Briefträger ein Bein brach, plötzlich und ihren Eltern sehr zuleide nach Mössel zurückgekehrt. Der ärgerlichen Zucht des fast klösterlichen Stiftes von Herzen überdrüssig, war sie nach einem kläglich mißglückten Selbstmordversuch – sie hatte das ganze Chromgelb ihres Malkastens, weil ›Vorsicht! Gift!‹ daraufstand, sehr tapfer, aber ohne schlimmere Folgen hinabgeschlungen – einfach durchgebrannt. Der eigentliche Anlaß dazu war die Verweigerung eines Ausgangs gewesen, wobei sie freilich zu verschweigen wußte, daß sie mit dem schlimmen Kaspar Powenz sich treffen wollte, einem ehemaligen Mösseler Gymnasiasten. Kaspar hatte sie flehentlich um ein Wiedersehen vor seinem bevorstehenden Ausrücken ins Feld gebeten, was sie ihm jetzt im Krieg doch nicht verweigern zu können glaubte, obwohl er es, wie Luise ihn deutlich wissen ließ, infolge seines früheren, höchst ungezogenen Betragens ihr gegenüber keineswegs verdiente. Es galt nämlich dazumal unter den Schülern in Mössel als Pflicht, daß ein jeder wenigstens einmal und ganz allein, wenn auch bei Tage, durch den Tunnel gegangen sein mußte. Geschah nun die heldische

Probe des Nachts, so durfte man freilich eine Kerze mitnehmen; doch der Knabe vergaß es seiner Lebtage nicht, der, als beherzt zu erscheinen, das scheue Licht in der Hand, so durch den Berg wandern mußte, besonders wenn er dabei einem Zuge begegnete und, an das rieselnde kalte Gestein geschmiegt, ihn ganz nah vorüberließ, wobei womöglich noch die Kerze erlosch. Auch war ein Zusammentreffen mit dem bösen Bahnwärter Dübel mit Recht gefürchtet.

Selbst Mädchen unterzogen sich bisweilen dieser Tunnelprobe, und so war auch Luise tapfer durch den Berg gegangen, kurz bevor sie in das Stift verschickt wurde. Bei den Knaben galt sie als häßlich, aber später ging das Gerücht, der Gymnasiast Kaspar Powenz, jener stadtbekannten, gottlosen und wilden Familie angehörend, die im gleichen Hause wohnte, sei ihr, Luises künftige Schönheit und Liebeseignung als erster ahnend und schon lange in sie verliebt, als sie doch ein wenig verzagt mit ihrer Kerze durch den schwarzen Tunnel wanderte, von der andern Seite heimlich entgegengeschlichen, um sie in einer der Nischen inmitten des Berges zu erwarten, plötzlich die Widerstrebende zu umarmen und zu küssen mit einem großen nassen Mund.

Nach ihrer Flucht wurde Luise von ihren Eltern trotz so unvermuteten rebellischen Verhaltens mit zartfühlender Besorgnis empfangen. Der Arzt wurde befragt. Er fand Luise bleichsüchtig und ein wenig nervös, verordnete, sie möge vorläufig bleiben und nur alle Tage ein paar Stunden tüchtig an die frische Luft gehen. Er versprach auch, die empörte Stiftsvorsteherin zu beschwichtigen. Freilich schien Luise nun doch schon zu erwachsen, als daß man sie noch mit Neidhardt zusammen wohnen lassen mochte. Die gute Mutter räumte ihr also oben in der Mansarde ein Jungmädchenstübchen ein mit geblümter Tapete und luftigen Gardinen. Sie tat gern alles, daß das arme Kind es gut habe und sich recht, recht schonen könne.

Zwei Tage lang vermochte Luise nichts zur Rettung ihres Schützlings zu unternehmen. Aber sie sann unaufhörlich, wie sie den unglücklichen Jungen bergen könne, ehe er entdeckt und, wie sie ohne weiteres annahm, standrechtlich erschossen würde, ehe er elendiglich erfröre oder am Ende den völlig Entkräfteten die Ratten auffräßen. Denn Luise besaß zu ihrer Gutherzigkeit und Schläue eine rührende Phantasie. Erst dachte sie allen Ernstes daran, des Flüchtlings Höhle mit warmen Dekken und allerhand Proviant so auszustatten, bis er, nachdem er sich einigermaßen erholt, aus eigener Kraft weiterfliehen könne, westwärts. Aber als sie dem so nachsann, kam ihr ein toller Einfall, schier undenkbar, aber in seiner Dreistigkeit gerade am unverdächtigsten, besonders weil sie ganz allein den Gedanken hatte.

Nun fand in der ›Concordia‹ zu Mössel in diesen Tagen eine große Wohltätigkeitsveranstaltung zugunsten des Roten Halbmondes statt, an der die ganze Bürgerschaft und auch Luisens Eltern teilnahmen. Loch sollte dort, wie so oft – und er tat es von Herzen gerne – eine patriotische Rede auf die deutsch-türkische Waffenbrüderschaft halten.

Kurz nach ihnen verließ Luise das Haus und ging zu Etienne auf den Tunnelberg, fest entschlossen, ihn jetzt zu bergen, damit er nicht umkäme. Mit ihres Bruders Leberecht altem Militärmantel verkleidete Luise den Kranken, der alles fügsam mit sich geschehen ließ, verband ihm zum Schein den Kopf und auch den Mund mit einer Mullbinde, damit Etienne, etwa gefragt, ohne Verdacht schweigen dürfe, und führte ihn, ein damals gewohntes Bild nachahmend, gleich einem verwundeten Kameraden schwesternhaft behutsam den Berg hinab.

Mössel ist bekannt durch seine schlechte Beleuchtung, so daß auch Luise von niemand gesehen wurde, während sie den flüchtigen Franzosen mitten durch ihre Heimatstadt geleitete. Sie merkte aber, wie Etienne an ihrem Arme zitterte vor Angst.

Aus dem Concordiasaal, daran sie vorbei mußten, klang kriegerische Musik und Hurra. Unbehelligt erreichten sie das Mietshaus nahe dem Gymnasium, wo Lochs wohnten.

Das Haus war ein roter Ziegelbau, der unharmonisch zwischen Sandsteinhäusern des achtzehnten Jahrhunderts aufragte. Auf dem Schieferdach waren mosaikartig eingefügt die Anfangsbuchstaben des ehemaligen Besitzers und die Jahreszahl 1892 zu lesen. An der einen Seitenfläche war ein pfiffiger Elefant abgebildet, der ein Fahrrad mit dem Rüssel in die Höhe stemmte, auf der andern eine Art Riesenkind, das unaufhörlich lachte, weil es van Houtens Kakao trank.

Jetzt gehörte das Haus drei alten Fräuleins, Geist mit Namen, drei gespenstigen Schwestern, die sich seit Kriegsbeginn allgemein dadurch unangenehm zu machen wußten, daß sie ständig von Deutschlands sicherer Niederlage sprachen und sich selbst durch die glorreichsten Waffentaten in solch häßlicher, niederdrückender Meinung nicht beirren ließen. Zu allgemeinem Ärgernis waren sie übrigens in den ersten Tagen der Mobilmachung mit einer Droschke von Geschäft zu Geschäft gefahren, um ordentlich Vorräte einzukaufen. Kaffee vor allem, säckeweis, gebrannt und ungebrannt, desgleichen mehrere Zuckerhüte, Mehl, Rosinen und sogar Salz. Die Fräuleins waren zusammen zweihundertvierzig Jahre alt, sie gingen auf jede Beerdigung, und ihre Nachrede war gefürchtet in der ganzen Stadt. Sie bewohnten den ersten Stock, und es bereitete den unter ihnen hausenden Mitgliedern jener berüchtigten Familie Powenz stets das größte Vergnügen, sie, wo es nur immer ging, zu ärgern, sie zu fragen, wann sie nun eigentlich endlich einmal zu sterben gedächten, oder etwa durch plötzliches Losbrennen eines Frosches die alten Mädchen aufzustöbern, die dann auch, wie beabsichtigt, sofort alle drei an den Fenstern erschienen, guckten, unglaublich schnell mit ihren hohen Stimmen ein Dutzend komisch-unflätiger

Schimpfworte hinabschrien und ebenso schnell wieder verschwanden. Sie waren für Luise und Etienne wohl am gefährlichsten.

Im zweiten Stock aber hinter einer Flurtüre, deren Scheiben mit dem Bildnis Kaiser Wilhelms I. und seiner Paladine nebst allerlei kriegerischen Emblemen, wie Trommeln, Fahnen und Kanonen, in Glasätzung geziert waren, wohnten die Lochs. An diesen Türen allen also vorbei, durch ein trostloses marmoriertes Stiegenhaus, in dem es immer nach Essig roch, mußten die beiden.

Bei Powenz ging es gerade laut her, denn Vater Powenz, der meist betrunken war, prügelte einmal wieder seine kleine Frau, und Frau Powenz schrie so jämmerlich, daß Etienne erschauerte. Auf halber Treppe konnte aber Etienne nicht mehr. Da trug Luise ihn das letzte Stück huckepack. Er kam ihr erschreckend leicht vor. Sein Gesicht lag müde auf ihrer Schulter, sein Atem blies auf ihren Hals. Es begegnete ihnen niemand.

Dennoch mußte sie jemand beobachtet haben, weil es doch am andern Tage in der ganzen Stadt hieß, Leberecht Loch sei aus dem Felde verwundet heimgekehrt, später, als dies zuverlässig widerlegt war, auch Luischen scheine ja jetzt schon ihren Soldaten zu haben, was diese alles nur auf die drei Fräuleins zurückführen konnte, die eben zuweilen auch nachts am Fenster standen und guckten. Sie hatten ja auch die unheimliche Gabe, bei den ins Feld rückenden Soldaten Tod oder Heimkehr vorauszuwissen, was bisher wirklich immer noch eingetroffen war. Auch Leberecht hatte traurigen Herzens ausmarschieren müssen, weil die Hexen Schlimmes auf seiner Stirn gelesen haben wollten.

Übrigens verlor sich in der Folgezeit nie ganz das Gerücht, jener entflohene Kriegsgefangene halte sich noch immer in der Gegend auf, was Mutter Loch veranlaßte, Luise wegen ihrer täglichen Spaziergänge ernstlich zu warnen, damit ihr der fremde Unhold nicht am Ende gar etwas antue. Auch ward lange danach in der Höhle ein französischer Militärknopf und ein blutiges Schnupftuch gefunden.

Als Etienne und Luise endlich auf dem Zimmer waren, saßen sie lange, ohne zu reden, im Finstern, bis ihre tanzenden Herzen sich besänftigt hatten. Es war schön warm, die Jalousien waren herabgelassen und selbst das Schlüsselloch sorgfältig verhängt. Nach einer Weile machte dann Luise Licht, tat ihre Schuhe ab und bückte sich, Etienne ein Gleiches zu tun. Ihm war sehr übel. Luise bedeutete ihm, daß er sich sogleich zu Bette legen solle, aber da fiel ihm in all seinem Fieber und seiner Müdigkeit ein, daß er ja Läuse hatte, zu Hunderten, und er sagte es ihr.

»Oh, Mademoiselle, j'ai des poux, beaucoup des poux!«

Aber sie verstand das Wort nicht.

»Puh? Puh? Je ne connais pas puh!«

Sie begriff ganz und gar nicht, was er nur meinen könnte, bis er ihr so ein kleines, glasiges Etwas zeigte, das innen dunkel von seinem Blute war. Ihr grauste.

Daran hatte Luise nicht gedacht, aber sie wußte genau, was geschehen würde, wenn sie solche Plage nicht schnell und gründlich bekämpfte. Er müsse sich sofort ausziehen, ganz, brachte sie ihm bei. Aber er konnte es nicht mehr allein, und so begann Luisens erste Heimsuchung, als sie schaudernd vor Ekel dem fremden Manne die verseuchten Kleider vom Leibe zog. (Sie tat sie in einen Eimer und brühte sie lange in Karbol-Seifenlauge.)

Als nun Etienne nackend war, wusch sie seinen elenden Körper mit ihrer besten Seife, rieb seine Haut mit Kölnischem Wasser, salbte ihn dann, tat ihm eines ihrer sanften Spitzenhemden an und legte ihn zu Bett. Sie aber nächtigte auf dem Kanapee. Als sie ihre Eltern unten nach Hause kommen hörte, erschrak ihr Herz. Fast verzagt und unter Tränen schlief sie endlich ein.

Etienne ging es am andern Tage erbärmlich schlecht; am bedenklichsten aber war, daß er auf einmal laut zu phantasieren begann, ja zu singen, französisch natürlich.

Er sang aus vollem Halse Soldatenlieder und sang ›La belle jardinière‹ und ›Sous les ponts de Paris‹. Luise hielt ihm den Mund zu, er aber biß sie in die Hand, daß sie blutete. Da erstickte sie ihn fast mit dem Federbett, bis er endlich schwieg. Lange Zeit auch lag er bewußtlos, rasch und oberflächlich atmend, weiß, mit schwitzender Stirn. Da fürchtete Luise sehr, er werde in ihrem Bette sterben.

›Ach Gott‹, dachte sie, ›was fange ich dann nur an, dann werde ich ihn fortschleppen müssen, bei finsterer Nacht über die Treppe hinab, und ihn in den Fluß oder in einen tiefen Brunnen werfen, mit einem großen Stein um den Hals, oder ihn stückweise verbrennen oder ihn heimlich verscharren im Wald.‹

Wenn sie ihn allein zu lassen gezwungen war, denn sie mußte doch wenigstens zu Tisch nach unten, hatte sie schreckliche Angst auszuhalten, daß er wieder von der schönen Gärtnerin und von den Brücken von Paris sänge oder am Ende gar im Fieberparoxysmus aufstünde und alles verriete. Sie studierte heimlich in ihres Vaters ärztlichem Familienratgeber, und es kostete sie viel Überwindung, weil darinnen aufs abscheulichste allerlei Ausschläge und Geschwüre farbig unter Verwendung von viel Rosa und Gelb abgebildet waren. Aber Etiennes Krankheit fand sie nicht. So gab sie ihm reichlich heiße Getränke und Aspirin, wie man ihr tat, wenn sie Grippe hatte. Und Etienne genas.

Luisens Mansardenzimmer ging nach Norden, war klein und hatte schiefe Wände an der Fensterseite. Es war mit alten Mahagonimöbeln eingerichtet, die schon Luisens Großmutter als Mädchen besessen hatte, und besonders die Waschkommode war sehr hübsch und praktisch. Vermittels einer zierlichen Erfindung konnte man den Deckel, an dem sich inwendig ein Spiegel befand, hochschlagen und sich des himmelblauen Waschgeschirrs bedienen, das in einer Vertiefung ruhte. Zahlreiche Schubläden nützten zur Aufbewahrung von allerlei kosmetischem Handwerkszeug, Bürsten, Kämmen und Wohlgerüchen, während das besonders große, hohe untere Schubfach sinnigerweise als Nachtstuhl vorgesehen war. Über diesem zauberhaften Möbel hing eine Lithographie aus den fünfziger Jahren. Das Bild stellte einen Schiffbruch des Auswandererschiffes ›Floridian‹ an der Küste von Essex dar, ein Ereignis von einer so schauerlichen Rettungslosigkeit und dabei so unterhaltender Mannigfaltigkeit an unglücklichen Personen, die teils über Bord gespült wurden, teils in den Wanten hingen oder in den Sturzseen wirbelten, daß Etienne, der ja vom Meere stammte, nicht müde wurde, es immer wieder beinahe angeheimelt mit Neugier und befriedigtem Mitgefühl zu betrachten, wozu er freilich jetzt Muße mehr als genug hatte. Kurzweilig war auch jenes seltsame Bildnis Bismarcks, das bei näherem Hinsehen aus Schriftzügen bestand, ein Meisterwerk des Turnlehrers Loch und von tiefer Symbolik, worauf er mit Recht stolz sein konnte. Denn richtig abgelesen ergab sich das Deutschlandlied. Es war wohl seltsam, daß ein Mann, noch dazu eine so kraftstrotzende Persönlichkeit, wie es Loch zu sein schien, in solch zartem Spiel der Hände sein Glück sah.

Luise war ein umsichtiges Mädchen. Sie hatte genaue Vorkehrungen getroffen, damit man sie nicht überrasche oder Verdacht schöpfe. Der geräumige alte Kleiderschrank, tüchtige Nürnberger Arbeit aus dem siebzehnten Jahrhundert, Erbstück einst begüterter Ahnen mütterlicherseits, ward von ihr als sicherstes Versteck erkannt und vorbereitet. Übrigens hatten sie von Luisens Mutter kaum je etwas zu befürchten. Sie war beleibt und stieg nicht gerne Treppen. Sie hieß aber eine gute und brave Frau, die ausgezeichnet wirtschaftete.

In dem Zufluchtsschrank befand sich ein Hocker, und es geschah von nun an oft, wenn Gefahr im Verzug war, daß Etienne, beklommenen Herzens anfangs, allmählich gleichgültiger, ja schließlich verdrossen, in dem dunklen

Schranke saß, während Luise zum Beispiel Besuch ihrer Freundin hatte. Es war die von Angesicht reizende Ulrike Götz, die aber, da sie wegen eines Hüftgelenkleidens hinkte, von den Powenz-Buben den Spitznamen ›Hupfkrähe‹ erhalten hatte. Die beiden Mädchen hatten sich stets schrecklich viel zu erzählen, und Etienne mußte dann oft stundenlang im Schrank sitzen. Später richtete Luise mit Hilfe eines Steckkontaktes sogar elektrisches Licht darin ein und sorgte für genügend Lektüre. Es drang kein Strahl aus den wohlabgedichteten Ritzen, wenn Etienne drinnen war und etwa deutsche Grammatik lernte, während außen Luise harmlos mit der guten Freundin plauderte.

Zwischen Etienne und Luise wurde natürlich nur geflüstert, gehaucht beinahe, was sich Luise so sehr angewöhnte, daß sie es manchmal aus Versehen in Gegenwart der Ihren tat. »Warum flüsterst du?« fragte Neidhardt befremdet, und alle sahen sie an. Worauf Luise, erschrocken hustend, sich mit Heiserkeit entschuldigte.

Es gab ja überhaupt so schrecklich viel zu beobachten, und man konnte sich so leicht verraten, daß Luise dankbar merkte, ihr bester Schutz wäre noch die völlige Ahnungslosigkeit ihrer Umgebung. Denn wer sollte damals auch auf den abenteuerlichen Gedanken kommen: daß ein deutsches Mädchen, daß des Loch sanftes Töchterlein mitten im Krieg einen Franzosen, den Erbfeind also, in ihrem Zimmer beherbergte, daß sie schnöde das Land verriet, für das ihr Bruder in blutiger Feldschlacht sein Leben einsetzte.

Etiennes Ernährung machte einige Schwierigkeiten. Sein Gaumen war verwöhnt. Allein Luise war von nun an ihrer Mutter eine rechte Hilfe. Sie machte sich unentbehrlich, sie nahm ihr die beschwerlichen Besorgungen in der Stadt samt und sonders ab und hamsterte, was sie nur konnte, für Etienne, der bei recht gutem Appetit war. Die gute Mutter aber wunderte sich, daß trotz Leberechts Abwesenheit der Haushalt so viel verschlang.

Die beiden hatten ein Zeichen verabredet, das für andere gänzlich unverdächtig war: wenn Luise die Treppe heraufkam, einen fröhlich hüpfenden Rhythmus, der ihrem Backfischalter wohl anstand und von dem umständlichen Steigen der Mutter oder Ulrikens sich deutlich unterschied. Es gab nur einen Schlüssel zum Zimmer, und den hatte Luise.

Viel Überwindung kostete sie anfangs (und viel Scham Etienne) die Wegschaffung seiner täglichen Notdurft. Aber es mußte doch geschehen, und bald ekelte sie nichts mehr an Etienne.

Etienne war leidenschaftlicher Zigarettenraucher. Was blieb nun Luise anderes übrig, obwohl ihr dabei zuerst sehr übel wurde, als selbst zu rauchen, zum Kummer ihrer Eltern. Wenn nun jemand zu ihr kam und das Zimmer war voll blauen Qualms, dann hatte eben einfach sie geraucht. Da sie aber sonst ein so stilles, bescheidenes und ganz anspruchsloses Kind war, sahen es ihr die Eltern gerne nach. In der ersten Zeit errötete sie noch oft vor den Ihren, denn sie war unerfahren im Lügen. Doch sie gewöhnte sich recht bald daran.

Nach der dritten Nacht seiner freiwilligen Gefangenschaft erwachte Etienne erquickt, verwundert, und fand sich allein. Auf dem Fensterblech tickte es wie von Regen, aber es war eine weiße Taube, die ihn mit ihren roten Augen böse ansah, als er duch den Spalt des Vorhangs spähte, wie das Wetter sei. Luises Notlager war verräumt, auf dem Stuhl an seinem Bette fand sich eine Hose und Leibwäsche, auch hatte Luise ihre hübschen Hausschuhe aus weichem rotem Saffianleder dazugestellt, ein Geschenk der wohlhabenden Ulrike. Aber natürlich waren sie Etienne viel zu klein. Ein Zettel lag auf dem Nachttisch. Auf französisch und nicht ganz fehlerfrei stand da zu lesen: »Mein Herr, ich bin gegangen zu kaufen eine Zahnbürste und Rasierzeug für Sie; wenn jemand kommt, gehen Sie in den Schrank, bitte. Luise Loch.« Dankbar las es Etienne und kleidete sich an.

Als Luise zurückkam, fand sie ihrerseits das Zimmer leer und stutzte erst, dann aber verschloß sie die Tür, wie sie von je tat, und rief leise »Etienne«. Da kam er aus dem Schrank.

Luise pflegte sehr zeitig aufzustehen, wenn Etienne noch schlief, damit er sie nicht sähe, wie sie sich wusch und ankleidete. Dann erst, als sie ganz fertig war, weckte sie ihn. Die ersten Tage nach seiner Genesung waren qualvoll für beide. Die beständige Flüstersprache, das Einander-alles-ins-Ohr-sagen-Müssen, das Aufhorchen und die Wachsamkeit aller vorsichtigen Sinne bewirkten eine krampfhafte Überempfindlichkeit gegen alle Geräusche, die ihnen jeglichen Frieden nahm.

Immer wieder, wenn es in einem der alten Möbel spukte, eines Baumes Ast am Hause kratzte oder des Schornsteinfegers fremde Schritte auf der Treppe knarrten, schlüpfte Etienne lautlos in den Schrank, während Luise zitternd vor Spannung rasch noch verräumte, was nur irgend an einen Mann erinnern konnte. Es war ein wisperndes, erschrockenes und höchst ungemütliches Dasein. Luise hielt alle Augenblicke ihre roten Zöpfe, die ihre Ohren verdeckten, zur Seite, um besser hören zu können, seitwärts blickend mit großen entsetzten Augen, damit ihrem Ohr nichts entginge, und mit wütender Fratze Etienne bedeutend, er möchte gefälligst noch leiser sein, falls er sein bißchen Leben lieb hätte.

Ganz allmählich erst begannen sie sich sicherer zu fühlen und lernten zufällige harmlose Laute von den unheilvollen wohl unterscheiden. Nun führte Luise den heimlichen Gast getrost ans Fenster, um ihm zu zeigen, was man von ihrem Zimmer aus von ihrer Heimat sah, sie wies ihm die Stelle drüben am Berg, wo sie einander begegnet waren, und unten den Schulhof des Gymnasiums.

»Dieser ist mein Vater«, sagte sie, denn unten war gerade Turnstunde, und Etienne nickte ehrerbietig. Sie sahen heiter zu, wie Loch den marschierenden Knaben, denselben, die Etienne hatten fangen sollen, rückwärts tretend vorausging, um ihre Haltung zu mustern, wie er dann aber plötzlich in Trab sich setzte, um am andern Ende des Schulhofs, einen einsamen Flügelmann darstellend, strammzustehen und mit Augenzwinkern und heimlichem verzweifeltem Winken seiner Hand an der Hosennaht den saumseligen Knaben zu bedeuten, sie sollten jetzt in Reihe rechts neben ihm antreten. Das war ein vertrautes Bild und auch Etienne von daheim wohlbekannt.

»Der dort ist Neidhardt, mein Bruder«, sagte Luise, auf einen Jungen zeigend, der ihr ähnelte. Und Etienne versuchte vergeblich, den Namen richtig nachzusprechen. Luise aber, die merkte, daß Etienne sie voll Zuneigung betrachtete und bald nicht mehr recht bei der Sache war, erklärte hastiger weiter, dort ganz drüben, der milchkaffeefarbene Fluß mit den Badeanstalten, das wäre die Maar. Etienne kannte sie schon vom Berge her, und auch den stillen, finsteren Schloßweiher mit dem blauen Kahn zeigte sie ihm, darin einst eine Kirche versunken sein sollte, durch deren Fenster jetzt die Fische schwammen, Karpfen und Hechte.

»Manchmal«, sagte Luise, »ertränken sich verliebte Dienstmädchen darin, winters aber wimmelt es von Schlittschuhläufern. Man kann es ganz gut von hier sehen mit einem Fernglas. Und dort die Häuser, wo alles rings so rot ist, vom Schleifsand nämlich, das ist die Spiegelschleiferei, deren Arbeiter nie sehr alt werden, wie man sagt.«

Luise sprach jetzt Deutsch und ganz schnell und krampfhaft, denn Etiennes Gesicht war ihr sehr nahe, während sie redete. Ihr Herz schlug unbändig, doch sie wandte sich ab von ihm für diesmal und ging ins Zimmer zurück. Und Etienne getraute sich noch nicht.

Eines Tages aber bald darauf, da sie wieder so am Fenster standen, umschlang Etienne sie, ohne daß sie sich ihm entzog.

»Louise, je t'aime«, flüsterte er feurig.

»Ich liebe dich, Etienne«, antwortete Luise.

Sie waren aber beide ja so jung und ungelehrt im Liebesspiel, und so währte es noch geraume Zeit, bis sie sich trauten. Sie schämten sich aber arg, als es ihnen erst mißlang.

Allmählich, da sie sich oft küßten (ihre unseligen Münder waren nicht zu stillen und wurden groß und blutig davon), machten sie nicht mehr erst dunkel, sondern wollten einander sehen, denn sie liebten ihre Angesichter über alles. Etiennes Mund war herrlich, die Lippen edel, die Zunge lang und schmal, unversehrt seine Zähne. Sie wußten bald, wann ihre Küsse am besten waren in diesen ersten Wochen ihrer Verzückung und Tollheit. Und sie wußten, wann ihre Haut am besten duftete, und ihr geliebtes Haar, sein schwarzes und ihr rotes.

Indessen deutete Luise dem Freund ihre Sprache und sagte ihm die Worte vor, und sie mußte oft herzlich über sein Deutsch lachen, und er über ihr Französisch. Aber sie lachten beide ganz ohne Laut, oft nur mit Augen und Herz. Etienne sagte immer: »Der Sonn«, denn, so erklärte er, es sei doch ein männliches Gestirn, wie er auch die »Mondin« sagte. Dann sagte er zum Beispiel »hacht Huhr« statt acht Uhr. Aber sie verbesserte ihn gar nicht mehr, es gefiel ihr so viel besser.

Wenn Luise in jener ersten Zeit ausging (es geschah nie ohne zärtlichen Abschied und Ermahnung), dachte Etienne wohl daran, sich unterdessen nutzbringend zu beschäftigen und brav Deutsch zu lernen aus dem Buche, das sie ihm gegeben. Aber er hatte keine Geduld dazu, er war zu unruhig und stand lieber stundenlang gedankenlos und müßig hinter dem Vorhang, zu warten und nach Luise auszuschauen. Er sah in den Regen, sah in die Wolken, sah die Soldaten vorbeimarschieren und die Pfarrerswitwen, wie sie wandelten und alle Türschilder lasen, er betrachtete im Schulhof die Knaben in der Pause oder beim Turnen, und er kannte sie bald alle. Mittels eines Zeißglases brachte er sie sich zum Greifen nahe.

Der Schulhof befand sich an der Stelle eines ehemaligen, vor etwa hundert Jahren aufgelassenen Friedhofs, und beim Graben einer Wasserleitung waren die Arbeiter schon vielfach auf Menschenknochen gestoßen. Eben war man wieder dabei, zur Kanalisation einen Graben auszuheben, und während die Knaben alle umherstanden und zusahen, wurde ein morscher brauner Totenkopf freigelegt. Etienne konnte es genau beobachten, wie eine schaudernde Bewegung durch die Knabenschar lief. Es wunderte sie aber, und auch Etienne, daß der Schädel in eine Fülle beinahe unversehrten langen schwarzen Haares gebettet lag, eines noch jungen Mädchens offenbar. Denn auch die Zähne saßen vollzählig in den Kiefern des Schädels. Begierig sahen die Knaben zu, wie man nun die übrigen Gebeine aufdeckte. Der Knabe aber, den Luise als ihren Bruder bezeichnet hatte, stieg selbst in den Graben, um behutsamer, als die Arbeiter es taten, mit seinen Händen den gelben Sand wegzukehren, bis das zierliche Gerippe freilag.

In diesem Augenblick schellte der Pedell, denn die Pause war zu Ende, aber niemand hörte darauf, jetzt bei der Auffindung des Ringes. Neidhardt fand ihn. Lose um ein Knöchlein getan, rührend anzuschauen, um so mehr, als es billiger Jahrmarktstand war, ein jetzt grünspanüberkrusteter Kupferreif, besetzt mit hellblauen Steinchen in Form einer Vergißmeinnichtblüte. Und Neidhardt nahm das Ding mitsamt dem Knöchlein andächtig zu sich. Er steckte es in seine Tasche zu vielen anderen irdischen Dingen, einem Knetgummi, einem Federmesser und einem Bleistiftstummel.

Etienne kannte also seinen kleinen Schwager, und es war ihm leid, daß er nicht mit ihm reden konnte. Einmal sah er von seinem Fenster aus mit an, wie ein Mitschüler auf dem Nachhauseweg von der Schule dem Neidhardt die Mütze vom Kopf riß, aus bloßem Mutwillen, und sie dann zum Spott auf einen Hydranten hängte. Neidhardt, tief gekränkt durch des Kameraden törichten Scherz und dadurch entehrt, weigerte sich nun, selbst die Mütze zu holen, und ging also barhäuptig und finsteren Angesichts seiner Wege. Jener aber, sichtlich gestraft durch des Knaben Verachtung, bereute, nahm die Mütze und trug sie Neidhardt halb ernst, halb lachend wieder an, während andere nebenherliefen, das Ende des Spiels zu erleben. Aber Neidhardt wollte nicht mehr, er sprach kein Wort, sah geradeaus, mit einem bösen, nassen Blick und nahm die Mütze nicht an. Er trug sie tatsächlich von diesem Augenblicke an nie mehr, obwohl sie ihm wohl zu Gesicht stand und obgleich sie ihm sogar ins Haus getragen worden war. ›Ganz wie bei uns‹, dachte Etienne und fühlte es Neidhardt nach.

So also unterhielt sich Etienne, bescheiden vom Fenster aus teilnehmend, am Treiben der Stadt. Oft aber ging er stundenlang die kurze, schmale Strecke seines Käfigs hin und her, her und hin, sich sehnend. Dennoch wurden seine Füße weich und verwöhnt, das Zimmer war ja auch entsetzlich klein, kaum mehr als drei zu vier Meter.

An eine Flucht Etiennes oder an eine Rückkehr Luises ins Stift dachten beide längst nicht mehr, aber sie wußten, daß sie verloren waren, wenn man ihre Sünden entdeckte. Luise durfte vor allem nicht krank werden, aber sie wurde es eines Tages doch und schleppte sich schmerzhaft umher, in Fieber und Mattigkeit.

»Luise, du bist krank«, sagte die Mutter.

»Ach, ein kleiner Schnupfen«, sagte Luise leichthin und sehnte sich so sehr zu Bett.

Dann kam auch eine ruhigere Zeit. Nicht minder voll zärtlichen Unfugs, doch nicht so wild mehr, in der sie viel erzählten, immer raunend und auf der Hut. Sie kannten einander fast nur von Angesicht und Leib und wußten nichts von den Geschichten ihrer Kindheit. Luise zeigte Etienne auf der Karte ihr Deutschland (er sagte, es sehe aus wie ein angebissenes Butterbrot), zeigte ihm das Herzogtum P..., wo Mössel lag, und er sein Frankreich und Saint Michel, die zauberhafte Insel, wo er geboren war. Auf der Karte konnte man die Entfernung mit einer Spanne greifen. Sie brachte ihm einen Baedeker von Paris, der silbergrauen Stadt, die er liebte. Da konnte er ihr genau den Schulweg zeigen, den er vor dem Krieg täglich gegangen war, und das Haus der dikken Madame Archempault, wo er gewohnt hatte, und die Fontänen im Tuileriengarten, darin sie immer ihre kleinen Segelboote schwimmen ließen. Von Armand erzählte er, seinem Freund. Er hörte nicht auf, dessen Geist, dessen Schönheit und Tapferkeit zu rühmen. Er ahnte aber nicht, daß der Freund schon lange bei Peronne gefallen war, in einem Augenblick vielleicht, wo Etienne ganz Gleichgültiges tat, aß oder schlief, ohne etwas zu spüren. Denn nachdem Armand erfahren hatte, daß Etienne vermißt wäre, lief er laut schreiend über das Schlachtfeld, immer wieder Etienne rufend. Da traf ihn die Kugel in den Leib. Er lag die ganze Nacht in einem Rübenacker, ganz allein gelassen, und starb mit Sonnenaufgang.

Damals schon zeigten sich bei Etienne wie bei Luise zuweilen Anwandlungen von Eifersucht. Bei Luise, die Etiennes schwärmerische Erzählung von Armand unnatürlich fand, und bei Etienne, wenn Luise zum Schlittschuhlaufen ging, zu jenem sagenhaften Weiher. Freilich ward sie dabei von Ulrike begleitet, die aber ihres Leidens wegen nur am Ufer auf und ab hinken konnte. Luise lief mit Herren, ehemaligen Gymnasiasten, die sie von früher gut kannte und die auf Urlaub oder zur Genesung zu Hause waren. Dann stand Etienne blaß und ärgerlich am Fenster und sah argwöhnisch mit seinem Fernglas hinüber, bis er Luise in dem Gewimmel fand, wieder verlor, hinterm Rauch des Würstlbraters oder den Ketten der Schulbuben. Es verdroß ihn, wenn sie dann so munter, hübsch und kalt vom Eislauf heimkehrte.

Es kam bald auch eine Zeit, in der sich Etienne, wenn Luise in der Stadt war oder ihrer Mutter im Haushalt half, richtig zu langweilen begann. Besonders an grauen

Tagen. Er sehnte sich sehr, wieder einmal mit einem Manne zu reden, oder ein Tier zu streicheln, über Wiesen zu gehen.

Eine herrliche Katze mit fast kupferrotem Fell und eisgrünen Augen kam einmal zum Fenster herein zu ihm. Mit ihr spielte er einen ganzen Tag, und da er zärtlich zu ihr war, kam sie immer wieder. Aber nicht lange danach geschah es, daß die Powenz-Bande, die mit Tesching, Luftgewehr und Katapult die Nachbarschaft zu bejagen pflegte, vor Etiennes Augen, der es ohnmächtigen Zornes mit ansehen mußte, das geliebte Tier erlegte. Sie zogen ihm das Fell ab, nagelten es auf ein Brett und trockneten es an der Luft. Das Fleisch brieten sie am Spieß. Leider aß sogar der kleine Neidhardt ein wenig davon. Es erschütterte aber Etienne fast mehr, als er eines Tages ihn, der es den Powenz-Buben im Jagen gleichtun wollte, mit seinem Luftgewehr eine Amsel schießen sah. Der Knabe traf sie zwar, aber sie war nicht gleich tot, sondern fiel flatternd, schreiend, blutend und auf eine klägliche Weise sich im Kreise drehend ins Gras. Neidhardt, der ganz erschrocken noch einmal darauf schoß, ohne jedoch in seiner Aufregung das Tier zu treffen, ward so fassungslos von dem Unheil, das er angestellt, daß er, nachdem er sich scheu umgeschaut, mit dem Stiefelabsatz dem Vogel den Kopf zertrat, seine Qual also grausam zu enden.

Ein Marienkäferchen, das eines Tages plötzlich wie ein Siegellacktropfen auf Etiennes deutscher Grammatik saß, pflegte er wochenlang.

Einmal fand Luise Etienne mitten im Zimmer am Boden liegend, und da er sich gar nicht regte, erschrak sie so, daß sie aufschrie. Aber er hatte nur sein Ohr an den Fußboden gelegt, Neidhardts Geigenspiel besser zu hören.

»Du wirst fett«, sagte Luise eines Tages zu Etienne, und das ärgerte ihn sehr. Tatsächlich hatte er zu wenig Bewegung, und seine Züge waren voll und weich geworden, seine Haut zart und grau. Auch fiel sein Haar in Locken unmännlich auf seine Schultern herab. Er schlief wenig und schlecht. Nun aber nahm er sich ernstlich vor, sich nützlich zu machen. Viele Tage sprach er fast ausschließlich davon: »Ich werde mich beschäftigen, Louison«, flüsterte er und schob zuversichtlich die Ärmel zurück, »ja, wirklich, ich will etwas tun, ich möchte wieder einmal rechtschaffen müde von etwas werden. Gut, ich werde turnen, zum Beispiel.«

Wenn also unten die Knaben im Schulhof ihre Freiübungen machten, tat Etienne oben mit. Er stand mitten im Zimmer, auf das Kommando lauschend, machte Kniebeugen und Ausfälle im Takte mit den Knaben, aber sein Eifer hielt nicht lange an. Er begann auch ein Tagebuch, nach acht Tagen schon ließ er es, es ereignete sich zu wenig. Er saß verdrossen am Fenster, rauchte den ganzen Tag Zigaretten, trank Kaffee und sah hinaus. Luise, im Grunde gutherzig, bettelte für ihn bei deutschen Soldaten französische Zigaretten, weil sie Etienne lieber mochte als die deutschen und obgleich sie Luise nicht riechen konnte.

»Du bist faul und unnütz, du Lockenknabe«, sagte Luise, »du solltest wenigstens Strümpfe stricken.« Sie gab ihm auch wirklich hin und wieder Kartoffeln zu schälen oder Schwarzwurzeln zu putzen.

»Dein Haar«, sagte Etienne seinerseits eines Tages und schnupperte, »dein Haar riecht nach Küche, Louison«, und er wandte sein Gesicht von ihr. »Es riecht nach eurem Sauerkraut, glaube ich, oder nach Wirsing und schlechtem Fett, du solltest nicht mehr so viel in die Küche gehen.«

Auch schmeckte ihm jetzt das karge Essen gar nicht mehr, und er sagte es endlich offen heraus.

»Oh, euer deutsches Brot ist aber schon ganz miserabel, es schmeckt nach Sägespänen, nach Erde und was weiß ich, brr! Ich kann es wahrhaftig nicht mehr vertragen.«

Etienne nämlich konnte gut kochen. Er erzählte Luise

davon und brachte ihr einiges bei, nach französischer Art zuzubereiten.

»Eure Mahlzeiten sind schrecklich, das mußt du mir nicht übelnehmen!« sagte er manchmal. »Schau, ihr eßt Brot, das ist aus Mehl, dann eine Suppe mit Nudeln oder so, die sind auch aus Mehl, an die Sauce tut ihr Mehl und ebenso ans Gemüse, und die Schnitzel sind paniert, selbstverständlich. Hinterher kommt dann womöglich noch eine Mehlspeise.«

Also kochte er ihr einmal nach seiner Weise auf dem kleinen Herdofen, und es wurde ein glückliches Mahl. Er hatte eine eigene Speisekarte dazu geschrieben. Es mundete ihr aber ausgezeichnet, und sie machte es bald nach, unten für die Familie, nach einem angeblich von Ulrike stammenden Rezept. Es schmeckte Vater ganz vorzüglich, als er ahnungslos und voller Wohlbehagen landesfeindliche Küche aß.

Luise, den oft melancholischen Freund zu unterhalten, lieh von Ulrike ein Grammophon, aber das mochte Etienne nicht lange, das konnte ihm nicht helfen. Immerhin rettete das Ding die beiden Sünder wenigstens vorübergehend aus großer Gefahr.

Die drei uralten Fräuleins nämlich spionierten, wann sie konnten, und eines Tages kam Luise dazu, als sie die Treppe hinaufschlichen, um zu horchen.

»Oh, wir wollten nur eben auf den Speicher«, sagte die Jüngste falsch und grinste.

Aber die Älteste blieb stehen und sagte mit tiefer Stimme geradeheraus: »Fräulein Luischen, Fräulein Luischen, hier riecht's nach Mann« (sie schnüffelte unverschämt). »Ich habe eine Männerstimme gehört, ganz gewiß, als ich gestern auf den Speicher ging.« Luise errötete längst nicht mehr.

»Soso«, sagte sie nachdenklich, »wirklich eine Männerstimme? Ach ja, natürlich!« Und sie ging in dem schweren, lauten Schritt, der Gefahr bedeutete, die Stiege hinauf. »Kommen Sie«, sagte sie liebenswürdig zu den Alten und nötigte sie in ihr Zimmer; und nun sah Etienne in dem Schranke durch sein Guckloch, wie Luise mit hämischem Lächeln das Grammophon aufzog und den nun allerdings verblüfften alten Fräuleins Schillers ›Taucher‹ vorspielte, von einer schönen Männerstimme mit viel Ausdruck vorgetragen. Wütend gingen die Weiber. Etienne und Luise aber lachten ausgelassen über den gelungenen Streich, wie sie ja überhaupt allmählich immer mehr ein verruchtes Wohlgefallen an ihrem Treiben fanden.

Luise trieb das Spiel so weit, daß sie eines Tages bei Tische ihren Lieben ganz genau mit allen Einzelheiten ihre und Etiennes Geschichte erzählte, nur als habe sie sich irgendwo in Hessen zugetragen. Turnlehrer Loch aber, der in letzter Zeit an einem genialen Plane zur völligen militärischen Niederwerfung sämtlicher Feinde Deutschlands arbeitete, sagte, nachdem seine Tochter geendet, ganz ernsthaft: »Jenes Mädchen hat ohne Zweifel den Tod verdient«, worüber Luise erbleichte.

Dennoch brüstete sie sich hernach vor Etienne ob ihrer Verwegenheit.

Sie waren unvorsichtig genug, einander zu photographieren, mit einer kleinen Kodak sechs mal sechs, und die Bilder waren recht hübsch geworden. Wenn so ein Bild in falsche Hände kam! Etienne hatte nun wenigstens für kurze Zeit etwas Beschäftigung mit Entwickeln und Kopieren.

Es wurmte Luise schon lange, daß sie niemand auf der Welt, nicht einmal der treuen Ulrike, etwas von ihrer Liebe erzählen durfte, wie es alle anderen Mädchen konnten, daß sie also zu ihrer großen Schande unbegehrt erscheinen mußte. Dennoch fand sie vor ihrer Freundin einen wenn auch nicht voll befriedigenden Ausweg, indem sie von ihrem geheimnisvollen Geliebten sprach und dabei den Eindruck erweckte, als handle es sich um eine Person, weit über ihrem Stande, weshalb sie vorläufig noch seinen Familiennamen verschweigen müßte. Sie sprach aber von ihm als ihrem Stephan und zeigte sein Bild, danach er allerdings von beneidenswerter Schönheit war und auf Ulrikens schwärmerisches Herz tiefen Eindruck machte. Trotz so frevelhaften Leichtsinns ahnte niemand in Mössel Luises Geheimnis, ausgenommen ihr Bruder Neidhardt, der eine Art Witterung für Verbotenes besaß.

Dieser blasse Knabe, als Jüngster reichlich verwöhnt und etwas sonderbar, auch infolge eigener Heimlichkeiten und Ängste gewitzigt (er unterhielt mit Jadup, dem jüngsten Powenz, eine Werkstatt zur Fälschung von Briefmarken, sie waren Meister im Herstellen von Überdrucken und Anbringung von fehlenden Seidenfäden, womit sie unter ihren Kameraden ausgezeichnete Geschäfte machten), Neidhardt also merkte als einziger im Hause, daß es da oben bei Luise nicht ganz geheuer war, und er konnte doch nicht genau sagen, warum. Als er einmal die Schwester besuchte, wurde sie abgerufen und verließ für ein paar Minuten fahrlässigerweise das Zimmer.

Neidhardt wartete, und während er so saß, spürte er deutlich, daß da noch jemand im Zimmer war. Er glaubte sich angesehen und fand doch nirgendwo ein Auge, und das ängstigte ihn. Denn er glaubte bestimmt, Gott oder ein unsichtbarer Geist blicke ihn an. Das konnte keinesfalls etwas Gutes bedeuten. Er schämte sich aber aufzustehen und einfach davonzulaufen, blieb vielmehr ganz eng und ohne sich zu regen und nach seiner Gewohnheit auf seinen flachen Händen sitzen und lauschte. Er hörte deutlich jemand atmen. Als Luise dann endlich wiederkam, merkte Neidhardt, daß ihr Lachen falsch war und daß sie keineswegs ihm traute. Da zwinkerte er nun ganz unverhohlen, sagte »ei, ei, soso«, zuckte die Achseln, lächelte vielsagend, kurz, er tat so verdächtig, daß ihm Luise ganz betroffen nachsah. Auch hatte Etienne Neidhardt so sitzen gesehen und bemerkt, wie sein verborgener Blick den Knaben beunruhigt hatte und wie der sichtlich davon so erschrocken war, daß seine Bluse zitterte über seinem geängstigten Herzen.

Von nun an kam es vor, daß Neidhardt, den Luise lieb hatte von Kind an, sie alle Tage besuchte, was er sonst nicht getan, wobei er sie höchst unverfroren um Zigaretten anbettelte, die er dann mit Jadup heimlich rauchte, oder um Schokolade, später sogar um Geld. Und Luise gab ihm ohne weiteres, was er wollte, damit er nur still wäre. Oder er suchte sie nur so auf und blieb unverschämt lange bei ihr, um an ihrer Unruhe und Verstellung sich zu weiden. Neidhardt war nun ganz sicher, daß Luise etwas zu verbergen hatte und daß sie auch wußte, er ahne etwas davon. Denn sie ließ ihn von nun an nie mehr allein im Zimmer. Er hatte nur keine Gewißheit, worum es sich eigentlich handelte. Und so quälte sie der liebenswürdige Knabe, indem er etwa sagte: »Na, meine große Schwester, das sind ja schöne Geschichten. Sehr verdächtig fürwahr«, oder »Das hätte ich ja eigentlich nicht von dir gedacht«, und was derlei Andeutungen mehr waren. Luise aber ließ sich dabei so übertrieben deutlich nichts anmerken, daß Neidhardt nun ganz sicher war, es konnte nur eine Liebesgeschichte dahinterstecken.

Luise war jetzt allerdings oft ordentlich in Verlegenheit, wie sie zugleich Etiennes und Neidhardts Wünsche erfüllen sollte, und da sie unter des Freundes Mund binnen weniger Wochen von Gestalt und Antlitz unerwartet schön geworden war, so stand ihr jetzt auch etwas Schwermut nicht übel an. Aber sie hatte wirklich ein teuflisches Glück: zur rechten Zeit fand sie auf der Straße ein fremdes Handtäschchen mit sehr viel Geld darin, das half ihr nun auf lange aus der Not.

Zwischen Etienne und Luise hatte sich allmählich eine seltsame kindlich-zärtliche Mundart herausgebildet. Ein schlimmes Kauderwelsch aus Deutsch und Französisch, weil keines von beiden des andern Muttersprache wirklich noch ernsthaft und mit Fleiß zu lernen begehrte.

Aber wenn Luise sich über Etienne ärgerte, flüsterte sie zur Strafe oft einen ganzen Tag lang nur Deutsch mit ihm und womöglich in dem für ihn gänzlich unverständlichen Mösseler Dialekt. Ihre heitere Liebessprache wurde ihnen jedoch geradezu gefährlich, weil Luise oft aus Versehen in Gegenwart ihres gestrengen Vaters darein verfiel; den aber schmerzte des Erbfeindes Idiom in der Seele. Er haßte alle Fremdwörter und sagte zum Beispiel Belange statt Interessen. Seinen Kollegen für neuere Sprachen belächelte er aber doch, der bei Kriegsbeginn den Dienst quittiert hatte und von Stund an nie mehr ein französisches oder englisches Wort über die Lippen brachte.

Es kam nun vor, daß Etienne und Luise einander nicht mehr wie anfangs Kindheitserlebnisse erzählten, sondern über Alltägliches flüsterten und auch stritten. Schließlich sogar über den Krieg und seinen vermutlichen Ausgang. Denn es wurde gerade ein großer Sieg gefeiert, und finster sah Etienne die schwarz-weiß-roten Fahnen aus allen Fenstern wehen, und dicht vor seinem Fenster knallte und blähte sich eine heiter im Winde. Die Glocken läuteten, und auch Luises Gesicht leuchtete vor Stolz.

»Wir wollen doch künftig nicht mehr darüber reden«, sagte Etienne endlich einmal, »nein, tun wir es nicht, sonst werden wir schließlich noch Feinde.« Denn sie waren beide sehr böse aufeinander geworden, ganz giftig, und hatten geeifert, ein jedes für sein Vaterland. Dabei kam es so weit, daß Etienne die deutschen Soldaten schlimmster Greuel bezichtigte, während Luise das gleiche den Franzosen vorwarf, sie feige und grausam nannte. Es fiel das Wort Boches, und Luise geriet in Verlegenheit, dem ein gleiches Schimpfwort entgegenzusetzen. Franzmann, nein das war zu harmlos.

Als sie sich wieder küßten, schmeckten sie, daß ihre Münder bitter geworden waren von ihrem Groll.

Damals herrschte in Mössel eine Frau Quiebus, eine reiche Witwe aus Holland, die es sich zur Aufgabe gemacht hatte, gemeinsam mit einer Anzahl Damen der Mösseler Gesellschaft Fußlappen für unsere Feldgrauen zu nähen und Pulswärmer zu stricken. Auch Luise ward dazu gebeten, ohne sich dem entziehen zu können.

Eines Abends, da Luise gerade dort war, erscholl Feuerlärm in der Stadt, und die wohltätigen Damen stürzten besorgt an die Fenster.

»Mein Gott, Luischen«, sagte Frau Quiebus, »es wird doch nicht am Ende bei euch sein.« Denn wirklich kam von dort der Feuerschein. Es hieß, das Gymnasium sei es, aber die Quiebus hatte recht. »Ich ahnte es ja«, sagte sie mit Nachdruck.

Luise lief ohne Hut und Mantel durch die Stadt, mit wimmernder Seele flehend, daß ihrem Freunde Etienne nichts geschähe. Aus allen Türen und Gassen kamen die Leute und riefen: »Beim Loch brennt's, beim Loch brennt's!«

Etienne, der schon geschlafen hatte, erwachte von flackerndem Schein und Rufen. Es roch nach Brand, und er sprang auf.

Es brannte unten im Hause, nicht bei Lochs zwar, aber bei den drei alten Fräuleins. Fräulein Babettes Ausstattung brannte lichterloh, denn Babette hoffte noch immer, und aus diesem Grund hatte man eine verlockende Aussteuer zusammengekauft und in einem Zimmer aufgestellt für den Künftigen. Nun standen die drei alten Hexen in ihren rosa Nachtjacken auf der Straße, und ihr schrilles Wehgeschrei klang grausig durch die Nacht.

Etienne durfte nun freilich glauben, daß er verloren sei. Wenn er zu fliehen versuchte, mußte man ihn entdecken. Wollte er das Geheimnis retten, mußte er jämmerlich in den Flammen umkommen. Davor fürchtete er sich sehr. Aber schon erklangen Schritte auf der Treppe, und er flüchtete, nachdem er das Bett notdürftig geglättet, in den Schrank, bereit, lieber zugrunde zu gehen, als seine Liebe preiszugeben. Draußen rief eine angstvolle Knabenstimme, Neidhardts Stimme schrie: »Luise! Feuer!« und immer wieder »Feuer! Feuer!« In diesem Augenblick aber prasselten die ersten Wasserstrahlen an die Fenster, sie zum Teil zerbrechend, und eine halbe Stunde später war die große Gefahr vorüber.

Als erste waren die Powenz-Buben mit ihrem Vater, der vollständig betrunken war, an der Brandstätte erschienen, um ein wenig retten zu helfen, und zweifellos gebührte ihnen der Dank aller Hausbewohner, daß sich das Feuer nicht weiter ausgebreitet hatte. Freilich hatten sie wie die Berserker gehaust und unter Indianergeheul die brennenden Gardinen von den Wänden gerissen, darauf herumgetrampelt, alle Spiegel eingeschlagen, Gläser und Porzellan nach Herzenslust zerschmettert, während Vater Powenz grölend die angekohlten Vertikos und Kredenzen, die Stühle, Tischchen und Schränke mit einer Axt zerhieb. Überdies hatten sie, um den Feuerschein des Stubenbrandes etwas grandioser zu gestalten, ziemlich reichlich mit bengalischem Pulver nachgeholfen und auch sonst mit allerlei Feuerwerkskörpern aus ihrem reichen Lager kleiner menschlicher Ärgerniserreger nicht gespart.

In dieser Nacht lagen Etienne und Luise nur zitternd aneinandergeschmiegt, sie vermochten kaum sich zu küssen vor Erschrockenheit.

Neue Versuche, die Loch unternahm, um Soldat zu werden, um für das liebe Vaterland zu kämpfen und, wenn es sein müsse, sein Blut dafür hinzugeben, waren kläglich gescheitert, und er schämte sich sehr solcher Schmach, denn er liebte Deutschland leidenschaftlich wie eine Frau.

Es war bekannt, daß er jeden Soldaten ehrerbietig grüßte, der das schwarz-weiße Bändchen im Knopfloch trug, und kannte er ihn, so schüttelte er ihm treu die

Hände, mit nassen Augen dankbar und voll Innigkeit sprechend: »Behüt Sie Gott, Sie junger Held.«

Es grämte ihn sehr, wenn er, als es draußen Winter wurde, seines wackeren Leberecht und überhaupt all der Tapferen gedachte und der Strapazen des Stellungskrieges, während er selber doch stets ein Dach über dem Kopf hatte, warme Stuben, vorzügliche Betten und ein so gutes Essen. Zunächst einmal ließ er das Heizen einstellen, damit er es doch nicht gar so gotteslästerlich gut hätte, während draußen die armen Kerls bis an die Knie im Wasser standen. »Es ist köstlich kalt heute«, sagte er und freute sich. Dann, obgleich seine Frau ihn beschwor, führte er karge Schützengrabenkost ein, verbat sich Semmeln, die er als Schleckerei bezeichnete, und all das sündhafte Zeug. Denn es quälte ihn sein Wohlleben, unwürdig dünkte es ihn, der Völlerei zu fröhnen, im warmen Bett zu liegen, wenn er an die draußen dachte.

Eines Tages vollends sah ihn Etienne, wie er mittels eines kurzen Spatens in dem kleinen, ihm gehörigen Teil des Gartens einen regelrechten Schützengraben auszuheben begann, dann allmählich einen behelfsmäßigen Unterstand baute, wo er von nun an, ohne sich durch einen jammervollen Schnupfen daran hindern zu lassen, seine Nächte auf dürftigem Stroh verbrachte. Er unterließ es nicht, einen Wecker auf bestimmte Stunden mitten in der Nacht zu stellen, worauf er, während alle Bürger der Stadt schliefen, in seinem Graben einsam Wache stand, die Nacht behorchend und fast glücklich in die Sterne schauend. Bei jedem Wetter, und wenn es schneite oder stürmte mit besonderer Lust, spielte er, sobald es ihm der Unterricht erlaubte, Krieg. Das Haus betrat er nur noch ›zum Essenfassen‹, und er vernachlässigte Kleider und Körper als ein seltsamer Kriegsasket. Die Leute aber schauten aus den Fenstern auf ihn herab und lachten über ihn.

Freilich wurde nicht geschossen, falls nicht die Powenzbande Schindluder mit dem Guten trieb. Der besoffene alte Powenz aber konstruierte eigenhändig mit der unermüdlichen Ausdauer abgefeimter Bosheit eine Höllenmaschine, die, heimlich im Garten vergraben, eines Nachts mit riesigem Getöse, Flammengarbe und Sternenfall Loch aus seinem kargen Schlafe schreckte. Aber nun befand sich sogar eine Art Granattrichter dicht vor dem Graben in dem kunstvoll angelegten Drahtverhau.

Innen war der Unterstand spartanisch, aber mit Liebe eingerichtet. Hier befanden sich auch die Karten der Kriegsschauplätze, wo Konrad Loch getreulich Fähnchen steckte, sowie eine kleine Sammlung von Kriegsandenken, aus Granatsplittern gefertigt, meist Geschenke ehemaliger Schüler. Hier arbeitete er an seinem großen Kriegsplan, den er allen Ernstes an den Kaiser zu senden gedachte, wozu ihm der alte Powenz nachdrücklich riet. Es sei, im Hinblick auf so viele tüchtige Heerführer, meinte Loch sinnend, freilich eine besondere Gnade, daß es gerade ihm eingefallen sei, wo er doch eigentlich ein Laie sei.

»Aber, wer weiß, was unser Herrgott mit seinem armen Knecht vorhat«, fügte er feuchten Auges und gen Himmel blickend hinzu. Powenz nickte.

»Ja, schicken Sie es dem Kaiser, lieber Professor«, sagte der Böse, »es wird dem Vaterlande und Ihnen gewiß große Ehre bringen.« Und auf die Brust mit dem Finger die Gestalt eines Eisernen Kreuzes zeichnend, lächelte er vielsagend. Dann aber blickte er voll Bewunderung Loch ins Gesicht und sagte mit Kopfschütteln: »Diese Ähnlichkeit, wirklich, ich bin stets von neuem überrascht, diese Ähnlichkeit ist geradezu lächerlich.« Loch aber wehrte bescheiden und bewegt ab. »Ach Lieber gar«, sagte er und zierte sich, »mit wem denn in aller Welt?« Und Powenz flüsterte: »Bismarck!«

Es war aber gespenstig anzusehen, wenn der Turnlehrer bei Mondschein Wache stand, die Augen groß und ernst nach dem feindlichen Graben gerichtet, der fern in

Frankreich lag, und Etienne, der zuerst lächelnd sagte: »Il est maboul, il est fou«, lachte nun nicht mehr über seinen Schwiegervater, wenn er ihn so sah.

Man erzählte sich in Mössel, der Loch habe sich seinerzeit in der benachbarten Garnison beim Ausmarsch der Truppen, unter denen Leberecht war, sehr lächerlich gemacht dadurch, daß er plötzlich ausrief: »Achtung, ein feindlicher Flieger!« Der Regimentskommandeur und sein Stab galoppierten auf eine kleine Anhöhe und zückten die Feldstecher, ein Pferd bockte, und alles war in Spannung. Aber da war es nur ein Papierdrache, den Jadup hatte steigen lassen, denn es war ein stetiger Wind und ein klarer Tag.

Ferner hieß es, daß der Loch die erste flüchtige Feldpostkarte seines Sohnes, die das glückliche Überstehen seiner ersten Schlacht meldete, zurückgesandt hatte, nachdem er mit roter Tinte die infolge der Hast fehlende Interpunktion hineinkorrigiert und: Schrift! an den Rand geschrieben.

Einmal träumte Loch, und das beglückte ihn tief, daß er im Felde sei. Sein Regiment mußte über einen Fluß, aber es befand sich weit und breit keine Brücke. Da wurde er plötzlich groß und stark, bückte sich hinüber zum andern Ufer, daß das ganze Heer über seinen Rükken weg trockenen Fußes zum andern Ufer marschieren konnte.

Der künstliche Feldküchenzettel war schuld, daß Etienne oft lieber freiwillig fastete und ihn infolgedessen manchmal wacker hungerte. Luise, die schon längst nicht mehr wie eine kleine Nonne anzusehen war, ließ ihn in letzter Zeit viel allein, sie vernachlässigte ihn arg und ließ es ihn deutlich spüren, wie sehr er in allem auf sie angewiesen war, besonders was seine Notdurft betraf. Sie ließ ihn oft stundenlang in übler Luft und verhöhnte ihn womöglich noch durch übertriebenen Ekel, indem sie sich die Nase zuhielt. Dazu kam, daß Etienne mit der Zeit, als Folge der Eingeschlossenheit und der mangelnden Bewegung immer mehr unter ärgerlichen Unpäßlichkeiten zu leiden hatte, die seine Stimmung verdüsterten. Kopfschmerzen und Bauchgrimmen machten ihn melancholisch und zimperlich. Er klagte viel, und Luise, die bei sich derlei gar nicht kannte, verhöhnte ihn deswegen. Er war ja nun auch recht verhätschelt und verwandelt, seine Stimme war schwach geworden vom ewigen Raunen, seine Hände fahl und kränklich. Er trug nur Filzpantoffeln, Hose und Hemd. Da er nun wieder magerer geworden war, sahen seine braunen Augen groß und traurig aus dem gespenstig zarten Gesicht.

Dennoch liebten sie sich; selbst dann, als sie sich gottverlassen und voll Haß gegenseitig ins Angesicht gespien hatten, sanken sie doch wieder zueinander, und alles schien wieder gut.

Kurz vor Weihnachten kam die Nachricht, daß Leberecht in Frankreich ganz unheroisch an den Folgen einer Ruhr gestorben war.

Es war für Etienne nicht leicht, die rechten Worte der Teilnahme zu finden. Zumal jetzt, da Luise sich vor seinen Augen oft mit flacher Hand gegen die Stirne schlug, um dem beschämten Stubengenossen damit anzudeuten, was für ein hirnverbranntes Geschöpf sie doch gewesen war, daß sie diesen Franzmann bei sich aufgenommen und alles für ihn getan. Ja, es kam vor, daß sie in einer Art schreienden Flüsterns ihm ins Ohr keifte, er sollte sich endlich zum Teufel scheren, er wäre jetzt gesund. Aber er vermochte es nicht, und sie nannte ihn Feigling. Einmal zischte sie ihm ins Gesicht: »Ich habe es endlich satt, und ich zeige dich an.«

Diese ungeheuerliche Verwandlung hatte ihre Ursache darin, daß Luise sich seit geraumer Zeit gesegneten Leibes wußte, was ihre Sinne von Stund an mit allerlei wahnwitzigen Vorstellungen verwirrte.

Dazu kam, daß Kaspar Powenz kürzlich aus dem Felde zurückgekehrt war, derselbe, der Luise damals im Tunnel so jäh überrumpelt, mit jenem ersten, schrecklich nassen, aber unvergeßlichen Kusse, und der dann vor dem Ausmarsch sie noch einmal zu sehen begehrt hatte. Kaspars linke Hand war während eines Gefechtes durch eine von ihm selbst erfundene Handgranate, die aber zu früh krepierte (er war schon als Knabe ein großer Feuerwerker gewesen), ziemlich stark zerfetzt worden, mit ihren kläglichen Fingerstümpfen, in deren rosa Narben die Arterien zuckten, sehr verunstaltet und zu kriegerischer Hantierung unbrauchbar geblieben. Er war Luisen bei ihrem Wiedersehen mit lachender Verwunderung begegnet, und obgleich ihr vor seiner Hand graute, war sie doch vom Teufel besessen, daß sie ihn bat, er möge sie doch recht bald einmal besuchen.

Denn der Powenzbande in ihrer heiteren Brutalität war es noch immer spielend gelungen, die weniger widerstandsfähige Familie Loch sich gefügig zu machen. Neidhardt bewunderte den schlauen Jadup Powenz, obgleich dieser seine hörige Seele ängstigte, wie er nur konnte.

Jadup brachte es doch fertig, eines Tages, als Neidhardt ihn zur Schule abholen wollte, mit einem Messer in der Kehle, bleich, blutüberströmt, wie tot am Fußboden zu liegen, aber während Neidhardt schreiend nach Hilfe lief, die grausame, aber wohlausgedachte Täuschung und blutige Maskerade spurlos zu tilgen und bei der Rückkehr des Genarrten, als wäre nichts geschehen, boshaft erstaunt und heil am Fenster zu sitzen. Er schämte sich nicht, an Ostern beim Gecksen mit den Eiern alle Kameraden um die ihren zu prellen, weil er sich eines fast unzerbrechlichen Porzellaneies bediente. Im Sommer nährten sich die Powenz fast ausschließlich von Schwarzbeerkuchen, alle Welt mit blauen Zähnen angrinsend, und der alkoholische Vater pflegte seine Buben jeden Morgen beim Aufstehen gewissermaßen auf Vorschuß durchzuhauen. So lebten sie in fröhlicher Sündhaftigkeit dahin, in allen kleinen Lastern ohne Schaden geschickt und davon gänzlich unbeschwert, als: Trinken, Spielen und Lieben auf mancherlei Art und Weise, ohne irgendwelche Gewissensbisse.

So auch der galante Kaspar.

Damals, als er Luise wieder begegnete, war Etienne in seinem Herzen schon bereit, bei guter Gelegenheit zu entfliehen oder lieber in ein Kriegsgefangenenlager zu müssen, als in Luises Haft länger zu schmachten. Aber er mußte zuvor noch, in dem Schranke sitzend, durch das kleine Guckloch mit ansehen, wie der deutsche Soldat Kaspar Powenz mit Luise koste, ohne den nahen Feind zu ahnen. Sie erwehrte sich noch des fröhlichen Zudrangs, aber in ihrem Blute den bösen Reiz wohl schmeckend, daß Etienne dies leiden mußte. Sie ging danach mit Kaspar aus und kam nachts nicht nach Hause.

Etienne wollte es dennoch nicht glauben, er ängstigte sich sogar, als es Nacht wurde, ernstlich, es könnte dem Mädchen etwas Arges zugestoßen sein, aber dann, als es immer später wurde, blieb er, Finsteres planend, wach, bis sie gegen Morgen endlich kam, mit vom Küssen fast entstelltem Angesicht und blutender Brust, ganz träge und liebessatt. Eine Zeitlang glaubte Etienne, er müßte sie erwürgen, wie sie so dalag, mit offenem Munde schlafend, ohne Arg in ihn. Aber er vermochte es nicht. Von nun an sprachen sie kein Wort mehr miteinander.

So warteten sie auf den Frieden, auf Befreiung, manchmal ein klein wenig hoffend, daß alles doch noch gut würde. Etienne kokettierte mehr mit Fluchtgedanken, als sie ernsthaft zu erwägen, und vertrödelte so die Tage. Luise diente ihren Eltern demütig, zuweilen fast unnatürlich Deutschlands Herrlichkeit lobpreisend und seinen endlichen Sieg erflehend.

Der Winter dauerte dortzulande ganz besonders lange, und Etienne war des Weißen gründlich satt und der Eisblumen, die ihm die Aussicht versperrten. Zwischen Etienne und Luise änderte sich nichts, obgleich der heitere Kaspar Mössel wieder verlassen hatte, nicht nur Luise in Gram und Schande zurücklassend.

Indessen ahnten die längst Verlorenen nicht, daß die drei alten Fräuleins von unten noch immer Luisens Tugendhaftigkeit beargwöhnten, fleißig die Türe behorchten und überwachten. Da die drei ihr Leben lang nie geliebt, entsetzten sie sich sehr ob so viel Verworfenheit der Jugend. Die Älteste der Urschwestern, die schon nicht mehr recht bei Troste war, aber mit lallendem Munde oft erstaunliche Dinge kundgab, von denen sonst niemand wußte, verriet eines Abends den frohlockenden Schwestern die heillose Begebenheit von Etienne und Luise.

Sie saß an dem heißen Ofen und sang mit schauriger Stimme der beiden Schicksal, als habe sie alles mit eigenen Augen gesehen. Fast zur gleichen Zeit aber reimten sich auch Neidhardt und Jadup die Geschichte so ungefähr zusammen.

Es war Ende März fünfzehn, an einem Montag, da putzen sich die drei Fräuleins und eilen dann, in ihren Mantillen und Kapotthütchen mehr schnurrig als bösartig anzusehen, spornstreichs zur Polizei, die Sache sogleich und mitten in der Nacht anzuzeigen. Jadup, der spioniert hat, meldet es eiligst Neidhardt. Dieser, erschrokken zwar, aber indianisch entflammt, sagt es Luise und begehrt inständig, Etienne zu sehen, erbötig, ihn zu retten, gegen eine Welt von Feinden und Abenteurern. Denn sein unschuldiges Herz begeistert die seltsame Tat. Aber nun sieht Luise, daß alles zu Ende ist, sie fällt vor dem bestürzten Knaben in die Knie, ganz außer sich, mit einem Gesicht, das vor Jammer zuckt, wie lachend, und aus ihren Augen springen Tränen auf des Knaben Hände. Sie kreischt: »Allmächtiger Himmel, sie töten uns, o sie töten uns ganz bestimmt.« »Fliehe«, ruft Neidhardt, und sie läuft hinaus in die Nacht. Als aber Etienne oben das Schreien hört (auch Loch in seinem Schützengraben horcht auf), nimmt er das Messer vom Tisch sprengt die Tür und entspringt endlich, da es zu spät ist. Aber auf der Treppe kommt ihm mit aufgehobenen Armen Neidhardt entgegengelaufen, der ihn warnen und retten will, und ruft: »Halt, halt!« Etienne aber, glaubend, der Knabe wolle ihn hindern, stößt ihm das Messer tief in den weißen Hals, und seiner nicht achtend, stürzt er weiter, zum Haus hinaus.

Etienne lief den einzigen Weg, den er kannte, und niemand hielt ihn an, höchstens verwundert schaute ihm mancher nach, denn er sah, wie er so war, barfuß in Hose und Hemd, mit flatterndem Haar und bleich, nicht anders aus als ein Bäckergeselle, dem es pressiert. Etienne lief blindlings zur Stadt hinaus zum Tunnel. Bald bluteten seine zarten Füße wie damals.

Etienne war, als er den Tunnel betrat, vom Bahnwärter gesehen worden, und vielleicht hätte er das Leben behalten, hätte er den Neidhardt nicht umgebracht.

So aber besetzten bald darauf Gendarmen und Landsturmmänner die Tunnelzugänge. Sie riefen dreimal: »Ergebt Euch, oder wir schießen!«

Etienne stand auf dem Schotter neben den Gleisen im Dunkeln, ohne sich zu rühren, wie ein sich Schämender, und er antwortete nicht. Die Gendarmen riefen noch dreimal, dann schossen sie in die Finsternis. Von fünf Kugeln getroffen, fiel Etienne tot auf sein Angesicht.

Luise wurde anderntags gefunden in dem Augenblick, als ein Jagdhund ihre Leiche an dem roten Haare aus dem Wasser zerrte. *(1929)*

Die portugalesische Schlacht

Die Angst vor dem Aussterben der glorreichen Dynastie von Habsburg und Burgund in Portugal mag es einigermaßen entschuldigen, wenn sich der noch nicht sechzehnjährige Infant Johann mit der erst dreizehnjährigen liebreizenden Johanna von Spanien, der Tochter Karls des V., verheiraten mußte. Wirklich war der Infant als jüngster, letzter und einziger von elf Geschwistern am Leben geblieben. Aber auch er starb bald, wenige Monate nach der Hochzeit, wie die Historiker trocken berichten, »nach kurzem Siechtum infolge Unmäßigkeit in den Freuden der Ehe«.

Diese unverantwortliche Verbindung war das Werk der Königin Katharina gewesen, einer sonst hochbedeutenden Frau, die schon damals, als das mächtige Portugal sich mit Spanien noch in den Besitz der ganzen Welt teilte, die bevorstehende Katastrophe ganz richtig vorausahnte.

»Portugal«, so soll sie einmal gesagt haben, »sitzt am Rande Europas wie ein Knabe auf einem Stuhl, auf dem schon eine dicke, gelbe Dame Platz genommen hat.«

Diese Dame war Spanien.

Donna Katharina (von Österreich) war in Wien geboren und beinahe so jung wie nachmals ihr Sohn Johann und ebenso ungefragt an den frommen und scheinheiligen König Johann den Dritten verheiratet worden. Es ist nicht von der Hand zu weisen, daß diese Ehe wider Willen schuld daran war, daß sie später nun ihrerseits mit solcher Lust und solchem Erfolg andere Fürsten und Prinzessinnen zu verheiraten unternahm. Man sagte ihr doch nach, es wäre ihr, wenn es das Wohl Portugals erfordere, ein Leichtes, den heiligen Vater in Rom ohne weiteres mit einer Tochter des Großtürken zu verheiraten.

Sie konnte sich allerdings rühmen, unter anderem den

abscheulichen alten Herzog von Ragusa mit der holdseligen Elisabeth von Bayern verbunden zu haben. Die böse ›schwarze Anna‹ von Toskana lebte von Katharinas Gnaden in trauter Ehe mit dem dicken Karl von Dänemark. Und jener lasterhafte Prinz Eduard hatte es nur ihrer Regie zu danken, daß er noch ganz fromm und zahm wurde unter der Fuchtel der riesenhaften Fürstin Pauline von Ingermanland. Sie alle, und viele andere noch, hatte Katharina ungefragt verheiratet, wie man es ihr angetan. Es war aber doch so etwas wie eine große Kunst dabei, eine teuflische vielleicht, und gewiß nicht ohne allerlei boshafte und vergnügliche Vorstellungen. Sie wollten eigentlich alle nicht. Aber sie mußten, weil die eiserne Katharina nicht rastete, bis es endlich soweit war.

Sogar für die dumme, grundhäßliche Emma von Ungarn, eine ungewöhnlich alberne Person mit gelben, leicht blutenden Zähnen und erfrorenen Fingern, fand sie noch einen Mann, nämlich den schwachsichtigen Moritz von Skarabor, der auch gerade keine Schönheit war. Alles lachte denn auch, als die beiden Hochzeit hielten. Aber sie schritten glückversonnen aus dem Dom und hatten einander von Herzen lieb.

Katharina konnte ihren Mann nicht ausstehen, aber sie gebar ihm pflichtgetreu elf Kinder, darunter sechs Knaben, die ersten fünf waren Mädchen, die sie unsäglich liebhatte. Sie begrub sie alle in jungen Jahren* unter großem Herzeleid, als letzten eben jenen unglücklichen, frühvollendeten Johann. Siebzehn Tage darnach aber gebar Johanns kindliche Witwe einen Sohn mit Namen Sebastian.

Wer hätte es auch ahnen können, daß diese Kinder sich gleich so leidenschaftlich lieben würden, da sie einander doch zum erstenmal mit Augen sahen an ihrer prächtigen

* Sie selbst starb hochbetagt erst 1578.

Hochzeit zu Lissabon, da auf offenem Markte Brunnen sprangen mit blutrotem Wein von Algarve und Setubal.

Es war schon rührend anzusehen gewesen, wie die arme kleine Johanna von Spanien sich gefürchtet hatte vor ihrem gesegneten Leibe und wie sie ganz verstört durch die Galerien wandelte, die Hände seitlich von sich haltend, wie balancierend. Ihre Augen waren groß und angstvoll aufgetan. Sie führte sich entsetzlich auf, als man sie auf den goldenen Gebärstuhl der Königinnen von Portugal zwang, und schrie und strampelte und biß um sich, ganz außer sich, wie eben ein ungezogenes Mädchen. Sie hatte nachmals auch kein Gefühl für ihr unwahrscheinlich kleines Kind. Sie konnte gewiß nichts dafür.

Gleich nach den Wochen kehrte sie nach Madrid zurück und lebte vergessen von nun an in einem Kloster.

Das Knäblein Don Sebastian, das man der Obhut der Großmutter Katharina übergab, ward ohne die natürlichen Leibesöffnungen geboren, gleichsam als wolle Gott ihm alles Menschliche ersparen. Sogar der Mund war mit einem dünnen Häutchen geschlossen, das erst zersprang, als er den ersten Schrei tat. Es rann ihm davon ein klein wenig hellrotes Blut über die weißen Wangen. Der berühmte spanische Arzt Dr. Almasan half zwar dem bedauernswerten Kinde zu seiner Natur. Doch konnte man nicht wohl hoffen, es am Leben zu erhalten. Denn der zarte Körper war anfangs ganz durchsichtig und wie gläsern: man sah darinnen sein Herz und seine Eingeweide gleich einem lebendigen Uhrwerk.

Eigentlich rettete ihm das Leben seine Amme Manuela, die gewaltige Frau eines Feldwebels, die man ihrer vier Brüste wegen für den winzigen Prinzen wählte. Da sie den Knaben stillte, trübte sich alsbald seine Haut und wurde undurchsichtig.

Er war aber sieben Tage lang blind, wie ein Tier.

Als der Infant Sebastian drei Jahre alt war, starb nach langem, mit frömmelnder Geduld ertragenen Leiden sein Großvater, der scheinheilige Johann. Die Königinwitwe Katharina übernahm für den unmündigen Thronfolger einstweilen die Regierung. Sie herrschte über Portugal, wenn man füglich von ihrer unleidlichen Neigung zum Ehestiften absehen will, nach allgemeinem Urteil mit Glück und Vorsicht. Allein der verblichene König hatte in seiner Frömmigkeit dem Klerus und vor allem den Jesuiten soviel Rechte eingeräumt, daß die ziemlich autokratisch veranlagte Katharina bald alle Lust verlor und verärgert die Leitung der Geschicke Portugals in die knöchernen Hände ihres nicht minder frommen Schwagers, des einäugigen Kardinalinfanten Heinrich legte, nicht ohne auch künftig ›hinten herum‹ ein wenig Politik zu treiben. Denn sie hätte gar zu gern noch ein wenig weiterregiert.

Was sie schon lange befürchtet hatte, geschah. Man entzog den kleinen Sebastian ihrem Einfluß und gab ihm als Erzieher einen heiligen Mann, den Jesuitenpater Luiz Gonsalves.

»Er war ein Gespenst«, so wird glaubhaft über ihn berichtet, »ein Geist fast ohne Körper und schon beinahe unsichtbar.« Man habe nie seine Hände gesehen, die er nach Mönchsart betend in den Ärmeln vergraben hielt, sondern immer nur sein weißes Gesicht über einer weißwollenen Kutte schwebend, uralt und ewig jung zugleich, ein Mondschein mehr als ein Menschenantlitz, doch mit einem großen schwarzen Mund. Seine Stimme war unvergeßlich: es war eines Knaben oder Engels bestrickendes Organ.

Katharina haßte ›diesen fürchterlichen Greis‹ von ganzem Herzen. Sie machte kein Hehl daraus, sie glaubte bestimmt, daß Don Gonsalves der Teufel sei. Der junge König aber fürchtete sich nicht vor dem Pater, sondern gewann ihn sehr lieb.

Dieser merkwürdige Mensch, den nie jemand hatte essen sehen, als lebe er allein von Licht und Luft, unterwies den Knaben Don Sebastian in der edlen und geheimen Kunst des Königtums, mit dem Erfolg, daß sein Schüler, als er erst vierzehnjährig auf eigenen Wunsch den Thron bestieg, für den liebenswürdigsten und tugendhaftesten Jüngling Portugals gelten durfte.

Obgleich der junge König von Kindheit an fast ausschließlich im Umgang mit alten Damen und geistlichen Herren aufgewachsen und oft recht kränklich war, zeigte er einen geradezu leidenschaftlichen Hang zu allem Militärischen.

Mit einer viel zu großen Trommel, die er kaum schleppen konnte, hatte er einst die Nerven der guten Großmama malträtiert, unaufhörlich den Rataplan schlagend, ganz ernsthaft mit vibrierenden Backen, oft auch nachts das Schloß alarmierend, vollends selig, wenn die Wache herbeigerannt kam und vor ihm präsentierte. Nach dem Regierungsantritt (als man ihm die Königskrone aufsetzte, schossen ihm vor Ergriffenheit die Tränen in die Augen) »lebt er und kleidet sich wie ein Soldat, erhebt sich zeitig, betet, badet kalt, übt sich im Faustkampf, sich zu kräftigen«.

Er wohnte übrigens jahraus jahrein in einem Zelt, dessen Inneres nach seiner Erfindung farbenprächtig mit dem Weltkreis-Panorama bestickt war. Die Erdteile, selbst größere Städte waren groß und leserlich beschriftet. Oben im Zelthimmel war das ganze Planetarium mit Sonne, Mond und Sternen, umsäumt vom Tierkreis treulich abgeschildert. Auch der Fußteppich war als Landkarte gewebt und stellte in größerem Maßstab Europa dar.

»Hier«, schrieb er einmal an seinen ehemaligen Spielkameraden, den Grafen Christophan de Tavora, »hier, des Himmels Reiche zu Häupten, zu Füßen die Erde, in ein paar Schritten zu durchwandern, ringsum das bunte Erdkreispanorama, hier bin ich glücklich. Ich wohne gleichsam im Mittelpunkt der Welt, als ihr Herz und ihre lebendige Seele. Hier spiele ich mit meinen Zinnsoldaten und gründe Reiche, rüste Flotten aus, schlage blutige Schlachten, führe große Kriege und ich gewinne sie alle!«

Wie oft eroberte er so im Spiel die ganze Welt, rundherum von Lissabon bis Lissabon!

Nach der Überlieferung war König Sebastian kaum mittelgroß und von enganliegender Schlankheit der Statur. Seine Augenbrauen waren über der Nasenwurzel zusammengewachsen. Sein Haar war gelb, seine Augen braun, beschattet von den starken Brauenbögen. Sein Mund war bezaubernd, die Zähne unversehrt. Die ziemlich unbekümmerte Nase nahm dem Gesicht etwas von seiner schönen Ernsthaftigkeit.

Der junge Monarch hinkte ein wenig, wußte es indessen mit viel Anstand zu verbergen. Auch hatte er sich ein kunstreiches Instrument bauen lassen, dem Übel abzuhelfen. Es glich beinahe einem Folterwerkzeug (oder einer Art Winde). Der Apparat wurde mittels Ledermanschetten dem unzulänglichen Gliede angelegt. Durch eine sehr sinnvolle Mechanik wurde es bei ganz allmählichem Anziehen gewisser Schrauben jeden Tag ein bißchen mehr gestreckt, was ganz abscheulich wehe tat.

Aber Sebastian wollte eben von Natur ganz gerade sein, ganz untadelig von Gestalt und Lebenswandel. Denn er war doch der König von Portugal. Er meinte ernstlich, solange er hinke, sei er fehlerhaft und also schon nicht mehr ganz gerecht, nicht mehr ganz königlich.

Der kleine König war alles andere als ein Staatsmann. Er verstand nichts von Politik und mochte sie auch nicht. Er war, das wußte er wohl, nicht klug und begehrte nicht Weisheit. Er dachte nicht, er war begeistert. Er begehrte aber Ruhm und es gelüstete ihn einzig nach der Unsterblichkeit. Sein persönlicher Mut war sprichwörtlich. Es ist bekannt, daß er täglich mit Löwen rang, damit er recht stark werde. Er fuhr nur bei Sturm zur See, anders tat er es nicht. Sein einziger Fehler war: er konnte nicht zuhören und keinen Widerspruch vertragen.

Kurz, um ein Diktum seiner Großmutter anzuführen: »Er war tapfer, schön und dumm. Ein Muster der Männlichkeit.«

Natürlich gab sich die eiserne Katharina – so hieß sie allerwelts – jede erdenkliche Mühe, ihren lieben Enkel möglichst bald reich und glänzend zu verheiraten. Aber schon ihr erstes Projekt, wofür sie die wirklich allerliebste Prinzessin Margarethe von Frankreich in Aussicht genommen, die dummerweise erst zehn Jahre alt war, scheiterte an dem unbegreiflichen Eigensinn des Königs.

Er mochte einfach nicht.

Schon bei dem bloßen Worte Heirat verfinsterte sich sein Gesicht und er hinkte mehr als sonst.

Nachdem dieser erste Versuch so kläglich mißlungen war (sicher nicht ohne Schuld jenes Teufels Gonsalves) zog sich Katharina grollend für immer auf ihren Witwensitz zurück. Sie legte sich, obgleich noch von bester Gesundheit, einfach zu Bette und war von Stund an durch nichts mehr zu bewegen, jemals wieder aufzustehen, bis zu ihrem späten Tode. Schon damals machte die alte Königin zuweilen einen wunderlichen, fast hexenhaften Eindruck, gewiß auch durch ihre ungewöhnlich tiefe Stimme.

Das Zimmer, in dem sie hauste, war seit Jahren nicht gelüftet. Ihr Äußeres war bedenklich verwahrlost. Mühsam und unbequem saß sie in ihrem ehemals prunkvollen Paradebette und sparte für Portugal, in der sehr richtigen Erkenntnis, ›daß es ja doch bald nicht mehr lange‹.

Sie lag aber auf lauter Golddukaten kastilischer Währung, ächzend ›saß sie auf ihrem Gelde‹, wie sehr ihr auch alle Knochen davon weh taten. So nur war sie sicher, daß ihr davon nichts wegkam.

Über ihrem Bette hing das Bildnis ihres seligen Gemahls, betend, und ihr eigenes in jungen Jahren, darauf sie überall lieblich anzusehen war. Darunter befanden sich die ziemlich primitiven Porträts ihrer frühverstorbenen Kinder: sechs Prinzen und fünf Prinzessinnen im Alter von einem halben bis sechzehn Jahren.

Der Maler hatte sie alle aus dem Gedächtnis gemalt. Sie waren nicht sehr ähnlich ausgefallen.

Dennoch legte die alte Königin die Bilder der toten Kinder zuweilen vor sich auf die Decke, etwa wie ein Spiel Karten zur Patience. Sie rückte und ordnete daran, als wolle sie daraus weissagen. Hin und wieder küßte sie eines laut aufs Glas, wo der Mund war und sah zu, wie sich ihr Hauch verflüchtigte. Auch hatte sie dazu gewöhnlich eine große eulenäugige Brille auf und redete lange mit den Bildern.

»Du«, sagte sie etwa, »du bist Kätchen und heultest immer gleich, wenn dein Papa ins Zimmer trat, und dir, dicker kleiner Manuel, war immer so angst vor dem Schlaf. Du aber, mein hübscher Alfonso, was hattest du doch für eine tolle Art, deine Mutter auf den Mund zu küssen wie ein Liebhaber. Ach, es sind alles nur Bilder, man soll sein Herz nicht daran hängen!«

Auch mit Carlos sprach sie, der nicht von ihrer Brust trinken wollte, und mit ihrem lieben Sohn Johann. So lauerte sie aber nur auf gelegene Zeit, unablässig Ehen stiftend in ihren Gedanken.

Vielleicht hätte sie es nie mehr gewagt, aktiv in die Politik einzugreifen, wenn nicht der eigentliche Lenker Portugals, jener unheimliche Greis Gonsalves plötzlich und unerwartet gestorben wäre.

Sebastian weinte drei Tage und drei Nächte an der Bahre seines Meisters ohne Aufhören. Nach der Legende soll des heiligen Mannes Leichnam durchsichtig und wie gläsern gewesen sein. An Stelle seines Herzens habe eine weiße Taube in der toten Brust gewohnt, weiß mit roten Augen, die hell aus seinem Munde flog, als er verschied. Es traf den wehklagenden König sanft der Wind ihres Flügelschlages.

Sofort entwarf natürlich die wunderliche Königin ein neues Heiratsprojekt. Die Idee war groß. Sie plante nichts Geringeres, als ihren Enkel mit der Infantin Isabella zu verheiraten, der leidenschaftlichen Tochter König Philipps. Eine neue innige Verbindung mit dem mächtigen Nachbarn konnte Portugal auf einmal aller

Sorgen ledig machen, vor allem auf finanziellem Gebiete. Sebastian und Isabella waren beide Enkel Karls des Fünften und hatten also die Anwartschaft auf den Besitz der Welt schon im Blute.

Katharina zog zunächst den Grafen Caneiro ins Vertrauen, den wohlbeleibten, etwas kapriziösen Großsiegelbewahrer, einen ängstlichen Streber, begeisterte ihn für ihre Politik und sandte ihn in geheimer Mission zu ihrem übellaunigen Vetter Philipp nach Madrid, ein wenig zu sondieren.

Sebastian ahnte nichts von alledem: er rüstete. Er ließ in ganz Europa insgeheim Truppen anwerben, in Frankreich, Italien, Skandinavien, vor allem auch in Deutschland, dessen Landsknechte, weil tapfer und billig, damals in aller Welt gesucht waren, und überraschte seine Minister mit dem allerdings phantastischen Plan, daß er Afrika für die Krone Portugals zu erobern gesonnen sei. Den ursprünglichen Gedanken, von Indien aus, wo die Portugalesen Kolonien hatten, ganz Asien in Besitz zu nehmen, hatte man ihm nur mit Mühe ausreden können. Aus Angst vor Ungnade wagte man nicht mehr. Es blieb bei Afrika. Auch besaß ja ein Kriegszug gegen die ungläubigen Mohren von vorneherein die Sympathie der Kirche. Graf Caneiro kam bei schauderhaftem Regenwetter an einem Freitagabend in Madrid an und sein erster Eindruck war: scheußlich! Jeder Spanier sah aus wie König Philipp, in allen Gassen wandelte sein Ebenbild. Es hockte finster vor allen Schenken und zwei Don Philipps, das war kein tröstlicher Gedanke, trugen Caneiros Sänfte mürrisch zum Escorial. Der Monarch selbst kam ihm vor wie nur irgendein Spanier unter seinesgleichen und der mit der Krone war der König. Philipp wußte bereits, weshalb Caneira kam. Seine Macht beruhte darauf, daß er alles wußte, daß niemand in seinem Lande ein Geheimnis hatte, außer ihm.

Er empfing den Grafen mit eisiger Vertraulichkeit, man könnte sagen: finsterfreundlich. Denn seine Miene war nicht kalt und böse wie meist, sondern Gesicht und Stimme waren traurig auf einmal. Das war so seine Art von Herablassung. Es wird erzählt, wenn Don Philipp bei unentwegt finsterem Angesicht einen Augenblick die berühmte Unterlippe hängenlasse, daß man seine kleinen schwarzen Zähne sah, dann bedeute das bei ihm, was man gemeinhin Lächeln nennt. Er sagte zu Caneiro, die Idee sei groß. Sie bedeute schließlich nichts anderes als eine Art Verschmelzung der Kronen Spaniens und Portugals. Er drückte dies sehr drastisch und nicht besonders zartfühlend gegen seine eigene Tochter aus, indem er sie einen dynastischen Schmelzofen nannte, von Legierung sprach und Don Sebastian mit einem Alchimisten verglich. Worauf Caneiro lächelte. Er lächelte allein, erschrak und unterließ es künftig.

Dann sprach Don Philipp langsam und nach seiner Gewohnheit ein wenig durch die Nase die Namen aus: Sebastian und Isabella, gleichsam die Harmonie der Worte abschmeckend. Er schloß die Unterredung: er sei der Heirat nicht eben abgeneigt, doch nur unter der festen Voraussetzung gewisser Sicherheiten dynastisch-physiologischer Natur.

Damit zielte er offenbar auf Don Sebastians höchst befremdliche Weiberscheu. Don Sebastian war über zwanzig Jahre alt und hatte noch nicht geliebt! Es hieß von ihm: er liebt nur Gott und die Infanterie.

Nun war es richtig, daß Don Sebastian den frommen Wahn besaß: ein König, den sein Volk lieben solle, müsse reinen Herzens sein, und Don Gonsalves hatte ihn tagtäglich von Kindheit an allen Ernstes gelehrt: daß Unkeuschheit der Unsterblichkeit abträglich sei. Man hatte erlauscht, daß der junge König jeden Morgen bei der Andacht auf den Knien und unter Tränen Gott den Allmächtigen anrufe, er möge ihm doch um Christi willen auch fernerhin beistehen und ihm seine Keuschheit erhalten, auf daß er für seine arme Seele ewigen Ruhm und die Unsterblichkeit erringe.

Dies war Don Philipp wohl bekannt. Er hielt nicht viel von solcher Unsterblichkeit. Außerdem ward ihm geheime Kunde, die ihn als guten Vater und Regenten mit Recht mißtrauisch machen mußte.

Es hieß nämlich, des jungen Königs selbstgewähltes Zölibat, sein Keuschheitswahnsinn, die Misogynie sei nicht, wie man meine, frommer Natur, sondern organisch bedingt. Don Philipp sandte daher unverzüglich seinen vertrauten Leibarzt, den Dr. Almasan, an den Hof in Lissabon, um Sebastians doch ein wenig sonderbare Tugend zu enträtseln. Diesem Dr. Almasan sagte man nach, er habe ein Mittel für ewige Jugend erfunden, wende es aber schnöderweise nur bei sich selbst an. Er sah auch wirklich bei seinen siebzig Jahren geradezu abstoßend wohlerhalten aus. Befragt wie er das mache, pflegte er grinsend den Rat zu geben: Gemütsbewegungen von sich halten!

Er war ein kleines rasches Männlein, ohne Herz, mit einem nackten rosa Gesicht. Er hatte nie im Leben geweint, auch als Kind nicht. Er träumte nie. Er hatte falsche Zähne.

Dr. Almasan aber ersann einen niederträchtigen Plan.

Mit heiterer Zuversicht verpulverte indessen der dumme, tapfere König sein schönes Geld für seine abenteuerlichen Eroberungspläne. Doch gediehen seine Zurüstungen nur langsam, denn ungeachtet seines persönlichen Mutes und lobenswerten Fleißes verstand er im Grunde herzlich wenig vom Militär. Er kümmerte sich aber um alles und war unermüdlich unterwegs. Es hieß von ihm: er exerziert und betet. Die Soldaten vergötterten ihn. Selbst die bärbeißigsten Obersten, die ihn eben noch heimlich einen gefährlichen Phantasten und Kriegsdilettanten schalten, ließen sich von seiner Begeisterung bezaubern und gingen für ihn durchs Feuer. Sie nannten ihn das schöne Unglück Portugals. Eine Anekdote, die sich rasch in ganz Europa herumsprach, gewann ihm vollends seiner Untertanen Sympathien. Als nämlich Don Sebastian eines Tages nach seiner Gewohnheit als einfacher Soldat gekleidet im Hafen umherschlenderte – denn er gehörte zu jener Art von Königen, die keine Sekunde ruhig auf ihrem Thron sitzen bleiben können – bemerkte er einen riesenhaften Artilleristen, der an seine Kanone gelehnt die Bilder aus Portugals Geschichte betrachtete, mit denen der Geschützgießer das Rohr geziert. Es waren die Heldentaten Manuels des Großen in Relief und silbertauschiert.

»Eine wundervolle Kanone, nicht wahr«, sagte Sebastian gewinnend. Der Kanonier erkannte den König nicht, der ihn so freundlich anredete, sondern wurde, in seiner Betrachtung gestört, sehr grob, nannte ihn einen blöden Infanteristen (worauf der König doch ein wenig verdutzt war) und fragte schließlich geradezu, »ob er Knirps denn überhaupt das Militärmaß habe«.

»Knirps?« sagte der kleine König ganz erbost, Knirps solle man nicht zu ihm sagen und zu des Kanoniers ehrlicher Verwunderung bückte sich Sebastian unter die Kanone und hob sie mit seinen Schultern auf.

Man konnte ihm wirklich nicht ansehen, was für Kräfte in ihm steckten!

Nicht genug, forderte er den Grobian auch noch auf eine Boxpartie, bei der dieser schon in der ersten Runde zu Boden mußte und unter dem johlenden Beifall seiner Kameraden regelrecht ausgezählt wurde. Er rühmte sich aber, als die Sache bekannt wurde, bis an sein Lebensende: er habe mit dem König geboxt!

Es war unverantwortlich, den sympathischen Monarchen so selbständig darauf losrüsten zu lassen. Denn die Kartaunen und Musketen, die er kaufte, waren zwar prächtig anzuschauen, im Ernstfall aber taugten sie nichts. Sie waren reich bebildert mit Engeln, Heiligen und Psalmen Davids, der ein frommer Kriegsknecht war, aber sie kosteten leider sehr viel Geld. Gerade daran fehlte es damals in Portugal.

Die Armee, bestehend aus Deutschen, Polaken, Moskowitern, Franzosen, Italienern, war ungedient: eine Horde von Müßiggängern, Abenteurern, Landstreichern, Tänzern, Zuhältern, Narren, Gauklern, Musikanten und Poeten, eine Versammlung von Schurken und Idealisten. Sie schritten stolz einher, in den farbenprächtigen Uniformen mit schlecht vergoldeten Musketen und Partisanen, protzig, lasterhaft und gefräßig.

Die ›Kostüme‹ hatte übrigens der kunstsinnige junge Herzog Emil von Braganza eigens für diesen Feldzug entworfen.

Dem kleinen Heldenkönig aber ging das Herz auf, wenn er seine lieben Soldaten sah. Denn er schaute die Welt nur im Widerschein seiner Seele, die köstlich war ohne Zweifel. In seiner Einfalt nannte er seine Truppen Streiter Gottes gegen die Heiden im Mohrenland, er sah – o liebenswerter Wahn – himmlische Heerscharen in ihnen, und es ward wahrhaftig ein Befehl ausgegeben, daß sich die Soldaten des Königs von Portugal das Haar nicht dürften scheren lassen, damit sie desto mehr wirklichen Engeln gleichen sollten!

Don Sebastian war ein glücklicher Monarch.

Inzwischen war der abgefeimte Dr. Almasan am Werke, des kriegslustigen Königs Tugend zu versuchen. Er gedachte, da die Diagnose schwerlich ohne Einverständnis des hohen Patienten zu stellen sein mochte, es zunächst vielleicht mit einer Art ›Sympathiekur‹ zu versuchen. Wenn irgendwer, so war es Bianka, die bezaubernde Herzogin von Montecorvo, die imstande war, des keuschen Sebastian Herz zu enträtseln. Sie war Jahre früher in ähnlichen Fällen mit Erfolg als Spionin in Don Philipps Diensten tätig gewesen und wohlerfahren in allen Teufelskünsten der Verführung. Sie war die eigentliche Siegerin mancher Schlachten, indem sie rechtzeitig ahnungslosen feindlichen Generälen in den Liebespausen die genauen Pläne entlockte, oft zur großen Ergötzung des Betörten aus Kissen und Federbetten das künftige Schlachtfeld improvisierend. Es gelang ihr, noch als Dreißigjährige wie eine kaum erblühte Jungfrau auszusehen, aber auch, je nachdem es der Geschmack ihres Partners erforderte, wie eine erfahrene Meisterin. Mit Schönheit ersetzte sie spielend Bildung, Gemüt und Geist. Obgleich sie für eine Spionin fremde Sprachen viel zu wenig beherrschte, wußte sie mit so berückender Stimme zu stammeln, daß sie stets ihr Ziel erreichte. Nach kurzer Weigerung, denn sie fürchtete das kalte Messer im Rücken oder das Gift in der Schokolade, war sie auch diesmal für tausend Dukaten gerne erbötig, König Philipp diese kleine politische Freundlichkeit zu erweisen.

Als Kenner portugalesischer Verhältnisse und gerissener Psychologe bestellte der Doktor überdies als Ministranten des unschuldigen Königs einen schönen Knaben, Gabriel mit Namen. Dieser durchtriebene Engel sollte von nun ab das Evangeliar halten, wenn der König betete.

Sebastian ahnte nichts von so heimtückischer Verschwörung gegen seine Unschuld und empfing ohne Arg die üppige Herzogin in Audienz.

Bianka wußte listig das Gespräch auf kriegerische Dinge zu lenken, so daß Sebastian ihr alsbald ganz entzückt gestand, er sei noch nie im Leben einer Frau begegnet mit einer so überaus liebenswürdigen Neigung und Begabung für das Militärische. Er habe, leider, schon oft die bittere Erfahrung machen müssen, daß es das schöne Geschlecht fürchterlich langweile, wenn er beispielsweise über Geschoßbahnen plaudere, überhaupt von Ballistik, oder etwa das neue Exerzierreglement erkläre.

Auch der Herzogin kam schon das Gähnen, wenn sie nur von weitem eine Ritterrüstung sah. Jetzt aber hörte sie dem König geduldig zu, verzweifelt heitere Aufmerksamkeit heuchelnd.

Doch während Don Sebastian arglos dozierte, daß zwei natürliche Bewegungen – der Soldat nenne sie Triebe – gleich schwerer Körper, also etwa Büchsenkugeln, niemals ganz genau gegen die Perpendikularlinie des Horizontes stehen könnten, weil sie ohne Zweifel (theoretisch gesprochen) beim Zentrum oder Mittelpunkt der Welt zusammenstoßen würden, wenn er dabei dem Euklid in seiner letzten Proposition im ersten Buche seiner Geometrie folgen dürfe, – während nun der König also dozierte, betrachtete ihn das lockere Frauenzimmer mit wachsendem Wohlgefallen. Schön erschien es ihr, einen König zu lieben wie diesen, obgleich sie ihn reichlich schlecht angezogen fand.

Der Ort der Begegnung war die königliche Rüstkammer, ein liebeloser folterkammerhafter Raum, da auf Gestellen reihenweise Musketen standen und Ritterrüstungen in Reih und Glied mit eisern lächelnden Visieren. Da war Eros ferne.

Anstatt zu schmeicheln, sagte sie plötzlich fast feindselig, wie fremd und unnatürlich doch die Männer seien, die in den blutigen Krieg zögen in bunten Wämsern, mit festlichen Fähnlein, Wimpeln und Standarten, wie zur Hochzeit. Die Waffen ziseliert, die Kanonen kunstvoll geschmückt. Und die Muskete nannten sie: Braut des Soldaten. Dann täten sie sich auch noch wunder wie groß mit ihren Heldentaten in diesem fürchterlichen männerliebenden Krieg. So redete sie mit wachsender Eifersucht fast grollend an den König hin, den liebeleeren Schalk.

Der König, äußerst ungern in seinem Vortrag unterbrochen, sah sie verwundert an.

Oh, fuhr sie fort, wie man nur immer Soldat sein könne und immer nur Soldat, an Geschoßbahnen denken und Mann gegen Mann und an Ruhm und Heldentod.

Warum? Wieso? fragte Sebastian begriffsstutzig lächelnd. Und da sie ihn von Herzen lieb gewann in seiner göttlichen Einfalt, verriet sie sich, fassungslos und unter Tränen: Wie er sich denn vermessen könne, nicht zu lieben, er allein auf der Welt, ob er nicht wisse, daß es sein Verderben sein müsse, daß da etwas in der Natur revoltiere, das ihn vernichte. Ob er denn wirklich gar nichts spüre? »Ich spüre nichts«, sagte Sebastian sehr peinlich berührt von solcher Aufführung. Da vergaß sie sich vollends.

»O König«, rief sie endlich ganz außer sich, »ich liebe dich, ich liebe dich doch, merkst du denn das nicht?«

Und sie umhalste ihn, küßte ihn auf den Mund und verließ ihn.

Ganz entsetzt sah ihr Sebastian nach.

Nicht anders ging es mit dem schlimmen Gabriel. Der König befühlte ihn lediglich auf Felddiensttauglichkeit und betete dann lange und von dem falschen Engelsantlitz ungerührt so inbrünstig, daß selbst dem frechen Lausejungen schließlich ganz wehleidig zumute wurde. Tränen liefen ihm über die geschminkten Wangen, ihn keineswegs verschönend.

Ach, äußerte der Doktor giftig, als er das Mißgeschick erfuhr, alle Politik scheitert an dieser widerlichen Tugendhaftigkeit des Königs. Er hat kein Organ für Sünde. Ich habe keine Gewalt über ihn.

Irgendwo aber mußte er doch schwach, irgendwo mußte er doch sterblich sein. Der Doktor kannte keine Skrupel. Er bestach die Wachen und beschlich den König nachts. Sebastian schlief noch immer in seinem geographischen Zelt auf seinem eisernen Feldbett. Er redete aber im Schlaf und sagte »Portugal« und »Vorwärts, Kameraden!«, murmelte Befehle und sprach mit seinem Pferd.

Ein nächtlicher Wind schlug sein Hemd zurück, nackt lag er und weiß, wie ein junger Gott.

Am anderen Morgen reiste Doktor Almasan mit Eilpferden nach Madrid zurück.

Katharina lag auf ihrem Dukatenbett und hatte eiskalte Füße. Donna Ana, eine armselige bucklige Prinzessin,

Tochter des tapferen Don Juan d'Austria, des Siegers von Lepanto, war ihre einzige Hofdame. Sie hatte es wirklich nicht leicht mit der schrulligen alten Majestät. »Reibe mir die Füße mit warmem Rotwein, du unkluges Ding, und gib mir einen heißen Ziegelstein. Es zieht wieder entsetzlich. Es muß ein Fenster offen sein.«

Es war alles zu seit Jahren. Donna Ana massierte ergeben.

»Ach«, quengelte die Alte, »was hast du doch für garstige, harte Hände, du humorloses Geschöpf. Du tust mir ja weh. So geht man doch nicht mit einer alten, kranken Königin um. Jetzt richte mich ein wenig her, kämme mich, buckliges Mädchen, und gib mir ein frisches Hemde. Mach mich jung, mach mich schön. Denn heute kommt seine Hoheit mich zu besuchen. Es soll ihn doch nicht gerade grausen vor mir.«

Sie hatte ihren Enkel gebeten zu kommen. Don Philipp war bereit, ihm Isabella zur Frau zu geben. Dies wollte sie ihm sagen.

Aber es war kein Hemde mehr da, schon sehr lange.

»Dann muß irgendwo noch ein Stummel Rouge herumliegen und ein wenig Puder. Gib mir auch meine Witwenkrone und einen Spiegel.« Sie hatte viele Jahre ihr Gesicht nicht mehr gesehen.

»Ach Gott«, sagte Donna Ana, die etwas mit der Zunge anstieß, todernst, »ich kann doch wieder die Krone nicht finden, ich kann sie doch nirgends finden.«

»Sieh in der Schublade nach, dummes Geschöpf.«

Aber da lag nur ihrer Majestät Rosenkranz, ein angebissener Apfel und eine alte trockene Semmel.

Auf einem Tisch mit etwa einem Dutzend bunter Arzneiflaschen mit flotten Rezeptfähnchen fand sich endlich die Krone.

Dann kämmte Prinzessin Ana die alte ruppige Königin. Ob sie es auch ganz sachte und sanft tat, die Haare gingen büschelweise aus. Sie hielten einfach nicht mehr.

Ehe Katharina den frommen langweiligen König Johann heiraten mußte, hatte sie sieben fröhliche Domestiken, lauter Wienerinnen, und den berühmten Monsieur Antoine aus Paris allein zur Wartung ihres Haares. Sie konnte sich als Mädchen darein hüllen wie in einen Mantel. Manchmal, wenn sie allein war (das kam wohl selten vor), hockte sie sich auf den Teppich und schloß sich ganz darein, wie in ein härenes Zelt. Sie sah dann aus wie ein fremdes Gewächs irgendwo in Patagonien oder Peru. Sie liebte ihr Haar. Es war aber so schwer und rot, daß sie oft Kopfschmerzen davon bekam. Sie hatte elfmal geboren, da gingen sie ihr aus. Sie begann sich heftig zu pudern und zu schminken, während das Mädchen die Haare aus dem Kamm zupfte und in den Kamin warf.

Als dann Sebastian kam, setzte die alte Königin die Krone auf, nahm sich zusammen und sah bei aller Schadhaftigkeit wirklich majestätisch aus.

Der junge König, wie immer als Soldat gekleidet in seinem schwarzen Kettenhemd, trat leicht beschwingt und heiter ein. Aber der phantastische Anblick seiner Großmutter bestürzte ihn sichtlich. Er hatte sie so lange nicht gesehen. Er hielt inne und machte einen Kniefall.

Da sagte Katharina mit einem letzten Rest von Charme: »Setz dich, kleiner König von Portugal. Du mußt nicht erschrecken vor meinem Anblick, mein liebes Kind. Laß uns allein, Mädchen.«

Donna Ana wurde rot. Sie ging ungern. Auch sie war insgeheim verliebt in ihren schönen Vetter.

Sebastian war furchtlos (wenn auch nicht von Geburt, denn er hatte Phantasie), nur vor der tollen alten Königin war ihm stets ein wenig unbehaglich.

»Großmama«, begann er stockend, »darf ich einen Augenblick – ein Fenster aufmachen?«

»Nein, unmöglich«, sagte sie bestimmt, »ich erkälte mich sonst. Ich kann überhaupt nur in schlechter Luft richtig denken. Sei nicht so zimperlich.«

Dann redete sie dem König einmal ordentlich ins Gewissen. Er sei der letzte seines Stammes. Das erlauchte

Haus von Habsburg und Burgund sei im Begriffe auszusterben. Ob ihm das keinen Eindruck mache. Das mache ihm, antwortete er, eigentlich nicht den geringsten Eindruck. Don Gonsalves habe ihn ein anderes Königtum gelehrt, ein unzerstörbares, ein unsterbliches. Sie aber wolle das sterbliche.

»Das Sterbliche?« fragte sie. »Was soll das heißen?«

»Das heißt«, antwortete er verdrießlich, »daß du mich verheiraten willst.«

Ja wirklich, das wolle sie. Warum er sich weigere. Er möge ganz offen mit ihr sprechen. Es überrasche sie, gottlob, nichts mehr in dieser bösen Welt. Es gäbe nichts, worüber sie sich noch entrüsten könne, nichts in der Liebe, was ihr absonderlich dünke. Das seien doch alles menschliche Dinge.

»Nein, nein, nein«, rief nun Sebastian eigensinnig und hinkte heftig umher, »das sind sie eben nicht!« Und leiser fügte er hinzu: Er werde versuchen es ihr zu sagen. Er liebe weder Weib noch Mann, auch sich selbst liebe er nicht, Gott wage er nicht zu lieben, er liebe auch seine Löwen nicht, wie manche es ihm nachsagten. Dennoch liebe er, falls es nicht sündig sei, es zu tun, mit aller Leidenschaft des Leibes und der Seele: er liebe Portugal.

Katharina war enttäuscht.

»Du Kind«, sagte sie mitleidig, »was ist Portugal? Das gibt es ja in Wirklichkeit gar nicht! Das ist doch nur ein geographischer Begriff!«

»Nein, o nein«, rief aber Sebastian fanatisch, »das ist es eben nicht! Es hat seine unsterbliche Seele. Und diese Seele Portugals hat ihren gottbefohlenen irdischen Wohnsitz in des Königs Herz. Und ich denke Tag und Nacht an sie und wie ich sie groß und herrlich sichtbar mache vor allen Völkern der Welt. Denn sie ist hungrig nach Ruhm. Mein armer Leib aber lebt nur von ihrem tapferen, feurigen Geist und wird erschüttert von ihren Zuckungen. Ich kann dir das nicht so erklären«, fügte er resigniert hinzu. »Aber wenn auch mein irdischer Leib davon wehe tut, er muß keusch bleiben, er muß, sonst ist die Unsterblichkeit dahin, die Seele ist getrübt. Oh, und es gehört eine übermenschliche Anstrengung dazu.«

Aber Katharina verstand ihn nicht. »Du mußt heiraten«, sagte sie brüsk.

»Und ich will nicht«, rief er endgültig und wandte sich zum Gehen.

Sie rief ihn zurück, plötzlich tief bewegt.

»Ach«, klagte sie, »was kümmert mich dieses elende Portugal, was geht mich dieses faule, unsympathische Volk an, was unsere kranke, schreckliche Dynastie? Ich habe Angst um dich und habe dich lieb, das ist alles.«

Als er dann gegangen war, spürte sie, daß sie keine Macht mehr über ihn hatte.

»O Trübsal«, seufzte sie, »o große Traurigkeit.« Sie verfiel sichtlich.

»Gib mir Baldrian, Mädchen«, bat sie kläglich, »nein, sonst kommen wieder alle Katzen von Lissabon und jaulen nachts vor meinem Fenster und kratzen an meiner Tür. Gib mir das garstige Gallenpulver.«

Das bucklige Mädchen gab's ihr mit einem großen Löffel.

Als Don Philipp Sebastians Weigerung erfuhr, äußerte er hämisch, vermutlich unternehme dieser unvernünftige kleine König die Heerfahrt nach Afrika nur, damit er nicht heiraten müsse. In der Tat beschleunigte Sebastian die Rüstungen mit fieberhafter Ungeduld. Günstig einer aktiven Afrikapolitik waren aber tatsächlich gewisse höchst verwickelte Thronstreitigkeiten in Fes und Marokko.

Der alte Scheich Mohammed aus dem Geschlecht der Scherifen von Tafilet hatte nämlich kurz vor seinem Tode ein unheilvolles Gesetz erlassen. Darnach sollte künftighin beim Tode des Königs nicht etwa dessen Sohn, es sollten der Reihe nach seine Brüder auf den Thron kommen, dann aber, also gleichsam, wenn die ältere Generation endgültig aufgebraucht war, der jeweils Älteste der Vettern und so fort. Die Folge war, daß schon der erste Nachfolger des weisen Gesetzgebers, der grausame Abdallah, um die Bestimmung zu umgehen, zunächst einmal alle seine Brüder umbringen ließ, bis auf den jüngsten, Mulei Molukko, dem es gelang zu entkommen. Dieser, ›ein Jüngling von großer Hoffnung‹, fand am Hof in Konstantinopel Aufnahme. Er zeichnete sich in mehreren Schlachten so sehr aus, daß der dankbare Kalif gern versprach, ihm bei der Wiedergewinnung seines Reiches behilflich zu sein. Denn inzwischen war der Sohn des blutigen Abdallah, der etwas beschränkte Prinz Achmed, Herr über Fes und Marokko geworden, also der Neffe Mulei Molukkos.

Mit einem Heer von nur dreitausend Reitern, das sich aber in kurzer Zeit verzehnfachte, brach der tapfere Onkel überraschend in seines etwa gleichaltrigen Neffen Land ein, besiegte ihn und herrschte, von den Muselmanen gleich verehrt wie von den dort lebenden Christen, gerecht über die vereinigten Königtümer Fes und Marokko.

Der unglückliche Neffe nun wandte sich an Portugal um Hilfe, und Don Sebastian nahm das mit Freuden zum äußeren Anlaß für seine Heerfahrt.

Für die Politiker waren verlockend die Bodenschätze in Afrika (Gold, Kupfer, Eisen, Antimon) und vor allem das Erzbecken von Fes. Kurz vor der Einschiffung der Truppen befahl der König eine große Parade. Er wollte damit der Welt ein glänzendes Schauspiel von Portugals Herrlichkeit und militärischer Macht geben.

Der Vorbeimarsch erfolgte an der weißen Treppe in Lissabon. Auf der höchsten Stufe stand glückstrahlend der kleine, hinkende Soldatenkönig. Dann kamen die Herzöge, Generäle, Minister und die Botschafter befreundeter Mächte, der sammetweiche Höfling Graf Silva (Spanien) vor allem und einsam stolz ein indianischer Häuptling, ein indischer Fürst, ein Negerkönig.

Alle Militärs, bis auf den König, waren prächtig und übertrieben gekleidet, besonders der geckenhafte Herzog von Braganza, der ja alles entworfen hatte.

Manche Offiziere waren bis zur Lächerlichkeit bewaffnet und konnten sich nur mit Mühe fortbewegen in ihren kugelsicheren, goldstrotzenden Rüstungen. Man nahm es sogar durchaus ernst, daß einer eine niedliche Kanone gleich einem Hunde an der Leine mit sich führte.

Der Herzog Emil von Braganza rief mit schriller Stimme die Namen der Regimenter aus, und die Damen klatschten fröhlich in die Hände, wenn die Farbenzusammenstellungen besonders hübsch gelungen schienen. Es macht schon Spaß, vierzehntausend tapfere Männer den Kopf nach einem drehen zu sehen! Aber in Wirklichkeit war das Ganze alles andere als eine kriegerische Demonstration. Es war ein militärisches Ballett, ein karnevalistischer Umzug mit tragischem Aspekt. Die fremden Gesandten merkten das sofort und lächelten erleichtert über solch blutigen Dilettantismus.

Wahrhaftig, diese Parade konnte niemandem Furcht einjagen! »Das ist die Euphorie Portugals«, urteilte nicht ohne Befriedigung sehr richtig der von Spanien, als die letzten Musketiere mit schwappenden Wangen in ungeschickter Übertriebenheit vorbeimarschierten.

Alle wußten es, daß diese heillose Maskerade ein trauriges Ende nehmen müsse, wenn einmal ›Kanonen zum Tanz aufspielten‹, Caneiro und der ehrliche Haudegen Admiral Sousa, ›die alte kriegserprobte Fregatte‹, auch die Obristen, alle wußten es.

Nur Don Sebastian, der Höchstkommandierende, merkte es nicht.

Er freute sich – wie ein Kind. Er war glückselig. Verklärten Angesichts eilte er auf den gänzlich verdutzten Grafen Sousa zu, umarmte ihn und küßte ihn auf beide Wangen. Dann schüttelte er ihm begeistert die Hände, herzlich ihm ins Auge blickend.

»Das war schön«, sagte er bewegt. »Ich finde die Haltung der Leute ganz famos, besonders die meiner Infanterie. Was für Kerle! Sind sie nicht wunderschön? Die ganze Welt blickt heute auf unser kleines unscheinbares Portugal. Aber ich glaube, wir können stolz sein auf das bisher Geleistete und mit gutem Gewissen in den gerechten Kampf ziehen.«

Da konnte sich der Admiral nicht mehr halten: Ob er sich gehorsamst einige sehr ernste Einwände auszusprechen erlauben dürfte?

»Gewiß, o bitte, von Herzen gern«, unterbrach ihn sogleich der glückliche Monarch, es freue ihn bekanntlich jede schöpferische Kritik. Gerade daher komme es ja, daß man in seiner Armee gewohnt sei, stets nur die höchsten Anforderungen zu stellen. Er schloß: »Ich danke Ihnen, meine Herrn. Aber ich muß noch etwas für meinen Körper tun.« Und ging zu seinen Löwen, fast ohne zu hinken. Fort war er.

Nach dieser Parade stand es für jeden Einsichtigen fest, daß man den Feldzug nach Afrika noch in letzter Stunde um jeden Preis verhindern müsse, solle nicht dieser tugendsame Knabe Sebastian Portugal völlig zugrunde richten. Zu allem Übel hatten die deutschen Söldner die Pest eingeschleppt, die Polen Wanzen und Läuse und die Franzosen die Syphilis – das sind die Haupteffekte jedes Krieges.

Die Pest war in Lissabon. Natürlich war es strengstens verboten, davon zu reden, wiewohl es überall nach Essig und Wacholder roch. Die Reichen verließen heimlich die Stadt. Man hatte die Kirche St. Sebastians, des großen Pestheiligen, behelfsmäßig als Seuchenlazarett eingerichtet und da lagen und hockten nun die armen Tröpfe auf dem Stroh, seufzten, stöhnten und lamentierten in allen Zungen der Welt. Es war nicht zum Anhören. Und mancher hatte doch nichts als seine Muttersprache als Trost in seinem letzten Stündlein. Es roch widerlich nach Medikamenten und Exkrementen. Da saß einer, der betrachtete kopfschüttelnd seine Pestbeule, die ihm an der

Leiste schwoll, groß und blank, wie das Auge einer Kuh. Und dazu lachte er unaufhörlich, wie gekitzelt. Andere lästerten und vermaledeiten Gott oder sie winselten um Gnade. Eine alte Frau betete vor: »Heiliger Sebastian, wundertätiger Pestpatron, du schmerzhafter Jüngling, erbarme dich, steige herab aus der Gemächlichkeit des Himmels, hilf uns!« Und alle schrien kläglich: »Hilf uns!«

Ein Deutscher – er hatte einen kleinen Spielwarenladen zu Nürnberg auf der Sebalder Seite, ein Häuschen schuldenfrei – rief unaufhörlich: »Ach gute Leut', ist das Herzjesukindlein lieb!« – das konnte einem in der Seele weh tun.

Es war da auch ein altes Mütterchen, das sich sehr vor dem Sterben fürchtete und als der Arzt sie ansah, da sagte er: »Ei potztausend, du hast ja gar nicht die Pest, das ist ja nur ein Furunkel, ein ganz gewöhnlicher!« »Ach, Herr Jesus, ich habe gar nicht die Pest«, schrie sie, tanzte umher mit einem entsetzlichen Gelächter und rannte auf und davon. Aber natürlich hatte sie sich inzwischen schon angesteckt und kam nach ein paar Tagen wieder.

Manche spielten Karten und starben darüber. Einen erwischte es, als er gerade ein Rotsolo in der Hand hatte. Andere liebten einander, weil ja nun doch alles gleich war. Zwei fand man tot und unzertrennlich. Sie lagen Mund an Mund, steckensteif. Die Gugelmänner kamen mit ihren Zangen und schleppten die Pestleichen fort.

Als der König von alledem erfuhr, äußerte er zu allgemeinem Entsetzen sogleich den Wunsch, den armen Teufeln einen Besuch abstatten zu wollen. Es halfen alle Bitten seiner Minister nichts, die ihn beschworen, sein Leben nicht so frevelhaft aufs Spiel zu setzen. Das müsse aber doch, sagte Sebastian mit lachender Entrüstung, ein sonderbares Königtum sein, daß nur in Watte gewickelt und unter den allergünstigsten Umständen Bestand habe. Vielleicht tröste es die Unglücklichen schon ein wenig, wenn man keine Furcht vor ihnen habe.

Also ging er eines Abends mit dem stoischen Christophan de Tavora und einem Fackelträger (wie sehr der auch zitterte) zu den Pestkranken.

Die Elenden, als sie des Königs helles Gesicht erkannten und daß er wirklich zu ihnen kam, krochen von allen Seiten auf ihn zu und freuten sich. Manche küßten seine Hände und er ließ es freundlich geschehen, manche faßten sein Gewand an oder sein Schwert, als ginge Genesung von ihm aus. Ein junger Soldat bat, er möge ihm nur ein wenig die Hand auf seinen Scheitel legen, dann werde er wieder gesund. Sebastian tat es und redete ihnen gut zu. Er versprach ihnen leinene Laken. Er sagte ›Kameraden‹ zu ihnen und ›liebe Kinder‹. Er wollte ihnen gerne etwas recht Tröstliches sagen, doch endlich übermannt von soviel Jammer schlug er die Hände vors Gesicht, schluchzend.

Als er das sah, schrie der junge sterbende Soldat, mühselig sich aufrichtend, da sein Herz schon stillstand: »Es lebe der König von Portugal!« Da schrien sie alle schmerzhaft: »Portugal!«

Als der König dann gegangen war, wurde es wieder dunkel und traurig bei ihnen.

Vor der Kirche aber wartete auf Anordnung des ängstlichen Caneiro ein Page mit einer goldenen Schüssel, damit der König sich sogleich die Hände wasche. Man sprühte wohlriechende Essenzen über ihn, damit die kontagiöse Krankheit ihn verschone, und somit auch seine Umgebung. Don Sebastian begab sich sofort an Bord seines Flaggschiffes Santaterra de Magos, einer reichvergoldeten Fregatte, deren Segel mit Bildern aus der Geschichte Alexanders des Großen bestickt waren. In drei Tagen sollte die Abfahrt sein. Allein es dauerte noch volle vierzehn Tage, bis die Einschiffung vollzogen war. Es fehlte an allen Ecken, an Proviant vor allem, was Don Sebastian schlecht begriff. Denn er aß selbst fast nichts. Er lebte wie ein mönchischer Soldat, völlig anspruchslos. Es war aber für seine Offiziere schon unausstehlich, wie sie der König beständig anfeuerte, denn es ging ihm alles viel zu langsam.

Ende Juli 1578, als es endlich soweit war, wäre er am liebsten im Sturm nach Afrika gebraust. Statt dessen aber trat eine lähmende Windstille ein. Der Himmel war wie aus Blech und ganz nahe. Es war sehr schwül. Die Flaggen hingen an den Masten wie Gehenkte. Kreuz an Kreuz starrten die Rahen. Kein Wind, keine Möwen in der Luft, dazu ein giftiger garstiger Geruch von toten Fischen. Der ganze Strand lag voll Quallen und das Meer sah ganz warm und braun aus, ganz fett. Man hörte weder lachen noch singen. Sebastian schlief nicht mehr, und gerade nachts war es besonders trostlos in dieser ungesunden faulen Stille.

Manchmal rieb sich eine Kette und klirrte. Das Wasser saugte und schmatzte. Eine Ratte nagte, dann war es wieder lange still. Manchmal konnte man einen von den ganz jungen Soldaten weinen hören, denn sie mußten alle schon an Bord schlafen in den dicken Bäuchen der Schiffe, in dieser entsetzlichen Luft. Sebastian aber stand auf Deck und sah in die Nacht, dorthin, wo Afrika lag, und hatte Watte in den Ohren.

In diesen Tagen kam eine Gesandtschaft des Königs von Marokko mit einem Friedensangebot des Inhalts, daß die Hälfte von Mohrenland dem König von Portugal gehören solle, falls er seine Rüstungen einstelle und Frieden halten wolle. Die Gegner der Expedition frohlockten. Allein der König wies das Ansinnen böse ab. Es kränkte ihn, daß man ihn um den Ruhm betrügen wollte.

Endlich erhob sich ein gesunder stetiger Wind. Die Flotte, an tausend Segel, verließ die Reede von Lissabon. Es blieb eine große Angst und Leere zurück.

Zur gleichen Stunde starb die alte Königin an der Pest. Es wird berichtet, ihre letzten Worte seien gewesen: Seine Hoheit solle um Christi willen nicht gegen die Barbarei (womit sie die Mohren meinte) zu Felde ziehen. Es fromme nicht.

In des ungeduldigen Königs Kajüte aber befand sich in einer Schatulle aus rotem Saffian die Kaiserkrone von Afrika. Es war ein Meisterwerk der Goldschmiedekunst, ein Geschenk der Stadt Lissabon.

Schon bei den Landungsmanövern vor El Araisch in Afrika am 3. August 1578, machte sich die mangelhafte Schulung des bunten Kriegsvolkes peinlich bemerkbar. Drei der besten Geschütze stürzten bei der Ausschiffung durch bloße Nachlässigkeit mitsamt der Bespannung ins Meer und gingen leider verloren. Die reichen Vorräte erwiesen sich infolge der Hitze und unsachgemäßen Behandlung größtenteils als verdorben, zudem lagen viele der Soldaten an den Nachwirkungen der Seekrankheit darnieder, nicht imstande Dienst zu tun, geschweige denn eine siegreiche Schlacht zu schlagen. Es herrschte eine heillose Verwirrung. Ein plötzlicher Regenguß tat ein übriges: die schönen Uniformen färbten ab und sahen nun größtenteils recht abscheulich aus.

Die Kriegsobersten ratschlagten miteinander, was zu tun sei und kamen überein, man tue wohl am besten, an Ort und Stelle sich zu verschanzen, bis das Heer sich einigermaßen akklimatisiert habe.

Allein der König, enttäuscht von so nüchterner Wirklichkeit der Heerfahrt, wollte nichts davon wissen.

Als er zum erstenmal den tollen Plan faßte, Afrika zu erobern, da war alles ganz herrlich anzuschauen, wie aus Glas gemacht, überirdisch klar. Er sah die gläsernen Schiffe und singenden Soldatengeister, das tanzende Meer und das heiße, goldene Afrika: Sonne und Sand, unverweslich und rein. Er liebte von ferne das fremde Vaterland. Dort glaubte er, warte Unsterblichkeit! Jetzt aber war alles so wirklich, es ging alles so langsam und war aus ungesundem Fleisch und Blut.

Es gelüstete ihn darum sehr nach der Männerschlacht und so gab er unverzüglich den Befehl zum Abmarsch in der Richtung auf Alkassar. Nach mühseliger Wanderung durch Sonne und Sand lagerte das Heer fern von Wasser und ganz erschöpft in der Wüste.

Don Sebastian visitierte persönlich die Feldwachen und Vorposten. Er hörte zum erstenmal die Wüste, den singenden ewig im Winde rieselnden Sand. Er liebte die langgezogenen Rufe der Posten und das dumpfe Stampfen der Pferde. Es bewegten sich aber die Zelte, sie blähten sich vom Schnarchen der Schläfer und die Erde dröhnte von den Herzen der vierzehntausend, die an ihr ruhten. Bei seinen Ronden begleitete ihn stets der Ritter Christophan de Tavora. Hatte man sich allgemein gewundert, daß der König sich zutraute, den alleinigen Oberbefehl über solche Streitkräfte zu übernehmen, so schien es unfaßlich, daß er als persönlichen Adjutanten diesen Christophan ernannte, einen etwas melancholischen Kavalier, der allerdings vier Jahre in Brasilien gewesen. Er galt als liederlich und war ein Poet.

Sebastian und Christophan waren astrologische Zwillinge, zur gleichen Stunde geboren und außerdem Milchbrüder. Der Graf, aus armem Adel stammend, hatte seinerzeit als besondere fürstliche Gnade die Milch jener vierfach gesegneten Amme Manuela trinken dürfen, soviel der Prinz übrig ließ. Später war er dann des Infanten Page gewesen und hatte ihm geduldig die runden Spanschachteln voll Zinnsoldaten hingehalten, wenn der kriegerische Prinz seine Schlachten schlug. Er war bereit, jede Dummheit seines Herrn mitzumachen, soweit sie ihm poetisch erschien.

Zwei Eigenschaften schätzte Sebastian besonders an ihm, einmal, daß er zuhören konnte und dann, daß er nie widersprach. Auch konnte man ihn nie renommieren hören. Übrigens hatte Christophan dem König für seine Armee aus Brasilien ein Dutzend wunderschöner Indianer mitgebracht in vollem Kriegsschmuck.

Noch in der ersten Nacht kam die glückliche Nachricht, daß eine starke, feindliche Kavalleriepatrouille in einen Hinterhalt der portugalesischen Aufklärungsreiterei gefallen sei. Es hieß allen Ernstes: Mulei Molukko, der König von Fes und Marokko, der selbst rekognoszierte, sei durch einen Armbrustpfeil blessiert mit knapper Not entkommen, man munkelte sterbend.

Unmutsvoll empfing Sebastian die Nachricht. Nicht rühmlich schien es ihm, gegen einen Sterbenden zu Feld zu ziehen. Er gab Befehl, den raschen Schützen festzustellen, der mit seiner Armbrust so in die Weltgeschichte pfuschte. Es widerte ihn aber an, da der Mann, der einen König abschoß wie einen Hirsch, viehisch betrunken war.

Noch einmal versuchten die Obersten, Don Sebastian zu bewegen, den Truppen einen Tag Ruhe zu gönnen. Zwei Drittel der Mannschaft sei fußkrank, der Wasservorrat ginge zur Neige, Ersatz könne kaum vor Mittag erwartet werden. Zum guten Glück verhalte der Feind sich ruhig, entmutigt durch seines Königs Unfall. Man könne demnach in aller Ruhe die Reserven erwarten. Die Stellung wäre gar nicht unvorteilhaft, wenn das Heer in Abwehr bliebe und sich verschanze.

»Abwehr? Nie!« schrie der König und stampfte mit den Füßen wie ein ungezogenes Kind. »Marchamos, Marchamos, Marchamos!«

Also wurde eben marschiert.

Der braune Sultan Mulei Molukko lag stöhnend in seinem Zelt. Der Bolzen war ins Perikardium eingedrungen, zweifingerbreit unter der linken Brustwarze. Dort zwischen zwei Rippen eingeklemmt, ragte der buntgefiederte Schaft kaum daumenlang aus der Wunde, bei jedem Herzschlag nickend. Und jedesmal verwundete von neuem sich das Herz ins Herze blutend. Das war qualvoll. Es hatte sich der rote Mund der Wunde im Krampf ums Eisen festgesaugt, damit kein Tropfen Blut verlorengehe.

Die Kälte war dem Sultan schon bis an die Hüften gediehen, der Tod stand ihm zu Häupten. Es war unerträglich heiß und schwarze Fliegen summten um seinen heftig atmenden Mund. Ein seltsamer Geruch erfüllte das Zelt, das häßliche Parfüm des Todes, Aceton.

Mulei Molukko gab sich gar keine Mühe mehr zu leben. Er wehrte sich nicht gegen den Tod. Aber Hassan, sein Vezier, ließ das nicht zu. Er befahl dem Arzte, das Leben seines Herrn mit aller Kunst zu fristen, solang als irgend möglich. Er solle die Adern und das Herz ihm mit feurigen Arzneien peitschen, daß es immer wieder von neuem anspringe, falls es müde werde. Es rieb also der Arzt dem Sultan die Sohlen mit scharfen Salzen und wusch mit Essenzen den schlaffen Körper. Denn Mulei Molukko mußte leben bis zum Mittag, sollte nicht alles verloren sein.

Elf Scheichs waren sofort auf die Nachricht von der tödlichen Verwundung des Feldherrn aufgesessen und laut klagend in ihre wandernden Dörfer abgerückt. Die geängstigten Bewohner von Alkassar sandten eine Abordnung mit der ultimativen Bitte, man möge sofort Frieden schließen mit den Portugalesen. In einem Teil des Feldlagers brach offene Meuterei aus.

Aber er wollte nicht. Es schien ihm gänzlich gleichgültig, was nach ihm geschah.

Sein Vezier ergrimmte. Er sagte ihm, daß er der letzte Scherif von Tafilet sei. Wenn er also schon sterben müsse, und das sei gewiß, so müsse es doch nicht gerade untätig und im Liegen geschehen. Man sage im Lager, er sei tot, die Truppen meuterten: wenn der König sich ihnen zeige, mit letzter Kraft sich aufrecht haltend, so tuend, als sei er ganz gesund, das würde vielleicht ihre armen Seelen neu begeistern. Er müsse leben, damit nicht sein Reich in dieses lächerlichen Knaben von Portugal unkluge Hände falle. »Ich kann nicht stehen«, stöhnte der Sultan. Aber es schien ihm doch erbärmlich, so ruhmlos zu sterben bei Nacht und ohne Pferd. Der Vezier sprach mit den Scheichs. Der Sultan sei wohlauf und siegesgewiß. Sie sollten seinen Schlummer heiligen. Aber die Mohren glaubten diesen Worten nicht.

»So werde ich ihn wecken«, sagte Hassan lächelnd.

Die Meuterer warteten, bis endlich das Zelt sich öffnete und da stand Mulei Molukko vor aller Augen mit blühend geschminktem Angesicht und brennenden Augen. Er redete zu ihnen kurz und königlich. Er befahl unter dem Jubelgeschrei der Soldaten: das Heer stehe bei Sonnenaufgang, den Wind im Rücken, in Gestalt eines halben Mondes angriffsbereit hinter den weißen Hügeln von Alkassar. So sprach er krampfhaft lächelnd, und hinter ihm unter dem blauen Mantel der Scherifs von Tafilet kniete ungesehen der Vezier, mit emporgereckten Armen seinen Herrn unter den Schultern haltend, gleich einer Puppe. So betrog er den Aufruhr.

Es ist von einigen überliefert, gegen Morgen, da die Heere sich schon zur Schlacht rüsteten, sei auf des unerbittlichen Veziers Betreiben Zaïde, Tochter des Bey von Tunis, zu Mulei Molukko gebracht worden. Den Tod schon im Herzen, aufbrüllend vor Schmerz, habe der Sultan die Demütige erkannt.

Er kroch auf Händen und Füßen von ihr, da sie schon schlief, von Allah mit einem Sohn gesegnet.

Gegen drei Uhr nachts meldete man dem jungen König das Auftauchen starker feindlicher Streitkräfte bei den weißen Hügeln vor Alkassar.

Don Sebastian, der endlich ein paar Stunden geschlafen hatte, genug ihn zu erquicken, ließ sofort seine Armee in Schlachtordnung aufstellen. Das dauerte bis weit in den Tag. Ringsum aber war nichts als Sonne und Sand. Es war heiß und blendete entsetzlich. Kein Feind war weit und breit zu sehen.

Da ließ Don Sebastian das Heer niederknien, Gott zu loben vor der Schlacht, und er betete laut zum himmlischen Vater, daß er seinem Knecht Sebastian den Sieg über die Mohren schenke und seine ewige Tapferkeit den irdischen Heerscharen seiner Herrlichkeit.

Als er aber so inbrünstig bat, schrie ein Soldat in der vordersten Reihe laut, taumelte und fiel vornüber. Es entstand eine große Unruhe um so mehr, als ein zweiter rief: »Halt mich, Kamerad, mich hat's erwischt.« Es klapperte rings von Bolzen.

Es war aber noch immer kein Feind zu sehen vor schmerzender Helligkeit, nur eine Wolke goldenen Staubs. Da zog Sebastian sein Schwert und schrie: »Richtung die Sonne. Mir nach für Portugal.« Und alle brüllten wie besessen: »Portugal, Portugal.« Sie stürmten dem kleinen König nach, auf dessen Haupt die neue Krone Afrikas funkelte.

Aber es kam ein heißer Wind, der blies den Fremden ins Angesicht, davon wurden ihre Augen und Münder voll Sand und auch die Läufe der Musketen und schönbebilderten Kanonen. Sie platzten beim Schuß und glichen nun seltsam abloëhaften Pflanzen.

Herrlich war Sebastian anzusehen wie er focht, ein Löwe mit dem Herzen einer Nachtigall. Er tötete mit eigener Hand mehr als vierzig Feinde an diesem Tag und, wo er war, stand die Sache ganz vortrefflich. Auch seine Leute schlugen sich erstaunlich gut. Diese jungen Landstreicher und Tagediebe, diese Gaukler, Studenten und Poeten wußten zu sterben mit fast sokratischer Heiterkeit. Aber sie kämpften nicht so sehr um zu siegen, sondern, so schien es, um auf eine manneswürdige Art zugrunde zu gehen und als sei es eine Wollust, für einen solchen König in den Tod zu gehen. Schon schien der Sieg gewiß, da traf den König ein Musketenschuß in den linken Arm. Man brachte ihn zurück.

Er saß nieder auf einer Trommel, erhitzt und unruhig, während ihn der Feldscher verband. Er redete unaufhörlich, fragte wie es stehe, gab Befehle, lachte schmerzhaft, wenn ihm der Doktor wehe tat, und hatte schrecklichen Durst. Seine Zunge lag ihm wie ein trockenes Stück Brot im Mund. Das Wasser schmeckte ekelhaft, aber es war wenigstens feucht. Dann wollte er wieder vor. Hier hinten hockt die Angst, dachte er. Schlachten aber werden vorne gewonnen. Doch da er aufsprang, wurde ihm schlecht. Er konnte nicht mehr, auf einmal. Das war sehr dumm, gerade jetzt. Denn in diesem Augenblick kam schlimme Zeitung: der linke Flügel ging zurück. Die Mitte stand, auch sie bat um Verstärkung.

Der Herzog Emil von Braganza, befahl der König, möge zur Unterstützung vorgehen. Allein Emil war nirgends zu finden.

Nun dann der General Benozzo mit seinen Italienern. Der General war tot, sein Regiment in heilloser Unordnung.

Es stand ganz miserabel, ohne Zweifel. Aber da war ja noch der schneidige Herzog von Algarve mit seinen tausend Reitern. Indes, der Herzog war verwundet, Bauchschuß, die Kavallerie stark dezimiert. Auch der rechte Flügel vermochte sich nicht mehr zu halten. Es fehlte an Munition.

Der kleine König von Portugal dachte mühsam nach.

»Die Infanterie entscheidet«, rief er endlich in aller Zuversicht. »Jetzt ist es an der Zeit, die Deutschen einzusetzen!«

Ach diese Deutschen! Sie lieben die Sonne, aber sie können sie nicht vertragen! Sie starben wie die Fliegen. Sie tranken einander den Urin vor Durst. Es bluteten ihre Augen und ihre Münder verdorrten. Sie sangen traurig und starben.

»O diese Sonne«, knurrte Christophan und drohte gegen den Himmel, »wenn die nur erst hinunter wäre.«

Drüben bei den Mohren ritt der Sultan sterbend einher. Es hielt ihn sein Vezier im Sattel, hinter ihm hockend unter dem blauen Mantel der ruhmreichen Scherifs von Tafilet. Da sagte es Admiral Sousa dem König, daß die Schlacht verloren sei. Es bleibe nur noch die Übergabe auf Gnade und Ungnade. Ein Offizier riß schon sein Hemde vom Leibe und band es an seinen Degen.

Jetzt erst begriff der König die Lage. Er sah unendlich verlassen aus.

»Übergabe?« Ob sie denn gar keinen Begriff hätten für Feigheit, Schmach und Schande? Niederlage? Nein, er wolle lieber im Sturm von soviel tausend tapferen Soldatenseelen, die um seinetwillen ihren sündigen Leib verlassen, auffahren in Gottes Herrlichkeit. Er wolle dabei sein, wenn Gottes Mund sie trinke. Er wolle Unsterblichkeit!

Es war Wahnwitz.

Don Sebastian aber hob sein Schwert. Über Leichen hüpfend hinkte er gegen den Feind. Don Christophan, im Begriffe zu folgen, ward schwer verwundet.

»Warte«, rief er verzweifelt, »warte doch auf mich.«

Er sah, wie der kleine hinkende König zu Fuß mit aufgehobenem Schwert auf die anstürmenden Mohren zulief, ganz allein. Plötzlich aber stand Sebastian still, wie ein Baum. Und wie Äste standen die Pfeile von ihm ab, die in ihn gefahren waren von allen Seiten. Einen langen Augenblick verharrte er so und siebzehn rote Brunnen sprangen zuckend aus ihm und auch aus seinem Munde sprang ein roter Strahl wie ein Komet. Eine Stimme rief von oben.

Da hieben schon die krummen Mohrensäbel in des Königs weißes Fleisch. Dann war nichts mehr zu sehen. Nur Staub. Nur rauschendes Blut und viele Reiter und Pferde.

Kurz bevor die Afrikaner den gewaltigen Sieg errungen, starb Mulei Molukko, abseits unter einer Palme. Er fürchtete aber sehr, noch zuletzt die glückliche Schlacht ins Unheil zu wenden, falls die Truppen seinen Tod erführen. Er starb, den Finger am Munde.

Als die Schlacht gewonnen war, ließen die Mohren die Löwen los, dreihundert gehungerte.

Es fielen aber bis Sonnenuntergang an diesem blutigen Tage bei zwölftausend und die Klage der Verwundeten verstummte ganz erst am dritten Tage. Nur wenige entkamen zur Küste und zu den wartenden Schiffen. Unter den Toten waren drei Könige, fünf Herzöge, Scheichs und Grafen.

Nach zeitgenössischen Berichten befand sich unter den Gefangenen auch der kunstsinnige Jüngling Don Emil von Braganza, der mit einem goldenen Wagen gegen den Feind gefahren war, »samt tausend gepanzerten Schützen, die ihm sein Vater, ihn zu bewahren, zugeordnet«. Aber die Schützen waren alle erschlagen worden wie Robben.

Nun nahmen die Türken und Mohren den jungen Herrn, vermeinend es wäre der König von Portugal ob seiner Pracht und Herrlichkeit, unsanft aus dem Wagen. Sie schupften ihn vor Freuden dreimal in die Höhe und riefen: »Hoch! der König von Portugal.«

Der Herzog aber, wie ein geprellter Frosch, schrie: »Halt! Ich bin bestimmt nicht der König. Ihr irrt euch in meiner Person.« Und er versprach ihnen, daß sein Papa ihn um viel Geld loskaufen werde, wenn sie ihm bloß nichts zuleide täten. Da gaben sie endlich das Goldsöhnchen frei.

»Allah sei Dank«, rief Emil, »ich bin gerettet!«

Wie sehr auch die Mohren das Schlachtfeld absuchten, sie konnten den toten König nicht finden.

Vielleicht hatten die Hufe der Rosse seinen armen Leichnam in den Sand getreten.

Es war aber großer Jammer in Lissabon, als die furchtbare Nachricht kam.

Übrigens behaupteten manchmal die Spanier, die als Beobachter die unglückliche Heerfahrt mitgemacht, sie hätten schließlich doch noch die Leiche des Sebastian gefunden und geborgen, wenn auch furchtbar entstellt.

Die Überreste wurden, ohne je ordentlich agnosziert zu sein, erst 1580 in Belem beigesetzt.

Auf den Königsthron in Portugal kam nun der letzte Überlebende aus dem Haus Burgund, der achtzigjährige Kardinalinfant Heinrich, Sebastians Großonkel. Es war rührend, wie dieser fromme, einäugige Greis, der sein ganzes Leben in Gottes Dienst, mit Beten und Fasten hingebracht, ja, der beinahe auf den Stuhl Petri gelangt wäre, sich trotz seiner Altersschwäche alle Mühe gab, durch eine Heirat die Dynastie vor dem Aussterben zu bewahren. Wenn Katharina noch gelebt hätte, so wäre es ihm wahrscheinlich auch geglückt. So aber starb er unbeweibt nach kaum zweijähriger Regierung.

Mit ihm erlosch das Haus Burgund im Mannesstamm. Infolge der verwickelten Verwandtschaftsverhältnisse, vor allem mit den Habsburgern, entstanden jetzt blutige Erbfolgestreitigkeiten, aus denen dank seiner Rücksichtslosigkeit endlich König Philipp als Sieger hervorging.

So kam das schwergeprüfte Portugal an Spanien. Der Knabe saß nicht mehr auf der Kante des Stuhls: die gelbe Dame hatte ihn mit Haut und Haar verschluckt.

Zu dieser Zeit war es, daß auf einmal das tolle Gerücht auftauchte, dieser unselige Don Sebastian sei gar nicht tot. Man konnte es bald überall hören, wenn gerade keine Spanier in der Nähe waren, überall in Lissabon und Setubal, auch in Coimbra und Ajustrel.

Die Realpolitiker freilich zuckten spöttisch die Achseln: der dumme tapfere König sei mausetot und läge in Belem unter einem schweren Stein. Und das sei gut so. War er nicht einzig und allein schuld an dem unsäglichen Elend, Hunger, Pest und feindlicher Besatzung? Dieser liebenswürdige Träumer und unkluge Phantast hatte doch sein unschuldiges Volk, das ihn anbetete, frevelhaft hineingeritten in Armut und Traurigkeit. König Philipp aber habe, das müsse man dem verhaßten Manne zugestehen, doch endlich einmal wieder gründlich Ordnung im Land gemacht. Und wenn seine Gesetze auch nicht alle taugten, so wären sie doch gut geschrieben. Man wecke also den toten Sebastian ja nicht auf, jetzt schon gar nicht, wo es endlich anfange, wieder ein wenig aufwärtszugehen.

Aber die Leute sagten: in Wirklichkeit läge an seiner Statt in Belem eine Puppe begraben mit Sägemehl gefüllt. Niemand hatte die Leiche Sebastians gesehen. Nur Spanier! Spanier sollen ihn angeblich tot vom Schlachtfeld getragen haben. Spanier wollen ihn gewiß erkannt haben trotz furchtbarster Entstellung. Spanier haben ihn einbalsamiert, Spanier haben ihn begraben.

Merkt ihr was, Patrioten?

Damals zog ein Harfenspieler von Schenke zu Schenke, ein Gassenpoet, mit einem großen Bart und Bauch, wie ein alter Barde anzusehen, der sang heiser und kaum hörbar ein schönes Lied. Es ward darin erzählt, daß jubilierende Engelknaben den lieben König Sebastian aus der blutigen Schlacht von Alkassar auf die Insel Elzephir entrückt, wo er genas. Zwei Matrosen Stefan und Silvano hätten ihn dort im Vorübersegeln unter einer Palme liegend schlafen sehen. Von zwei zahmen weißen Löwen werde Don Sebastian bewacht, damit ihm nichts Böses widerfahre. Möwen aber brächten ihm die Nahrung, weißes Brot und Wein. Und zwei Engel über seinem Haupte flatternd hielten über ihn die helle gläserne Krone der Welt.

Bald schon hieß es, Sebastian sei leibhaftig wiedergekommen, Portugal von den Spaniern zu befreien. Allenthalben ward sein Bildnis feilgeboten. Es war in jeder Stube aufgehangen mit einem Licht davor wie ein Heiligenbild.

Vorzüglich die kleinen Leute, die Herrschaftsdiener, Sänftenträger, Schwertfeger, Handschuhmacher, die Wäscherinnen und Barbiere glaubten, es werde nun alles wieder gut werden. Und es sei ein großes Glück für Portugal, daß der König wiedergekommen sei. Denn das Volk liebte ihn noch immer abgöttisch; denn es liebt mit den Augen.

Indessen gab es jemand in Portugal, jene bucklige Donna Ana nämlich, des großen Don Juan d'Austria natürliche Tochter und ehemalige Hofdame der eisernen Katharina, die wollte allen Ernstes den wiedergekehrten König erkannt, ja mit ihm gesprochen haben. Sie berichtete darüber sofort überglücklich an König Philipp nach Madrid. In dem Kloster Santa Maria la Real, in dem sie leider ihre süße Jugend vertrauern müsse, sei vor kurzem ein Pilger erschienen, in dem sie auf den ersten Blick keinen geringeren als Don Sebastian erkannt habe. Der schöne Jüngling habe sich zwar als Pastetenbäcker aus Madrigal ausgegeben (und auch für die Nonnen ganz besonders delikate Pasteten gebacken). Aber sein Seelenadel, seine Klugheit, sein edler Anstand hätten ihn verraten.

Donna Ana verschwieg es nicht, daß sie Don Sebastian redivivus von ganzem Herzen liebe und er, er liebe sie wieder mit aller Leidenschaftlichkeit der Sinne. Ja, er wollte sie einst zu seiner Königin machen.

So etwa schrieb sie an König Philipp, meinend, daß ihn das von ganzem Herzen freuen werde. Allein seine allerchristliche Majestät freute sich gar nicht darüber, sondern drohte ihr mit Gefängnis. Das war recht abscheulich von dem bösen, alten Mann.

Zu allem Unglück entfloh der saubere Pastetenbäcker, der Wind bekommen hatte, heimlich aus so gefährlicher Nähe. Nein, dieser war Sebastian nicht.

Aber die Gerüchte von seiner Wiederkunft verstummten nicht. Wer aber in aller Welt konnte sich dieses unvergeßliche Antlitz anmaßen? Wer war so reinen Herzens und so schön? Dennoch: Portugal rief nach ihm und aus dem zerbrechlichen Hauch leidenschaftlicher Gesichte und Gebete war schon manchmal sichtbare Gestalt geworden, ein kristallisierter Gott gleichsam.

Die Leute sagten: er ist mitten unter uns. Sie glaubten das Unglaubliche. Auch Don Christophan hörte das Geschwätz. Es bewegte ihn, doch er glaubte nicht daran.

Denn er hatte den König mit eigenen Augen sterben sehen. Eines Nachts aber rief ihn des Sebastian Stimme: »Erschrick nicht, ich bin es, der Engel Sebastian. Aber rühr mich nicht an, Engel sind sterblich.«

Don Christophan sah den Engel. »Sei gegrüßt, lieber Schatten«, sagte er, »warum bist du zu mir gekommen?«

»Weil du mich erkannt hast«, antwortete der Engel, »und weil du traurig bist.«

Christophan dankte ihm. Dann fragte er: »Seraph, wie ist es bei euch? Kommst du jetzt leibhaftig wieder, Portugal zu erlösen?«

Und schon verlöschend, sagte der freundliche Geist: »Nur als Schein auf einem Angesicht, nur als einer Stimme Klang, nur als Schatten eines Mundes. Geh nach Penamakor!«

»Nach Penamakor?« rief Christophan und griff nach dem Gespenst, »rede, o klare Seele.« Aber da war es schon wieder Nacht um ihn.

Die Leute sagten, man habe den seligen König Sebastian leibhaftig in Penamakor gesehen. Viele reisten zu ihm nach der kleinen roten Stadt auf dem Berge und auch Don Christophan machte sich auf, ihn zu sehen. Dieser neue Sebastian aber war eine Erfindung jenes durchtriebenen Burschen Gabriel, der seinerzeit des echten Königs Tugend hätte versuchen sollen.

Eines Tages nämlich gegen Abend, da Gabriel in der Nähe von Penamakor vagabundierte, fand er auf der Landstraße einen jungen halbverhungerten Menschen und da er glaubte, in ihm vielleicht einen guten Reisekameraden zu finden, nahm er sich freundlich des Erschöpften an. Obgleich nun das Gesicht des Fremden weiß war und bestaubt, die Lippen blutend und die Augen matt, erkannte unser Gabriel sogleich des Königs unvergeßliches Angesicht, wie er ihn damals hatte knien sehen, inbrünstig flehend, daß ihm Gott seine Keuschheit erhalte. Trotz so zauberhafter Ähnlichkeit wußte natürlich Gabriel sehr wohl, daß dieser arme Teufel nie und nimmer der König war, aber zugleich kam ihm der märchenhafte Gedanke, ihn dazu zu machen. In Wirklichkeit war sein Findling ein Rosenkranzhändler, Michael mit Namen, eines Steinhauers Sohn aus Mondego, weiß Gott wie er dem so gelang! Denn wahrhaftig, Michael war der geborene König von natürlicher Hoheit und begnadet mit so bezaubernder Klarheit des Leibes und der Seele und der Anmut, sie männlich und ernsthaft zur Schau zu tragen, daß alle, die ihn sahen, ihn lieben mußten, obgleich er nicht sehr klug war. Don Philipp war ein Eseltreiber gegen ihn.

Ohne daß sein argloser Kamerad es merkte, ließ der Gauner Gabriel vor den Wirten der Herbergen durchblicken, welch seltener Gast unter ihrem Dache wohne. Die Armut des schönen Jünglings als freiwillige Buße deutend, glaubten es gern alle und bewirteten die beiden selbstverständlich umsonst, von Herzen dankbar, dem heimlichen König etwas Gutes tun zu können.

In Penamakor gestand Gabriel seinem Kameraden, was er Großes mit ihm vorhabe, damit sie beide auf einmal ihr Glück machten. Die Idee war groß. Aber der Rosenkranzhändler war ganz erschrocken und erklärte bestimmt, daß er solchen Schwindel nicht mitmachen wolle.

»Ach du gütiger Himmel«, beschwor ihn Gabriel, »warum denn nicht? Das ist kein Schwindel, das ist Politik. Was kannst denn schließlich du dafür, wenn das dumme, tapfere Volk dich für seinen ehemaligen König hält? Sei so lieb, mach mir keine Schande! Hörst du!«

Sie hatten aber gerade Quartier bei einem gewissen Don Pedro, einem wohlhabenden, gutmütigen Riesen. Dem rannen gleich die dicken Tränen über die Backen, als ihm Gabriel, natürlich streng vertraulich, seines Gastes fürstliche Herkunft andeutete. Don Pedro holte sofort das Konterfei von Michaels hochseligem Ebenbild.

»O Madonna, er ist's«, jubelte er, »und nun wird alles

wieder gut!« Er schwor, sich vor dem König nichts anmerken zu lassen und keiner Menschenseele ein Sterbenswörtchen zu verraten. Aber bereits in einer halben Stunde wußte es ganz Penamakor.

Und nun erstarb er in Ehrfurcht, immer wieder das Bild verstohlen mit Michael vergleichend, redete ihn durchlauchtigster Junker an (was ihm der nichtsnutzige Gabriel geraten), kurz benahm sich so auffällig und albern, daß der vermeintliche König schließlich fragte, was er denn da für ein Bild habe. Erschrocken, halb und halb verschämt, gab's Don Pedro her.

»Sieh da«, sagte Michael, von dem Bilde ganz bezaubert, »das könnte ja wahrhaftig beinah ich sein. Es sieht mir wirklich wunderbar ähnlich.«

Bis in die Nacht saß der falsche Sebastian, ganz versunken in des Bildes Anblick. Es war auf Silber gemalt und sehr ähnlich.

Trotz dieses Ereignisses mochte Michael nicht mehr, wie sehr ihn auch sein Impresario beschwor.

»Nein«, sagte er unlustig und furchtsam, »ich habe deine Alfanzereien satt, ich will nicht Sebastian sein. Die ganze Straße steht voller Leute, die mir huldigen wollen. Ich spiele nicht mehr mit, Addio!«

»Oh, nur noch einen Tag«, bettelte Gabriel, »schau, ich habe ja noch so Hunger! Höre, ich habe dich erfunden und wenn ich nicht bestimmt wüßte, daß du nicht Sebastian bist, so würde selbst ich glauben, Michael, du seiest es doch. Eine solche Ähnlichkeit ist versuchter Betrug der Vorsehung. Und wer lügt da? Die Natur? Was heißt das, sie lügt? Ob du nun wirklich der König bist oder ob du, weil täuschend nachgemacht, überall für echt giltst, unfehlbare Natur, wo ist da der Unterschied? Die Leute wollen, daß du Sebastian seist. Das Volk sieht in dir den König! Also?«

»Ich kann's freilich nicht hindern«, sagte Michael melancholisch und ergab sich endlich darein.

Das Gespräch fand gegen Abend in Don Pedros buntgeblümtem Garten statt. Und da sie zwischen den Beeten auf und ab schlenderten, blieb Gabriel plötzlich stehen. »Holla«, sagte er ehrlich verblüfft, »das ist höchst seltsam, in der Tat. Zum Teufel, Majestät, du hinkst ja seit neuestem!«

Erschrocken sah Michael seinen Kameraden an. »Weiß Gott, ich hinke wirklich«, sagte er wie verwunschen.

Gabriel aber tanzte wie ein Narr um ihn herum.

»Freue dich«, rief er fröhlich, »Don Sebastian nämlich hat auch gehinkt!«

Don Pedro, der treue Riese, hielt schwerbewaffnet vor dem Hause Wache, darin der falsche König schlief, als Don Christophan in Penamakor ankam.

»Guter Freund«, sagte verbindlich der Graf, »ich möchte gerne den König sehen.«

»Das möchten viele«, antwortete Pedro hoheitsvoll.

Der König, fügte Christophan hinzu, werde sicher eine große Freude haben, ihn zu sehen. Er sei ein Freund und Kriegskamerad von ihm.

Aber Pedro schnauzte ihn an. Er habe strengen Befehl, ja niemand vorzulassen. Seine Majestät habe schon sehr peinliche Erfahrungen mit sogenannten guten Freunden gemacht!

Indem kam Gabriel, einen glitzernden falschen Ordensstern auf der Brust und stutzerhaft gerüstet.

»Geh«, sagte er zu Pedro, »ich will den Kerl schon loswerden.«

Seine verdächtige Visage kam übrigens Don Christophan gleich merkwürdig bekannt vor. Darum fragte er höflich, wer der hochedle Herr Ritter sei?

Sichtlich geschmeichelt versetzte Gabriel, er sei seiner Majestät Generaladjutant und das dürfe er wohl, ohne sich zu rühmen sagen, sein vertrauter Freund. Der edle Fremde habe sicher schon von ihm reden hören. Das machte Christophan über die Maßen neugierig. Und mit geheimnistuerischer Herablassung, am Handrücken vorbeiflüsternd, bekannte Gabriel, er sei niemand anders als Christophan Graf de Tavora.

»Ach du lieber Himmel«, fuhr es dem echten Christophan heraus, er faßte sich aber sogleich und fügte lächelnd hinzu, er freue sich sehr, seine Bekanntschaft zu machen. Sie schüttelten einander herzlich die Hände.

Wer nun aber er sei, Caballero, fragte der falsche Graf gnädig.

Da sagte es ihm der Graf mit aller Deutlichkeit: »Du bist falsch, Gabriel, und wenn du falsch bist, dann ist es dein Herr wohl auch.« Erst wollte Gabriel den Degen ziehen (und das ehrt ihn), dann wollte er ausreißen, endlich aber blieb er.

Auf Don Christophans Herz spekulierend, entdeckte er ihm den ganzen Schwindel, nicht ohne gelegentlichen Stolz, und machte schließlich, frech wie er war, den Vorschlag, der Graf möge ihm doch den König abkaufen. Er solle ihn billig haben.

Während sie noch von ihm redeten, kam der falsche Sebastian aus dem Haus.

Er war etwa neunzehn Jahre alt und kaum mittelgroß. Sein Haar war gelb, sein Mund bezaubernd, die Zähne unversehrt. Er hinkte ein wenig, doch wußte er es mit viel Grazie zu verbergen.

Er trug ein langes linnenes Hemde und hatte eine Krone von Goldpapier auf dem Haupt, eine Sonnenblume als Zepter und eine Orange als Reichsapfel in den Händen.

»O Gott«, rief der stoische Christophan alle Fassung ganz vergessend, »er ist es!«

»Still, weckt ihn nicht«, flüsterte Gabriel, »er wandelt im Schlafe. Er ist eines Steinhauers Sohn aus Mondego und lernt ein bißchen schwer, sonst ist er ein guter Junge.«

Langsam hinkte der Träumende auf Christophan zu, lächelnd mit geschlossenen Augen: »Oh, das ist wirklich schön von dir, Christophan«, sagte er freundlich, »daß du endlich gekommen bist. Sieh, hier wohne ich, des Himmels Reiche zu Häupten: Sonne, Mond und Sterne, und ich gleichsam inmitten als ihr Herz und ihre lebendige Seele. Findest du, daß ich mich sehr verändert habe inzwischen, mein Freund? Sage, daß ich gewachsen bin!«

Christophan konnte nicht mehr an sich halten und redete ihn an.

»Erschrick nicht, lieber Schläfer«, sagte er sehr behutsam, »sprich, bist du Sebastian, König von Portugal?«

Da schrak der Träumer jäh zusammen, Zepter und Apfel entfielen ihm. Er wachte auf und besann sich krampfhaft.

»Nein«, sagte er dann fast traurig, »nein, ich bin es wohl nicht. Ich bin kein König. Ich habe geträumt.«

Nun war es merkwürdig, wie sich Graf Tavora benahm. Er kniete nieder vor Michael und huldigte dem falschen Sebastian in aller Form. Er bat ihn, über sein Schwert zu befehlen. Er werde alles tun, um ihm sein Land wiederzugeben.

Aber Sebastian hob ihn auf. Er schüttelte den Kopf. Nein, er wolle nicht mehr dieser König sein. Er finde sich ja schon gar nicht mehr in sich zurecht. Er sei ein armer Kerl. Er könne nichts für sein Gesicht und seine Hände. Aber alle sagten, daß er Sebastian sei, wie oft er auch widerspreche. Und wenn er zornig werde, dann sagten sie, das sei ein königlicher Zorn, und wenn er schlafe, sei es ein heiliger Schlaf. Und wenn er lächle, würden alle froh.

Einer aber sei sogar schon für ihn gestorben, weil er ihn für den König hielt. Die Spanier hatten ihn gefangen und in den schwarzen Turm von St. Jago gesteckt. Sie hatten ihn in Ketten gelegt und bei unverbundenen Augen durch einen Fußtritt ins Meer gestürzt. Aber Fischer fingen seine Leiche in ihren Netzen und brachten ihn dem König von Penamakor wie einen großen silbernen Fisch.

Darum wußte Sebastian, wie es tat, wenn jemand für einen das Leben gelassen hat.

»Bist du so vor die Leute gekommen«, fragte der Graf, auf Hemd und Krone zeigend.

Ja, so«, sagte Sebastian ernsthaft.

Die Leute glaubten dennoch an ihn. Sie glaubten ihm die papierene Krone und es kamen selbst Leute aus seiner Heimatstadt, die ihn von Kindheit an kannten, und küßten seine Hände und huldigten ihm als König, der wiedergekommen sei, Portugal von den Spaniern zu befreien. Sie nannten ihn Majestät, obwohl sie sich noch gut daran erinnerten, wie er klein war und daß es daheim nicht sehr königlich zugegangen war. Er hatte oft Hunger. Sein Vater war Arbeiter. Sie waren siebzehn Kinder.

Als nun der falsche Sebastian vom Grafen Tavora in aller Form anerkannt war, setzte König Philipp von Spanien einen Preis aus für den, der diesen Schelm lebend oder tot in die Hände der Spanier liefere. Gleichzeitig aber strömten dem jungen Kronprätendenten Getreue aus allen Schichten der Bevölkerung zu, jene ewig Gläubigen, ewig Begeisterten, die es nie im Leben zu etwas bringen.

Sebastians Untertanen waren vor allem die Unruhigen und die mit den hungrigen Herzen, die Träumer, die Verhängnisvollen, Berüchtigten; mit einem Wort die unbequemen Geister, die Gott in seiner Vorsicht erschuf, damit die Welt nicht stille stehe.

Es kamen Abenteurer und Poeten, Erfinder und Sektierer, Naturforscher und Gaukler, Sünder und Heilige, Puppenspieler, Harfensänger, Gärtner, kurz die Phantasten von ganz Portugal.

Der falsche Sebastian hatte viel Sympathien beim gemeinen Volk und die Dichter besangen ihn. Die Wetten in Lissabon (nämlich daß er echt sei) standen 13 zu 7 zu seinen Gunsten, obgleich der Adel und die Beamten freilich sich trotz Christophans eindrucksvollem Zeugnis vorläufig abwartend verhielten.

»Ach Christophan«, sagte Michael manchmal, »wie geht das zu, du weißt doch, daß ich *nicht* der König bin!«

Er sei es und er sei es nicht, tröstete ihn der Graf. Jener sei vielleicht ein Seraph gewesen und habe seine Gestalt angenommen. »Ja, darf er denn das«, sagte vorwurfsvoll der sanfte Usurpator.

Bald nachdem der Graf nach Penamakor gekommen war, kam der treue Riese Don Pedro prustend vor Wichtigkeit gelaufen. »Ein Wunder«, rief er schon von weitem, »ein großes Wunder. Ich habe schon ein dummes Glück.« Das Wunder bestehe darin, erklärte er stolz, daß soeben *noch* ein König angekommen sei. Zwei Könige unter seinem Dach!

»Wieso noch einer«, sagte Christophan. »Woher weißt du überhaupt, daß er ein König ist?«

Pedro lächelte schlau: »Er hat es mir selbst erzählt.«

Jener König sei nämlich gerade auf dem Wege nach Lissabon, sich krönen zu lassen. Woher er das wisse?

»Je nun«, sagte der dumme Riese, »er hat es mir selbst erzählt.«

Die tolle Begegnung der falschen Sebastiane fand in Don Pedros Hause statt, in dem noch heute vorhandenen historischen Zimmer, darin der König von Penamakor vorläufig residierte. Das Staunen war auf beiden Seiten groß, Michael hatte wirklich keinen Anlaß, den andern, der kartenkönighaft einherstolzierte, für echter als sich selbst zu halten. Er fand seinen Nebenbuhler lange nicht so ähnlich, vor allem hinkte er auch nicht im Gehen. Vollends als jener brüsk behauptete, der echte, fälschlich totgeglaubte Don Sebastian zu sein, ja den von Penamakor einen Betteljungen und Betrüger zu nennen sich erfrechte, ergrimmte Michael auf einmal in gerechtem Zorn.

»Du lügst«, schrie er plötzlich erleuchtet, »ich bin der König von Portugal und kämpfe um mein Recht mit dem Degen!«

Wirklich drang der Kleine mit dem Degen, den ihm

Christophan gegeben, beherzt auf seinen Nebenbuhler ein.

»Haltet ein«, sagte der friedfertig und ganz blaß geworden, »ich bitte, Herr, macht doch keine Dummheiten. Ihr wißt so gut wie ich, daß ihr auch nicht der Rechte seid. Aber ich bin bereit zu verhandeln. Ich liebe keine blutigen Händel.«

Also steckte Sebastian ein.

Es stellte sich schnell heraus, daß dieser kümmerliche Gauch niemand anderer als Donna Anas geliebter Pastetenbäcker war. Er zog ohne weiteres eine gute Pension der Unsterblichkeit vor und verließ Penamakor. Darnach bekannte der siegreiche Michael, er habe zum erstenmal in seinem Leben einen Degen in der Hand gehabt!

Es währte aber nicht lange, da wurde diesem kindlich heiteren Königtum ein jähes Ende bereitet.

König Philipp nämlich, durch mancherlei glaubhafte Kunde stutzig gemacht (vielleicht auch, weil er wohl wußte, daß Don Sebastians Leiche nie mit Sicherheit agnosziert worden war), sandte den alten Schurken Almasan nach Penamakor, um festzustellen, wie es mit der Identität dieses Sebastian stehe, hauptsächlich aber, um zu spionieren.

Indessen waren es doch recht rauhe und verwegene Kerle, die dem kleinen Narrenkönig nachliefen, und so kam es, daß sie den ewig jungen Dr. Almasan und den ihn begleitenden unschuldigen Amtsschreiber ohne Prozeß auf eine recht schauerliche Weise ums Leben brachten. Die Sebastianisten ›zerschnellten‹ sie nämlich.

Sie wählten dazu je vier mittelstarke Bäume, die ungefähr im gleichen Abstand und im Geviert beieinander standen, bogen die Wipfel zueinander auf die Erde herab und banden je eine Hand oder einen Fuß recht fest daran. Dann ließen sie die Bäume auf Kommando los. Weil nun die Wipfel das Bestreben haben, in ihre alte senkrechte Lage zurückzu›schnellen‹, wurden die Delinquenten bei lebendigem Leibe in vier meist unregelmäßige Teile zerrissen.

Die ruchlose Tat sollte alsbald schreckliche Vergeltung finden. Eines Abends nämlich, als es im Lager der Rebellen bei Spiel und Tanz sehr lustig zuging, hoben spanische Reiter durch einen kecken Überfall den falschen König aus. Sie holten ihn aus dem Bett. Und Hand bei Fuß wie ein Reh ihn fesselnd, schnallten sie ihn auf ein Pferd und jagten die Nacht durch zurück nach Lissabon.

Sebastian wurde nackt auf einen hölzernen Esel gesetzt. So ließ man ihn, während zwei kräftige Büttel abwechselnd seinen Rücken peitschten, am hellichten Tag durch ganz Lissabon reiten. Er trug aber seine papierene Krone auf dem Kopf mit der Umschrift: Ich bin der König von Penamakor.

Dies geschah natürlich nur, um ihn zu schmähen und lächerlich zu machen vor aller Welt. Er sah aber gar nicht lächerlich aus, sondern nur gottserbärmlich. Die papierene Krone stand ihm fast königlich zu Gesicht. Es lachte niemand über ihn. Einige weinten über ihn, andere beteten, manche fielen vor ihm aufs Angesicht, Kinder fingen sein Blut in Fläschlein auf und küßten ihm die schmalen Füße. Und auf einmal rief jemand laut: »Hoch lebe der König von Portugal.« Da brachte man aber den Armen schleunigst ins Richthaus.

Da das Gerücht auftauchte, Don Christophan und die verwegensten seiner Kumpane seien in Lissabon, um das gemeine Volk gegen die Spanier aufzuwiegeln und den Gefangenen zu befreien, ward die Wache insgeheim verstärkt.

Der Korregidor, mit einem großen starren und einem vertraulich blinzelnden Auge in einem unbewegten Angesicht, sprach leise brummelnd und mit mechanischer Freundlichkeit zu dem schmerzhaften Jüngling, der nach solcher Mißhandlung böse vor ihm stand, in dem trostlos kahlen Gerichtsgewölbe.

»Die Anklage behauptet, du habest dich zum König von Portugal ausrufen lassen, Michael?«

»Das ist nicht wahr! Ich habe mich nicht ausrufen lassen, man hat mich ganz von selbst ausgerufen. Da kann ich doch nichts davor.« Der falsche Sebastian sagte ganz unbefangen aus, beinahe frech.

»Du hast aber zu den Leuten gesagt, du seiest Sebastian von Portugal.«

»Nein Herr, das habe ich den Leuten niemals gesagt.«

Das ärgerte den Korregidor etwas: »Ich warne dich, Michael«, sagte er mit Nachdruck. »Es sind Zeugen da, die gegen dich aussagen.«

»Laßt sie doch sprechen«, sagte gleichgültig der Angeschuldigte.

Der Zeuge war ein alter Mann aus Mondego und ihn auszufragen hatte der Beisitzer übernommen, ein feister, dummschlauer Sechziger. Dem wollte es nicht gefallen, daß Sebastian so gar keine Angst zeigte.

»Nun, lieber Freund«, sagte er gewinnend zu dem alten Mann, »ihr könnt also bezeugen, daß der Angeklagte behauptet hat, er sei der totgeglaubte König von Portugal.«

Der Zeuge antwortete, er bäte um Vergebung, aber das habe der Angeklagte nicht gesagt. Das hätten die Leute gesagt.

Der Richter schnaubte durch die Nase. »So«, sagte er kurz, »und was hat er denn gesagt?«

Er habe deutlich gesagt, er sei's nicht.

Hier lächelte Sebastian ein wenig.

Nun fragte wieder der Richter: »Ihr kennt doch den Michael von Kindesbeinen an? Könnt ihr das beschwören?«

Der Zeuge konnte es mit gutem Gewissen.

»Ihr könnt also auf euren Eid nehmen, daß dieser Mensch Michael heißt, gebürtig aus Mondego?«

»Jawohl!«

»Ihr könnt also beschwören, daß dieser nicht Sebastian, weiland König von Portugal, ist?«

Der Mann grinste vorsichtig. Nein, sagte er dann, das könne er nicht.

»Was soll denn das heißen?« fuhr ihn der Richter an.

Er könne doch nicht wissen, ob dieser Michael nicht doch am Ende der hochselige König Sebastian sei, der in der blutigen Schlacht bei Alkassar fiel.

»Noch eine Frage?« fragte boshaft der Korregidor.

»Ich verzichte«, knurrte der Richter.

Dann wurde Michael gefragt, wie alt er sei und der Richter fand es schier unglaublich, als er sagte, er sei zwanzig. Denn dann war er ja jünger als der König bei seinem Tode! »Man hat dir öffentlich gehuldigt, Michael?«

»Ich konnte es nicht hindern, Herr.«

»Bist du Sebastian von Portugal oder – wer bist du eigentlich?« erboste sich endlich der Richter.

»Nicht ich«, antwortete der Angeklagte ziemlich unverschämt, »sondern ihr hohe Herrn habt das festzustellen.« Irgendwo müsse man das doch schließlich sehen, ob einer ein König ist oder nicht.

»Werde nicht frech, Bursche.«

»Ihr habt mich gefragt, und ich habe geantwortet.«

Er habe Urkunden mit dem Namen Sebastian unterzeichnet.

»Ich kann weder lesen noch schreiben.«

»Von Beruf?«

»Rosenkranzhändler.«

»Wer ist dein Vater?«

»Der Steinklopfer Angelo aus Mondego, verstorben.«

»Aber dann kannst du doch nicht jener Sebastian sein?«

Der arme Sünder lächelte treuherzig. Wohl kaum, er wisse es nicht. Aber bei Gott sei kein Ding unmöglich. Viele wahrheitsliebende Menschen hätten gesagt, er sei es.

Jetzt verlor aber der Richter endlich die Geduld.

»Man hat dir königliche Ehren erwiesen, du Lausekerl«, brüllte er, »warum hast du nichts dagegen getan?«

Er habe doch schon wiederholt gesagt, daß er immer erwidert habe, er sei nicht der König. Aber man habe es ihm eben nicht geglaubt.

Nun wurde dem Angeklagten eine Maske aufgesetzt und die Zeugin Manuela hereingerufen, die Amme des Königs Sebastian, eine rüstige alte Frau.

Sie bekundete, den König sehr gut gekannt zu haben von Geburt an, erzählte von dem Häutchen über dem Mund, der Blindheit und so weiter und von der Narbe über dem rechten Auge, die ihm einst ein Rabe geschlagen, als das Kind in einer goldenen Wiege im Garten schlief. Und daß er gehinkt habe. Sie machte es vor.

»Ist es der«, fragte der Richter und riß dem Angeklagten die Maske vom Gesicht.

»O himmlischer Vater, er ist's«, schrie Manuela geradeheraus und fiel auf die Knie. Nicht ohne Bewegung sahen's die Schreiber. »Bitte nein«, sagte aber der falsche König errötend, als sie ihn anrührte wie einen Wundertäter. Nachdem die Zeugin fortgebracht war, blieb ihm aber ein kleiner roter Fleck über dem rechten Auge, wie eine Narbe anzusehen.

Dann, ungerührt, das starre Auge wie lidlos aufgetan, fragte der Korregidor, ob Michael dieses Kleinod kenne. Er hielt einen goldenen Ring empor, in Form einer Schlange gefertigt, die sich in den Schwanz beißt. Als Krone trug sie einen blaßlila Stein.

Ohne hinzusehen und wie verwunschen sagte Michael: »Ja, Herr, ich kenne ihn.«

Ob er ihm gehöre?

Da war es überraschend anzusehen, wie ungeschickt jetzt der kleine jämmerlich zerschlagene Mensch auf den Zehenspitzen stand, fast das Gleichgewicht verlierend. Er hielt den Atem an und sein Gesicht hatte einen angestrengten, nach etwas ganz leisem hinhorchenden Ausdruck. Wie ein Schüler stand er da, dem ein Nachbar einsagt.

»Der Ring gehört dem rechtmäßigen König von Portugal«, sagte er endlich aufatmend.

Es war wirklich wunderbar, woher der Junge das wußte. Er konnte es erraten haben, gleichviel er wußte es.

Nun stellte der Richter eine Falle.

Dem rechtmäßigen, fragte er tückisch, wie er das denn verstanden wissen wolle?

»Nehmt den Demant aus der Fassung, so werdet ihr den Namen von des Ringes Eigentümer finden.«

Es geschah. Der Korregidor besorgte es selbst, knifflich mit dem Federmessern hantierend. »Weiß Gott«, sagte er verdutzt, »hier steht geschrieben:

»Sebastianus Rex Portugalliae«, fiel Michael ein, wie aus dem Schlafe mit schwerer Zunge lallend.

Sofort fuhr ihn der ungute Richter an: »Du kannst es also doch lesen!«

»Nein, Herr«, sagte der arme Sünder plötzlich erschrocken, »was heißt denn Rex?«

Sehr aufgebracht schrie jetzt der Richter: »Bist du nun Sebastian oder wer bist du eigentlich?«

Sehr leise, sichtlich verstört und am Ende seiner Kraft, sagte der Angeklagte:

»Es ist doch so, hohe Herren, daß es ganz gleich ist, was ich sage. Sage ich: ich bin's nicht, dann heißt es, ich hätte mir den Königstitel zu Unrecht angemaßt. Sage ich aber: Ja, ich bin's, so –«

Und plötzlich seiner Verlassenheit ganz bewußt geworden, fragte er, was denn mit ihm geschehe, ob man ihn doch nicht töte?

Man sagte es ihm gern. Erst werde ihm die rechte Hand abgeschlagen werden, dann werde er gehängt. Dann werde ihm das Haupt vom Rumpf getrennt und auf einer Stange öffentlich ausgestellt. Sein Körper werde zerstükkelt, in ein Faß getan und ebenfalls öffentlich ausgestellt.

Noch einmal fragte der Korregidor mit routinierter Milde: »Bist du's oder bist du's nicht?«

»Ach Gott«, sagte Michael aschfahl und sehr kleinlaut durch das eben Gehörte, »ich weiß es nicht. Sehe ich denn so aus?«

Nun flüsterten die Richter miteinander und man hörte schreckliche Worte wie Bastonade, Daumenschrauben, Bagno. Der Korregidor hielt den Burschen für harmlos und war für Galeere. Da sei er unschädlich und leiste Arbeit, der andere aber war mehr für Hängen. Als sie noch redeten, entstand eine plötzliche Unruhe unter den Soldaten. Ein Offizier stürzte herein und meldete den Anmarsch bewaffneter Rebellen. Die Lage sei ernst.

»Besetzt die Zugänge«, befahl der Korregidor. Draußen hörte man Rufe.

»Hallo, mein König, wir kommen«, rief eine Stimme und der falsche Sebastian antwortete hell: »Hier bin ich, Christophan, hier bin ich, Pedro, mein Riese!« Er riß an seinen Fesseln.

In dem Augenblick aber, als das Tor aufsprang, kommandierte der Offizier kaltblütig Feuer und die Kugeln fuhren in die Rebellen. Als er aber seine Freunde sah wie sie hinschlugen, zuckten und bluteten, schrie Michael laut:

»Ja! Ich bin Sebastian, König von Portugal!« und Christophan, tödlich verwundet, kroch mühselig vor die Richter und während es bei jedem Wort hellrot aus seinem Munde schoß, schwor er bei Gott dem Allmächtigen, dieser sei wahrhaftig Sebastian von Portugal, fiel in sein Blut und starb.

Michael nickte. Von nun an sagte er kein Wort mehr.

Das Urteil – denn nun gebühre ihm zu Recht der Tod – war wegen Aufruhrs augenblicklich zu vollstrecken.

Als aber der falsche Sebastian hinausgeführt war, kam eine eilige Stafette und meldete, in Oporto stehe das Volk auf für einen schönen Jüngling mit Namen Gabriel d'Espinosa, der behaupte, er sei der totgeglaubte Don Sebastian von Portugal. Sein Anhang wachse von Stunde zu Stunde. Er habe sich feierlich zu Oporto krönen lassen und marschiere mit einem respektablen Heer geradewegs gegen Lissabon.

In diesem Augenblick schrie draußen des Verurteilten Stimme: »Nein, nicht die Hand! Nicht meine Hand.« Da schlug der Henker schon zu.

Es trommelte heftig. *(1930)*

Der Narrenball

Als ich meinen ersten Fasching in Süddeutschland mitmachte, zählte ich kaum achtzehn Jahre. Ich wollte einmal ein echtes Künstlerfest besuchen und man hatte mir besonders den sogenannten Türkenball empfohlen als den lustigsten von allen.

Tatsächlich schienen sich wenigstens die Einheimischen ganz prächtig miteinander zu unterhalten. Fast als wären sie samt und sonders ineinander verliebt oder jedenfalls sehr nahe verwandt. Denn sie herzten sich und küßten sich vor allen Leuten ohne die geringste Scham und Scheu und waren über die Maßen froh und guter Dinge.

Lag es nun an meiner jugendlichen Unerfahrenheit (wir Norddeutschen gelten ja gemeinhin dortzulande als etwas steif und ungesellig) oder lag es doch auch ein wenig an der ganzen Art der überdies beängstigend überfüllten Veranstaltung, kurzum ich fühlte mich trotz des tollen Maskentreibens ringsumher von Anfang an todunglücklich und fehl am Ort. Ich konnte es beim besten Willen so lustig nicht finden. Ich kam mir so vor, als sei ich aus Versehen in eine falsche Einladung geraten, ein Fremdling unter lauter guten Bekannten, ja kaum deren Sprache mächtig. Und ich hatte mich doch so darauf gefreut.

Schon mein erster Versuch, mich einem hübschen Lärvchen zu nahen, mißlang. Dabei stand mir das Kostüm, das ich mir zu Hause von Mama eigens für den Türkenball hatte anfertigen lassen, ganz ausgezeichnet. Ich trug karmesinrosa Pluderhosen und eine azurblaue Bluse aus schillernder Seide, dazu einen silbernen Turban mit Reiherfedern, der mir leider arg heiß machte und peinlich an den Schläfen scheuerte. Ein kostbarer Krummsäbel und edelsteinbesetzte Räuberpistolen, die sich jedoch später als nur lästig erwiesen, staken mir im Leibgurt. Ihn hinwiederum zierte eine funkelnde Agraffe in Form eines Halbmondes.

Es war aber, trotz der vergnügten Stimmung, die desto freier und herzlicher sich zu entwickeln schien, je schlechter die Luft wurde, gar nicht einmal so leicht, gleich den rechten Ton zu finden, obwohl ich mich doch der Landessprache befleißigte und die von mir erkorene Schöne auf gut bayerisch um ein Busserl bat. Das Mädchen indessen entgegen der Kostümvorschrift, doch ganz allerliebst als sogenanntes Dirndl verkleidet, entpuppte sich als recht herzlos und gewöhnlich. Sie lachte mir ins Gesicht, nannte mich gar einen Kümmeltürken und damischen Preußen, worauf sie mich sitzen ließ, obgleich ich ganz korrekt eine Flasche Schampus hatte kommen lassen. Ein langer Chinese, lediglich mittels eines geblümten Schlafanzuges, eines plissierten Papierlampenschirms und eines bastgeflochtenen Zopfes maskiert, tanzte einfach mit ihr davon, ohne mich etwa erst um mein Einverständnis zu bitten. Das wurmte mich denn doch gewaltig.

Aber als ich, mit Hilfe eines Strohhalms das ärgerliche Konfetti aus meinem Sektglas fischend, eben noch finster erwog, ob es nicht meine Mannesehre erfordere, den Unverschämten zur Rede zu stellen, ward ich von einer leisen angenehmen Stimme angesprochen, die mir bekannt vorkam.

»Schöner Türke«, sagte die Stimme, »ihr kauft mir bestimmt etwas ab.«

Ein wildfremder Mensch stand vor mir, ein armer Hausierer, ein Zivilist sozusagen unter lauter Masken, der mit allerlei Faschingsartikeln handelte, mit Luftschlangen, Ratschen, Trompeten, tanzenden Äffchen und dergleichen mehr. Er setzte kurzerhand seinen Kasten vor mich auf den Tisch und begann mit zärtlichen bilderreichen Worten seinen Krimskrams über den Schellenkönig zu loben, ihn unaufhörlich ordnend. Er spielte eine flotte Weise auf einer winzigen Mundharmonika, die er Fotzhobel nannte, gab die genaue Gebrauchsanweisung für das wirklich sehr drollige Nürnberger Dukatenmännlein und blies rosa Schweinchen auf, die dann mit herzzerreißendem Klagelaut rapid abmagerten, runzlig wurden, den Geist aufgaben, worüber sich der Handelsmann selber so kindisch zu freuen schien, als sähe er es zum allerersten Mal.

Ich muß gestehen, daß ich von je ein Herz für solche Scherzartikel besaß. Ich war daher schon drauf und dran, dem armen Teufel, obwohl er stark nach Fusel roch, eine Kleinigkeit abzunehmen, allein auf einmal verdroß mich die Geschäftstüchtigkeit, die allzu durchsichtige Spekulation auf den Gegensatz von Elend und Wohlleben, von Armut und lachender Festlichkeit.

»Ich brauche nichts«, sagte ich unwirsch, denn ich fürchtete am Ende doch noch weich zu werden.

»Wirklich nichts?« flüsterte der Zudringliche mehr belustigt als enttäuscht und indem er, zu meiner nicht geringen Verblüffung, mich bei meinem Vornamen nannte, setzte er sich ohne weitere Umstände an meinen Tisch.

»Oh, und ich hatte gedacht, du mein lieber Gustav«, sagte er grinsend und unverschämt genug, mich zu duzen, »du wenigstens würdest mir etwas abnehmen.«

Nun sah ich mir den Kerl doch etwas genauer an. Er trug einen überaus schäbigen Sommeranzug, darunter ein Schlosserhemd ohne Kragen, aber mit einem speckigen beinernen Knöpfchen unter dem glucksenden Adamsapfel und auf dem pomadisierten Haar einen zerbeulten steifen Hut. Seine Fingernägel waren tiefschwarz, sein Hals rot, das Kinn seit Tagen nicht rasiert. Ich kannte ihn nicht.

Nun hatte sich der Bursche allerdings offenbar als kleines Zugeständnis an den Karneval und gleichsam als lebendige Reklame eine Nase vorgebunden, solch eine fleischfarbene Nase aus Papiermaché, deren sonderbaren Treibhausgeruch nach warmem Leim und feuchter Pappe keiner vergißt, der jemals eine aufgehabt.

Diese Nase aber, darunter ein kümmerliches schwarzes Bärtchen klebte, endete höchst sinnreich in einer jener Papierspiralen, die sich, bläst man hinein, unter vogelähnlichem Gezwitscher, das durch ein paar rote und grüne Federchen noch glaubhafter erscheinen soll, schlangenartig blähen und entrollen, um bei weggenommenem Atem scheu und knitternd in sich selbst zurückzuschnellen. So kam es, daß des Hausierers scheinbar starre Nase wie die Zunge des Chamäleons sich unnatürlich um ein Vielfaches streckte, plötzlich unerwartet mir ins Gesicht zwitscherte und schleunigst wieder zurückschnurrte, mittels eines Gummiröhrchens durch pneumatischen Antrieb tückischer Weise vom Munde aus bedient. Aber erst als der freche Mensch auch noch aus meinem Glase trank, wozu er notwendig die falsche Nase etwas lüften mußte, erkannte ich ihn an seiner echten, die groß und nicht zu verwechseln war.

»Dacht ich's doch«, rief ich ehrlich begeistert über die gelungene Maske und schüttelte meinem bayerischen Vetter herzlich die Hand. Wir hatten uns seit Jahren nicht gesehen, und ich bewunderte seine Verkleidung, mit der er selbst seine besten Bekannten getäuscht, und fand es besonders witzig, daß er sich der Echtheit zuliebe sogar mit Schnaps parfümiert und, was ihm nicht leicht gefallen sein mochte, sich drei Tage nicht rasiert hatte. Aber es lohnte sich. Lachend berichtete er, wie eisig ihn mancher gute Freund hatte abfahren lassen, den er bisher für besonders gutherzig gehalten. Wir feierten bei einer neuen Flasche unser unerwartetes Wiedersehen. Er war immer schon ein rechter Spaßvogel gewesen, in seiner Gesellschaft gefiel es mir schon viel besser, allein mein Vetter wollte nicht bleiben.

»Komm«, schlug er vor, »gehn wir lieber noch ein wenig auf den Narrenball.« Ich war's zufrieden, mein Vetter lebte hier schon seit Jahren als Arzt, er mochte wohl wissen, wo es am zünftigsten zuging. Also tranken wir aus und zogen ein Haus weiter.

Es war recht winterlich draußen, als wir zum Parkplatz schlenderten. Durch das Schneegestöber kam ein Musikant, in einem Arm sein Cello, im andern sein Mädchen, und fast gerieten wir in eine lustige Schneeballschlacht zwischen ein paar Negern in Badehose und Zylinder und einigen Herren in Rokokotracht.

Ich hatte keine Ahnung, wohin mich mein Vetter eigentlich schleppte. Wir waren aber eine ganze Weile gefahren, bis wir vor einem staatlichen Gebäude hielten, das bei Nacht und Schneetreiben ebensogut eine höhere Töchterschule wie ein Krankenhaus, ein Justizgebäude oder sogar ein Museum sein konnte. Meinen lästigen Türkensäbel und die schweren Prachtpistolen ließ ich gern im Wagen zurück.

Ein alter uniformierter Pförtner oder Kastellan öffnete uns höchst mißtrauisch. Er ließ uns erst ein, als mein lustiger Vetter die Nase abnahm.

»Ja, unser Herr Doktor, gibt's denn das auch«, rief der Alte nun mindestens sechsmal immer wieder den Ton auf ein anderes Wort legend und führte uns beflissen durch einen langen weißen Gang an numerierten Schulzimmern oder Amtsstuben vorüber (so dachte ich) in einen kleinen Vereins- oder Theatersaal, wo es laut und fröhlich herging.

Vielleicht bildete ich es mir erst hinterher ein, gleichviel, trotz des bunten Gewimmels der Masken, trotz einer verzückt musizierenden Kapelle, deren Mitglieder sinnigerweise und täuschend ähnlich als lauter Richard Wagners, Beethovens und Bachs verkleidet waren, trotz einer geradezu kindlich harmlosen, ja fast spießigen Heiterkeit, wurde mir plötzlich ganz unheimlich zumute, und ich wäre am liebsten wieder umgekehrt.

»Keine Bange, Gustav«, raunte mir aber mein Vetter zu, »die tun dir schon nichts.«

Das klang nicht eben tröstlich. Doch ehe ich ihn noch fragen konnte, wo in aller Welt wir nun eigentlich zu Gaste seien, wurde er von einem Rotkäppchen, das, wie ich nicht ohne Schaudern feststellte, mindestens seine siebzig Lenze zählte, stürmisch zum Tanz aufgefordert. Lachend verschwand er mit der Alten im Gewühl.

Offenbar befand ich mich auf dem Faschingsvergnügen irgendeines geschlossenen Vereins von Stenographen vielleicht, Pilzfreunden oder Kanarienvogelzüchtern. Denn der Raum war mit billigen giftgrünen Papiergirlanden und Lampions geschmückt. Oder es waren Turner. Denn auf einer Ballustrade hockte ein weißgeschminkter Clown in der kunstvoll verzwickten Stellung eines Schlangenmenschen. Auffallend blieb es, daß die Mehrzahl der Kostüme ein wenig altmodisch wirkte. Es gab zahlreiche brave Schwarzwälderinnen, mehrere Holländerinnen, Biedermeier-Herren und Damen, Zigeunerinnen und Dominos, als handle es sich um einen Kinderball für Erwachsene.

Während ich aber drüben auf dem Türkenball nur wenig Glück bei den Damen gehabt hatte, hier strömten sie in hellen Scharen auf mich zu und allerlei drolligen Unsinn schwatzend, daß ich bei weitem der Schönste sei, befühlten sie meine Seide und meine Muskeln, taten mir schön mit Ah und Oh, recht wie Naturkinder. Und alle wollten sie mit mir tanzen, was mir nicht wenig schmeichelte. Ja, es entstand sogar ein richtiger Streit unter ihnen, wer zuerst mit mir tanzen dürfe, die Mohnblüte, die Pierrette oder das Münchner Kindl. Und als ich mich für ein bildschönes, etwas zartes Geschöpf entschied, in einem schneeweißen, sehr kleidsamen, fast bräutlichen Gewand, gerieten die Verschmähten schier außer sich, keiften und lästerten ganz abscheulich, ja sie balgten sich ernstlich und drohten einander die Kostüme vom Leibe zu reißen. Sie schlugen mit Pritschen und Perücken aufeinander los, daß der Puder stob. Erst als ein bebrillter bärtiger Herr im Frack sich nahte und mit dem Finger drohte, stoben sie kichernd und knurrend auseinander.

Führwahr seltsame Leutchen diese Bayern, dachte ich in meinem nordischen Gemüte.

»Komm, schöner Türke, tanz mit mir«, sagte aber mein weißer Engel sanft, und als ich doch etwas erstaunt wegen des peinlichen Auftritts mich entschuldigen wollte, tippte sie sich leicht vor die Stirne und meinte kindlich lächelnd, jene seien wohl nicht ganz richtig im Kopfe.

Ich hatte ohne Zweifel eine fabelhafte Eroberung gemacht, denn meine zarte Tänzerin mit dem Madonnenangesicht erwies sich als ungewöhnlich kultiviert. Sie plauderte geistreich über Paris, New York und Konstantinopel, sprach sportgerecht von ihren Pferden Abälard und Sommersprosse, urteilte mit Geschmack über Literatur, Kunst und Politik, kurz wir unterhielten uns ganz vorzüglich miteinander. Meinem Vetter, der eben vorübertanzte, dankte ich durch einen begeisterten Blick.

Daß das schöne Mädchen meine rasch entflammte Neigung erwiderte, bewies das grenzenlose Vertrauen, das sie mir schenkte. Sie kam nämlich ganz unvermittelt auf ihre Familie zu reden, von der sie allerdings Dinge zur Sprache brachte, die mich schaudern ließen. Ich meinte meinen Ohren nicht zu trauen. Ich sah in einen Abgrund. Denn das unglückliche Mädchen war, wie sie, während wir nach den alten Klängen der Donauwellen uns wiegten, offenherzig gestand, dauernd den schlimmsten Zumutungen der Männer und, was noch schlimmer war, ihrer nächsten Angehörigen ausgesetzt. Nicht nur ihre Brüder, sieben an der Zahl, die sie bis ins Einzelnste schilderte, reife Männer in Amt und Würden und sämtlich verheiratet, verfolgten sie ständig mit den schamlosesten Anträgen, auch ihr leiblicher Vater und – horribele dictu – selbst ihr Großvater, den sie als einen Ausbund von Unersättlichkeit beschrieb, ließen ihr Tag und Nacht keine Ruhe. Das sagte sie aber alles mit dem unschuldigsten Gesicht von der Welt und einer überaus angenehmen fast dormitiven Stimme. Sie scheute aber dabei zu meiner nicht geringen Überraschung vor keiner noch so unanständigen Deutlichkeit zurück, was sich in ihrem holden Munde seltsam genug ausnahm.

»Aber das ist ja entsetzlich«, rief ich, »da muß doch unbedingt etwas geschehen, und zwar sofort!« Sie aber schüttelte nur ihr Köpfchen mit dem Lächeln eines schlafenden Kindes.

»Ja, das sagen Sie so«, erwiderte sie leise, »aber was hilft es, die andern sind ja samt und sonders mit im Bunde.«

»O Göttin, wer denn um Gottes willen?« stammelte ich, von Herzen entschlossen, das arme verfolgte Menschenkind zu verteidigen gegen diese Wüstlinge, wenn es gelte mit meinem Leben. Sie legte sanft ihr Gesicht an meines: »Dort«, flüsterte sie, »sehen Sie dort, der mit dem Barte und der dort mit der Nase!« Sie meinte unzweifelhaft den netten alten Herrn, der vorhin Ruhe gestiftet, und meinen lustigen Vetter. Ich war nicht wenig verblüfft.

In diesem Augenblick trat ein kleiner etwas beleibter Herr im Gehrock, der eine goldene Papierkrone auf dem Haupte trug und viele Kotillonorden auf der Brust, an uns heran und bat mit ernster Hoheit mein Mädchen um einen Tanz, den sie nicht abschlagen zu können glaubte.

»Seine Majestät ist nämlich sehr empfindlich«, flüsterte sie mir noch zu und enttanzte. Besorgt sah ich ihr nach.

»Armer Kerl«, hörte ich plötzlich jemanden hinter mir sagen. Ich bezog es natürlich auf mich und drehte mich ärgerlich um.

»O, ich meine nicht Sie«, sagte ein Herr zu mir, der gleichfalls eine Krone aus Goldpapier trug und in einen Hermelinmantel gehüllt war, oder vielmehr in einen weißen Bademantel, darauf man schwarze Zotteln genäht hatte.

»Ich meine den Herrn dort, der mit Fräulein von P. tanzt.« Dabei wies er auf den kleinen dicken Monarchen, der mir eben meine Dame entführt hatte. Ich sah den Hermelinmann fragend an.

»Armer Kerl«, wiederholte er mitleidig, »denken Sie nur, er bildet sich allen Ernstes ein, er sei der König von England, und das bin doch natürlich ich.«

Ich mußte lachen.

»Sehr gut«, sagte ich belustigt. Ich schien ihn verletzt zu haben, denn er sah mich auf einmal ganz giftig an.

»Nein«, sagte er böse, »das ist gar nicht sehr gut, und da gibt es gar nichts zu lachen.«

»Aber, aber«, begütigte ich den Grimmen, »es ist doch ganz egal, welcher König Sie sind, ob von England oder Holland, wir tun doch nur so im Spaß.«

»Das ist eben nicht egal, du Wicht«, herrschte mich der ungemütliche Mensch an und packte mich mit eisernem Griff am Handgelenk.

»Knie nieder«, brüllte er, »knie nieder vor dem König von Engeland, du Hundesohn!«

Die Umstehenden wurden aufmerksam und lachten. Einige klatschten vor Vergnügen in die Hände. Das ärgerte mich erst recht. Es fiel mir gar nicht ein zu knien. Offenbar war der Mensch betrunken. Da kam jener alte Herr, derselbe, der vorhin den Streit geschlichtet und den meine Dame als gegen sie im Bunde bezichtigt hatte. Er redete meinen Widersacher höflich mit Majestät an und bat ihn, sich zu beruhigen, worauf er sich mir als Professor Soundso vorstellte und mir freundlich riet, seiner Majestät von England doch die kleine Freude zu machen und, um des lieben Friedens willen, vor ihm niederzuknien.

»Ja, tu es Gustav«, ließ sich jetzt auch mein Vetter vernehmen, »sonst tobt er am Ende und stört unser heiteres Fest.«

»Heiteres Fest«, höhnte ich, aber ich tat ihnen in Gottesnamen den Gefallen und warf mich mit viel Getue und Devotesse vor dem närrischen König auf die Knie. Und siehe da, des Königs zornige Miene verklärte sich, er hob mich gnädig auf und zog mich huldvollst in ein Gespräch.

»Und weswegen sind Sie hier, lieber Herr?« fragte er lächelnd, als wäre nichts geschehen.

Ja, nun ging mir endlich ein Licht auf. Nun wußte ich

Tor, wo ich war, nun begriff ich, warum jener weißgeschminkte Clown noch immer wie vor einer Stunde unbewegt auf der Ballustrade saß, in einer ganz verzwickten Stellung, die ein normaler Mensch keine Minute aushalten könnte, nun wußte ich auf einmal, warum der kleine bucklige Narr noch immer mit kläglichem Quack-Quack durch den Saal hüpfen mußte wie ein Frosch, was mir eben noch wie ein reichlich alberner Faschingsscherz erschien, nun begriff ich mit Trauer, warum das schöne Fräulein von P., in das ich mich ungeachtet ihrer Schauergeschichten um ein Haar verliebt hatte, plötzlich in irres Gelächter ausbrach, einen Schreikrampf bekam und von zwei Wärtern, die sie mit den unflätigsten Schimpfworten belegte, eiligst fortgebracht werden mußte.

Mein schlimmer Vetter Heinrich, auf den ich mit Fug und Recht erbost war, hatte ein sehr schlechtes Gewissen mir gegenüber. Ich konnte es ihm nie ganz verzeihen, obwohl er aufrichtig bestrebt war, mich zu versöhnen.

»Ich dachte wirklich, du würdest es gleich merken, wo du bist«, sagte er und stellte mich dem Leiter der Anstalt vor, dem gütigen Herrn mit Bart, den ich durch des armen Fräuleins krankhafte Reden schon in ganz schiefem Lichte gesehen. Er ließ es sich natürlich nicht nehmen, mir noch ein paar besonders schöne Fälle zu zeigen, den liebenswürdigen alten Geheimrat zum Beispiel, einst eine Leuchte der Wissenschaft, der aber völlig das Gedächtnis verloren hatte. Man konnte ihm getrost ein und dieselbe Person alle fünf Minuten von neuem vorstellen, ohne daß er sich zu entsinnen vermochte, sie jemals gesehen zu haben, obwohl er sich doch eben erst mit ihr höchst angeregt über den reizenden Abend unterhalten hatte. Er trug stets einen Zylinder, den er zärtlich zu lieben schien und mit dem er chevaleresk zu grüßen wußte. Und ob er gleich die Gesichter der Menschen im Nu vergaß, des geliebten Hutes vergaß er nie. *(1931)*

Finsterlin stand bei den Nachbarn in dem Ansehen, stets außerordentlich in Anspruch genommen zu sein, obgleich er in Wahrheit zeit seines Lebens nie etwas getan hatte, was andere rechtschaffen arbeiten nennen, ja obgleich er solche Leute trotz seiner sichtbaren Bedürftigkeit fast ein wenig verachtete. Er wandelte verklärt im mondhaft zärtlichen Widerschein seiner eigenen Wichtigkeit und grüßte geschmeichelt nach allen Seiten.

Tatsächlich aber lebte er, ohne daß ihn dieser Umstand im mindesten anfocht, schon seit Jahren von einer kümmerlichen Rente, einem Almosen fast, das ihm ein Neffe bewilligte, nicht aus Nächstenliebe freilich, sondern in erbschleicherischer Absicht auf gewisse ungemünzte Reichtümer, die der alte Mann angeblich noch besaß. Denn Finsterlin war kein »guter treusorgender Onkel«, sondern ein geschworener Feind aller Verwandtschaft.

Trotz seiner Rüstigkeit hatte er sich mit der Zeit eine gewisse verlebt-chevalereske Art anstudiert, leicht gebeugt am Stocke zu gehen, ließ sich auch nie ohne Handschuhe auf der Straße blicken, wobei er den rechten stets lässig in der behandschuhten Linken hielt, trug dazu schon etwas ausgefranste helle Stutzen und besonders hohe Exemplare jener unnatürlich glatten Dauerkrägen, die selbst in frischem Zustand nie ganz weiß erscheinen.

Durch sein Getue galt er vielen als verarmter Aristokrat, der aus Standesrücksichten seinen Adel abgelegt, während ihn andere für einen etwas schrulligen Erfinder hielten. In Wahrheit war er eines braven Zuckerbäckers Sohn.

Solcher Aufwand aber und solche Emsigkeit geschah einer schönen Sache zuliebe, einem Objekte wie Finsterlin sich vorsichtig ausdrückte, denn er glaubte seine Gründe dafür zu haben, »nicht gleich jedem Karl oder Gustav auf die Nase zu binden«, was ihn so sehr in Atem hielt. Manchmal nannte er es in seiner geschraubten Redeweise schlechthin das heilige Vermächtnis seiner Ahnen, das er verwalte, oder er ließ etwas »von geheimnisvollen Anspielungen« durchblicken, die sein guter Vater ihm (und nur ihm allein) noch auf dem Totenbett gemacht haben sollte!

Diese Anspielungen im Angesicht der Ewigkeit betrafen nichts als ein altes Ölgemälde, von dem allerdings in der Familie die Legende ging, daß es sich dabei um ein Original Rembrandts, natürlich von unschätzbarem Wert handle. Das Bild war angeblich alter Familienbesitz, den man achtete, wenn man sich auch selber auf derlei gar nicht verstand, der aber vielleicht doch einmal unverhofft Glück bringen konnte.

Finsterlin erbte das Bild nebst einem kaum nennenswerten Vermögen, seiner völlig amusischen Schwester Anna den größeren Anteil nebst übrigem Hausrat überlassend, in der pfiffigen Erkenntnis: so auf billige Weise in den Besitz eines Millionenobjektes gekommen zu sein. Er wußte, daß gewisse Käuze, Amerikaner vor allem, schon gewaltige Summen für ähnliche Dinge geboten hatten, die bisher Generationen hindurch schlecht und recht in einer guten Stube hingen, ohne daß je einer Aufhebens davon machte.

Das Erbstück war ein Stilleben und stellte eine Allegorie der Vergänglichkeit dar, mit viel Fleiß und Künstlichkeit auf Leinwand gemalt, gefaßt von einem altersschwachen schwärzlichen Rahmen, darin der Holzwurm fraß.

Übrigens ließ sich Finsterlin mit dem Veräußern ruhig Zeit. Das Objekt verlor ja nicht an Wert, im Gegenteil. Einen reichgewordenen Schlächter, der ihm das Bild gern um ein paar lumpige Tausender abgedrückt hätte, ließ er hohnlächelnd ziehen.

»Ein herrliches Bild, nicht wahr?« pflegte Finsterlin zu sagen, wenn er sich herbeiließ, seinen Rembrandt einem Fremden zu zeigen oder besser ihn zu enthüllen. Denn für gewöhnlich war das Bild gegen die verderblichen

Einwirkungen des Lichtes mit einem grünen Samtvorhang verdeckt, der sich nun mit leisem Schnurren theatralisch nach beiden Seiten teilte.

»Ein scheniales Bild, und aus seiner besten Zeit«, lobte der glückliche Besitzer. »Welche Meisterschaft des Pinsels, welch virtuose Delikatesse und nicht zuletzt welche Gedankentiefe!« Dann erklärte er in gezierten Wendungen, gleich einem Fremdenführer die geistreichen Sinnbilder des Todes: den strohumkränzten gelben Schädel, die abgelaufene orientalische Sanduhr, die eben erloschene, aber noch schwelende Kerze und die zerblätternde Rose, deren äußerst naturgetreue Wiedergabe er scherzhaft dadurch betonte, indem er daran roch. Niemals vergaß er auf die Seifenblase hinzuweisen, darin sich sinnigerweise das Gesicht eines schönen schwermütigen Mädchens spiegelte, das außerhalb des Bildes zu denken war, vermutlich die Geliebte des Künstlers.

Nur der Sinn des aufgeschlagenen Buches mit seinen altertümlichen, fast unleserlichen Schriftzeichen (Pandekt nannte es Finsterlin) war nicht so ohne weiteres zu deuten, wenn man nicht am Ende gerade hier den Schlüssel zu der Magie des Kunstwerks suchen mochte. Laßt sehen!

Mit Hilfe einer Lupe war es dem unermüdlichen Finsterlin geglückt, wenigstens einen Satz darin zu entziffern, ein lateinisches Zitat, das sich aber an dieser Stelle kaum recht in den Inhalt des Bildes fügen ließ. Es lautete: »artem non odit nisi ignarus« und ein Gymnasiast von unten im Hause übersetzte es ihm gefällig ins Deutsche.

Alsbald begann Finsterlin zu kombinieren und zu rechnen, denn es bestand für ihn kein Zweifel mehr, daß dieser Satz nur ein Anagramm sein konnte oder wenigstens ein Stück davon, wahrscheinlich jedenfalls eine geschickt maskierte Nachricht des Bildurhebers an den künftigen Beschauer, einer spielerischen Laune entsprungen, wie sie das lockere Künstlervölkchen eben zuweilen liebt.

Finsterlin löste spielend die Charade: die Geheimschrift bedeutete nicht mehr und nicht weniger als die Signatur des Malers, enthielt sie doch auffallenderweise sämtliche Buchstaben des Namens Rembrandt, bis auf das weiche b. Das konnte kein Zufall sein. Stünde übrigens statt des Wortes ignarus etwa ein improbus (der Gymnasiast riet sehr dazu), was gleichfalls einen tiefen Sinn ergab, dann hätte es sich ja jeder Narr zusammenreimen können. Vielleicht also fehlte das b nur, um solche Profanierung zu verhüten.

»Ein zauberhaftes Bild, lieber Herr«, sang Finsterlin, »die Welt spiegelt sich darin, es ist unerschöpflich in seinen Ideen!« Er wenigstens betrachte es nun doch seit fast fünfundzwanzig Jahren täglich und entdeckte immer wieder neue Schönheiten daran.

Wandte nun der Besucher bescheiden ein, es sei gewiß sehr eindrucksvoll, aber mit Verlaub doch ein wenig arg dunkel schon, denn der Ungeübte konnte durch das Netz von Sprüngen in der Tiefe der Firnisnacht nicht gerade mehr viel erkennen, dann dachte sich Finsterlin insgeheim sein Teil.

»Dunkel? Nein Bester«, sagte er mitleidig. »Aber das ist es ja eben: das bekannte, für unseren Meister so sehr charakteristische, Clair-obscur.«

Im übrigen habe er bei weitem noch nicht die Hälfte von dem erzählt, was eigentlich auf dem Bilde sei, und schon begann er mit blühender Rede jene leider fast völlig umnachtete Landschaft zu beschreiben, ein Gemälde im Gemälde links im Hintergrund. Er schilderte das abgebrannte winterliche Dorf, den Kinderleichenzug, das Hochgericht mit einem armen Sünder daran und vielen Raben, darüber den Mond im letzten Viertel. Aber das konnte beinahe niemand mehr sehen außer Finsterlin selbst.

Natürlich mußte es ihn tief kränken, wenn jemand seinen Rembrandt nicht wunderschön fand, und er wurde mit Recht bitterböse, namentlich wenn so ein Ignorant sich erkühnte, die Echtheit anzuzweifeln. Einen blutjungen Kunsthistoriker, der das Bild respektlos einen alten Schinken genannt hatte, warf er eigenhändig die Treppe hinunter.

»Kleine Leute, kleine Leute«, brummelte er verächtlich ob solcher Blasphemie.

Zu diesen kleinen Leuten rechnete er füglich auch zwei bekannte Autoritäten, die er vor Jahren, als er noch mit dem Gedanken liebäugelte, das Objekt vorteilhaft zu veräußern, um ihr Urteil angegangen.

Die erstellten, sehr ausführlichen Gutachten der Gelehrten verschlangen ziemlich viel Geld und sagten übereinstimmend aus, daß die Zuschreibung an den großen Niederländer wohl als unhaltbar bezeichnet werden müsse.

Der eine, Professor Bandemir in Breslau, wies nach, daß Rembrandts Palette eine völlig andere sei, sprang dann ziemlich unvermittelt auf sein Steckenpferd »der Humor bei Rembrandt« über und schloß mit der Hypothese, daß es sich hier mit hundertprozentiger Wahrscheinlichkeit nur entweder um einen späten Jan Eckhuizen († 1683) oder aber um einen, wenn auch sehr mittelmäßigen, noch dazu miserabel erhaltenen Pieter Bloondsaal handeln könne, im Werte von höchstens 75,- RM.

Der andere, Geheimrat Ostrau in Frankfurt a. M., schrieb das Objekt, nachdem er die äußeren Merkmale: Öl auf Leinwand, 64 × 137,5, Rahmen leicht beschädigt, umständlich bestimmt, einem unbekannten, vermutlich flämischen Meister zu, wenn es nicht am Ende aus der Schule des Maurits van Hees stamme und datierte es im schroffen Gegensatz zu der auf dem Bilde angegebenen Jahreszahl 1656 zehn Jahre später. Als Preis schätzte er allerhöchstens 50,- RM, eine Summe, die wesentlich hinter dem Honorar des Sachverständigen zurückblieb.

Ein niederschmetternder Bescheid! Finsterlin errötete tief, als er ihn las.

»Sieh mir einer diese Schlaumeier an«, sagte er grimmig. O, er kannte sich aus! Er ließ sich nicht so leicht dumm machen. Vermutlich setzten diese feinen Herren das herrliche Werk absichtlich so herab, um es dann womöglich hintenherum für ein Butterbrot einzuhandeln.

Fehlgeschossen! Denn Finsterlin dachte jetzt nicht mehr daran, sich von dem Objekt zu trennen. Der Gute kam sich, während es in der Begutachtung war, sowieso schon völlig vereinsamt und überflüssig vor. Er schlief schlecht und konnte es gar nicht erwarten, bis er und sein Bild wieder beisammen waren.

Inzwischen hatte er damit begonnen, durch eigenes Studium selbst den Echtheitsbeweis zu erbringen, aber es stellte sich bei der Vergleichung bald heraus, daß er mit den übrigen Bildern seines Meisters nur wenig anzufangen wußte. Sie gefielen ihm nicht besonders. Er vermißte darin, mit einem Wort, das Gedankliche, das ewige Problem, die Symbolik, die an seinem Rembrandt ja gerade so liebenswert war.

Damals nun machte er die Bekanntschaft Sabinens, eines nicht mehr ganz jungen, aber praktisch veranlagten Mädchens, das dem Alten wohlgefiel. Es geschah auf einem seiner so seltenen Spaziergänge, denn er hatte kein sehr nahes Verhältnis zur lebendigen Natur. Auch litt er dann unter allerlei bedrohlichen Vorstellungen, daß man ihm inzwischen sein Bild stehlen würde oder daß er versäumt, den Vorhang zuzuziehen, so daß die schädliche Sonne daraufscheine, oder daß gar ein Feuer – – –!

Finsterlins Freundin andererseits schwärmte nicht für Kunst. Allein sie hörte doch geduldig zu, wenn er es tat und so nebenbei auch ein ganz klein wenig mit dem goldenen Hintergrund des Bildes protzte.

Es war für ihn begreiflicherweise ein großer Augenblick, als er das Mädchen seiner Wahl zum erstenmal mit dem geliebten Gegenstand zusammenführte.

Er hatte für diesen Freudentag sein Junggesellenzimmer peinlich in Ordnung gebracht, den einzigen Sessel neu aufpolstern lassen und in wohlberechnetem Abstand vor dem Bild aufgestellt.

Dieses stand, wie es ihm gebührte, sehr vorteilhaft auf einer Rollstaffelei, des Staubes wegen um ein weniges nach vorne geneigt und mittels eines Hebearmes in dieser Stellung gehalten. Denn Finsterlin verstand sich wohl auf die Wartung des Vermächtnisses seiner Ahnen und besaß, damit er zu dessen Wohlbefinden stets für gleichmäßige Witterung sorgen konnte, ein Thermo- und ein Hygrometer. Es beglückte ihn tief, als ihm ein Spaßvogel allen Ernstes einredete, animalische Wärme täte Ölgemälden besonders gut. Denn notwendig schlief Finsterlin mit seinem Bild im selben Zimmer und sein erster Blick fiel darauf, wenn er morgens die Augen auftat zu sehen, ob es noch da sei. Auch hatte er sich ihm zuliebe das Rauchen abgewöhnt.

Die liebe Freundin ließ es sich natürlich nicht anmerken wie enttäuscht sie war.

»Sie haben mir ja schon soviel von ihm erzählt«, sagte sie herzlich, »aber in Wirklichkeit ist es doch tausendmal hübscher, es ist so, wie soll ich sagen, so natürlich, ganz allerliebst!«

»Ein herrliches Bild, nicht wahr, liebe Sabine«, frohlockte der Freund, angesichts der Kunst zum erstenmal eine vertraulichere Anrede wagend. Und dann erzählte er feurig von dem geistigen Gehalt des Werkes, roch an den gemalten Rosen und bangte insgeheim ein wenig, ob Sabine bei seinen Erklärungen auch mitkäme.

Um ihre Unkenntnis zu verbrämen, begann nun Sabine ihrerseits von Bildern zu sprechen, von einem vor allem, das im Schlafzimmer ihrer Eltern zu Häupten der Betten hing (sie gab die Größe so ungefähr durch Handbewegungen an) ein nicht minder herrliches Bild: die büßende Magdalena, wie sie in einer finstern Höhle malerisch auf den Erdboden hingeworfen, inbrünstig aus einem frommen Buche betet, das an einem Totenschädel lehnt. Sabine pries begeistert den blonden Fluß der wohlgepflegten Haare, den makellosen, himmelblauen Überwurf aus dem bescheiden ein rosiges Brüstchen luge, und verwunderte sich in der Erinnerung über die in einer solchen Wüstenei etwas ungewöhnliche Sauberkeit der Füße.

Finsterlin kannte natürlich den populären Öldruck in prächtig vergoldetem Rahmen sehr wohl, aber im Überschwang seines Glückes ließ er das liebe Mädchen gönnerhaft bei dieser kindlichen Ahnungslosigkeit Kunstdingen gegenüber.

Sie verlobten sich bald darauf und hatten schon Heiratspläne, als ihr spätes Liebesglück ziemlich jäh zerbrach.

Finsterlin war es schon mehrmals aufgefallen, daß Sabine trotz besten Willens so gar kein inneres Verhältnis zu dem Bilde finden konnte. Sie sah es kaum, sie hängte ihren Schirm daran, kurz, sie behandelte es lieblos. Das tat Finsterlin sehr weh.

Vielleicht sollte es eine Herausforderung sein, wenn er eines Abends – denn das war des Bildes beste Zeit – mit betonter Wärme das Kolorit, die Komposition, die fromme Gelassenheit des Werkes lobte.

»Ja, gewiß«, meinte Sabine und gähnte, ohne die Hand vorzuhalten, »es ist vielleicht wirklich ein sehr kostbares Bild. Wir sollten es gut verkaufen, mein Alterchen, dann können wir herrlich und in Freuden leben.«

»Verkaufen? Aber ich denke nicht daran«, sagte Finsterlin eisig und zog den Vorhang vor das Bild.

Sabine ärgerte sich.

»Aber warum denn nicht, du kannst dir ja meinetwegen eine Kopie davon machen lassen.«

Eine Kopie! Sehr gut! Aber dann sei es doch nicht mehr dasselbe Bild, dann sei es doch nicht mehr von des Meisters eigener Hand, sondern nagelneu, ohne Erinnerung und gleichsam ohne Herz.

Er könne es ja jederzeit im Museum besuchen, wenn ihm schon soviel daran gelegen sei.

Im Museum! Lächerlich! Dann gehöre es aber doch

nicht mehr ihm, er könne doch dann nie mehr ganz allein mit ihm sein. Ob sie denn gar kein Gefühl dafür habe? Und er verglich es kühn mit einer Frau im Gefängnis, die der Geliebte nur unter Aufsicht des Wärters besuchen darf.

Sabine verstand ihn nicht.

»Wieso Gefängnis?« fragte sie dumm und setzte fast weinerlich hinzu: »Aber wovon sollen wir denn leben?«

Jetzt wußte Finsterlin Bescheid.

»Leben!« äffte er, »leben! Hier gibt es doch nur ein Entweder – Oder!«

Sabine ging.

»Gewogen und zu leicht befunden«, dachte Finsterlin, aber es war ihm nicht wohl dabei ums Herz.

Dann kam eine böse Zeit für ihn. Der vorerwähnte Neffe Viktor schrieb ihm nämlich überraschend, er sehe sich leider ab heute nicht mehr in der Lage, den langlebigen Onkel fernerhin zu unterstützen, es sei denn, daß er gleichsam als Unterpfand das berühmte Gemälde erhalte, das vorzüglich in sein neues Herrenzimmer passe.

»Na, denn nicht«, brummte der Alte und schrieb postwendend zurück, Viktor möge seinen schnöden Mammon behalten, und Onkel Finsterlin behalte sein Bild.

Er mußte sich nun noch mehr einschränken. Aber war es nicht der Mühe wert, um der Schönheit willen ein wenig Hunger zu leiden?

Damals begann er seine »Gedanken bei Betrachtung eines Bildes« schriftlich niederzulegen: Einen poetisch-philosophischen Versuch, darin er nebenbei sein ganzes Leben schilderte und sich tiefgründig über Liebe, Tod und Unsterblichkeit, die Sinnbilder seines Bildes, verbreitete. Aber während dieser für ihn unendlich reichen Zeit geriet er leider arg in Schulden, und nachdem auch seine Heimatstadt kläglich versagt hatte, die er durch Handschreiben in aller Form als Erbin seines Schatzes eingesetzt, billigerweise gegen Zusicherung einer bescheidenen Leibrente, kündigte ihm der geduldige

Hauswirt das Zimmer, und eines Morgens kam der Gerichtsvollzieher.

Es war ein gewohnheitsmäßig freundlicher Mensch, sanft und zähe, mit irdischer Not und Tücke gleichermaßen vertraut. Er kam trotz sicherer Vorzeichen für Finsterlin völlig unerwartet.

»Das Bild, um Gottes willen, er wird doch nicht mein Bild« – bangte der Alte.

Der Beamte hob ohne jedes Zartgefühl, unzüchtig fast, den Samtvorhang auf. Ein Blick schien ihm zu genügen.

»Nichts wert«, stellte er fest und sah sich weiter um.

Solches wurmte Finsterlin denn doch ein wenig, obgleich sein Bild vorerst gerettet schien.

»Nichts wert? sagen Sie?« widersprach er giftig. »O es ist ein ganz herrliches Bild« – und er begann leidenschaftlich die schöne Perspektive zu loben, das hohe Ethos und die ergreifenden Symbole des Todes.

Aber der Beamte waltete ungerührt seines Amtes.

»Aber so hören Sie doch zu, Sie«, rief Finsterlin endlich ganz erbost, »es ist ein Rembrandt!«

Der Vollstreckungsbeamte lächelte nachsichtig.

»Ein Millionenobjekt«, schrie Finsterlin.

»Schon gut«, sagte jener und ging, nachdem er auf Finsterlins Kleiderspind die ominöse Marke gepappt, ohne den scheltenden Alten oder sein Stilleben auch nur eines Blickes zu würdigen.

Tage nach diesem schlimmen Besuch konnte man Finsterlin sehen, wie er in den Hinterhöfen der Umgebung zur Betrachtung eines berühmten Kunstgemäldes einlud, das er mühselig mitsamt der Staffelei von Haus zu Haus schleppte und mit nie ermattender Begeisterung die Gedankentiefe dieses Meisterwerkes erklärte. Auch zeigte er zumal den Kindern, die ihn umstanden, jenes schöne melancholische Mädchenangesicht, das sich in der Seifenblase spiegelte und außerhalb des Bildes zu denken war. Auch ließ er sie an den gemalten Rosen riechen. Und, o Wunder, sie dufteten wirklich, denn Finsterlin hatte der Kunst ein wenig nachgeholfen, mit einem billigen Parfüm, das ihm aus seiner Verlobungszeit geblieben war.

Indessen reichte das bißchen Almosen gerade so weit, daß er sich dafür eine große Flasche Benzin kaufen konnte, damit er denn endlich eines Abends sich und das Stilleben übergoß und anzündete.

So sah man das dürre Männlein lichterloh brennend die alte Judengasse hinunterrennen zum Eiermarkt, wo er, ohne von dem Bilde zu lassen, schließlich zusammenbrach, und ehe man ihm helfen konnte, mit großem Jammer seinen Geist aufgab.

Indessen hielt sich das Gerücht, es könnte sich am Ende doch um einen echten Rembrandt gehandelt haben, weshalb an Finsterlins Beerdigung, bei der es in Strömen goß, viele Gaffer teilnahmen.

Die Zeitungen brachten Berichte über sein armseliges Ende. *(1931)*

Die Liebende

Fragment

> »Ich glaube, nur die sind wirklich glücklich auf der Welt, die niemand lieben.«
>
> Friedrich der Große

Erstes Kapitel

»Ich liebe dich«, sagte der Gymnasiast.

Die schöne Frau Afra glaubte nicht recht gehört zu haben und sah den Jungen halb verwundert, halb belustigt an.

Da sagte er es noch einmal, ganz ruhig, gleichsam feststellend:

»Ich liebe dich.«

Afra gab ihm keine Antwort. Sie fühlte, daß sie rot wurde und ärgerte sich darüber. Unverschämter Bengel, dachte sie, eigentlich gehörte ihm eins hinter die Ohren, aber sie sagte es nicht. Sie merkte, daß sie sich völlig falsch benahm. Natürlich hätte sie sofort aufstehen und den dreisten Jüngling einfach sitzen lassen sollen, oder sie konnte ihn auslachen und gar nicht ernst nehmen. Sie mußte es sich in aller Form verbitten, so mit ihr zu sprechen. Irgend etwas jedenfalls mußte sie tun.

Aber sie tat nichts dergleichen. Es wurde ihr bewußt, daß der Wohllaut seiner jungen Stimme sie betörte, daß sie die zärtlichen Worte noch einmal und immer wieder zu hören begehrte. Sie wandte ihr Gesicht von ihm und blickte, als wäre er nicht vorhanden, gleichgültig in den Saal.

Da sagte er es zum dritten Male.

Afra schloß die Augen. Sie spürte, daß er sie betrachtete, und gab sich keine Mühe, sich zu verstellen. Er mußte es ihr ansehen, wie sie sich freute. Es half nichts mehr, daß sie sich gestand, einem Zauber erlegen zu sein, und daß ihre Lage beschämend war. Wie hatte sie es überhaupt so weit kommen lassen können!

Sie fürchtete sich davor, nicht ernst zu bleiben, wenn sie den verliebten Jüngling daran erinnerte, daß sie seine Mutter sein könnte, daß sie beiläufig doppelt so alt sei wie er, verheiratet, daß sie einen kleinen Sohn und eine tanzfähige Tochter habe und daß er besser daran täte, mit dieser zu tanzen (um deretwillen sie hier war) oder mit irgendeinem der vielen bildhübschen jungen Mädchen der Tanzstunde, anstatt ihr diese völlig unangebrachte Liebeserklärung zu machen, ihr: einer »gestandenen Frau«.

»Was fällt dir eigentlich ein«, sagte sie endlich mit einem kläglichen Versuch zorniger Entrüstung.

Bisher hatte Afra immer »Sie« zu ihm gesagt; sie mußten beide lachen –.

Afra hatte es für ihre Mutterpflicht gehalten, altmodisch zu sein und es sich nicht nehmen zu lassen, ihre Tochter zum Schlußball der Tanzstunde zu begleiten, obwohl ihr vor den ungelüfteten Gymnasiasten graute. Sie bezeichnete diesen Gang mit der ihr eigenen Neigung zur Selbstverspottung offen als Abschied von ihrer Jugend. Sie hatte durchaus Sinn für die süße Bitternis ihrer Rolle und sich fest vorgenommen, sie möglichst getreu zu spielen. Ihr Anzug durfte nicht zu jugendlich sein, also wählte sie ein dunkles Kleid, »um sich ein matronenhaftes Ansehen zu geben«, wie es sich gehörte.

Der Gymnasiast hatte Mutter und Tochter abgeholt, den beiden Damen Blumen mitgebracht und dem kleinen Lutz einen Strauß Papageienfedern zum Indianerspielen.

Bevor man ging, war Südwein angeboten worden, denn auch dies dünkte Afra aus irgendeiner Jugenderinnerung für diese Gelegenheit schicklich.

Die jungen Leute schienen Gefallen aneinander zu finden, und Afra hatte das Gefühl zu stören. Sie kam sich nun doch recht lächerlich vor in ihrer ungewohnten Würde als Ballmutter, aber sie genoß es auch.

Von Natur ungesellig hatte sie abseits von den anderen Müttern an einem Tische Platz genommen, von dem aus sie dem Tanzvergnügen zuschauen konnte, ohne selbst den Blicken allzusehr preisgegeben zu sein. Die Arme aufgestützt, die Hände flach übereinander gelegt und das Kinn darauf ruhen lassend, blickte sie freudlos und unbeteiligt in das festliche Gewühl der tanzbeflissenen Jugend.

Plötzlich trat der junge Mensch an ihren Tisch, verneigte sich verbindlich und forderte sie in aller Form zum Tanze auf. Sie lehnte ab, aber er gab sich damit keineswegs zufrieden, sondern setzte sich ohne weiteres zu ihr. Ob er ihr nicht wenigstens etwas Gesellschaft leisten dürfe?

Sie wisse, erwiderte Afra mit dem ihr eignen Lächeln, das eine wunderliche Mischung aus Spottlust, Ingrimm und Vertraulichkeit war, sie wisse seine Artigkeit und die löbliche Anstrengung, das Alter zu ehren, wohl zu schätzen. Allein, er wolle sich doch, bitte, nicht aufhalten lassen.

Vielleicht dürfe er ihr wenigstens eine Erfrischung bringen, fragte er munter, ohne Empfindlichkeit.

»Meinetwegen«, antwortete sie unwirsch.

Was es sein dürfe?

»Glas Tee.«

Er riet ihr freundlich ab. In diesem »Ausschank« empfehle es sich nach seiner Erfahrung nicht, Tee zu wählen. Immer schwämmen solche kleinen goldenen Fettaugen darauf, es sei Spülwasser, aber kein Tee. Er würde einen Wermut vorschlagen, vielleicht mit einer Zitronenscheibe darauf, »ein Möndlein Zitrone«, sagte er.

»Hm«, machte sie und nickte. Der Jüngling enteilte beflissen.

Afra bereute längst ihre mütterliche Gewissenhaftigkeit. Sie wäre am liebsten wieder gegangen. Aber nun mußte sie wohl bleiben, bis ihr aufmerksamer Kavalier zurückkehrte. Da sah sie ihn schon mitten durch die tanzenden Pärchen gewandt sich hindurchschlängelnd, ihrem Tische zustreben. Er brachte gleich zwei Gläser, eines für sie, eines für sich und überdies auf eigene Verantwortung ein wenig kleines Gebäck, Salzmandeln und Keks, mit, Süßes und Herbes also, wie er unbefangen erklärte. Er schien weiter fest entschlossen, Afra zu unterhalten, obwohl sie in ihrer brummigen Einsilbigkeit verharrte.

Er hätte, sagte er, lange Zeit geglaubt, das Getränk heiße Wehmut, weil es bei ihm zu Hause nur bei traurigen Anlässen, z. B. vor Beerdigungen, gereicht würde.

Ob sie nicht auch fände, daß die Kekse wie gebackene Briefmarken aussähen?

Ob es ihr nicht auch so ginge, daß sie bei Salzmandeln nicht aufhören könne, davon zu essen, bis keine mehr da seien, und ob sie nicht fände, daß das schmackhafteste Salz das an den Freiburger Brezeln sei. Er wenigstens versäume es nie, die kleinen Kristalle, die in der Hülle geblieben seien, einzeln, mit angefeuchtetem Finger herauszunaschen.

Zuweilen erinnerte ihn Afra mit fast kränkender Deutlichkeit daran, daß er doch ganz andere und ergiebigere Pflichten habe, als sich von ihr langweilen zu lassen. Aber das machte ihm gar kein bißchen Eindruck.

Oh, er langweile sich durchaus nicht, ganz im Gegenteil. Im übrigen sei das beste Mittel, sich nicht zu langweilen, andere zu langweilen.

Zugegeben, meinte Afra, aber dann müsse doch nicht gerade sie das bedauernswerte Opfer sein, und sie empfahl ihm angelegentlich ein junges Mädchen, das ihrer Meinung nach wie geschaffen für ihn sei.

Ob sie am Ende gar das dicke Mädchen dort meine, das im geblümten Kleide mit dem blondierten Haar? Er hoffe doch wohl nicht. Frauen, das habe er längst heraus, verstünden im allgemeinen nichts von Frauenschönheit.

Sie könnten es ja nicht einmal bei sich selbst beurteilen, ja gerade die schönsten hätten offenbar keine Ahnung davon.

Afra fand, daß ihr Ritter für sein Alter reichlich anmaßend und anspruchsvoll sei, und sie sagte es ihm auch.

Er gab es unumwunden zu. Überhaupt begegnete er ihr keineswegs, wie es ihr, einer gestandenen Frau, zukam, sondern so, als seien sie gleichaltrig, als seien sie Schulkameraden.

In diesem Augenblick trat Afras Tochter Ansei an den Tisch, ein liebliches Kind, gutherzig und etwas hausbacken, der Mutter jedenfalls völlig unähnlich. Sie hieß eigentlich Anna und Afra nannte sie auch so, wenn sie ärgerlich über sie war. Sie sah den ungetreuen Jüngling, der doch eigentlich ihr Tanzstundenherr war, sich aber den ganzen Abend noch kein bißchen um sie gekümmert hatte, verwirrt und traurig an. Er merkte es und forderte sie herzlich zum Tanze auf.

Er mußte ihr wohl etwas sehr Artiges gesagt haben. Afra sah es an dem Schimmer des Entzückens auf Anseis Wangen, die mit halbgeschlossenen Augen, den Oberkörper leicht zurückgeneigt, wie im Schlafe, lächelnd vorübertanzte. Sie tanzten drei Touren miteinander und nahmen eine Erfrischung am Büfett. Sie tranken eine rosa Flüssigkeit mit Strohhalmen aus einem Glas, wobei ihre Stirnen sich fast berührten. Sie schienen sich ganz köstlich miteinander zu unterhalten.

Afra kam sich alleingelassen vor. Warum blieb sie? Worauf wartete sie eigentlich noch? Erst später wurde es ihr bewußt, daß sie lediglich dem jungen Menschen zuliebe blieb, an dem sie Wohlgefallen hatte.

Sie kannte ihn schon lange, und es war seltsam genug für sie, sich daran zu erinnern, daß sie ihn schon kannte, gleichsam, ehe er war, noch im Mutterleibe. Sie hatte als junges Mädchen einen Pflegekurs in einem Mütterheim mitgemacht. Dort war eines Tages ein fremdes Weib, aus einem Wanderzirkus, eine Griechin, so hieß es, eingeliefert worden und Afra hatte sie betreut. Es war eine schöne, leidenschaftliche Person gewesen, die auf Afras Gemüt tiefen Eindruck machte, einmal, weil sie, der deutschen Sprache fast unkundig, sich nur schwer verständlich machen konnte, aber vor allem wegen ihrer wilden, einsamen Angst vor der bevorstehenden Niederkunft. Sie war weder durch Güte noch durch Strenge zu beruhigen gewesen. Afra hatte ihr unvernünftiges Geschrei gehört (und meinte es noch zu hören), ein fast tierisches Wehgeschrei, als sie ihr Kind zur Welt brachte, an dem sie übrigens fürderhin keinen Anteil nahm. Sie tat etwas, was Afra nie begreifen konnte; sie verließ, kaum genesen, ihr Kind und zog in die weite Welt davon.

Ein Arzt des Heimes, damals noch ein ganz junger Mensch, hatte den verlassenen Knaben an Sohnes statt angenommen und aufgezogen.

Damals hatte Afra den kleinen Karel, der lieblich wie ein Engel anzusehen war, oft auf dem Arm getragen, geherzt und geküßt, ihn, der jetzt neben ihr saß, ein Jüngling, und ihr heiter gestand, daß er sie von Herzen liebe. Afra hatte ihn also, wenn auch von ferne, heranwachsen sehen, mit einer gewissen Sorge, was wohl aus dem Sohne jener lieblosen Mutter werden würde. Als Karel dann im vergangenen Herbst förmlich Besuch gemacht hatte, um Ansei zur Teilnahme an der Tanzstunde aufzufordern, hatte sie ihn, um seiner Gymnasiastenehre nicht zu nahe zu treten, mit Sie angeredet und es, obwohl er es nachdrücklich zurückwies, doch lieber dabei belassen.

Damals schon war er ihr als ungewöhnlich wohlgestaltet aufgefallen und im Gegensatz zu seinen Altersgefährten von der Natur mit sonderlichen, gefährlichen Reizen ausgestattet, ja offenbar dazu ausersehen, in der Welt allerorten Aufsehen zu machen und Unheil anzurichten, wie jetzt auch an ihr geschah. Dem Liebesgotte selber glich er.

Wollte sich Afra auch nicht eingestehen, daß sie dem Jungen herzlich zugetan sei, so wurde ihr doch durch seine freundliche Gegenwart bewußt, daß sie noch nicht aufgehört hatte zu lieben, daß in ihr immer etwas Ungestilltes gewartet hatte, das nun sich zu regen und aufzubegehren begann, und sie fürchtete sich davor. Sie ahnte wohl auch, daß es Karel nicht sei, sondern ein Kommender, den er gleichsam ankündigte und dem sie nicht würde entfliehen können. Sie meinte schon seine Nähe zu spüren.

Dennoch ließ sie es sich widerstandslos gefallen, daß Karel allerlei verliebten Unsinn schwatzte. Nur als er in seiner Unerfahrenheit den verzeihlichen Fehler machte, sie zu fragen, ob auch sie ihn ein wenig leiden könne, gewann Frau Afra ihre Fassung wieder.

»Sage, daß du mich lieb hast«, bestürmte er sie.

»Gesetzt den Fall«, antwortete sie mit wieder erwachender Spottlust, »wie in aller Welt würdest du dir denn den weiteren Verlauf denken?«

»Ich denke nicht, ich liebe«, sagte Karel ungeduldig.

»Vermutlich wirst du mich doch wiedersehen wollen?«

»Vermutlich!«

»An meinen Mann scheinst du überhaupt nicht zu denken.«

Er schüttelte den Kopf so zornig, daß ihm die Haare ins Gesicht fielen. Es veränderte ihn völlig; denn er trug es sonst sorgfältig gestrählt. Er bekam dadurch – Afra sah es mit zärtlichem Erschrecken – plötzlich etwas Wildes, Verwegenes, Unwiderstehliches. Er glich einem Dämon.

Was hat der Junge doch für Augen, mußte Afra denken.

»Dein Mann, tatsächlich, ich vergaß es«, sagte Karel nach einer Weile des Nachsinnens. Sein Glanz war plötzlich erloschen, er sah für einen Augenblick verdrossen, fast etwas töricht drein. Aber er faßte sich schnell; und seine Augen frohlockten wieder.

»Ja, liebst du ihn denn überhaupt, deinen Mann?«

Nun hätte Afra das Spiel beenden können. Ein einziges Wort hätte genügt, aber sie sagte das Wort nicht. Vor einer Stunde noch hätte sie ohne Besinnen mit Ja geantwortet und vor einer Stunde wäre es noch die Wahrheit gewesen. Warum zauderte sie jetzt?

»Es gibt nämlich Menschen«, fuhr Karel zuversichtlicher fort, »die wissen es nicht, ob sie wirklich lieben. Sie meinen es nur.« Der junge Dämon erschien Afra nicht anders als ihr Gewissen, das menschliche Gestalt angenommen und neben ihr Platz genommen hatte.

Ach, diese Liebe, dachte sie, wer kann sich rühmen: ich bin sicher vor ihr, nun bin ich gefeit für immer –; niemand, auch der Frömmste nicht, niemand konnte sagen, er habe ausgeliebt. Ach, diese schreckliche Liebe!

Natürlich hatte sich Afra oft gefragt, ob sie ihren Mann wirklich liebe oder geliebt habe. Aber sie hatte nie den Mut gehabt, es zu verneinen. Sie war so sehr von ihm geliebt, daß sie wirklich glaubte: geliebt zu sein, das sei die Liebe. Auf einmal wußte sie, daß ihre Liebe noch völlig unversehrt in ihr wartete.

Wer ist er denn, dachte sie hilflos, was gibt ihm das Recht, mich solche Dinge zu fragen und mich so dabei anzusehen? Und ob sie es gleich nur dachte, antwortete ihr Karel, indem er feurig ihre Hand ergriff, »weil ich dich liebe. Wundert es dich denn, daß man dich liebt?« Daß er sie liebe, sei vielleicht seine einzige gute Eigenschaft. Wenn sie es aber befehle, daß er sie nie mehr sehen dürfe, so werde er ihr natürlich gehorchen; er sei bereit, augenblicklich für Afra zu sterben.

Er sagte es so ernsthaft, wie schwärmerisch es auch war, daß sie es ihm glaubte. Ja, einen Augenblick kam ihr der finstere Gedanke, ob es nicht wirklich das Beste wäre, wenn er es täte, um der Seelenruhe vieler Menschen willen. Laut aber erwiderte sie: »Wir wollen uns wiedersehen.«

Er bückte sich über ihre Hand und küßte sie, ohne im geringsten Rücksicht darauf zu nehmen, ob es jemand beobachte.

Keine Liebe bleibt verborgen. Wie ein Schatten folgt dem Eros Anteros, der mißgünstige, raunende, allgegenwärtige Unlieb. –[1]

Ansei, wo ist Ansei geblieben? fragte Afra sich plötzlich schuldbewußt. Ansei tanzte mit einem blonden, farblosen Jüngling, der noch nicht ganz ausgebacken schien, und Ansei sah nicht eben glücklich aus. Dennoch glaubte ihr Tänzer, dem Karel als seinem vermeintlichen Nebenbuhler einen triumphierenden Blick zuwerfen zu müssen, den dieser mit gespielter Entsagung erwiderte.

Auch an Lutz, ihren kleinen Sohn, mußte Afra denken und sie schämte sich. Sie kam sich sündig vor.

»Wann sehe ich dich wieder«, fragte Karel.

»Ach, Karel, ich fürchte, ich habe dir zu viel versprochen.«

Sie wäre ihm besser nie begegnet. Sie könne sich auch gar nicht vorstellen, wie sie einander ohne Aufsehen treffen sollten, sie, das ungleiche Paar. Und sie dachte: ich hätte mein Herz festhalten müssen mit beiden Händen.

1 Die Sage erzählt, als Aphrodite den Eros geboren, habe sie gespürt, daß noch ein Kind, ein Zwilling, in ihrem Schoße sich rühre und alsbald habe sie mit großen Schmerzen den Anteros zur Welt gebracht. Allein er sei unsichtbar geblieben. Wenn sie Eros an die Brust habe nehmen wollen, dann sei Anteros ihm zuvorgekommen und habe versucht, ihn wegzudrängen. Später habe er seinen Bruder bei seinem heimlichen Gewerbe begleitet und es sogleich offenbar gemacht, indem er die Namen der Liebenden in die Rinden der Bäume geschnitten oder den Leuten und ganz besonders den Verwandten ins Ohr geflüstert habe. Einmal aber habe vor Zorn Eros seinen Pfeil nach der unsichtbaren Hand geschossen, die eben mit einem Perlmuttermesserchen die Namen zweier Liebender in eine Ruhebank ritzte. Seitdem ist Anteros' Hand sichtbar mit dem deutenden Finger.

Karel begann zu schwärmen. Er redete sie »Du schönste Frau« an und sagte: es müßte überall auf Erden heilige Bezirke geben, wo die heimlich Liebenden einander begegnen dürften und keiner den andern verriete. Dort müßte man straflos und keiner Verfolgung ausgesetzt sein.

Afra sah ihn an, wie er dasaß, ohne Makel, wie eben erst erblüht, ausgeschlüpft aus des Schöpfers Hand. Warum muß man erst alt werden, um den Liebreiz solcher Jugend in seiner ganzen Süße zu begreifen, dachte Afra, während er von dem erträumten Liebesgarten sprach, und warum habe ich die Augen, es zu sehen?

»Ich will nicht mehr lieben«, sagte sie heftig. Sie war nahe am Weinen.

Aber zugleich fühlte sie, wie rettungslos verloren sie war. Es schien ihr auf einmal sehr einleuchtend, daß es jenen geflügelten Gott der Griechen wirklich gab und daß sein schmerzhafter Pfeil ihr mitten im Herz stak.

Es genüge durchaus, daß er sie liebe, meinte Karel gelassen, obwohl ihm noch keine Frau begegnet sei, die, wie Afra, offenbar ein teuflisches Vergnügen daran finde, sich von der unliebenswürdigsten Seite zu zeigen. Und wie sie sich überhaupt nur so unmöglich habe anziehen können. Sie möge es ihm, bitte, nicht übelnehmen, aber sie sehe heute abend aus wie eine Wittib.

»Ja, nicht wahr, reichlich matronenhaft«, erwiderte Afra bissig.

Es schien ihr wirklich Freude zu machen, ihm die glückliche Stunde zu vergällen. Sie quälte sich und ihn. Aber Karel blieb völlig ungerührt. Seine Augen strahlten sie an. Sie wurde jung davon, mädchenhaft. Sie sah es selbst, als sie gegen Mitternacht endlich gingen und an dem großen Spiegel in der Garderobe vorüber mußten.

Die Garderobenfrau stand hinter ihr und nickte ihr im

Spiegel zu. Sie hatte ein altes, abgehärmtes Gesicht und weißes Haar, das ins Gelbliche spielte.

Das Alter guckt mir über die Schulter, ging es Afra durch den Sinn.

Ansei wurde von ihrem bleichen Tänzer heimbegleitet.

Karel tat Afra den Pelzmantel um und, da sie keinerlei Anstalten machte zu warten, bis er seinen Mantel ausgelöst hatte, sondern fast hastig dem Ausgang zueilte, schritt er, wie er war, neben ihr her ins Freie.

Es schneite langsam und in großen blühenden Flocken.

Wo er denn seinen Mantel habe, fragte Afra unwirsch.

Er habe gefürchtet, sie könnte inzwischen –

»Ich warte auf dich«, sagte sie, ohne ihn anzusehen.

Es dauerte des allgemeinen Aufbruchs wegen ziemlich lange, bis er wiederkam.

Afra lehnte abseits vom Eingang an einer Gaslaterne, das Gesicht nach oben gewandt und ließ sich anschneien. Es war aber eine sehr dunkle Nacht, so daß es aussah, als schneie es nur ihretwegen, nur im Lichtkreis der Laterne, als zöge das Licht die Flocken an wie weiße Motten. Afra wartete ohne Ungeduld.

Die Mutter eines der Tanzstundenmädchen trat zu ihr, um ihr mit anzüglichem Ton zu sagen, daß Ansei schon gegangen sei, schon ziemlich lange sogar. Afra bedankte sich mit bestrickendem Lächeln für die zarte Aufmerksamkeit und wartete.

Sie hätte die ganze Nacht so gewartet.

Aber als Karel endlich die Treppe herabkam, im Gehen seinen Mantel anziehend, empfing sie ihn sehr ungnädig. Das habe ja eine Ewigkeit gedauert.

»O wirklich!« Dann habe sie also eine Ewigkeit auf ihn gewartet. Übrigens kleide sie der Schnee vortrefflich.

Sie tat, als ob sie friere und hüstelte. Ja, sie murmelte sogar etwas wie »Deinetwegen den Tod holen«. Da legte er sanft den Arm um ihre Schultern.

»Wenn jemand käme«, flüsterte sie und blickte scheu um sich.

»Es kommt niemand.«

»Wenn uns jemand sähe...«

»Es sieht uns niemand.«

Er sagte es so sicher, als sei es ein unumstößliches Naturgesetz, daß Liebe unsichtbar mache.

Sie achteten nicht auf die lautlosen Schatten der Vorübergehenden.

Das Gasthaus mit dem Tanzsaal lag ziemlich am Rande der Stadt, dort, wo die Häuser jäh und unvermittelt abbrechen und die Heimgärten beginnen. Sie gingen an Neubauten vorüber mit verschneiten Gerüsten, kamen dann durch Straßen mit niedrigen bäuerlichen Häusern aus der Zeit, da hier noch ein Dorf stand, überquerten belebtere Vorstadtstraßen und gelangten endlich zu dem Park, darin Afras Haus stand. Im Arbeitszimmer ihres Mannes war noch Licht.

Afra hatte während des Weges beharrlich geschwiegen, während Karel verliebte Reden führte und ihre nächtliche Schönheit pries. »Du bist die silberäugige Nacht«, sagte er geradezu.

Frau Afras Schönheit war berühmt. Es war vorgekommen, daß Fremde, wenn beiläufig die Stadt genannt wurde, wo sie lebte, sagten, »ach ja, die Stadt mit der sagenhaft schönen Frau«. Damit war sie gemeint.

»Jetzt mußt du gehen«, sagte sie plötzlich. Sie wollte nicht, daß Karel sie bis vors Tor begleite.

Er fragte, wann er sie wiedersehen dürfe.

Sie wisse es nicht. Sie könne doch von sich aus nichts dazu tun.

»Gar nichts?« Er sah sehr traurig aus auf einmal. Er war barhäuptig, sein Haar war beschneit. Es stöberte noch immer in so großen Flocken, daß sie beide nun wirklich unsichtbar waren in der stillen Winternacht.

Afra streifte den Handschuh ab und reichte Karel, schon zum Gehen gewandt, die Hand, flüchtig, fast ohne Druck. Dann ging sie. Sie merkte, daß er sich nicht von der Stelle rührte und ihr nachschaute. Da kehrte sie noch einmal zu ihm zurück, nahm sein Gesicht in die Hände und küßte seinen jungen Mund.

Später, wenn sie an jenes zärtliche Geschehen dachte, mußte sie sich besinnen, ob sie und Karel dabei überhaupt leibhaftig gegenwärtig waren, oder ob nicht vielmehr die Nacht und der Schnee es waren, deren Münder sich berührten. –

Am Gittertor traf Afra ihre Tochter, die sich wohl eben von ihrem Begleiter verabschiedet hatte.

»Nein, weißt du, Mama, diese Gymnasiasten«, sagte Ansei unvermittelt und lachte in ihren Muff. Aber dann mußte sie eine Verwandlung an ihrer Mutter bemerkt haben; denn sie musterte sie verwundert mit großen Augen.

»Nun?« fragte Afra fast herausfordernd.

Ansei schmiegte sich an sie.

»Du siehst aus wie eine Braut«, sagte sie ahnungslos. Damit meinte sie wohl das leichte, schleierzarte Flokkenkleid aus Schnee, das freilich, als sie in die Wärme des Hauses traten, zu winzigen Tränen von Tau zerging.

»Wirklich«, sagte Afra, »wie eine Braut?«

Sie ging, so wie sie war, sogleich in Lutzens Zimmer.

Das Kind stand aufrecht in seinem Bett im Dunkeln. Sein Gesicht war naß von Tränen.

»Warum schläfst du nicht?«

Sie fühlte nach seinem Hals, ob er fiebrig sei.

»Der Wind hat so geweint«, sagte Lutz.

»Nun schlafe aber, auch der Wind schläft.«

»Schneit es?«

»Ja, es schneit.«

»Wo warst du?«

»In Anseis Tanzstunde.«

»War es schön?«

»Ja.«

Er umhalste sie und lächelte sie an. Afra strich ihm übers Haar, aber sie vermochte nicht ihn zu küssen.

Als Afra an ihres Mannes Arbeitszimmer vorüberkam,

hörte sie das wohlbekannte Rücken des Stuhles, das bedeutete, daß Herr Korvinus für diesen Tag genug getan. Den Pelzmantel zurückgeschlagen, trat sie ein. Sie lächelte, schlau verkniffen, wie ein Schulmädchen, das weiß, daß es etwas angestellt hat.

Sie war schon drauf und dran, freimütig zu erzählen, was sich auf dem Balle zugetragen hatte; denn was war schließlich geschehen, als daß ein schwärmerischer Jüngling ihr ein wenig den Hof gemacht hatte, ihr, einer gestandenen Frau. Hatte diese knabenhafte Huldigung nicht etwas rührend Komisches? Und die Frau hatte sich gewiß nichts vergeben, wenn sie sich fraulich zu dem Jungen neigte und ihn küßte, derart, wie etwa ein verehrungswürdiger alter Dichter ein junges Mädchen küßt, das ihn anbetet. Aber als sie seinem grauen forschenden Blick begegnete und sein verbindlich überlegenes Lächeln sah, wußte sie, daß sie es ihm doch nicht sagen konnte.

Warum aber verschwieg sie es ihm? Traute sie ihm nicht so viel Freiheit des Herzens zu?

Markus Korvinus (es klingt, als seist du ein Kaiser, sagte Ansei) war im Leben der Stadt eine bedeutende Erscheinung, ein Muster männlicher Würde mit einer liebenswerten Neigung zur Behäbigkeit, hochgeachtet im Rate der Männer, wohlgelitten bei den Frauen, eine Persönlichkeit von Einfluß, kurz ein ganz vortrefflicher Mensch. Im (ersten) Weltkrieg hatte er sich durch Todesverachtung ausgezeichnet. Sein Haar war grau, aber es machte ihn nicht alt. Die Augen in seinem bartlosen, unbewegten Gesicht hatten etwas Undurchdringliches und schienen doch selbst alles zu durchschauen. Er sah mehr so aus, wie man etwa vor hundert Jahren aussah, als es noch Gesichter gab, als es noch für selbstverständlich galt, daß ein Mann, der eine Rolle spielte, auch bedeutend aussah. Markus Korvinus war karg und bedächtig in seinen Worten, gelassen und überlegt in seinen Bewegungen, mehr höflich besorgt als geradezu liebevoll mit den Seinen. Er wirkte gemütlich und unheimlich zugleich. Er habe, so sagte man von ihm, etwas sicher in sich selbst Ruhendes. Er verstand es vortrefflich, in allen Lagen des Lebens wenigstens so zu tun, als stünde er über der Sache.

Afra aber stand immer mitten darin. Sie empfand seine andere Art diesen Abend überdeutlich. Wie war er doch beherrscht, wie unantastbar, wie redlich und ohne Sünde. Wie war er ihr doch überlegen! Sie empfand seine Ehrbarkeit fast als verletzend.

Warum aber sah er sie jetzt so sonderbar an? Wußte er schon, was ihr begegnet war? Warum erschreckte er sie mit seinen Worten?

Er sei nämlich, sagte Markus, sie unverwandt anblikkend, so, als wolle er ihr Innerstes entdecken, auch eben erst nach Hause gekommen, kaum vor ein paar Minuten. Er habe sie abholen wollen, es aber dann doch besser sein lassen. Sie mußten den gleichen Weg, vielleicht dicht aneinander vorbeigegangen sein.

Das waren freilich seltsam beziehungsreiche Reden für Afra mit ihrem unruhigen, überreizten Gewissen. War er ihnen am Ende doch begegnet, wollte es sich aber bloß nicht anmerken lassen? Und sie hatten noch geglaubt, daß die Liebe unsichtbar mache! Es konnten versteckte Anspielungen sein, ebensogut aber konnte es nichts bedeuten.

Es ist eine gefährliche Eigenschaft junger Liebe, daß sie übermütig, ja dreist und vermessen macht. Also erwiderte Afra frei und keck den Blick ihres Gatten. Sie wollte es einmal darauf ankommen lassen, wie es in Wahrheit mit seinem berühmten Menschenkennerblick beschaffen sei.

Sie fand, daß seine Augen alsbald einen hilflosen, müden Ausdruck bekamen und nichts mehr über sie vermochten.

Er müßte es doch merken, dachte sie bei sich, eigentlich müßte er es ihr doch ansehen.

Aber Markus schien wirklich nichts zu merken.

Wie es auf dem Ball gewesen sei, fragte er harmlos.

Afra zuckte die Achseln. Es habe sich im Grunde nichts geändert, seit damals, als sie in Anseis Alter war. Es schienen immer noch die gleichen Gymnasiastengesichter zu sein. Vielleicht seien es wirklich noch die gleichen Jünglinge und Mädchen, die offenbar nie alterten seit Tausenden von Jahren. Vielleicht gebe es überhaupt eine ein für allemal fertige Menschheit und unsere Seelen wanderten vom Kind in einen Knaben, vom Knaben in einen Jüngling, der schon immer da sei und so fort. »Und endlich fangen sie wieder von vorne an, wenn die Garderobe durchprobiert ist.«

Markus saß leicht vorgebeugt und hörte aufmerksam zu. So mochte es scheinen. Aber es konnte auch sein, daß er an etwas ganz anderes oder an gar nichts dachte. Zum erstenmal regte sich in Afra ein leiser Verdacht, ob nicht hinter manchem undurchdringlichen, eisernen Männergesicht ein leerer Raum sein könne, und daß gewissermaßen nichts dahinter sei.

Ansei kam herein, dem Vater gute Nacht zu wünschen. Sie setzte sich auf seinen Schoß und lehnte ihr Gesicht an seines. Sie waren einander sehr ähnlich.

Ansei behauptete, wenn der Vater auf dem Ball gewesen wäre, dann hätte sie nur mit ihm getanzt. »Nein, diese Gymnasiasten«, sagte sie wieder und schüttelte sich.

»Auch dein Freund Karel?« fragte Markus obenhin und spielte mit ihren schweren messingblonden Locken. Es war wohl merkwürdig, den Namen, an den Afra unaufhörlich dachte, von Markus ausgesprochen zu hören.

Ansei sah erschrocken ihre Mutter an, wurde rot und schwieg verlegen.

»Ach so, Verzeihung«, sagte Markus, als hätte er eine unzarte Frage getan und lächelte betreten. Er erhob sich, die liebliche Last auf den Armen haltend.

»Trag mich ins Bett«, bat Ansei und Markus trug sie hinüber.

Als sie lag, faltete sie die Hände, sprach ihr Nachtgebet und schlief mit dem Amen ein. –

Afra aber konnte nicht schlafen. Sie war überwach. Sie machte kein Licht, als sie in ihrem Zimmer war. Hell schien die weiße Nacht herein. Es hatte zu schneien aufgehört.

Am liebsten wäre Afra ins Freie gegangen, in die lautlose, friedliche Nacht, aber sogleich fiel ihr ein, was Markus sich wohl dabei denken würde, wenn er sie beim Verlassen des Hauses träfe zu so ungewöhnlicher Stunde. Es gab ja so vieles »was nicht ging«. Sie unterließ es also, obwohl ihr im Augenblick nichts natürlicher und ihrem Seelenzustand zuträglicher schien als ein reinigender Spaziergang in der kalten Luft. Sie konnte das Geschehene eine gute Wegstrecke hinter sich bringen. Im Gehen hoffte sie, Abstand davon zu gewinnen. Das hatte ihr schon manchmal gut getan bei allerlei Ärgernis, und wenn sie uneins mit sich selber war. Sie nannte das bei sich »die Seele lüften«.

Ob Karel schon schlief? (Karel schlief nicht. Er wanderte bis zum Morgen durch die Winternacht, immer wieder zu Afras Haus zurückkehrend und in jugendlichem Überschwang die abenteuerlichsten Unternehmungen planend, wie er sie sobald als möglich wiedersehen könnte).

Afra gab sich redliche Mühe, mit sich ins Gericht zu gehen. Sie beschönigte ihr Verhalten keineswegs, schalt sich eine ältliche Kokette, eine pflichtvergessene Gattin und Mutter. Sie machte sich heftige Vorwürfe. Sie zählte die ersten zarten Spuren des Alterns auf und merkte mit einiger Verwunderung, daß selbst bei strengem Maßstab noch nicht eben viel zu erinnern war. Sei hatte noch kein graues Haar. Ihre Zähne waren untadelig. Ihre Haut makellos. Vielleicht war sie ein wenig hager. Obgleich sie dazu neigte, jede andere Frau für schöner, aparter, klüger als sich selbst zu halten, fand sie, daß sie ungleich schöner war als Ansei.

Gleichviel, wie hatte sie sich nur so gehen lassen können! Warum hatte sie dem ungestümen Jungen ihr Herz entdeckt? Allein, wie aufrichtig sie auch gegen sich zu sein meinte, wie unerbittlich sie ihr Gewissen erforschte, sie empfand keine Reue.

»Ich liebe«, sagte sie laut. Auf einmal wußte sie es. Sie wehrte sich nicht mehr dagegen, ganz gab sie sich dem Gefühle hin, wonne-bang, selbstvergessen, selig-erschrocken.

Gestern noch hätte es Afra vermutlich abgelehnt, wenn ihr jemand von Gefühlen gesprochen hätte. Sie mißtraute dem Gefühl. Sie glaubte, die Klarheit zu lieben. Selbst Männer nannten sie eine gescheite Frau, vorsichtige Männer, die wissen konnten, wie selten diese Eigenschaft war, insbesondere im Bund mit der Schönheit, und daß es wohl zu den schwierigsten Aufgaben gehörte zu entscheiden, ob jemand gescheit sei (– nicht klug oder weise oder gar nur schlau –), sondern wirklich gescheit. Lessing mochte es sein, Lichtenberg, Jacob Burckhardt, allenfalls noch Montaigne. Die schöne Frau Afra – gestern, heute morgen noch – war sie es vielleicht. Übrigens hielten ja manche Leute auch Markus dafür.

Was ist Gefühl? Ein nebelhaftes Nichts, mindestens etwas sehr Fragwürdiges, Ungreifbares, bei Männern sogar Unrühmliches, auf das sich niemand ernstlich berufen sollte. Gefühl? Was ist es? Wie konnte man es denen erklären, die es verloren hatten? Und war es nicht schon im Begriffe zu veröden, auszusterben wie die Liebe? Der Mensch schien sich allmählich daran gewöhnt zu haben, es zu entbehren. Er hatte sich seiner, als etwas Überflüssigem, entäußert, nicht ahnend, daß er damit aufhören werde, Mensch zu sein. Da rührte sich noch einmal das verletzte, heimatlose, sterbende Gefühl und ergriff Besitz von Afras Herzen. –

Afra hatte noch immer nicht den Pelzmantel abgelegt. Sie stand noch immer im Dunkeln am Fenster, wie jemand, der zu einer Reise gerüstet ist und auf den Wagen wartet.

Da meinte sie Schritte auf dem Gang zu hören und erschrak. Sie fürchtete, Markus könnte zu ihr wollen.

Aber Markus kam nicht zu ihr. Sie brauchte keine Angst davor zu haben, daß er je wieder zu ihr kommen werde. – –

Afra wehrte sich gegen den Schlaf, als träte sie ihrer Liebe damit zu nahe, wenn sie schliefe wie sonst. Aber der Schlaf war stärker als ihre Liebe.

Liebende lieben den Schlaf. Sie lieben ihn um der Träume willen, darin sie einander lieben können. Ohne Liebesträume ist Liebe unvollkommen. Afra träumte nicht von Karel. Es braucht immer eine geraume Zeit, bis die Geliebten in den Träumen beheimatet sind.

Nacht, Schlaf, Tod hat die Gottheit nur ersonnen um des schönen Wunders des Wiedersehens willen. –

Als Afra erwachte, hatte sie zunächst nur das beseligende Gefühl, daß ihr irgendein großes Glück widerfahren sei. Ihr Gemüt freute sich, noch ehe ihr Kopf sich erinnerte. Sie war auf eine Ernüchterung gefaßt, denn sie gehörte zu den Naturen, die morgens unlustig zu sein pflegen, übellaunig und ohne rechten Lebensmut. Man durfte sie nicht ansprechen und mußte Geduld mit ihr haben.

Aber an diesem Morgen – es war ein Sonntag – erwartete sie frohgelaunt ihre »Jungen«, die aus jenem uralten, animalischen Gewohnheitsrecht, das noch da und dort sich erhalten hat, sonntags noch ein wenig zur Mutter in das große Bett kriechen durften. Sie nannten das: Andämmern.

Lutz kam zärtlich schläfrig und verstruwwelt, den Strauß bunter Federn in der Hand, den Karel ihm gestern gebracht hatte. Aber Ansei blieb zum ersten Male aus. Das Ansei liest, sagte Lutz. Er war durchaus nicht unglücklich darüber und begann alsbald, der Mutter offenes Haar mit den Federn zu bestecken. Sie sah damit wirklich fremdartig aus, wie eine Insulanerin. Lutz war entzückt von ihr. Sie spielten lange miteinander und Lutz gab ihr seltsame Namen, wie: Dunkelin, Nebelfrau, Nachtweide. Er bestand darauf, daß sie den Indianerschmuck aufbehalte und holte dazu eigenhändig einen passenden zitronenfarbenen, mattseidenen Morgenrock aus dem Schrank. –

Als sie endlich zum Frühstück hinuntergingen, begegnete ihnen Olga, das Dienstmädchen.

Die Herrschaften, sagte Olga mit einem mißbilligenden Blick auf ihre Herrin, die Herrschaften seien bereits beim Kaffee. Sie sagte es mit einem stillen Vorwurf, der Afra belustigte.

Vater und Tochter, beide mit dem sonntäglichen weichen Ei beschäftigt, sahen, den Löffel zum Munde erhoben, leicht vorgeneigt und von unten den Eintretenden entgegen. Sie wunderten sich. Alles, was Afra an diesem Morgen tat, schien außergewöhnlich zu sein und Verwunderung zu erregen. Statt sich an den Frühstückstisch zu setzen, kauerte sie sich vor den Kamin und hielt ihre Hände dem Feuer entgegen, was freilich das Indianisch-Exotische ihres Aufputzes noch betonte und ihr etwas Feueranbeterisch-Zauberinnenhaftes verlieh. Natürlich machte Lutz ihr alles nach.

»Hm«, sagte Markus nach einer Weile und zerdrückte das hohle Ei in dem Becher, »ich dächte, ihr solltet allmählich auch frühstücken.«

Lutz fand es in höchstem Grade unindianisch, sich an einen ordentlich gedeckten Tisch setzen zu sollen. Auch Afra widerstrebte es. Sie empfand die gewöhnliche Nahrungsaufnahme als eine Entheiligung ihres ambrosischen Gefühls. Es gelüstete sie nach Früchten. Trauben, oder Pfirsiche allenfalls, erschienen ihr als eine der Liebe noch einigermaßen ebenbürtige Kost. Dennoch verlor sie sich nicht aus den Augen, so als trüge sie außer ihrem warmen, lebendigen Herzen noch ein zweites kristallenes Herz in der Brust, glasklar und hart und kalt, für das Gefühl uneinnehmbar, es aber beleuchtend und überwachend. Ihr Gefühl spiegelte sich darin und verzerrte sich, es wurde komisch.

Noch während des Frühstücks wurde Herr Tombart gemeldet. Als es schellte, war Afra unruhig geworden. Sie hatte sich schon allerlei vorgestellt, wie Karel es wohl anstellen würde, sie heute zu sehen; denn daß er es auf irgendeine Weise möglich machen würde, daran zweifelte sie nicht. Sicher aber würde er etwas ersinnen, was einem Zufall ähnlich war. Nun bangte ihr davor, daß er etwas Unüberlegtes tun könnte, Blumen schicken oder einen Brief. Da meldete Olga Herrn Tombart. Sie tat es ganz unpersönlich, wie alles, was sie tat, in ihrer stolzen empfindlichen Art, immer darauf bedacht, ihrer Würde nichts zu vergeben.

»Herr Tombart wartet in der Halle«, sagte sie ausdruckslos und mehr so nebenbei, ohne jemanden anzusehen.

Es konnte der gute Doktor Tombart, also Karels Ziehvater, es konnte aber natürlich auch Karel selbst sein. Die unbestimmte Meldung rief eine kleine Verwirrung hervor. Ansei, wohl denkend, daß es Karel sei, war sogleich aufgestanden, hatte sich bedacht und wieder hingesetzt. Wie gestern abend blickte sie errötend zu Afra. Auch Markus, wähnend, daß es Tombart senior sei, hatte die Serviette hingelegt, bereit, den Besuch zu empfangen. Afra war blaß geworden. Ihr liebendes Herz war erschrocken, aber das andere, das gläserne, blieb unerschüttert.

Olga war schon an der Türe. Afra klingelte.

Olga erschien wieder. Klingeln faßte sie stets als persönliche Kränkung auf. Sie wußte genau, daß die Frau des Hauses geläutet hatte, denn Afra hielt die kleine, silberne Glocke noch in der Hand. Olga indessen wandte sich an den Herrn, um damit anzudeuten, daß sie, wenn schon überhaupt jemandem, dann doch am ehesten ihm das Recht zugestehe, nach ihr zu klingeln.

Afra hatte ihre Fassung wiedergefunden.

»Sie haben uns nämlich nicht mitgeteilt«, sagte sie boshaft-freundlich zu Olga, »welcher Herr Tombart es ist, der Herr Doktor, oder der junge Herr, und wen er zu sprechen wünscht. Ansei, du bist wohl so gut und siehst einmal nach.«

Es war nicht Karel, es war sein Vater, der gekommen war, Herrn Korvinus zu einer Sitzung in einer unaufschiebbaren Angelegenheit abzuholen, die notwendig seine Gegenwart erheische.

Afra war enttäuscht, sie trat vor den Spiegel und zog die bunten Federn aus ihrem Haar, langsam, eine nach der andern. Sie fand, daß sie alt aussah.

Lutz, der sich um das Spiel betrogen fühlte, trollte sich traurig.

»Ein andermal«, tröstete ihn Afra und ging nach oben, um sich fertig zu machen. Sie hörte, wie die beiden Herren mit dem Wagen fortfuhren.

Ansei ging in die Kirche, sie war ein frommes Kind.

Von mir hat sie es nicht, dachte Afra mit einem unbestimmten Gefühl des Neides. Auch von Markus nicht. Wir haben keinen Gott.

Es war für sie unvorstellbar, Markus betend sich zu denken. Und sie selbst, wenn sie einmal in eine schöne Kirche ging, empfand sich als ungebetenen Gast. Schüchtern und leise ging sie darin umher, um die Gläubigen nicht in der Andacht zu stören. Sie kam sich vor wie unter Ausländern. Sie besuchte die Heiligen und Madonnen um ihrer künstlerischen Werte willen.

Etwas Schönes zu sehen und sich daran zu freuen, schien ihr auch jetzt in ihrer Herzensnot die rechte Labsal. Sie nahm sich vor, den Tag auf eine ihrer Liebe würdige Art zu feiern. Sie machte sich schön, kleidete sich mit besonderer Sorgfalt und ging, nachdem sie Lutz, ihrer Selbstsucht sich schämend, der Obhut Olgas übergeben, in die Stadt. Insgeheim hoffte sie, sie werde dabei Karel begegnen.

Alle Liebenden sind gemeinhin der irrigen Meinung, daß niemand imstande sei so sehr zu lieben wie gerade sie. Sie seien die Liebendsten, glauben sie, wer aber darf sich rühmen, ermessen zu können, wie groß die Liebe anderer ist?

Afra hatte das Gefühl, etwas Verbotenes zu tun. Sie wandte sich noch einmal nach dem Haus zurück und sah Lutz am Fenster stehen, die Stirn an die Scheibe gelehnt. Er schaute ihr nach. Sie winkte hinauf. Da nahm ihn Olga rasch vom Fenster.

Etwas Feindseliges war in Olgas Verhalten. Was hat sie nur auf einmal, dachte Afra. Ich glaube, sie haßt mich.

Sie wandte sich noch einmal um. Diesmal erblickte sie Olgas strenges Gesicht hinter der Scheibe. Afra nahm sich vor, mit dem Mädchen zu sprechen. Sie hatte freilich nie eine so tüchtige, gewissenhafte und lautlose Stütze gehabt. Wenn das Verhältnis zu Olga stets kühl geblieben war, so lag es fast nur an Olgas Unnahbarkeit. Es kam nie zu einem privaten Gespräch. Olga sprach nie von ihren eigenen Angelegenheiten. Man wußte nichts von ihr. Sie ging beinahe nie aus, sie schien keinen Freund zu besitzen. Vielleicht war sie ein liebloser Mensch.

Olgas verschlossenes Wesen hatte Afra bisher nicht im mindesten gestört, sie hatte es im Gegenteil als recht angenehm empfunden und des Mädchens sonstige Eigenheiten gern in Kauf genommen. Sie war durch eine Zeitungsanzeige auf sie aufmerksam geworden, in der Olga sich als Dienerin, die Stellung suche, bezeichnete. Das war ungewöhnlich. Aber es entsprach der Wahrheit. Denn Olga war wirklich eine Dienerin, eine Magd, nicht demütig freilich, sondern mit einer geradezu fanatischen Leidenschaft von ihrem Beruf erfüllt. Sie hatte es bald verstanden, sich unentbehrlich zu machen. Dienend herrschte sie im Hause. –

Das Haus war ein Weihnachtsgeschenk von Markus für Afra gewesen, eine völlig geglückte Überraschung. Afra merkte wohl, daß ihr Mann recht wohlhabend sein müsse, doch hatte er es so einzurichten gewußt, daß sie über seine wahren Verhältnisse lange im unklaren blieb.

Über ein ganzes Jahr hin hatte Markus, ohne daß sie Verdacht schöpfte, bis ins kleinste ihre Wünsche erforscht und mit einer Geduld, wie sie nur ein Liebender aufzubringen imstande ist, zugleich aber auch mit einem kindlichen Selbstvertrauen, daß es ihm ohne weiteres gelingen werde, das rechte Haus sozusagen um diese Frau herumzubauen. Da Afra nie nach etwas fragte, was Markus nicht von selbst erzählte, hatte er in aller Ruhe den heimlichen Bau betreiben können. Am Weihnachtsabend überreichte er ihr den besonders schön geschmiedeten Hausschlüssel auf einem Samtkissen als »einzige Gabe«.

Afra war ein wenig erschrocken über seine verschwenderische Güte. Wenn es ihr am Ende doch nicht so gefiele, wie er es sich erhofft hatte, es schien ihr ein recht kühnes Unterfangen, man konnte es ihr nicht so leicht recht machen. Es hätte ihr für Markus leid getan, enttäuscht sein zu müssen. Aber als sie dann hinüberfuhren und das neue Haus zwischen den Bäumen auftauchte, da zeigte es sich, daß es ihr vom Sehen längst wohlbekannt und vertraut war. Markus war vor kurzem einmal mit ihr daran vorübergegangen und Afra davor stehengeblieben.

So ein Haus, hatte sie gesagt, würde ihr gefallen. Wirklich, meinst du, es wäre etwas für uns, hatte Markus ernsthaft geantwortet und dann versucht, da und dort einige kleinliche Aussetzungen zu machen, was Afra nicht wenig verdroß und zum Widerspruch reizte. Sie hatten sich eine ganze Weile heftig gestritten und Markus hatte Afra schließlich siegen lassen. Er hatte es fertig gebracht, daß sie ihm durchaus nichts anmerkte, hatte so etwas wie »weit über unsere Verhältnisse« vor sich hin gemurmelt. Auch tat er gekränkt, als sie mit bissigen Bemerkungen seinen Geschmack geißelte. Kurz, es war die liebenswürdigste Niederlage ihres Lebens gewesen. Sie hatte Markus etwas Derartiges nicht zugetraut.

Er hatte ihr das Haus zwar schlüsselfertig übergeben, aber ihrem begreiflichen Wunsche, auch selbst etwas Wesentliches beizutragen und zu entscheiden, allerhand Möglichkeiten offen gelassen, damit sie nicht das Gefühl haben müßte, es sei alles nur sein Werk.

Lutz kam im neuen Haus zur Welt und Olga, die Dienerin, ward für das neue Haus gedungen.

An jene Zeit vor sechs Jahren mußte Afra denken und wie undankbar und leichtfertig sie gestern abend gehandelt, aber auch daran, daß mit dem schönen Haus – sie vermochte nicht zu ergrübeln warum – ihre glückliche Ehe fragwürdig zu werden begonnen hatte. Markus war ein vollendeter Kavalier, großzügig, vielleicht, da er aus bescheidenen Verhältnissen emporgestiegen war, auf eine gewisse, doch keineswegs geschmacklose Weise zum Protzentum geneigt. Auch der Gedanke mit dem Haus war, erst zu einem Teil wenigstens, dem Bedürfnis entsprungen, sichtbar zu machen, wie weit er es gebracht habe. –

Ich bin kein guter Mensch, sagte sich Afra, drauf und dran, umzukehren. Reumütigkeit wandelte von neuem sie an. (Sie wußte aber noch nicht, was ihre Liebe noch alles von ihr fordern werde.) War es nicht überhaupt längst zu spät, das Gefühl aus ihrem Herzen zu reißen? Sie begann dunkel zu ahnen, was es hieß, sich mit dem Gefühl einzulassen. Und wenn sie sich jetzt im Anfang von Karel wendete, ewig würde sie von Stund an dem Verlorenen nachsinnen. Sie würde ihrer Lebtage nie wieder ganz glücklich sein können. –

Gegen ihre Absicht war sie auf ihrem Gange in die Altstadt geraten, in eine geschäftsreiche, sehr laute Straße. Der Lärm der Trambahn, die Stimmen der Passanten fanden in der Enge keinen Ausweg. Alle Geräusche stießen sich, prallten ab und verwirrten das Ohr.

Dort, zwischen alten Häusern eingebaut, befand sich eine Kapelle, die sie liebte. Denn wenn man von der lauten Straße durch die hölzerne Pforte in das Innere trat, umgab einen sogleich eine heilige Ruhe und Abgeschiedenheit, ein rechter Seelenfrieden. Afra kannte in der ganzen Welt keinen Ort, wo lärmende Unrast und Stille so nahe beieinander wohnten, nur durch eine Tür getrennt.

Rechter Hand, im Vorraum der Kapelle befand sich ein weißes Marmorepitaph: ein Knochenmann mit Stundenglas und Hippe, der am untern Rand der Schrifttafel kauerte, wurde von oben her durch einen etwa siebzehnjährigen munteren, leichtlebigen Barockengel bedräut. Frau Afra vermochte nicht zu entscheiden, ob es ein männlicher oder weiblicher Engel sei, wenn er nicht überhaupt einem dritten Geschlecht angehörte, und wie denn Liebende überall Beziehungen, Bestätigungen, Symbole und Allegorien ihres Gefühls wahrzunehmen glauben, so fand Frau Afra, daß der sieghafte Engel des Lebens von ungefähr Karel gleiche. Also war sie ihm doch, wenn auch nur im Bilde, begegnet.

Die fromme Stille, die goldene Dämmerung des Raumes, dessen reicher Prunk und vielgestaltiger Zierat aus Draperien, Voluten, Gesimsen, gedrehten Säulen, Spruchbändern und Amoretten zu schimmernder Harmonie sich fügte, taten Afras unruhiger Seele wohl.

Schweigend kamen und gingen die Andächtigen, beugten die Knie und bekreuzigten sich. Man hörte nur die Schritte und das Schwingen und Anschlagen der Tür gegen das Lederpolster. Auf dem Altar brannten lange, dünne Kerzen.

Es schien nicht nötig, ein bestimmtes Gebet zu sprechen. Es genügte vollauf, nur ein Viertelstündchen zu verweilen, zu schweigen und anzubeten. Vielleicht war es am besten, wie Frau Afra es tat, gedankenlos und freundlich hier zu rasten, wie froh, nur da zu sein und zu schauen, ohne Wünsche, ja ohne fromme Absicht. Ganz von selbst geschah dem Gast etwas, ohne sein Zutun, so daß er reinen Herzens, getröstet und gestärkt, von hinnen ging.

Die Liebende, die sich für eine Heidin hielt, fühlte dankbar und zum ersten Male dieses Nichtsdazutunmüssen und danach himmlischer Gnade teilhaftig sein. Sie fand, daß die Gesichter der Menschen in der barockenen Dämmerung der Kirche schöner erschienen als im Licht des Alltags.

Später hätte sie nicht zu sagen vermocht, ob während ihres Verweilens, da ihre Seele gleichsam rastete, Musik erklungen sei (es war keine Musik gewesen), oder ob die stumme Harmonie des Raumes in ihrer Erinnerung zu tönen schien wie Engelsgesang.

In diesem Augenblick der Versunkenheit, da sie sogar ihrer jungen winterlichen Liebe und Karels vergaß, trat er neben sie.

Der Versucher ist zu mir getreten, mußte sie denken, aus ihrer Selbstvergessenheit erwachend.

Sie grüßten sich mit den Augen, standen noch eine Weile in Tuchfühlung, ihre Blicke dahin gerichtet, wo Gott zu denken war, und gingen dann.

Woher er gewußt habe, daß sie hier sei, fragte Afra, unwillkürlich noch flüsternd, als sie wieder »auf der Welt« waren.

Nichts habe er gewußt. Er wisse nicht, wie er hierher gekommen sei. Vielleicht sei es gar nicht wunderbar, sondern das Natürlichste zwischen Liebenden. Ihre Herzen hätten sich gesucht. Er war noch schwärmerischer als gestern.

»Wo gehen wir hin?« Er kenne in der Nähe eine kleine stille Konditorei, wo sie ungestört seien.

Afra zögerte.

»Gut«, sagte sie dann, aber bis dorthin müßten sie getrennt gehen, er auf der anderen Straßenseite, sie hier. Sie müßten vernünftig sein.

»Vernünftig?«

Aber dann gingen sie doch nebeneinander. Sie hätte nicht gedacht, daß er so fromm sei, meinte Frau Afra.

Ob sie sich, antwortete Karel, einen Liebenden vorstellen könne, der es nicht sei? Und – das einzige, was am Menschen unsterblich sei, sei doch die Liebe. Gewiß, das Dasein Gottes möge schwer zu begreifen sein, aber sein Nichtvorhandensein noch viel schwerer.

Er sagte das in seiner leichtfertigen, jungenshaften Art so hin, als gäbe es für ihn keine Zweifel in solchen Fragen.

Frau Afra wunderte sich. Sie hatte auf ihre spöttische Bemerkung von Karel alles andere eher erwartet als gerade dieses freudige Bekenntnis.

Oder war es am Ende gar nicht so verwunderlich, dies von einem so lebenslustigen, glücklichen jungen Menschen zu hören?

Es fiel ihr ein, in einer chinesischen Erzählung von zwei Liebenden gelesen zu haben, die, ehe sie sich umfingen, gemeinsam ein Gebet verrichteten und wieder beteten, wenn sie voneinander ließen. Sie konnte es sich gut ausmalen, wie die beiden verliebten Chinesen, auf einer Matte kniend, sich mit verschränkten Armen gegeneinander verneigten. Vielleicht brannte wohlriechendes Räucherwerk in einer Schale und natürlich trugen sie kostbare, seidene Gewänder. Auf chinesisch ging es. Allein der Gedanke an irgendeines der ihr bekannten Ehepaare oder an Markus und sie – es war nicht auszudenken.

Vorhin in der Kapelle hatte sie kein gutes Gefühl gehabt, als Karel und sie nebeneinander standen »an geweihtem Orte« mit ihren weltlichen Gedanken. Und nun ging, als müßte es so sein, ihr erstes Gespräch, nachdem sie sich ihre Zuneigung gestanden hatten, um religiöse Dinge.

Man sah es Karel wahrhaftig nicht an, daß er sich je darüber seine Gedanken machen würde. Afra jedenfalls dachte oft monatelang nicht an derlei. Sie ließ es auf sich beruhen, es beunruhigte sie nicht. Sie brauchte keinen Gott. Warum war es ihr jetzt so wichtig, zu hören, wie Karel darüber dachte, so, als hinge das Schicksal ihrer Liebe davon ab?

Sie sah ihn von der Seite an, als müßte es sich in seinem Gesicht abbilden, in einem frommen Ausdruck oder Augenaufschlag. Daß, so ging es ihr durch den Sinn, gerade er, der mit seinem Überschwang ihr alterndes Herz betört hatte und ihrer Tugend gefährlich wurde, daß er, der Gott so gar nicht nötig zu haben schien, der selber einem jungen Gotte glich, daß Karel Gott vor ihr lobpreisen würde, vor ihr, die sich scheute und schämte, sich zu ihm zu bekennen in welcher Gestalt auch immer, erschien ihr sonderbar genug.

Paßte es denn zu ihm? Schritt er nicht neben ihr, unbefangen, leichtlebig und sündhaft schön – ach, es gingen ihr allerhand unnütze und lästerliche Gedanken durch den Kopf als, daß doch Gott keinen Gott habe, aber auch, daß ein so geglücktes Geschöpf wie Karel seine Herkunft wohl nicht gut verleugnen dürfe.

Wie wenig man doch einander kennt! Wie wenig man voneinander weiß! Sie erinnerte sich, daß ihr verstorbener Vater, ein ganz unreligiöser Mensch, der sich selber einen Freigeist nannte, der Gott leugnete, ja rundweg ablehnte, es doch nie zugegeben hätte, daß sie einen Mann anderer Konfession heiratete. Und sie, wenn sie sich's überlegte, so störte es sie auch.

Das Göttliche in ihm glaubt an Gott, natürlich, das muß ja wohl so sein.

Den Karel neben ihr schienen ähnliche Gedanken zu bewegen. Er hätte sie gestern abend schon fragen wollen, vermutlich käme es ihr sehr lächerlich vor, aber ihm läge doch etwas daran. Es sei sicher ganz unwichtig im Grunde. Ob sie die Haut in der Milch möge oder nicht?

Nun mußte sie lachen. Sie war auf eine ernste Gewissensfrage gefaßt gewesen. Haut, nein. Sie mochte sie nicht. Sie trug sogar stets einen silbernen Seiher in ihrer Tasche, für alle Fälle. Sie mochten sie beide nicht und freuten sich darüber.

Sie schritten überhaupt sehr vertraut nebeneinander her, so recht einverstanden miteinander, daß man es ihnen sicher schon von weitem ansah, wie es um sie stand.

Frau Afra wurde es zuerst bewußt, als Karel sie am Arm nahm.

Nicht doch, warnte sie, wenn Bekannte uns begegnen. Und da sie es kaum beredet hatte, kamen schon welche.

Afra wurde gegrüßt. Ja, es schienen sich ihre sämtlichen Bekannten verschworen zu haben, an diesem sonnigen Wintertag unterwegs zu sein, um ihr und Karel zu begegnen.

Frau Afra war eine unbescholtene Frau. Ihr Ruf war untadelig, ihre Treue beispielhaft. Bis gestern abend hatte sie ein völlig reines Gewissen, ein Gewissen, das sie vor jeglicher Verleumdung schützte und sie unantastbar machte.

Nun aber merkte sie, daß sie über Nacht diesen Schutz verloren hatte. Da sie gern gewußt hätte, ob und was sich die anderen dabei denken würden, wenn sie sie mit dem jungen Tombart so vertraut des Weges kommen sahen, lenkte sie die Gedanken geradezu darauf. Sie meinte es ihnen anzumerken, daß sie sich ihr Teil dachten, sobald sie des ungleichen bemerkenswerten Paares ansichtig wurden. Manchen gab es sichtlich einen kleinen Ruck, andere, Afra spürte es deutlich im Rücken, drehten sich nach ihr um. Vielleicht dachten sie sich dabei nichts Böses, obwohl die Liebenden alles taten, um sich verdächtig zu machen.

Jedenfalls war es nicht wahr, daß Liebe unsichtbar machte. Im Gegenteil, Anteros, der Verräter, schien mit einer Posaune vor ihnen her zu schweben und alle Vorübergehenden mit Fleiß auf sie aufmerksam zu machen.

Nicht genug: Gussi Kauf, eine junge Frau, die nicht im besten Rufe stand (Afra mochte sie indessen gern leiden wegen ihrer Gutherzigkeit und Hilfsbereitschaft), Gussi, »diese unmögliche Person«, wie Markus, der Ehrbare, sie nannte, trat ihnen in den Weg, sie vertrat ihn den beiden geradezu und blieb mit offenem Munde stehen, die beiden mit herzlicher Unverschämtheit anstarrend und die Aufmerksamkeit aller Vorübergehenden auf sie sammelnd.

Sie ist wirklich eine unmögliche Person, dachte Frau Afra, nun doch etwas ärgerlich über die gute Seele. Man konnte sich mit ihr, weiß Gott, nicht auf der Straße sehen lassen. Sie war so laut. Und wie auffallend sie sich wieder hergerichtet hatte! Wie ungeschickt war sie geschminkt. Ihr drollig-hübsches Gesicht bekam dadurch etwas Zweideutiges, Unsolides. Sie liebte schreiende Farben und freche Hütchen. Sie trug mit Vorliebe einen Buschen künstlicher, lackierter Kirschen über dem wogenden Busen. Ihr Haar war blondiert. Aber ihre großen, braunen Kulleraugen hatten einen kindlichen, warmherzigen Ausdruck, der versöhnte. Sie schienen sich dauernd über etwas zu freuen. Sie küßte Frau Afra.

Karel, der sie vom Sehen kannte – denn sie war stadtbekannt – und wußte, was man sich über ihren lockeren Lebenswandel erzählte, war über diese Vertraulichkeit doch etwas peinlich berührt.

»O, ich will die Herrschaften gar nicht stören«, rief Gussi weithin hörbar, wobei sie das eine Auge anzüglich zukniff, »ist sie nicht die schönste Frau der Welt? Aber Sie sollten kein so unglückliches Gesicht machen, junger Freund, wenn Sie an der Seite dieser einmaligen Frau ambulieren dürfen!«

Und dann trat sie dicht an Frau Afra heran und flüsterte ihr so laut ins Ohr, daß Karel es hören mußte: »Dein Jüngling gefällt mir prima, er hat so was Amouröses!«

Noch einmal weidete sie sich an dem Anblick des Paares, verständnisinnig lächelnd, und rauschte pompös davon, wobei sie lustig wie ein Bäckerbub vor sich hinpfiff, sehr melodiös und rein übrigens.

»Ich glaube, wir sind ziemlich unvorsichtig«, sagte Frau Afra. Ob sie nicht besser in eine Nebengasse einbiegen sollten, wo nicht so viele Leute seien.

Aber Karel mochte nicht. Es war, als wollte er es darauf anlegen, mit ihr gesehen zu werden.

»Warum? Was gehen uns die Leute an?«

»Sie uns? Gar nichts. Aber ich fürchte, wir sie. Kann man uns übersehen?«

Man konnte es nicht. Es war eine reine Freude, sie anzuschauen.

Frau Afra trug ihren nachtblauen, verschnürten, mit silbergrauem Pelz verbrämten Mantel, dazu eine Pelzmütze, Stulpenstiefelchen und einen Muff. Sie hatte etwas Tscherkessenhaftes oder etwas von einer Räuberprinzessin.

Karel trug eine schwarze Lammfellmütze zu einem hochgeschlossenen weißen Wollsweater und Reitstiefel. Er wußte wohl, daß ihn dieser Anzug vortrefflich kleidete.

Beide stellten gleichsam eine Allegorie des Winters vor. Gussi, die unmögliche Person, der sie noch einmal in den Weg liefen, rief ihnen in ihrer tiefsten Stimmlage zu: »Na, ihr beiden Moskowiter!«

Es war eine blendende, glitzernde, klirrende, lustige Kälte.

Als sie durch den großen Park spazierten auf einem der schön geschwungenen Pfade, die mit weiser Vorsicht so angelegt waren, daß sie zu lustwandlerischem Müßiggang zwangen, als sie über den, von einem kleinen, dem

Liebesgott geweihten Rundtempel, gekrönten Aussichtshügel schritten, an dessen Hängen Kinder rodelten, geschah es zum ersten Male, daß nicht Frau Afra, sondern Karel gegrüßt wurde mit einem hellen, freudigen Zuruf.

Der fröhliche Rufer saß breitspurig, nichtstuerisch auf den Stufen des Tempels und sonnte sich. Barhäuptig saß er dort, mit einer Felljacke bekleidet, deren mit vielen Nähten versehene Lederseite nach außen gekehrt war. Er hatte ein bäurisch-slawisches Jungensgesicht von blasser Bräune. Haar und Brauen waren silberblond, silbergrau die Augen. Es war etwas Komisch-kauziges in dem Gesicht, fast etwas Clownhaftes durch die lustige Stülpnase mit den runden Nüstern und dem behaglich lachenden Mund. Auch etwas von einem Hirten hatte er.

»Hallo, Karel«, rief der Blonde.

»Servus, Truuls«, antwortete Karel.

»Wer war das?« fragte Afra, als sie vorüber waren.

Karel sah sie fremd an. Es war das erstemal, daß Afra ihn so etwas fragte. Sie fragte fast nie. Das hatte ihm besonders an ihr gefallen.

»Truuls? Truuls ist mein Freund«, sagte er dann.

Warum erschrak ihr Herz? Warum wurde sie blaß, fast grau im Gesicht?

»Schön ist er nicht«, sagte Frau Afra bissig.

Dies war Frau Afras erste Begegnung mit Truuls. Sie erinnerte sich später oft daran, wie sie seiner ansichtig geworden war, da er zu Füßen des Liebestempelchens saß wie ein Wächter, und welche Helligkeit und Lust von ihm ausgegangen war, etwas Heidnisches, Bacchantisches zugleich, etwas Sommerliches, so, als müßten ungeachtet der kristallenen Kälte, die kahlen Bäume plötzlich Trauben tragen in seiner Gegenwart. Frau Afra wurde warm ums Herz.

Sie hatte erwartet, daß Karel ihr mehr erzählen würde von Truuls, der sein Freund war, wie er sagte. Warum ließ er's dabei? Sie war eifersüchtig auf diesen Truuls, wie auf alles, was sie nicht von Karel wußte, auf seinen Umgang, auf seine Vergangenheit. Er sollte niemand haben außer ihr. Niemandem gestand sie ein Anrecht auf ihn zu.

An einem Strauch hingen ein paar Eiszapfen wie eine Pansflöte. Frau Afra brach sie ab. Sie waren eigentlich hübsch anzusehen gewesen, wie sie da hingen. Sie brach sie in kleine Stücke und warf sie von sich. Karel aber merkte nicht, daß sie verstimmt war.

Sie kamen an einer verschneiten Gärtnerei vorüber. Ein alter Gärtner in einer grünen Schürze legte eben Strohmatten auf das gläserne Dach des Warmhauses. Aus dem Kamin stieg Rauch auf. Das brachte Karel auf den Gedanken einzutreten.

»Suchen Sie etwas aus«, rief ihnen der Gärtner zu. »Hyazinthen und Tulpen blühen schon.«

Nun waren sie allein in der tropischen Dämmerung eines künstlichen Frühlings. Gesiebt durch die Strohmatten schien die Sonne herein. Es roch nach Hyazinthen und warmer schwarzer Erde.

»Ich liebe dich«, sagte Afra und küßte Karel auf den Mund.

Es war die Wahrheit. Sie liebte ihn. Sie liebte in ihm die Jugend. Sie glaubte es wenigstens, Karel zu lieben. Vielleicht hätte sie nur sagen müssen: ich liebe.

Karel kaufte für sie ein rosa und weiß geflammtes Tulpchen und der Gärtner schlug es sorgsam in Papier ein, damit es unterwegs nicht erfriere. Sie pflegte es nachher mit Fleiß, bangend, daß es ihrer Liebe weh tun würde, wenn es verblühe.

Beim Abschied drang Karel in sie, wann sie sich wiedersehen würden.

Ob sie nicht einander heute ohne Zutun begegnet seien?

So solle es auch künftig sein. *(um 1938)*

Süße Bitternis

Eterno heißt eine kleine Stadt am Meere. Einst war es ein paradiesischer Ort, eines jener idyllischen Seebäder, die eines Tages von der großen Welt entdeckt werden, weil die Glücklichen, die dort den schönen Frieden der Abgeschiedenheit und Unberührtheit erfahren durften, nicht hatten schweigen können und sich damit wichtig machen wollten. Die Sommergäste, die nun in Massen in die Stille einbrachen, fragten sich freilich, wo die verheißene Einsamkeit und Ruhe sei, und meinten, für ein Paradies gäbe es reichlich viel Menschen in Eterno.

Aber als es noch unberührt, noch nicht Modebad geworden war, als den wenigen Fremden nur die Wahl zwischen zwei dürftigen Hotels blieb, die einander heftig befehdeten, obwohl sie dem gleichen Besitzer gehörten, konnte man dort seinen Frieden finden.

Die Griechen haben einst den Ort gegründet und auf dem Kap Eterno einen Tempel gebaut, von dem ein paar Marmorsäulen noch heute den Architrav der Loggia der weißen Villa tragen, die jetzt das Haupt des Felsens krönt. Später hatten die Normannen dort ein Bergnest, die Sarazenen einen Schlupfwinkel und die Päpste einen Sommersitz gehabt.

Im Herbst, wenn es still am Strande geworden ist, oder im Frühling, wenn der Goldregenwald blüht, lohnt es sich noch immer, für ein paar Tage dorthin zu fahren, sich die Geschichte der schönen Amaryllis erzählen zu lassen, die Wege zu gehen, die ihr Fuß betrat, und ihr Grabmal in der alten Kapelle nahe der weißen Villa zu besuchen. Wenn der Marchese über Land geritten ist, wird der Kastellan gern bereit sein, die Gruft zu öffnen.

Das Marmorbild der Herrin, so nennen sie die Ansässigen, ruht auf einem Sarkophag. Der Künstler hat seinen Ehrgeiz darein gesetzt, ein möglichst naturgetreues Abbild zu geben, und seine ganze Sorgfalt auf eine peinlich genaue Wiedergabe des modischen Kleides bis ins kleinste Fältchen verwendet. Die Herrin ist so dargestellt, wie man sie in Eterno kannte. Sie trägt ein langes Reitkleid, dessen Schleppe bis zu den Stufen herabfließt. Die Spitzen des Jabots sind durchbrochene Arbeit, Marmorfiligran, und der Schleier um den Reitzylinder ist so leicht und locker geschürzt, als könnte man ihn lösen. Desungeachtet ist es dem Künstler doch geglückt, eine Ahnung von der rührenden Anmut des Angesichts und der Hände der schönen Frau zu überliefern.

Es ist keine Tote dargestellt, so scheint es, sondern eine Lebende. Ihre Hände sind nicht gefaltet, das Haupt leicht erhoben und scheu zur Seite gewendet. Die erschrockenen Augen sind geöffnet. Sie blicken nach einem andern Grabmal, nicht weit davon im Schatten der Gruft. Es stellt einen Jüngling dar, liegend wie die Herrin. Aber seine Augen sind geschlossen. Es ist das Bildnis eines Toten. –

In den Jahren, da Eterno Mode zu werden begann, waren es immer etwa fünf junge Kavaliere, die unter den Badegästen den Ton angaben. Von den Eingeborenen wurden sie nachsichtig ›i cinque signorini‹ genannt, die fünf Herrchen, auch wenn die Zahl der ›Verwegenen‹, so hießen sie bei den Fremden, einmal stärker oder schwächer war. Nur ihr Bestand wechselte und erneuerte sich während des Sommers. Ihr Ehrgeiz aber blieb der gleiche, alles auf den Kopf zu stellen und von sich reden zu machen. Es waren leichtsinnige Nichtstuer, liebeslustige Heißsporne, immer aufgelegt zu sportlichen Taten und galanten Abenteuern. Sie hatten keinen eigentlichen Anführer, denn jeder von ihnen trat für eine Weile in den Vordergrund, durch eine lebensgefährliche Sturmfahrt mit dem Boot, durch ein tollkühnes Reiterstückchen oder auch nur durch ein Bonmot, das die Runde am Strande machte.

Nur ein gewisser Villemont, ein junger Edelmann aus

Malta, verstand es eine Zeitlang, eine Art Alleinherrschaft auszuüben, obwohl er ein Neuling im Kreise der Verwegenen war und sich geschickt aus den gefährlichen Händeln und Liebesfahrten zu halten wußte, die er angezettelt hatte.

Auf seine Anregung ging auch das Abzeichen zurück, das die Signorini nun an der äußersten Kante des Rockaufschlages trugen, die kleine Nadel mit dem roten Kopf, nicht größer und von der nämlichen Farbe wie jene winzigen hurtigen Spinnen, die man zuweilen am Strande sah, wenn man faulenzend den warmen Sand mit den Händen siebte.

Der braune, silberäugige Villemont wurde von allen beim Vornamen genannt. »Vannino, Vannino«, rief es von allen Seiten, wenn er am Strande erschien. Er war der verwöhnte Liebling der Badegäste und in allen Burgen zu Hause. Er machte die Mädchen lachen oder gruseln, indem er ihnen etwa erzählte, das Rot, mit dem sie ihre Münder malten, werde aus Läusen bereitet, cocciniglia geheißen. Aber sie mochten ihn alle gern um seiner munteren Unbefangenheit willen. Doch blieb er für sein Teil von Bravour und Amour völlig unberührt.

Nur in der Kunst des Bogenschießens, das damals in Mode kam, tat er sich vor den anderen hervor. Es war ihm ein leichtes, eine Möwe im Fluge herunterzuholen, daß sie mitten ins Herz getroffen aus den Lüften fiel, worüber sich die empfindsameren unter den Mädchen entsetzten. Denn es dünkte sie ein grausames Spiel, zum Zeitvertreib oder aus Eitelkeit die schönen Vögel zu töten. Andern wieder erschien er besonders liebenswert, wenn er ihnen lächelnd den erlegten, vom Pfeil durch und durch geschossenen Vogel wies, aus dessen weißem Gefieder das rote Herzblut perlte und seine Hände färbte.

Im übrigen mochte Villemont einstweilen von wagemutigen Taten entschuldigt sein, denn er hatte sich durch einen unglücklichen Pfeilschuß auf höchst lächerliche

Weise selbst verwundet. Ein Pfeil, den Vannino nach eine Möwe schnellte, die senkrecht über ihm im Blauen vom Winde sich tragen ließ, war, nachdem er den Vogel nur gestreift, so daß ein paar blutige Federchen herabschneiten, zu dem Schützen zurückgekehrt und ihm, der, vom Licht geblendet, nicht mehr ausweichen konnte, in den Rist des Fußes gefahren.

Seitdem knappte er ein wenig. Aber da er im übrigen wohlgestaltet und behend war, erhöhte es eher noch seinen Reiz. Er stützte sich auf seinen Bogen, wenn er, den Schaden eher betonend als verbergend, an den Burgen und Strandkörben vorüberschritt, die Pfeile in seinem Haar. Er glich einem jungen Wilden.

Villemont war es auch gewesen, der Claudio, einen der Verwegenen, dazu vermocht hatte, die schmalen, in den Fels gehauenen Stufen eines Steiges, der von der Steilküste zum flachen Strande führte, hoch zu Roß hinabzureiten, ein halsbrecherisches Kunststück, das dem Reiter viel Ehre einbrachte, aber leicht hätte übel ausgehen können. Denn der Weg, von dem man sagte, er stamme aus der Sarazenenzeit, wurde selbst von Fußgängern gemieden. Er war stellenweise überwachsen von niedrigem Gestrüpp und berieselt von kleinen Quellen. Er war gefährlich glatt. Er gehörte den goldgrünen Eidechsen mit den atmenden Kehlen, den plötzlichen Tieren, die nur ganz unbewegt oder ganz schnell sein können.

Claudio, der semmelblonde Bolognese mit den weißen Wimpern und dem nackten Gesicht, darin alles etwas zu knapp geraten schien, als hätte die Haut nicht gereicht – die Nase aufgeschnupft und die Lippen zu kurz –, Claudio mit dem kalten Reiherblick hatte die kühne Tat vor aller Augen vollbracht.

Aber als er von dem zitternden Pferde stieg, nahm er Vannino kameradschaftlich beim Arm, so als wollte er ihm für die Anregung zu seinem Ruhme danken, und sagte leise: »Nun, und du?« Da wußte Villemont, daß er jetzt an der Reihe war.

Er tat indessen nicht dergleichen und kehrte sich nicht daran, wenn der Bolognese mit seinem Fingernagel an der kleinen roten Nadel scheuerte und Vannino dabei bedeutend, fast verächtlich anblickte. Insgeheim aber wurmte es ihn doch.

Nicht lange danach, als die Signorini, nach Opfern ihres Liebesübermutes ausspähend, in ihrer Sandburg auf der Lauer lagen, der prächtigsten Burg weitum, geschah es, daß Claudio ganz beiläufig äußerte, daß nun endlich die schöne Amaryllis fällig sei, die Herrin der weißen Villa. Ihretwegen seien sie doch eigentlich hier. Ihr zum Ruhme geschähen ihre Taten.

Sogleich wandten die anderen fünf, denn sie waren damals einer zuviel, ihre Köpfe nach dem Vorgebirge, dem Kap Eterno, auf dessen steilstem Vorsprung zwischen Zypressen die weiße Villa lag, hoch über dem Meere, dem Himmel entgegengehalten. Es war die einzige Stelle der Küste ohne Strand, und immer, auch an windstillen Tagen bei glatter See, wenn nur hin und wieder eine träge Welle ans Ufer schwappte, war das Wasser dort unruhig und brandete, hüpfte und sprang an den Klippen empor.

Die jungen Leute sahen über die veilchenblaue Bucht, in deren Winkel Eterno lag mit seinen rosa und gelben Häusern, den kleinen Hotels, darauf in weithin lesbaren Buchstaben anspruchsvolle Namen gemalt waren, wie Paradiso, Mondo, Bellezza, sahen über die rostroten Segel der Fischerboote hinweg, hinauf zu dem märchenhaften Besitztum, wo die unnahbare Herrin ihrer Herzen wohnte.

Auch Vannino schaute. Er lag, etwas abseits von der Burg der Kavaliere, bäuchlings im Sande, den er liebte, mit dem er stundenlang spielte. Nun richtete er sich auf. Kniend schaute er hinüber, während der Sand aus seinen Händen rann. Er hatte viel von Amaryllis und ihrem Zauber gehört und liebte sie in seiner Phantasie. Aber er war ihr noch nie begegnet.

»Ich habe sie noch nie mit Augen gesehen«, sagte er unwillig und schüttelte die Locken aus seiner Stirn. »Ich glaube nicht an ihr Dasein. So wohnt doch niemand! Nein, nein, es ist unmöglich, daß dieses Haus einem Sterblichen gehört.«

Götter, meinte er, hätten dort ihren Wohnsitz.

Während er dies sagte, rührte ein flüchtiger Schatten die Schauenden an wie ein Wolkenschatten, und der weiche Hufschlag und das Schnauben von Pferden war ganz nahe.

Amaryllis ritt vorüber, gefolgt von Emilio, ihrem Gatten. Die Herrin trug ein weißes Reitkleid und ritt nach alter Weise im Damensattel. Von dem weißen Zylinder wehte ein taubengrauer Schleier. Sie ritt einen Fuchs, kupferblond wie ihr Haar, das im Trabe auf und nieder wogte. Sie ritt ganz nahe an Villemont vorüber, der noch immer kniete und der Herrin mit offenem Munde nachstarrte.

»Eine hübsche Person«, sagte Claudio. Vannino drehte sich wütend nach ihm um.

»Sie ist eine Göttin.«

»Ich habe sie dir zugedacht, amico«, erwiderte Claudio verbindlich. Das stolze Paar war schon weit.

Vannino ließ sich wieder in den Sand fallen und fuhr im Spiele fort, den bunten Sand mit seinen Händen häufelnd, glattstreichend, formend und wieder verwischend.

»Sie hat mich nicht einmal angesehen«, flüsterte er und seufzte tief.

Er tat, als seien seine Gefährten nicht für ihn vorhanden, aber er lauschte auf ihre Reden. Sie sprachen von Amaryllis. Keiner von ihnen habe die Schöne je allein angetroffen, immer sei sie in Begleitung ihres Gatten, der sie offenbar wie eine Gefangene halte und sie eifersüchtig bewache. Das Paar, so vernahm Villemont, pflege mit niemandem geselligen Verkehr. Sie schienen einander völlig genug zu sein und ungewöhnlich glücklich zusammen zu leben. Es kam auch so nebenbei heraus, daß jeder der Kavaliere schon versucht hatte, sich der Angebeteten zu nähern, freilich ohne den leisesten Erfolg. Sie hatten es unternommen, sie aus dem Hinterhalt zu photographieren, unbemerkt von ihr. Allein als sie den Film entwickelten, fanden sie nur das wohlgetroffene Bild des Marchese. Von Amaryllis war nichts als ein Stück der Schulter und ein Wölkchen des Schleiers zu sehen.

Einer fragte, was der Name Amaryllis bedeute, und ein anderer antwortete aufs Geratewohl: »Süße Bitternis.«

Sie waren alle verliebt in sie. Sie hatten sie besungen in leidenschaftlichen Versen.

»Jetzt reiten sie über die Brücke«, hörte Vannino sagen.

»Jetzt sind sie im Goldregenwald.«

»Nun sieht man sie nicht mehr.«

Von Stund an mied der junge Villemont den Umgang der Gefährten. Ungeachtet der kleinen Wunde, die sein Pfeil ihm geschlagen, die noch immer schmerzte und darin es manchmal schlug wie in einem kleinen Herzen, die zuweilen aufsprang, um von neuem zu bluten, umwanderte er täglich das Vorgebirge, hoffend, daß er der Herrin begegne. Allein es gab wohl auf Erden kein Haus, das so weithin sichtbar, aber zugleich so unerreichbar entrückt schien wie die weiße Villa. Denn der Felsen, von drei Seiten vom Meer umwogt, war vom Lande durch eine tiefe Schlucht geschieden, über die in kühnem Bogen eine uralte Brücke führte. Dann kam der Goldregenwald und endlich die hohe unübersteigbare Mauer mit dem Lanzengittertor und dem kleinen Haus des Kastellans. An manchen Tagen – es war ein Zeichen, daß das Wetter umschlug – konnte man es unten am Strande hören, wenn der Torflügel ins Schloß fiel. Auch den Wachhund hörte man bellen, ein fast melodisches Gejaule und zärtliches Gewinsel, wenn es der Herrschaft galt, ein böses, bissiges Gekläff, wenn es ein Fremder wagte, sich dem Tor zu nahen.

Vannino schwamm, was einigen Mut erforderte, zu den beiden Klippen, den ›due fratelli‹, die zu Füßen des Kaps Eterno aus der Brandung ragten. Daran festgeklammert wie ein Schiffbrüchiger, schaute er sehnsüchtig empor zu der Loggia, deren griechische Säulen rostbraun in der Sonne leuchteten.

Er kletterte im Geiste an dem zerklüfteten Felsen empor, sich im Efeu haltend und nach Griffen suchend.

Endlich sah er sie an die Brüstung treten und die weißen Möwen füttern. Sie fingen die Bissen im Fluge. Ihn aber, den Entflammten, gewahrte sie nicht. Auf einmal bog Amaryllis ihr Gesicht über die Schulter zurück. Aus dem Schatten trat der Marchese zu ihr, neigte sich über sie und küßte sie. –

»Eine Locke von der Herrin Haupt zu rauben«, sagte Claudio eines Tages, »das wäre doch des Einsatzes wert für einen von uns Kavalieren, wenn anders unser Ruhm nicht verwelken soll.«

Vannino, der zugegen war, um Abschied von den Gefährten zu nehmen, da es hohe Zeit für ihn sei heimzufahren, Vannino merkte nicht, daß Claudio seinen Spott mit ihm trieb. Er blickte ihn groß an und nickte ernsthaft. Niemals noch, fuhr Claudio fort, indem er seine Hände auf des Liebeskranken Schultern legte und ihm in die Augen sah, sei die Gelegenheit so glücklich gewesen wie eben jetzt. Der Herr sei über Land geritten. Allein sei Amaryllis.

»Ich gehe«, sagte Vannino.

Die Kavaliere saßen an der kleinen Piazza vor dem Hotel Paradiso und tranken den schwarzen Wein von Eterno. Auch von hier aus konnte man die Villa auf dem Felsen sehen und darüber die Sichel des abnehmenden Mondes wie mit krummem Finger lockend.

Vannino ging. Er sah seinen Weg deutlich vor sich. Er wußte, daß er nicht zurückkommen durfte ohne die kupferfarbene Locke von der Herrin weißer Stirn. Was war Claudios gefährlicher Ritt gegen die hohe Aufgabe, die man ihm vorbehalten hatte?

Er merkte, daß ihm jemand folgte. Claudio war es, der

ihn zurückrufen wollte, denn es reute ihn. Nicht im Ernste habe er gesprochen. Er sei bereit, den Entschluß für die Tat zu nehmen. Aber Vannino hörte ihn gar nicht an. Er begann schneller zu gehen. In hinkendem Laufe eilte er dem Meere zu. »Vannino, Vannino!« rief Claudio ihm nach. Er hatte Angst um ihn.

Der Strand war still. Aus dem Meer, aus der Tiefe kam die Nacht. Schattenlos, wie von innen schimmernd, lag die Villa, Vannino tat die Kleider ab und warf sich ins warme Wasser, um nach dem Felsen zu schwimmen. Auf einer Klippe ruhte er ein wenig, denn das kleine Herz in seinem Fuße und das große in seiner Brust schlugen heftig. Er blickte empor, zwischen den Lippen das silberne Taschenmesserchen, mit dem er die Locke von der Herrin Haupt zu schneiden gedachte, und der Mut sank ihm. Die Kavaliere waren weit. Er konnte zurückkehren in das Fischerhaus, wo er wohnte, und noch in der Nacht heimlich Eterno verlassen. Hoch über ihm aber leuchtete der Finger des Mondes. In der Villa war kein Licht mehr. Eine letzte Möwe strich um den Felsen. Da ließ sich Vannino ins Wasser hinabgleiten und, hin und her geworfen, immer wieder zurückgerissen von der Brandung, erreichte er endlich das Kap und stieg in das Geklüft. Das erste Stück war am schwersten, auch sah er die Villa nun nicht mehr. Aber je weiter er emporkletterte, um so sehnlicher begehrte er, Amaryllis zu sehen. Er dachte nicht mehr an den Ruhm bei den Gefährten. Er ließ das Messerchen aus den Lippen. Wie ein kleiner Fisch sprang es über die Klippen hinab. Wie klein war die Welt unter ihm! Nie sah von unten die Villa so klein aus wie vom Felsen die Häuser Eternos.

Vannino griff in die Efeuranken und zog sich daran empor, bis er den Gipfel erreichte. Mit letzter Kraft, da ihm das ungeduldige stürmische Herz schon fast zerriß vor übermenschlicher Anstrengung, schwang er sich über die Brüstung der Loggia. Keuchend stand er und sah durch die offene Tür. Es war aber eine silberhelle Nacht.

Da sah Vannino die Herrin vor ihrem Spiegel sitzen, zum Sterben schön. Es war ihm auf einmal ganz leicht ums Herz. Er spürte es nicht mehr. –

Der Marchese war über Land geritten. Amaryllis war allein. Es werde ihr gut tun, hatte Emilio ihr beim Abschied gesagt, als er sich vom Pferde zu ihr neigte. Das Gitter fiel ins Schloß. Sie winkte ihm lange durch die Stäbe nach. Sie sah ihn die Brücke hinauf- und hinabsprengen und lauschte dem Hufschlag, bis er verstummte.

Amaryllis hatte sich sogar ein wenig auf das Alleinsein gefreut und sich allerhand ausgedacht, wie sie den Tag verbringen werde. Indessen schon nach einer Stunde war sie in Verlegenheit, was sie tun solle. Sie fühlte sich verlassen und merkte, wie hilflos sie war ohne Emilio. Freudlos und immer wartend, daß er wiederkehre, der sie liebte, für sie dachte, müßig, unmutig brachte sie den Tag hin. Es war ihr, als lebte sie überhaupt nur in seiner Gegenwart, als hätte sie kein Herz ohne ihn. Seine Stimme fehlte ihr, seine Bewunderung, seine Gedanken, seine Besonnenheit und seine Kraft.

Sie versuchte sich vorzustellen, was er fern von ihr in diesem Augenblicke tue. Aber sie vermochte nicht – und das erschreckte sie – sein Bild zu beschwören, so, als sei auch er nicht da, kein Wesen aus Fleisch und Blut, außer sie sah ihn. Sie hatte keine Phantasie.

Das Meer, das sie liebte, wenn er neben ihr stand, nun war es auf einmal fremd und ohne Sinn. Sie empfand nichts bei seinem Anblick, obwohl es herrlich anzuschauen war, unruhig und von bedrohlicher Schönheit.

Amaryllis wünschte sich, zu schlafen und erst wieder zu erwachen, wenn Emilio zurückkam.

Es war ein heißer Tag gewesen. Fast ohne Wind. Sie hatte sich im Schatten des Hauses aufgehalten, bis es Abend und kühler wurde. Sie aß allein zur Nacht. Aber es wollte ihr nicht munden. ›Wozu‹, dachte sie. Dennoch gab sie sich Mühe, der alten Rosina zuliebe, die ihr diente.

Sie sah oft nach der Uhr, was sie sonst nie tat. ›Er ist auch meine Zeit.‹ Es war ihr in der Seele bang.

Sie hatte sich vorgenommen, bald zur Ruhe zu gehen, es aber dann immer wieder aufgeschoben. Auch als sie sich schon entkleidet, Rosina entlassen, das Licht gelöscht hatte, saß sie noch lange unentschlossen vor dem Spiegel und sah sich an. Sie sah sich an wie eine Fremde. Gedankenlos strählte sie ihr Haar immer und immer wieder. So sah sie sich und hinter sich die Nacht, die Sterne, den Mond und das dunkle Meer mit dem silbernen Schimmer darüber. Da fühlte sie sich plötzlich angesehen und erschrak.

Hinter ihr, der Nacht entstiegen, stand ein Mensch. Sie sah ihn ungewiß im Spiegel und hörte ihn keuchen, aber sie schrie nicht, so reinen Herzens war sie. Sie erhob sich und wandte sich um. Gegen die Kälte des Spiegels gelehnt und daran tastend, wie an einer Tür, in die sie sich retten könnte, stand sie und starrte auf den ungebetenen Gast.

Vannino tat einen Schritt auf sie zu, seine Lippen bewegten sich, und noch ehe Amaryllis Anstalten treffen konnte zu fliehen, sank er mit einem großen liebenden Blick auf sie leblos zu Boden.

Wodurch sind die Grenzen eines Lebens bestimmt? Welchen Sinn hatte Vanninos bisheriges Leben und der große verschwenderische Aufwand der Natur? Werden wir nicht alle aufgehoben für einen bestimmten Augenblick, oft nur für ein Wort, ein Gedicht, eine Zärtlichkeit, für eine kurze Liebe, und wissen dann, daß wir einzig und allein um dieses unsterblichen Augenblickes willen unser langes Leben haben und es nimmer schöner werden kann? Von da an fangen wir an zu sterben.

Amaryllis erkannte sofort, daß der fremde Jüngling tot war, und schauderte bis ins Herz. Voll Entsetzen schaute sie auf den Reglosen nieder, der zu ihr gekommen war, um vor ihrem Angesicht zu sterben. Sie vermochte nicht, sich zu regen, noch den Blick zu wenden von dem stillen Gast zu ihren Füßen. Erst als sie Emilios gedachte und wie allein sie war, kamen ihr die Tränen. Sie weinte lange vor Zorn und Mitleid.

Denn der Tote erbarmte sie. Unwürdig schien es ihr, ihn auf den steinernen Fliesen liegenzulassen. Also bückte sie sich und hob ihn auf; unter der Schulter ihn fassend, schleppte sie ihn auf ihr Bett mit großer Mühsal. Sie beweinte ihn. Ihre Tränen fielen ihm auf Mund und Augen. Dann bettete sie ihn und deckte ihn bis zur Brust, als müsse er wieder erwarmen.

Als nun der schöne Jüngling auf ihrem Bette lag, ward ihr erst bewußt, was sie getan. Sie dachte nichts Böses von dem Toten, als daß er sie sehr geliebt haben müsse, da er bei Nacht zu ihr gekommen war vom Meer über den Felsen empor, bis er sie sah und bei ihrem Anblick ihm das Herz zerbrach.

Es waren schon Stunden vergangen, und sie war noch immer allein mit dem toten Manne. Sie fürchtete sich nicht vor ihm und mußte ihn immerzu ansehen. Es verlangte sie, ihm etwas Gutes zu tun. Sie berührte sein Haar. Da fühlte sie, daß sie ihn zu lieben begann, und entsetzte sich. ›Oh, das ist nicht gut‹, dachte sie, ›ich muß jemand rufen.‹ Aber sie schämte sich dessen sogleich und verharrte von neuem unentschlossen. Einmal trat sie an die Brüstung der Loggia, hinabzuschauen in die Tiefe, und welchen Weg der Liebende erklommen hatte, um sie zu sehen.

Amaryllis war nicht klug, sie hatte nichts als ihre Schönheit und ihre Unschuld, als Emilio gekommen war und um sie warb.

»Ach, Emilio«, flüsterte sie, »wärst du nie von mir gegangen. Aber nun hast du mich allein gelassen mit meinem Herzen. Unsere Liebe, ach, unsere Liebe, es war deine Liebe allein, Emilio, und sie war so groß, daß sie in alle Ewigkeit genügt haben würde für uns beide. Deine

Liebe war so herrlich und selbstsüchtig, daß es meiner Liebe gar nicht bedurfte. Sie traute sich gar nicht aus dem heimlichen Winkel meines Herzens. Aber sie blieb unversehrt und unverschwendet. Sie wartete geduldig, und niemand fragte nach ihr. Sie schlief. Nun aber ist sie erwacht und antwortet. Vielleicht hat sie den Fremdling herbeigerufen, den ich liebe, denn, Emilio, ich liebe den Toten. Und ich weiß, was es bedeutet, einen Toten zu lieben. Ich werde ihn lieben, bis ich mit ihm vereint sein werde, wiedervereint, bald, ach, Emilio, bald!«

Dies dachte Amaryllis in der Nacht, als sie an der Seite des Toten lag. Sie neigte sich über ihn, schnitt eine Locke aus seinem Haar und eine aus dem ihren, tat sie zueinander und barg sie an ihrer Brust. So lag sie noch, als vor Tagesanbruch die Dienerin kam, die alte Rosina, laut jammernd erst, als sie das Unheil sah, dann aber schlau beflissen, der armen Herrin zu helfen, damit der Marchese es nie erfahre. Sie riet, den Toten über den Felsen hinabzustürzen ins Meer, das ihn vielleicht behalte. Wenn es ihn aber herausgäbe, wer könnte ahnen, daß er bei Amaryllis gewesen und in ihren Armen gestorben sei?

Aber die Herrin schwieg zu alledem finster und still. Sie rührte sich nicht von der Stelle.

Kopfschüttelnd ging die Alte.

Emilio, der die Nacht durch geritten war, um so schnell als möglich zu der Geliebten heimzukehren, fand sie so.

Amaryllis blickte auf ihn mit einem ruhigen Blick voll kindlichen Vertrauens; ganz leicht, trotz der Trübsal der Nacht, erhob sie sich, ihm an die Brust zu sinken. Tränen sprangen ihr aus den Augen, aber ihr Mund lächelte. ›Nun wird alles wieder gut‹, dachte sie noch, und ihre Sinne schwanden.

Als sie erwachte, saß Emilio an ihrem Lager und sah sie an. Sie faßte nach seiner Hand. Er entzog sie ihr nicht.

Es war kein Arg in seinem Blick, keine Zweifel, auch keine Großmut. Nur unerschütterliche Liebe.

Er war ein herrlicher Mann. Es gab seinesgleichen nicht wieder auf Erden. Er hieß in Eterno der Hochgemute, der Lautere, der großherzige Emilio. Selbst die Verwegenen nannten ihn so. Er dachte nicht an sich, er dachte nur an sie. Sie spürte es. Aber es vermochte sie nicht zu rühren.

Da fiel Amaryllis ein, was geschehen war. Sie hob ihr Gesicht ein wenig aus den Kissen und blickte neben sich hin, wo der Tote gelegen hatte. Eine große Traurigkeit überfiel sie, als sie ihn nicht mehr sah. ›Sie haben ihn fortgebracht, während ich schlief‹, dachte sie, ›wo ist er?‹ Sie ließ ihren Kopf wieder in ihr Haar zurücksinken und schloß die Augen. Emilio streichelte sanft ihre Hand. Sie ließ es geschehen, aber seine Liebe hatte keine Macht mehr über sie.

Sie wußte, daß sie jetzt reden müßte. Aber sie schwieg. Auch fragte Emilio sie nie, was sich in jener Nacht zugetragen hatte. Sie war ihm dankbar dafür. Aber wie sehr sie seinen Willen bewunderte, mit dem er seinen Schmerz gefangenhielt, so sehr graute ihr vor seiner Güte und seinem alles durchschauenden Blick, der sie bewachte. Er stellte sich zwischen sie und den Tod, nach dem sie sich sehnte, dem sie anverlobt war.

Um Emilios willen mußte es ohne Gewalt geschehen. Wohl gedachte sie manchmal, ins Meer zu gehen, in seine Unterwasserherrlichkeit hinabzutauchen, da alles wie in mildem Mondschein lag, und die salzige Flut in vollen Zügen einzuatmen.

Wie aber, wenn sie sich einfach sterben ließ? Sie mußte ja nur Tag und Nacht an den Tod denken, sie mußte ihn nur herbeiwünschen. Heiter erwartete sie ihn. Emilio begann zu hoffen. Und dann endlich kam der geliebte Tod in Gestalt des unbekannten Freundes und nahm sie schmerzlos von hinnen. *(1938)*

Korporal Mombour

Die Verdunkelung bringt es mit sich, daß die Schwester allabendlich sehr bald kommt, um bei uns »Nacht zu machen«, so drückt sie sich aus, zu einer Zeit oft schon, da eben erst die Sonne hinunter ist und es zu dämmern beginnt.

Wir kranken Soldaten können dann natürlich noch nicht schlafen. Wir wollen noch etwas vom Abend haben. Also versprechen wir, brav zu sein, keinen Unfug mehr zu machen, auch kein Licht, und die langen schwarzen Vorhänge später zuzuziehen. Der Mond, ich kann ihn von meinem Bette aus sehen, scheint mild zu uns herein.

Um die nun einsetzenden, oft uferlosen Männergespräche zu ordnen und zu lenken, waren wir übereingekommen, uns jeweils eine Frage vorzulegen, wie etwa: Der gefährlichste Augenblick im Leben, oder: Begegnung mit Gespenstern, oder: Das schönste Naturschauspiel, aber auch: Ob man lieber verbrannt oder beerdigt werden wolle, wenn ich König wäre, und dergleichen mehr, was dann reihum abzuhandeln war. Wir nannten diese Gepflogenheit unsere Fabulierabende, und es schickte sich, daß einige von uns in der Tat recht artig zu erzählen wußten. Ich habe dabei unter anderem den sehr anschaulichen, packenden Bericht über ein gefährliches Erlebnis mit einer Wasserhose an der dalmatinischen Küste gehört, wobei mir Zweifel kamen, ob der Erzähler jemals dort gewesen war, und ein andermal – unsere Aufgabe hieß an jenem Abend: Lieblingshelden – die rührende Geschichte von dem kleinen Mädchen, das für Napoleon schwärmte, so sehr, daß sie die Totenmaske ihres Helden mit Lorbeer bekränzte, Kerzen auf einem kleinen Altar aufsteckte und ihm Rosen darbrachte. Eines Tages aber, als sie von der Schule nach Hause kommt, findet sie den Vergötterten entehrt, den Lorbeer um die weiße Stirn entblättert und zerzaust. Jammernd eilt sie zur Mutter, die ihr gesteht, sie habe des Lorbeers leider dringend bedurft, um – Senfgurken einzumachen.

Die Totenmaske Napoleons, darauf er freilich seltsam verjüngt, unschuldig schön, ja überirdisch verklärt erscheint, er, der gesagt hat: ›Ein Mann wie ich schert sich den Teufel um eine Million Menschen‹, brachte uns auf das während eines Krieges recht naheliegende Thema: Von der Unschuld oder dem guten Gewissen des Soldaten.

An diesem Abend fanden wir lange keinen Schlaf. Die Meinungen prallten hart aufeinander, und ich erinnere mich gut, wie gespenstig es sich ausnahm, als es einen von uns nicht mehr im Bette litt und er, mit leidenschaftlichen Gebärden seine heftigen Worte begleitend, im Zimmer umhergeisterte.

Ich muß hier anmerken, daß wir unser fünf waren, junge und alte Soldaten zwischen achtzehn und achtundvierzig, aus allen Windrichtungen zusammengeweht, aus den verschiedensten Berufen und Kinderstuben stammend, doch alle im Grunde recht einig in dem Wunsche, unserem Leben und damit auch dem Tod einen menschenwürdigen Sinn zu geben, ein jeder auf seine Weise.

Der Älteste von uns, ein kränkelnder Feldwebel, der den Weltkrieg mitgemacht hatte, ein mit Humor zur Schwermut neigender, hagerer, wortkarger Geselle, hörte am liebsten nur zu, aber er war vielleicht gerade darum sehr wichtig für die nächtliche Runde. Feldwebel Weiland litt am Magen und bot einen bemitleidenswerten Anblick, wenn er, in seinem sträflingsartigen, schlottrigen Krankenanzug im Zimmer auf und ab wandelnd, plötzlich stehenblieb, mit flacher Hand die Stelle berührte, die ihn schmerzte, tief seufzte, den Kopf schüttelte und seine Wanderung wieder aufnahm. Auch konnte es ihn mit Recht verdrießen, daß die Lazaretthosen nur eine (die rechte) Tasche besaßen. Immer wieder passierte es ihm, daß er es vergaß und mit der

Hand in die Tasche fahren wollte, die nicht vorhanden war.

Der Jüngste, ein blasser, munterer, ewig verliebter Panzerschütze, der es auf der Lunge hatte, war, wie wir alle, schier auf den Tod gelegen und trug als Folge seines langen Krankenlagers eine unmilitärische Lockenfülle. Er hatte sehr helle, fast gelbe Augen, richtige Löwenaugen, mit einem schmalen schwarzen Reif um die Iris. Er freute sich unbändig seines wiedergewonnenen Lebens. Er war es, der bei der Aufgabe ›Was würde ich tun, wenn ich König wäre?‹ eine bezaubernde Schilderung von einem Reich der Liebe und der Schönheit entwarf, ›so, wie er es sich ausmale‹. Er hieß Friedrich Mombour. Als einziger von uns besaß er eine eigene, sehr gut gearbeitete Uniform mit hübschen rosa Aufschlägen und silbernen Knöpfen, die ihm vorzüglich zu Gesicht stand. Der Feldwebel hatte sie sich einmal ausgebeten – er wolle nur rasch einmal hineinschlüpfen –, und sieh da, sie verjüngte ihn, er sah ordentlich schmuck darin aus.

Auch ein Matrose hauste mit uns (wie denn die verschiedensten Waffengattungen bei uns vertreten waren), der aber aus den Bergen stammte und den für einen Seemann ungewöhnlichen Namen Ambros Huber trug. Wir nannten ihn Kapitän Huber. Er war ein überlebensgroßer, seelenguter Mensch mit einem Holzknechtgesicht, übrigens ein Meister auf der Mundharmonika, mit der er ab und an die Erzählungen der anderen melodramatisch mit leisem Spiel begleitete.

Der vierte, Willi Hornissen, Schlosser seines Zeichens, ein begeisterter, ja rabiater Soldat, aber sehr empfindlich und leicht in seiner Ehre gekränkt, hatte sich beschämenderweise in Polen die Masern geholt, eine lächerliche Kinderkrankheit also, die aber, wie man weiß, für Erwachsene nicht ungefährlich werden kann.

Bleibt noch der letzte, dem Aussehen nach unsoldatischste von uns, sanftmütig, rotblond und weißhäutig, mit einer listigen Nase voller Sommersprossen, Alexander Pastorius, auch ein Weltkriegsteilnehmer, der ›humanistische Soldat‹, wie er sich selber scherzhaft bezeichnete, aber trotz seiner Bildung wohlgelitten wegen seines Enthusiasmus, mit dem er für seine Welt, die manchem unter uns natürlich fremd erscheinen mußte, eintrat und ihre Herrlichkeiten zu rühmen wußte. Brachte er es doch fertig, die ungelehrten Gefährten beispielsweise mit dem zehnten Gesang der ›Ilias‹, der allerdings eine im wesentlichen noch heute gültige Schilderung eines Spähtruppunternehmens darstellt, vortrefflich zu unterhalten. Im übrigen gab er den Erzählerabenden eine gewisse Würze durch die Selbständigkeit seines Denkens und seine unbestechliche Gerechtigkeit. Er hatte in Frankreich sein Bein gelassen und war bei uns, seinen ausgezehrten Körper und sein krankes Blut vollends zu kurieren.

Auch zu hitzigen Religionsgesprächen kam es natürlich, wobei es sich herausstellte, daß unter Religion jeder etwas anderes verstanden wissen wollte. Kapitän Huber setzte sie der Natur gleich und der junge Mombour der Liebe. Für den streitbaren Willi war sie gleichbedeutend mit Vaterland, während unser einbeiniger Humanist wunderlicherweise den christlichen Standpunkt vertrat. Der alte griesgrämige Feldwebel meinte gar, die alten Griechen und Römer hätten nicht so ganz unrecht gehabt, wenn sie für alles, was dem Verstand geheimnisvoll und unbegreiflich erscheint, wie Schlaf, Liebe, Tod, eine besondere Gottheit sich dachten und also auch der Krieg ein Gott für sie war. Wie unheimlich, wie blutig rot – wir alle erinnerten uns daran – hatte der Stern Mars am nächtlichen Himmel geleuchtet, ehe dieser Krieg begann.

Wir nannten uns übrigens alle ›du‹ und bei Vornamen, doch redeten wir uns freilich mit Herr an, Herr Willi zum Beispiel, und behandelten uns mit ausgesuchter, scherzhaft übertriebener Höflichkeit. Die Tatsache, daß wir uns alle schon in dem Zustand der Schwäche, daß wir uns gleichsam schon hatten sterben sehen, verband uns. Wir waren Überlebende, wir hatten den Tod geschmeckt, und ob sich auch seltsamerweise keiner so recht bewußt gewesen, als es am schlimmsten um ihn stand, waren wir fast ein wenig stolz darauf.

An jenem Abend, da die Unschuld oder das gute Gewissen des Soldaten in Rede stand, hätte beinahe der Starrsinn des Schlossers unseren schönen Brauch gefährdet.

Er stehe strikte auf dem Standpunkt (mit dieser Floskel pflegte er gern seine Rede einzuleiten), ein wirklicher Soldat dürfe sich über seine kriegerischen Handlungen keinerlei Gedanken machen, er dürfe es partout nicht, sein Kampfwert leide. Wir wußten, daß er sich blutdürstiger gebärdete, als er seiner im Grunde gutmütigen Natur nach war. Er gefiel sich in starken Ausdrücken wie ›massakrieren‹, ›an den Mond sprengen‹, ›mit Stumpf und Stiel ausrotten‹.

Herrn Willis Angriff richtete sich gegen den jungen Mombour, der mit einer unsoldatischen Äußerung seinen Unwillen erregt hatte. Eigentlich war unser humanistischer Freund schuld, der die Frage nach dem Einzelschicksal im Kriege aufgeworfen hatte. Er war von der Inschrift eines Grabsteins ausgeganen, die er kurz vor seiner Verwundung in Frankreich gelesen habe, nicht auf einem Friedhof übrigens, sondern im Garten eines Hauses: Er habe sie gefunden, weil er sie suchte. Sie lautete:

›Ci-gît le brave soldat Jeanpierre Moraud, tombé lors de la défense de sa maison paternelle, côte à côte avec trois camarades ennemis, dont il se fit accompagner au paradis. Que Dieu garde tous les soldats du monde.‹

Das heißt auf deutsch: ›Hier ruht der tapfere Soldat Hanspeter Moraud, gefallen bei der Verteidigung seines Vaterhauses, Seit an Seit mit drei Feindkameraden, die er als Begleitung mit ins Paradies nahm. Gott schütze alle Soldaten der Welt.‹

Gewiß eine denkwürdige Inschrift, denkwürdig wie

ihre Geschichte. Zu dem Garten hatte ehemals ein winziges altes Haus gehört, das im letzten Krieg zerstört wurde, des Schusters Jeanpierre Moraud Haus. Er hatte es ererbt, kurz ehe er zu den Fahnen gerufen wurde. Der Zufall wollte es, daß er mit seiner Kompanie in seinem Heimatort ins Quartier kam, just als die Deutschen dort angriffen. Da richtete er sein Haus zur Verteidigung her, verbarrikadierte die Fenster mit Matratzen, Lederfellen und allerlei Hausrat, entschlossen, es nicht preiszugeben, koste es auch sein Leben, wie es dann auch geschah. Der Schuster galt als einfältiger, fleißiger, frommer Mensch, der niemandem etwas zuleide tat. Bei seinen Zurüstungen war er auf den seltsamen Gedanken verfallen, die Bilder seiner Eltern, billige Vergrößerungen von Photographien, in die Fenster zu stellen, vermutlich in der kindlichen Absicht, auf diese Weise mehr Verteidiger vorzutäuschen.

Wie auch immer, er schlug sich sehr tapfer, selbst als der Kampf längst aussichtslos für ihn war. Er verweigerte eigensinnig die Übergabe, zu der man ihn, um weiteres Blutvergießen zu vermeiden, unter Hinweis auf die Sinnlosigkeit seines Widerstandes aufforderte. Das Strohdach brannte ihm zu Häupten, auch die Bilder, von Kugeln durchsiebt, brannten schon. Drei der Angreifer lagen tot, als es endlich still im Hause wurde. Man holte ihn heraus. Er war jämmerlich zerschossen, lebte aber noch. Doch vermochte er nichts mehr zu sagen, sondern starb, zufriedenen Angesichts, stolz, ohne Klagelaut.

»Das soll mich nun wohl auch noch rühren«, meinte Herr Willi, der Reizbare, »der Narr hat uns drei Leute gekostet. Oder was willst du mit deiner Geschichte?« Er fuhr aus seinem Bette und schritt heftig gestikulierend auf und ab.

»Er gibt dir aber doch recht«, ließ sich nun Kapitän Huber vernehmen und blies ein paar grimmige Töne auf seiner Mundharmonika.

Da war es nun der junge Mombour, der gar zu gern gewußt hätte, wie einem danach zumute sei, wenn man zum ersten Male, Mann gegen Mann, einen Gegner getötet habe. Er wisse es nicht. Er habe noch nie getötet.

Diese freundlich vorgebrachte Frage brachte Herrn Willi vollends in Harnisch.

»Du wirst nie ein Soldat«, ereiferte er sich. »Ich sagte euch doch, man darf nicht darüber nachdenken. Es führt zu nichts Gutem, es macht nur knieweich. Und damit gute Nacht.«

Eine Zeitlang war es still im nächtlichen Krankenzimmer. Dann sagte der junge Soldat, der so gerne lebte: »Ich kann noch nicht schlafen, mir ist nicht danach zumute. Nur unser Herr Feldwebel scheinen schon zu ruhen, mit Verlaub.«

»Der Herr Feldwebel ruhen mitnichten«, antwortete es gelassen aus der Dunkelheit, er habe im Gegenteil sehr aufmerksam zugehört. Er glaube, durch ein Gleichnis sei seine Frage klüglich am besten zu beantworten. Zudem habe er längst das Gefühl, auch seinerseits den Kameraden eine Geschichte schuldig zu sein. Vielleicht mache der Kapitän ein wenig Musik dazu, von Waffenlärm und Liebe, Trompete und Schalmei.

„Die nachdenkliche Geschichte, die ich euch erzählen will", begann er, „spielt vor über hundert Jahren, und – das sage ich euch gleich im voraus, damit ihr euch beizeiten entscheidet, ob das Folgende überhaupt eurer Teilnahme wert sei – die handelnden Personen weilen längst nicht mehr unter den Lebenden, ja vielleicht haben sie nie gelebt. Ich weiß noch nicht einmal – denn ich habe die Geschichte aus einem alten Kalender –, ob der, übrigens ungenannte Verfasser, der sie ›eine wahrhaftige Begebenheit aus dem gegenwärtigen Feldzuge‹ nennt (womit der Befreiungskrieg gemeint ist), sich dies alles nicht am Ende aus den Fingern gesogen hat, seinen Lesern zu Gefallen. Denn das Zusammentreffen einer Reihe allerdings sehr merkwürdiger, wenn auch eben nicht unmöglicher Zufälle mag nicht nur mir etwas unwahrscheinlich vorkommen.

Nicht lange nach dem blutigen, aber für die Unseren glorreichen Gefecht bei St. Odard in Frankreich, so hebt mein Gewährsmann umständlich an, seinen Bericht gleichsam zu einer historischen Tatsache zu stempeln, sei der junge Korporal Friedrich Mombour von den Graf Schedyschen freiwilligen Jägern, der sich durch ungewöhnliche Bravour hervorgetan und dafür von dem Grafen dekoriert worden war, in eine angesichts solchen Waffenglücks und bei seiner sonst munteren, ja leichtfertigen Gemütsart höchst befremdliche Schwermut gefallen."

»Halt«, unterbrach ihn unser jüngster Kamerad, »was soll mein Name in deiner Geschichte?«

„Er gefällt mir", antwortete ruhig der Erzähler, und bald sollten wir erfahren, daß er nicht ohne lehrreiche Absicht vertraute Gestalten und Meinungen sinnvoll in seine Geschichte verwob, Erfindung und Wirklichkeit paarend.

„Nun", fuhr er fort, „unser mutiger Korporal ließ den Kopf hängen und mied den geselligen Umgang der Kameraden. Nach dem Grund seiner plötzlichen Traurigkeit gefragt, gab er ausweichende Antworten, doch versprach er, bald wieder fröhlich zu werden, wenn man ihn nur eine Weile in Frieden lasse. Also ließ man ihn.

Einer aber, ein redlicher Geselle, mit dem ihn genaue Freundschaft verband, ein Schmied von Beruf, ein großer gutmütiger Mensch, mochte sich nicht so ohne weiteres zufriedengeben, und dunkel ahnend, was seinen Waffenbruder bedrückte, meinte er eines Tages zu ihm: Da sie doch Brot und Gefahr bisher mitsammen getreulich geteilt, so fordere er auch von seinem Kummer die Hälfte.

Ihr wißt, unter Soldaten kommt es nicht selten vor, daß gerade ein Starker mit einem Zarteren sich verbündet.

Der sonst ziemlich ungelenke Schreiber ergeht sich an dieser Stelle in einer ausführlichen, blumigen, aber für den Gang der Geschichte unerheblichen romantischen Schilderung der soldatischen Landschaft, der lodernden Wachtfeuer und der in ihre Mäntel gehüllten, zum Teil schlafenden, zum Teil kartenspielenden Krieger. Es ist gegen Abend. Der Getreue sitzt auf einer Trommel.

Ob er am Ende verliebt sei, fragt er den jungen Korporal.

Der schwermütige Gefährte zu seinen Füßen, der, die Hände hinter dem Kopf verschränkt, zur weißen Locke des Mondes emporblickt und dem Spiel der Schwalben zuschaut, die, so erscheint's ihm, zwischen den noch blassen Sternen wie in einem Mückenschwarm hin und her schießen, der tapfere Korporal Friedrich Mombour antwortet leise: Es sei das erstemal gewesen, daß er einen Menschen, Angesicht in Angesicht, getötet habe.

Sein Kamerad würde nie den Mond mit einer Haarlocke verglichen haben. Er reibt seine Mundharmonika heftig an seiner Hose, hockt sich zurecht, und die Ellenbogen auf die Knie gestützt, sein geliebtes kleines Instrument mit dem Orgelklang wie einen Hobel handhabend oder herzhaft hineinbeißend, wie in eine Frucht, einen Maiskolben zum Beispiel, kostet er in einem Rutsch hin und her die Töne, spielt einen Ländler und setzt noch einmal ab.

»Ach was, töten«, antwortet er unmutig, »ein Soldat tötet doch nicht.«

Wirklich, ein richtiger Soldat spricht von ›Umlegen‹, ›Wegputzen‹, ›Fertigmachen‹, aber nicht vom ›Töten‹. Der Soldat ›stirbt‹ auch nicht, er ›fällt‹, oder ›er hat den Löffel weggeschmissen‹.

Mombour schaut in den Mond, den sehr schmalen Mond, der nun nicht mehr einer silbernen Haarlocke, sondern eher einem blanken Türkensäbel, einem Pallasch, gleicht, und – ihr erinnert euch, die Geschichte spielt in romantischer Zeit, damals fand man nichts dabei

– während seine Augen sich mit Tränen füllen, sagt er: »Dort möcht ich sein.« Er meint den Mond damit.

Der Starke verwahrt seine kleine Orgel im Stiefelschaft. Der Zustand seines Freundes erschreckt ihn, er will ihn trösten.

»Du mußt dir das nicht so zu Herzen nehmen, Korporal«, sagt er, indem er sich vorbeugt und seine große Hand auf das Lockenhaupt des Schwermütigen legt, »im Ernst, du brauchst dir kein Gewissen daraus zu machen. Es ist ja schließlich doch Krieg. Er oder du! Einer mußte fallen.« Ihm sei es lieber, daß es der andere war. Er für sein Teil denke sich nichts dabei. Ein Soldat, so philosophierte er, dürfe bei drei Gelegenheiten nicht denken: beim Beten, bei der Liebe und in der Schlacht. Einmal im Leben einen Mann zu töten, sei dem Manne eingeboren. Auch trage der einzelne Soldat dafür nicht die Verantwortung, sondern ganz allein der Kaiser Napoleon.

Zugegeben, aber ob ein erwachsener Mann sich die ganze Verantwortung so ohne weiteres abnehmen lassen dürfe? Und wie möge es in des Kaisers Herz aussehen?

Der Korporal scheine mit dem Monde zu reden, spottet sein Kamerad, das möge er getrost Bonapartes Sorge sein lassen, dem, wie man sehe, das Blut der Völker recht gut anschlage. Er blühe ordentlich auf davon. Es sättige ihn.

»Es sättigt ihn?« fragt Mombour. »Sagtest du so?«

Der Kamerad auf der Trommel hat das Gefühl, die Sache eher schlimmer gemacht zu haben.

Da setzt sich der Korporal Mombour auf, umfaßt seine Knie mit den Armen, schüttelt die Locken aus der Stirn und beginnt zu reden.

»Hör zu, Freund«, sagt er, »wie es mir erging. Es ist eine sonderbare Geschichte.«

Die Geschichte ist wirklich sonderbar. In dem eingangs erwähnten Gefecht hatte der Korporal mit seinen Jägern die Aufgabe, den kleinen Friedhof von St. Odard zu nehmen, hinter dessen Grabsteinen der Gegner sich festgesetzt hatte. Allein als die ersten Kanonenkugeln in die Stätte des Friedens gefahren waren, daß sich die Gräber öffneten, als stünde der Jüngste Tag bevor, packte die Feinde blasses Entsetzen. Sie gaben Fersengeld – ich benutze die Sprache des Kalenders –, alle, bis auf einen, der, seine Kameraden vergeblich anfeuernd, ganz allein sich den angreifenden Graf Schedyschen schwarzen Jägern entgegenwarf.

Es war ein heller, ein lustiger Tag. Die Sonne schien. Der todesmutige französische Offizier war deutlich zu sehen in seiner ganzen ungewöhnlichen Erscheinung. So aber sah ihn, der etwa eines Alters mit ihm sein mochte, der Korporal Mombour, ganz deutlich, so, daß er ihn nie vergessen konnte, so, daß er ihn immer wiedererkannt haben würde. Doch schien er ihm nicht so schrecklich, als vielmehr schön in seiner leidenschaftlichen Haltung. Das Gesicht von Locken umflattert, die Gestalt von einem weiten weißen Mantel umweht, glich er einem zornigen Cherub, als er den krummen Säbel gegen den anstürmenden Korporal schwang.

Da schoß Mombour auf ihn seine Pistole ab. Die Kugel zerriß dem Cherub das Herz. Er warf sogleich die Arme in die Luft, der Pallasch entsank ihm. Einem zum Himmel Auffahrenden, einem etwas Unsichtbares Umarmenden ähnlich, stand er für einen Augenblick still in der weißen Wolke seines Mantels – dann fiel er vornüber aufs Angesicht.

Wären die Graf Schedyschen Jäger nun weitergestürmt, ohne umzusehen, vielleicht hätte es der Korporal schneller verwunden. Denn es erstaunte ihn, daß er, als er auf den Leutnant geschossen, nichts anderes empfand, als hätte er ein Reh erlegt. Allein was der Lebende nicht vermocht, das bewirkte der Tote. Die fliehenden Feinde hatten sich gesetzt und gingen nun, vielleicht um den Leichnam ihres Anführers zu bergen, überraschend zum Gegenangriff über. So geschah's, daß Mombour, der mit den Seinen sich in die Abwehr gedrängt sah, hinter einen

Grabstein sich duckend, eine geraume Weile neben den Toten zu liegen kam. Er fürchtete sich aber nicht vor ihm, sondern legte, damit die Totenflecken das Angesicht des Erschlagenen nicht entstellten, ungeachtet des Kampfes, der mit wechselndem Glück um ihn tobte, den Leichnam zurecht. Nun erschrak er doch vor der lebendigen Wärme des Toten, als er ihn umfaßte. Einen Augenblick hoffte er sogar, er sei gar nicht tot, aber das Herz war verstummt. Des Leutnants Gesicht trug, da er ins Herz geschossen (und aus ziemlicher Nähe), also auf der Stelle tot war, keinen Leidenszug. Das tröstete Mombour. Er kreuzte ihm die Hände behutsam auf der Brust über dem Pallasch. Und da er die Waffe sich näher besah, einen Augenblick bei sich erwägend, ob sie nach altem Kriegsbrauch nicht dem Sieger zufalle, erschrak er zum zweiten Male. In die Blutrinne eingraviert las er seinen Namen, Gaston Mombour las er deutlich darauf geschrieben.

Ich habe es euch ja gleich zu Anfang gesagt, wie unwahrscheinlich mir die Kalendergeschichte erschien. Allein nachdem ich in diesen Tagen von einer während des großen Krieges in Frankreich verlorenen und im gegenwärtigen Krieg wiedergefundenen Taschenuhr las, die dem rechtmäßigen Besitzer wieder zugestellt werden konnte, will mir des Korporals Erlebnis nicht mehr gar so wunderbar vorkommen.

Genug, dem griff es nun doch recht ans Herz. Er konnte sich indessen fürs erste nicht weiter um den Toten kümmern, denn die Trompete blies zum Avancieren, und den Seinen kühn voranfliegend, gleichsam dem Tode sich stellend, aber mit dem Gefühl, als sei er ihm nun anders verpflichtet und fürs erste gefeit gegen ihn, erkämpfte er jenen scheinbar kleinen, aber in seiner Wirkung aufs Ganze nicht unbedeutenden Erfolg, wofür ihn selbigen Abends der Graf persönlich beglückwünschte und dekorierte.

Der merkwürdige Zufall der Namensgleichheit war es

auch nicht so sehr, was den sonst so munteren Jüngling bekümmerte. Er konnte wohl annehmen, daß sein Geschlecht aus Frankreich stamme, was ihm indessen bisher nie Kopfzerbrechen gemacht hatte. In seiner Heimat gab es ganze Dörfer, ja Städte, wo die Refugiés aus den Religionswirren waren angesiedelt worden. Desungeachtet hatte er sich immer als glühender Patriot gefühlt, eine nicht eben seltene, nachdenkliche Erscheinung in der Geschichte der Völker. Der Tote, dem er aufrichtig nachtrauerte, den er beweinte und, wie müde er auch war, noch am Abend der Schlacht an Ort und Stelle mit eigener Hand begraben hatte, auch der Tote war nicht die einzige Ursache seines Kummers.

Andern Tages – der Feind war aus dem Feld geschlagen und den siegreichen Truppen, die ziemlich gelitten und durch andere abgelöst worden waren, in der kleinen Landstadt Sommeilles, eine gute Wegstunde vom Schlachtort, ein paar Tage der Ruhe gegönnt – wird der Korporal, weil des Französischen mächtig, in Begleitung seines Kameraden zu Pferd als Quartiermacher vorausgeschickt. Als er mit dem Schulzen des Ortes in den menschenleeren Straßen seine Pflicht tut und eben mit Kreide die Belegung an die letzte Tür schreibt, geschieht's, daß eine Jalousie hochgezogen wird und ein Fenster sich öffnet. Ein junges Mädchen beugt sich heraus, fragt den Maire, der wohl zugleich die Zeitung des Städtchens vorstellte, ohne den deutschen Korporal auch nur eine Blickes zu würdigen (er ist überhaupt nicht vorhanden für das Fräulein), ob er neue und zuverlässige Nachrichten von seinem Sohn und von Gaston habe. Es gehe das Gerücht, das Regiment Delalune habe als Nachhut des Gros in der Nähe gekämpft.

Der Maire, ein Stelzfuß, ein Invalide aus den Revolutionskriegen, der bei Valmy sein Bein gelassen, bittet höflich den Korporal, der Demoiselle Madeleine Bescheid geben zu dürfen. Mombour, der es ja am besten wissen muß, glaubt kein Unrecht zu begehen, wenn er gleich selber der Spröden antwortet, daß dies in der Tat der Fall gewesen sei. Während er spricht, merkt er freilich, daß er in dem Wunsch, sich dem Fräulein angenehm zu machen, wozu man sich in einer fremden Sprache noch williger bereit finden mag, notgedrungen zugeben muß, jenes Regiment habe unglücklich gefochten.

Indem fällt sein Blick auf das Türschild des Hauses, auf ein ovales Messingschild, in dessen liegender Schrift Spuren von Putzpulver und Grünspan haften, und nun erschrickt er abermals in der Seele, da er sich wieder seinem Namen gegenübersieht. Er verstummt mitten im Satze, und erst nach einer Weile, mit Mühe seine Bestürzung meisternd, fragt er den beflissenen Schulzen, ob es viele Mombours hierzulande habe? Nein, soviel er wisse, nur diese eine Familie. »Nur diese eine«, wiederholt der Korporal.

Es ist ihm nicht mehr möglich, dem unseligen Schicksal aus dem Weg zu gehen, das ihn offenbar in das Haus dessen geführt hat, der durch seine Hand im Gefecht gefällt worden war. Der Korporal Mombour weiß auf einmal, daß ihm eine harte Prüfung auferlegt ist. Er fühlt, daß sie unausweichlich und, für ihn wie für die, die den Toten liebhatten, entscheidend ist.

»Ich komme«, sagt er demütig, als hätte ihn jemand gerufen.

Der Maire empfiehlt sich, indem er den Stock salutierend zur Mütze hebt und wie einen Degen senkt. Hurtig hinkt er davon, Stock und Holzbein fest aufsetzend, als seien sie das eigentliche Mittel der Fortbewegung und nicht das gesunde Bein, das er wie ein lästiges Anhängsel mit sich schleppt.

Ein alter Diener, der noch den Zopf trägt, öffnet die Haustür, verneigt sich tief und bittet Monsieur le caporal einzutreten. Mombour, dem sein Dienst genug Zeit läßt, grüßt, tritt ein und findet sich in einem Hausgang, von dessen anderem Ende das helle Grün eines Gartens hereinleuchtet. Das heimelt ihn an. Zu Hause bei ihm ist es nicht anders, nur daß hier der Estrich aus Steinfliesen gelegt, zu Hause aber gedielt ist.

Er wird in ein kühles Zimmer geleitet und von einer edlen Frau mit freundlicher Förmlichkeit empfangen. Der Korporal weiß sofort, daß er vor Gastons Mutter steht. Sie hat dieselben Augen, hell, goldgelb mit einem schmalen dunklen Ringlein um die Iris, Gastons Augen.

Den Tschako im Arm, die Hand auf dem Herzen, verbeugt er sich gemessen, im gesellschaftlichen Brauch Haltung gewinnend. Denn am liebsten wäre er in die Knie gesunken, um der verehrungswürdigen Gestalt sich zu vertrauen und ihre Verzeihung zu erbitten. Doch besinnt er sich, dem es wohl angestanden hätte, der ja fast ein Bub noch war, trüge er nicht die Uniform, die ihn zum Manne macht.

Seiner Bewegung, die als Befangenheit erscheinen konnte, eine Erklärung zu geben und zugleich die Gelegenheit wahrnehmend, sich vorzustellen, weist er auf den merkwürdigen Zufall der Namensgleichheit hin.

Es scheint sie nicht sehr zu überraschen. Während der Kamisardenkriege – ihre Familie stamme aus den Cevennen – seien Mombours, die unter Roland und Cavalier gegen die Marschälle Montrevel und Villars gekämpft hätten, nach Deutschland ausgewandert. Sie lächelt, als müsse sie als Frau ihr gelehrtes Wissen entschuldigen. Herr Mombour, ihr Gatte, beschäftige sich mit diesen Dingen sehr, fast ausschließlich.

Des Korporals Jugend erleichterte der mütterlichen Frau, dem feierlichen Fremdling, dem Feinde, gegenüber den rechten Ton zu finden. Es lag nahe, daß sie ihn mit ihrem Sohne verglich, und da sie des Korporals Augen auf ein Gemälde gerichtet sah, das Gaston an seinem Spinett sitzend darstellte, meinte sie, ihr Gast und ihr Sohn müßten ungefähr eines Alters sein. Indessen er sein Alter nannte (sie waren in der Tat fast auf den Tag gleichaltrig), wandte der Korporal den Blick nicht von dem Bilde, einem sehr guten Bilde übrigens. Der Jüngling saß in Galauniform an seinem Instrument wie ein Meister der Musik, die eine Hand locker auf den Tasten ruhen lassend, die andere am Griff des reich gezierten Pallaschs, das Gesicht mit einem ernsten Lächeln dem Beschauer zugewandt.

»Es ist sehr ähnlich«, sagte Madame Mombour, »der junge Géricault, ein Freund Gastons, hat es gemalt.« Und in freudiger Verwunderung fügte sie hinzu: »Sie gleichen ihm.«

Selbst der Korporal fühlte es, wie ähnlich er jenem war.

Gemeinsam betrachteten sie das Bild des Toten. Des Toten? Gastons Mutter wußte nichts von seinem Tod. Sie sprach von ihm wie von einem Lebenden, ja Gegenwärtigen, oder wie von einem Unsterblichen. Und während der Korporal fürchtete, seine Gedanken schon müßten es ihr verraten, was nur ihm bekannt war, schwärmte sie von Gastons Gaben, von seinem Herzen und seinem Geist, von seinem Charme und seiner großen Kunst. Doch plötzlich unterbrach sie sich: »Sie bringen Nachrichten von Gaston?«

Der Korporal antwortete knapp: »Wir lagen dem Regiment Delalune gegenüber, es deckte den Rückzug des Kaisers. Nach tapferer Gegenwehr mußte es weichen.«

Die Augen der Frau wurden sehr traurig auf einmal. Der Korporal hatte das Gefühl, ihre nächste Frage würde sein: ›Sie haben ihn nicht gesehen?‹

Sie besann sich. Dann sagte sie: Ein Regiment, sie könne sich ein Regiment nicht recht vorstellen.

Mombour verstand sie nicht gleich. Erst als sie meinte, es sei wohl sehr selbstsüchtig von ihr, aber sie sehe nur Gaston unter vielen Hunderten undeutlicher Gestalten, nur ihn! Ein Regiment? Sie hob die Schultern, und dem Bilde sich wieder zuwendend, es gleichsam zu befragen, sagte sie unvermittelt: »Denken Sie, er mag den Kaiser nicht leiden.« Sie sagte es fast belustigt, das Bäuchlein störe ihn.

Aber er sei doch Soldat des Kaisers, wandte Mombour ein. Stolz, fast verweisend antwortete ihm die Frau: Nicht dem Korsen gehorche er, sondern allein dem Schicksal der Nation. Und wieder begann sie von dem Sohne zu reden, den sie vergötterte. Es schien ihr auch nicht von ferne der Gedanke zu kommen, es könnte ihm etwas zugestoßen sein. Wer konnte es übers Herz bringen, ihm etwas zuleide zu tun, ihn zu verwunden, ihn zu erschlagen? Selbst der Tod, so schien sie zu denken, müßte seinem Zauber erliegen und die Knie vor ihm beugen. »Er lebt«, sagte sie, mit einer Art wahnwitziger Gewißheit. Er habe ihr beim Abschied versprochen, wenn er in Not und Gefahr sei, ihr einen Engel zu senden, der es ihr verkünde. Dann sprach sie davon, wie er die Musik liebe, ja gleichsam ein Teil von ihr sei. Sie sprach von seinem jungen Ruhm. Die Welt sei schöner in seiner Gegenwart.

Ach, unser armer Korporal, er wußte ja noch nicht einmal, was er werden wollte. Ob es ihm je gelingen würde, die Menschheit zu beglücken, wie jener, den er erschlug? Ein Gefühl des Neides beschlich sein Herz. Trotz regte sich auf einmal in ihm. Kam es nicht – der wilde Graf Schedy hatte es einmal gesagt –, kam es denn nicht gerade darauf an, die Wertvollsten unter den Feinden zu treffen! Aber sogleich schämte er sich solcher Empfindung und errötete tief.

Madame Mombour erhob sich. Sie dankte dem Korporal. Er wisse wirklich nicht wofür, erwiderte er, kaum mehr imstande, seiner Verwirrung Herr zu werden. Sie sei gewiß, fügte sie ahnungslos hinzu, er und ihr Sohn würden, wenn sie einander begegneten, gute Freunde werden. Es freue sie, Gastons ritterlichen Gegner kennengelernt zu haben, denn es sei wohl nicht gleichgültig, mit wem man die Waffen kreuze, von wessen Hand... Sie vollendete den Satz nicht. In ihren Augen war ein visionärer Glanz, so, als sähe sie, was am Tage vorher sich wirklich zugetragen. Entsetzen war darin, es waren Gastons Augen, die ihn ansahen, Gastons zornige Löwenaugen.

Schon glaubte der Korporal, daß sie ihn durchschaue. Da fuhr sie mit müder Handbewegung über die Stirn, sie nahm sich zusammen, und lächelnd meinte sie, es sei ja wohl selbstverständlich, daß er bei ihnen Quartier nehme.

Er wehrte sich nicht.

Der alte Diener führte den Korporal nach oben, ihm sein Zimmer anzuweisen, Gastons Zimmer, und ließ ihn allein.

Mombour war froh, allein zu sein. Unten im Garten gingen die beiden Frauen, Mutter und Tochter, manchmal eine Blume berührend. Nun band Madeleine eine Paradiesäpfelstaude auf, und während sie sich bückte, guckte sie mit scheuem Blick nach seinem Fenster. Der Korporal trat vom Fenster zurück.

Es war nicht das unbewohnte Zimmer eines Toten, in dem er sich befand. Jeder Gegenstand, von Gastons Hand berührt, von seinen Augen angesehen, schien auf seine Wiederkehr zu warten. Ein Buch lag noch aufgeschlagen, darin er gelesen hatte. Auf dem Schreibpult fand sich ein Zettel von seiner Hand, mit flüchtig hingeworfenen und durchstrichenen Worten, der Anfang eines Gedichtes vielleicht, ...›und unendlich dich zu lieben‹, glaubte der Korporal zu entziffern. Die Kielfeder lag querüber. Die Tombakuhr unter dem Glassturz ging. –

Der getreue Kamerad polterte die Treppe herauf, das wenige Feldgepäck des Korporals zu bringen. Geschäftig öffnete er den Kleiderschrank, darinnen, malvenrot und taubenblau, die prächtige Galauniform des Leutnants Gaston Mombour hing, dieselbe, die er auf dem Gemälde anhatte, viel reicher als die, in der er fiel.

»Ich kann hier nicht bleiben«, sagte Mombour. Verwundert starrte der redliche Kamerad ihn an. Aber ehe er den Entschluß wahrmachen konnte, erklang der Gesang der Graf Schedyschen Jäger, die in das Städtchen einmarschierten. Er beeilte sich, seine Quartiermeldung zu machen. Doch kaum war sein Dienst zu Ende, zog es ihn magisch zu dem Haus des Getöteten zurück. –

Als Friedrich Mombour in den Hausgang trat, begegnete ihm Jungfer Madeleine. Sie schien auf ihn gewartet zu haben. Er salutierte.

»Bonsoir, Mademoiselle Mombour.«

Sie knickste, mit beiden Händen ein wenig den langen Rock raffend.

»'soir, Monsieur Mombour.«

»Ah, ma cousine.« Er neigte sich über ihre Hand.

»Mein Err Vetter«, antwortete sie ernsthaft.

Sie war wie verwandelt. Am Morgen war sie ihm als junge Dame erschienen. Nun merkte er, daß sie fast noch ein Kind war. Er fand sie reizend in dem Wechsel von kindlicher Zutraulichkeit und, wenn sie sich daran erinnerte, von anmutig steifer Wohlerzogenheit. Sie nahm ihn ohne Umstände bei der Hand und zog ihn in den Garten in die Rosenlaube.

Sie müsse ihm danken. Sie sei sehr in Sorge gewesen, er habe ihrer Mutter am Ende unglückliche Nachrichten über Gaston gebracht. Sein Besuch aber habe sie im Gegenteil sehr getröstet. Seit Gastons Einberufung hätten sie keine Nachricht von ihm. Nun hätten sie gestern gegen Mittag den Kanonendonner gehört. Die Vögel im Garten seien plötzlich verstummt, und eine große Bangigkeit sei über sie gekommen. Sie sei zu ihrer Mutter gelaufen, und eng umschlungen hätten sie beieinander gesessen. Auf einmal sei die Haustür gegangen, sie hätten sporenklirrende Schritte im Flur gehört, Gastons Schritte. Die Mutter habe sich ans Herz gefaßt und in freudiger Angst gerufen: »Gaston, lieber Gaston!« Es habe deutlich geantwortet: »Ich bin's, Mama.« Nun seien sie beide auf den Flur gestürzt, Gaston zu umarmen. In diesem Augenblick aber sei mit hartem Knall die Haustür zugeschlagen, ein kühler Windhauch habe sie angeweht, wie vom Flügelschlag eines großen Vogels. Es sei niemand dagewesen, die Straße war menschenleer.

Das kleine Mädchen schmiegte sich, die Augen erschrocken aufgetan, fröstelnd an des Korporals Seite. Sie hätte geschworen, flüsterte sie, es seien Gastons Schritte, Gastons Stimme gewesen, was sie gehört. Der Vorfall habe ihre Mutter sehr beunruhigt. Und nach einer Weile, ruhiger geworden, sagte sie: Die Mutter – es würde ihr Tod sein, wenn Gaston etwas zugestoßen wäre. Sie lebe von seinem Anblick. Auch sie würde nie wieder ihres Lebens froh, und ärmer würde die Welt sein. Sie schwieg, noch immer an ihn gelehnt.

»Ich höre Ihr Herz, Monsieur«, sagte sie auf einmal und lächelte glücklich. Sie legte ihren Kopf zurück und betrachtete ihn mit kindlicher Neugierde und Verwunderung. Sie berührte sein Bandelier, sein Seitengewehr mit dem messingenen Löwenknauf und strich über die Pistolentasche. Dann schüttelte sie ungläubig die Locken, so, als wolle sie sein Soldatentum in Zweifel ziehen. Auf einmal aber, ehe er sich klar wurde, was sie vorhabe, sprang sie auf, lief an den Springbrunnen, tauchte ihr Taschentuch ins Wasser, kam zurück und begann damit, schwesterlich besorgt, eifrig dunkle Flecken auf seinem Ärmel zu reinigen. Das weiße Tüchlein wurde hellrot davon.

»Oh, mein Gott, was ist das«, rief sie aus, und plötzlich innewerdend, was es sei, fror ihr das Herz. Sie wandte sich mit Schaudern von ihm, bedeckte ihr Gesicht mit den Händen und brach in leidenschaftliches Schluchzen aus. Mombour, erbleichend, kniete vor dem Mädchen nieder und versuchte (wobei er zuweilen in seine Muttersprache verfiel), mit zärtlichen Worten sie zu trösten. Er nannte sich einen rauhen Kriegsknecht, dessen Handwerk es freilich sei, Blut zu vergießen und sich damit zu besudeln. Niemals hätte er so vor ihr Angesicht treten dürfen, die so unschuldigen und reinen Herzens sei. Nun aber habe er großes Herzeleid über sie gebracht.

Sein Leben wäre er bereit dafür hinzugeben, könne er es ungeschehen machen, was er ihr angetan.

Er möge nicht weitersprechen, beschwor ihn das Fräulein mit flehender Gebärde. Furchtbare Ahnungen weckten seine Worte in ihr. Sie bäte ihn herzlich, sie allein zu lassen.

Ach, sie merkten beide nicht, daß es Tränen der Liebe waren, die sie miteinander weinten.

Der Korporal erhob sich. Wie Mademoiselle befehle, sagte er. Als er von ihr ging, sah er noch, wie sie ihr Gesicht in dem Tüchlein barg, das naß war von Blut und Tränen. –

Im Hausflur begegnete ihm der alte Diener. Der Herr, sagte er, lasse Monsieur le caporal einen Augenblick zu sich bitten. Dem fiel es jetzt erst ein, daß er ja über den Damen des Hausherrn völlig vergessen hatte. Er beeilte sich, wie wenig ihm jetzt auch darnach zumute war, die Unhöflichkeit gutzumachen.

Der Gelehrte empfing ihn in seinem Arbeitszimmer, dessen Wände aus Büchern bestanden. Selbst um die Fenster und Türrahmen waren die Regale geführt. Herr Mombour war ein kleiner, zarter, freundlicher Mensch mit einem noch jungen Gesicht unter dem silberweißen Haar.

Er habe, sagte er, ohne Umschweife und des Korporals rege Teilnahme als selbstverständlich voraussetzend, sogleich den Stammbaum der deutschen Mombours herausgesucht. Er müsse nämlich wissen, daß er an einem großen Werke, an der Geschichte der Emigration aller Zeiten und Völker, arbeite, tagaus, tagein, seit Jahren. Es sei ein gewaltiger Stoff und sehr, sehr interessant. Es erwies sich, daß er vorzüglich im Bilde war, ja sich in des deutschen Vetters Ahnen viel besser auskannte als dieser. Von Goten, so belehrte er seinen Gast, die auf dem Zuge nach der Iberischen Halbinsel in den Bergen der Languedoc zurückgeblieben waren, stammten sie mutmaßlich ab, was gewiß ein verführerischer Gedanke für seinen Besucher sei, daß seine Altvorderen Germanen gewesen seien, wenn sie nicht (der Gedanke schien dem Gelehrten nicht weniger verlockend) am Ende Griechen waren. Ein Roger de Mombourg hatte in den Albigenserkämpfen als Ketzer für seinen Glauben auf dem Scheiterhaufen geendet, und ein Moralt Mombour hatte als Kamisarde für die Gewissensfreiheit gefochten, bis er, unzufrieden mit dem zweifelhaften Abkommen, das der Marschall Villars dem eitlen Rebellenführer abgeschmeichelt hatte, nach Deutschland ausgewandert sei. Er wurde des Korporals Ahnherr. Sein junger Bruder Raoult aber blieb im Lande, Gaston sei der Letzte aus dieser Linie.

Der Diener meldete, daß das Abendessen im Garten aufgetragen sei. Der Korporal bat, sich entschuldigen zu dürfen, allein der Gelehrte ließ es nicht gelten. Die Damen erwarteten ihn. Sein Keller sei berühmt. Freundlich geleitete er den Korporal zu Tisch. Ein Windlicht beleuchtete die Tafel.

Außer ihm schien noch jemand erwartet zu werden, es war ein Gedeck mehr aufgelegt, aber der Platz blieb leer.

Das teure Mädchen saß dem Korporal gegenüber, den Blick gesenkt. Madame Mombour sorgte für Familie und Gast, selbst aber rührte sie weder Speise noch Trank an. Ihr Geist war nicht gegenwärtig, ihr Gesicht hatte einen lauschenden Ausdruck. Nur einmal fragte sie: »Ist noch immer Krieg?« Sie fragte es, ohne eine Antwort zu erwarten.

Ihr müßt nicht meinen, daß das gespenstige Mahl stumm verlief. Der Korporal war es, der, während er den Speisen und dem Weine zusprach, mit einer gewissen Lebhaftigkeit von seiner Heimat erzählte, von seiner Kindheit, die sehr glücklich gewesen war.

Er macht längst keinen Versuch mehr, sich dem Verhängnis zu entziehen. Er ergibt sich darein. Er weiß jetzt auch, was der leere Platz neben ihm bedeutet. Er sitzt mit dem Toten zu Tische. Er schläft in seinem Bett. Und manchmal gelüstet es ihn, die Uniform Gastons anzulegen.

Er liebt seine Schwester, und das Unheil zu vollenden, er gesteht ihr seine Liebe. Er tut es im Angesicht des Mondes, dieses den Liebenden so gefährlichen Gestirns, als sie nebeneinander durch den Garten gehen. Selig erschrocken läßt sie es geschehen, die ihn hassen müßte.

Das war es, was der Korporal an einem der nächsten Abende dem Freunde berichtete, während sie auf nächtlicher Feldwache vor dem Städtchen lagen.

»Was soll ich tun?« fragte er.

»Was sollte er tun«, frage ich euch.

Vielleicht konnte der Graf ihm helfen. Der Graf, der einäugige Maximilian Graf Schedy (seine Leute nannten ihn Maxl, und wenn dabei der Klang seines Namens an Würde verlor, gewann er an Zuneigung), Graf Schedy war ein ausgezeichneter Soldat, ein prächtiger Haudegen, ein Mensch ohne jede Furcht, also ohne Phantasie, draufgängerisch, trinkfest, derb. Herrlich war er, furchterregend anzusehen, wenn er barhäuptig, hemdsärmelig, das schwarze Leder über dem linken Auge (während das rechte um so martialischer funkelte), auf seinem Schimmel gegen die Feinde brauste, sie mit starken Worten beschimpfend und sie so anbrüllend, daß mancher darüber vor Schrecken das Gewehr fortwarf und sich gefangen gab. »Sprengt sie allesamt an den Mond«, war sein Schlachtgeschrei. – Aber, ob er dem Korporal helfen konnte, ihn von seiner Herzensnot erlösen? Laßt sehen, was weiter geschah.

Die Nacht verlief ruhig. Mars schlief. Doch darf nicht vergessen werden, daß die Armeen der Verbündeten, ohne sich um den besiegten Kaiser zu kümmern, geradewegs auf Paris marschierten, um sich vor allem der Hauptstadt zu bemächtigen. Der Aufgabe, die gefährdeten rückwärtigen Verbindungen und den Nachschub zu sichern, diente auch das Streifkorps des Grafen Schedy.

In den umliegenden Wäldern trieben sich noch Versprengte herum. Immer wieder kam es zu kleinen Scharmützeln mit marodierenden Franzosen. Verwundete schlichen sich im Schutz der Nacht in die Stadt, um sich bei ihren Landsleuten zu verbergen. So konnte es nicht ausbleiben, daß eines Tages des Leutnants Gaston Mombour Tod in Sommeilles bekannt wurde. Der Korporal wartete darauf wie auf eine Erlösung. Die Mombours sah er wenig. Er war viel auf Patrouille, denn der Feind beunruhigte die Nachschubstraßen. Napoleon, der nach dem Süden ausgewichen war und zu spät erkennen mußte, daß er, von den Alliierten übermarschiert, in einen toten Winkel geraten, einfach keinen Gegner mehr hatte, suchte krampfhaft in Fühlung mit dem Feind zu kommen.

Es geschah wenige Tage danach, daß der Korporal das Grab Gastons besuchte. Sein Getreuer hatte dafür ein Kreuz gezimmert, wie man's bei ihm daheim in den Bergen machte, mit einem blechernen Dächlein darüber und einem Täfelchen daran. Friedrich Mombour aber hatte mit eigener Hand den Namen des Toten und das Datum daraufgemalt. Er kniete zu Häupten des Hügels und pflanzte das Kreuz ein, als Madeleine hinzutrat. Er sah ihr an, daß sie alles wußte.

Sie war sehr bleich, aber in ihren Augen waren keine Tränen. sie sah ihn an ohne Haß, ohne Vorwurf, aber auch ohne Liebe, nur mit unendlicher Traurigkeit. Sie jammerte ihn.

Ihr erinnert euch, was geschehen war. Ein tapferer Soldat hat einen tapferen Soldaten im ehrlichen Kampf getötet, Mann gegen Mann, Vaterland gegen Vaterland. Das Schicksal führt ihn in das Haus des Toten. Ihn hat es auserwählt unter Tausenden, ein Gleichnis ohne Beispiel zu sein für Tausende. Dort begegnet ihm ein Mädchen, des Toten Schwester, das anmutigste Geschöpf, das er je geschaut. Ihre Herzen sind einander zugetan. Und nun erfährt sie, daß der geliebte Bruder von des

Freundes Hand gefallen ist. Ein Augenzeuge hat es ihr berichtet. Der feurige Jüngling, den sie liebt, hat das Glück des Hauses zerstört. Ach, ihr Herz, das zertretene, es blutet, wie sie seiner ansichtig wird. Kann sie je wieder ihres Lebens froh werden? Sie müßte ihn wohl hassen, sie müßte ihn töten. Wirklich hat sie, ehe sie sich aufmacht, ihn zu suchen, einen Dolch zu sich gesteckt. Sie hat sich vorgestellt, ihn liebend zu umhalsen und ihm die Waffe ins Herz zu stoßen. Aber nun vermag sie es nicht zu tun. Man kann dem Haß so wenig befehlen wie der Liebe. Nun stehen sie einander gegenüber, der Feind und die Feindin.

Oder wollt ihr, daß sie einander in die Arme stürzen, daß alles wieder gut sein soll, als wäre nichts geschehen? Unnatürlich will mir das scheinen.

Ein Schwert ist zwischen ihnen aufgerichtet.

Als der Korporal gehen will, gebietet Madeleine ihm, zu bleiben. Er steht beiseite, während sie ein Gebet verrichtet. Dann winkt sie ihm, ihr zu folgen. Vor der Pforte des Friedhofes wartet die Kutsche, die sie hergeführt hat. Madeleine bittet ihn, mit ihr zurückzufahren.

Eine Zeitlang sitzen sie schweigend nebeneinander. Dann sagt sie: »Du hast kein Herz. Warum hast du uns das angetan, bist in unser Haus gekommen und hast es gewußt, und wir mußten dich lieben, und du hast es geschehen lassen. Was soll aus uns werden?«

Er verteidigt sich nicht. »Die Mutter«, fragt er, »weiß sie es?«

Von der Mutter wollte sie mit ihm sprechen. (Mombour hatte sie seit jenem Nachtmahl nicht mehr gesehen.) Sie scheine das Unheil zu ahnen, obwohl sie nicht davon spreche. Nur einmal habe sie an jenen merkwürdigen Vorfall während der Schlacht erinnert und geklagt, daß Gaston ihr doch einen Boten schicken wollte. Von Stund an sei sie in stille Teilnahmslosigkeit gefallen, verweigere jede Nahrung, sie schwinde dahin und scheine nur eine Sehnsucht zu haben, dem Sohne in die Unsterblichkeit zu folgen. Der Arzt gebe keine Hoffnung, daß sie genese. Sie werde den Morgen nicht erleben.

Als sie in Sommeilles ankommen, erreicht Mombour die Nachricht, daß das Regiment in Bereitschaft sei, andern Tages abzurücken. Er eilt in Gastons Zimmer, sein Gepäck zu ordnen. Mit des Toten Feder schreibt er den Abschiedsbrief an Madeleine, nochmals schwört er ihr, ohne Hoffnung, seine Liebe, die er Gott befiehlt. Heimweh nach der Schlacht ist in den Zeilen voll Leidenschaft und Zärtlichkeit. »Was bleibt mir noch, als brav zu sterben und daß wir uns drüben sehen.«

Es klopft. Madeleine steht auf der Schwelle. Sie komme zu ihm mit einer letzten Bitte. Ihrer Mutter Leben sei in Gefahr, vielleicht, wenn er sich ihr zeige, in Gastons Uniform, er gleiche ihm, vielleicht würde es sie trösten. Vielleicht erleichtere es ihr den schlimmen Tod.

»Ich komme«, verspricht Mombour.

Es scheint ihm auf einmal ganz natürlich, Gaston zu sein. Er vertauscht sein schwarzes Jägerkleid mit Gastons bunter, festlicher Uniform. Sie sitzt ihm wie angegossen. Er sieht im Spiegel, daß er dem Toten schrecklich ähnlich ist. Es ist ihm zumute, als sei der Geist des Toten in ihn gefahren, habe Besitz ergriffen von ihm und halte ihn eng umschlungen. Der Korporal steckt den Brief in die Brusttasche, dann geht er die Stiege hinunter in den Flur. Auf den Steinfliesen hallen seine Schritte.

Madame Mombour hat Tag und Nacht auf diese Schritte gewartet. »Gaston, lieber Gaston«, ruft sie. – »Ich bin's«, antwortet der Korporal. Er tritt in das Zimmer und wirft sich an ihrem Lager auf die Knie. Mit letzter Anstrengung, ihn zu umfangen, reißt die Sterbende das geliebte Haupt an sich, mit kalten Lippen seine Stirn segnend. Er muß ihre Hände aus seinen Locken lösen, so fest umklammern sie ihn im Tod.

Da wird es draußen laut, Schüsse fallen, die Trompete ruft. Sich selbst vergessend, folgt der Korporal. Madeleine will ihn zurückhalten. Da ist er schon auf der mondhellen Straße mitten im Getümmel des feindlichen Überfalls. Jetzt erst fällt es ihm ein, daß er nicht der Korporal Mombour, daß er ja Gaston ist. Zwischen die Seinen und den Feind geraten, steht er, todgeweiht, die Arme aufgehoben, als könne er dem Kampfe Einhalt tun. Da kommt Graf Schedy auf seinem Schimmel geritten und schießt ihn mitten ins Herz. Einen Augenblick sieht ihn Madeleine stillstehen, einem zum Himmel Auffahrenden, einem etwas Unsichtbares Umarmenden ähnlich. Dann sinkt er vornüber, dem geliebten Tod an die Brust."

Der Erzähler schwieg. Nach einer Weile erst, obwohl keiner seiner Gefährten etwas sagte, fügte er, gleichsam ihren Gedanken antwortend, hinzu: „Die Frage bleibt offen, ob Graf Schedy, der Einäugige, ihn erkannt und für einen Verräter gehalten hat, offen die Frage, was mit Madeleine geschieht, ob ihr das Herz bricht, als sie dem Freund den Lorbeer um die weiße Stirn windet, ob sie nicht unschuldig seinen Tod beschworen, aber auch, ob wir alle nicht zu wenig lieben für das kurze Leben und den langen Tod, vielleicht auch, ob wir nicht alle den Tod überschätzen, ihm zuviel Ehre antun? – Geburt, die wir mit Freuden feiern, Tod, den wir beweinen, gehören nicht beide ganz dem Diesseits an?

Der Mond ist erloschen, die Sterne sind aus. Laßt uns schlafen. Gute Nacht denn, und Gott schütze alle braven Soldaten der Welt." *(1940)*

Das goldene Schlüsselchen

Im Cluny-Museum in Paris befindet sich unter erlesenen Kunstschätzen des Mittelalters ein merkwürdiger Gegenstand, dessen Zweck der unbefangene Betrachter zunächst nicht errät. Man könnte das Ding für ein Visier halten, für ein ritterliches Lanzenstechen bestimmt, wäre es nicht zu groß dafür. Auch ein Diadem könnte es sein, denn es ist höchst kunstreich aus dünnem Bronzeblech geschmiedet, damasziert, silbertouchiert und bei näherem Zusehen erkennt man neben hübschen Arabesken in orientalischem Geschmack einen Baum mit einer Schlange, dazu ein »Männlein und ein Fräulein«, Adam und Eva offenbar unter dem Baum der Erkenntnis des Guten und Bösen, was doch wohl auf eine galante Verwendung des rätselhaften Gebildes deutet. In der Tat weist der Katalog das Museumsstück, ein Meisterwerk des Kunstgewerbes, das unter der Nummer 6699 verzeichnet ist, als ceinture de chasteté aus, als Keuschheitsgürtel nämlich. Mit Hilfe dieser zierlichen Erfindung, die mit einem Schloß versehen ist, gedachten vor Zeiten eifersüchtige Ehemänner sich der Treue ihrer Frauen zu versichern, wenn die Herren eine Reise machten oder in den Krieg zogen. Das Schlüsselchen nahmen sie mit.

Wenn auch der Tugendpanzer – die Machart läßt es vermuten – innen gepolstert war, mit feinstem Lyoner Sammet etwa, so wird doch kein vernünftiger Mensch glauben, daß irgendeine Frau eine solche Demütigung sich von einem Manne hat gefallen und die lästige Vorrichtung sich hat anlegen lassen und tagaus, tagein wirklich getragen hat, bis der Gatte irgendwann (oder nie) zurückkehrte und die Tugendfessel aufschloß.

Die Vorstellung ist einfach absurd, sollte man denken.

Indessen wird in einer alten Chronik aus der Zeit der Kreuzzüge zuverlässig berichtet, daß sich ein solcher Fall tatsächlich einmal zugetragen hat. Es geschah in der Gegend von Amiens, wo jener fanatische Mönch Peter, der Einsiedler, unter dem Spottnamen Kuckuckpeter bekannt, die gesamte Christenheit aufrief, nach dem heiligen Land zu ziehen, um Jerusalem von der Herrschaft der Ungläubigen zu befreien. So begann eines der größten, in seinen Begleitumständen höchst fragwürdigen Abenteuer der Weltgeschichte. Jener Kuckuckpeter war »häßlich von Kopf bis Fuß, aber mit lebhaften Augen«, so wird er geschildert, »unruhig, empfindsam, beredt, eitel und kühn«. Von ihm stammt der Schlachtruf: »Gott will es!« Zu allen Zeiten kannte man die Macht eines solchen Schlagwortes. Peters Glaubenseifer und seine gefährliche Gabe der Redekunst begeisterten die frommen Christen in ganz Europa. Viele Tausende schlossen sich der Bewegung an, auch Neugierige, Kriegslustige und Gewinnsüchtige nahmen das Kreuz. Sie zeigten sich natürlich als sehr unduldsam gegen diejenigen, welche es vorzogen, zu Hause zu bleiben, was als Schande galt, und so mußte auch der junge Graf Garou de Greluchon, der viel lieber bei seiner Frau, der reizenden Gigogne, geblieben wäre, wohl oder übel sich bequemen, zum Kreuzzug zu rüsten. Es wollte ihm gar nicht gefallen, daß er, jetzt, da er Gigogne, die für das schönste Fräulein der Picardie gehalten wurde, als der Erwählte unter vielen edlen Bewerbern, übrigens zu allgemeiner Verwunderung, heimgeführt hatte, in ein so ungewisses Abenteuer sich begeben sollte und seine Gattin, die er anbetete und die ihn von Herzen lieb hatte, allein auf der Burg seiner Väter zurückzulassen.

An ihrer Tugend zu zweifeln, hatte Graf Garou nicht den leisesten Anlaß, wie leider alle, die ihn kannten, an seiner Klugheit. Seine Zärtlichkeiten waren klüger als seine Reden. Er wurde von einigen geradezu für einen Dummkopf gehalten, doch zum Glück nicht von Gigogne, die wohl fühlte, daß die Liebe zwar den Verstand, der Verstand aber nie die Liebe zu ersetzen vermag.

Die Troubadours besangen die Anmut Gigognes, ihre Augen, ihren Mund und ihre Haare. Das hörte Garou nicht gern. Es wurmte ihn, daß ihre Holdseligkeit ihm nicht ganz allein gehören sollte. Er hatte Angst um sein Glück. Er war eifersüchtig wie ein Stichling. So ließ er gleich nach der Hochzeit alle Fenster seines Schlosses vergittern und duldete nur Hämmlinge als Bediente.

Unseligerweise vertraute er sich in seiner Herzensnot einem erfahrenen Freunde, dem er gestand, wie sehr ihn schon der bloße Gedanke beunruhige, sein Kleinod schutzlos und allein zurückzulassen, ohne sichere Gewähr, ob nicht in seiner Abwesenheit möglicherweise – er vollendete den Satz nicht, sondern verstummte, seine schönen, aber törichten Augen weit aufgerissen, den Finger an seiner Nase, mit einem Gesicht, als wäre das, was er befürchtete, bereits vollendete Tatsache.

»Ich werde noch wahnsinnig«, sagte er dann. Sein Freund, ein erfinderischer Kopf und ein Schalk obendrein, hatte belustigt zugehört. Wenn's weiter nichts wäre, meinte er, so wüßte er schon ein Mittel. Garou solle einen Käfig für Gigogne anfertigen lassen, geräumig genug natürlich, mit einem Schloß daran, sie wie einen kostbaren Vogel einsperren und den Schlüssel mitnehmen.

»Wirklich?« antwortete der Graf etwas unsicher, ob sich der andere nicht am Ende lustig über ihn mache, »du meinst, ich sollte das wirklich tun?«

Es käme auf den Versuch an, versetzte der Freund, bemüht ernsthaft zu bleiben. Im übrigen gäbe es noch ein anderes Mittel, und aus freier Hand entwarf er mit einem Silberstift eben jenes merkwürdige Leibchen, jenen Tugendgürtel, ganz in der Art wie er im Cluny-Museum zu Paris in einer Vitrine zu sehen ist. Er vergaß nicht zu erwähnen, daß er einen überaus geschickten Goldschmiedgesellen kenne, der imstande sei, den Entwurf auszuführen. Man werde, fügte er hinzu, vor lauter Kunst den eigentlichen Zweck gar nicht bemerken. Er schlage vor, vielleicht Szenen aus dem Märchen von Amor und Psyche darauf abzubilden, damit der schönen

Gigogne in deren Betrachtung die Zeit nicht gar zu lang werde. Dem einfältigen Grafen leuchtete dies denn auch ein, und freudig bewegt, gab er dem Freunde Vollmacht, das zierliche Gerät unverzüglich schmieden zu lassen, nicht mit Gold und Edelsteinen zu sparen (denn wenn der Graf auch dumm war, so war er immerhin so klug, reich zu sein), damit es eher einem seltenen Kleinod gleiche, das die süße Gigogne sicher mit Vergnügen anlegen würde.

Der eifersüchtige Graf war entzückt, als ihm der gefällige Freund endlich das Schmuckstück brachte, das auf Sammet gebettet in einem Kästchen aus rotem Saffianleder lag. Nur, als der Empfänger den Preis hörte, gab es ihm doch einen Stich. Aber er ließ sich nichts anmerken.

Noch etwas verdroß ihn: Der Goldschmied war ein junger Bursch von höchst einnehmendem Aussehen. Es beunruhigte ihn, daß der Künstler Mitwisser des galanten Geheimnisses war. Er hätte ihn lieber an seiner Statt ins Heilige Land gewünscht. Natürlich ließ er ihn schwören, unter Männern, sagte der Graf, daß niemand von der Sache erfahren sollte, wozu sich der Geselle gern bereit fand.

Zur großen Befriedigung des Grafen schien auch die schöne Gigogne entzückt, als sie das Kleinod sah, zuerst wenigstens.

»Allerliebst«, rief sie aus, »wozu gehört es denn?« Ihr Gemahl, der kein gutes Gewissen hatte, erklärte es ihr in einer feierlichen Ansprache. Zu ihrem ureigensten Schutze, so führte er aus, solle dieser kostbare Zierat dienen, in der Zeit, da er als ihr Ritter und Beistand leider in der Ferne weilen müsse. Gleichsam als Leibgedinge hinterlasse er ihr dieses Schmuckstück, das ihr die Sicherheit gewähre, derer sie bedürfe als schutzloses Weib, als seine Strohwitwe nämlich, für den Fall, daß sich jemand erfrechen sollte, des Gatten Abwesenheit schnöde zu mißbrauchen, um ihr den Hof zu machen.

Gigogne hörte ihm staunend zu.

»Ach, so ist das«, sagte sie dann. Und nach einer Weile: »Wie aufmerksam du doch bist, Liebster. Ich hätte dich selbst darum gebeten, wenn ich hätte ahnen können, daß es so etwas gibt.«

Sie erbat sich keine Bedenkzeit. Ihre Antwort kam überraschend schnell. Sie war errötet, was sie noch liebenswürdiger erscheinen ließ. Sie zürnte dem Grafen nicht, so schien es. Das entscheidende Gespräch hatte nur ein paar Minuten gedauert. Aber Zeit ist ein höchst fragwürdiger Begriff. Man weiß es von Abstürzenden, daß in Sekundenschnelle ihr ganzes Leben an ihnen vorüberzog. Was die junge Gräfin sich dachte und was sie in diesen Sekunden empfand, sie hätte Stunden und Tage gebraucht, um es zu erzählen. Und während der Graf, der es sich nicht so einfach vorgestellt hatte, ihr die wirklich bezaubernden Bilder von Amor und Psyche und den Mechanismus erklärte, das Schloß einschnappen ließ, wobei sie zusammenzuckte, war mehr geschehen als in dem Jahr ihrer zärtlichen Liebe. Ihr Gatte, in seiner Ahnungslosigkeit nicht merkend, was für einen Frevel er beging, bezeichnete sein Geschenk als Huldigung an ihre Tugend. Ein Meisterwerk der Goldschmiedekunst in seiner Art, ein Sinnbild der Mannheit, war auch das goldene Schlüsselchen, das der Graf an einem vorsorglich mitgelieferten Kettlein um den Hals zu tragen versprach, zu ihrem Gedächtnis. Er hörte nicht, daß sie ganz leise sagte: »Und du?«, sondern ritt völlig beruhigt von hinnen.

Er kam nicht auf den Gedanken, daß vielleicht ein anderer das gleiche goldene Schlüsselchen um den Hals trug, grüßte gnädig den Goldschmiedgesellen, der aus seiner Werkstatt getreten war, um die Kreuzritter durch Amiens reiten zu sehen, und berührte mit dem Zeigefinger die Lippen, den heimlichen Mitwisser an seine Schweigepflicht zu gemahnen. Der Goldschmied zog nicht in den heiligen Krieg. Er hatte Rüstungsaufträge und zierte jetzt Helmvisiere und Harnische mit Bildern und Ornamenten. Denn diese Kunst verstand keiner so gut wie er. –

Dem Grafen glückte es indessen vortrefflich, sich aus der Gefahr zu halten, was nicht immer leicht war, und er benutzte jede Gelegenheit, verliebte Briefe an seine einsame Gattin zu schicken, durch Pilger und Schiffskapitäne.

So hielt er seine Zärtlichkeit wach, und eines Tages, wie zu erwarten war, geschah es, daß er einer schönen Sultanstochter begegnete und sein Herz in Liebe für sie entbrannte. Er entschuldigte sich vor seinem Gewissen damit, daß die schöne Ungläubige seiner geliebten Gigogne auf eine bestürzende Weise, die ihn hätte warnen sollen, ähnlich sah. Anfangs wehrte er sich gegen die Versuchung, was ihm durch das tugendhafte Verhalten der reizenden Feindin nicht schwer gemacht wurde. Er warb um sie und gestand ihr seine Zuneigung.

Der Graf war nicht klug genug, um zu erkennen, daß unter allen Frauen der Welt eine geheimnisvolle seelische Verbindung besteht und daß die Muselmanin mit ihrer verwirrenden Ähnlichkeit so handeln mußte, als sei sie die Stellvertreterin seiner betrogenen Frau, obwohl sie von deren Dasein so wenig wußte wie jene von ihr.

Eines Tages nämlich schien sie ihre anfängliche Scheu überwunden zu haben. Sie trat dem Ritter mit schlauer Sicherheit entgegen, die ihn hätte stutzig machen müssen, wäre er nicht so verliebt gewesen. Sie machte ihm Hoffnung und wußte es einzurichten, daß der Graf erfuhr, wo sie allmorgendlich zu baden pflegte (die unsterbliche Amme aller Liebesabenteuer verriet es ihm), und frohlockend folgte er diesem Wink. Hinter einem Vorhang verborgen, die Hand auf seinem pochenden Herzen, sah er sie an das Marmorbecken treten und sich entkleiden, doch nicht ganz. Denn ach! die schöne Sultanstochter trug einen Tugendharnisch von der gleichen Art, nicht minder schön geziert und mit Edelsteinen besetzt wie der, den der Graf seiner Gattin hatte schmieden lassen.

War's nicht, als hätte das Mädchen es gewußt und süße Rache für ihre beleidigte Schwester drüben in Frankreich genommen, und ward je ein Liebhaber so beschämt?

Der Graf, nun doch wohl spürend, daß ihn die kluge Sultanstochter nur zum Besten habe, wohl auch besorgend, daß er sich zum Gespött der ganzen Ritterschaft machen würde, sollte der Vorfall ruchbar werden, machte sich heimlich davon, das bezaubernde Lachen der Prinzessin im Ohr.

Und da Jerusalem erobert war und man seiner ohnehin nicht sehr großen Dienste nicht mehr bedurfte, nahm er Urlaub, der ihm gewährt wurde. Reumütigen Herzens kehrte er mit einem venezianischen Schnellsegler nach Frankreich zurück, um freilich zu erfahren, daß die liebreizende Gigogne inzwischen mit dem kunstreichen, munteren Goldschmiedgesellen auf und davon gegangen war.

Des Grafen Garou de Greluchon Grabstein ist noch vorhanden. Er ist selbst darauf in Lebensgröße dargestellt, mit einem Kettchen um den Hals und einem zierlichen Schlüssel daran. *(um 1946)*

Mit Kindesaugen

Im Spätherbst des Jahres 1816 ging der Todesengel durch die Straßen von Frankfurt. Die Menschen, die das Wehen seiner Rabenflügel anrührte, fröstelten. Es wurde ihnen auf einmal so bang in der Brust. Das böse Fieber raffte damals viele hin, Alte und Junge, Starke und Zarte, Reiche und Arme.

Der Engel ging von Haus zu Haus. Er glich von ungefähr dem fernhintreffenden, goldhäutigen Apollon, dem Gott der Hymnen und des Todes.

Gegen Abend trat er in das Zimmer des jungen Kaufherrn Friedrich Heinrich Gontard und setzte sich zu ihm ans Bett. Aber der Kranke erkannte ihn nicht. Er dachte nicht ans Sterben. Er hielt ihn für den Arzt und sagte, daß er sich sehr gut befinde. Er wußte nicht, daß dies das Wohlgefühl des Todes war.

Er hatte keine rechte Erfahrung im Sterben, sonst wäre es ihm vielleicht aufgefallen, daß er, seit er sich gelegt, immerfort an seine Mutter denken mußte, an eine Tote also. Er war erst fünfzehn Jahre alt, als sie starb. Er erinnerte sich ihrer auf einmal mit solcher Deutlichkeit, daß er darüber des Gegenwärtigen, ja selbst seines jungen, zärtlichen Familienglückes fast vergaß, so als wäre seit jenen frühen Kindertagen nichts mehr von Bedeutung geschehen.

In Wirklichkeit, sollte man meinen, hatte sich inzwischen allerlei in der Welt zugetragen, und auch im nahen Umkreis der Familie. Es war die Zeit des Kaisers Napoleon, seiner mörderischen Kriege und des Gerichtes über ihn, aber auch die Zeit, da, am Krieg sich nährend, der Wohlstand des Vaters wuchs, des großen Handelsherrn und Bankiers Jakobus Gontard.

Der Vater hatte sich, ungeachtet einer an Wahnsinn grenzenden Verzweiflung und Trauer, recht bald nach der Gattin Tod, ›um den Kindern eine Mutter zu geben‹, wieder verheiratet und, im vergangenen Jahre erst, bereits zum dritten Male. Dies hatte seltsam in den Fieberträumen des Kranken gespukt.

Am Nachmittag hatte der Vater vorgesprochen, um sich nach seinem Sohne umzusehen, seinem einzigen männlichen Erben. Allein Friedrich Heinrich hatte trotz seiner sonst überaus freundlichen Gemütsart erklärt, er wünsche seinen Vater nicht zu sehen, wie denn in der Nähe des Todes bisher schlummernde Abneigungen und Zuneigungen plötzlich wach werden und ihr Recht fordern.

Noch lange nachdem der Vater, ohne seinen Sohn gesprochen zu haben (und ohne ihn in diesem Leben noch einmal zu sehen), ärgerlich gegangen war, quälte und lächerte zugleich den Fiebernden die Vorstellung von einem Manne, der beharrlich und unverdrossen immer wieder von neuem heiratet, wie oft ihm auch die Gattin starb, der immer wieder gramgebeugt hinter einem Sarge schritt und munter wieder freite, in rascher Folge, immer wieder von neuem.

Aber nun dachte der Kranke an seine Knabenzeit und an seine Mutter, die sanfte, mädchenhafte, schöne, die nicht alterte, die jünger war damals als er jetzt. Er dachte an die Zeit, da er etwa zehn Jahre alt war. Zu wenig mit den Gepflogenheiten des Todes vertraut, merkte er nicht, daß auch dies ein Vorzeichen des nahenden Endes war, wie denn der Sterbende gern in seinem letzten Stündlein gerade jener Augenblicke seines Lebens sich erinnert, um deretwillen es der Mühe wert war, auf die Welt gekommen zu sein, und daß der ganze Aufwand eines langen Daseins mit seinen millionenfachen Einzelheiten oft nur um einer ganz kurzen, gesegneten Zeitspanne willen geschah, wenn er nicht am Ende völlig vertan war.

Es würde Friedrich Heinrich vielleicht erschreckt haben, hätte er gewußt, daß sein Leben sich längst schon vollendet hatte, als er noch kaum ein Dutzend Jahre zählte, und daß es im Grunde einerlei sei, wann, damals, jetzt oder später die Uhrfeder seines Lebens ablaufe.

Einigen ist die Gabe verliehen zu erkennen, wann es an der Zeit ist, und sie halten selbst ihr Herz an, oder sie nehmen die günstige Gelegenheit einer Krankheit, sich hinwegzustehlen, wahr und wehren sich nicht lange. Es erscheint dann oft wie eine Ausrede, bestimmt, die Zurückbleibenden zu beruhigen. Andere wieder schwingen sich auf zu den Sternen und lassen ihren armen Leib lebendig zurück, mag er auch noch so lange umherirren und nach seiner Seele schreien. Die meisten Menschen aber sind sich selbst Überlebende und bringen gewissenhaft ihre Jahre hin, als müßte es so sein.

Nicht daß der junge Kaufherr in den späteren Jahren seine Mutter vergessen hätte, aber sie war, wie es mit Abgeschiedenen oft geschehen mag, dem Bilde gleich geworden, das er täglich vor Augen hatte: einem weißen Alabasterrelief, daraus sie wie durch ein rundes Fensterchen von außen durch die Wand fremd und still auf das Treiben der Familie sah.

In der Familie wurde nie von ihr gesprochen, um, so hieß es, »nicht an eine schmerzhafte Wunde zu rühren«. Der Gedenktage wurde nur still gedacht. Das weiße Bildnis mit dem erstaunten Ausdruck – fast konnte man meinen, es störe. Nun aber wurde das Vergangene gegenwärtig im Herzen des sterbenden Mannes. Er schaute es wie einst mit Kindesaugen und wußte auf einmal, wie es wirklich gewesen war.

Zuweilen redete er auch davon im Fiebertraum. »Er kommt!« sagte er vor sich hin.

Seinc junge Frau Marianne (es war fast eine Kinderhochzeit gewesen), seine Frau, die nebenan wachte und von Zeit zu Zeit nach ihm sah, wußte die Worte nicht zu deuten.

»Er kommt! Er kommt!« hatten die Kinder gerufen, sooft sich das Rollen einer Kutsche und das Getrabe von

Pferden vernehmen ließ. Sie waren jedesmal ans Fenster gelaufen, um zu gucken. Den ganzen Tag schon hatten sie es so getrieben und auch einander mit falschem Alarm genarrt. Aber alle Kutschen waren vorübergefahren.

›Ob er überhaupt in einer Kutsche kam?‹ dachte der achtjährige Henri. ›Mußte er nicht auf einem silberweißen Flügelroß wolkenherwärts geritten kommen?‹

Erst gestern abend noch hatte ihm die Mutter, als sie an seinem Bette saß, erzählt, daß der neue Hofmeister, den sie für heute erwarteten, ein Dichter sei.

Zur Erziehung der Kinder sich junge Dichter zu verschreiben, war damals nichts Außergewöhnliches in wohlhabenden Familien. Man versprach sich viel vom Umgang mit dem Genius, den man sich gleichsam zu leihen nahm. Sie wurden unter die Bedienten gerechnet wie die Konzertmeister an den Fürstenhöfen.

Der kleine Henri hatte noch nie einen lebendigen Dichter gesehen. Nach der Abbildung in Bertuchs Bilderbuch, einem farbigen Kupferstich, zu urteilen, trug er ein rosafarbenes griechisches Gewand und als Kopfbedekkung einen Lorbeerkranz im Haar, das in Locken ihm bis auf die Schultern wallte. Seine großen Augen blickten verzückt zum Himmel empor, und seine Hand griff voll in die Saiten einer goldenen Leier. Er glich einem Gotte, dem Apollon glich er mehr als einem Sterblichen.

Es war gewiß keine sehr gute Abbildung. Aber Kinder bringen eine Vorstellung von drüben mit, aus der Anschauung der Engel, die alsbald schon während der ersten Schuljahre meist für immer verlorengeht. Es ist die Einbildungskraft, die Imagination, die Märchenhaftigkeit, es ist des Kindes gestaltender Blick, der Gott im Kinde ist's, der spielt.

Henri wußte natürlich recht gut, daß der Erwartete nicht so aussehen würde wie im Buche und daß das Kupfer nur sinnbildlich gemeint war. Doch verlustierte er sich an der Vorstellung, wenn der neue Hauslehrer so des Weges käme, griechisch-göttlich durch die Straßen

Frankfurts schreitend wie ein wandelndes Denkmal, ganz besonders jetzt zur Winterszeit, da es draußen in großen, blühenden Flocken schneite. Der Knabe (und der Sterbende) lächelten bei dem Gedanken an den Poeten im Schneegestöber, mit der Leier im Arm, die einem beschneiten Gartentürchen ähnelte. Dennoch aber stellte er sich unter einem Dichter einen ungewöhnlichen, über die Maßen schönen und guten Menschen vor, den er jetzt schon von ganzem Herzen zu lieben und zu bewundern bereit war.

Eine prächtige Kalesche mit goldenem Zierat und bunten Straußenfedern auf dem Dach und auf dem Rücken der Pferde kam, in den Gurten schaukelnd, angefahren. Aber der Magister saß nicht darin.

Die ganze Familie, den Hausherrn ausgenommen, der keine Zeit hatte, auf etwas zu warten, stand unter dem Eindruck der Ankunft des Hofmeisters. Allein es wurde Abend, und er kam nicht. Die jüngsten drei Schwesterchen waren schon zu Bett gebracht. Die Eltern und Henri wollten sich gerade zu Tisch setzen, als die Hausglocke läutete und der Hund anschlug.

»Er kommt! Er kommt!« riefen die Kinder, kletterten aus den Betten und liefen zur Treppe, den späten Ankömmling zu begrüßen. Aber plötzlich hielten sie inne und spähten durch das Geländer in die Diele hinab, ob er es auch wirklich sei.

Er war es. Zur Unzeit, mit Dunkelwerden war er nun doch angekommen, der neue Hofmeister, Magister Fritz Hölderlin aus Nürtingen im Schwäbischen.

Ohne Lorbeer, ohne Leier, in einem nachtblauen Reisemantel mit Schulterkragen trat der Fremdling ein ins Haus. In der einen Hand den Hut, in der anderen eine lederne Reisetasche, stand er in der Tür, ein Mensch wie jeder andere.

Henri war enttäuscht. Er hatte ihn sich ganz anders vorgestellt. ›Wie anders?‹ mußte er denken.

Die kleinen Mädchen, die ihn erst kaum erwarten

konnten, fürchteten sich jetzt vor ihm und verbargen sich hinter der Mutter, die den Gast lächelnd willkommen hieß. Das Jüngste begann zu weinen, und der Hund verkroch sich winselnd. Auch Henri empfand Scheu vor dem Fremden. Aber er nahm sich zusammen und machte ihm ein artiges Kompliment. Es durchschauerte ihn aber, als der Hofmeister ihm die Hand auf den Scheitel legte und ihn nach seinem Namen fragte.

Henri durfte den Magister auf sein Zimmer führen, damit er sich vor dem Abendessen »noch etwas refraichiere«.

Hand in Hand gingen der Hofmeister und sein Zögling die breite Treppe nach oben. Unterwegs nahm Henri das Windlicht aus der Nische, ihm voran zu leuchten. Das Zimmer lag in der Mansarde, wo die Domestiken wohnten. Das Mädchen Jette kam hinterdrein mit der Reisetasche.

Vielleicht, so legte sich's Henri zurecht, vielleicht müssen Dichter sich verkleiden, wenn sie unter die gewöhnlichen Menschen treten, vielleicht tragen sie über ihrer wahren dichterischen Erscheinung Masken oder Faschingsnasen, dahinter sich der Genius verbirgt. Vielleicht würden sie sonst die Herzen verwirren und noch mehr Unheil anrichten. Kindliche und erwachsene Gedanken, Erinnerungen und Gegenwärtiges geisterten in des Fiebernden Geist und Leib, der Bub war und Mann.

Henri hatte geglaubt, der neue Hofmeister werde in Versen sprechen, da er doch Poet war. Der Vater hatte es ihm weisgemacht. Er paßte genau auf, ob, was der Hauslehrer sage, sich auch reime. Aber es reimte sich nicht. Er murmelte erst etwas vor sich hin, das wie »oben wohnen die Götter« klang und »dem Mond und den Sternen benachbart«. Er glich von ungefähr doch ein wenig dem griechischen Rhapsoden aus dem mythologischen Bilderbuch, mit seinen goldbraunen Locken und den großen, großen, braunen Augen.

Befremdlich aber wollte es dem Knaben erscheinen,

daß der Dichter stark schwäbelte und daß sein nachtblauer Mantel nach Tabak roch, nicht anders als Karl, der Bediente.

Der Hofmeister wusch sich Gesicht und Hände. Henri reichte ihm das Handtuch. Er strählte auch die Locken und ließ vom Kamm den winzigen, knisternden Funken auf Henris Hand überspringen.

Später, während des Abendessens, blickte Henri seinen Hofmeister unverwandt an. Auch Dichter schienen essen zu müssen wie andere Sterbliche und nicht von Nektar und Ambrosia oder von Wein und Früchten zu leben. Der Magier wenigstens schien rechtschaffen hungrig zu sein. Er sprach fleißig den Speisen zu. Es schmeckte ihm augenscheinlich ganz vortrefflich. Auch redete der Vater ganz unbefangen mit ihm wie mit seinesgleichen, in seiner lärmenden, selbstgefälligen Art, zarter freilich Frau Susette, die Mutter, die ihn fragte, ob er auch angenehm gereist sei, ohne unter den Unbilden der Witterung allzusehr zu leiden.

Henri wurde zu Bett geschickt.

Die Mutter kam noch gute Nacht sagen. Sie war zerstreut und ungeduldig. Ihre Augen fragten den kleinen Sohn, den sie sehr lieb hatte und ganz wie einen Freund behandelte: ›Hattest du ihn dir so vorgestellt?‹ Vielleicht hatte auch sie auf den Gott mit dem Saitenspiel gewartet, und ein lieber, herzlich unbedeutend aussehender junger Mann war gekommen, der nicht die Sprache der Götter redete, sondern das Schwäbische, sehr schöne, sanfte, große, braune Augen hatte und ein wohlgebildetes, aber etwas ausdrucksloses Milch-und-Blut-Gesicht, der offenbar stark rauchte – seine Zähne waren dunkel davon –, und mit dem gesegneten Appetit eines Gymnasiasten aß. Aber sie sprachen es nicht aus.

Die Mutter küßte Henri, und dann sagte sie leise wie zu sich, er möge nie vergessen, daß der neue Herr Hofmeister ein großer Dichter sei. Während sie noch miteinander flüsterten, als hätten sie ein Geheimnis, hörten sie

Hölderlin nach seinem Zimmer gehen, nach oben in die Mansarde, wo das Gesinde wohnte.

Wange an Wange lauschten sie seinen Schritten, hörten sie oben über sich hingehen und verklingen. –

In Henris Lesebuch fanden sich Gedichte von Gellert, Gleim, Pfeffel, aber keines vom Magister Hölderlin.

Am anderen Morgen wollte Henri seinen Hauslehrer zum Frühstück abholen. Er wollte ihn fragen, ob und was er in der ersten Nacht unter ihrem Dache geträumt habe. Denn das werde in Erfüllung gehen. Auch wollte er ihm sagen, daß er ihn ›Holder‹ nennen werde, wie es denn die Art der Kinder und Liebenden ist, nicht sich mit den gewöhnlichen Namen abzufinden, sondern sich einen neuen auszudenken und damit aufs natürlichste zu bekunden, daß jeder Mensch für jeden anderen anders heißen muß. Sie benennen ihn und ergreifen damit Besitz von ihm und wachen eifersüchtig darüber, daß niemand anderer den Namen mißbrauche.

Das Zimmer war leer.

Es sah recht unordentlich darin aus. Auf dem Tisch lagen Gänsekiele und beschriebene Blätter, unter dem Tisch zerknülltes Papier. Das Bett war zerwühlt. Über dem Stuhl hing hochschulterig ein Rock. Ein Hecht von Tabakrauch schwamm in der verbrauchten Luft.

Henri trat an den Tisch. Es gelüstete ihn sehr darnach zu lesen, was der Magister über Nacht geschrieben. Aber er fand sich nicht zurecht darin. Es war vieles durchgestrichen, Wortfetzen standen kreuz und quer um eine geordnete Mitte flüchtiger, für Henri kaum lesbarer Zeilen, wie Gräser im Wind anzusehen.

Es waren unzweifelhaft Verse. Ein Dichter wohnte mit ihm unter dem gleichen Dach!

Henri nahm die Federkiele in die Hand und betrachtete sie genau. Sie unterschieden sich in nichts von denen, mit welchen der Vater seine Zahlen und Geschäftsbriefe schrieb.

Henri guckte ins Tintenfaß, in den kleinen, schwarzen, unergründlichen Teich, der ihn ansah wie das Auge der Nacht. Es war die gleiche Tinte, die er selber benutzte, beim Krämer schräg gegenüber für jedermann um ein paar Kreuzer zu haben, um ein paar jener winzigen Silberkreuzerlein mit der Ansicht Frankfurts en miniature. Auch das Papier war von der gleichen gewöhnlichen, billigen, ungebleichten Sorte, von kleinsten Fäserchen bunter Seide, Holz-Partikelchen und Rostflecken (wie mit Sommersprossen) durchsetzt. Nichts Wunderbares, nichts Außergewöhnliches war dabei.

Daß Henri seinem Lehrer gleichsam in die Werkstatt gesehen, machte den Knaben nur unbefangener und zutraulicher gegen ihn, als habe er ihn bei einer Tätigkeit, die das Licht scheut, ertappt, sagte er es dem Magister auf den Kopf zu, daß er, wenn ihn nicht alles täusche, diesen Morgen auf nüchternen Magen schon gedichtet habe. Er sagte es, als hätten sie nun unter Männern eine Heimlichkeit miteinander, die er wohl zu hüten wissen werde.

»Willst du es hören?« fragte ihn Hölderlin.

Ach, ihr Dichter, ihr großen Kinder! Wie Liebende wollen sie erhört sein, und ich kannte einen, der las seine Gedichte seiner Katze vor, weil er niemanden andern hatte.

Also las Friedrich Hölderlin dem kleinen Henri Gontard sein neues Gedicht vor. Und ob es der Bub auch kaum verstand, so hörte er doch andächtiglich zu, und es dünkte ihn schön und dem Ohre angenehm, was er vernahm.

Natürlich versuchte Henri noch am gleichen Tage selber zu dichten, wobei ihn seine Schwesterchen schrecklich störten mit ihrem ewigen Gefrage, ob es was würde. Aber es fiel ihm gar nichts ein. Er weinte vor Zorn und Scham.

Dennoch fühlte er sich nicht so sehr als Zögling, sondern mehr als Lehrling und Mitwisser des Hofmeisters und war als sein schöpferischer Quälgeist sehr dahinter her, daß er fleißig dichte. Er hielt sein Handwerkszeug in Ordnung, schnitt ihm die Federn und war glücklich, als er ihn durch seines Vaters Beziehungen zu Importkontoren mit wunderbar bunten Schwungfedern ausländischer Vogelarten versorgen konnte, als dichte sich's damit besser als mit den gewöhnlichen Gänsekielen. Er versah ihn auch mit Tabak, der damals sehr rar war.

Mit einem Gedicht also hatte der Unterricht begonnen, und Henri hielt darauf, daß auch künftig mancher Schultag so eingeleitet werde. Es fügte sich, daß schon bald Frau Susette merkte, daß Henri der erste Hörer unsterblicher Gedichte war, und von nun an fand sie sich stets zur Stunde des Gedichtes ein. –

Die Gesichter der Engel sind wandelbar. Auch der Todesengel an des Kranken Bett glich manchmal dem Apollon, dann wieder dem Magister, aber auch die Gestalt Susettes nahm er an, die in etwas dem Dichter ähnelte, auf griechische Weise sozusagen, in einer Schönheit, die sich nicht sogleich erschauen läßt in ihrer marmornen Weiße. Wenn Marianne, des Sterbenden liebende Frau – auch sie glich Susetten und dem Magister –, nach dem Kranken sah, fühlte sie sich beruhigt von seiner Heiterkeit und der Verjüngung in seinem Gesicht.

Sie waren noch sehr jung gewesen, als sie heirateten, und nicht ohne Mißbilligung hatte es der im Heiraten wohlerfahrene Jakobus Gontard bemerkt, daß den beiden jeder Lebensernst noch völlig fehle. Das tat er wirklich. Denn die beiden schienen vor lauter Liebe alles übrige völlig vergessen zu haben, von Arbeit, von Geldverdienen, von Rücksicht auf die Verwandtschaft ganz abgesehen. Und das in Frankfurt. Sie schienen wie auf dem Mond zu leben, und wenn ihre schwarze Dienerin Johanna, ihnen wie eine Sklavin zugetan, das Hauswesen nicht so musterhaft in Ordnung gehalten hätte, sie hätten aufs Essen und Trinken vergessen und sich schier zu Tode geliebt. Sie gingen oft tagelang nicht aus, und außer in der Küche gab es in der ganzen Wohnung kaum einen nützlichen Gegenstand. Sie wollten nichts um sich dulden, was ihrer Liebe im Wege sein könnte, und sie waren auf eine kindlich-verbuhlte Art unerschöpflich im Erfinden neuer Zärtlichkeiten.

Vielleicht war es doch so vernünftig nicht gewesen, Henris Erziehung in eines Poeten Hände zu legen?

Für den kleinen Henri war es selbstverständlich, daß Holder und Susette einander lieb hatten. Sie drei gehörten zusammen und redeten ihre Sprache, die sonst niemand verstand. Er spürte genau, daß er ein Eingeweihter war, und verriet nichts, wohl unterscheidend, was ihr Leben und das der anderen sei, so etwa jener herrliche Mummenschanz, da sie sich als Götter verkleideten und in der Sprache der Götter, in Versen also, sprachen. Er empfand es vor allem, daß sein Vater in diesem ihrem Zwischenreich ein Fremdling gewesen wäre. Der Bub Henri lebte in zwei Reichen: in Holders Land und in Frankfurt am Main. Er sprach frankfurterisch mit hamburgischem Akzent, wenn er winters auf dem Eis sich tummelte mit seinen Gefährten und sommers am Main indianerte, aber er lernte Hyperions Sprache und die Herrlichkeiten der Welt durch seinen Hofmeister verstehen und lieben.

Jetzt in seinem Fieberwahnsinn kehrte vor allem die Erinnerung an die klassische Maskerade wieder, da sie halb im Scherz und halb im Ernst, apollinisch-dionysisch sich gehabend, antikische Mysterien heraufbeschworen, nicht mehr gingen, sondern wandelten, nicht redeten, sondern rhapsodierten. Indem sie so taten, als wären sie im Elysium, glitten sie unversehens hinüber und fanden alles grau und schrecklich alltäglich, wenn sie wieder geweckt wurden, was zuweilen durch die Kammerzofe geschah und wohl nicht ganz unabsichtlich, denn sie hatte ein Auge auf den Hofmeister geworfen. Aber der merkte es nicht in seinem marmornen Herzen. Die Zofe mochte sich wohl schon auf einer ländlichen

Pfarrstelle mit dem Magister der Theologie verbunden sehen. Wie sollte sie begreifen, daß der Hauslehrer aus Schwaben in Wirklichkeit Hyperion und aus Griechenland war und daß Frankfurt aus weißen Marmortempeln und Olivenhainen bestand? Sie wußte nicht, daß eine übermenschliche Anstrengung dazu gehört, wie er auf Götterart zu leben, ein Gott und ein Bedienter zugleich zu sein, und jeden Augenblick die graue Wirklichkeit des Alltags in sich in ›Lieblichkeit und Hoheit‹ zu verwandeln, statt schwäbisch und frankfurterisch ein deutsches Griechisch, statt Geräuschen Musik zu hören, statt Gesichtern Antlitze zu schauen, statt widrigen Gerüchen holde Düfte zu atmen, nicht nach Menschenart, sondern unsterblich zu lieben. Die Zofe merkte auch nicht, daß der Meister von seinem Gotte abgefallen war, daß die alten Götter ihn verlockten und verführten, um ihn zu verderben.

Friedrich Heinrich Gontard warf sich unruhig hin und her, von übersinnlichen Vorstellungen gequält. Vom marmornen Herzen her sah er die sehr geliebten Menschen ergriffen und versteinert werden zu makelloser Weiße. Schwebenden, schmerzvoll steifen, feierlichen Schrittes sah er Hyperion und Diotima aufeinander zustelzen, mit unendlicher Anstrengung die schweren Marmorarme heben und mit einem Seufzen, wie es nur der Stein vermag, gegeneinanderfallen und aneinander zerschellen, als eben um Diotimas süße Mädchenlippen Hyperions dunkelschöner Mund sich schloß.

Was dann geschah, damals im Herbste 1798, nach drei herrlichen Jahren, damals konnte Henri es nicht begreifen. Nach einem »heftigen Auftritt mit dem Herrn«, so nannte es die Zofe, so munkelte man in der Stadt, war der Magister plötzlich aus dem Hause gegangen. Wie auch sollte es Henri begreifen, mit seinem elfjährigen Gemüt?

Es ist ein Brief vorhanden von seiner Hand, ein Brief an Hölderlin, vorhanden durch eine jener unerforschlichen, wunderbaren Fügungen, durch die oft durch Jahrhunderte scheinbar Zerbrechliches und sehr Vergängliches bewahrt wird, weil ihm etwas innewohnt, das es unzerstörbar macht, sei es Wahrheit oder Liebe oder ein großer Schmerz. Der Brief lautet:

27. September 1798

Lieber Holder,
ich halte es fast nicht aus, daß Du fort bist. Ich war heut bei Herrn Hegel, dieser sagte, Du hättest es schon lange im Sinn gehabt: als ich wieder zurückging, begegnete mir Herr Hänisch, welcher den Tag Deiner Abreise zu mir kam und ein Buch suchte; er fand es, ich war gerade bei der Mutter, er fragte die Jette, wo Du wärest, die Jette sagte, Du wärest fortgegangen, er wollte eben auch zu Herrn Hegel gehn und nach Dir fragen, er begleitete mich und fragte, warum Du fortgegangen wärest, und sagte, es schmerzte ihn recht sehr. Der Vater fragte bei Tische, wo Du wärest, ich sagte, Du wärest fortgegangen und Du ließest Dich ihm noch empfehlen. Die Mutter ist gesund und läßt Dich noch vielmals grüßen und Du möchtest doch recht oft an uns denken. Sie hat mein Bett in die Balkonstube stellen lassen und will alles, was Du uns gelernt hast, wieder mit mir durchgehen. Komm bald wieder bei uns, mein Holder, bei wem sollen wir denn sonst lernen. Hier schicke ich Dir noch Tabak, und der Herr Hegel schickt Dir hier das sechste Stück von Posselts Annalen.

Lebe wohl, lieber Holder,

ich bin

Frankfurt am Main Dein Henri

Der Sterbende fühlte auf einmal den gleichen Schmerz wie damals, und das Herz weinte ihm vor Weh.

Da war es wieder, was der Magister die schöpferische Reibung nannte, an der man so leicht zugrunde geht. Er sah auf einmal den Genius zwischen Tabak, Herrn Hegel, Herrn Hänisch und Posselts Annalen hindurchgehen, unversehrt wie durch Luft.

»Du vergißt mich nie, Henri«, hatte der Hofmeister beim Abschied gesagt, »so wie ich niemals dich vergesse!«

Jetzt war er wieder da. »Komm bei uns, Henri!« sagte der Engel mit den Rabenflügeln, der dem goldhäutigen Apollon glich, dem Gott der Hymnen und des Todes.

Es kann geschehen, daß Sterbende kurz vor ihrem Hinscheiden, vor lauter Ungeduld, in den Genuß des Todes zu kommen, mit einer übernatürlichen, unaufhaltsamen Kraft, die der der Zugvögel gleicht, wenn sie nach den warmen Ländern fliegen, sich vom Lager erheben und ankleiden, wie für eine große Reise.

So fand ihn die junge Frau Marianne, als sie morgens nach ihm sah, völlig angekleidet auf dem Bette sitzen, regungslos, marmorbleich, verjüngt, reisefertig. *(1946)*

Hoffnung, denke ich, ist eines der holdesten Gnadengeschenke Gottes an die Sterblichen. Sie ist vielleicht sogar die wichtigste unter den das Leben liebenden Kräften der Schöpfung. Was im winzigen Samen wach ist, was ihm innewohnt und sehnsüchtig darauf wartet, Gestalt anzunehmen, eine Buche oder eine Sonnenblume zu werden: man könnte es ›seine Hoffnung‹ nennen.

Hoffnung ist eine Eigenschaft und ein Stück des Lebens selbst, des Lebens, von dem die Menschen trotz aller nachdenklichen Bemühungen durch die Jahrtausende noch immer nicht sagen können, was es eigentlich sei. Hört zu, was die Hoffnung vermag!

Es war eine Frau, gottesfürchtig und fleißig, einfältigen Gemüts, klein und mädchenzart, die hatte nie einem Menschen etwas zuleide getan und hielt sich fern von den Händeln der Welt. Sie war eines Gärtners Tochter und nicht weit herumgekommen, nicht viel weiter als einen Tagesmarsch im Umkreis ihres Heimatortes, aber sie wußte stets, ob es geraten sei, einen Regenschirm mitzunehmen oder nicht, und ihre kleine Gärtnerei war berühmt in der ganzen Gegend. Sie hatte nicht viel vom Leben, aber sie war es zufrieden, daß sie ihr Auskommen hatte. Nichts Überflüssiges duldete sie in ihrem Haushalt. Was sie aber anschaffte, mußte gediegen sein: Sie liebte geschmiedete Pfannen, Messing und Kupfer. Getriebene Kuchenformen hingen wie Lorbeerkränze an der Wand.

So lebte sie, trotz ihrer Zierlichkeit zähe und gesund, in ihrer kleinen, sauberen Welt und glaubte, überall auf Erden sei es nicht viel anders als bei ihr daheim.

Sie war Witwe, eine von vielen Tausenden, die im letzten Kriege, im ›kleinen Weltkrieg‹, sich hatten kriegstrauen lassen. Eine Grille des Schicksals hatte es gewollt, daß zwei junge Menschen in dem Augenblicke einander ansichtig wurden und von Herzen liebgewannen, als der Abschied – für immer – schon in ihren Sternen stand.

In den Tagen, da die junge Soldatenfrau die ersten Regungen des Kindes spürte, was sie, als hätte sie jemand gekitzelt, lachen machte, traf die Nachricht ein, daß ihr Mann in Flandern gefallen sei.

Die böse Kunde kam für die Frau nicht überraschend: der Tote hatte sich angemeldet. Zur gleichen Abendstunde, als es die Kugel mit ihm ausmachte, geschah es, daß seine Frau, da sie, ihr Haar bürstend, vor dem Spiegel stand, darin anstatt ihres Gesichtes das ihres geliebten Gatten erblickte. Er lächelte sie hilflos-traurig an. Dann – so erzählte sie's gleich darauf ihrem Nachbarn, zu dem sie in ihrer Herzensangst geeilt – sei das Gesicht langsam aus der ungewissen Dämmerung von jenseits ganz nahe auf sie zugekommen, Mund zu Mund, und es sei augenblicks erloschen, als ihre Lippen den Spiegel berührten, der kalt war wie Eis.

Sie wußte sogleich, was diese Erscheinung zu bedeuten habe, als sie zu Tode erschrocken in den Spiegel starrte, darin es eine Weile leer und grabesfinster blieb, bis sie sich selbst darin wiedersah, als wäre nichts geschehen. Aber an dem Spiegel, an der Stelle, wo des Toten Augen gewesen waren, rannen langsam zwei Tränen herab. –

Der junge Soldat war tot, aber nicht ganz tot. Ein Stück von ihm, ein winziges, mit dem bloßen Auge nicht sichtbares Fünkchen Leben war noch, das nicht starb, als ihn die Kugel ins Herz traf. Es wuchs und kam zur Welt.

Von Stund an lebte die frühe Witwe, die zarte, kleine Frau nur mehr für ihr Kind. Sie hatte sonst niemand auf der Welt. Sie fand, daß es ein wohlgestaltetes, jedoch durchaus kein besonders kluges oder besonders hübsches Kind sei. Aber eine Gabe hatte der kleine Ambrosius von oben mitbekommen, die ihn verklärte: er besaß einen ungewöhnlichen Liebreiz, der ihn den Menschen angenehm machte, aber ihn zugleich immer ein wenig bedroht erscheinen ließ, so daß man im Dorfe um ihn anders bangte als um irgendwen, wenn er einmal krank lag, als sei der Reizende gefährdeter, gleichsam sterblicher als die Gewöhnlichen, als sei der Tod selber in ihn verliebt.

Diese Sorge wurde genährt durch die übergroße Liebe der Mutter für ihren Sohn, eine nicht unvernünftige oder verblendete Liebe, die aber doch von den Leuten im Dorf fast als Frevel empfunden wurde in ihrer Ausschließlichkeit. Ambros vergalt ihr diese Liebe getreulich, wenn er auch mit seiner jungen Mutter mehr umsprang wie ein kleiner Bruder mit seiner älteren Schwester. Doch schien er im Umgang mit ihr volles Genügen zu finden. Er war ein zärtlicher, aufmerksamer, ritterlicher Sohn.

Der Schmerz der Mutter war grenzenlos, als wieder Krieg wurde und ihr lieber Sohn ins Feld mußte, unbärtig noch, ein Kind in Uniform.

Die Mutter hatte bis zuletzt ihre Fassung bewahrt, damit dem Soldaten der Abschied nicht schwer werde. »Dein Gesicht«, sagte sie, indem sie es zwischen die Hände nahm und Stirn, Augen und Mund küßte, »bring mir dein Gesicht zurück!«

Als er fort war, schrie sie laut nach ihm und weinte und wehklagte von Stund an Tag und Nacht wie um einen Toten. Der Schmerz der Mutter war so ohne alle Maßen, so herzzerreißend, so hoffnungslos, daß die Leute im Dorf sich ernstlich um ihren Gemütszustand sorgten. Aller gutgemeinte Zuspruch blieb vergebens, wie etwa, daß sie ja, weiß der Himmel, nicht die einzige Mutter sei, die ihren Sohn hergeben müsse, daß es ja schließlich um das Schicksal des Vaterlandes gehe, daß man sich nicht so nachgeben und in den Schmerz hineinsteigern dürfe, ja daß sie womöglich nur das Unheil auf sein Haupt herabbeschwöre, wenn sie von vornherein alle Hoffnung aufgebe um den Sohn, den einzigen freilich, jetzt schon, da er nach menschlichem Ermessen noch gesund

und munter, jedenfalls noch nicht in wirklicher Gefahr sei.

Der Dorfpfarrer, ein wackerer Herr, überraschte die Arme eines Tages in der Dorfkirche, als sie eben der Madonna das Jesuskind aus dem Arm nehmen wollte. Befragt, was sie um Himmels willen vorhabe, antwortete sie, die Mutter Gottes solle auch einmal wissen, wie es sei, wenn man ihr den Sohn wegnehme. Der geistliche Herr, auf den sie sonst große Stücke gehalten hatte, ehrlich besorgt um seiner Nachbarin betrüblichen Zustand, aber auch unmutig über ihre Verzagtheit und bemüht, sie aufzurütteln, hielt ihr vor, sie versündige sich geradezu. Er zählte bewundernswerte geschichtliche Beispiele von stolzer Trauer und vorbildlicher Gefaßtheit auf. Aber die Mutter des Soldaten sah ihn so völlig verständnislos an, daß er jäh verstummte. Es sei ihr ganz gleichgültig, was man von ihr denke, sagte sie.

Sie war eine einfache, rechtschaffene, fleißige Frau, nicht klug. Doch besaß sie ein untrügliches, zärtliches Herz. Der Ausbruch ihres Schmerzes war natürlich. Sie tat nichts dazu. Sie liebte ihren Sohn. Freudlos und ohne Sinn erschien ihr das Leben ohne seine Gegenwart. Die Größe ihres Schmerzes entsprach ihrer Liebe. Wir mißtrauen denen, die meinen, sich in der Gewalt haben zu müssen, uns schaudert vor dieser stolzen Ungerührtheit, als ob es rühmlich wäre, kein Herz zu haben. –

Es kamen Briefe des Sohnes aus dem Feld. Aber die Mutter konnte sich ihrer nicht freuen. Sie hielt sie ungläubig in der Hand. Sie las sie und legte einen zum andern. »Ach, diese Briefe«, klagte sie, »man hat im Grunde nichts davon!« Es konnte nun freilich sein, daß der Schreiber nicht mehr lebte und der Brief betrog ihr Herz. Nicht anders ging es ihr mit den Photographien. Wie unzulänglich, wie papieren waren sie, verglichen mit dem Lebenden! Man mußte schon sehr genügsam sein, wollte man sich damit trösten. –

Des Sohnes Mutter wurde wunderlich. Sie trug Trauerkleider und führte lästerliche Reden gegen die Obrigkeit, was man ihrer Seelenwirrnis zugute hielt. Sie konnte keinen Soldaten mehr sehen. Sie haderte mit Gott, daß er solchen Jammer auf Erden zulasse, daß er ruhig zusehe aus der Gemächlichkeit seines Himmels, ohne einen Finger zu rühren. Sie hob die geballte Faust gegen die Sterne.

Sie konnte einem wirklich leid tun in ihrer Trübsal und Bitternis. Man ging ihr, der Ungeselligen, gern aus dem Wege. Man fürchtete sich vor ihr und ihren großen, angstvollen Augen.

Als dann gerüchtweise die Kunde ins Dorf kam, daß Ambros in Rußland gefallen sei, da nickten die Leute mit den Köpfen und flüsterten: »So hat es kommen müssen, wir haben's ja immer gesagt!« Denn es gibt Menschen, die sich etwas darauf zugute tun, sie könnten es einem Soldaten ansehen, daß er fallen werde. Auch von dem Sohn der Mutter behaupteten sie, der Tod habe ihm aus den Augen geschaut.

Es gelang eine geraume Zeit, die unselige Nachricht vor der Mutter zu verheimlichen; denn wer ihren Jammer nach dem Abschied des Sohnes hatte mitanschauen müssen, der konnte wohl fürchten, daß die Nachricht sie töten oder vollends zum Wahnsinn bringen müsse. Denn sie hatte nicht aufgehört, sich abzuhärmen und zu weinen. Ihr Gesicht war weiß, ihr Blick verstört.

Da geschah es, daß ein verwundeter Kamerad von Ambros' Kompanie ins Dorf auf Urlaub kam. Der ging geradewegs zu der Mutter und sagte es ihr, daß er mit eigenen Augen ihren lieben Sohn für tot in seinem Blute hätte liegen sehen. Am selben Tage traf ein Brief des Hauptmanns ein, daß der Sohn vermißt sei und unter den obwaltenden Umständen mit seinem Tode gerechnet werden müsse. Die Kompanie werde dem immer freundlichen, gefälligen Kameraden ein treues Gedächtnis bewahren.

Aber nun, da die Mutter gleichsam die amtliche Bestätigung in Händen hatte, nun, da ihrem voreiligen Schmerz sein Recht geworden war, nun wollte sie es nicht wahrhaben. Der Bote, der es ihr mit aller Schonung mitgeteilt hatte, verwunderte sich fast über ihre harte Antwort.

»Nein«, sagte sie, »nein. Du lügst. Er ist nicht tot!« Sie sagte es mit solcher Ruhe, daß man wohl denken konnte, jetzt sei, was man für sie befürchtet hatte, eingetroffen. Die Einsicht eines Menschen, daß für ihn das Leben jeden Sinn verloren habe, kann ihm wohl den Gedanken nahelegen, sich in den Traum zu flüchten und so zu tun, als gebe es keine Wirklichkeit mehr für ihn. Er gibt sich dem holden Wahnsinn hin.

Die Mutter legte ihre Trauer ab, kleidete sich lustig. Sie scheuerte ihr Häuschen, das sie vorher vernachlässigt hatte, sie bestellte den Garten, das weithin berühmte ›Paradiesgärtlein‹, und schmückte die Pforte zum Willkomm, als würde der Tote jeden Augenblick heimkehren. Sie sang wieder zu ihrer Arbeit, wie sie es in glücklichen Tagen getan.

Den Nachbarn schauderte nun vor ihrer fröhlichen Zuversicht. Die Arme erschien ihnen in solcher Heiterkeit unheimlicher als zuvor in ihrer Seelenverfinsterung. Denn es konnte nach menschlichem Ermessen niemand mehr zweifeln, daß der anziehende junge Mensch nicht mehr zurückkehren werde. Es kamen Briefe von Kameraden mit untrüglichen Einzelheiten über seinen gewissen Tod, der, was ein Trost sei, wohl auf der Stelle eingetreten war.

Aber die Mutter blieb eigensinnig bei ihrem Glauben, daß Ambros am Leben sei.

Sie müßte es doch gespürt haben, etwas, so beharrte sie, müßte sie doch in ihrem Herzen gefühlt haben, in dem Augenblick, als es geschah, sie, die ihn so sehr lieb habe. Vielleicht erinnerte sie sich an die Erscheinung im Spiegel, als ihr Mann in Flandern gefallen war. Der Spiegel hing noch am gleichen Platz. Aber es hatte sich nichts

Ungewöhnliches darin gezeigt, kein anderes Gesicht als das ihre, keine Träne, kein Blut.

Sie bat den Kameraden ihres Sohnes noch einmal zu sich und nahm ihn ins Verhör. Sachlich, fast lieblos fragte sie ihn aus. Dem wurde ganz unbehaglich dabei.

Ob er den Ambros mit eigenen Augen habe fallen sehen?

Ja, er sei umgefallen wie ein Baum.

»Tot?«

Tot! Er habe sich nicht mehr gerührt.

»Hast du an seinem Herzen gehorcht?«

Der Kamerad wurde verlegen. Nein, das habe er nicht.

»Warum?«

Es habe ihn zur gleichen Zeit erwischt, am Haxen, er habe zurückkriechen müssen. Der Iwan...

»Wer ist Iwan?«

So hießen bei ihnen die Russen. Der Iwan sei in der Stellung eingebrochen, vorübergehend. Sie hätten sehr schnell abhauen müssen.

»Wer hat ihn begraben?«

Das wisse er nicht zu sagen. Ambros sei in Feindeshand gefallen. Was weiter mit ihm geschehen sei? Der Soldat zuckte die Achseln.

Sie sehe, sagte die Mutter streng, daß er gar nichts wisse.

Der Kamerad wurde ärgerlich. Er komme sich vor wie ein Zeuge vor Gericht, ja beinahe wie ein Angeklagter.

So sei es, antwortete die seltsame Frau. Ob er, so wahr ihm Gott helfe, es beschwören könne, daß ihr Sohn tot sei?

Der unglückliche Mensch bedachte sich. Wenn sie so frage, nein, beeiden könne er's nicht. Er könne sich natürlich geirrt haben, obwohl er es nicht glaube. (Er wußte eben nicht, was Liebe vermag und welche Macht die Hoffnung gewinnen kann.)

Es sprach alles dafür, daß der Sohn der Witwe tot war. Auch der Pfarrer riet ihr, sie möge sich gehorsam ins

Unabänderliche schicken. Es müßte denn ein Wunder geschehen, fügte er hinzu. Es klang aber fast so, als möchte er es sehr bezweifeln, ob sich der Allmächtige ausgerechnet für diese kleine, unscheinbare Frau die Mühe eines Wunders machen werde.

Damit war es ja schließlich nicht getan, daß die Frau in ihrer frommen Einfalt so tat, als lebe ihr Sohn. Denn sie hielt es allerdings so in allen ihren Gedanken und Verrichtungen, als brauche er bloß nach Hause zu kommen, ja als wäre er schon da. Für sie war er es offenbar. So sehr wußte sie seine Gegenwart zu beschwören, daß selbst der geistliche Herr, der im Grunde sehr nüchtern von Gott und der Welt dachte, mit Schaudern des Toten Anwesenheit spürte. Denn es war in der Umgebung der unheimlichen Frau, so schien es, ständig ein Raum beansprucht, mannsgroß ausgespart, leibhaftig, bloß für das Auge nicht sichtbar. Er mußte nur in Erscheinung treten. Manchmal meinte man, ihn einen Schatten werfen zu sehen.

Nicht untätig wartete die Frau auf das Wunder. In ihrer Weltfremdheit mußte sie freilich erst einige bittere Erfahrungen machen. So wenig sie sich vorher durch die Feldpostbriefe ihres Sohnes hatte trösten lassen wollen, so sehnlich erwartete sie jetzt eine Nachricht von ihm aus der Gefangenschaft. Wieder war es der Seelenhirte, der sie belehren mußte, daß sie, falls Ambros wirklich in russischer Gefangenschaft lebe, jede Hoffnung auf eine Nachricht vor Kriegsende aufgeben müsse. Aber das Rote Kreuz, wandte sie ein, soviel sie wisse, bestehe es doch wohl noch, diese segensreiche Einrichtung, die jener große Menschenfreund begründet habe, Dunant, der es verdiene, unter die Heiligen aufgenommen zu werden.

Das Rote Kreuz, es bestehe schon noch, nur zum Teil allerdings, es habe etwas von Farbe gelassen, und für den Postverkehr mit den Gefangenen in Rußland jedenfalls hätten die wohltätigen Bestimmungen keine Geltung, leider. Es kostete den alten Herrn viel Mühe, es der Guten begreiflich zu machen, wie die Menschheit das habe zulassen können.

»Nun«, sagte sie, »so werde ich ganz einfach nach Rußland gehen und ihn holen!«

»O heilige Einfalt!« rief der Pfarrer und hob die Hände zum Himmel, »nach Rußland!«

Sie vergäße wohl, daß dazwischen die Front laufe. Da käme sie unmöglich durch. Wessen sie sich denn vermesse? Das sei ja Wahnwitz.

Die Mutter ließ sich nicht einschüchtern. Sie habe etwas von Frontlücken sagen hören, meinte sie. Sie stellte sich wohl vor, sie könnte durch eine solche Lücke ungesehen hindurchschlüpfen.

»Rußland ist«, sagte der Pfarrer, »sehr groß.« Er holte die Landkarte, breitete sie vor ihr aus und fuhr mit dem Handrücken darüber hin. »Das ist Rußland!« sagte er.

»Das Grüne?« fragte sie.

Ihr geistlicher Freund seufzte. Ja, das Grüne. Er stand da wie ein Feldherr, mit den Fäusten sich auf den Rand der Karte stützend, und betrachtete sie leicht vorgeneigt mit zusammengepreßten Lippen und bedeutendem Gesichtsausdruck sehr nachdenklich.

»Zu wissen«, sagte die kleine Frau überglücklich und legte ihre Arme rings um das Grüne, »zu wissen, da irgendwo ist der Ambros!«

»Der Maßstab ist eins zu fünf Millionen!« stellte der Pfarrherr fest, um sie etwas abzukühlen.

Die erhoffte Wirkung blieb aus.

»Und wo ist unser Dorf?« fragte sie. Ihre Einfalt hatte etwas Entwaffnendes. Der Pfarrer gab es auf, sie von ihrem Plane abzuhalten, nach Rußland zu gehen und ihren Sohn zu suchen. Warum sollte sie es nicht? Bei Gott ist kein Ding unmöglich. Es hatte nur noch niemand im Ernste eine solche Reise versucht. Alle hatten sich durch die Furcht vor irdischen Mächten abschrecken lassen, sie zu tun. Er wolle zu Gott beten, daß es ihr gelinge.

So kam es, daß irgendeine Frau am Rande der Weltgeschichte, eine zarte, kleine Niemandin, sich eines schönen Tages vor Sonnenaufgang mit einem Bündel und einer Sense auf den Weg machte nach Rußland. Das Blatt der Sense glich dem Flügel eines Engels, der hinter ihr herging, die Hand auf ihrer Schulter, sie heimlich zu lenken.

Die Sense mitzunehmen, hatte ihr der Pfarrer geraten. So würde man allerorten meinen, sie ginge zur Feldarbeit. Es war Frühsommer, als sie das Dorf verließ.

Sie erzählte, wenn sie nach dem Weg fragte, jedermann ganz offen, was sie im Sinne habe, und es gab niemanden, der nicht der armen Närrin redlich dabei geholfen hätte. Es war etwas in ihrem Wesen, das Ehrfurcht heischte, so daß man ihr den Willen ließ, so hoffnungslos ihr Unterfangen auch erscheinen mochte.

Sie ging und ging, ward auch zuweilen ein Stückchen auf Fahrzeugen mitgenommen. Sie trug ein weißes Kopftuch wie Bauernfrauen in der ganzen Welt. Zuweilen rutschte es ihr in den Nacken, dann sah man das spatzenfarbene Haar und den schlichten Scheitel, der etwas Rührendes hatte, etwas mädchenhaft Unschuldiges, das einlud, mit sanfter Hand darüber hinzustreichen.

Niemand hielt sie auf, kein Mensch kam auf den Gedanken, sie nach ihren Papieren zu fragen. Sie hätte gar keine gehabt, außer einem Brief, darin in russischer Sprache ihr Vorhaben geschildert war, nämlich daß sie ihren Sohn Ambros suche mit der Bitte, ihr um Gottes Lohn dabei zu helfen. Das Schreiben hatte ihr der Pfarrer verschafft. Ein Gefangener aus Kiew hatte es geschrieben.

Nur einmal wollte ein Feldgendarm ihr nach. Als ihm aber ein Bübchen zwischen die Beine lief, so daß er der Länge nach hinfiel und sich wohl des gottsjämmerlich schreienden Kindes annehmen mußte, wurde er von der Wandernden abgelenkt.

Sie fand eine Frontlücke, oder besser, sie tat sich vor ihr auf und ließ sie hindurch. Sie war in Rußland. Sie mußte ihrem Freund, dem Pfarrherrn, recht geben. Rußland war wirklich sehr, sehr groß.

Was sie tat, war menschlich begreiflich. Niemand sagte: »Frau, da könnte ja jede kommen und ihren Sohn suchen!« Aber es kam nicht jede, sondern nur sie als einzige. Des Ambros Mutter ganz allein hatte sich von vielen Tausenden als einzige auf den Weg gemacht.

Sie zeigte ihren Brief, der von keiner Behörde gestempelt war. Und er wirkte wie ein Schutzbrief. –

Bis hierher ungefähr hatte ich meine Geschichte, ehe ich sie aufschrieb, einem jungen Soldaten erzählt, nicht ungern übrigens, gleichsam zur Probe, weil ich es schon öfters erfahren hatte, daß mir über dem Erzählen, wobei es nicht wenig auf die Person des Zuhörers ankommen mag, noch allerlei dazu eingefallen war. Hier nun, als ich eine kleine Pause machte, zu überlegen, ob es von Wichtigkeit sei, über die lange Wanderung der Mutter bis ins einzelne Nachricht zu geben, ja selber noch im unklaren und neugierig war, wie es enden werde, unterbrach mich mein Zuhörer. »Sag, daß sie ihn findet!« rief er aus. Und da ich glaube, daß es wohl niemanden auf der ganzen Welt gibt, die Bewohner des Mars und des Mondes mit eingeschlossen, der das nicht von Herzen wünschte, antwortete ich: »Ich will sehen, was sich machen läßt, dir zuliebe. Das kann ich nämlich.«

Denn schreiben, heißt das nicht überhaupt, etwas zuliebe tun? Ist es nicht die vornehmste Pflicht des Schriftstellers und Künstlers, wiedergutzumachen, wenn irgendwo auf Erden ein Unrecht geschieht? Es liegt in seiner Macht, er kann es. Er kann, was menschenunmöglich scheint, wahrscheinlich werden lassen. Er kann und muß seine Stimme erheben, daß künftig dies nie wieder geschehe: diese grausame Ungewißheit Tausender über das Schicksal geliebter Söhne, Gatten, Väter, Freunde.

Die Hoffnung der Mutter ward nicht zuschanden. Eines Morgens im Winter sah der Pfarrer, daß aus dem Kamin des Häuschens der Witwe Rauch aufstieg, ein quirlender, lustiger Rauch. Die Mutter war heimgekehrt und mit ihr der Totgeglaubte.

O Wunder! Er lebte! Er war es wirklich, aus Fleisch und Blut. Die Nachbarn kamen gelaufen. Sie wollten es immer noch nicht glauben. Sie faßten ihn an, der sich's gutmütig gefallen ließ, ob er nicht des Ambrosius Geist sei. Und sie sagten, sie hätten es immer gewußt, daß er wiederkomme.

Alles schien sich aufs natürlichste zu klären. Es sprach sich rasch herum, daß Ambros, als er damals in Feindeshand fiel, zwar schwer verwundet, aber nur bewußtlos gewesen war, auch: wie und wo ihn seine Mutter durch eine Reihe abenteuerlicher, genau besehen aber nicht eben wunderbarer Zufälle endlich gefunden habe und beide im Verlauf einer gewaltigen Schlacht – es klang fast, als habe diese eigens zu diesem Zweck stattgefunden – befreit worden seien. Da waren sie nun wieder, als wäre nichts geschehen.

Ich habe die Geschichte von dem alten Pfarrer, der bisher stets sehr nüchtern von Gott und der Welt gedacht hatte. Er hat sich die Sense geben lassen und in der Votivkapelle aufgehängt. Er schloß seinen Bericht: »Der junge Ambros lebt. Ich habe ihn selbst gesehen. Er ist ein reizender, fast hätte ich gesagt ein ambrosischer Mensch. Aber ich glaube es nie und nimmer.«

Er wolle, wandte ich ein, er wolle damit doch nicht im Ernste behaupten, daß er es am Ende doch nicht wäre?

Er wäre es und sei es doch nicht, antwortete der geistliche Herr. Die Mutter, die werde es wissen. Er aber glaube, daß der Ambros in Wirklichkeit tot sei und begraben. Die natürliche Erklärung, die sei nur für die Leute. Sonst würden sie ihn ja nicht sehen. Das hätte alles so sein müssen, es durfte nichts dabei fehlen.

Er für seinen Teil aber glaube, daß hier ein Wunder geschehen sei. *(1946)*

Floris

– – – how like an angel

Daß es Engel gibt, daran habe ich im Ernste nie einen Augenblick gezweifelt, und ich bin fest davon überzeugt, daß Floris ein Engel war.

Wer sich über die Natur der Engel unterrichten will, dem empfehle ich, den betreffenden Abschnitt in Brockhaus' Lexikon für die gebildeten Stände nachzuschlagen. Ich meine natürlich die gute alte Ausgabe vom Jahre 1833 mit dem schönen in Rot und Gold verzierten Rükken.

»Engel«, steht dort zu lesen, »nennt man eine Art guter Geister, von welchen man glaubt, daß sie mit den Menschen in näherer Beziehung stehen.« Es ist erst kurz von der Hierarchia Coelestis die Rede und heißt dann weiter: »Ihr Geschäft ist, der Gottheit zu dienen, die sich ihrer zur Befriedigung ihrer guten Zwecke als Vorsteher ganzer Reiche und Völker, als Erklärer und Überbringer ihrer Gebote und als Schutzgeister einzelner Menschen bedient. Sie werden gedacht als Geister mit einem ätherischen Körper. Die, welche den Körper bloß für eine Bürde oder ein Gefängnis der Seele halten und sich einen wunderbar hohen Begriff von reineren Geistern machen, halten die Engel, um sie zu ehren, für reine Geister und erklären die Erscheinungen aus deren Vermögen, willkürlich Körper und auch menschliche Gestalt anzunehmen.«

Das ist, meine ich, sehr hübsch und richtig, wenn auch mit ziemlicher Weitschweifigkeit ausgedrückt. Es wird durch die Erscheinung des Engels Floris und seiner Geschichte durchaus bestätigt.

Ich glaube nicht, daß Floris es wußte, daß er ein Engel war, aber eine Ahnung muß er doch davon gehabt haben, eine Erinnerung an eine Zeit, da er Flügel hatte, und daß es herrlich gewesen war, schwingenschlagend zwischen den Sternen auf und ab zu schweben. Und zu singen und Gott zu loben. Er hatte keine Furcht vor der Tiefe und erschreckte die, die ihn liebten, durch seinen lachenden Leichtsinn, mit dem er wie ein Seiltänzer in gefährlicher Anmut etwa auf der Balustrade der Plattform des Münsterturms umherspazierte. Floris schien sogar seine Freude dran zu haben, wenn seine Spielgefährten sich um ihn ängstigten in ihrer Erdenschwere.

Der oben erwähnte, wunderbar hohe Begriff von reineren Geistern ist uns durch die Kunst der alten Meister hinlänglich vertraut. Botticelli beispielsweise war einer, der wußte, wie Engel aussehen. Über Geschlecht und Altersstufe herrschen aus einer sehr diesseitigen Betrachtungsweise die widersprechendsten Ansichten, die durch eine begreifliche Angleichung an die Flügelwesen der Antike wie Thanatos und Eros beeinflußt sind, bis sie schließlich in unseren Tagen ein wehrloses Opfer der Kunstgewerblerinnen wurden.

Floris war ein Engel sozusagen mit botticellischem Einschlag, einem Knabenbildnis ähnlich, das sich in Amerika befindet.

Aber zunächst will ich erzählen, auf welche Weise ich seiner ansichtig wurde. Es war gar nichts Übernatürliches dabei im Werke, so dachte ich wenigstens. Ich wurde eines Tages, als ich durch die Stadt ging, von oben angerufen, von einem Fenster herab. Ein alter Herr, den ich flüchtig kannte, rief mich bei Namen und nannte Ort und Zeit eines Konzertes, das ich mir unbedingt anhören müsse. Muß ich das, rief ich hinauf. Ja, Sie müssen, antwortete die Stimme von oben. Gleichzeitig aus purem Übermut besprengte mich der Alte, der mit der Pflege seiner Fensterblumen beschäftigt war, aus einem roten Gießkännchen.

Es ist eigentlich gegen meine Natur, folgsam zu sein, und ich lasse mich, glaube ich, nicht so leicht beeinflussen. Aber an dem bewußten Tag, obwohl ich die ganze Woche nicht mehr daran gedacht hatte, litt es mich nicht zu Hause. Ich machte mich ohne ein bestimmtes Ziel auf den Weg in die Stadt und fand mich plötzlich vor der Johanneskirche, wohin mich die Stimme von oben befohlen hatte.

Die Johanneskirche ist ein protestantisches und also sehr nüchternes Gotteshaus. In der Architektur und den Ornamenten ist mit Fleiß alles vermieden, was weltliche Gedanken erwecken könnte, und die Kirchenbänke sind entsetzlich unbequem und in der ganzen abendländischen Christenheit bekannt durch ihre erbarmungslose Härte. Es ist eine Strafe, darauf zu sitzen. Da es ohnehin nicht so leicht ist, zu Gott zu gelangen, warum macht es uns der Erbauer dieser Stätte der Anbetung noch schwerer? Übrigens befindet sich des Baumeisters Grabdenkmal in der Kirche. Er liegt still in sich hineinlächelnd in steinernem Schlaf.

Der Bänke ungeachtet kamen viele Besucher zu dem frommen Konzert. Es fand auf der Orgelempore im Rücken der Gemeinde statt und begann mit Buxtehude, wobei ich ein wenig bangte, ob der Organist durchhalten werde. Denn seine Leidenschaft ging gleich zu Beginn mit ihm durch, und es war zu erwarten, daß er sich irgendwann musikalisch werde verschnaufen müssen. Des Orgelspiels wegen hatte mich der freundliche Alte wohl kaum in die Kirche geschickt. Also wartete ich geduldig auf das Besondere.

Ich vergaß es anzumerken, daß mein Erlebnis schon viele Jahre zurückliegt. Dennoch erinnere ich mich genau an alle Einzelheiten, auch daran, daß neben mir ein dicker Herr saß, der unfeierlich nach Zigarren roch und ab und zu mit seinem Schlüsselbund klimperte.

Was nun kam, war wirklich etwas Ungewöhnliches.

Ich hörte einen Engel singen.

Nie wieder habe ich eine so holdselige, so reine Stimme gehört, so voller Wohllaut und Innigkeit, nie wieder einen so frohlockenden, überirdischen Gesang. Ich bin nicht so leicht zu rühren, aber als ich die ersten Töne dieser Knabenstimme vernahm, kamen mir vor Freude die Tränen. Er sang: Gott, höre mein Flehen! Dies Lied, so dachte ich bei mir, wird erhört, es ist Gott wohlgefällig. Die Menschen aber, die dieser Stimme lauschten, solange sie tönte, so lange waren sie gut, so lange hatte der Böse keine Macht über ihre Herzen.

Die Einbildung, daß es ein Engel sei, der sang, und die Angst, von seinem Anblick enttäuscht zu werden, war so stark, daß ich nicht begehrte, mich nach dem Sänger umzuschauen, bis ich merkte, daß manche andere Zuhörer, wenn auch verstohlenerweise, sich umwandten und guckten. Ich ließ meinen Hut fallen, den ich mit den Daumen über den gefalteten Händen im Schoße gehalten, und während des Aufhebens tat ich einen Blick schräg rückwärts zur Empore hinauf, wo der singende Engel stand.

Die Stadt, in der dieses sich zutrug, liegt weit ab vom Meere, fern von ozeandurchfurchenden Schiffen. Um so verwunderlicher war es, daß der Knabe mit dem berükkenden Diskant einen Matrosenanzug trug, der, wenn man einen Kalauer machen will, durch das Vorhandensein eines Kirchenschiffs nicht hinreichend gerechtfertigt erschien.

Nun trat der Schiffsjunge vom Geländer zurück in den Chor der Sängerknaben, der Johannesen, die ihn, das spürte man, umdrängten und beglückwünschten.

Floris sang aber nicht nur wie ein Engel der himmlischen Heerscharen, er war auch in seiner ganzen Erscheinung »wie ähnlich einem Engel«, allerdings trug er das silberblonde Haar unnatürlich lang, aber er hatte sonst nichts Mädchenhaftes. Freilich war es auch kein Lausbubengesicht, auch nicht von der pausbäckig rustikalen Art der Blasengel, sondern es war ein Antlitz von der gleichen überirdischen Schönheit wie seine Stimme, vollends jetzt, da er, des Lobes der Gefährten sich freuend, lächelte.

Man konnte erschrecken über so viel Vollkommenheit,

den natürlichen Anstand, die reizende Artigkeit im Umgang, die unbefangene Nettigkeit des Wesens. Aber diese Vollkommenheit war nicht langweilig, etwas Fremdartiges lag in ihr, etwas Ungewöhnliches.

Wer mochten seine Eltern sein? Ich erfuhr es bald. Ohne sie zu kränken, darf man sagen, daß sie keine rechte Ahnung hatten von dem, was ihnen zuteil geworden war. Sie saßen übrigens, anders litten sie es nicht, auf der Empore neben dem Orgeltisch auf einem Bänkchen, den Flauschmantel ihres Knaben, seinen schottischen Schal, seine Handschuhe aus Hasenwolle und die bebänderte Matrosenmütze mit der Umschrift Tsingtau quer über den Knien, um alles warm zu halten, denn sie waren sehr besorgt um die Stimme und wußten, daß man sich in der Kirche gern erkältet. So saßen sie mit wartenden Gesichtern, doch ohne eigentlich zuzuhören, ja eher mit einer Miene, die sagte: wir haben das alle Tage, aber wir gönnen es euch. Für uns ist das nichts Neues. Es ist ausgemacht, daß sie beide völlig unmusikalisch waren.

Wenn dann Floris fertig war, stürzten die Eltern sich auf ihn und packten ihn ein, als wäre er ein Cello, schlangen den langen Schal ihm um den weißen seraphischen Hals, legten die Enden kreuzweise über der Brust zusammen, zogen ihm den Mantel über und die Handschuhe, in die sie erst ihren warmen Atem bliesen, und setzten ihm sogar die Mütze auf, was er sich denn alles mit einer wahren Engelsgeduld gefallen ließ. So eingemummt entführten sie ihn, nicht duldend, daß er noch ein Wort mit seinen Gefährten sprach, oder irgendein Fremder sich an ihn mache, vor allem solche, die seinen noch sehr kindlichen Namenszug begehrten. Er hatte einen Familiennamen, aber er wurde von jedermann nur Floris genannt.

Nach dem Getue, das die Eltern mit ihm hatten, mochte man denken, daß Floris zu Hause wie ein kostbares Kleinod in rosa Watte gebettet aufbewahrt werde bis zum nächstenmal.

Der Vater des Sängerknaben war kein Engel, sondern ein anmaßender, unausstehlicher Mensch, der beständig Rücksicht verlangte, die ihm seine ziemlich törichte Frau mit sklavischer Demut angedeihen ließ. Seine Anmaßung stützte sich auf eine fixe Idee. Er wollte das Problem des Schwingenfluges für den Menschen lösen und rechnete und bastelte oft ein paar Tage und Nächte mit sturem Fleiß, um dann wochenlang zu faulenzen. Als er merkte, welchen frühen Ruhm sein Sohn genoß, tat er sich viel darauf zugute, als wäre es sein Verdienst, und renommierte ganz schrecklich mit ihm. Schien diese Umluft, in der Floris, doch völlig unberührt von ihr, aufwuchs, nicht sehr erquicklich, so wurde sie durch einen glücklichen Umstand gleichsam gereinigt. Seine Mutter war Wäscherin und Büglerin »für feine Wäsche«, wie man auf dem Glockenschild lesen konnte, was nicht nötig gewesen wäre, da die Gasse, wo sie wohnten, immer vom anmutenden Dampf des Waschzubers, im Winde trocknenden oder frischgebügelten Zephirleinens erfüllt war.

Übrigens schien Floris sich selber gar nichts aus seiner Stimme zu machen, er bildete sich nichts darauf ein und schien sich nur zu wundern, daß nicht alle Buben seines Alters so schön sangen wie er. Es wird aber meines Erachtens von den Menschen viel zuwenig erkannt, was es bedeuten soll, wenn Gott zu Zeiten seine Engel – und ein solcher war Floris – auf die Erde schickt. Sie haben keine Augen dafür. Sie sollten sich sagen, sieh, so sollten wir sein, so könnten wir aussehen, so engelsgut, so schön und Gott wohlgefällig. So ist es gemeint.

Man muß nun nicht denken, daß Floris ein rechter Tugendbold gewesen sei. Auch wäre es falsch, wollte man sagen, er sei durchtrieben oder gar scheinheilig gewesen, durchaus nicht. Er war ein munterer, sehr gutmütiger, lieber Bub, ein mittelmäßiger Schüler und alles andre als ein Musterknabe. So konnte er etwa, als sie einmal bei der Probe auf den alten Organisten, ihren Chordirigenten, warten mußten, seine Gefährten, die ihn sehr gern mochten, dazu verleiten, auf der Empore miteinander zu tanzen, während einer der älteren Knaben auf der Orgel schlecht und recht einen Walzer spielte, den Floris besonders liebte, ich glaube einen von Tschaikowski. Aber der Schüler, der mit ihm tanzte, erzählte hernach, Floris sei so leicht im Arm gewesen wie eine Feder, kaum spürbar, daß ihm fast unheimlich zu Mute ward.

Eine gewisse Schwermut, vor allem in den Augen, bewahrte sein Gesicht vor jeder Süßigkeit. Aber man mußte ihn haben singen sehen, und wie die Musik ihn gleichsam verklärte, so daß man meinen konnte, sein Matrosenkragen werde sich in ein Flügelpaar verwandeln, und er zum Himmel entschweben. Es war dann wirklich etwas Überirdisches an ihm, und doch konnte er gleich darauf das mitgebrachte Pausenbrot hervorziehen, auspapieren und mit reizender Lust die Hälften aufklappen wie ein Buch zu sehen, ob es (und was für eine) Wurst oder welcher Käse es sei, womit man es belegt. Und wenn seine Mama obendrein ein Fächerlein aus jenen putzigen Gurken daraufgetan hatte, die richtige kleine Persönlichkeiten sind, dann war es köstlich fürwahr.

Man konnte ihm indessen getrost dabei auf den Mund sehen, wenn er sang, sprach oder aß, ganz besonders aber, wenn er sang. So abscheulich ein Menschenmund sein kann, so lächerliche Stellungen er bei erwachsenen Sängern und Sängerinnen manchmal annehmen kann, bei Floris war er immer wohlgeformt, allenfalls drollig-unbekümmert und seine für einen Buben seines Alters erfreulich gut gepflegten Zähne, sozusagen die Klaviatur seiner Stimme, waren untadelig.

Er wußte nicht, daß er ein Engel war, und was es für eine Gnade ist, eine solche Stimme zu haben. Aber es gefiel ihm in aller Unschuld sehr, daß er so singen konnte, und er sang gern. Mit sicherem Gehör und Gefühl konnte er frühzeitig wohl unterscheiden, was gute und was minder gute Musik sei. Er war im Gegensatz zu seinen Eltern hochmusikalisch. Doch hat er es auf einem Instrument nie weit gebracht, als wäre es unter seiner Würde, sich mit solchem unzureichenden Ersatz abzugeben. Ich glaube, es gehört gemeinhin zu den Seltenheiten, wenn große Meister des Gesanges Ebenbürtiges etwa auf dem Klavier leisten.

Seit jenem denkwürdigen Kirchenkonzert versäumte ich kaum eine Motette, in der Floris sang, und später lernte ich ihn auch kennen. Ahnungslos hatte ich, um für einen unglücklichen Bekannten etwas in Ordnung zu bringen, mit Floris' Vater zu tun bekommen, der neben seiner aeronautischen Leidenschaft ein kleiner Geldverleiher war, ein sogenannter Krawattenmacher. Zu meinem Erstaunen öffnete mir der Engel Floris die Türe, und so wurden wir miteinander bekannt. Er redete mich gleich mit meinem Namen an und begegnete mir mit einer Ehrerbietung, die ich mir zunächst nicht erklären konnte. Ich hatte eine heilige Scheu vor ihm. Es war ja schließlich das erstemal, daß ich die Bekanntschaft eines Engels machte und ihm die Hand gab. Ich bin in seiner Gegenwart nie ein Gefühl der Befangenheit los geworden und, wie mir Floris später gestand, er auch nicht bei mir, was jedenfalls eine wunderliche Grundstimmung im Umgang zweier Menschen bedeutet. Denn wenn ich auch die Musik über die Maßen liebte und in ihrem Bezirke als kein ganz Unkundiger gelten darf, so doch ausschließlich zuhörenderweise. Ich bin bis in den Vorhof des Heiligtums gelangt, nicht weiter. Ich spiele kein Instrument, und es erscheint mir stets als ein unbegreifliches Wunder, wenn jemand nur einigermaßen Klavier oder Geige spielt. Es ist meine feste Meinung, daß ich nie dazu imstande gewesen wäre, derlei zu erlernen, allein schon was die Fingerfertigkeit betrifft, und es blieb ein Wunder für mich, wenn jemand wie Floris so mühelos, wie ich Druckschrift lese, Noten vom Blatt sang.

Er seinerseits, beträchtlich schwach im deutschen Aufsatz und völlig außerstande, so etwas wie ein Gedicht zu machen, bestaunte meine Überlegenheit auf diesem doch so lächerlich einfachen Gebiet mit kindlicher Einfalt und Ehrfurcht. Meister, redete er mich an, anfangs ganz im Ernste, später mit einem heiter-respektlosen Unterton. Ich nannte ihn dafür Maestrino. Wir einigten uns, nachdem jeder des andern Kunst gelobt, schließlich darauf, daß bis zu einem gewissen Grade auch der Schriftsteller in Vers und Prosa so etwas wie ein Musiker sei, und es nichts schaden möchte, wenn auf Konservatorien auch diesem musikalischen Nebenfache ein bescheidener Platz gesichert bliebe. –

»Du magst einwenden, was du willst, Maestrino«, sagte ich einmal zu ihm, »es muß eine der höchsten Empfindungen sein, deren ein Mensch überhaupt fähig ist, so singen zu können wie du!«

»Sie haben recht«, antwortete er, das Gesicht mit jenem Ausdruck aufwärts gewandt, den es annahm, wenn er sang, so als schaue er etwas, was sonst kein Mensch so leicht erschaut, »Sie haben recht. Es ist herrlich.« Und nach einer Weile fuhr er fort: »Ich glaube, ich kann es niemandem völlig begreiflich machen, wie einem dabei zu Mute ist.«

Ich habe diese Worte aus zwei Gründen wörtlich in der Erinnerung behalten. Ich glaubte, bemerkt zu haben, daß seine auch im Sprechen überaus wohllautende Stimme bei dem Worte »herrlich« plötzlich umgekippt war, und ich glaube, er hatte es auch wahrgenommen. Zum andern: er sagte diese Worte am Vorabend meiner lange geplanten Reise nach Griechenland, aus der indessen nichts wurde, da ich unterwegs plötzlich erkrankte und wochenlang im Krankenhaus liegen mußte. Es war eine innere Blutung, eine angeblich seltene Erscheinung. Ich verstehe nichts von Medizin, aber ich mußte, obwohl es nicht zum Lachen war, doch etwas lächeln, weil der Arzt sagte, daß es durchaus denkbar wäre, daß bei einem ganz gesunden Menschen urplötzlich in der Lunge oder am Herzen ohne ersichtliche Ursache das Blut aus seiner Bahn bräche – es ist sicher wissenschaftlich unhaltbar, was ich da wiedergebe –, weil es das Leben satt hat. Es springt davon, es mag nicht mehr.

Ich aber mochte noch. Da ich nun um meine schöne Reise gekommen war, was blieb mir andres übrig, als mir eine zu erträumen, so wie ich sie längst gern einmal gemacht hätte. Ich hatte ja Zeit. Ich reiste, wohin ich wollte, tat, was ich wollte, sah die schönsten Dinge der Welt, Herrlichkeiten, die es in Wirklichkeit gar nicht gibt, sah Schauspiele, hörte Opern in einer idealen Besetzung, begegnete nur reizenden Menschen, die alle sehr nett zu mir waren (ich hatte es ja in der Hand). Es gefiel mir ausgezeichnet, und ich freute mich schon darauf, den Unsinn Floris vorzulesen, wenn ich zurückkehren würde.

Ich hatte ihm zwei oder drei Bilderbriefe geschickt, aber keine Antwort erhalten. Ich wußte jedoch, daß er in seiner Schublade zu Hause wohl ein halbes Dutzend angefangener und wieder verworfener Antworten liegen hatte.

Natürlich ging ich gleich nach meiner Rückkehr, obwohl mir, verwöhnt durch ein geradezu paradiesisches Bett, vor den protestantischen Kirchenbänken graute und mir in Erinnerung an jenes Gespräch nicht ganz wohl zu Mute war, geradewegs in die Motette. Ich wollte Floris hören.

Die Stimme, die nach einem Orgelpräludium zu singen anhob, obgleich schön auch sie, war nicht Floris' Stimme. Ich will dem neuen Sängerknaben, von dem in der Folge viel Wesens gemacht wurde, nicht Unrecht tun: aber ich wollte Floris hören, die Stimme eines Engels, nicht eine Kinderstimme, die auch recht hübsch war, zugegeben, aber doch nicht jenen Silberklang hatte, jenen Schmelz und fast hätte ich gesagt, die Heiligkeit, die Floris' Stimme so unvergleichlich machte. Zum Unglück sang der Knabe eine Arie, die ich oft von Maestrino Floris gehört hatte. Es tat mir einfach weh. Bei Floris hatte man zudem nie Angst haben müssen.

Nach der Motette ging ich auf die Freiung, wo sich die Sängerknaben vor dem Heimgehen zu treffen pflegten und Kritik hielten. Der erste, der die Treppe von der Orgelempore herab kam, war Floris. Er ließ mich nicht zu Wort kommen mit lauter alltäglichen Fragen, wie es mir ergangen sei, was meine Gesundheit, was mein neues Buch mache, und dann sagte er: »Ein anderer Bub singt jetzt.« Er sagte es leichthin, mehr so, als bedauere er, mich enttäuscht zu sehen. »Wir finden ihn sehr gut. Ich mutiere. Schauen Sie bloß.« Er zeigte mir seine Hände. Sie stachen weit aus den Ärmeln. Der Matrosenanzug war ihm zu klein geworden. Er hatte ihn zum letztenmal an. Er lüpfte die Mütze. Das Haar war kurz geschoren.

Es war gewachsen und wuchs noch, unaufhaltsam.

Was ist es, was da wirkt und uns verwandelt? Warum ist es nicht so, daß der Mensch von Anfang an gleichmäßig fort wächst bis zu seiner vorgesehenen, endgültigen Größe? Etwas recht Unheimliches liegt da in uns auf der Lauer, das vielleicht schon als Bild da war, wie wir fertig aussehen, wie wir gedacht sind, das weiß, wann es Zeit ist. Die kleine Mutation beim Zahnwechsel und dann die entscheidende große mit dem Stimmwechsel. Ach, was sind aus den entzückendsten Kinderchen oft für bedauernswert häßliche Mädchen oder Flegel geworden!

Ich will nicht sagen, daß Floris ein solcher Flegel geworden ist. Eine gewisse Ähnlichkeit mit jenem Engel im Matrosenanzug blieb ihm. Ich sah ihn, ohne es verhindern zu können, vor meinen Augen heranwachsen. Erst war er mir bis zu den Schultern, dann bis zum Kinn und bis zum Mund gediehn. »Meister«, sagte er eines Tages, »jetzt bin ich größer als Sie!« Er war es wirklich und er sagte es mit seiner angenehmen, jetzt dunklen Stimme, die aber keine Singstimme wurde. Er gab den Versuch, sie zu schulen, bald auf. Seine Knabenstimme hatte man zu rechter Zeit auf Schallplatten aufgenommen. Das bedeutet, man besitzt die Totenmaske seiner Stimme. Sie ist es und ist es doch nicht, so sehr sie in aller Welt heute noch bewundert wird. Man mußte Floris singen gesehen haben.

Ach, diese Stimme, vielleicht hatte sie sich verpuppt und verwandelte sich in eine andere Gestalt, wie aus der Raupe ein Falter wird. Vielleicht verwandelte sie sich in Liebe. Oder hatte sie ihn verlassen, war heimgekehrt unter die seligen singenden Geister oder wohnte in einem anderen Mund. Fast schien es, als sei sie auf den neuen Sängerknaben übergegangen, für den Floris übrigens eine Zeitlang eine rührende Zuneigung zeigte. Wie seine Eltern bei ihm, saß jetzt Floris auf dem Bänkchen neben der Orgel und hielt Mantel und Schal bereit. Man erinnert sich vielleicht, daß der kleine Sänger, übrigens kurz vor der Mutation, während einer Seuche hingerafft wurde, und obwohl sein Gesang bei aller Lieblichkeit nicht an den Maestrinos heranreichte, war es erschütternd, wie die ganze Stadt um den Buben trauerte. Auf der Urne steht geschrieben: die Asche einer Stimme. Auch Floris war erkrankt, aber er genas, dank seiner kräftigen Natur. Er half nun seinem Vater in der Werkstatt bei dessen fruchtlosen Basteleien, über die er sich früher immer lustig gemacht hatte. Bei einem Flugversuch stürzte Floris kürzlich ab und wurde ziemlich bös zugerichtet. Als ich ihn besuchte, lächelte er mich aus den Verbänden an und sagte leise: »Erinnerst du dich noch an die Zeit, als ich ein Engel war?« *(1946)*

Olifant

›Aus den nachgelassenen Papieren‹ oder ›Aufzeichnungen eines Verstorbenen‹, solche und ähnliche Einleitungen, mittels deren die Dichter ihre arglosen Leser glauben machen wollen, die folgende Erzählung beruhe auf reiner Wahrheit, haben mich von je verdrossen. Geheimnistuerisch bezeichnen die Verfasser die Gestalten und Orte des Geschehens nur mit den Anfangsbuchstaben, wie etwa Graf N. oder: das Herzogtum W... Auch die Unsitte des Ich-Romans rechne ich dazu, wobei der Schreiber sich natürlich einen fremden Beruf beilegt, den er in Wirklichkeit nie ausgeübt hat, zum Exempel: Ich war damals erster Steuermann auf dem Westindienfahrer Barbara Smith, und was derlei Alfanzereien mehr sind. Sie reden von einer ›Mütze voll Wind‹, von Elmsfeuer und dergleichen, aber ich glaube ihnen kein Wort. Durch solche bewußte, doch im Grunde recht billige Irreführungen bleibt der Leser im ungewissen, ob es sich nicht doch um eine wahre Begebenheit handelt. Durch den Reiz der Neugierde und das prickelnde Gefühl, Mitwisser eines Geheimnisses zu sein, soll der Genuß erhöht werden, ein nicht ganz redliches Verfahren, das dem der Zauberkünstler ähnelt.

Ich für mein Teil bin für die unmittelbare Form des Erzählens.

Unter solchem Vorbehalt mag der Leser selbst ermessen, wie mir zumute war, als ich in meiner zwiefachen Eigenschaft als Arzt und Schriftsteller, zwei Berufe übrigens, die eine wesentliche innere Verwandtschaft haben, mit einer abenteuerlichen Geschichte bekannt wurde, die jener eingangs gerügten Veranstaltungen bedarf, da die handelnden Personen noch unter den Lebenden weilen.

Ich übe meine ärztliche Praxis noch aus, obwohl sie recht bescheiden geworden ist. Nach meiner Erfahrung nahm das Vertrauen der Mitmenschen in meine ärztliche

Kunst in dem Grade ab, in welchem das für meine Fabulierkunst wuchs, wofür ich volles Verständnis habe. Auch kam es immer häufiger vor, daß ich einen Patienten ahnungslos fragte, was ihm fehle, und er ein Manuskript aus dem Busen zog, um es mir vorzulesen. Es handelte sich vorwiegend um hoffnungslose Fälle chronischer Sonettitis und Dramatorrhöe jambica.

Gestern nun saß in meinem Wartezimmer ein junger Mensch, der mir schon beim flüchtigen Hinsehen dank meiner vieljährigen Erfahrung mit den Varietäten der Spezies Mensch durch jene auserlesene Schönheit auffiel, darin sich der Schöpfer selbst in seinem Werke preist.

Der geduldige Wartende ließ den anderen Patienten höflich den Vortritt, offenbar in der Absicht, als letzter dranzukommen, so daß mir schon nichts Gutes ahnte. Vielleicht war er ein Lebensversicherungsagent oder am Ende ein Poet, obwohl er des Dichtens nach seinem Äußeren nicht bedurft hätte. Er sah, man bekommt dafür allmählich einen Blick, jedenfalls nicht krank aus, will man nicht solche gefährliche Schönheit als Krankheit bezeichnen. Ich kenne derlei Fälle.

Er kam mir übrigens gleich bekannt vor. ›Wo‹, dachte ich mir, während ich eine langjährige, etwas schwierige Patientin begrüßte, ›wo in aller Welt hast du dieses Gesicht schon gesehen?‹

»Ich komme, Herr Doktor, nicht meinetwegen«, sagte der junge Mensch, als er schließlich an die Reihe kam, »ich suche Ihren Rat wegen Charis.«

Charis – ich habe unter Verschweigen des wahren Namens mich nach Durchkosten sämtlicher Vornamen für diesen entschieden – Charis, ein ungewöhnlich liebreizendes Geschöpf, ist eine Patientin von mir. Es handelt sich bei ihr um einen jener gottlob seltenen, sehr merkwürdigen Zustände eines schmerzlosen, unaufhaltsamen Hinschwindens ohne irgendeinen nachweisbaren krankhaften Befund, also um einen der Fälle, angesichts deren die ärztliche Wissenschaft vor einem Rätsel steht.

Vor einigen Wochen war ich an das Krankenbett eines jungen Mädchens in der Mühlenstraße gerufen worden, wo mich eine komische ältere Dame empfing, die ich Tante Afra nennen will, was sie mir verzeihen möge, falls ihr dieser Bericht je vor die Augen kommen sollte.

Ihre unglückliche Nichte, so erzählte sie, sei in der herzoglichen Gemäldegalerie gewesen und gewiß infolge der in solchen Museen üblichen schlechten Luft ohnmächtig geworden und noch nicht zu sich gekommen.

Ich fand sie wie schlafend mit einem zufriedenen Gesicht. Der Puls war schwach. Als sie dann in meiner Gegenwart erwachte, schien sie erst angestrengt nachzudenken, dann errötete sie und entschuldigte sich, daß sie solche Dummheiten mache.

Nach den Regeln der Wissenschaft mußte sie in wenigen Tagen wieder gesund sein. Aber sie richtete sich nicht danach, sondern begann klaglos dahinzuschwinden, wie Schnee schmilzt. Ihr Herzschlag wurde immer zarter. Kein Mittel half.

»Sagen Sie mir die Wahrheit«, bat mein Besucher.

Ich verwies auf die Wahrung meines Berufsgeheimnisses. Aber er schien dies erwartet zu haben. Er tat, während ich ihn argwöhnisch betrachtete, jenen verdächtigen Poetengriff nach der Brusttasche und übergab mir einen Brief. Er war von Charis.

Mich als ›lieber Herr und Freund‹ anredend, bat sie mich, den Überbringer gütigst anzuhören. Sie kenne nun den geheimen Grund ihres Leidens. Durch das Lesen meiner Bücher sei sie auf den vielleicht wunderlichen Gedanken verfallen, dem ›zauberkundigen Genius‹ (so schrieb sie) die beiliegenden Papiere und die darin enthaltene Geschichte zu überantworten.

Es sprach ein so kindliches Zutrauen aus den Zeilen, daß mir war, als gäbe mir die Schreiberin ihr Leben, das fast schon im Verlöschen war, in meine Hand, und nicht nur das ihre, sondern auch das des einnehmenden Jünglings, der vor mir saß.

Nicht an den Arzt so sehr wende sie sich, sondern an den, der einmal geschrieben habe, als es darum ging, in einer Erzählung ein drohendes Unheil zu wenden: »Ich will es tun, dir zuliebe. Das kann ich nämlich.«

Sie nähme mich jetzt beim Wort.

Charis also schien allen Ernstes zu glauben, daß Poesie die Macht habe: ›ein schauriges Verhängnis‹, so schloß sie, ›das über dem Leben ihres Freundes walte, zu bannen und den unseligen Fluch von ihm (und ihr) zu nehmen‹.

Schöne Unglückliche, mich deucht, du verlangst etwas viel von mir! So ist es ja schließlich nicht, daß ich es nur zu schreiben brauche und es *ist.* Und wenn schon wirkliches Leben in die Dichtung eingehen mag, muß dann auch die Umkehrung zu Recht bestehen?

Freilich, der Künstler besitzt, zum guten Glück nur auf dem Papier, eine verführerische Macht über Leben und Tod seiner Gestalten, aber, so wie du dir das vorstellst, möchten dann nicht die von ihm geschaffenen Gestalten, schöne Charis, über des Dichters Leben und Tod Macht gewinnen? Und über sein Herz? Sei's drum.

Mein Besucher hatte, das fühlte ich, versucht, aus meiner Miene über dem Lesen des Briefes meine Gedanken zu lesen.

»Kennen wir uns nicht?« fragte ich ihn geradezu, »wenn mich mein Gesichtnis nicht trügt, habe ich Sie schon gesehen.« Meine gewiß harmlose, freundlich vorgebrachte Frage schien ihn zu beunruhigen.

»O, bitte, nein«, entgegnete er fast schroff, aber sich der Unziemlichkeit seines Betragens schnell bewußt werdend, fügte er, indem er einen größeren Umschlag, der wohl die vorerwähnten ›Papiere‹ enthielt, betrachtete, artiger hinzu: »Ob Sie mich schon gesehen haben? Ganz so unwahrscheinlich ist es allerdings nicht. Meinen Sie dies?«

Nach solchen Worten setzte er sich ein wenig im Sessel zurecht, als ob er mir zu einem Bilde sitzen solle, neigte sein Antlitz ein wenig nach der linken Schulter, hob die linke Hand zur Brust, so daß die Fingerspitzen von ungefähr die Gegend seines Herzens berührten, mit der anmutigen Gebärde der Unschuld also, und blickte mich in dieser Haltung eine Weile regungslos verharrend aus den Augenwinkeln traurig-hold und unbeteiligt an. Doch hätte es dieser Erinnerung gar nicht bedurft.

Sein Haarschnitt, seine Kleidung waren freilich verändert, doch das Gesicht war es, unverwechselbar. Es war freilich wunderbar genug, daß er nun endlich vor mir saß, den ich länger kannte, als es bei seinen jungen Jahren möglich schien, dem leibhaftig zu begegnen ich mir immer gewünscht hatte. Doch es ist noch nicht an der Zeit, dem Leser das Geheimnis dieses Wiedererkennens zu entdecken.

»Vortrefflich«, sagte ich, beinahe versucht, ihn du zu nennen, »aber demnach müßten Sie mich eigentlich auch gesehen haben.«

Er gab es mit einem verstehenden Lächeln zu. »Eigentlich ja, sozusagen.«

Dann zum Anlaß seines Besuches zurückkehrend, fragte er mit einem so leidenschaftlichen Ausdruck, daß ich besorgte, er werde im nächsten Augenblick in Tränen ausbrechen: »Glauben Sie, daß Sie das Unheil wenden können?«

»Kranke, dem Tod Geweihte«, versetzte ich, »haben zuweilen eine tiefere Einsicht in die den Lebenden oft so dunkel und verworren erscheinenden Zusammenhänge der Welt. Charis wird wissen, warum sie Sie zu mir geschickt hat.«

»Sie haben Hoffnung?« fragte er, meine Hand ergreifend.

Fast bereute ich meine Worte. Er möge mir die Freude machen, am morgenden Tage wiederzukommen. –

Offenbar bin ich, unversehens, in den Strudel fremder Schicksale geraten, spät, an der Schwelle des Alters fast. Ich kann mir ausrechnen, daß mein Leben nach menschlichem Ermessen günstigen Falles noch seine zehn Jahre höchstens dauern werde. Darüber hinaus mußte sich die Wahrscheinlichkeit notwendigerweise von Monat zu Monat, von Woche zu Woche und schließlich von Tag zu Tag vermindern.

Ich zähle bedächtig die Zeichen des Alters. Fange ich nicht schon an, ein bißchen schrullig zu werden?

Auf meinem Schreibtisch steht seit kurzem ein Miniaturskelett, aus Elfenbein geschnitzt, mit beweglichen Gelenken nach Art jener Gliederpuppen, wie sie Maler verwenden, anatomisch getreu, eine überaus zierliche französische Arbeit, vermutlich durch Vesal beeinflußt. Ich spiele fast täglich mit dem elfenbeinernen Männlein und gebe ihm allerlei tänzerische Stellungen.

Auch der Magnetbaukasten gehört zu meinen Unterhaltungen, womit man gegen alle Gesetze der Statik aus stählernen Kügelchen, Klötzchen, Stäbchen und Nadeln allerliebste und geistreiche, der abstrakten Kunst nahestehende Gebilde ersinnen und bauen kann. Dieses Spiel besitzt eine große Anziehungskraft für mich und hat eine geheime Verwandtschaft mit einem anderen Spiel, das ich sehr liebe und das den Vorzug hat, in der Anschaffung sehr billig zu sein. Feder, Tinte und Papier ist alles, was man dazu braucht.

Jeder Mensch, ich nehme mich keineswegs dabei aus, wird mit den Jahren unweigerlich zur Romanfigur. Der Schriftsteller in Sonderheit wird durch seinen fleißigen Umgang mit Büchern gar selbst zum Buche, und ich habe zuweilen das vertrackte Gefühl, etwa von meinen Kindern nicht als Mensch, sondern als zweibeiniges Buch genommen zu werden. Sie lesen in mir, und an komischen Stellen lachen sie sogar.

Zu meinen Alterseigenheiten zähle ich auch, daß ich fest davon überzeugt bin, die Beziehung zwischen

Mensch und Kunstwerk sei gegenseitig. Ich glaube, daß Bilder, die wir gern haben, uns wieder zu lieben vermögen oder uns ablehnen.

Ich bin gern alt. Ich finde, man hat mehr vom Leben. Aber ach, wenn man endlich gelernt hat, mit den Herrlichkeiten der Welt etwas Rechtes anzufangen, ist es gewöhnlich zu Ende. Das Leben ist doch gar zu kurz.

Täglich erfahre ich mehr eine der großen Gnaden des Alters, nämlich die Gabe weisen Entzückens an den Einfällen des Schöpfers, so etwa an den Reizen der Jugend, wie sie die liebliche Charis verkörpert (und ihr Freund) und wie man sie so beglückend nicht zu empfinden vermag, solange man selber noch jung ist.

Ich fange an, nachts lang wach zu liegen. Aber ich bin darüber nicht ungehalten. Dann beginnen meine Gedanken durcheinander zu zwitschern wie eine Vogelschar in der Krone eines alten Apfelbaumes, und so entstehen meine Geschichten.

Ich kann sogar meine Träume beeinflussen, mir wünschen, von was und von wem ich träumen möchte, und es geschieht. Ich nenne es ›Anträumen‹. Übrigens habe ich noch nie geträumt, daß ich ein alter Herr bin. Mein Traumalter liegt bei zwanzig Jahren. Doch kommt es leider vor, daß ich Traum und Wirklichkeit durcheinanderbringe. Das Leben erscheint mir von Tag zu Tag märchenhafter.

Eines fällt mir auf, je mehr ich mich dem Augenblick nähere, da:

›...lautlos sich auftut das dunkle Tor zur Nacht‹, um so schwerer fällt es mir, die Gestalten in meinen Geschichten sterben zu lassen. Ich lasse lieber ein Wunder geschehen, um sie zu retten.

Solches erwägend nahm ich den versiegelten Umschlag zur Hand, der meinen vollen Namen trug. Er hatte von außen ein fast amtliches Aussehen, als enthalte er mindestens die Ernennung zum Staatsminister. Ich konnte mich des Gefühls nicht erwehren, vor einer lebenswichtigen Entscheidung zu stehen. In solchen Augenblicken tue ich es nicht anders, ohne erst das reinigende Brandopfer einer Zigarette zu entzünden. Dann öffnete ich den Umschlag.

Ungeachtet des traurigen Anlasses, mußte ich lachen. »Wenn Sie dieses Schreiben in Händen halten, weile ich vermutlich nicht mehr unter den Lebenden«, so las ich mit heiterm Unmut. Aber die kluge Schreiberin fuhr fort: »Genau so, wenn mir recht ist, müssen solche Vermächtnisse beginnen.« Und dann las ich weiter mit wachsender Teilnahme, dankbaren Herzens. Die in den Aufzeichnungen enthaltene Geschichte konnte Wort für Wort von mir erfunden sein.

Im folgenden werde ich mich einmal der tagebuchähnlichen Aufschreibungen der liebenswürdigen Charis, zum andern eines an sie gerichteten, ausführlichen Briefes unseres schwermütigen Freundes bedienen, des wesentlichen Teils der Papiere, zum dritten mag es der Leser meiner schöpferischen Unbescheidenheit verzeihen, wenn da und dort, besonders am Schlusse eigene Glossen nötig werden sollten, wie es der weitere Verlauf der Ereignisse füglich ergeben möchte.

Mein Vorteil wird darin liegen, daß ich nach Einsicht in die Papiere die Zusammenhänge überschaue und daß ich, da die Zukunft des Geschehens in meine Hand gelegt ist, Sinn und Ordnung in den Gang der Geschichte bringen und Unwesentliches weglassen kann. Sprachlich glaubte ich jedoch nichts ändern zu sollen, was ich der Nachsicht des Lesers empfehle.

> Elle fut tellement consumée
> d'amour, qu'il ne resta
> rien d'elle.

Meine geheimsten Gedanken will ich aufschreiben, die also, welche uns absichtslos entschlüpfen. Der ›erste

Eindruck‹ gehört dazu, den man von einem Menschen hat, die erste Empfindung. Wer denkt sie? Es sind die Gedankenkinder, die noch nicht durch die Kinderstube des Anstandes und die Besserungsanstalt der Vernunft gegangen sind, die ›enfants terribles‹, die noch ungekämmten, unfrisierten Gedanken.

Manchmal erschrecken sie mich, die ich glaube herzensgut zu sein. Denn sie können abgründig böse sein, untermächtig. Aber es hilft nichts, sie fortzulügen. Ich will sie wahrhaben. Vielleicht sind sie mein wahres Ich, mein eigentliches Selbst.

Tante Afra sorgte heute wieder pünktlich dafür, daß der Tag mit etwas Unangenehmem begann. Sie gehört zu den Menschen, denen beständig ›vor der Götter Neide‹ graut. Ich kann mir einen neidischen Gott nicht vorstellen. Trotz ihrer ausdauernden Bemühungen gelang es ihr nicht, mich verdrießlich zu stimmen.

Ich muß mir ein Geständnis machen.

Ich liebe.

Gestern noch hätte ich es nicht für möglich gehalten, daß ich solcher Gefühle einem Menschen gegenüber fähig wäre. Ich fand alle Menschen nur komisch.

Ich will ganz ehrlich mit mir umgehen, meine geheimsten Gedanken befragen und mein Herz prüfen.

Gestern schneite es. Kühe machen mich traurig, aber Schnee macht mich lustig. Ich stand zum Ausgehen bereit in meinem weißen Pelzmantel und der Pelzmütze vor dem Spiegel und fand wie immer, daß ich sehr hübsch sei. Tante Afra (und die Welt) halten mich für schrecklich oberflächlich, weil ich der Ansicht bin, nett auszusehen genüge vollauf zu meiner Daseinsberechtigung. Es ist ein sehr angenehmes Gefühl, hübsch zu sein. Das ist mein bescheidener Beitrag zum Wohle der Gesamtheit. Asoziale Schönheit. Ich habe kein schlechtes Gewissen dabei. Ich gebe mir wirklich Mühe, nur an gute und schöne Dinge zu denken.

Ich hatte das Fenster geöffnet. Plötzlich flog eine Meise ins Zimmer, prallte gegen den Spiegel und blieb sterbend zwischen meinen Toilettensachen liegen. Ich sah ihr dabei zu und wußte ihr nicht zu helfen bei ihrem winzigen Tod. Manchmal schlug sie die Augen auf, bewegte das Schnäbelchen, und ich sah das Zünglein sich regen. Wenn ich meinen Finger an das zuckende Bein brachte, krallte sie sich daran fest. Ich legte sie in ein Körbchen, deckte sie warm zu, hoffend, daß sie sich wieder erhole. Sie ist gestorben.

Das Sterben der kleinen Blaumeise, denn sie starb nicht anders als ein Mensch, ging mir nahe. Heute, da ich darüber nachsinne, scheint es mir fast, als ob das Denken an den Tod mich besonders empfänglich dafür gemacht hat, zu lieben.

Im Hause gegenüber ist ein neuer Mieter eingezogen. Ihm bin ich gestern zum ersten Male begegnet.

Er fiel mir sofort auf unter den vielen Menschen, unter allen Menschen, die ich je sah. Er unterschied sich so sehr von ihnen schon in seinem Gang, in seiner Gestalt und, als er näher kam, auf mich zu, als ich ihm ins Antlitz schaute und er mir, wußte ich, daß ich ihn liebte, so als sei mein ganzes Leben nur um dieses Augenblickes willen geschehen, so als hätte ich ihn von Ewigkeit her geliebt. Wenn er, von dessen Dasein auf Erden ich eine Sekunde vorher nichts wußte, zu mir gesagt hätte, ich liebe dich, ich wäre mit ihm gegangen bis ans Ende der Welt, ohne mich umzusehen, was auch Tante Afra von mir denken würde. Wirklich kam er ganz nahe heran, mich immerzu ansehend, als ginge es ihm genau wie mir. Aber plötzlich blieb er stehen mit einem Ausdruck unendlichen Verzichts, kehrte um und schritt eilends davon.

Das ist der Anlaß, warum ich ein Tagebuch zu schreiben beginne wie ein Backfisch.

Ich lasse es mir nicht nehmen, daß diese Begegnung nichts anderes war als ein Wiedersehen und Liebe nichts anderes als eine wiedererwachte Erinnerung. Es ist ein

Wiedererkennen. Wie könnte es denn sonst geschehen, daß dieses Ansichtigwerden genügte, um mir jede Einzelheit seiner Erscheinung so unvergeßlich zu machen, so daß mich nichts mehr an ihm zu überraschen vermag. Ich weiß, daß seine Stimme, die ich nie gehört, sein Lächeln, das ich nie gesehen, mich nicht enttäuschen werden, und ich bin sicher, daß sein Antlitz nur das sichtbare Abbild seiner schönen Seele ist.

Ich fühlte sogleich, daß dies die Liebe ist, von der in den Büchern so viel Rühmens gemacht wird.

Ich bin sehr glücklich. Aber ich bin unfähig, irgend etwas Vernünftiges zu tun. Ich habe ein großes Verlangen nach schöner Musik und, worauf ich bisher nie verfallen wäre, ein Gedicht zu machen. ›Ich bin dein unwandelbar‹, so beginne ich, aber sonst will mir nichts weiter einfallen.

Was tue ich den ganzen Tag? Ich warte. Ich versuche zu lesen. Ich besitze noch viele ungelesene Bücher. Ich verlasse mich darauf, daß sie sich zu rechter Zeit von selber rühren werden und gelesen sein wollen.

Heute war es eines, das ich sehr oft in die Hand genommen und wieder weggelegt hatte. Aber es hatte sich mir bisher immer versagt. Jetzt aber schien es ungeduldig, gelesen zu werden, und es war, als verstände ich erst jetzt seine schöne Sprache. Es heißt: ›Praxedis‹. Es ist eine einfache Liebesgeschichte, in der eigentlich nichts passiert. Es ist ›süßes Gift‹.

Manchmal bilde ich mir ein, ich sei einer Sinnestäuschung zum Opfer gefallen und die Begegnung habe gar nicht wirklich stattgefunden. Aber was findet überhaupt in ›Wirklichkeit‹ statt? Die Wirklichkeit eines Bildes, wo ist sie? Die Leinwand, die Farben sind wirklich, aber das Bild selbst, seine Erscheinung ist nur ein Hauch, es ist so gut wie nicht vorhanden.

Wäre es möglich, daß ich es mir nur eingebildet hätte, ihm begegnet zu sein? Oder aber daß er nur mir als der

Herrliche erscheint, wie denn die Liebe aus völlig nebensächlichen Menschen wahre Engel und Genien macht. Ich sehe ihn so. Niemand fühlt und sieht das gleiche, was der andere fühlt. Dieser Baum ist ein anderer, wenn ich ihn sehe. Es gibt gottlob keine zwei völlig gleichen Dinge in der Welt.

Ich habe ihn wiedergesehen, unbemerkt von ihm. Er war noch schöner als das erste Mal. Er ging an meinem Fenster vorüber.

Ich weiß seinen Namen. Es ist nicht so, daß ich kein Verständnis für die komische Seite meines Zustandes hätte. Woher weiß ich seinen Namen? Von Tante Afra. Sie weiß alles.

»Er heißt Olifant«, sagte sie unvermittelt bei Tisch, als sei die ganze Zeit von nichts anderem die Rede gewesen. Ich wußte sofort, wen sie meinte. Aber ich stellte mich dumm. »Wer heißt Olifant?« fragte ich. »Wer? Wie du nur so fragen kannst! Unser neuer Nachbar natürlich.« »Ach – willst du noch Kompott?« »Danke. Ich hebe es mir für den Abend auf.« »Wie sagtest du, Tante: Olifant?« »Es ist die alte Form für Elfenbein.« »Ein hübscher Name.« »Ich finde ihn abscheulich«, sagte Tante Afra.

Ich brauche nichts dazu zu tun. Meine Tante scheint wirklich alles zu wissen, was in unserer Straße geschieht. Sie weiß, daß Olifant ein sehr bescheidener, sehr ruhiger Mieter ist, daß er selten ausgeht (das wußte ich auch) und keine Besuche bekommt, daß er die Kunst liebt und daß man sonst leider gar nichts von ihm weiß, weshalb ihn manche für einen Prinzen incognito, andere für einen gesuchten Massenmörder halten.

Ach Olifant! Warum gehst du mir geflissentlich aus dem Weg? Denn es kommt mir allmählich wirklich so vor. Ich trete im gleichen Augenblick aus dem Hause wie du. Du hast mich gesehen. Leugne es, wenn du kannst. Du bist ein liebenswerter Mensch, aber ein sehr mäßiger Schauspieler. Plötzlich fällt es dir ein, daß du etwas vergessen hast. Gut, daß es dir einfiel, und du kehrst in der Türe um. War es nötig, daß du dich dabei mit flacher Hand vor die Stirn schlugst?

Was soll das nur. Olifant trägt seit neuestem eine Sonnenschutzbrille, was die Nachbarschaft sehr aufregt. Offenbar will er sich unkenntlich machen.

Er verschmäht mich. Es ist Frühling geworden. Und meine geheimsten Gedanken – wichtiger wäre es, seine geheimsten Gedanken zu kennen.

Das Dinggefühl im Menschen muß sehr stark sein. Er fühlt als Glas, wenn es Scherben gibt, als Holz, wenn es brennt. Jedenfalls wird ein verwandtes Gefühl verletzt, wenn etwas zerbricht. Ich zweifle nicht, daß ein Glas Schmerz empfindet, wenn es zerspringt. Ich kann es ihm gut nachfühlen, wie weh es tut.

Ich hatte gemeint, ich würde unendlich viel zu schreiben haben. Ich habe nur noch einen geheimsten Gedanken.

Zwischen Traum und Wachen hörte ich ganz deutlich die mir schon so wohlbekannten Schritte aus weiter Ferne näher und näher kommen. In dem Augenblick, da sie unter meinem Fenster angekommen sein mußten, sah ich auf die Straße. Aber du warst nicht da. Die Schritte waren verklungen. Es war etwas nach halb sechs Uhr. Mir wurde bang ums Herz. Es kann nicht anders sein, als daß du an mich gedacht hast.

Ich bin krank. Tante Afra hat den Arzt geholt. Sie selber sagte: Zugezogen. Aber er konnte nichts finden.

Er ist ein hagerer bebrillter alter Herr mit einer großen Hakennase und einem verwunderten Gesicht. Tante Afra behauptet, er sei der Verfasser der Erzählung ›Praxedis‹, was mich sehr enttäuscht hat. Ich hatte ihn mir darnach ganz anders vorgestellt, vor allem viel jünger, mehr wie Olifant. Er ist wortkarg und sagte nur: Hm, als ich ihm erzählte, was mir zugestoßen ist. Ich habe ihm natürlich nicht alles erzählt.

Ich war in die Stadt gegangen, wie so oft in letzter Zeit in der Hoffnung, Olifant zu begegnen. Zweimal hatte ich Glück gehabt, einmal im Theater, wo ich, unbemerkt von ihm, ihn lange beobachten konnte, ein ander Mal im Omnibus, wo er allerdings sehr bald ausstieg.

Heute hatte ich es einmal mit der Kunstgalerie versuchen wollen, die ich noch nicht kannte, ohne Tante Afra, die sich nichts gönnt.

Ich hatte ziemlich lange vor den Kurtisanen von Carpaccio gestanden, diesen seltsamen Frauen, die sichtlich nichts zu tun haben. Sie starren ausdruckslos vor sich hin. Sie warten. Worauf warten sie? Es ist ein sehr deutliches, gegenständliches Bild und doch von einer fast unheimlichen Unwirklichkeit. Plötzlich fühlte ich mich angesehen und wandte mich um. Es war außer mir niemand im Saal. Ein Bild sah mich an, ein Bild – und von diesem Augenblick an wußte ich nichts von mir, bis ich in meinem Zimmer erwachte.

Es war Olifants Bildnis. Botticelli hat es gemalt. Ich erkannte ihn sofort, trotz der Florentiner Tracht und der bis auf die Schultern fallenden Haare. Sein Gesicht ist ein klein wenig nach der linken Schulter geneigt, die linke Hand ruht in der Gebärde der Unschuld locker auf der Brust, so daß die Finger von ungefähr die Gegend seines Herzens berühren. Er war es, diesen Mund gab es nur einmal, diese holdtraurigen Augen, diese etwas hochfahrenden Brauen, diese birkenrindenzarte Haut.

Ich habe ein anderes Buch meines Doktors gelesen. ›Igelgedanken‹ nennt er es. Es sind unterhaltende Betrachtungen, in denen ich manches entdeckte, was ich mir auch schon gedacht habe. Zum Beispiel: ›Es lächelt dazu der in jedem Sterblichen vorgebildete Engel.‹ Gerade das ist es, was ich bei meinem gegenwärtigen Zustand empfinde. Einen seiner kleinen Einfälle habe ich selbst schon ausprobiert: Zum Zähneputzen den Pilgerchor aus dem ›Tannhäuser‹ zu brummen. Es klingt recht hübsch, beinahe orchestral.

Mein armer Arzt zerbricht sich den Kopf, was mir fehlt. Ich könnte es ihm sagen. Ich bin hoffnungslos liebeskrank. Ach Olifant, unnahbarer Nachbar, wenn es noch lange währt, dann werde ich bald ›Sternepflücken gehen‹, wie es einmal mein poetischer Arzt in seinen ›Igelgedanken‹ so nett ausdrückt.

Seitdem ich Olifant sah, langweile ich mich nicht mehr. Ich beschäftige mich mit der Frage der Palingenesie.

Natürlich bin ich eifersüchtig. Ich bin dem Kamm neidisch, der dein Haar strählt. Tante Afra macht mir dauernd Vorschriften, wie ich krank zu sein habe und wann und wo mir etwas weh zu tun hat.

Aus den ›Igelgedanken‹: Leben ist ein ungenauer Begriff. Wir können es mit gleichem Recht unser Sterben nennen. Es sollte wie jene norddeutsche Stadt eigentlich Totleben heißen.

Mein Federbett hat eine beziehungsvolle Ähnlichkeit mit einer weißen Wolke.

Tante Afra hat beim Apotheker, als sie auf die mir verschriebene wohlschmeckende, aber gänzlich wirkungslose Medizin warten mußte, von einem Liebeszauber gehört: Man braucht nur einen Kaminkehrer (es muß ein junger, hübscher Bursche sein) mit dem Finger antippen, dann zu dem Menschen gehen, dessen Zuneigung man gewinnen möchte, und ihn mit dem rußigen Finger auf die Nase tupfen, daß sie schwarz davon wird. Es soll ein oft erprobtes, sicheres Mittel sein. Ich sehe mich schon – – – –

Tante Afra, die in großer Sorge um mich ist, erzählte mir, sie habe als unglücklich verliebtes Mädchen – Tollkirschen eingemacht – für alle Fälle.

Ich bin sehr krank. Ob es Olifant weiß? Die ganze Straße spricht davon.

Ich habe einen Brief von Olifant bekommen! Einen sehr – sehr langen Brief. Mit einem dicken Strauß – Gänseblümchen –, die ich sehr liebe. Er muß sich viele hundert Mal gebückt haben. Abends, wenn die Sonne untergeht, schließen auch sie sich und hängen die Köpfe. Ich habe ihm geantwortet: Komme!

Ich will Olifant mit diesen Blättern und seinem Brief zu meinem Doktor schicken. Oder – doch nein, für ihn ist keine Gefahr. Er ist alt und weise. ––

Hm. So alt und weise bin ich nun auch wieder nicht. Ich muß einschalten, daß ich zu ahnen beginne, warum Olifant eine blaue Brille trug und warum Charis sterben soll.

Nun will ich lesen, was Olifant schreibt. Seine Schrift ist wie er. Es ist eine ungemein anmutende Schrift:

Ein Gesetz waltet, daß die Natur sich immer wieder auf das Schöne besinnt. Sehet doch die Menschen an und die Mannigfaltigkeit der Bildung ihrer Gesichter, darunter der mißratenen, unansehnlichen, häßlichen so viele sind, immer wieder geschieht das unerforschliche Wunder, daß aus dieser tausendfältigen Vermählung einer in untadeliger, makelloser Schönheit hervorgeht. Desgleichen waltet ein Verhängnis, daß, wie aus der Unsumme des Häßlichen und Gewöhnlichen, dennoch ein Vollkommenes kommt, so aus dem Schönen, das mit dem Schönen sich vereint, ein Häßliches.

Meine Eltern sollen ein schönes Paar gewesen sein, aber ich war mißglückt. Dabei war ich keineswegs mißgestaltet oder von jener gewissen gesunden oder geistvollen Häßlichkeit, mit der man sich aussöhnen kann. Ich hatte nur ein höchst unglückliches Äußeres, eine dünne, graue, unreine Haut, dürftige Haare und verkümmerte, ungute Augen. Ich hatte nicht mehr Lippen als eine Katze und Zähne, die waren einander ständig im Wege und drängelten sich, als hätte ich eine Handvoll Sonnenblumenkerne in den Mund genommen. Zur Grimasse wurde, was man bei andern Lächeln nennt. Ich war nicht dumm, aber taktlos. Ich hatte eine boshafte Zunge und eine unmelodische Stimme, die mich meinen Mitmenschen nicht angenehmer machte. Ich war ein Gespött der Sterne, einer von dem der Volksmund sagt: Den schaut Gott nicht an.

Niemand mochte mich. Ich hatte kein Glück in der Liebe. Ich hatte keinen Freund. Ich hieß Edwin, ein Name, den ich haßte. Einsam und ungeliebt wuchs ich auf.

Dabei hatte ich ein schönheitsdurstiges, nach Zärtlichkeit verlangendes Herz. Ich glaube, daß es keinen Sterblichen gibt, der so wie ich wußte, was Schönheit bedeutet, und niemanden, dem sie so viel Schmerz bereitet hat.

Ich betete zu Gott: Gib mir ein anderes Gesicht!

Ich wußte längst, wie ich am liebsten ausgesehen hätte, wie jener florentinische Jüngling nämlich, dessen Bildnis, teures Mädchen, in der herzoglichen Galerie del Sogno dich so erschreckt hat, jenes Brustbild, Botticelli hat es gemalt. Der schöne junge Mensch hatte es mir vom ersten Anblick ›angetan‹. Das schwermütige Antlitz ist ein wenig zur linken Schulter geneigt. Ruhig, zurückhaltend ist der Blick der Augen, während er die linke, sehr schmale Hand lässig zur Brust hebt, daß die Finger in die Gegend seines Herzens deuten, mit einer um Vergebung bittenden Gebärde.

Dieser Mensch schien das wahre, eigentliche Abbild meiner Seele zu sein, um das ich betrogen war.

Ich nannte ihn Olifant. Vielleicht hieß er zu seinen

Lebzeiten ganz anders: Giovannino, Virginio oder Arcadio.

Eine Zeitlang bildete ich mir allen Ernstes ein, wenn ich mein ganzes Sinnen darauf richtete, diesem Antlitz ähnlich zu werden, so könnte sich mein mißlungenes Gesicht ihm anverwandeln, von innen her, durch eine Art Transfiguration. Ich wähnte, daß es ein ganz herrliches Gefühl sein müsse, wie er zu sein. Aber wenn ich dann in den Spiegel blickte, um zu prüfen, ob sich meine Züge schon ein wenig den seinen anbequemen, ob meine Sehnsucht es umformen wolle, dann merkte ich, daß ich häßlich war wie zuvor. Ich wunderte mich, daß der Spiegel meinen Anblick ertrug, ohne zu zerspringen.

Mein Herz verödete. Zuweilen kamen mir finstere Gedanken, und eines Tages, dem letzten Tag des Karnevals, beschloß ich, meinem liebeleeren Dasein ein Ende zu machen.

Ich erwog alle Möglichkeiten des Todes und entschied mich dafür, ›ein Loch ins Wasser zu machen‹, also die Art zu wählen, deren sich gemeinhin hoffnungslos Liebende zu bedienen pflegen.

Gegen Abend mußte es sein zu der mir wohlbekannten Stunde der Schwermut und des Lebensüberdrusses. Es kam darauf an, mich selbst zu überlisten. Denn wenn ich mir vor dem Einschlafen fest vorgenommen hatte, morgen wirst du es tun, dann erwachte ich leidlich zuversichtlich und freute mich des Lebens wieder, so daß ich allerlei Ausreden fand, die mir erlaubten zu bleiben. Lebensmüde lassen sich von dem verzweifelten Schritt gern abhalten und neigen dazu, der Welt noch eine letzte Gelegenheit zu geben: ›wenn jetzt jemand käme‹, dachte ich, ›und spräche: Wo willst du hin? Bleibe! so will ich es noch einmal versuchen.‹ Auch verrichtet man noch allerlei alltägliche Dinge, die vom Tode her gesehen ach so unwichtig erscheinen. Abschiedsbriefe fielen für mich weg. Ich hatte niemanden, von dem ich Abschied nehmen brauchte. Dennoch – so ist der Mensch, und Unglückliche werden es nicht für abwegig halten –, ich überlegte, ob ich mich vorher noch sollte rasieren lassen.

Ein Friseurladen befand sich auf dem vorhabenden Weg zum Kanal, wie ich wußte. Monsieur Chaufroid – so ein Name vergißt sich nicht so leicht – war der Inhaber, Theaterfriseur und Maskenhändler.

Den Kanal hatte ich für meine Tat bestimmt, weil nicht weit davon Fides wohnte, ein schönes, etwas lockeres Mädchen, das in einer Anwandlung von Mitleid etwas freundlicher zu mir gewesen war als die anderen Menschen. Ich beging die Torheit zu hoffen, fand mich aber, als ich ihr meine Liebe gestand, mit so herzlosen Worten zurechtgewiesen, daß sie mir geradezu als Todesurteil erschienen. Ich hatte bei meinem traurigen Unternehmen den Hintergedanken, daß Fides meinen Tod auf dem Gewissen haben solle, und die leichte Hoffnung, sie würde um mich trauern. Ich glaube nicht der einzige zu sein, der in meiner Lage so denkt.

Der Kanal ist ein sehr ruhiges, finsteres Wasser. Ich bückte mich hinab. Ich sah mich und, mag nun meine Einbildungskraft oder das kaum bewegte Wasser diese freundliche Täuschung bewirkt haben, das Gesicht in der Tiefe ähnelte dem Olifants.

Eins mit ihm zu werden, ließ ich mich fallen. –

»Und welche Maske wünschen der Herr?« fragte Monsieur Chaufroid. Ich saß in seinem Friseursalon. Vermutlich hatte ich doch das lächerliche Vorhaben, mich vor meinem Ende rasieren zu lassen, ausgeführt und war ein wenig eingenickt.

»Welche Maske?« Ich schaute mich verwundert um, während der Meister persönlich mir das weiße Leintuch umtat und mit eiskalten Fingern ein Wattewürstchen rings in den Halsausschnitt stopfte.

Es war ein schmaler, langer Raum mit vielen hohen Spiegeln und jenen wohlbekannten, behaglichen Sesseln mit verstellbaren Nackenstützen, hydraulisch nach Bedarf zu heben und zu senken, also den modernsten Anforderungen an das kosmetische Gewerbe entsprechend. Sie waren so gesetzt, daß in der Mitte ein Gang frei blieb und die Kunden mit den Rücken gegeneinander saßen. Es herrschte, des Karnevals wegen, Hochbetrieb. Aber alles geschah fast geräuschlos.

Ich sah mich von vorne, den rückwärts sitzenden Kunden von hinten und von vorne, mich von hinten und so fort in unendlicher Spiegelung und so auch meinen Nachbarn zur Rechten und Linken und deren Antipoden und die mit ihnen sich beschäftigenden oder auf leisen Sohlen hin und her huschenden Gehilfen und Lehrlinge vervielfacht, vertausendfacht und ebenso die Lichter. Es war ein funkelnder, festlicher Anblick, um so mehr als alle Kunden feierlich in ihre weißen Talare gehüllt waren und die Bedienung weiße Jacken trug.

Monsieur Chaufroid hatte ein altes, auffallend nacktes Gesicht, so nackt, daß es beinahe kein Gesicht mehr war. Es mochte sich durch seinen Beruf, seinen ständigen Umgang mit immer anderen Gesichtern allmählich abgenützt haben. Er war völlig kahl, seine Brauen und Wimpern farblos und so zart, daß sie ebensogut hätten fehlen können. Fast farblos in ihrer rosigen Blässe waren auch seine Haut und seine sehr hellen wasserblauen Augen.

»Welche Maske wünschen der Herr gemacht zu haben«, flüsterte der Meister. Während ich im Spiegel mein widerwärtiges Selbst in aller Ruhe betrachtete, antwortete ich leichthin: »Machen Sie mir bitte die Maske des Jünglings von Botticelli im herzoglichen Museum.« Ich durfte annehmen, daß er sie nicht kenne.

»Sogleich«, antwortete er zu meiner Verblüffung, »sogleich. O ja! Welch zauberhaftes Bild! Und doch, ich möchte es dem Herrn nicht empfehlen. Wirklich nicht.«

»Ich dachte es mir gleich, daß Sie es nicht können.«

Das kränkte Monsieur Chaufroid sichtlich.

»Sagen Sie das nicht, junger Herr, sagen Sie das nicht.

Ich bin Künstler in meinem Fach. Ich würde Ihnen lieber vorschlagen --«

»Nein«, unterbrach ich ihn und machte Anstalten, mich zu erheben, »diese Maske und keine andere.«

Chaufroid sah mich abschätzig an, als wollte er sagen, ich kann es ja verstehen. Dann mit einem bedauernden Achselzucken gab er nach. »Wie Sie wünschen. Auf Ihre Verantwortung.«

Er wusch sich erst sorgfältig die Hände, hierauf nahm er einen Katalog zur Hand, blätterte darin und winkte einen Lehrling herbei, der wie ein Ministrant aussah mit seinem frommschlauen Engelsgesicht. »Hyazinth, das Kostüm für diesen Herrn.« Er wies ihm eine Nummer.

Ein wenig zurücktretend nahm mich der Meister noch einmal prüfend in Augenschein und besann sich.

Dann mich behutsam bei den Ohren greifend, nahm er mein Gesicht ab und legte es auf den weißen Marmor neben das Waschbecken. Ich hatte es mir nicht so einfach vorgestellt. Es tat kein bißchen weh. Ich empfand nur einen leisen Stich in der Herzgegend. Chaufroid trat zur Seite, den Spiegel freizugeben. Statt meines mißglückten Gesichts blickte mich daraus das schöne, von holder Traurigkeit verklärte Antlitz jenes Jünglings an.

Welche Veränderung! Ein unendliches Wohlgefühl süßer Schwermut durchströmte mich.

›Jetzt bin ich du‹, dachte ich. Ich sah im Spiegel, daß des Jünglings Augen sich vor Freuden mit Tränen füllten. Indem brachte der Engel Hyazinth – es fehlten ihm nur die Flügel – das gehörige Kostüm und geleitete mich in eine Ankleidekabine, wo er aufs schicklichste mir beim Umziehen zur Hand ging.

Es war bei Faden genau Olifants mir wohlbekanntes Kleid. Das zinnoberrote Mützchen, der schmale Pelzbesatz am Hals, die über den Schultern geschlitzte Ärmelnaht, damit das weiße feine Zeug, einen kleinen Bausch bildend, sichtbar wurde, als einziger Zierat des van Dyck-braunen Wamses. Dazu die enganliegenden mausgrauen Beinkleider und ein lederner Beutel, am Gürtel zu tragen, der, wie ich erst später wahrnahm, mit blanken Golddublonen gespickt war, gut erhaltenen Stücken mit dem Bildnis Cosimo des Prächtigen, die allein schon durch ihren Goldwert, mehr noch aber – denn ich verstehe mich etwas auf Numismatik – durch den Sammelwert ein kleines Vermögen bedeuteten.

Als ich in den Salon zurückkehrte, fühlte ich, wie alle Gesichter sich mir zuwandten. Ich dankte Monsieur Chaufroid, der mich mit einer Miene, in der Künstlerstolz und Besorgnis miteinander stritten, musterte, zahlte, nahm meine Kleider, die der Lehrling sehr ordentlich in ein Bündel verpackt hatte und schenkte ihm zum Andenken eine Dublone, wofür er mir die Hand küßte, und verließ den Laden, ein anderer Mensch.

»Signorino«, rief mir Chaufroid nach, »Signorino, Sie vergaßen.«

Ach, natürlich mein ehemaliges Gesicht, mein Abziehbild. Ich nahm es und steckte das Ding zu mir. Es war nicht anders als jene Gazemasken, wie sie reihenweise im Schaufenster hingen.

Unwillkürlich, als wirkte trotz der wunderbaren Verwandlung in der Unterströmung meines Ichs die Absicht, ›ein Loch ins Wasser zu machen‹, noch nach, hatte ich den Weg zum Kanal eingeschlagen. Was sollte ich jetzt noch dort? Ich trat ans Wasser und warf, einer plötzlichen unseligen Eingebung folgend, die Maske und das Kleiderbündel hinein, die augenblicks und gegen die Natur darin versanken, als hätte in der Nacht der Tiefe jemand nur darauf gewartet, sie hinabzuziehen. Schaudernd wandte ich mich ab und eilte der Stadt zu. Es gelüstete mich sehr, unter Menschen zu gehen.

In Meister Chaufroids Salon war von dem großen Künstlerfest im Hotel Cherubin erzählt worden. Wie's der Zufall will, kam gerade eine leere Droschke vorübergezottelt, eine jener wenigen Pferdewagen, die es in unserer Stadt noch gibt und wie sie eigentlich nur noch bei

Hochzeiten dem rascheren Auto vorgezogen werden. Ich rief sie an, und der uralte, schläfrige Kutscher brachte seinen Schimmel zum Stehen. »Zum Cherubin?« fragte er, als wüßte er schon Bescheid. Als Antwort sprang ich in den Wagen. Er hatte Gummiräder, und es war ein angenehmes Gefühl, so ruhig dahin zu fahren wie in einem Schiff, vor mir das Geplätscher des Hufschlags.

Zum guten Glück hatte ich in der Ankleidekabine noch rasch mein Geld zu mir gesteckt. Es wäre die Echtheit zu weit getrieben gewesen, hätte ich meine Eintrittskarte mit Florentiner Münze bezahlt. Ich nahm eine Loge, bestellte Sekt und sah in das Maskentreiben. Schon beim Eintreten, als ich durch die tanzenden Paare schritt, merkte ich, daß meine Maske Aufsehen machte. Ich wurde mit Konfetti überschüttet und war das Ziel vieler Luftschlangen.

Ich hatte mir vorgenommen, mich abwartend zu verhalten und mir eine völlig teilnahmslose Miene zu geben. Denn eine gewisse Scheu war mir geblieben, eine Ungläubigkeit, die mich veranlaßte, von Zeit zu Zeit in den Spiegel zu sehen. Nicht daß ich Reue empfunden hätte, mein angeborenes Gesicht so leichten Herzens von mir getan zu haben, aber ein heimliches Schuldgefühl und Mitleid für den mißglückten Bruder wurde ich nicht los.

»Warum so traurig, schöner Fremdling«, sagte eine mir wohlvertraute, sanfte Stimme. Kühle Hände hielten mir von hinten die Augen zu. Schon war ich versucht, die Hände mir vom Gesicht zu reißen und den mir vor kurzem angetanen Schimpf gehörig heimzuzahlen. Mir? Ihm, meinem einstigen Ich. Ein wenig aber wollte ich meinen Triumph doch auskosten. Fides hielt mir noch immer die Augen zu, während sie mit dem kleinen Finger ganz sachte meine Wangen streichelte. Ich hatte ihre lieblosen Worte nicht vergessen und sie ohne weiteres bei ihrem Namen nennend, wiederholte ich, Edwins Stimme so gut ich's vermochte nachahmend, wortwörtlich, was sie mir vor wenigen Tagen gesagt hatte: »Ich würde mit diesem Gesicht keine Minute länger leben wollen.«

Fides ließ sogleich die Hände fahren und sah mich, da ich ihr mein Gesicht, Olifants Gesicht, lächelnd zuwandte – denn ich konnte ja jetzt lächeln und spürte selber mit Entzücken den Zauber, den es übte – mit so entsetzten Augen an, daß sie mir leid tat. Ich begriff auf einmal, wie sie aus dem Bewußtsein ihrer Schönheit das hatte sagen können.

Ich küßte sie. Ich hatte noch nie geküßt. Aber, o Wunder, ich konnte es.

Woher ich ihren Namen wisse, woher die schrecklichen Worte, die sie vor kurzem einem Elenden, so drückte sie sich aus, gesagt hätte.

Ich tat verständnislos. Ob ich ihn kenne? So wenig wie mich selbst, erwiderte ich. Allmählich beruhigte sie sich.

Wir liebten einander. Es war ein herrliches Fest. –

Im Karneval ist das Gesetz der Zeiten aufgehoben. Als ich gegen Morgen nach Hause ging, sah ich den Gott Apoll mit einem Chinesenmädchen vom Tanze dampfend in ein Auto steigen.

Erst als ich vor meiner Wohnungstür stand, wurde mir so recht klar, daß ich nicht mehr Edwin war und also nicht mehr zurückkehren konnte. Aber es verlockte mich doch, die Wirkung meiner Verwandlung zu erproben. Ich läutete.

Meine Hauswirtin öffnete. Sie erkannte mich nicht.

»Ich wollte nur fragen, ob ich zu Hause bin«, sagte ich harmlos.

Sie zeigte kein Verständnis für meinen Scherz. Ich sollte mich weiß Gott schämen, in einem solchen Aufzug in ein Trauerhaus zu kommen. Ihre Antwort konnte mich kaum überraschen.

»Doch nicht Edwin?«

Sie nickte. Er habe den Tod in den Wellen gesucht, erwiderte sie, und da sie wohl selber merken mußte, daß ihr das Unglück beim besten Willen nicht sonderlich naheging, fügte sie gefaßt hinzu: es sei wohl für ihn das beste. Er hatte so niemanden.

Er hatte niemanden. Ich wußte nur zu gut, daß ich auch kein angenehmer Mieter gewesen war. Es weinte ihm niemand eine Träne nach. Er wird schnell vergessen sein, als hätte er nie gelebt.

»Armer Edwin«, sagte ich. Nachdem ich mich noch nach Tag und Stunde der Beerdigung erkundigt hatte, verließ ich die Frau und meine ganze Habe. Denn ich konnte mich schließlich nicht gut selber beerben.

Ich ging zu Monsieur Chaufroid. Es war noch früh am Tage, und der Lehrling Hyazinth kehrte gerade den Laden. Er freute sich sichtlich, mich zu sehen.

»Was machen wir nun«, sagte ich, ohne weiteres annehmend, daß er wisse, in welcher Verlegenheit ich mich befand.

Wie ich nur so leichtsinnig hätte sein können, die Maske in den Kanal zu werfen. Sein Herr sei sehr böse auf mich. Er könne ja in die größten Ungelegenheiten kommen. Die Polizei sei schon dagewesen.

Es fehlte bloß, daß man mich unter dem Verdacht, Edwin beseitigt zu haben, verhaftete. Da stand ich nun, ich armer schöner Olifant, mit nichts als dem allerdings überaus kleidsamen Faschingskostüm auf dem Leibe, ohne Obdach, ohne Papiere.

»Mein Meister wird Ihnen helfen«, tröstete mich der gefällige Hyazinth.

Leider mußte ich mich entschließen, das schöne, bis auf die Schultern fallende Haar abschneiden zu lassen, und ich weiß nicht, wer darüber betrübter war, Hyazinth oder ich. Ich brauchte keine Angst zu haben, daß er mir zuviel wegnehmen würde.

Während er mir noch das Haar strählte, mit großer Zärtlichkeit und, wie mir vorkam, länger als nötig dabei verweilend, betrat der Meister den Laden und brachte mir die Papiere, die ich brauchte, wobei, ich ahne nicht, woher er es wußte, meines Vornamens Olifant nicht vergessen war.

»Sind Sie mir sehr böse, lieber Meister?« fragte ich ihn. Er sah mich nicht böse, sondern nur bekümmert an. Einen Augenblick schien es mir, als wolle er sprechen (und ich wollte, er hätte es getan), aber dann, meinen Dank fast unwillig abwehrend – »o nichts zu danken«, sagte er immer wieder, »wirklich nichts zu danken« – überließ er mich den Händen Hyazinths.

Es ist schon ein eigenes Gefühl, persönlich bei seiner Beerdigung zugegen zu sein. Wir waren nur zu dritt, meine frühere Hauswirtin, Hyazinth und ich. Ich weiß nicht, warum der Bub so herzbewegend weinte, daß mir selber ganz windelweich zumute wurde. Ich strich ihm begütigend übers Haar. Er sah zu mir auf mit dem rührendvorwurfsvollen Ausdruck, wie ihn Kinder haben können, die unschuldig Strafe leiden. –

Was Monsieur Chaufroid mir hatte sagen wollen, – es dauerte lange, bis ich es selber inne wurde.

Einstweilen lebte ich frohgemut ›in Saus und Braus‹. Ich hatte ein märchenhaftes Glück in der Liebe, ich hatte Freunde, meine Unternehmungen nahmen den günstigsten Verlauf. Ich war, Edwins dankbar eingedenk, großherzig gegen die Mißglückten.

Allein ehe noch ein Jahr verging, fiel ein Schatten auf mein Glück.

Meine muntere Freundin Fides kam bei einem Schiffsunfall ums Leben. Sie war sehr entstellt. Nicht lange darauf ließ mich Chaufroid rufen, da Hyazinth nach mir verlange. Ich fand ihn sehr krank, und obwohl die Ärzte sehr zuversichtlich waren, stieg die Kälte von seinen Füßen zu seinem freundlichen Herzen. Was hast du, Tod, aus diesem Engel gemacht! Damals machte ich die Bekanntschaft Danielas, eines gar nicht hübschen, aber sehr klugen und sehr musikalischen Mädchens. Ich mochte sie sehr gern, obwohl ich sie nicht liebte, aber es war nicht daran zu zweifeln, daß sie mich über die Maßen liebgewann. Sie fiel alsbald in eine schwere Krankheit und schien es auch durchaus in der Ordnung zu finden. »Ich glaube«, sagte sie zu mir, wenige Tage vor ihrem Hinscheiden, »ich glaube, es ist ganz natürlich, daß, wer dich liebt, sterben muß. Wußtest du das nicht?« Wie klein war ihr Gesicht, wie groß ihre Augen und Ohren.

Nun zweifelte ich nicht mehr daran, was es für eine geheime Bewandtnis mit meiner Schönheit hatte.

Mein Gebet fiel mir ein, als ich noch Edwin war, da ich vor Gott auf den Knien gelegen und mir ein anderes Gesicht gewünscht hatte. Es muß wohl so sein, daß der Teufel auf der Lauer liegt und die Gebete der Unglücklichen abfängt, um sie ins Böse zu verkehren. Ich zog mich von den Freuden der Welt zurück und mied den Umgang mit Menschen.

Ich mußte freilich merken, daß es nicht in meiner Macht lag, mein Herz zu hüten, ja daß es mich immer wieder lockte, den Zauber wirken zu sehen, obwohl ich mit wissendem Grauen erkannte, daß ich zum Mörder derer wurde, die mich liebten, und daß sie in Jahresfrist unrettbar verloren waren, wenn ich sie nur ein wenig wiederzulieben begann.

Agathus, der freundlichste der Freunde unter den Menschen, war das nächste Opfer, ein überlegener Geist von ausgezeichneter Bildung und hoher Berufung. Ich wehrte mich lange, ich floh ihn. Ohne Abschied verließ ich die Stadt. Ich tat alles, um ihn zu vergessen und von ihm vergessen zu werden. Als ich ihn schon gerettet glaubte, begegnete ich ihm in Paris. Er war übrigens der erste, dem ich, sobald ich spürte, daß er anfing, mir zugetan zu werden, das tödliche Geheimnis des Bildes anvertraute, um ihn zu warnen. Es schien ihn nicht zu überraschen: »Ein Jahr also«, sagte er heiter, »ein geschenktes Jahr.« Es erschreckte ihn nicht im mindesten, es zu wissen. Er hatte einen bösen, schmerzhaften Tod.

Heute denke ich mir, ob es nicht am besten gewesen

wäre, mich darein zu schicken. Denn das einzige, was mich ein wenig zu trösten vermochte, war das Bewußtsein, daß meine Schönheit, wenn sie auch tödlich war, alle, die ihr einmal verfallen waren, unendlich glücklich machte.

Natürlich war ich längst zu Meister Chaufroid gegangen, um ihn zu bitten, Olifants Antlitz von mir zu nehmen und mir ein anderes zu geben, und wenn es das Edwins wäre. Aber er kannte die Gesetze der Magie zu gut, als daß er mir helfen konnte. Der boshafte Urheber des Fluches allein könne ihn von mir nehmen, nur wenn der ruhelose Geist, der den Zauber ersonnen habe, selber Friede fände, würde ich entsühnt. Wer ist der Urheber meiner Geschichte?

Also begann ich dem Schicksal jenes unbekannten Jünglings nachzuforschen, dessen Bildnis mir zum Unglück geworden war. Ich reiste nach Florenz, durchstöberte alle einschlägigen Archive, studierte die Familiengeschichte der damals lebenden Geschlechter, ob ich nicht irgendwo Olifant begegnete. Er hatte gelebt, war schön, Botticelli hatte ihn gemalt, aber sein wahrer Name, seine Lebensgeschichte, sein Tod blieben Gottes Geheimnis.

Eins jedoch schien mir sicher, er, der schöne Schwermütige, mußte ein fluchwürdiges Sakrileg, einen schnöden Verrat an der Liebe, an der ihm verliehenen süßen Gnade der Schönheit begangen haben. Er muß einem Menschen, der ihn liebte, so weh getan haben, daß er ihn verfluchte. Gott selber muß er beleidigt haben. –

Eines Tages, da ich schon in völliger Weltabgeschiedenheit lebte, nicht anders als damals, da ich noch der Mißglückte war, geschah es, Charis, daß ich Deiner ansichtig wurde. Ich tat alles, um Dir nimmer zu begegnen – oder glaubst Du, daß man verderben will, was man lieb hat, so wie ich Dich liebe? Denn ich liebe Dich.

Allein ich brachte es nicht über mich, Deine Nähe völlig zu meiden. Wenn Du mich auch nicht gesehen hast, ich habe Dich oft und lange, unbemerkt von Dir, betrachtet mit jenen traurig-holden, unschuldsvollen, todbringenden Blicken des verwunschenen Bildes.

Ich spielte mit dem verruchten Gedanken, dieses unselige Bild zu vernichten und sollte ich selber mit ihm zugrunde gehen, was mir sehr wahrscheinlich vorkam. Und – ein Loch ins Wasser machen – irgend etwas hält mich davon ab, als müsse die Entzauberung diesseits sich vollziehen und Olifant endlich seinen Frieden finden. Ich stelle es Dir anheim, liebste Charis. Wenn Du mich rufst: Ich komme.

Der Deinste

W....., den..... 19.. Olifant

Was denken sich diese jungen Leute eigentlich. Mir meine Nachtruhe zu nehmen. Ich glaube nicht, daß das meinem alten Herzen gut tut, fast die ganze Nacht aufzubleiben, zu lesen und so viele der kleinen reinigenden Brandopfer zu entzünden. Und dabei ist die Geschichte noch nicht einmal zu Ende. Übrigens dein Puls gefällt mir gar nicht, Alter. Ich verordne dir Bettruhe.

Aber der Schlaf, mein sanfter Freund, will nicht kommen. Die Magie des Bildes hat auch meine Sinne behext. An einer Stelle in Olifants Geschichte sehe ich einen Fingerzeig zu einer für die Liebenden glücklichen Lösung. Wenn nämlich die unruhige Seele des Urhebers Frieden fände.

Endlich war ich eingeschlafen. Als ich erwachte, saß Olifant an meinem Bett. »Charis geht es besser«, berichtete er. »Glauben Sie, daß sie ganz gesund werden wird?«

Woher kam mir plötzlich die Gewißheit? »Sei getrost, schöner Olifant«, antwortete ich, mein Gesicht verhüllend nach Art des Sokrates, als er mit Phaidros sprach, damals bei der Plantane am Illissos. »Sei getrost, Charis wird genesen. Ich weiß es. Die sternenstille Nacht hat es mir eingegeben.«

Ob er wiederkommen dürfe, fragte er mit einem Lächeln, und ich begriff gut, daß es todbringend sein konnte. Als junger Mensch würde ich ihn um seine Freundschaft ersucht haben.

Ich spielte den ganzen Tag mit meinem elfenbeinernen Schreibtischgefährten und dem Magnetbaukasten.

Bettruhe. Müdes Wetter mit Magnetbaukasten. Ich habe ein abstraktes Bildnis aus Kügelchen, Stäbchen und alten Grammophonnadeln gebaut. Ich finde es recht ähnlich. Glaube mir, Olifant, auch ich habe nicht das Gesicht, das ich haben möchte.

Tante Afra soll sehr stolz sein, Charis durchgebracht zu haben.

Noch immer Bettruhe. Ich glaube, ich glaube! Schade. Es fällt mir gerade jetzt so viel ein, was ich alles noch schreiben möchte. Eine Komödie, die ›Der gläserne Storch‹ heißen soll, und eine Erzählung: ›Der Kartoffelroman‹. Sic ubi fata vocant, concinit albus olor!

Charis und Olifant. Zu dritt mit dem Magnetbaukasten gespielt. Sie haben mir eine Uhr geschenkt, auf den Schreibtisch zu stellen. Der Besuch hat mich sehr angestrengt.

Ich liebe. So ›alt und weise‹ ich bin, ich liebe, einmal noch und vermutlich zum unwiderruflich letzten Male. Aber es ist diesmal kein Mensch. Es ist eine Uhr! Sie wohnt in einem Gehäuse aus rotem Leder. Es ist eine in eine Uhr verzauberte Prinzessin. Ihre Gedanken sind die Zeit. Das Werk ist ihr Herz. Sie hat eine ungemein wohllautende, zärtliche, glockenreine Stimme. Sie ›repetiert‹, es ist ihre Liebeserklärung an mich. Sie repetiert, wenn man auf einen Knopf ihr zu Häupten drückt. Ach, wenn wir nur auch so einen Knopf hätten! Manchmal will sie nicht. Es ist sehr komisch, weil man so darauf wartet. Wie aber, wenn das Werk, wenn ihr Herz abgelaufen ist. Es ist dann nicht zu Ende, wie bei uns. Immer wieder lasse ich ihre Liebeserklärung repetieren.

Bettruhe. Olifant allein. Er meinte, ich sähe so verjüngt aus. Ich antwortete: Spiegelung. Ob ich seine Geschichte so nenne? Oder: ›Das geschenkte Jahr‹? Oder: ›Der Mißglückte‹? Mit dem Untertitel: ›Aus den nachgelassenen Papieren ...‹

Mythologischer Einfall: Aphrodite verwandelt einen Dichter, der sie besang, aber kein Glück in der Liebe hatte, in ein Liebespaar.

Sterbensmüde. Nachts von einer Watteuhr geträumt, die lautlos ging. Auf der Platane vor meinem Fenster hockt eine Krähe, regungslos. Ich mache mir nichts vor. Ich glaube, auch Olifant weiß es. Es geht zu Ende. Morgen vielleicht.

Es ist vorbei mit dem Magnetbaukasten-Spielen. Ein unendliches Wohlgefühl ergreift mich.....

D.M.S. *(1947)*

Der Delphin

»Heute bedarf's der kleinsten Reise
zum vollgültigen Beweise,
daß wir mehr als Fische sind.«

Faust II

»Ich sammle Kellner«, sagte der mitteilsame Fremde, der sich unaufgefordert zu mir an den Tisch gesetzt hatte, »ich sammle sie mit Leidenschaft wie andere Leute Fayencen, Hinterglasbilder oder Geigenschnecken, was ich freilich immer als barbarisch empfunden habe. Denn sie sägen dazu doch wahrhaftig mir nichts dir nichts den herrlichsten Instrumenten den Hals ab und hängen die Schnecken in Glasschränken auf wie Skalps. Denn nur um sie ist es ihnen zu tun. Ich meinesteiles sammle Kellner. Es sind sehr merkwürdige Menschen, obwohl, wie schließlich in jedem Beruf, ausgemachte Spitzbuben darunter sind. Ich kenne den Wiener Kellner so gut wie den Pariser, den von San Franzisko so gut wie den in Kapstadt oder Peking mit ihren landesüblichen Eigenheiten, aber, wo auch immer in der weiten Welt ich ihnen begegnete, alle waren unverwechselbar Kellner, ich meine, sie bilden innerhalb der Menschheit, ob sie nun weiß, gelb oder schwarz seien, eine besondere Gattung, eine Art Orden wie die Davidsbündler oder Rosenkreuzer. Ich traf unter ihnen wahre Meister ihres Faches, Tänzernaturen, denen zuzusehen allein schon einen künstlerischen Genuß bereitet, Menschenkenner von hohen Graden und bedeutende Philosophen, wenn Sie wollen, auch Dichter. Machen Sie einmal den Versuch, Ihre Freunde oder bekannte Persönlichkeiten sich als Kellner vorzustellen. Das ist sehr lustig und aufschlußreich. Ich wurde nicht müde, mir von dem kleinen buckligen Kellner in Wien die Speisekarte erklären zu lassen. Er wußte mit Worten die einzelnen Gerichte vor meinen Augen köstlich zuzubereiten, er besang sie, und was der Schenke in Perugia mir vom Wein erzählte, das kann ich nur als orphisch bezeichnen. Einen anderen traf ich in Kairo, der war ein Zauberer. Er setzte eine Terrine auf den Tisch und ließ mich wünschen, was darinnen sein sollte. Ich riet aufs Geratewohl: ›Schneehuhn mit Champignons in Burgundersoße‹. Er nahm seine Serviette – ich glaube, die Serviette ist die materialisierte Seele des Kellners –, deckte sie darüber, murmelte Hokuspokus und hob den Deckel auf. Es war Schneehuhn! Aber die Zierde meiner Sammlung, eine meiner frühesten Erwerbungen übrigens, fand ich auf der Insel Anthos. Hören Sie zu. Ich schenke Ihnen die Geschichte. Aber: ein Drittel Wein, ein Drittel Tabak, ein Drittel Phantasie, das ist mein Rezept.«

Also ließ ich ihm ein Glas bringen, schenkte ein und schob ihm meine Zigaretten hin. Denn ich hatte, noch ehe der Ober, einer von der tänzerischen Art übrigens, mit einem vielsagenden, warnenden Blick über die Natur meines Gastes mich ins Bild gesetzt hatte, erraten, daß der Fremde von seinen Geschichten lebte. Ein hartes Brot fürwahr. Denn nicht immer mochte er ein so williges Ohr finden wie bei mir, obwohl er durch lange Übung einen Blick dafür gewonnen hatte, wem er sich zumuten dürfe. Sonst hätte er sich ganz gewiß nicht zu mir gesetzt.

Mir fiel damals gerade wieder mal gar nichts ein, so daß ich froh sein mußte, wenn mir jemand eine Geschichte schenkte. Man wird sich fragen, warum der wandernde Rhapsode sie nicht selber zu Papier brachte. Aber das war eben sein Verhängnis, daß er es nicht vermochte. Er erfand sie im Augenblick und hatte, wenn er begann, wahrscheinlich noch keine Ahnung, wie sie enden werde. Ich bedeutete dem besorgten Ober, daß ich im Bilde sei und daß es mir nicht darauf ankommen sollte, ein wenig gerupft zu werden. Denn mein Gegenüber, das sah man ihm an, war ein durstiger Erzähler. Er brauchte den Wein, um fabulieren zu können, und mußte fabulieren, um zu seinem Wein zu kommen.

»Also, hören Sie zu«, begann er, nachdem er die Flasche behutsam mit beiden Händen zum Licht gehoben, die Legende auf der Etikette mit Jahrgang und Wachstum kennerisch betrachtet, ihr zugenickt und mit einem prüfenden Schluck die Lippen gefeuchtet hatte, »von Anthos will ich erzählen, der blonden kleinen Insel, der göttlichen, von der dort zu Lande die Sage geht, sie sei vom Monde gefallen – man könnte es wahrhaftig meinen, daß sie nicht von dieser Erde sei – und von dem kummervollen Kellner Apollo und von der merkwürdigen Sache mit dem Fisch.«

»Apollo«, unterbrach ihn ich ungläubig, um ihm anzudeuten, daß ich wohl merkte, wie bedenkenlos er in der Wahl seiner Namen sei, »hieß er wirklich so?«

»Doch, doch«, beharrte der Fremde leicht verstimmt, »ich kann's nicht ändern, er hieß tatsächlich Apollo, obwohl er durchaus nichts an sich hatte von dem lichten, leuchtenden Musageten, dem heilenden, reinigenden, delphinischen Gott. Er glich vielmehr dem unglücklichen Marsyas, wenn er auch kein Flötenspieler war, kein Künstler jedenfalls wie jener, der sich vermaß, mit einer Gottheit in musikalischen Wettstreit zu treten. Welch ein Unrecht! Ich meine von dem Gott der Leier, daß er darauf einging. Welche Göttergrausamkeit! Mein Mitgefühl stand immer auf des armen, geschundenen Marsyas' Seite, des großen Künstlers. Ist es Ihnen schon aufgefallen, daß viele Künstler und Weise sein Antlitz tragen, daß sie Satyrgesichter haben wie Sokrates oder Verlaine? Der Kellner von Anthos glich einem Satyr. Sie kennen den Marsyas des Myron, so etwa sah er aus, oder aber wie der tote Zentaur auf der Schale in München. Ich werde sein Gesicht nie vergessen.

Die Insel mit dem reizenden Städtchen gleichen Namens kannte dazumal kein Mensch, als ich sie zum ersten Male besuchte aus purer Neugier. Denn ich war jung und hatte es mir in den Kopf gesetzt, die ganze Welt sehen zu müssen. Heute weiß ich, daß das gar nicht nötig ist.

Es genügt, an einer Ecke des Lebens zu stehen, wenn man sich nur Zeit läßt und nicht ungeduldig wird. Ungeduld ist ein gefährliches Laster. Die Welt kommt ganz von selbst zu einem, ob man will oder nicht. In meines Großvaters Haus (er hatte die Gegend nie verlassen und konnte weder lesen noch schreiben) saß eines Tages Goethe am Tische, von einem Ritte rastend, und auch Napoleon kam mit seinem Schlitten vorüber von Rußland. Ein Bekannter von mir, auch ein Kellner übrigens, ein lieber, geduldiger Mensch, ist aus seinem idyllischen Heimatort im Thüringer Wald nie herausgekommen und wurde daselbst am hellichten Tage von einem Berberlöwen gefressen, der aus einer wandernden Menagerie ausgebrochen war. Doch das ist eine andere Geschichte.«

Mein Erzähler schien von dem schauerlichen Ereignis ehrlich bewegt, obwohl er es doch eben erst erfunden hatte. Er spülte die traurige Erinnerung mit einem Schluck Wein hinunter. Ich meinesteils hatte ihn jedoch in hinreichendem Verdacht, daß er selber auch nicht viel weiter in der Welt herumgekommen war als sein beklagenswerter Freund, obwohl er es mich glauben machen wollte. Auch zeigte er eine unausstehliche Sucht, sein akademisches Wissen an den Mann zu bringen.

»Wo war ich bloß stehengeblieben?« fuhr er fort, nachdem er sich über die Augen gewischt, »Insel, Meer, Kellner Apollo, ganz recht! Wie kam ich dorthin? Ich bereiste damals als Berichterstatter der ›Frankfurter Zeitung‹ den Süden und hatte zufällig in der Bahn ein seltsames Gerücht gehört, eine unwahrscheinliche Geschichte, so unglaubwürdig, daß ich mir sofort sagte: da mußt du hin.

In der Bucht von Anthos, sagten meine Gewährsleute, wo die jungen Burschen der Insel zu baden pflegen, gibt es Delphine, die, wie Sie wissen werden, sehr kluge, gesellige, zärtlich verspielte Tiere sind. Einer von ihnen nun habe sich nach anfänglicher Scheu mit einem beherzten Jüngling namens Chorillo – der Name ist spanisch und bedeutet Wasserstrählchen – so befreundet, sei alsbald so zutraulich geworden, daß er den ungleichen Gespielen auf seinem Rücken reiten lasse und ihn durch die Brandung trage. Er komme auf Chorillos Ruf hurtig herbeigeschwommen. Denn: er ist neugierig wie ein Fisch, Faust Zwo. ›Simo, Simo‹, muß man rufen, darauf hören die Delphine, wenn man dem Plinius glauben darf, bei dem Sie einen ähnlichen Bericht nachlesen können.

Der Delphin, sagten die Leute in der Bahn, bringe seinen Freund sogar auf dem Wasserwege zu den Fischerdörfern ringsum, seinen Dienstgang abzukürzen; denn Chorillo ist der Postbote von Anthos.

Dies also hörte ich, aber ich glaubte natürlich kein Wort von der Geschichte, obwohl die Leute das anmutige Schauspiel mit eigenen Augen vom Dampfer aus gesehen haben wollten. Entweder, so sagte ich mir, hat ein Spaßvogel das Märchen des jüngeren Plinius aufgewärmt, was in den Hundstagen zuweilen vorkommt, wie die berühmte Seeschlange zeigt, oder Chorillo ritt auf einem Balken oder einem Gummidelphin, wie man sie überall in den Seebädern kaufen kann. Genug, ich beschloß, der Sache an Ort und Stelle nachzugehen.

Die Insel Anthos ist mit dem besagten Dampfer zu erreichen, der bei Bedarf einmal in der Woche vor der Bucht vor Anker geht. Natürlich hielt ich während der Fahrt fleißig Ausschau.«

›Nun‹, dachte ich bei mir, während der Erzähler sich neu einschenkte, ›nun wird gleich das Wort: Reling kommen‹, denn er erging sich in den ausgefahrenen Gleisen der Sprache. Wirklich es kam!

»Ich lehnte mich über die Reling. Die Delphine stimmten jedenfalls, die sich aus Meereswogen, so scheint es, in Tiere verwandelt haben. Sie begleiteten unser Schiff. Es war das übliche kurzweilige Bild, an dem man sich freilich nicht sattsehen kann. Aber der Delphin-Reiter war nicht dabei.

Ein Boot mit zwei großen Augen am Bug, wie man sie auf griechischen Augenschalen findet, brachte mich an Land zu dem einzigen Hotel am Platze, denn Hotel nennt sich im Süden jede elende Herberge. Allein das Hotelchen in Anthos (ich habe seinen Namen vergessen, und er tut auch nichts zur Sache) sah ganz vertrauenerweckend aus, hatte eine bezaubernde Lage und vom Fenster meines bescheidenen Zimmers, das mir der satyrgesichtige Kellner Apollo anwies, konnte ich die ganze Bucht überschauen, den orangefarbenen Strand mit den an Land gezogenen bunten Fischerbooten und die den Hafen umarmenden Höhen. Die Vorgebirge glichen den Häuptern gewaltiger Löwen, die sich zur Tränke lagern.«

Die poetische Gedankenverbindung gab meinem Gast willkommene Gelegenheit, selbst zu trinken, ehe er fortfuhr.

»Sie zweifelten vorhin an dem Namen Apollo. Ich hatte einmal einen schwarzen Diener, der sogar Jupiter hieß. Der Kellner Apollo begegnete mir anfangs mit unverhohlenem Mißtrauen, er war bildhäßlich von Angesicht, eine Herausforderung an alle Schönheit, ihr tragischer Kontrapunkt sozusagen. Man konnte erschrecken, panisch erschrecken, wenn er einen so ansah, mit seinen schrägstehenden, bernsteinfarbenen Ziegenaugen und der aufgeschnupften Nase. Denn auch sie schien einen anzustaunen aus runden Nüstern. Sein Mund, wenn man es als Mund bezeichnen darf, war groß und wulstig, gleichsam ein Urmund, groß seine Ohren, hinter deren einem der abgekaute Stummel eines Bleistiftes stak. Er hatte dazu eine zarte rosige Haut, die dem Gesicht etwas Nacktes, leicht Verwundbares gab, und das rötliche, dünne, feuchte Haar hing ihm schlaff in die kummervolle Stirn. Wehe diesem Armen, wenn er je Liebe empfand. Denn ihn zu lieben, wer hätte es vermocht? Seine Gestalt wirkte verwachsen, er hinkte ein wenig. Sie werden verstehen, daß er sofort meine Sammelleidenschaft erregte.

Ich setzte mich, vorsorglich mit Fernglas und Fotoapparat bewaffnet, auf die Terrasse vor das Hotel auf einen der üblichen weißen Metallstühle an einen runden Tisch mit der ebenfalls in den Cafés der ganzen Welt gebräuchlichen weißen Marmorplatte, bestellte mir Wein und genoß die Aussicht, das rot-weiße Sonnensegel über mir.

Apollo, die Serviette – seine Seele – unter die Achselhöhle geklemmt, brachte das Gewünschte. Seine Serviette hatte er immer bei sich. Über den Arm gelegt, über die Schulter geworfen, in die Tasche gesteckt, daraus ihre Zipfel hervorhingen oder in den Schürzenlatz geschoben. Ich glaube, er hatte sie nachts unter dem Kopfkissen und schlief mit ihr. Er trug eine weiße Schürze und ein nachtfarbenes Lüsterjäckchen darüber.

Meine Anwesenheit schien ihn zu beunruhigen.

›Sie kommen wegen des Fisches, mein Herr‹, fragte er ganz nebenbei, während er auf meinen Wunsch aus der blauen Siphonflasche einen Strahl Sodawasser in meinen Wein zischen ließ.

›Ein Delphin ist kein Fisch‹, antwortete ich.

›Ganz recht. – Vom Festland?‹

›Ja. Man hat dort davon gehört.‹

Apollo machte eine bedauernde Handbewegung.

›Polizei?‹

›Nicht ganz. Zeitung.‹

›Oh‹, sagte Apollo abschätzig, ›Sie sind Journalist?‹

›Erschreckt Sie das?‹

›Offen gestanden, ja. Wenn es keine Journalisten gäbe, wäre weniger Unglück in der Welt.‹

›Sie verwechseln Ursache und Wirkung, mein Bester. Es ereignet sich etwas irgendwo, und wir schreiben darüber. Das ist alles.‹

Apollo bedachte sich einen Augenblick, indem er seine Serviette ansah, die in seinen Händen wirklich einem beseelten Wesen glich.

›Verzeihung‹, sagte er dann, ›aber haben Sie noch nicht

bemerkt, daß, sobald irgendwo ein Journalist erscheint, ein Unglück passiert. Ich übertreibe.‹

›Sie überschätzen uns‹, warf ich ein, während ich ihn zum Sitzen einlud.

›Danke, mein Herr, ich sitze nie. Sie sind von Berufs wegen darauf erpicht, den Lesern Ihres Blattes etwas Interessantes berichten zu können. Sie rechnen mit der Eitelkeit des Unglücks. Sie kitzeln es. Es gefällt sich in seiner Rolle. Es will beachtet sein und liefert Ihnen bereitwillig Stoff.‹

Sein gescheites Gesicht nahm einen flehenden Ausdruck an.

›Lassen Sie uns doch hier in Frieden. Ich bitte Sie darum.‹

›Aber, lieber Freund, ich kann doch schließlich nichts dafür, wenn auf dieser schönen Insel, in dieser herrlichen Bucht sich so erstaunliche Dinge begeben. Ich glaube nebenbei kein Wort davon, ehe ich es nicht mit meinen eigenen Augen gesehen habe.‹

›Das ist es ja‹, jammerte der Kellner. ›Würden Sie es einfach glauben, es hinnehmen, dann kämen Sie gar nicht auf den Gedanken, hierher zu kommen. Es geht Sie doch eigentlich gar nichts an.‹

›Aber, erlauben Sie‹, erwiderte ich und suchte mit meinem Fernglas die Bucht ab, ›es ist doch schließlich nichts Alltägliches, wenn man sich erzählt, daß ein Delphin – kein Fisch übrigens, ein Warmblütler, er bringt lebendige Junge zur Welt – ich meine, wenn ein Delphin innige Freundschaft mit einem jungen Manne schließt, auf seinen Ruf an den Strand geschwommen kommt, ganz zahm, gefügig wie ein Hund, und den Jüngling auf seinen Rücken nimmt, nur ihn, wie man behauptet.‹

›Nur ihn‹, sagte der Kellner und nickte.

Ich muß hier erwähnen, daß unser Gespräch nicht fortlaufend geführt wurde. Apollo hatte zu tun. Er bediente noch andere Gäste, Einheimische, die drinnen im kühlen Hause ihren schwarzen Wein tranken, nicht in der Sonne wie ich, der Fremdling. Aber er kam zwischendurch immer wieder zu mir. Ich ließ nicht locker.

›Eine reizende Erfindung ohne Zweifel, aber ich glaube es nicht.‹

›Sie scheinen wenig Phantasie zu haben‹, erwiderte Apollo, der es offenbar darauf anzulegen schien, mich zu kränken.

›Dachte ich's doch! es ist also ein Märchen. Unser Delphin ist eine Ente. Bitte zahlen!‹

Apollo nahm überhaupt keine Notiz von meinem Wunsch. Wieder beschäftigte er sich angelegentlich mit seiner Serviette, die er krüppelte, an der er zupfte und ihr allerlei faltige Gestalten gab, daß sie wirklich einem lebenden Wesen glich, bald einer Möwe, bald einer Blume oder einem Engel oder einem Fisch. Was er dann sagte, war sehr merkwürdig. Es hatte eigentlich nichts mit dem Delphin zu tun, so dachte ich wenigstens.

›Die Wissenschaft behauptet‹, brachte er zögernd vor, ›sie hat es einwandfrei nachgewiesen, so widernünftig es auch erscheint, daß gewisse kleinste Körper die Eigenschaft besitzen, gleichzeitig an verschiedenen Orten im Raum zu sein.‹

›Ganz recht. Sie tun es eben‹, erwiderte ich.

›Ich glaube es nicht, ehe ich es nicht mit eigenen Augen gesehen habe. Sie, mein Herr, haben es gesehen?‹

›Nein. Natürlich nicht.‹

›Aber Sie glauben es?‹

›Natürlich ja.‹

›Natürlich!‹

Ich hatte keine Ahnung, wo er hinaus wollte. Zudem fesselte jetzt etwas anderes meine Aufmerksamkeit. Ein Mädchen hatte den Schauplatz betreten, eine Hirtin mit ihren Ziegen. Sie warf mir einen scheuen, feindseligen Blick zu und blickte sich suchend um. Dann setzte sie sich auf die Mauer gegen das Meer und wartete. Sie trug eine gelbe Bluse, sie hatte etwas von einer Zigarrenschachtelbilderschönheit.

›Chorillo ist nicht hier, Moira‹, bemerkte Apollo nebenhin.

›Nicht hier?‹ sagte Moira traurig.

›Du siehst es doch‹, antwortete Apollo gereizt. ›Vielleicht ist er im Wasser.‹

›Im Wasser?‹ Sie sprang erregt auf und stand nun auf der Mauer, mit der Hand die Augen beschattend, und schaute auf die Bucht. Zur gleichen Zeit vernahm ich einen klagenden Ruf nicht von Menschenmund, sondern von einem sehnsüchtigen Tier. Auch ich war aufgestanden.

›Hörst du es?‹ sagte Apollo, ›da ist er wieder.‹

›Der Fisch‹, flüsterte Moira schaudernd.

Also doch. Wahrhaftig, er war es. Ich konnte ihn mit bloßen Augen erkennen, auch das Wasserstrählchen über seiner Schnauze. Er schwamm ganz nahe am Strand auf und ab, unruhig schnaubend hin und her. Die Schwanzflosse tauchte auf für einen Augenblick wie die Mondsichel aus den schäumenden Wolken der Wogen.

›Nein, sehen Sie bloß einmal an‹, sagte ich voller Entzücken zu dem Mädchen.

›Ich will ihn gar nicht sehen‹, stieß es giftig hervor. Es zitterte am ganzen Leibe vor Zorn und Leidenschaft.

Der nasse Rücken des Delphins glänzte wie nachtblaue Seide, sein Bauch schimmerte silberweiß, wie die Samenscheide der Mondviole mit einem Hauch von Rosa. Welch ein herrliches, welch ein klassisches Tier!« unterbrach sich mein Gast. »Eine echt griechische Erfindung möchte man sagen, aber es ist natürlich umgekehrt. Betrachten Sie diese Muschel. Es ist die gemeine Herzmuschel. Ich trage immer eine mit mir. Sie ist das Sinnbild des Meeres, die Quintessenz des Wellenschlages. Aus dieser Form hat sich die griechische Kunst entwickelt. Griechenland! denkt man unwillkürlich, nicht wahr? Oder hier, der Delphin auf der Münze. Welch ein Geld! Welche Würde des Geldes – das Wort stammt nicht von mir –, welch ein Volk, das solche Münzen hatte! Sie trugen sie im Mund, wenn sie zum Markte gingen! Und wir? Doch ich schweife ab.

›Ist es derjenige welcher?‹ fragte ich den Kellner.

›Derjenige welcher‹, antwortete Apollo wie im Traume.

Er hatte die Serviette in den Brustlatz seiner weißen Schürze geschoben und stand, die Hände hinter seinem Lüsterjäckchen verschränkt, anscheinend ganz unbeteiligt in den Hoteleingang gelehnt.

Währenddem kam ein junger Bursche von höchstens siebzehn Jahren munter des Weges geschritten, nur in Hose und Hemd, die schwarze Ledertasche mit dem silbernen Posthörnlein, das einer Brezel glich, lässig umgehängt, die Amtsmütze flott ins wirre Haar gesetzt. Übers ganze Gesicht, ja mit dem ganzen Körper lachend, kam er dahergeschlendert, ab und zu in eine pralle, dunkle Traube beißend, daß ihm der Saft von den Lippen troff, Häute und Kerne über die Schulter spuckend.

Moira saß wieder auf der Mauer, zusammengekauert. Sie spielte, als beachte sie ihn nicht, mit ihrem offenen Haar und sah nach ihren Ziegen.

›Der tägliche Brief‹, sagte Chorillo, ›und immer die gleiche Schrift.‹ Er befühlte ihn und hielt ihn gegen die Sonne.

›Und stets nur ein leerer Umschlag.‹

Er warf ihn dem Mädchen zu. Sie fing ihn auf und zerriß ihn, ohne ihn zu öffnen, in kleine Stücke.

Ich durchschaute den Vorgang. Ich kannte einmal in Prag ein Mädchen, das schrieb sich selber Briefe, schickte sich Blumen und Pralinen ins Haus, damit man denken sollte, sie hätte einen Freund. Und am Ende heiratete sie den Postboten.

So sehr ich es Moira nachfühlen konnte, daß sie in den Burschen vernarrt war, so wenig wollte es mir gefallen, daß er sie so unzart vor uns bloßstellte.

›Wie geht's, alte Fratze‹, wandte sich Chorillo nun an den Kellner, ›wie häßlich du doch bist, beinah zum Verlieben häßlich.‹

›Chorillo, horch‹, sagte Apollo, ohne seine Haltung zu verändern.

Wieder hörte ich den klagenden, sehnsüchtigen Ton vom Meere her. Der Delphin brauste noch immer den Strand entlang, wendete, sich überschlagend, daß man den weißen Bauch mit dem zart rosa Schimmer sah, und noch immer stieß er den Strahl zwischen den klugen Augen hervor.

Chorillo lauschte und sah nach dem Meer wie verzaubert. Dann rief er durch die Muschel seiner Hände, langgezogen: ›Siiimo, Simo, ich komme.‹

›Geh nicht baden, Chorillo‹, bat Moira, ›heute nicht! Mir zuliebe!‹

›Laß ihn doch, schöne Hirtin‹, warf ich ein, ›schau, ich bin eigens von weither gekommen, um es zu sehen. Es wäre doch schade, wenn ich umsonst...‹

›Da hörst du es‹, sagte Chorillo unwirsch, ›ich muß ja nun wohl. Ehrenhalber.‹

›Der Herr glaubt nur, was er sieht‹, murmelte anzüglich Apollo. ›Und ich sehe nur, was ich glaube‹, antwortete Chorillo wieder lachend, nahm seine Postmütze ab und setzte sie dem Kellner auf, der sehr lächerlich damit aussah, hängte ihm auch die Tasche mit dem Hörnlein um, als wäre er ein Kleiderständer. Apollo ließ sich's gleichmütig gefallen. Aber ehe Chorillo sich zum Gehen wandte, nahm der Kellner rasch die Siphonflasche vom Tisch und spritzte dem Burschen einen Strahl ins Gesicht. Der machte ihm eine lange Nase und lief hurtig zum Strand. Im Laufen schon begann er sich seiner Kleider zu entledigen.

›Chorillo‹, rief ihm das Mädchen drohend nach, ›du wirst dich noch erkälten, du wirst dir dabei noch den Tod holen, hörst du, den Tod! Ganz bestimmt!‹

Sie wünschte es so sehr nicht, daß es fast klang, als wünsche sie es ihm.

›Halt den Mund, du Hexe‹, herrschte Apollo sie an, schneeweiß im Gesicht, ›scher dich zum Teufel.‹

Er ging ins Haus, Chorillos Sachen zu verwahren. Der aber plätscherte gerade ins Wasser. Aufjauchzend warf er sich in die Brandung.

›Simo‹, rief er, ›komm, da bin ich, fang mich!‹

Der Fisch, will sagen der Delphin, rauschte heran. Ich nahm meine Kamera und rannte zur Bucht hinunter, wo inzwischen sich noch andere Burschen eingefunden hatten. Oh, es war wunderbar. Ich verknipste einen ganzen Film. Simo schlug vor Freude förmlich Purzelbäume um Chorillo, er lockte ihn mit Äolsharfentönen, lustig quirlte das Strählchen vor seiner gewölbten Stirn. Dann tauchte er unter dem Jüngling weg und hob ihn empor. Nun ritt er durch die Wogen. Sie scherzten miteinander.

Ich sah mich nach Moira um. Sie saß mit angezogenen Knien, das Kinn auf die Fäuste gestützt, auf eine Strähne ihres Haares beißend und schaute nach ihrem braunen Geliebten, Unheil im Blick, totenblaß. Der Kellner Apollo stand hinter ihr, vorgeneigt, seine Serviette wringend.

Nun zischte der Delphin seinem Reiter einen Strahl mitten ins Gesicht. Der Fisch lachte. Ich lüge nicht. Es sah wirklich so aus. Er lachte übermütig wie ein Mensch.

Auch der Kellner lachte von Herzen. Er bog sich vor Vergnügen und drückte die Serviette vor den Mund. Sein runder Rücken schütterte. Dann schob er das Tuch in den Schürzenbund, machte ein paar Schritte zurück, die Arme gekrümmt mit gehobenen Ellenbogen, er tanzte, ein grotesker Anblick fürwahr, täppisch, serviettengeschwänzt, satyrhaft.

Moira war wütend. Sie stand nun wieder und stampfte heftig mit dem Fuß auf. Sie drohte mit geballter Faust nach dem Meere.

Wenn ich eben sagte, der Delphin lachte wie ein Mensch, so blieb er doch in allem ein Tier. Doch sagt man, daß ja auch die Menschen von Fischen abstammen. Beim Embryo sind die Kiemenspalten noch nachweisbar.

Chorillo und der Delphin waren inzwischen hinter der Düne verschwunden, die der Bucht vorgelagert ist. Ich trat zu Apollo, der wieder zur Terrasse zurückgekehrt war, der Gäste im Hause wegen. Er sagte bitter: ›Sie werden nun darüber in Ihrer Zeitung schreiben, und alle Menschen werden es lesen und werden es nicht glauben, ehe sie es mit eigenen Augen gesehen haben. Sie werden in Scharen auf die Insel kommen.‹

›Ich bringe ja die Bilder.‹

›Ach, es gibt ja bekanntlich Gummitiere zum Aufblasen. Sehr naturgetreu, mit schwarzem Rücken und weißem Bauch.‹ Er berührte obenhin Röckchen und Schürze.

Ich war noch ganz aufgeregt von dem anmutigen Schauspiel in der Bucht und lobte es laut.

›Ich bitte Sie, lieber Herr‹, meinte Apollo finster, ›schreiben Sie nichts davon in der Zeitung. Wenn es nicht wahr gewesen wäre, hätten Sie doch auch nichts berichten können, ich bitte Sie!‹

Er hob die Hände mit der Serviette zu einer rührenden Gebärde. Er hatte Tränen in den Augen.

Man könnte doch, versetzte ich, gerade aus einer Nichtwahrheit eine sehr hübsche Glosse machen.

Nun kam der Delphin mit Chorillo an Bord wieder hinter der Insel hervor, die sie unseren Blicken für eine Weile entzogen hatte. Sie waren sichtlich des Spieles müde geworden und sahen abgekämpft aus. Ganz langsam schwamm der Delphin. Chorillo vornübergesunken umschlief ihn. Der Fisch trug ihn behutsam an Land. Chorillo stieg ab. Er streichelte die Flanken des Tieres wie ein Reiter sein Pferd. Auf dem Wege zu uns durch die Brandung plätschernd, wandte er sich noch oft nach dem Freunde um und winkte ihm zum Abschied. Simo, das Wasser mit der mondförmigen Schwanzflosse peitschend, entfernte sich in großen Schleifen dem offenen Meere zu.

Es war vorüber, so bildete ich mir wenigstens ein.

Froh gelaunt und unbefangen, wenn auch etwas weniger lebhaft als vorher und leicht fröstelnd von dem langen Bad, trat der Postjunge von Anthos zu uns auf die Terrasse des Hotels, um Mütze und Tasche zu holen. Apollo, die Serviette im Brustlatz, humpelte diensteifrig mit den Sachen herbei, aber es ritt ihn der Teufel, denn er begann nun den Burschen zu narren, er hielt ihm freundlich die Mütze hin, zog sie aber, als der arglos danach griff, zurück und lief damit um den Tisch herum davon, unbeholfen wie er war. Chorillo tat mit. Er wußte, wie er den Kellner am besten ärgern konnte. Er entriß ihm mit raschem Griff das Tuch, die Seele riß er ihm gleichsam aus dem Herzen, ließ es vor Apollos Nase flattern, der aufgeschnupften, und trotzte seinerseits dem alten Kindskopf.

Mit verzerrtem Gesicht schaute Moira zu. Ich hatte Apollo nicht soviel Behendigkeit zugetraut. Er erhaschte Chorillo, dem es gerade noch gelang, die Serviette zwischen die lachenden Zähne zu nehmen. Apollo aber war nun am Ende seiner Kraft, er mußte arg schnaufen. Er mußte sich setzen. Er legte die Hand auf sein Herz.

›Ätsch‹, machte Chorillo und warf ihm die Serviette zu, während er ihm die Zunge herausstreckte.

In diesem Augenblick sprang Moira dazwischen, fing das Tuch aus der Luft und riß es, wie ein Blitz die Wolke, mitten entzwei.

›Seid verflucht‹, schrie sie, die Hände krallend, als wollte sie ihnen die Augen auskratzen, ›seid verflucht, dreimal verflucht!‹ Dabei warf sie jedbeiden einen Fetzen vor die Füße.

Jetzt war es Zeit, daß ich mich ins Mittel legte.

›Aber, aber‹, sagte ich begütigend, ›wer wird denn gleich so eifersüchtig sein.‹ Auch Chorillo trat gutherzig auf sie zu, um ihr schön zu tun. Sie stieß ihn zurück.

›Geh weg, du riechst nach Fisch‹, rief sie nun völlig außer sich, ›seid verflucht!‹

Da wurde es dem Apollo zu dumm. Mit einem Glas

Wein in der Hand ging er langsam auf Moira zu. Dann sagte er bedrohlich leise: ›Nimm es zurück, Moira, nimm den Fluch zurück, sofort, hörst du!‹

Sie verachtete ihn. ›Nie!‹ rief sie, ›du Schweinsfisch, du Plattnase. Nie! Nie! Nie!‹ Da schwappte ihr Apollo den Wein ins Gesicht. Ohne ihn abzuwischen, flüsterte sie: ›und du mit.‹ Dann ging sie ohne sich umzusehen zwischen ihren Ziegen davon.

Apollo blickte mich vorwurfsvoll an, als wollte er sagen, sehen Sie, nun ist es passiert. Habe ich es nicht gleich gesagt! Er war völlig erschöpft. Er sah zum Sterben müde und alt aus, während er den einen Fetzen der Serviette auf dem Knie glatt strich. Er tat mir in der Seele leid. Aber plötzlich nahm er sich zusammen. ›Chorillo‹, stieß er hervor, mit einem Klagelaut nicht von Menschenmund, ›Chorillo, was ist dir?‹

Chorillo hustete. Sein Gesicht und seine Hände waren mondenbleich.

›Ich weiß nicht‹, sagte er, mühsam atmend, mit einem Versuch zu lächeln, ›mir wird so komisch auf einmal.‹ Er hüstelte wieder und führte den anderen Fetzen der Serviette zum Munde. ›Ich habe mich wohl etwas überanstrengt. Es ist Blut, fürchte ich.‹ Er betrachtete verwundert das Tuch. Das Fieber schüttelte ihn.

Ich lief ins Haus, meinen Mantel zu holen. ›Er muß sofort ins Bett‹, rief ich, als ich wiederkam. ›Er braucht einen Arzt.‹

›Auf Anthos gibt es keinen Arzt‹, sagte Apollo und nahm Chorillo ohne weiteres auf den Rücken. Der Kranke ließ sich's willig gefallen. Ich konnte und wollte es nicht hindern. Auf dem Rücken trug ihn Apollo ins Haus.«

Der Erzähler machte eine nachdenkliche Pause, nicht allein um zu trinken, denn das tat er auch, wenn nicht gerade vom Wein die Rede war, aber dann immer, sondern wohl um seinen Zuhörer in Spannung zu halten, wie die Geschichte enden würde. Während er sprach, nahm er unbewußt das Aussehen seiner Gestalten an, ähnelte dem Kellner Apollo, ja sogar dem Delphin, sah bald alt, bald jung, bald gut oder böse aus, darin dem Proteus verwandt, dem sterblich geborenen Seegreis des griechischen Mythos, dem Zauberer, Wahrsager und Tausendkünstler, der sich in allerlei Gestalten, in Tiere, Bäume, ja selbst in Feuer und Wasser zu verwandeln wußte. Der Sage nach soll er seinen Söhnen Tmolos und Telogenes, zweien Riesen von unerhörter Grausamkeit, im Spiegel erschienen sein und sie so in Erstaunen gesetzt haben, daß sie künftig von ihrer Barbarei geheilt waren, der Sage nach. In Erstaunen setzen, ist das nicht die Natur des Poeten und also auch des sonderbaren Fremden Auftrag?

»Ich pflege«, fuhr dieser nach einer Weile mit schwerer Zunge fort, »auf meinen Reisen eine wohlassortierte Taschenapotheke mit mir zu führen und verstehe mich ein wenig darauf, sie mit Erfolg anzuwenden. Schlaf, Ruhe, schienen mir in Chorillos Fall zunächst die besten Heilmittel, und auch Apollo brauchte etwas für sein krankes Herz. Zu Bett gebracht, erholte sich unser junger Patient sichtlich und schlief bald ein. –

Da es Abend geworden war, gelüstete es mich, noch etwas ans Meer zu gehen. Ich fand es aufgeregter als am Tage, unheimlich schwarz auf einmal und immer wieder vergeblich bemüht, aufs Land zu kommen. Wo mochte der Delphin sein? Ich hörte ihn. Bald nah, bald fern vernahm ich seinen klagenden Ruf, aber ich konnte ihn nicht sehen. Also kehrte ich um und schlenderte durch die kleine Stadt, mich ein bißchen umzuhören. Ich erfuhr, daß nach anfänglichem Entzücken der Bevölkerung über das Wunder von der Freundschaft des Delphins mit dem Jünglingsknaben – diesen Ausdruck gebraucht Goethe irgendwo, der ja auch einmal von diesem gesegneten Alter sagt: sie duften Jugend! – die Stimmung allmählich umgeschlagen war. Man nahm Ärgernis. Ich begegnete dem Priester des Ortes, der sich bemüßigt fühlte, mit Rauchfäßchen und Weihwasserwedel eine kleine Prozession zum Strand zu veranstalten, um das Meerungeheuer, so nannte er den unschuldigen Fisch, zu beschwören und dem heidnischen Treiben in der Bucht ein frommes Ende zu machen. Das mußte ich sehen. Ich schloß mich dem Zuge an. Aber wir kamen zu spät. Das Unheil war bereits geschehen. Der Delphin mußte, ich kann mir's nicht anders denken, gespürt haben, daß sein Spielgefährte krank sei. Er wollte zu ihm und war auf Strand gelaufen. Wir hörten ihn stöhnen und fanden ihn hilflos im noch heißen Sande liegen, ein Messer in seinem Herzen, sich verblutend, sterbend fanden wir ihn, nicht anders als ein Mensch stirbt. Und ich sah etwas, in jener Nacht, was ich meiner Lebtage nie vergessen werde, ich sah den Fisch unter Schluchzen reichlich Tränen vergießen, ehe er mit einem Seufzer verschied. Unsere Tränen, mein Herr, sind eine Erinnerung an das Meer, aus dem auch wir stammen.

Als der Fisch tot war, machten sich sofort Leute aus Anthos daran, ihn auszuschlachten. Die Leber des Delphins gilt dort zu Lande als Heilmittel gegen die Schwindsucht. Angewidert verließ ich den Strand. Was würde geschehen, wenn Chorillo den Tod des Gespielen erfuhr, und der Kellner Apollo? Es war nicht auszudenken.

Da ich im Hause alles still fand, begab ich mich auf mein Zimmer. Was hatte sich in diesen wenigen Stunden meines Aufenthaltes auf der Insel ereignet! Ich machte mir ernstliche Gedanken, ob nicht am Ende doch meine sträfliche Neugier sollte schuld gewesen sein, das Unheil heraufzubeschwören. Ich konnte keine Ruhe finden.

Inzwischen war der Mond heraufgekommen. Ich sah aus dem Fenster über den nun wieder menschenleeren Strand zum Meer, das mir ärmer geworden schien ohne den Fisch mit seiner sonderlichen Liebe zu einem Menschen, und der dafür gestorben war.

Vielleicht war ich doch ein wenig eingenickt, gleichviel,

ich hörte plötzlich Stimmen, Chorillos Stimme meinte ich zu vernehmen und die des Kellners Apollo, wenn mich nicht die Sinne täuschten.

›Du bist noch gar nicht braun‹, hörte ich den Jüngling sagen, ›du warst wohl noch nicht viel in der Sonne?‹

›O doch‹, antwortete es freundlich, ›ziemlich viel. Wollen wir nicht baden gehen?‹

›Jetzt, mitten in der Nacht?‹ fragte Chorillo mit einem Schauder.

›Bei Mondschein ist es am schönsten‹, entgegnete der andere.

Ich beugte mich aus dem Fenster. Ich gewahrte Chorillo in Begleitung eines fremden Mannes. Sie waren beide nackt, Chorillo braun, der andere weiß, leuchtend wie Marmor und herrlich wie ein Gott.

›Wie heißt du‹, fragte der Postbote zutraulich.

›Delphinios heiße ich‹, antwortete der Fremde.

Sie schritten selbfreund dem Meere zu.« ---

»Dies also«, schloß mein trunkener Gast, »dies wäre meine Geschichte von Chorillo und dem Fisch. Ich schenke sie Ihnen, wie gesagt«, lallte er. Dann sank sein weinschweres Haupt ihm auf den Arm, wobei er die Hand öffnete zu einer Schale, wie Bettler tun, wenn sie um eine milde Gabe bitten. Er lebte ja schließlich von seinen Geschichten. *(1948)*

Die Perle

Notwendige Vorerinnerung

Die folgende Erzählung ist eine Kriminalerzählung. Es ist das erstemal, daß ich mich mit dieser Gattung der Literatur beschäftige. Ich habe, wie ich gestehen muß, keinerlei Erfahrungen, wie man das macht. Ich wußte, als ich schon in der Mitte der Schilderung war, selbst noch nicht, wer der mutmaßliche Täter sei, und zweifelte ernstlich, ob ich es je herausbringen würde. Der Leser macht sich keinen Begriff davon, wie aufregend es ist, etwas Derartiges zu schreiben, und welch sonderbare Einblicke der Verfasser dabei in seine eigene Wesensart tut. In einer meiner letzten Geschichten habe ich kühnlich behauptet, daß ich meine Gestalten, wenngleich sie auch erfunden seien, nicht gerne sterben lasse, und nun beginne ich gleich auf der ersten Seite mit einem Todesfall, ja sogar mit einem Mord. Was drängt einen Schriftsteller dazu, wenn auch nur auf dem Papier, zu töten, gar zu morden, mag dabei auch nur Tinte fließen? Aber Tinte und Blut hinterlassen eben einen verteufelt ähnlichen Geschmack auf der Zunge.

> Meine Mörder sahen alle aus wie junge Mädchen.
>
> (bei Fontane)

Petersens Köchin – denn in der Zeit, da sich diese Geschichte zugetragen hat, gab es noch Köchinnen selbst in einfachen Häusern –, Petersens Köchin Agathe war tot. Sie lag rücklings in ihrer Küche auf die blanken Fliesen hingestreckt, ein Küchenmesser bis ans Heft im Herzen, eines jener gebräuchlichen Messer, mit schwarzem, handlichem Holzgriff und Knauf, dessen sich Agathe zu Lebzeiten tagtäglich mit besonderer Vorliebe bedient hatte, vermutlich auch noch kurz vor ihrem jähen Ende.

Denn auf dem Hackstock unweit von ihr lag sauber gerupft ein junges Hähnchen, das sie wohl eben ausgenommen haben mußte. Sie hielt noch das kleine Vogelherz in der Hand. Die Klinge aber ihres Lieblingsmessers, Solinger Stahl, war schon ganz abgeschliffen und geschmeidig, da Agathe sie vor Gebrauch stets auf der Rückseite eines Tellers mit ein paar raschen Strichen zu wetzen pflegte, während ihr kundiger Blick schon abschätzte, wo die Schneide anzusetzen sei, wenn es galt, einen Fisch zu zerlegen oder Geflügel abzutun. Denn sie war eine umsichtige, fabelhaft tüchtige Person gewesen, ehrengeachtet in der Nachbarschaft, in den Geschäften ringsum, woselbst sie Fräulein Agathchen angeredet wurde. »Beehren Sie uns bald wieder«, sagten die Geschäftsleute und sprangen diensteifrig, Fräulein Agathe die Türe zu öffnen. Eine Ware, die sie ablehnte, galt schlechthin als unverkäuflich. Ihr Urteil in Haushaltsangelegenheiten, besonders in Kuchen- und Einmachfragen, war maßgebend. Kein Wunder, wenn ihre Herrschaft, die Familie Petersen, um diese Perle von Köchin beneidet wurde.

Fräulein Agathes Tod unter so unerwarteten, grausigen Umständen rief in der Stadt natürlich allgemeine Bestürzung und berechtigte Empörung hervor, um so mehr, als die Ermordete nicht lange vor der ruchlosen, unbegreiflichen Tat frisch und gesund wie immer – es konnte sich niemand erinnern, daß sie jemals krank gewesen sein sollte – beim Einholen gesehen worden war. Das Einholen bedeutete für sie nur eine Ehrenpflicht; denn was sie brauchte, wurde ihr jederzeit gern in die Küche geliefert.

Der Briefträger hatte den Mord entdeckt, als er wie gewöhnlich die Post für Petersen durch das nach dem Garten gelegene Küchenfenster hineinreichen wollte. Er brauchte dazu nur auf die Bank zu steigen, auf der bei gutem Wetter zuweilen Agathe Köhler, auch wenn sie sich ausruhte, niemals untätig, im Freien ihre Kartoffeln schälte, Gemüse putzte oder Strümpfe stopfte. So hielt es der Briefträger auch diesmal, völlig arglos, einer kleinen Schäkerei vielleicht, eines Versucherles aus der Pfanne auf der Gabel, aber gewiß nicht eines so schrecklichen Anblicks gewärtig, und sah sie entseelt in ihrem Blute liegen, als erster. Denn so sagte er später bei der Vernehmung in aller Unschuld aus. »Als erster«?, wurde ihm sogleich nicht ohne Spott entgegnet, woher er denn das so genau wisse, als zweiter doch mindestens. Denn der erste, der die Köhler so liegen sah, sei doch wohl der Täter selbst gewesen, woraus der unglückliche Mensch die Lehre zog, daß im Bannkreis jedes Verbrechens jeder verdächtig erscheint. Er verwünschte den Zufall der ersten Entdeckung, deren er sich so gedankenlos gerühmt hatte.

Zutiefst erschrocken und in der sicheren Meinung, daß der Mord im Hause noch nicht bemerkt worden sei – er sagte ›ruchbar geworden‹ –, denn außer der Toten, das glaubte er beschwören zu können, befand sich niemand in der Küche, war er um die Villa herum zur Haustüre geeilt, hatte heftig geläutet und, weil es innen totenstill blieb, mehrmals mit der Faust gepocht, bis sich endlich Schritte hören ließen und ihm die Tür geöffnet wurde.

Der junge Petersen war es, der Gymnasiast. So sagte der Briefträger bei der Vernehmung aus, wahrheitsgemäß, wie er dachte, und erschöpfend. Aber der Kriminalkommissar – das Wort allein schon konnte einen erzittern lassen, es klang so unerbittlich, so nach Kettenrasseln, nach Wasser und Brot hinter Eisengittern –, der Kommissar gab sich damit nicht zufrieden, er verlangte Einzelheiten. Auf genaues Befragen mußte denn der Postbote zugeben, daß der Vorgang sich in seinem Nacheinander etwa folgendermaßen abgespielt hatte. An der Haustür befand sich ein Guckfensterchen, durch das man von außen in den Flur und ins Treppenhaus blicken konnte. Das hatte er, weil niemand aufzumachen kam, getan, nicht ohne wegen der unheimlichen Stille im Hause neues Unheil zu vermuten, ja darauf gefaßt, sämtliche Inwohner der Villa umgebracht zu finden. Aber der Anblick, der sich ihm bot, stand in völligem Gegensatz zu dem in der Küche. Die Sonne schien freundlich durch ein buntes Fenster, worauf in Glasmalerei der ›Trompeter von Säckingen‹ dargestellt war, ins Treppenhaus, und nach Bubenart kam der junge Petersen das Geländer herabgerutscht. Zur gleichen Zeit aber rief vom oberen Stock eine Mädchenstimme seinen Namen. »Juri!« rief sie – so wurde er in der Familie genannt –, und Juri antwortete, indem er öffnete, über die Schulter zurück: »Nur die Post!«

Es kam nun dem vernehmenden Beamten sehr viel darauf an zu erfahren, in welchem Tonfall das Mädchen, Juris Schwester nämlich, das Wörtlein ›Juri‹ gerufen habe, ob ängstlich oder warnend oder wie. Doch wenn auch Postboten nicht selten erfahrene Menschenkenner sind, dieser war auf die Unterscheidung von Stimmen nicht besonders geschult, doch meinte er, der Ton sei verweisend-vorwurfsvoll gewesen, vielleicht weil der junge Herr das Geländer hinabgerutscht war, eine Bemerkung, die der Schreiber ausdrücklich zu Protokoll nehmen mußte.

Dann wollte der Beamte ganz genau wissen, wie sich der junge Petersen jetzt, da er hörte, was sich in der Küche zugetragen hatte, benommen habe. Der gute Briefträger geriet in Verlegenheit; denn nun sollte er, was sich in Sekunden und Gleichzeitigkeit völlig unerwartet abgespielt hatte, der Reihe nach ausführlich schildern, nichts auch scheinbar Nebensächliches verschweigen, so, daß er es jederzeit beeiden könne. Der Briefträger besann sich. Er bemühte sich krampfhaft, an alles, was er in jenen Augenblicken begreiflicher Aufregung und Verwirrung wahrgenommen hatte, sich zu erinnern. Er merkte, wie schwierig es war, den Vorgang wahrheitsgetreu wiederzugeben, obwohl oder weil er sich dort erst vor ganz kurzer Zeit ereignet hatte. Allein schon die Fragen des Beamten entwahrheiteten das Geschehen. Die

Erwartung des Postboten, als er ahnungslos die Briefe zum Küchenfenster hineingeben wollte, hatte ein ebenso deutliches Bild geschaffen, nämlich das Fräulein Agathens, wie er sie täglich sah, immer adrett in einer etwas altmodischen Flügelschürze, sommers in hellblau und weiß gestreiften Waschkleidern, mit einer niedlichen Brosche, darauf zwei Täubchen sich schnäbelten, unter dem Doppelkinn, mit grauen Zähnen lächelnd, und dies Bild war und blieb. Durch dieses Bild sah er, wie durch ein bemaltes Fenster, ein völlig anderes: die tote Köchin, auf dem seltsamen Muster des Fußbodens liegend, das durch die Art, wie die schwarzen und weißen Fliesen gelegt waren, vermittels optischer Täuschung ärgerliche räumliche Vorstellungen erweckte, und sah gleichzeitig, wie es bei zweimal belichteten Aufnahmen geschehen kann, den jungen Petersen vor sich. Die Bildeindrücke bei ihm überdeckten sich. Er fand sich außerstande, den Gesichtsausdruck des Gymnasiasten und den Wortlaut ihres Gesprächs wiederzugeben. Es war alles so schnell gegangen. Vielleicht hatte der Postbote nur gesagt, daß etwas Furchtbares geschehen sei in der Küche, Fräulein Agathe...

»Hierauf haben wir uns an den Ort der Tat begeben«, berichtete er sichtlich dankbar, in dieser gängigen Redensart gleichsam amtlichen Halt zu finden. Nach weiteren Zwischenfragen ergab es sich, daß der Briefträger vorausgeeilt, der junge Herr ihm auf den Fersen gefolgt war, daß sie die Tür zur Küche geschlossen, aber nicht abgeschlossen fanden, daß die Tote noch genau so am Boden lag, wie er sie durch das Fenster hatte liegen sehen, mit den Füßen gegen die Tür, so, wie sie noch bis zur Stunde lag, das Herz des Hähnchens in der Hand, wie eine Uhr, den Mund ein wenig geöffnet, als wollte sie ›u‹ sagen, und die Augen verdreht. Und auf dem Hackstock das junge Hähnchen, Hals und Kopf über die Kante hängend, die bläulichen Lider halb geschlossen und den gelben Schnabel etwas geöffnet, daß man das gewölbte Zünglein sah. Übrigens fand sich, dies vorwegzunehmen, nachher niemand, der noch Lust auf das Hähnchen gehabt hätte, das Agathe Köhler kurz vor ihrem Tode noch so säuberlich zugerichtet hatte. Es ward mit polizeilichem Einverständnis dem Briefträger überantwortet. Doch sträubte sich auch bei ihm etwas dagegen, es zu braten und zu verzehren.

»Es hätte mir nicht geschmeckt«, sagte er, »im Hinblick auf Fräulein Agathe.« Er verschenkte es daher weiter an einen armen Schlucker, dessen Hunger stärker war als sein Zartgefühl.

»Und was taten Sie am Tatort?« fragte nun der Kommissar. Der Briefträger mußte gestehen, daß er aus der durch den Augenschein freilich widerlegten Hoffnung, Fräulein Agathe sei am Ende gar nicht tot, sondern nur bewußtlos, sie mehrmals gerüttelt und ihren Namen gerufen habe. Darauf habe ihn der junge Petersen gebeten, schleunigst einen Arzt herbeizuholen, was er, weil es ihm einleuchtete, sofort ausführte. Von seinem täglichen Dienstgang kannte er die Ärzte in der Gegend. Der erste habe es jedoch abgelehnt zu kommen und ihn an einen erst seit kurzem hier ansässigen Doktor namens Jokim verwiesen. Der sei der Richtige. Mit diesem, den er zum Glück zu Hause angetroffen, sei er wieder zum Mordhaus zurückgekehrt.

Aufgefallen war ihm dabei, doch kam er nicht dazu, es bei seiner Aussage vorzubringen, daß der Arzt es gar nicht sehr eilig zu haben schien, sondern, an der Villa Petersen angekommen, das Haus erst eine Weile geruhsam betrachtete, wie etwa ein Fremder das Geburtshaus eines großen Mannes betrachtet, ehrfürchtig-freundlich, bei abgenommenem Hute. Es gab eigentlich nichts an dem Hause zu bewundern, auch nach Mord sah es nicht gerade aus. Es war in dem lieblosen Mischstil des ausgehenden neunzehnten Jahrhunderts, aus gelben Backsteinen, gebaut, mit bläulichem Schiefer gedeckt und allerlei willkürlichem Zierat versehen. Den First entlang zum

Beispiel führte ein gußeisernes, völlig sinnloses Geländer, da sich doch niemand daran halten konnte, und die vergoldete Jahreszahl der Erbauung der Villa, 1885, befand sich auf einer zwischen den sauber verfugten Gelbziegeln eingelassenen Sandsteinplatte, die, höchst kunstvoll gemeißelt, einem an den vier Kanten zu Voluten eingerollten Pergament nachgebildet war. Den Vorgarten schmückte, von umgekehrten Weinflaschen eingefaßt, ein ovales Beet mit gelben und violetten Stiefmütterchen. Aus Blech, täuschend naturgetreu, waren die grünen Agaven, die in Terrakottavasen auf den ebenfalls aus Backstein gemauerten Torpfeilern standen, aus geprägtem Blech die vorhangartigen, gebogenen und mit Quasten verzierten Blenden, hinter denen sich die hochgezogenen Jalousien verbargen. Zu Häupten des turmähnlichen Vorbaues für das Treppenhaus schwebte, mit den Zehen auf einer Kugel balancierend, ein posaunenblasender Genius.

Doktor Jokim mußte lächeln, als er dies alles sah und welche Mühe und Künstlichkeit darauf verwendet war, der Villa Petersen das Gepräge völliger Unwohnlichkeit zu geben wie vielen andern Bauten aus jener Zeit, und daß es die stolzen Besitzer wohl auch noch recht vornehm und prächtig fanden. –

Diesmal öffnete Herr Petersen blassen Angesichts, eines sehr einnehmenden, entschieden altmodischen Gesichts, wie Doktor Jokim feststellte. Er glaubte, es von Konzerten zu kennen.

»Sie sind der Arzt vermutlich? Ich fürchte, Sie kommen zu spät«, sagte Herr Petersen. »Wir haben die Polizei bereits telephonisch verständigt. Wir haben in der Küche alles gelassen, wie es war«, fügte er hinzu, worauf Doktor Jokim errötete.

Es ist nötig, hier ein paar Worte über Doktor Jokim zu sagen. Sein Äußeres zu beschreiben, ist nicht leicht und wohl unwichtig. Ist es überhaupt möglich, mit Worten einen Menschen, sein Gesicht so zu schildern, daß man ihn auf der Straße erkennen und ausrufen würde: »Sieh da, das ist doch der Doktor Jokim aus der Erzählung ›Die Perle‹!« Ich bilde mir ein, ihn recht gut zu kennen, bin vertraut mit ihm wie mit niemandem sonst, und doch gerate ich in Verlegenheit, etwa nur seine Haarfarbe zu bestimmen. Ich bin der Sprache nicht so sehr Meister, daß ich vermöchte, diesen besonderen Schimmer, wie ihn schweres Haar hat, sichtbar zu machen, jenen Schimmer, der auf einen vollen Duft schließen läßt und der das Ergebnis einer glücklichen Legierung – so mag man es füglich bei Haaren nennen – bildet.

Es gehört zur Klasse des Blondhaares, aber was versteht man nicht alles unter blond, es ist ein ganz klein wenig gewellt, breit gewellt, so sagt man wohl, und seine Farbe – am ehesten kommt sie der eines alten Kupferkruges gleich, nicht eines blankgescheuerten, sondern eines leicht oxidierten, der nahe daran ist, Grünspan anzusetzen. Doktor Jokim sieht viel jünger aus, als er ist, dank einer fast mädchenhaft zarten Haut, die zu Sommersprossen neigt. Aber er wirkt keineswegs weibisch. Wenn man nach Prohaska, der bekanntlich ein drittes Geschlecht annimmt und seine Behauptung mit viel Gelehrsamkeit, doch nicht völlig überzeugend unterbaut, unsern Doktor Jokim einordnet, dann wird man seinem Typus am ehesten gerecht, der nicht zwischen Mann und Weib steht, etwa als eine Mischung zwischen beiden, jeweils mehr oder minder nach der einen oder andern Seite neigend, sondern wenn man ihn als ein Wesen für sich nimmt, für das es vergleichweise und von ferne nur die Erscheinung der Engel gibt. Seine Erscheinung! Das ist das richtige Wort, und es paßt weiß Gott nicht auf jeden Menschen, sondern auf ganz wenige nur. Sie ist übrigens vorzüglich durch seine Augen bestimmt, olivbraune unausweichliche Augen, die nicht gucken, blicken, beobachten, sondern nur schauen, so wie er mit seinen Ohren nicht horcht oder lauscht, sondern einfach zuhört. Was er aber sieht und hört, was er also wahrnimmt, das scheidet sich ohne seine Zutun in Wahr und Falsch, in Recht und Unrecht, worauf er, was ihm selbst außerordentlich peinlich ist, auf das Unrechte, Falsche, Unaufrichtige, Verlogene mit unterschiedlichen Graden des Errötens antwortet, unwillkürlich, ohne es verhindern zu können. Er merkt daran sofort, wenn jemand lügt, selbst wenn es mit der reizendsten Anmut und dem unschuldigsten Augenaufschlage geschieht. Er errötet sanft aus der Tiefe seiner empfindlich zarten Haut, und bei faustdicken Lügen glühen seine Ohren wie rote Signallampen. Er weiß dann freilich immer nur, da stimmt doch irgend etwas nicht, aber was nun wahr sei, das weiß er natürlich nicht so ohne weiteres zu entscheiden.

Er hatte, eine ungewöhnliche Leistung, gleichzeitig Medizin und Gottgelahrtheit studiert, was ihm dank einem ihm sozusagen auf den Leib zugeschnittenen Fahrrad, das er liebte wie einen Freund und das er Maxl nannte, mit ziemlich gutem Erfolg gelang. Beide Fächer befähigten ihn, sich aus Liebhaberei nebenbei mit Kriminalistik abzugeben. Er machte sich bald einen gewissen Namen durch eine grundlegende Abhandlung, ›Politik und Verbrechen‹ betitelt, in der er den allerdings völlig fruchtlosen Versuch unternahm, die Ethik im Staatsleben neu und mit großer Schärfe und Strenge abzugrenzen, worauf man ihm in einer witzig sein sollenden Besprechung besagten Buches bescheinigte, nach seiner wunderlichen Theorie würden mehr als fünfundsiebzig Prozent aller Politiker von Rechts wegen ins Zuchthaus gehören. Er las dies staunend, doch ohne auch nur ein bißchen dabei rot zu werden.

Nach einer Gesellschaft wußten manche Gäste oft nicht mit Sicherheit zu sagen: war Doktor Jokim nun eigentlich da oder nicht? Denn er sprach wenig, aber diejenigen, welche sich seiner Gegenwart bewußt wurden, nahmen sich sehr zusammen, um keine Dummheiten zu sagen. –

Nach dieser notwendigen Abschweifung rufe ich in das

Gedächtnis des Lesers zurück, daß in der blitzsauberen Küche der Villa Petersen noch immer die etwa siebenundvierzig Jahre alte Köchin Agathe Köhler tot und allem Anschein nach ermordet auf dem Boden ausgestreckt liegt, von einem unbekannten Täter oder – man muß an alles denken – einer Täterin mitten ins Herz getroffen, mit schauerlicher Treffsicherheit, wie der bald nach Doktor Jokim eingetroffene Kriminalinspektor Schwalbe feststellte. Er sprach von einem mit allem Vorbedacht ausgeführten, wohlgezielten Stoß, da die durch den jahrelangen Gebrauch besonders biegsame Klinge leicht abgleiten konnte. Sie war genau zwischen der dritten und vierten Rippe hindurchgefahren und hatte, so stand im Protokoll zu lesen, den sofortigen Tod der Köhler im Gefolge. Für Jokim bestand die menschliche Sprache aus leibhaftigen Wesen, aus Lebewesen, und wenn er etwa hörte und las: ›dadurch wurde der Tod herbeigeführt‹, so sah er wirklich jemanden den Tod herbeiführen und ›Tod im Gefolge‹, das war für ihn schon beinah eine Bühnenszene, darin der Tod mit stattlichem Gefolge auftrat. Übrigens neigte Jokim zu der Ansicht, daß auch ein zufälliger Stoß den Eindruck schauerlicher Treffsicherheit erwecken kann.

Die tote Köchin wurde am Tatort von allen Seiten photographiert und dann ins gerichtlich-medizinische Institut gebracht.

Der Augenschein in der Villa ergab, daß die Verblichene mit vollem Recht in dem Rufe gestanden hatte, eine Perle gewesen zu sein. In der Vorratskammer standen in Reih und Glied die Gläser mit Eingemachtem, eine wahre Pracht, mit Schildchen versehen, darauf in dünnen, ungebildeten Schriftzügen Name und Jahrgang verzeichnet waren. Überall herrschte peinlichste Ordnung. Die Parkettböden waren hell, goldblond und spiegelblank gebohnert. Es war darum gewiß nicht mehr als recht und billig, wenn zu deren Schonung die Hausbewohner gehalten waren, nach dem Betreten der Villa sofort Hausschuhe anzuziehen. Man konnte wohl in alle Ecken gucken. Es fand sich keine Spinnwebe. Im Verlaufe der Vernehmungen stellte sich sogar heraus, daß Fräulein Agathe es sich nicht hatte verdrießen lassen, alljährlich die Bettfedern des ganzen Hauses selbst zu waschen, zu trocknen und wieder ins Inlett einzufüllen, in einem bei allen Hausfrauen in der Stadt Bewunderung und Ehrfurcht erweckenden, sehr umständlichen Verfahren. –

Nachdem Doktor Jokim in seiner Eigenschaft als Arzt den unbezweifelbaren Tod der Köchin festgestellt hatte, begab er sich an dem Glasgemälde mit dem ›Trompeter von Säckingen‹ vorüber nach oben zur Familie Petersen. Es war einwandfrei erwiesen, daß diese Petersens, die Eltern, Juri und seine Schwester sowie ein Freund der Kinder, die freilich fast schon keine Kinder mehr waren mit ihren achtzehn und sechzehn Jahren, sowie die würdige alte Konsulin Petersen, während die blutige Tat geschah – der Zeitpunkt stand fast auf die Minute fest –, sämtlich im Hause sich befunden hatten.

Nach der kurzen Begegnung mit Doktor Jokim an der Haustüre war Herr Petersen mit dem Bemerken, daß die Familie, falls sie gebraucht würde, sich jederzeit zur Verfügung halte, wieder nach dem oberen Stockwerk gegangen. Dort nun fand Doktor Jokim die ganze Familie versammelt. In einem Gemach, das man früher gemeinhin als Herrenzimmer bezeichnet hatte und wozu vor allem ein gewaltiger Diplomatenschreibtisch, einem Billard nicht unähnlich, mit schwerem Tintenzeug aus Bronze und Halbedelstein, Klubsessel und Rauchtisch, und in einem Bücherschranke Meyers Konversationslexikon gehörten.

»Oh!« sagte Doktor Jokim, als er der Familie ansichtig wurde. Es entfuhr ihm so, wie er überhaupt kein Mensch war, dem Verstellung lag. Er war, wie er war. »Oh!« sagte er, denn obwohl er durch den angenehmen Eindruck, den er vorhin bei der flüchtigen Bekanntschaft mit Herrn Petersen bekommen hatte, einigermaßen vorbereitet war, fand er, daß diese Petersens, ungeachtet der sie umgebenden dermaßen scheußlichen Möbel, zu denen noch ein Gestell mit Palmen, Araukarien und Greisenhaupt sowie abscheuliche Portieren kamen, von dem Muster der Tapete ganz zu schweigen, kurz er fand, daß Petersens insgesamt und einzeln betrachtet, ungeachtet sie keine Spur von Geschmack zu besitzen schienen, ganz außergewöhnlich reizende Menschen waren.

Entzückt-erschrocken stellte es Doktor Jokim fest, während er gleichzeitig sich dachte: es wird doch ums Himmels willen niemand von diesen netten Leuten gewesen sein! Eine Befürchtung, für die nach dem bisher vorliegenden Tatbestand leider einiges zu sprechen schien. Es war ihm klar, daß einer von diesen angenehmen Menschen die blutige Tat begangen haben mußte, obwohl sie wahrhaftig nicht danach aussahen. Da war zunächst Herr Petersen mit einem gewissen Zug ins Künstlerische, ein wenig nervös und bemüht, ruhig zu erscheinen, dann der Gymnasiast, der den Doktor unaufhörlich ansah, als wolle er seine Gedanken erraten, dann die Konsulin, eine sehr gepflegte, puderblasse, sehr schwerhörige Greisin, in einem blaßlila Seidenkleid, nebst einem schwarzen Spitzenumhang, einem kleinen Sonnenschirm vor sich im Schoße, mit Elfenbeingriff und gekleidet wie seine Besitzerin, die sicher einmal sehr schön und sehr verwöhnt gewesen war. Sie litt seit vielen Jahren an quälenden Gesichtsschmerzen, die sie unter einem mühsam-heiteren Ausdruck zu verbergen suchte. Man merkte ihr an, daß sie ihr Leben lang nichts getan hatte, was auch nur entfernt an Arbeit erinnerte, und es war etwas an ihr, was dies gar nicht zuließ. Ihre Umgebung schien einzig darauf bedacht, jeden Gedanken von sich zu weisen, daß die alte Dame zu etwas anderem da sei, als verwöhnt zu werden, was sie auch jetzt noch mit einer Anmut hinzunehmen wußte, die als Lohn empfunden wurde. Für sie war auch das Hähnchen bestimmt gewesen. Es ging das Gerücht, sie sei die Tochter eines dalmatinischen Großen, woher sich ihr Spitzname ›die Fürstin‹ herleiten mochte. Ihres Leidens wegen, so hieß es, und es muß leider zugegeben werden, huldigte sie stark dem Alkohol. Auch rauchte sie mit unnachahmlicher Grazie russische Zigaretten in großer Zahl.

»Die Fürstin«, ließ sich nun Juri vernehmen, »pflegt um diese Stunde im Garten zu ruhn.« Er sagte es mit bescheidener Bestimmtheit, doch wie etwas, dem selbst unter den ungewöhnlichen Umständen durchaus entsprochen werden müßte, und Herr Jokim hatte nichts dagegen einzuwenden, wenn die Greisin an des wachhabenden Polizisten Arm, den sie mit herablassender Selbstverständlichkeit sich lieh, zu dem vorsintflutlichen Rohrliegestuhl im rückwärtigen Garten geleitet würde, unter die Blutbuche, um dort, in Kissen verpackt, die ihr der Beamte aufschüttelte, und mit einer leichten Vikunjadecke zugedeckt, zu ruhen, ehrerbietig anzusehen, wahrhaft fürstlich, den allerliebsten Sonnenschirm, Pariser Herkunft, aufgetan und mit der seidenen Quaste lässig spielend, die geliebten Zigaretten in erreichbarer Nähe.

Mit welcher Fürsorglichkeit sie von ihren Angehörigen behandelt wurde, zeigte sich daran, daß, ehe sie das Zimmer verließ, wobei alle Anwesenden sich von ihren Sitzen erhoben, sich ihre Schwiegertochter, Frau Petersen, ihr freundlich nahte, den ins Rutschen geratenen Spitzenumhang ordnete und ihr mit sanfter Bewegung das Haar zurechtstrich. »Ach, ein Marienkäferchen«, sagte sie, nahm es weg mit zarter, zitternder Hand und trat ans Fenster, in ihrer Herzensgüte dem glückbringenden Insekt die Freiheit zu schenken. Herr Petersen öffnete seiner Mutter die Türe und wünschte angenehme Ruhe.

Frau Petersen, wenn sie bei ihrer Mädchenhaftigkeit Frau zu nennen war, gehörte zu der Art Menschen, die sich immer entschuldigen zu müssen meinen, auf der

Welt zu sein, nicht eben hübsch, aber durch einen Ausdruck liebender Besorgtheit, ja Angst gewinnend, hatte nach der familiär-vertrauten Szene, der Doktor Jokim mit teilnehmender Aufmerksamkeit folgte, wieder auf dem pompösen Kanapee Platz genommen, neben ihrer Tochter, ihrem liebenswürdigen Ebenbild mit einem für ihr Alter sehr ausgeprägten, schmalen Gesicht, darin alles fast ein wenig zu groß erschien, die Augen, die Nase, der Mund, so daß wenig Platz für Zwischenflächen blieb, für Wangen, Schläfen und Stirn, nicht eigentlich hübsch auch sie in landläufigem Sinn, doch von rührendem Liebreiz. Nicht von ihrer Mutter stammten ihre Augen, die gleichen, die Juri hatte und der Vater – wir werden es gleich erfahren, woher sie kamen.

Doktor Jokim hatte sich gewöhnt aus Spielerei, wenn er zum erstenmal ein fremdes Zimmer betrat, sich zu fragen: Welchen Gegenstand darin möchtest du am liebsten besitzen? Auch jetzt ließ er seine Blicke schweifen und fand keinen, entdeckte nichts, das ihm gefallen wollte, in dem prächtigen Herrenzimmer voller Möbel mit Zierat und Nippes, nicht ein einziges Ding! Oder doch? Er stutzte.

»Wer ist das?« fragte er plötzlich. Eine Wand des Raumes war Familienerinnerungen und Photographien vorbehalten, in allerlei Rahmen und Rähmchen, samtüberzogenen, muschelbesetzten, auch solchen, darauf Reiskörner, gekittet und vergoldet waren, darunter auch ein Rahmen mit Orden, Ehrendiplome, Kinder in Matrosenanzügen, Gruppenaufnahmen von Jubelfesten, von Säuglingen, bäuchlings mit erhobenem Kopf, klotzäugigen mit offenen Mäulchen, dieselben als Konfirmanden, dann als Hochzeiter und endlich als Silbergreise. Darüber befanden sich zwei gekreuzte Schläger mit den Farben einer Studentenverbindung. Aber welch abgefeimtes Vergnügen auch Doktor Jokim an alldem fand, ein Bild mitteninne zog ihn im Ernste gar mächtig an, ein Bild aus der Frühzeit der Photographie, da es noch Gesichter gab und Menschen, die sie aufzunehmen wußten. Der Dargestellte mußte wohl ein Vorfahre der Petersen sein, die gegenwärtig in ihren eigenen Räumen wie zu Besuch umhersaßen und -standen, wartend, daß man sie ausfrage, ziemlich blaß, was sie nicht übel kleidete und ihren Augen, die eben denen des alten Mannes glichen, einen besonderen Ausdruck gaben. Die mit Jokims Ausruf: »Wer ist das?« Befragten sahen sich erst reihum an, wer wohl antworten solle, aber dann nahm sich freudig beflissen der junge Petersen ein Herz. Dies sei sein Urgroßvater, der Sterngucker, dem die Stadt die Sternwarte und das Planetarium verdanke und von dem man erzählte, daß es ihm völlig schnuppe war, in türkischem Schlafrock und Pantoffeln durch die Stadt zu gehen oder vielmehr zu wehen. Denn er war hager von Gestalt und bis ins Alter hurtig, um so schnell wie möglich die Menschen loszuwerden und zu seinen Sternen zu kommen. Was für ein Angesicht! Was für Augen! Richtige Sternenaugen! Und das Haar über der Stirn wie Spiralnebel wirbelnd und gesträubt. Welche Ehrfurcht, welches Staunen! Ein kosmisches Antlitz, Himmelsabglanz.

»Danke, Juri Petersen!« sagte Doktor Jokim und dachte bei sich unwillkürlich: ›warum, mein Junge, hast du bloß den Briefträger fortgeschickt, den Arzt herbeizuholen, wo du doch hättest anrufen können?‹ Und er wurde rot, als er das dachte. Juri mochte es natürlich in der ersten Aufregung getan haben, ohne lang zu überlegen, daß nur ein paar Schritte von ihm entfernt sich in der Diele das Telefon befand, dessen sich ja dann auch Herr Petersen vernünftigerweise bedient hatte, die Polizei zu verständigen.

Doktor Jokim machte keinen Versuch, seine Verlegenheit zu verbergen. Er war insgeheim fast schon entschlossen, den Fall abzugeben. Aber wer bekam ihn dann in die Hand? Am liebsten hätte er geradezu gefragt: ›Also wer war es von euch? Seid doch so nett und sagt es mir gleich. Herausbringen werde ich es ja schließlich doch.‹

Seine Verlegenheit, seine Hilflosigkeit konnten nicht unbemerkt bleiben, und wie gewöhnlich steckte sie an. Es ist kein Zweifel, und es bestätigte sich später, daß das Gefühl herzlicher Sympathie durchaus gegenseitig war. Doktor Jokim gefiel der Familie Petersen vom ersten Augenblick an ausnehmend gut, auch dem zufällig anwesenden Schulkameraden und Freund Juris', einem stämmigen Burschen mit Matrosengesicht, der übrigens sich bemühte, dem Doktor Feindseligkeit zu zeigen. Mürrisch, die Hände in den Hosentaschen, lehnte er am Fenster und sah auf die Straße. Er sah, wie eben Fräulein Agathe nach der Anatomie gebracht wurde, aber er nahm keine Notiz davon. Er machte niemanden darauf aufmerksam, auch nicht auf die Schaulustigen vor dem Hause und ihre unzweideutig drohende Haltung. Man hörte natürlich, was da unten geschah, auch die Petersens mußten es hören und sich im klaren sein, daß die langjährige Köchin – sie war über fünfundzwanzig Jahre im Hause, in das sie schon als Siebzehnjährige als Magd in Stellung gekommen war, sie besaß die Auszeichnung für treue Dienste –, daß Fräulein Agathe, die noch diesen Morgen in ihrem unternehmenden, aufrechten, zielbewußten, beinah soldatischen Schritt einkaufen gegangen war, auf der gleichen Straße als Leiche fortgeschafft wurde. Alle lauschten dem Wagen nach, aber niemand ging ans Fenster, der Toten nachzuschauen.

Als das Rollen des Wagens verstummt war, entspannten sich die lauschenden Gesichter. Der junge Mensch am Fenster warf mit der Bewegung eines Füllens sein Haar aus der Stirn, Juri, der auf der Lehne des Kanapees, dieses wahren Monstrums von Möbel, neben seiner Schwester und seiner Mutter saß, lockerte sich, alle rührten sich ein wenig, die panoptikale Starrheit wich von ihnen. Sie atmeten sichtlich freier.

»Sie ist fort«, sagte Doktor Jokim mit einem Unterton,

der bedeuten mochte: nun können wir von ihr sprechen. Es war ihm klar: Er durfte nicht davon ausgehen, daß der Mord niemandem von der Familie zuzutrauen wäre. Er fühlte, daß seine Sympathie für Petersens ein Unrecht bedeutete gegen die Tote. Er sträubte sich gegen die Vorstellung, wie der angenehme Vater etwa oder die nicht eben schöne, aber überaus anziehende Frau Petersen, die von zarter Gesundheit schien, und schon gar nicht die Tochter, die ihr so sehr ähnelte, bis eben auf die Augen des Sternguckers, die silbergrauen, glitzernden, die auch Juri hatte, unten in der Küche den verhängnisvollen Stoß getan haben sollte.

›Sympathie‹, dachte er, während er in seiner verlegenen, unaufmerksamen Art umherschaute, auf die Gesichter und die Hände sah, ohne es zu wollen, ›Sympathie aber kann doch kein Unrecht sein. Warum soll ich mich ihrer künstlich erwehren?‹ Er nahm sich im Gegenteil vor, sich von ihr leiten zu lassen, sie zu bejahen und ihrer Bürgschaft zu trauen. Doch wen sollte er zuerst fragen? Sie sahen ihn nun alle erwartungsvoll an, beinahe neugierig. Er wandte sich an Herrn Petersen, weil er ihm geöffnet hatte.

Mochte wirklich eine der hier im Zimmer versammelten Personen die unselige Tat begangen haben oder nicht, die Befürchtung, die Angst, daß es einer von ihnen gewesen sein könnte, mußte nach den Umständen die übrigen überkommen, falls sie nicht alle oder zum Teil Mitwisser waren. Am liebsten hätte Doktor Jokim wieder geradeheraus gefragt: sagen Sie mir doch bitte die Wahrheit: wer von Ihnen war es? Es bestand natürlich noch die Möglichkeit, daß jemand anderer von außen und unbemerkt von der Familie ins Haus gekommen war, vielleicht durchs Küchenfenster. Natürlich hatte die Polizei unter Inspektor Schwalbes Leitung die Villa gründlich durchsucht, ob der Täter sich nicht vielleicht noch irgendwo versteckt halte oder verborgen werde. Für Schwalbe gab es nur nackte Tatsachen. Er war völlig vorurteilsfrei, er hatte keinen Verdacht, ihn überraschte nichts. Ihn störten weder Sympathie noch Antipathie. Er hatte gar keinen Charakter. Seiner Anordnung zufolge waren die Petersens ins Herrenzimmer verwiesen worden, wo sie, bis Doktor Jokim eintraf, unter Aufsicht eines Polizeibeamten blieben. Es war ihnen streng untersagt worden, miteinander zu sprechen. Sie hatten sich nicht darob entrüstet, sondern es als Selbstverständlichkeit hingenommen, was man vielleicht als verdächtig empfinden mag, wenn es nicht in ihrer Lage eben einfach nur das Vernünftigste war.

Herr Petersen bekundete ungefragt – es genügte, daß Jokim ihn aufmunternd ansah –, er habe sich den ganzen Vormittag über im Hause aufgehalten, und er fügte hinzu, daß dies außergewöhnlich sei. Er pflege um diese Zeit sonst pünktlich im Geschäft zu sein. Denn er war Inhaber des optischen Geschäftes, das sein Großvater, eben jener Sterngucker mit dem kosmischen Antlitz, gegründet hatte, nachdem er selber noch als Junge mit seinem Vater als Brillenhausierer mit einem Bauchladen von Dorf zu Dorf gewandert war. Das Geschäft aber hatte seine eigentliche Blüte unter des gegenwärtigen Inhabers Vater erlebt und war bereits im Niedergang begriffen. Es verwandelte sich mehr und mehr in einen optischen Spielwarenladen. Sogar Wetterhäuschen mit Mann und Frau wurden darin verkauft, was zu des tüchtigen Vaters, des Konsuls, Zeiten völlig unmöglich gewesen wäre.

Nun mußte wohl die Frage kommen, auf welche Weise Herr Petersen von dem Mord in der Küche Kenntnis erhalten habe. Herr Petersen antwortete auf Doktor Jokims noch unausgesprochenen Gedanken.

Er habe, so bekundete er, Agathe Köhler zuletzt beim Frühstück gesehen und gesprochen wie alltäglich. Fräulein Agathe aß mit der Familie seit dem Tode des Vaters. Das Gespräch beim Frühstück hatte sich um Haushaltsangelegenheiten gedreht, wie jeden Tag. Beiläufig stellte sich heraus, daß die Köchin von Herrn und Frau Petersen mit ihrem Vornamen Agathe und du genannt worden war, während Agathe Sie zu ihnen sagte. Agathe hinwiederum sagte du zu den Kindern, die sie ihrerseits als Fräulein Agathchen und mit Sie anredeten.

»Sie gehörte also zur Familie«, warf Doktor Jokim ein. Es lag nichts Anzügliches in seinem Ton. Er sah den Befragten nicht einmal dabei an, sondern die Wand mit den Familienkuriositäten in den unterschiedlichen Rahmen, unter denen sich auch einige mit solchen vertrackten Ekken befanden, dem Grundriß einer Fortifikation ähnlich, Erzeugnisse eines unbegreiflichen für Jokim unausstehlichen Geschmackes. ›Man empfindet, wie man wohnt‹, dachte er und verwunderte sich, daß die sympathische Familie es auch nur einen Augenblick ertrug, so zu wohnen. Herr Petersen antwortete nicht gleich, obwohl die Frage doch leicht mit Ja oder Nein zu beantworten war. »Fräulein Köhler«, sagte er dann ohne Wärme, »war seit etwa dreißig Jahren in der Familie. Mein Vater hatte sie gedungen. Sie war eine Waise und kam aus dem Martha-Haus.« Sogleich aber, als errate er Doktor Jokims Gedankengang, kehrte er zum eigentlichen Anlaß des Gesprächs zurück: er habe nach dem Frühstück geübt. Er spiele etwas Geige. Für abends war ein Quartett-Abend mit Bekannten vorgesehen gewesen. Er schien zu bedauern, daß nun nichts daraus wurde.

Ein widernünftiger Gedanke, daß die blutige Tat, die, das mußte sich Doktor Jokim immer wieder vorhalten, wirklich geschehen war, vor ein paar Stunden erst und in diesem Hause, vielleicht unter der Begleitung von Geigenklängen aus dem oberen Stockwerk erfolgte.

Er habe nichts Ungewöhnliches im Hause vernommen, berichtete Herr Petersen, auch keinen Schrei oder Fall gehört, bis es dann geläutet habe, so dringend laut, daß er auf den Gang getreten sei, zu lauschen, was da los sei.

Er verstummte plötzlich. Irgendein Gedanke schien ihn stutzig zu machen. Er wurde sichtlich unruhig. Gegen seine Gewohnheit, Fragen zu stellen, wandte sich Dr. Jokim jetzt Juri zu, ein wenig unüberlegt in der Wahl seiner Worte, was er erst hinterher merkte und bereute. Er begann nämlich in seiner ernsten Art und ohne Arg seinen Satz: »Sag, Juri, du warst es doch –« worauf, unmerklich fast und doch für Jokim spürbar, die Anwesenden zusammenfuhren, »du warst es doch«, wiederholte er, »der, als es schellte und niemand öffnete...« Erleichtert ließ sich nun Juri hören: »Ich begab mich hinunter, um zu öffnen. Nicht gleich, erst nach einer Weile ging ich hinunter« – bei diesen Worten errötete Jokim leicht, »es war der Briefträger.« Er verstummte. »Wir waren alle oben, als...« warf Frau Petersen unvermittelt in beschwörendem Tone ein, und ihre Tochter nickte dazu. Auch der Freund am Fenster sah gleichsam bestätigend zu Doktor Jokim hinüber.

Dem erging es nun wunderlich. Sein Verdacht – das Wort gefiel ihm nicht recht –, sein unbehagliches Gefühl ließ sich nicht beirren. Es war selbstverständlich, daß gleich ihm, alle Petersens und der Freund, Ole genannt, wohl wußten, unter welchem Argwohn sie standen, daß es nämlich einer von ihnen gewesen sein mußte, zugleich aber auch, daß sie alle alles tun würden, den Täter oder, so unnatürlich es zu denken war, die Täterin zu retten. Auf das Alibi kam es an, auf dieses seltsame Wort, das ein Kosewort vielleicht für einen Vogel sein konnte, das Alibi für einen ganz kurzen Zeitraum, nämlich als der Mord an Agathe Köhler unten in der Küche begangen wurde.

Wer traute es wem zu? Nur einer allerdings konnte keinen Verdacht haben: der Täter selbst, beziehungsweise die Täterin.

›Ich will es gar nicht wissen‹, dachte Jokim bei sich. Er wußte mit Sicherheit nur eines, daß er es selber nicht gewesen war, und er wußte noch etwas, nämlich, daß dies sein letzter Fall sein werde, zugleich aber auch, daß er ihn jetzt nicht mehr aus der Hand geben könne. Seine

Selbsteinsicht war bestürzend: er sah plötzlich ein, daß er völlig ungeeignet war, der irdischen Gerechtigkeit zu dienen, daß er vielmehr Gefahr lief, gemeinsame Sache mit den Verdächtigen zu machen, aus – er mußte es sich eingestehn – lediglich aus Sympathie.

Es war nun freilich merkwürdig, wie er überhaupt dazu gekommen war, derartige Fälle zu übernehmen. Er hatte sich durch die peinliche Eigenschaft, seine Überempfindlichkeit für Schuld und Unschuld, während eines Diebstahlprozesses, dem er als ärztlicher Sachverständiger beiwohnte, einfach verschnappt. Während nämlich der Angeklagte, den Jokim, er wußte nicht warum, für unschuldig hielt, sich, eben aus dem Bewußtsein seiner Unschuld, so ungeschickt, so verdächtig wie möglich benahm, wodurch er sehr belastet erschien, sah Doktor Jokim den wahren Schuldigen seelenruhig unter den Zuschauern sitzen. Er hätte hinterher nie sagen können, wie er eigentlich darauf kam, daß der Betreffende, der sich kaltblütig mit ansah, wie ein anderer an seiner Stelle verurteilt werden sollte, der gesuchte Dieb sei. Er sah es ihm einfach an, erhob sich und erklärte zu allgemeiner Verwunderung: »Hoher Gerichtshof, der Dieb sitzt aber doch in der zweiten Reihe des Zuschauerraumes, dort, der semmelblonde Jüngling mit dem grasgrünen Pullover!« worauf der Jüngling sich sogleich verriet, indem er die Flucht ergriff. Er wurde jedoch festgenommen und tatsächlich überführt. –

Der tüchtige Beamte, Herr Schwalbe, kam gerade in dem Augenblick, da Doktor Jokim die Vernehmung der Familie beenden wollte und bereits zu wissen meinte, wer die unselige Tat begangen hatte, zur Türe herein, um sich nach dem Erfolg der Untersuchung zu erkundigen und seinerseits mitzuteilen, daß an dem corpus delicti, an dem Küchenmesser nämlich, keinerlei Fingerabdrücke festzustellen seien, auch nicht von der Köchin selbst, sondern daß nach der Tat jemand den Griff des Mordinstrumentes, während es also in der Toten Herz steckte, mit aller Sorgfalt gereinigt haben mußte: gewiß eine ungeheuerliche Entdeckung, die eine Kaltblütigkeit sondergleichen erkennen lasse.

Doktor Jokim erwiderte ein wenig gereizt, daß er es nicht für ratsam halte, beim gegenwärtigen Stand der Dinge in Gegenwart von Personen, die möglicherweise in Verbindung mit der Tat stünden, solche Wahrnehmungen auszuposaunen, was Schwalbe wohl oder übel einsehen mußte. Sie begaben sich also in das anstoßende Zimmer, während sie einen Beamten zur Überwachung der Petersens zurückließen.

Inspektor Schwalbe, der es nach der Lage für unbedingt geboten erachtete, die sauberen Herrschaften, so drückte er sich aus, alle miteinander in Untersuchungshaft zu nehmen, war nur schwer von Jokims Meinung zu überzeugen, daß es für die rasche Aufhellung der Tat vielleicht nützlicher sei, davon vorläufig abzusehen. Aber der Ruf des Doktor Allwissend war so bedeutend, daß Schwalbe endlich doch nachgab, um so mehr, als Doktor Jokim für alle Bewohner einschließlich Oles, des Freundes, Hausarrest erwirkte und seinen Entschluß kundgab, selbst im Hause zu bleiben.

Als nächstes ließ er eine ordentliche Menge Schinkensemmeln kommen, da eine Benutzung der Küche unter den obwaltenden Verhältnissen nicht anging. Wer konnte sie je wieder betreten, ohne daran zu denken?

Nach Schwalbe herrschte in der Bevölkerung eine bedrohlich-feindselige Stimmung gegen die ehemalige Herrschaft der Köchin Agathe. Die Inhaberin des Geflügelladens, aus dem das junge Hähnchen stammte, diejenige Zeugin also, welche außer dem Täter mutmaßlich zuletzt mit der Ermordeten gesprochen hatte, bekundete, daß das arme Fräulein Agathchen nie etwas auf ihre Herrschaften habe kommen lassen, die gemeinhin als hochmütig und in Haushaltsdingen geradezu beschämend untüchtig galten. Noch diesen Morgen habe Fräulein Köhler betont: nein, was man auch sagen möge, sie lasse nun einmal nichts auf ihre Herrschaften kommen. Ohne Fräulein Agathe wäre es überhaupt nicht gegangen. Sie war, so lautete die Aussage der Zeugin, die Seele und das Gewissen des Hauses ganz im Sinne des verstorbenen alten Herrn, des Konsuls (ein Titel, der sehr gut zu dem Namen Petersen paßte), der den Wohlstand der Familie begründet habe, des Erbauers der schönen Villa.

Es ist naheliegend, bei einem Verbrechen nach dem Motiv zu fragen, denn Selbstmord schied mit Sicherheit aus. Was aber konnte der Beweggrund sein, einen Menschen zu töten, der einen so guten Leumund besaß wie Agathe Köhler? Eifersucht wohl kaum. Agathe war eine alte Jungfer, gleichsam abgestanden, das, was man in der Jägersprache eine ›gelte Geiß‹ nennt, bereits sächlichen Geschlechtes gewissermaßen. Doktor Jokim hatte sich in seiner Eigenschaft als Mediziner ein wenig mit dem geheimnisvollen Naturspiel der Geschlechtsverschiebung beschäftigt, ohne übrigens dabei zu wesentlichen Ergebnissen zu gelangen. Er wußte, daß bei einem Hühnervolk etwa, dem der Hahn fehlt, eine Henne unbezweifelbar das Gehaben eines Hahns annimmt, ja sogar komisch wirkende Anstalten macht, zu krähen. Auch war nicht nur ihm aufgefallen, daß bedeutende Männer, vor allem Dichter, bei hohen Jahren nicht selten wie alte Frauen aussahen, hervorragende Frauen dagegen, Dichterinnen, Malerinnen oder Bildhauerinnen, hinwiederum im Alter männliche Züge zeigen, so daß beide Geschlechter auf eine zwitterhafte Weise sich einander anverwandeln oder nicht einander, wenn man will, sondern einem gedachten Beider-Menschen, an dem gemessen Mann und Weib nur als Spielarten erscheinen. ›Der Beidermensch‹, so hatte Jokim seine nicht eben wissenschaftliche kleine Abhandlung über dieses heikle Thema genannt. Als Motto hatte er gewählt: ›Auch scheint es mir von andrer Seite kritisch, er ist, mich dünkt, hermaphroditisch.‹ Ferner hatte er des Aristophanes spaßige Erklärung aus dem ›Gastmahl‹ zitiert und schließlich gutartige und bösartige Formen unterschieden. Auch Wesen von der Art Agathe Köhlers, so schien ihm, gehörten in diesen Bezirk.

Nach der Besprechung mit Schwalbe zog Jokim den die Familie Petersen bewachenden Polizisten ein, sie ungeachtet der Verdunkelungsgefahr sich selbst überlassend, und ging aus, sich ein wenig in der Nachbarschaft umzuhören.

Bei seinem Vorhaben kam ihm die vollendete Gabe schöpferischen Zuhörens zu Hilfe, die ihm, weil er selbst fast nichts äußerte, höchstens einmal eine beredte Handbewegung machte, nickte, lächelte, meist nur mit den Augen, den Ruf eines geistvollen Unterhalters eingetragen hatte. Er stellte keine Fragen, weil sie meist schon die Antwort entstellten, sondern schwieg beharrlich, fast aufreizend. Das halten die wenigsten Menschen aus. So bekam er von der Toten fast mühelos ungefähr folgendes Bild ihres Wesens und Treibens:

Agathe Köhler sah aus – wie eine Köchin. Man sah es ihr am Gesicht an, daß sie vorzügliche Napfkuchen, Apfelstrudel, ja selbst Salzburger Nockerln bereiten konnte, daß ihr, wie so leicht keiner anderen, eine Omelette soufflée gelang und daß sie es vorzog, den Nudelteig selber zu walken, auszuziehen und gleich einer Art eßbarer Wäsche zum Trocknen aufzuhängen.

Fräulein Agathe hatte allem Anschein nach wenig oder gar keine Feinde. Sie war ein Juwel, sie war eine Perle. Ihrem dunklen, hochaufgesteckten Haar, denn sie war klein von Gestalt, weshalb sie auch besonders hohe Stöckel an den Schuhen trug und sich sehr gerade hielt, haftete immer Petersiliengeruch an. Sie färbte es seit ein paar Jahren kastanienbraun und trug eine Einlage, da es bereits begann, etwas dürftig zu werden. Ihre Karpfenbäckchen glänzten von der Hitze des Herdes. Ihre leicht gebogene Nase hatte etwas Schnupperndes wie bei jemand, der sagt: »Hier riecht's doch nach Gas!«, ihr kleiner Mund etwas Prüfendes, Abschmeckendes, und ihre

Augen waren vom Dampfe, dem sie ständig ausgesetzt war, wie gekocht. Ihr Hals schien ein wenig zu lang geraten, so daß sie jahraus, jahrein ein schwarzes Samtband darum zu tragen pflegte. Böswillige Menschen, denn es gibt solche leider überall, behaupteten, sie hätte ein Stallhasengesicht. Andere verglichen sie richtiger mit einer zähen Suppenhenne. Es hieß, sie sei in ihrer Jugend ein hübsches, flinkes Ding gewesen und hätte oft heiraten können, aber aus Treue zu ihrer lieben Herrschaft sich das Glück der Ehe versagt. Ihre Ersparnisse, die nicht unerheblich sein mochten, verwendete sie ausschließlich für einen Neffen, an dem sie mit großer Liebe hing. Natürlich konnte sie den ehemals sehr anspruchsvollen Haushalt nicht allein bewältigen, sondern zog sich dienstbare Geister heran, die, wenn sie den Platz verließen – denn es gab viel Arbeit –, überall gesucht waren. Sie konnten etwas. Erst dieser Tage hatte ein Wechsel stattgefunden, und da das neue Mädchen noch nicht eingetreten war, wurde die Zwischenzeit durch eine tüchtige Zuspringerin überbrückt. Im ganzen hatte Agathe die Stellung einer Mamsell inne, wie man in Norddeutschland sagt.

Bei Doktor Jokims Erwägungen ergab sich ferner, Fräulein Köhler habe doch von Zeit zu Zeit durchblikken lassen, daß sie sich zu verändern wünsche, aber sie hatte immer wieder die vorteilhaftesten Angebote ausgeschlagen mit dem Bemerken, sie schulde es dem Ansehen ihres lieben seligen Herrn Konsul, den sie nie anders nannte, auf ihrem Posten auszuharren. Der selige Herr bedeutete alles für sie, und die Welt wußte, daß er sein Rasierwasser von auswärts bezog, da das hiesige Wasser ihm zu hart gewesen. Wenn sie von ihm sprach, wurden ihre Augen feucht und blickten nach oben, himmelwärts, dankbar ihm zunickend und verzeihend, so schien es. Denn er war ein galanter Herr gewesen und hatte gut zu leben gewußt.

Unter Jokims Gewährsleuten, die ihm willig Auskunft

gaben, befand sich auch die Friseuse der ›Fürstin‹, ein lebhaftes, buntes Mädchen mit dem Vornamen Hildesuse, dieselbe übrigens, die den häßlichen Vergleich mit der Suppenhenne geprägt hatte, also offenbar nicht gut auf Fräulein Agathe zu sprechen war. Sie machte kein Hehl daraus, daß sie die Perle nicht habe ausstehen können. Sie sagte geradezu: »Ich weine ihr keine Träne nach. Sie war ein Biest, ich sag's wie es ist.« Sie kam allerdings täglich ins Haus und gab vielleicht die Ansicht der liebenswerten alten Dame wieder, von der sie mit fast schwärmerischer Verehrung sprach, als Mensch und Kunstwerk. Sie freute sich des Anteils ihrer kosmetischen Leistung, wobei sie allerdings einräumte, die würdige Fürstin gebe freilich viel her. Aus nichts könne man nichts machen.

Auch über den alten Sterngucker, den Menschenfeind, von Fräulein Agathe nicht ganz mit Unrecht der Verewigte genannt, hörte Jokim mit herzlicher Teilnahme so nebenbei allerhand berichten, wie etwa, daß der sagenhafte Greis, als er das biblische Alter von neunzig Jahren erreicht und darob beglückwünscht wurde, erklärt habe, ein normaler Mensch brauche gut seine hundert Jahre, bis er gescheit werde. Er nannte alle Leute du, die jünger waren als er, und das waren die meisten. Selbst die höchsten Beamten duzte er, was diese gar nicht freute. Auf die Frage eines jungen Spötters, ob er denn mit seinem Teleskop am Ende schon den lieben Gott selber entdeckt habe, antwortete er: »Noch nicht, mein Eselchen, noch nicht, aber verlaß dich darauf, ich werde ihn sehen.« Als er dann eines schönen Morgens tot an seinem Fernrohr gefunden wurde, soll sein Gesicht allerdings einen so friedvollen, überirdischen Ausdruck gehabt haben, als hätte er ihn gesehen.

Da unser Doktor nun fürs erste genug zu wissen glaubte, kehrte er in die Mordvilla zurück, mit keinem guten Gewissen übrigens, gequält von seiner Doppelsehernatur, die ihm nun einmal verhängt war, daß er zuweilen auch den Ablauf eines Geschehens fünf Minuten früher sah, als es sich in Wirklichkeit vollzog, ohne aber den Ablauf beeinflussen oder aufhalten zu können. Auch mußte er sich eingestehen, daß er, nach allem, was er von ihr hörte, Agathe Köhler nicht mochte. Er ärgerte sich über die Ungerechtigkeit seiner Zuneigung für die in so hohem Maß verdächtige Familie Petersen. »Es hat den Teufel«, sagte er. Er sagte es laut vor sich hin, gewohnt, da er viel allein war, laut mit sich selbst zu reden, mit ›ihm‹ selber, wie man in Bayern sagt, was er viel bildhafter fand als ›mit sich‹.

Die Frage des Abendbrotes für Petersens bereitete ihm einige Sorge. Denn wiewohl Fräulein Agathe tot und aus dem Hause gebracht war, so erinnerte doch auf Schritt und Tritt etwas an ihre Gegenwart, vor allem in der Küche, sie lebte fort in zahllosen Weckgläsern, und selbst für Jokims geringe Phantasie schien es unheimlich, so ein Glas etwa mit schwarzen Kirschen, die Agathe noch selbst eingemacht, zur Hand zu nehmen. Man fühlte sich so angesehen. Jokim konnte sich nicht gut vorstellen, wie etwa Frau Petersen oder ihre Tochter je wieder ohne Schauder in Fräulein Agathes Küche werde hantieren können, aus der die Tote einfach nicht wegzudenken war. Das wünschte Jokim ihnen zu ersparen.

Er kannte einen leichtlebigen munteren Koch, eben jenen jungen Mann, den sein Eingreifen in der Diebstahlsangelegenheit seinerzeit aus einer bösen Lage befreit hatte und der ihm von Stund an treu ergeben blieb. Diesen ließ er holen, und die Petersens dankten es ihm wortlos. Man konnte es ihnen ansehen, wie froh sie über diese Lösung waren.

›Wenn man gerecht sein will‹, dachte Jokim, ›so kann man nur sagen: armes Fräulein Agathe.‹ Hatte sie sich doch, wie oft war ihm diese Redewendung diesen Nachmittag begegnet, ihr Leben lang abgerackert, für ihre Herrschaft von früh bis spät geschuftet und hatte keinen Dank davon.

Jokim wußte, als ob er dabei gewesen wäre, was in seiner Abwesenheit sich in der Familie Petersen getan. ›Sich getan‹, wahrhaftig. Denn was sollten sie selber tun in ihrem liebenden Argwohn gegeneinander? ›Einer von uns war es‹, mußten sie zwangsläufig alle denken bis auf den Täter natürlich (oder die Täterin), einer, den wir liebhaben. Sie hatten nur eine Angst, ihren Verdacht durch irgendwelche Entdeckungen, vielleicht nur in ihren Gedanken, bestätigt zu finden, vielleicht etwa dadurch, daß sie merkten, Juri sei in der fraglichen Zeit nicht oben gewesen. Denn wirklich bestand die Möglichkeit, daß jeder von ihnen unbemerkt von den übrigen vorübergehend unten in der Küche gewesen sein konnte. Es konnte sogar sein, daß, nachdem die Tat schon geschehen war, sie jemand von ihnen entdeckt und in der durch irgend etwas begründeten Ahnung, es könnte Vater, Mutter, Schwester, Bruder gewesen sein, sie verschwiegen haben. Es konnte ferner sein, daß einer oder mehrere den Täter kannten. Es konnte schließlich einer dem andern den Mord gestanden haben, der Mann der Frau, der Bruder seiner Schwester, der Freund dem Freunde, früher oder erst jetzt, solange Jokim unterwegs gewesen war.

Es ist sicher, daß ein peinliches Verhör die Entwicklung des Falles nicht so hätte fördern können, wie es ein Die-Sache-sich-selbst-Überlassen vermutlich schon bewirkt hatte. Vielleicht war es schon zu Aussprachen und Geständnissen zwischen einzelnen Familienmitgliedern gekommen.

»Wir wollen jetzt nicht über die Sache reden«, dies sagte Doktor Jokim nicht, als er zum Abendessen unter die Familie trat, sondern er verwirklichte es einfach, indem er leidlich unbefangen von Musik zu sprechen anfing. Leider verstärkte sich das Gefühl der Sympathie für die Verbrecherfamilie gegen seinen Willen. Es gibt kein Mittel gegen Sympathie. Sie ist eben da, man ist ihr rettungslos ausgeliefert. Warum sollte man nicht, mußte verzweifelt Jokim denken, während er mit Herrn Petersen über die Kunst der Fuge sprach oder über das Rätsel, denn ihm, dem Laien, sei es eines, wie manche Dirigenten es fertigbrächten, sich beispielsweise gleichermaßen für Mozart und Wagner zu begeistern. Warum sollte man sich nicht in eine ganze Familie verlieben können, oder doch in ein Geschwisterpaar, in zwei Schwestern, Schwester und Bruder, in den Akkord zweier Menschen, von denen jeder allein nicht so reizend war wie in ihrer Zugehörigkeit zueinander. Ein sonderbares Gefühl, mit einem Mörder am Tisch zu sitzen und mit ihm über Bach und Mozart zu reden. Die alte Dame übrigens aß auf ihrem Zimmer, von Hildesuse bedient, die es sich nicht nehmen ließ, das verfemte Haus zu besuchen. Denn verfemt war es ohne Zweifel.

Während des Abendessens flog sogar ein Stein ins Fenster. »Ja, so ist das nun, der erste Stein«, sagte Jokim, hob ihn auf und schaute, wie er alles anschaute, ihn an, als sähe er zum erstenmal im Leben einen Stein, wog ihn bedächtig in der Hand, betrachtete ihn wieder wie eine Kostbarkeit und steckte ihn schließlich als Andenken zu sich, während der lebenslustige Koch, der auch artig zu servieren verstand, leise vor sich hinpfeifend die Scherben auflas.

Nach der Mahlzeit hatte Jokim noch zu tun. Er wollte doch noch eben rasch einen Blick in Fräulein Agathes Zimmer tun. Es lag in der Mansarde. Was ihm daran zuerst auffiel, war, daß sich darin kein einziges Buch befand (Jokim sah in jedem Zimmer zuerst immmer die Bücher), aber ziemlich viele Photographien, an der Wand und auf der Kommode, unter anderem die des lieben seligen Herrn Konsuls mit seinem pekuniären Gesicht in Muschelrahmen, aber auch von Agathe selbst in jüngeren Jahren mit ihrem Neffen offenbar, für dessen Zukunft sie so hingebend sorgte.

»Aha«, sagte Jokim und hatte genug gesehen. Es war nichts in dem Zimmer, was er hätte besitzen mögen.

Anders in Juris Stube, die man ihm für die Nacht zur Verfügung gestellt hatte. Die Freunde schliefen im Gastzimmer. Es schien, als habe Juri die ursprüngliche Einrichtung zum größten Teil ›hinausgeworfen‹, denn so, wie sich das Zimmer Jokim darbot, glich es eher einer Werkstatt oder einem Atelier denn einem Schlafgemach. Die Wände waren über und über mit Zeichnungen und Aquarellen bedeckt, nicht von Juris Hand übrigens, sondern offenbar von Ole stammend, seinem schwerlebig-mürrischen Gefährten. Eine der Zeichnungen, ›Floh, von Menschen geplagt‹, gefiel Jokim besonders. Darauf war in starker Vergrößerung ein Floh dargestellt, in seiner fast maschinellen Anatomie, graphisch höchst reizvoll übrigens, auf dem winzig kleine Menschlein herumkletterten, die ihn mit Degen kitzelten und stachen. Das Gesicht des Flohs hatte denselben Ausdruck stillen Heldentums, wie ihn gemeinhin flohgeplagte Menschen zu zeigen pflegen. ›Möchte ich haben‹, dachte Jokim, sehr davon angetan. Eine andere Zeichnung hieß ›Pferd mit Vollbart‹. Er verlieh dem schönen, ernsten Tiergesicht viel Würde. Eine weitere ›Laufender Meter‹, darauf ein Meterstab durch die Landschaft eilte, und ähnliche Scherze mehr. Auch das Stilleben eines aufgeschlagenen Aquarellmalkastens mit der Unterschrift: ›wenn mir gar nichts mehr einfällt, mal ich den Malkasten‹ war zu sehen. Das leuchtete Jokim ein.

Ehe er schlafen ging, hatte Jokim in der Unterströmung seiner Gedanken die Vorstellung, ob nicht Juri vor dem Zubettgehen noch seine reizende Schwester besuchen würde, denn sie hatten einander lieb, das spürte Jokim. Juri würde an seiner Schwester Bett sitzen. Sie würden einander anschauen und einer vom andern denken: Warst du es? Aber dann hättest du es mir doch gesagt, mir hättest du es doch anvertraut, eher als irgendeinem anderen Menschen, eher als den Eltern.

»Ich muß dir etwas gestehen –«, so würden sie vielleicht gleichzeitig und mit denselben Worten beginnen und, so ernst der Augenblick war, darüber lächeln müssen. Es war so.

Es erscheint nötig, bei einer Untersuchung sich immer wieder klarzumachen, was eigentlich geschehen war. Offenbar völlig ahnungslos darüber, was ihrer in den nächsten Minuten wartete, an alles andere eher denkend als an ihren Tod, vermutlich sehr zufrieden mit sich, war Fräulein Agathe von ihren Besorgungen heimgekehrt und sogleich, nach ihrer Art, der pausenlos ineinandergreifenden Unablässigkeit, man kann sagen, dem Tanz ihrer Tätigkeit gehorchend und ihn genießend, darangegangen, das junge Hähnchen zu rupfen. Sie dirigierte die Haushaltssymphonie auswendig, wie man ein Kammerorchester leitet, vom Flügel aus. Sie gab die Einsätze auch sich selbst. Sie hatte ihre Partitur im Kopfe über das ganze Jahr, über Jahrzehnte. Sie freute sich des reibungslosen Ablaufes. Sie war die Seele eines wohldurchdachten Systems, jede Minute hatte ihre Bestimmung. Die Zeit gehorchte ihr. Sie war auf ihre Weise, wenn man so will, auch eine kosmische Natur.

In dem Augenblick, als sie dem toten Hähnchen das kleine Herz aus der Brust nahm, mußte der gewohnte Ablauf unlieb unterbrochen worden sein. Es war jemand zu ihr in die Küche getreten. Wir wissen nur noch nicht genau, wer, und wissen auch nicht, was, wenn überhaupt geredet wurde, ehe es geschah, das Schreckliche. Über den Zeitraum einer halben oder dreiviertel Stunde – das ist eine endlos lange Zeit etwa an Schmerzen gemessen, oder an der Angst, eine kurze freilich an der Liebe – über diesen Zeitraum wissen wir nichts, bis zu dem Augenblick, da der Briefträger durchs Fenster in die Küche schaute und Fräulein Agathe, das Messer mit dem schwarzen Griff im Herzen, auf dem Fußboden in ihrem Blute liegen sah, tot ohne Zweifel. Bis der Briefträger ums Haus gegangen war und endlich eingelassen wurde, waren wieder einige unbewachte Minuten vergangen, in denen leicht jemand in der Küche gewesen oder jemand, es fragte sich nur wer, aus der Speisekammer entschlüpft sein konnte, und wieder gab es Unbekannte in der Rechnung. Was hatte sich zugetragen, als von Juri, sei es aus Verwirrung, sei es mit bewußter Absicht geschickt, der Postbote den Arzt zu holen fortgeeilt war, was wieder einen Zeitverlust oder Gewinn von fast einer halben Stunde bedeutete.

Am hellichten Vormittag im Sommer, während, wenn man es glauben will, sich die Inwohner der Backsteinvilla angeblich jeder für sich allein in den oberen Stockwerken aufgehalten hatten, war der Mord geschehen, allem Vermuten nach von einem Mitglied der so überaus sympathischen Familie, den Freund inbegriffen, und das einzige Indizium, die Fingerabdrücke am schwarzen Griff des Küchenmessers, waren vorsorglich beseitigt, und zwar so gründlich, daß alle chemischen und photomechanischen Verfahren der fortschrittlichen Kriminalistik Inspektor Schwalbes kläglich versagten. Es war nicht auszumachen, ob der Täter die Spur selbst verwischt hatte oder jemand anderes, um den Täter zu retten. Es war nicht sicher, ob, als der Briefträger den Mord entdeckte, das Geschehen schon jemand anderem bekannt war (außer dem Täter), ja womöglich mehreren in der Familie, auch nicht, ob jemand von den Petersens den Mörder oder die Mörderin kannte, vielleicht sogar Zeuge der Tat gewesen war. Es konnte die ganze Familie dabeigewesen sein, und wenn sie recht zusammenhielt, wenn sie die Aussage verweigerte oder einfach beharrlich schwieg, was, wie man weiß, gar nicht so einfach ist, dann konnte keine irdische Macht das Verbrechen sühnen.

›Sympathische Menschen, trotz alledem‹, stellte Jokim wieder fest, schmerzlich lächelnd. Denn er war ja schließlich nicht dazu da, um Zuneigung zu fassen, sondern einen Mörder, der auch dieser nette Ole sein konnte, der Freundverwandte, zur Familie gehörige.

»Verfluchte Sympathie«, brummte Jokim.

Warum verflucht? War es nicht eine wunderbare magische Kraft, war es nicht überhaupt das einzig Verläßliche in der Welt? War die Welt nicht aus Sympathie geschaffen, aus zärtlicher Anziehung, dem Zueinanderfinden, dem Zueinanderpassen aus einem Urbehagen des Befreundetseins? Es fiel Jokim ein, daß sie als Knaben am Strand sich hinlegten und bis an den Hals mit Sand sich einbetten ließen. Wie er sich fühlte, plötzlich sich als ganz empfand, vom Kopf bis zu den Füßen, wie er diese gleichzeitige, allseitige Berührung, die Form, die Lehmbeschaffenheit, mit dem ganzen Körper spürte, in ihrer sanften Schwere, mit dem Leib, der atmenden Brust, in den Kniekehlen, zwischen den Zehen, die Anschmiegung, das Rieseln des Sandes, den zärtlichen Schauer der Haut, das Wohlgefühl des Umschlafenseins, die Sympathie. –

Und nun sollte er das Gefühl aus seinem Herzen reißen und der Gerechtigkeit zum Opfer darbringen? Wer auch immer das Messer der Köchin Agathe, die eine Perle war, daran kann nicht gezweifelt werden, ins Herz gestoßen, alle diese anziehenden Menschen schienen jedenfalls bereit, es getan zu haben, da sie den Mörder, ob sie ihn kannten oder nicht, schützten und also sich mitschuldig machten.

Jokim sah sie alle die Hand zum Stoß aufhebend, alle, selbst das zarte Mädchen. Sie schloß die Augen dabei, um nicht zu sehen, was sie tat. Jokim sah den verzweifelten Ausdruck in Frau Petersens gutherzigem, um Verzeihung flehendem Gesicht, und sah Juris glitzernde Augen, die Sterngucker-Augen – wie glich er doch dem wunderlichen Alten, da ihm das Haar aufstob über der zornigen Stirn, auch Herrn Petersen sah Jokim mit entsetztem Blick das gleiche tun und mit aussichtsloser, trotziger Gebärde Ole, damit endlich Ruhe sei. Jokim sah es gleichzeitig, als hätten sie, wie die Verschworenen den Cäsar, gemeinsam Fräulein Agathe umgebracht.

Aber er glaubte es nicht. ›Es wird nicht lange dauern‹, dachte er, während er sich über das Mikroskop auf Juris unaufgeräumtem Arbeitsplatz beugte, ›dann werden sie soweit sein und einer nach dem andern zu mir kommen, sich selbst zu bezichtigen.‹

Während er noch das Wunder der kleinen Welt betrachtete, das Juri eingestellt hatte, klopfte es kurz und bestimmt.

»Da ist schon der erste«, sagte Jokim, »ich bitte einzutreten.« Ole war es. Er sah sehr schlecht aus. Sein Haar war matt.

Er müsse, begann er ohne Umschweife, die gleichsam übernächtigten Augen entschlossen-treuherzig aufschlagend, er müsse ein wichtiges Geständnis machen. Er sei es gewesen, er habe die Köchin umgebracht. Warum, tue nichts zur Sache. Er sei etwas jähzornig von Natur. Genug, er habe es getan, ganz allein, ohne Mitwisser. Er hielt bei diesen Worten Jokim die Hände hin, als werde er ihm sogleich Handschellen anlegen.

»Unsinn«, antwortete Jokim, »ist ja alles Unfug.« Ole machte ein bockiges Gesicht. »Nein, kein Unfug«, beharrte er ebenfalls rot werdend. »Doch«, versetzte Jokim, der komische Doktor (er war fest überzeugt, daß die Freunde ihn unter sich so nannten). »Das ist gewiß sehr freundschaftlich gemeint von Ihnen, ich hätte es vielleicht in deinem Alter auch getan, ich habe es sogar einmal getan. Aber Sie richten damit bloß Unheil an. Du kannst es nämlich gar nicht gewesen sein, weil ich nämlich bereits mit ziemlicher Gewißheit zu wissen glaube, wer es war.«

»Sie wissen –?« entfuhr es dem unglücklichen Jungen, während er schneeweiß im Gesicht wurde. »O Gott!«

Jokim schob ihm einen Stuhl hin, steckte ihm eine Zigarette in den Mund und zündete sie an. Aber Ole reichte das Flämmchen zurück nach dem Ritus unter Rauchern, daß der Doktor sich zuerst bediene.

»Beruhige dich, dein Freund Juri war es vermutlich

auch nicht, obwohl er, wie du zugeben wirst, sicher einmal oder öfters gesagt hat, er werde die Köchin Agathe noch umbringen, und obwohl er sich heute früh recht verdächtig benommen hat, das kann ich wohl sagen.«

Ole nickte zutraulich.

»Hör mal zu: um ein Haar hätte ihn unser tüchtiger Inspektor Schwalbe vom Fleck weg verhaftet, und« – fügte er hinzu, als ginge ihm plötzlich ein Licht auf, »ich glaube wahrhaftig, es ging dabei um ein Haar. Willst du es sehn?« Wieder erblaßte Ole. »Das Haar?«

»Keine Angst, sie war es, hoffen wir's, auch nicht. Vergiß nun, was du hier gesehn und gehört hast. Ich meinesteils will es auch vergessen. Sich aufopfern für einen Freund ist ritterlich. Nur darf es nicht herauskommen. Es darf kein Ruhm dabei sein, darum ist es ja ritterlich.«

Ole wollte aufbegehren. »Ich weiß, ich weiß«, beschwichtigte ihn der Doktor, »es war gut gemeint. Und – nun geh zeichnen, das kannst du nämlich.« –

Dem Schriftsteller ist es versagt, Vorgänge, die sich gleichzeitig an verschiedenen Orten abspielen, gleichzeitig mitzuteilen, wie etwa hier das Gespräch zwischen dem komischen Doktor Jokim und Ole einerseits und das der Geschwister Petersen andererseits. Der Schriftsteller ist gezwungen, es nacheinander mitzuteilen, wiewohl es zur selben Zeit geschah und auf imaginäre Weise in Herrn Jokim sich zutrug, als wäre er hier wie dort dabeigewesen, nicht in seinem Kopf, sondern in seinem Sinn, einem anatomisch nicht wie Herz und Magen umschriebenen Organ, sondern an einem Orte, den man sich als Spiegel vorstellen mag, besser noch als etwas, das die Eigenschaften von Auge und Ohr in einem besitzt.

Zur gleichen Zeit, da Ole, um seinen Freund zu retten, sich selbst als Mörder ausgab, fuhren Juri und seine Schwester fort, einander ihre Geständnisse zu machen.

»Wer soll beginnen«, sagten sie wieder, mit denselben Worten beide. Sie waren jung und erregt, darum kam ihnen fast wieder das Lachen. »Ich war unten«, gestanden sie sich, »ehe der Briefträger kam, in der Küche, und sah es und ich habe das Heft des Messers abgewischt, damit... weil...«

Sie kannten natürlich beide die gefährliche Bedeutung von Fingerabdrücken für die Aufdeckung eines Verbrechens. Sie hatten ungeachtet des grausigen Anblicks beide denselben Gedanken gehabt, und ihn unverzüglich ausgeführt. Es war dem Juri allenfalls noch, kaum aber dem zarten Mädchen zuzutrauen, aber sie hatten es beide dennoch getan, hatten es über sich vermocht, füreinander ohne Besinnen. Sie hatten sich beide sofort gegenseitig im Verdacht gehabt. Denn sie hatten beide von Kind an Fräulein Agathchen von ganzem Herzen hassen gelernt, die gleichen, die an der Köchin Geburtstag alljährlich ihr ein Gedicht aufsagten, Blumen und Geschenke überreichten und Fräulein Agathes Rührung und ihren Kuß ertrugen. Sich vorzustellen, wie sie beide, nicht kaltblütig, sondern in der Eingebung des Entsetzens, das gleiche füreinander getan hatten, erst Juri (denn seine Schwester hatte ihn die Treppe hinaufgehen hören, ganz leise, wiewohl er dabei am ganzen Leibe zitterte) und dann sie. Darum hatte sie in ihrer Angst Juri gerufen, als der Briefträger läutete und Juri öffnen ging, darum konnte Juri – er wußte ja bereits, daß Fräulein Agathe tot war – unbesorgt das Treppengeländer hinabrutschen, in bubenhafter Unart, die vordem, aus den Tagen des lieben seligen Herrn Konsuls, im Hause natürlich streng verpönt gewesen war. Was hatten sie alles nicht gedurft, was alles hatte sich nicht geschickt! Ach, wie schauderten sie in der Erinnerung an ihr Vorgehen, das freilich kein Mord war, aber das den Täter schützen sollte, da sie, der Bruder mit seinem Taschentuch, die Schwester mit ihrem eigenen Haar – es war schrecklich gewesen, sich so nahe über die Tote zu neigen – den schwarzen, klebrigen Griff abwischten. Sie vergaßen es ihre Lebtage nicht und träumten immer wieder davon. Sie wurden ihres Daseins ganz froh nicht mehr von Stund an. Sie waren über sich selbst erstaunt, daß sie es getan, und mißtrauten ihren Seelen, aber sie hatten, überreizt wie sie waren, dennoch Sinn für den grausigen Humor, der in ihrem gegenseitigen Opfer lag. Sie sahen einander an, wisserisch funkelnden Blickes. Aber sie verstummten jäh. Wer war es dann? Sie bangten beide um den gleichen, den sie liebhatten, und irrten sich.

Fest entschlossen, sogleich zu Doktor Jokim zu gehn, um sich des Mordes an der Köchin schuldig zu bekennen, gleichsam finster-frohlockend, wie er es anstellen werde, daß jener ihm glaube, er besaß ja noch das Taschentuch, das er mit indianisch-bubenhafter Schläue unauffindbar verwahrt zu haben vermeinte (wir werden es am Ende erfahren, wie) – alle Verdachtsmomente, die gegen ihn zeugen konnten, durchkostend, wie etwa, daß er den Briefträger übertölpelt, um Zeit zu gewinnen, verließ Juri sein Schwesterchen. Er verschwieg ihr die Sache mit dem Haar, nicht ahnend, denn irgend etwas vergißt man immer in der lückenlosen Beweiskette, daß der komische Doktor, der ihm sehr gefiel, von dessen detektivischen Fähigkeiten er aber herzlich wenig hielt, es bereits wußte. Wie konnte Juri auch das Haar im Objektträger des Mikroskopes lassen, wo es Jokim bereits entdeckt hatte, ein Haar nämlich von kupferseidenem Glanz, das er genau kannte und wie es so nur eines auf Erden gab. Er hatte es auf der Brust der Ermordeten liegen sehen. Er mußte also um jeden Preis den Briefträger loswerden, damit er es beseitigen konnte.

Als Juri auf die Tür seines Zimmers zuschritt, öffnete sie sich. Er hörte Doktor Jokims Stimme sagen: »Geh zeichnen Ole, das kannst du nämlich, und nimm noch ein paar Zigaretten mit, ihr werdet sie brauchen können vermutlich.« Sie konnten sie brauchen.

Juri hatte, als die Tür sich öffnete, Oles Selbstbezichtigung erratend noch gerufen: »Glauben Sie ihm nicht! Ich...« Aber Ole hatte ihm den Mund verschlossen und den Freund mit sich genommen.

Es war eine warme Sommernacht, sie trugen ihre Matratzen auf die Dachterrasse, und wenn sie zwischen Schlaf und Wachen über sich schauten, sahen sie die Sterne. –

Als Jokim morgens erwachte, konnte er annehmen, daß sich inzwischen ohne sein Zutun mancherlei zur Klärung des Falles ereignet haben würde. Juri und Ole, er wußte es, als wäre er dabeigewesen, hatten sicher ausführlich miteinander gesprochen. Sie kannten keine Geheimnisse voreinander. Wäre Juri der Täter gewesen, so hätte es Ole erfahren und umgekehrt. Auch die Geschwister verbargen nichts voreinander. Viel eher schon unter bestimmten Voraussetzungen das Ehepaar Petersen. Jedenfalls litten alle unter der Tat, am wenigsten vermutlich die alte Fürstin, die schon jenseits von Gut und Böse zu sein schien, gedankenlos und freundlich, schon ohne Neugier, ein künstliches Gebilde fast, ein Automat, der frühmorgens aufgezogen wurde und tagsüber ablief, eine ziemlich täuschend menschenähnliche Figur, zwar ein wenig gespenstig schon, teilnahmslos jedenfalls, in einem vielleicht sehr angenehmen Zustand des ›Mit-sich-Geschehenlassens‹ und völliger Unselbständigkeit. Sie brauchte an nichts zu denken, für nichts zu sorgen, sie brauchte sich nichts zu merken und vergaß jeden eben erlebten Augenblick sofort, etwa was sie eben zu sich genommen oder was man ihr erzählt, welches Wetter gestern war. Sogar ihre Schmerzen, die sie mit Opiaten löschte. Sie lebte von Zigarette zu Zigarette, von Kognak zu Kognak, von Schlaf zu Schlaf. Oder besser, sie war nur noch vorhanden, sie vegetierte und fühlte sich, wenn sie überhaupt noch Gefühl besaß, sehr glücklich in diesem Dämmerzustand. Ihr sagte gewiß niemand, wer der Täter war. Man hätte es ihr in die Ohren schreien müssen. Sie wußte vielleicht noch gar nicht, daß Fräulein Agathe tot war, oder hatte es bereits vergessen.

Herr Petersen, ihr Sohn, hing mit großer Liebe an ihr, mit seinem Vater aber hatte er sich nie verstanden. Nur selten wurde der Fürstin gleichmäßiges Automatendasein von kindlichen Zornesausbrüchen gestört, wenn es nämlich an dem nötigen Treibstoff fehlte, den sie brauchte. Es war tatsächlich vorgekommen, daß sie eine kostbare Vase, ein abscheuliches Ding, durch das große Fenster mit dem ›Trompeter von Säckingen‹ warf, sichtlich stolz auf ihre Heldentat. Es erwies sich als sehr schwierig und kostspielig, das Glasgemälde wiederherzustellen, was Agathe, in Tränen aufgelöst, sofort veranlaßte, aus Pietät gegen ihren lieben seligen Herrn Konsul.

Wir wissen nun mit einiger Gewißheit, daß weder Juri, noch seine Schwester, und auch nicht Ole den Mord begangen haben konnten. Die Freunde waren noch lange wach gelegen, die letzte Zigarette, gleich einer Friedenspfeife hin und her wandern lassend, als sie aufgeschreckt wurden durch einen Ruf, der schaurig durch das Treppenhaus bis hinauf zu ihnen klang. Die Fürstin war es, die mit ihrer tiefen Stimme mitten in der Nacht höchst ungnädig nach Agathe rief. »Agathö«, mit einem kurzen, ungehaltenen ›ö‹ am Ende, und immer wieder »Agathö«, tönte es durch die Nacht, bis es Doktor Jokim gelang, die alte Dame, die erschreckend anzusehen war in ihrem weißen, wirren Zottelhaar und ihrem ungepuderten, verstörten, uralten Gesicht, allmählich zu beruhigen. »Wer sind Sie«, fragte sie ihn streng, »ich kenne Sie nicht. Stellen Sie sich mir einmal vor.«

Zum Glück kam Herr Petersen dazu. »Ein Freund der Familie, Mama«, sagte er. »So«, antwortete sie, »ich will schlafen und kann nicht.« Doktor Jokim holte sein Köfferchen, und sorgte für der zornigen Fürstin Schlaf. »Sie gefallen mir, Doktor«, waren ihre letzten Worte, ehe er sie verließ. –

Am frühen Morgen brauste der muntere Inspektor

Schwalbe mit einem sehr lauten Motorrad an, um Doktor Jokim durch die Mitteilung zu beunruhigen, daß er eine wichtige Spur gefunden habe.

»Was macht Ihre reizende Mörderfamilie«, fragte er, ehe er mit seiner Entdeckung herausrückte. »Sie sind viel zu weich, Kollege, viel zu weich. Ein richtiger Detektiv darf keine Sympathien haben.« »Mir«, antwortete Jokim kühl, »hat jener römische Feldherr aus dem lateinischen Übungsbuch nie gefallen, der so gerecht war, daß er seinen eigenen Sohn hinrichten ließ.«

»Mir schon«, versetzte Schwalbe. Er habe die halbe Nacht telefoniert, um den Neffen der Köhler ausfindig zu machen, der in der nahen Hauptstadt in einer Bank beschäftigt war. Er sei spurlos verschwunden, auf und davon. Eine wichtige Nachricht, ohne Zweifel. Jokim hörte sie stumm an. ›Dummkopf‹, dachte er bei sich, aber er ließ Schwalbe auf der falschen Fährte, den Mann mit den eisernen Nerven und dem sanften Namen.

Schwalbe entbrauste, auf neue Nachrichten erpicht. Wir werden später hören, was er im Laufe des Tages erfuhr. Die Sonne wird es an den Tag bringen. Gleich nach dem Frühstück brachte sie zunächst an den Tag, daß Hildesuse, die kecke Person, mit einem blauen Auge und Kratzwunden im Gesicht behaftet war, als sie wie alltäglich erschien, um die Fürstin aufzumachen. Das gesunde Volksempfinden hatte sich gegen das Mädchen gewandt, da sie sich erfrecht hatte, die Familie Petersen gegen die Perle Agathe in Schutz zu nehmen. Sie sei durchaus nicht schüchtern gewesen, erklärte sie sehr befriedigt, die Lust ihres Märtyrertums genießerisch auskostend. Schweigend mit dem ihm eigenen, für viele Menschen ärgerlichen Lächeln zärtlicher Nachsicht hörte Jokim sie an. Auch Hildesuse erboste es. »Sie sagen ja gar nichts, Sie Chinese«, begehrte sie auf. Mit aufreizender Sparsamkeit, mit geringstem Kraftaufwand, mit einem kaum sichtbaren kurzen Huscher eines Kopfschüttelns, ohne daß dabei der vergnügliche Schimmer des Bezweifelns aus seinen Augen wich, deutete der komische Doktor an, daß er in der Tat nichts zu sagen wünsche.

Gleich nach Hildesuse, die den Doktor sehr unergiebig fand und es der Fürstin in die Ohren schrie, obwohl diese nicht begriff, von was und von wem die Rede war, kam Frau Petersen in Jokims Zimmer. Sie schien zum ersten Male in ihrem Leben zu wissen, warum sie auf der Welt sei. Sichtlich ganz erfüllt davon, den Kopf ein wenig zur Seite geneigt und ohne den Doktor anzusehen, vielleicht zum ersten Male in ihrem Leben mit Absicht lügend und den gefährlich süßen Zauber der Lüge verwundert wahrnehmend, erklärte sie, sie müsse ein Geständnis machen, sie habe Fräulein Agathe umgebracht, ganz allein, ohne Mitwisser. Jokim ging bereitwillig auf das Spiel ein. Diesmal schwieg er ausnahmsweise nicht.

»So«, erwiderte er todernst, »ach wirklich. Sie also haben es getan, gnädige Frau. Das ist freilich eine böse Sache. Und warum, wenn ich fragen darf? Das war doch recht überflüssig, ich meine, da sie doch schon tot war. Ja, ich spreche absichtlich so mitleidlos mit Ihnen, Sie großes Schulmädchen. Ich könnte Sie jetzt aufgrund Ihres freiwilligen Geständnisses ohne weiteres verhaften lassen. Dann würde es vermutlich Ihr Mann gewesen sein wollen, denn es war ja niemand dabei. Es ist nämlich in diesem scheinbar so einfachen Fall ebenso schwer, Ihnen, Ihrem Mann, Ihrer Tochter, Ihrem Sohn und so weiter nachzuweisen, daß sie es waren, wie daß sie es nicht getan haben.«

»Ich haßte Agathe Köhler«, hob Frau Petersen von neuem an, ohne auf Jokims Spott zu achten, »wenn es auch grausam genug erscheint, daß jemand so wenig Liebe fand bei denen, für die sie von früh bis spät arbeitete, sich selbst nichts gönnte, uns alles abnahm, von den Augen absah, was sie nur konnte, an alles dachte –«

»Halt«, fiel ihr der Doktor unhöflich ins Wort, »lassen Sie mich es sagen. Sie dürfen mich ruhig unterbrechen, wenn etwas nicht stimmt. Ich sehe übrigens keinen hinreichenden Grund, warum es Ihr Mann, für den ich übrigens herzliche Sympathie empfinde, und Ihre Kinder und deren liebenswürdig-mürrischer Freund, für die das gleiche gilt, es nicht auch hören sollten. Freilich, daß Sie und ich, für mein bescheiden Teil, die einzigen im Hause sind, die wissen, wer die Tat begangen hat, die unselige, denn das ist sie, weiß Gott, und ich wünschte von Herzen, ER und wir beide wüßten es auch nicht, denn man muß nicht alles wissen, das, denke ich, können wir beide ja zunächst für uns behalten.«

»Ja«, sagte Frau Petersen leise, während sich endlich ihre Augen mit Tränen füllten, »ich weiß es. Ich hatte es im ersten Augenblick wirklich für ein Marienkäferchen gehalten. Ich bin ein wenig kurzsichtig und müßte eigentlich eine Brille tragen, wenn ich damit nicht wie eine Gouvernante aussehen würde, was ich nicht gerne möchte. Aber es war ein Blutströpfchen, das der Fürstin ins Haar gesprungen war. Ach Gott, nun habe ich es verraten. Aber kein Gericht der Welt wird mich zu einer Aussage bringen, und wir sind beide ohne Zeugen. Ich hatte es mir genau ausgedacht, wie ich es auf mich nehmen könnte, um in meinem Leben endlich einmal etwas zu tun.« Fragend, um Verzeihung bittend, kindlich vertrauend, schaute sie den Doktor an.

»Menschen wie ihr und ich, sollten nicht denken«, antwortete Jokim. »Wenn wir zu denken anfangen, machen wir alles verkehrt. – Wir sind soweit. Wir wollen hinübergehen ins Herrenzimmer.«

Als sie hinübergingen, begegneten sie der alten Fürstin am Arm Hildesuses, die heute offenbar ihr Meisterwerk vollbracht hatte, denn die Greisin – sie hätte der Stütze übrigens keineswegs bedurft, sondern war noch recht gut zu Fuß, es machte sich nur besser – sah großartig aus, geradzu königinmutterhaft, während sie die breite, hochherrschaftliche Treppe hinabschritt auf dem roten, ungewöhnlich geschmacklos gemusterten Plüschläufer, mit jenen Messingstangen, die so leicht aus den Ösen zu springen pflegen, daß man ständig seine Not mit ihnen hat; den ›Treppich‹ nannten ihn die Kinder, damit die deutsche Sprache recht glücklich bereichernd. Die Fürstin trug wieder das altmodische Schirmchen in der Hand und tippte damit versonnen spielerisch, aber mit bewundernswerter Treffsicherheit auf ein bestimmtes, sich wiederholendes Ornament der geblümten, ganz besonders gräßlichen Tapete. Ihr folgten Herr Petersen mit Kissen, der überaus anstellige Koch mit den Decken und Juri mit dem Ridikül, darin sich der Fürstin Zigaretten befanden, und mit dem Buche, elegant gebunden in rotes Saffianleder, biegsam, mit Goldschnitt, schon seit Jahren dem gleichen, denn sie schlug es auf, las zwei, drei Zeilen durch ihr Lorgnon, langweilte sich und ließ es aufgeschlagen auf die Vikunjadecke fallen und den Wind darin blättern. Die liebe alte Dame befand sich auf dem Wege zu ihrem Lieblingsplatz im Garten.

Als ihr Jokim begegnete und sich vor ihr verbeugte, dankte sie, indem sie die Augen schloß und wieder öffnete, dazu gleichsam mit der Nase lächelnd, deren Flanken sich dabei kräuselten, kaum ihre Stirne neigend und ohne hinzusehen. Plötzlich aber hielt sie an, deutete mit dem Schirm auf ihn und sagte mit ihrer fast männlichen Stimme: »Wer sind Sie denn, ich kenne Sie nicht, stellen Sie sich mir einmal vor!« Aber obwohl sie nun mittels ihres Schirmes ihre Ohrmuschel vorschob, damit sie besser höre, hatte sie schon vergessen, was sie eigentlich wollte, lächelte etwas verwirrt und schritt weiter, während Hildesuse durch beredte Augensprache den übrigen bedeutete, man möge darüber hinwegsehen, sie sei nun einmal ein wenig wunderlich.

Frau Petersen blickte Jokim zweifelnd an, ob nicht die Fürstin dabei sein müsse, was er verneinte.

Als dann, während die alte Dame zufrieden vor sich hinrauchend und mit der seidenen Quaste ihres Schirmes spielend, königlich im hinteren Garten unter der Blutbuche ruhte, die übrige Familie in Herrn Petersens Zimmer versammelt war, begann Jokim, nachdem er die Photographie des Sternguckers noch einmal genau betrachtet und ihren Rahmen behutsam zurechtgerückt hatte, in seiner verlegenen Art zu reden.

»Ein unvergleichliches, ein ungewöhnliches Bild, fürwahr«, sagte er, immer wieder danach hinschauend und fuhr dann fort, daß er, weil er erst seit kurzem in dieser Gegend wohne, bis gestern nichts von der Familie Petersen gewußt, wohl aber von Fräulein Agathes Ruhm gehört habe. Von dieser Perle von Köchin wolle er reden, diesem bedauernswerten Geschöpf ohne Zweifel, das ihn an jemand erinnere, erschreckend fast in der Ähnlichkeit des Wesens, aus seiner frühen Kindheit nämlich. Das helfe ihm wesentlich zum tieferen Verständnis des Falles.

Agathe Köhler war eine Waise, ein aufgewecktes frisches Ding, in einer wohltätigen Anstalt zur Hausgehilfin erzogen und von dem späteren Konsul, dem lieben seligen Herrn, gedungen worden, der ein Schürzenjäger war, unternehmend als Geschäftsmann, eitel, besitzfreudig.

»Man hat mir«, sagte Jokim, »gestern erzählt, daß Agathe Köhler in den ersten Jahren ihres Dienstes vorübergehend ihre Stelle verlassen habe, vermutlich, weil der sogenannte Neffe in ihr Leben trat, für den sie von nun an sorgte wie eine Mutter für ihren Sohn, um ihm die Zukunft so leicht und schön wie möglich zu machen, den sie, als er größer wurde, in eine gute Schule gab. Einen geschickten Jungen, mit sehr seltsamen Augen übrigens, von unverwechselbarem Ausdruck, Sternenaugen möchte ich sie nennen.«

Zornig blickte bei diesen Worten Juri den komischen Doktor an, als wollte er sagen: ›Wie kommt er dazu! Es sind des alten Sternensehers Augen, es sind unsere, es sind meine Augen, die nun irgendjemand anders haben sollte, es wagte zu haben, Agathes Neffe!‹

»Agathes Neffe widmete sich später dem Bankfach. Inspektor Schwalbe, ein sehr fähiger Beamter ohne Zweifel, ist gerade dabei, ihn ausfindig zu machen, und es würde mich sehr wundern, wenn Agathes Neffe nicht im Begriff sein sollte, ins Ausland zu gehen. Vielleicht wird man sogar feststellen, daß er vorher noch seine treu-besorgte Tante besucht hat. Ich bin fast sicher, daß er das tat. Schwalbe wird sich ihm an die Fersen heften, so wie ich ihn kenne, aber er wird ihn nicht erwischen, denn der Neffe ist sehr gerissen und besitzt viel Phantasie, unter Umständen ein gefährliches Erbe, etwa wenn es gilt, ein verdächtiges Taschentuch so zu verstecken, daß es die Polizei nicht finden soll. Man kann ein solches Taschentuch beispielsweise in einem Fernrohr unterbringen – ich wenigstens hätte es vermutlich so gemacht –, indem man es erst sorgfältig über eine Rolle aus schwarzem Papier wickelt und genau in die Röhre des Teleskops einfügt, so, daß man des ungeachtet und ohne es zu merken, noch in die Sterne schauen kann.«

Juri wurde blaß und rot. Aber Jokim fuhr gelassen fort: »Das ist unerheblich. Agathe Köhler hing mit magdlicher Liebe an dem Konsul mit dem pekuniären Gesicht, der so viel für den teueren Neffen getan, denn das hat er in der Tat. Er war ein großer Herr. Gewiß, er liebte das Geld wie sein Vater die Sterne. Aber wer Geld allzu lieb hat, den verläßt es. Agathe hat den Konsul gleichsam ums Leben gekocht, denn er aß gerne gut, und sie hat es bestimmt in bester Absicht getan. Sie hatte sich schnell hinaufgedient zur regierenden Köchin, bis sie ganz zur Familie gehörte. Sie war wirklich eine Perle. Man darf lange suchen, bis man jemand findet, der sein Handwerk, den Haushalt, so vollendet beherrscht, und wie sie so fanatisch dieser löblichen Kunst verfallen ist. Sie übte sie aus, bis sie unentbehrlich wurde. Konnte man ihr nicht kündigen? Es wurde natürlich erwogen, ist es nicht so? Es kam indessen nicht dazu. Sie selber hat es wohl zuweilen angedeutet, nicht eigentlich damit gedroht. Ihre Herrschsucht war heiter. Sie wußte nur zu gut, daß es ohne sie einfach nicht mehr ging. Es fehlte nicht an Versuchen der Familie, die stille Tyrannei Agathes abzuschütteln, die sich leider nicht nur auf das Regiment des Haushalts bezog, sondern auch auf die Wahl des Umgangs. Sie hütete den Hauseingang und das Telefon. Sie richtete nur aus, was ihr genehm war. Sie bedauerte, daß die Herrschaften nicht zu Hause seien, wenn sie Besuche abwimmeln wollte, die, nach des seligen Konsuls Meinung, nicht zu Petersens paßten, und sie wachte argwöhnisch über den Verkehr der Kinder. Entrüstet verteidigte sie den harmlosen Ole gegen Vorwürfe, die niemand gegen ihn erhoben hatte, und ließ durchblicken, daß sie sich manchmal rechte Sorgen mache, ob sein Einfluß auf die guten Kinder nicht verderblich sei. Frau Petersen nannte sie eine schwache Mutter.

Natürlich bemühte sich Frau Petersen zuweilen, sich im Haushalt nützlich zu machen, was Agathe mit nachsichtigem Lächeln zuließ, dabei ihr aber jede Freude nahm, selbst die des Staubwischens, indem sie ihr betulich nachwischte und, falls ihre Herrin einmal den Tisch deckte, rasch an den Tellern rückte oder ein passenderes Besteck auflegte. Auch liebte sie gar nicht Herrn Petersens musikalische Neigungen. Beinahe komisch wirkte es, wenn sie vor allem Todestage in der Verwandtschaft zum Anlaß nahm, unschuldige Vergnügungen als pietätlos zu brandmarken, nicht mit Worten, sondern durch ihr Verhalten. Sie ließ ihre Meinung zur Sache nur nebenbei merken, indem sie bescheiden um die Erlaubnis ersuchte, zu stillem Gedenken auf den Friedhof gehn zu dürfen, wodurch sich die Herrschaften aber beileibe nicht stören lassen möchten. Sie sei nun einmal so geartet, wiewohl sie es gut verstehen könne und die Musik sonst über alles liebe.

Mit der Schonung der Möbel trieb sie es schon schlimm mit Überzügen und Schondeckchen wegen der empfindlichen Politur.

Heimlichkeiten, worunter sie das geschwisterliche

Einvernehmen der Kinder und die innige Freundschaft mit Ole verstand, waren ihr in der Seele zuwider. Auch hier handelte sie bewußt im Sinne des verstorbenen gnädigen Herrn. Sie witterte Ungesundes und deutete es bei den Mahlzeiten durch die Blume, durch abschreckende Beispiele in andern Familien an. Vergleiche zwischen Juri oder Ole und ihrem Neffen, der ihr durch sein musterhaftes Verhalten und seine tadellosen Schulzeugnisse viel Freude machte, fielen sehr zum Nachteile der Freunde aus und brachten diese innerlich zur Weißglut. Als Vertraute des seligen Konsuls verwaltete sie die Schwächen der süchtigen Fürstin wie ein Vermächtnis, indem sie der lieben Kranken ihr Kontingent zumaß und sie so völlig in ihre Gewalt brachte. Über gewisse Unarten der Kinder, bei denen sie diese zu betreten wußte, bewahrte sie hehlerische, bedrohliche Verschwiegenheit.

Nicht erwiesen, aber auch nicht von der Hand zu weisen war es, daß sie dem in geschäftlichen Dingen ungeschickten Herrn Petersen ohne Wissen der Frau, der man bei ihrer gefährdeten Gemütsverfassung solchen Kummer besser ersparte, mit einer ansehnlichen Summe aus ihren Ersparnissen ausgeholfen haben soll, selbst auf die Gefahr hin, daß dadurch die Zukunft ihres Neffen in Frage stand. Sie hatte sicher alles zurückerhalten. Aber es blieb beschämend genug, daß die Köchin das Erbe des Konsuls umsichtiger zu bewahren wußte, als der eigene Sohn des hochachtbaren Kaufmanns es vermochte.

Wiewohl sie sich zierte, nahm sie zuweilen auch an den Quartettabenden im Hause teil, und selbstverständlich wenn die Verwandten zu Gaste waren, mit denen sie auf bestem Fuße stand, und mehr als Freundin der Familie denn als Köchin behandelt wurde. Wenn sie sich, obschon sie sonst völlig humorlos war, scherzhaft-gutmütig einen alten Hausdrachen nannte, widersprachen ihr Onkel wie Tante mit: »Na, na, na, machen Sie es nicht gar zu arg, Fräulein Agathchen!« und knufften sie lachend in die Seiten.

Ob sie wußte, wie sie gehaßt wurde? Es gibt Naturen, die sich ihrer Ungeliebtheit freuen, und andere, die es nicht merken. Agathe wußte es nicht. Sie war zu sehr von ihrer Tüchtigkeit überzeugt. Und wenn sie es in ihrer Seelenverknöcherung doch merkte, so schmeichelte es ihrer unbelehrbaren Versessenheit, daß sie nur das Beste wolle und daß man ihr bitter Unrecht tue.

So regierte sie still und beharrlich ganz im Sinne des lieben seligen Herrn Konsuls. Die durch sie geschaffene Unselbständigkeit ihrer ›Herrschaft‹ im fragwürdigsten Sinn des Wortes erleichterte ihr die Ausübung ihres devoten Despotismus.

Der Frau Konsulin, der Fürstin, muß ich hier gedenken, und ihrer liebenswürdigen Kunst, sich verwöhnen zu lassen. Ihre Herkunft liegt im Dunkel. Ihr Gatte hatte sie auf einer seiner Lustreisen kennengelernt, und ich müßte mich sehr täuschen, wenn sie nicht aus einer Artistenfamilie stammte. Ihr Ruf ist ohne Tadel, aber vielleicht stand sie als Kind an einem Brett, während ihr Vater Messer rings um sie herum warf. Ich kann sie mir auch im Flitterröckchen auf einem Drahtseil seiltänzelnd vorstellen, mit einem Schirmchen anmutig balancierend.

Sie war sehr schön, von natürlichem Adel ohnegleichen. Sie war nicht gebildeter als ihre Köchin, aber ihr merkte man es nicht an wegen ihrer Schwerhörigkeit und ihres ausländischen Akzentes. Ich möchte glauben, daß sie aus Montenegro stammte, wo viele Frauen wie Königinnen aussehen. Sie hatte Charme, sie hat ihn noch. Agathe Köhler hatte ihn nie.«

In diesem Augenblick klopfte es dringend, und der muntere Koch kam herein.

»Verzeihung«, sagte er, »aber die Frau Konsulin, sie ist nicht mehr im Garten und auch im Hause nirgends zu finden, wenn sie auf die Straße gegangen sein sollte…«

Die Nachricht rief einige Aufregung hervor, aber Jokim beruhigte die Familie. Es genüge wohl, wenn der

Koch ihr folge. Ihre Würde schütze sie vor Unannehmlichkeiten.

Wirklich lustwandelte die Fürstin arglos und freundlich durch die Straßen der Nachbarschaft, und niemand trat ihr zu nahe. Sie wurde mit Achtung gegrüßt wie ehedem. Ihr Erscheinen trug sogar wesentlich zur Beruhigung der bösen Stimmung in der Geschäftswelt des Villenviertels bei. Unbehelligt geleitete sie der Koch ins Haus zurück.

»Fräulein Köhler«, fuhr Jokim fort, »dürfte auch pünktlich dafür gesorgt haben, daß kein Geburtstag oder Jubelfest in der Verwandtschaft vergessen wurde. Sie verstand es, bei Tisch mit einem Blick nach oben stets sanft darauf hinzuweisen, was im Sinne des seligen Herrn und was nicht in seinem Sinne sei. So mußte in der Villa auch alles bleiben, wie er es liebte, das Beet mit den gelben und violetten Stiefmütterchen im Vorgarten, jedes Möbel an seinem gewohnten Platz, die Bräuche an den Festtagen. Selbst die Post nahm Fräulein Agathe in Empfang und verteilte sie. Sie führte das Haushaltungsbuch, es stimmte auf Heller und Pfennig. Ich habe es mir übrigens angesehen und dabei festgestellt, daß sie die üblichen Preise der Lebensmittel eigenmächtig aufzurunden sich angewöhnt hatte, nur ein ganz klein wenig. Kostete das Ei gemeinhin elf Pfennige, so stand zwölf Pfennige im Buch. Führt man das mehr als fünfundzwanzig Jahre sorgfältig durch, so ergeben sich ganz erhebliche Überschüsse, die dem vortrefflichen Neffen zugute kommen konnten, denn sie gönnte sich selber nichts. Menschen, die sich nichts gönnen, sind mir stets verdächtig gewesen.

Es läßt sich nicht leugnen, daß sie die Kinder, als sie klein waren, betreute, badete, anzog, wenn es auch, nach meinem Geschmack, abscheuliche Kleidungsstücke waren, wie uns die unerbittlichen Familienbilder zeigen. Sie wußte um alle ihre Schwächen und Sünden. Sie wußte leider alles. Es ist schrecklich, wenn jemand alles von einem weiß, wie beispielsweise die Seiltänzerherkunft der

Fürstin und die Liebeshändel des Konsuls, auch die abgekartete Geldheirat des Sohnes, der, leider von Natur ein wenig unselbständig, gehorsam tat, was sein Vater wünschte, aber sich auf ritterliche Art dadurch rächte, daß er das Geschäft mit seinem Herzen in Liebe wandelte. Ja, so war es wohl gewesen, wenn ich mich nicht täusche. Nun ist Agathe Köhler tot. Es gibt nichts Beschämenderes auf der Welt als den Tod eines Menschen, um den niemand trauert, bei dessen Ableben, wenn man sich's eingesteht, alle erleichtert aufatmen, Menschen, von denen man sagt, daß sie gewiß auch ihre guten Eigenschaften haben. Glauben Sie nicht, daß ich den Mord an Agathe rechtfertigen will, weil sie, wie Hildesuse sagte, ein rechtes Ekel, weil sie ein Biest war, was übrigens Agathe auch von Hildesuse dachte. Ich weiß, es ist viel verlangt, Sympathie für die Ekel unter uns zu haben. Aber auch sie sind wir.

Was ist nun noch zu tun? Können wir uns damit trösten, daß dem Fräulein Agathe ein großer Schmerz erspart geblieben ist, der sie vielleicht getötet, jedenfalls sicher tief verwundet hätte: die Unterschlagungen ihres Sohnes und seine Flucht auf Nimmerwiedersehen, oder damit, daß sie, die nie krank war, doch den Tod schon in sich trug, wie die Obduktion erwiesen hat, einen langsamen, schmerzensreichen Tod? Oder damit, daß der Mord von jemand ausgeführt wurde, der nicht mehr zurechnungsfähig ist? Das unerforschliche Walten kann uns nicht entschuldigen. Wir dürfen es nicht gutheißen, was da geschah. Niemals.

Vielleicht dürfte es gut sein, die Fürstin, die des Arztes dringend bedarf, künftighin in einer ihrem Gemütszustand entsprechenden Anstalt in Pflege zu geben. Dieses Haus hat einen Makel. Ich kann mir nicht gut vorstellen, Phantasie ist nicht meine Stärke, daß Sie, lieber Herr Petersen, in diesen Räumen fürder wohnen wollen oder musizieren werden, ohne daran zu denken, daß Sie es in dem Augenblick taten, während unten...«

»Die Fürstin«, meldete der vielgewandte Koch.

Sie rauschte herein, ihr unvermeidliches Schirmchen im Arm wie eine Puppe tragend, die geliebte Zigarette geziert zwischen Daumen und Zeigefinger haltend, jenen Ausdruck im Gesicht, den so nur Kinder und manchmal alte Menschen haben, einen Ausdruck der völligen Unschuld. Die Falten an ihrer Nase kräuselten sich zu einem Lächeln. Als sie den komischen Doktor Jokim erblickte, fragte sie mit slawischem Akzent: »Wer ist das? Ich kenne ihn nicht. Er soll sich mir einmal vorstellen!« –

Doktor Jokim verabschiedete sich, nicht für immer, von dieser ihm so sehr sympathischen Familie, es wurde eine bleibende Freundschaft daraus. Als er von dem anstelligen Koch begleitet die Villa Petersen verließ, lief ihm Juri nach und bat ihn, Oles Zeichnung ›Floh, von Menschen geplagt‹, als kleines Zeichen der Sympathie anzunehmen.

»Danke, Juri Petersen«, sagte Jokim. *(1948)*

Von der Liebe, so naheliegend dieser Gegenstand für Soldaten gewesen wäre, da es kaum etwas Natürliches oder Übernatürliches gab, wovon wir an unseren gewohnten Fabulierabenden nicht schon gesprochen hätten, von der Liebe war merkwürdigerweise unter uns bisher nie die Rede gewesen. Wir fünf vertrauten Leidenskameraden kannten voreinander längst keine falsche Scham mehr, seitdem wir uns in der wahrhaftigsten menschlichen Gestalt, wenn nicht am Ende auch sie trügerisch war, nachdem wir uns nämlich im Zustand des Sterbens gesehen hatten, ja, in diesem Augenblick uns zum ersten Male von Angesicht zu Angesicht begegnet waren. Allein, ob wir auch nach rauher Kriegerart bisweilen recht lockere und sogar lasterhafte Reden führten, und es in der Weltabgeschiedenheit unserer Krankenstube arg menschelte, wobei wir uns freimütig der herzhaften Ausdrucksweise der Soldatensprache bedienten, so war doch der heilige Bezirk wie auf stillschweigende Abrede unberührt geblieben.

Schwester Ursula, ein bemerkenswertes Mädchen ohne Zweifel, ein tolles Mädchen nannte sie unser Jüngster, mein Bettnachbar, für einen Engel hielt sie der wackere »Kapitän« Huber während sie Pastorius, der humanistische Soldat, als »sanfte Nymphe« bezeichnete, Schwester Ursula war der Anlaß zu einer leidenschaftlichen Auseinandersetzung über die Liebe in mancherlei Gestalt, für die natürlich der noch Unerfahrenste von uns die begeistertsten und andächtigsten Worte fand. So richtig freilich, gab er zu, habe er noch nicht geliebt. Doch habe er viel Löbliches davon sagen hören.

»Du kannst da überhaupt nicht mitreden, du Anfänger«, fertigte ihn Hornissen, der Schlosser, ab, der eine sehr schlechte Meinung von der Welt hatte und dem beinahe nichts heilig war. Er kenne sich aus. Das sei ein Luder, das sehe doch ein Jeder!, erklärte er höchst unzart.

Das war nun so schlimm nicht gemeint. Denn die Wahrheit zu sagen, wir waren samt und sonders, wie wir da lagen, in sie verliebt, waren ein Opfer des Eros nosokomeios geworden, so erklärte es unser gelehrter einbeiniger Freund, um diese und andere zarte Neigungen, wie sie füglich in der Umluft eines Krankenhauses zu gedeihen pflegen, gleichsam wissenschaftlich einzuordnen. Dem Krankenhaus-Eros waren wir jählings verfallen, dem geflügelten Gott, der sich freilich unversehens in einen andern verwandeln konnte, in den mit den schwarzen Schwingen und der gesenkten Fackel. »Wie die Alten den Tod gebildet«, sah einer dem andern sogar zum Verwechseln ähnlich, wenn er nicht der gleiche war.

Unserer gemeinsamen Ursula dunkler Name wird (meine Weisheit stammt wieder von Pastorius) nach den einen von Ur – groß und sul – Säule abgeleitet, was sie sinnigerweise als Stütze der Leidenden kennzeichnen würde, während andere die Herkunft im Lateinischen finden wollen, was wohl eher einleuchten mag, wenn nicht mit dem Begriffe »kleine Bärin« unwillkürlich auch die Vorstellung des Brummens und eines drolligunsanften Wesens sich aufdrängte. Denn neben ihrer Sanftmut war es vor allem ihrer Stimme lieblicher Wohllaut, der uns betörte, einschließlich dieses Widerborsts von Schlosser, der ihr so häßliche Namen gab. Es will mir scheinen, als offenbarten die Menschen sich in ihrer Stimme weit reiner, eindeutiger und durchsichtiger als in ihrer körperlichen Gestalt.

Diejenigen von uns, die zuweilen etwas aufstehen durften, unser lieber alter Feldwebel Weiland gehörte dazu, werden nie den Eindruck vergessen, wenn die anmutige Schwester (sie gehörte noch zu den sogenannten Helferinnen, die wir »Halbschwestern« nannten) in der nahen Lazarettkirche die Orgel spielte. Wir wunderten uns, daß ein so hilfloses, schwaches Weib, ohne sich im mindesten zu fürchten, wie auf einem Kutschbock sitzend gleichzeitig mit Händen und Füßen arbeitend das großmächtige Instrument zu meistern wußte. Man konnte ernstlich besorgen, der Sturm der Töne, den sie entfachte, möchte sie wegblasen von ihrem Sitze und davontragen. Denn sie liebte es, alle Register zu ziehen und die Tutti gewaltig brausen zu lassen.

Unser Jüngster, von dem wir alle wußten, daß er nicht mehr gesund werden würde (nur er wußte es nicht), hatte sie so gezeichnet, gleichsam als heilige Cäcilie, ein Bild frommer Unschuld umgeben von einem Chor singender Engelknaben, deren einer unverkennbar seine Züge trug.

Befrühlingt hatte sie unsere alten und jungen Herzen und des Erzählens von Liebesgeschichten war von Stund an kein Ende.

Sämtliche Möglichkeiten der behutsamsten Zuneigung und wildesten Leidenschaft wurden von uns behandelt. Liebe zwischen arm und reich, schön und häßlich, klug und dumm, alt und jung, ob sie ein Vorrecht der Jugend sei, ob es dem Weisen wohl anstünde, verliebt zu sein, und jeder wußte ein Beispiel für oder wider anzuführen, Holdes und Unholdes dazuzuerinnern. Das schmerzhafte Wort Friedrichs des Großen: »Ich glaube, nur die sind wirklich glücklich auf der Welt, die niemand lieben«, wurde erwähnt und darüber heftig gestritten, die Frage aufgeworfen, wer sich rühmen könne, sicher vor ihr zu sein. Niemand, so kamen wir überein, auch der Frömmste und Weiseste nicht, wäre gegen sie gefeit, niemand konnte von sich sagen, er habe ausgeliebt. Auch davon war die Rede, daß keine Liebe vor der Welt verborgen bleibe. Denn wie ein Schatten folge dem Eros Anteros, der neidige, raunende, allgegenwärtige Unlieb.

Pastorius tat sich eigentlich leicht, indem er, ohne sein Herz zu zeigen, meist klassischer Beispiele sich bediente. Ich hatte ihn dabei im verzeihlichen Verdacht, daß er manchmal, ohne sich ein Gewissen daraus zu machen, eigene Erfindungen in ein antikes Gewand kleidete.

Es ließ sich nämlich nicht länger verheimlichen, daß des Mädchens Zuneigung unbegreiflicherweise weder dem überaus anziehenden, löwenäugigen Jüngling gehörte noch dem seelenguten, urwüchsigen Kameraden Huber, auch nicht dem zornigen Schlosser mit dem heißen Herzen noch dem klugen, stillen Pastorius: dem Alten, so machte sie uns glauben, dem grämlichen, wunderlichen Herrn Feldwebel schien ihr Herz vor allem zugetan.

Er wurde darob von den andern weidlich gehänselt (»durch den Kakao gezogen«, hieß das in unserer Umgangssprache), nicht zuletzt, weil er trotz ihres verhaltenen, aber beharrlichen Werbens, was in allen Züchten geschah, indem sie so ganz nebenher etwa seine Lieblingswerke in der Musik ausforschte und dann auf der Orgel spielte, völlig ungerührt blieb oder doch so tat, als wäre er es.

»Horch, Väterchen, wie sie lockt«, spottete eines Abends der Schlosser, als es wieder von der Kapelle herüberklang. Denn man konnte es von ferne hören, entkörpert, sphärenhaft, als würden die Töne nicht durch Menschenhand hervorgebracht, sondern als musiziere es für sich selber aus kosmischem Wohlgefallen in den Lüften.

»Ich höre es«, erwiderte Weiland ruhig. Und dann, wie zu sich selbst, fügte er jedes Wort betonend hinzu: »Allein, man soll ein altes Herz nicht versuchen.«

Er sagte dies so todernst, daß es für eine Weile ganz still in der Stube wurde. Offenbar hatte er seine Erfahrungen, der Graukopf. Aber, obwohl man ihm anmerken konnte, daß er an ein eigenes trübes Erlebnis dachte und schon nahe daran war es preiszugeben, machte er eine er ledigende Handbewegung, als wolle er sagen, lassen wir das, und verharrte in Schweigen.

Wir hatten nun allerdings einen freudlosen Tag hinter uns, einen Schmerzenstag. Schmerzenstage sind eine Ärzten, Schwestern und Pflegern wohlvertraute, in ihren Ursachen noch ungeklärte Erscheinung, wie sie von Zeit zu Zeit innerhalb eines Lazarettes aufzutreten pflegt. Manche geben dem Einfluß der Witterung, auch des Mondes die Schuld, Tatsache ist es jedenfalls, daß es an solchen Tagen allen Patienten ungeachtet der Verschiedenheit ihrer Leiden sichtlich schlechter geht.

Es mußte da etwas am Werke sein, dem offenbar alle Geschöpfe auf Erden gleichermaßen unterworfen sind, ein Nachlassen der Widerstandskraft, eine allgemeine Schwäche oder Müdigkeit, eine Art Unpäßlichkeit der Natur, eine Störung im unsichtbaren Blutkreislauf oder in der Atmung der Welt, etwas Panisches also.

An jenem Tage begab es sich, daß nach unausgeschlafener Nacht unser kleiner Löwe wieder fieberte und sehr unruhig war. Die Blutsenkung bei Pastorius zeigte überraschend ein unerfreuliches Bild, und der hitzige Hornissen mit dem Nierenschaden wollte an seinem Aufkommen zweifeln. Selbst der sonst so gelassene Huber war ausgesprochen leidemütig und ließ den Kopf hängen. Weiland vollends, der schmerzensreiche, klagte über stärkeres Magenweh als gewöhnlich und sagte mehrmals mit Grabesstimme düsteren Angesichts: ich mag nicht mehr.

Wenn ich uns traurige Gesellschaft, uns »arme Schelme« so betrachtete, dann konnte ich mir nicht verhehlen, daß wir in einem Zimmer der Aussichtslosen lagen. Eine augenblickliche Lebensgefahr bestand für keinen von uns, aber wir litten alle an langsamen, schleichenden Krankheiten, die sich ruhig Zeit ließen, aber ständig auf der Lauer lagen und ihrer Sache völlig sicher waren. Wer nicht auf der Hut war, konnte, ehe er sich's versah, daran sterben.

Wir verliebten, kranken Soldaten dachten an den Tod. Wir kannten das Verhängnis des Zimmers der Fünf, von denen man munkelte, einer, so sei es von je gewesen, müsse daran glauben, wollten die andern davonkommen. Wer aber sollte, wer mochte der Fünfte sein, auf dessen Kosten die andern vier das Leben behielten?

Wir redeten wenig an diesem Tag und fürchteten uns vor der Nacht. Es herrschte, so gut wir einander sonst leiden mochten, eine fast feindselige Stimmung unter uns aus der bekannten Krankeneifersucht; denn jeder wollte natürlich der Leidendste sein. Wir waren einander über und jeder von uns hätte viel darum gegeben, einmal eine Zeitlang allein zu sein.

Auch gaben sich manche allzusehr nach und suchten sich mit Ächzen und Stöhnen gegenseitig zu übertrumpfen. Doch sei zu unserer Entschuldigung gesagt, daß wir wahrhaftig lange genug in den vier Wänden beieinander hausten, darin alles so weiß und so schrecklich hygienisch war. Das einzige Bild hatten wir uns nachgerade gründlich abgesehen.

In die trübselige Stille, nach des Feldwebels Äußerung, daß man ein altes Herz nicht versuchen solle, klang es beinahe tröstlich, als mein Nachbar unvermittelt ausrief: »Es schneit!«

Wirklich, etwas zur Unzeit, da die Hyazinthen am Fenster, die wir einer Aufmerksamkeit Schwester Ursulas dankten, schon ihre spitzen Papierhütchen lüpften, begann es, draußen langsam in großen blühenden Flocken zu schneien.

»Der Winter kommt erst«, unkte der Schlosser. Es schneite lustig, und während noch immer das fromme Orgelspiel der Schwester von der Kapelle herübertönte, so daß sie wenigstens in ihrer klanglichen Gestalt gegenwärtig war, meinte Pastorius, es sei nun der rechte Augenblick für eine Geschichte gekommen.

Jeder von uns hatte eine andere Art zu erzählen (und zuzuhören). Väterchen Weiland pflegte dabei ganz ruhig dazuliegen, die Augen auf den Mond gerichtet, wenn er schien, als erhielte er von ihm oder von den Sternen seine Eingebungen. Der Schlosser mußte dabei im Zimmer umhergehen. Pastorius tat es nicht anders als im Sitzen.

Er bedurfte der Hände und irgendeines Gegenstandes, mit dem er spielte, z. B. seines Kopfkissens, das er tiefsinnig betrachtete, als lese er darin wie in einem Buch, es umkehrte, knetete, wieder glattstrich, beiseite legte und von neuem ergriff. Auch jetzt, da niemand einen Einwand hatte, nahm er es, wog es in den Händen, warf es in die Luft, fing es wieder auf und begann. Es klang wie ein Selbstgespräch.

Wenn er nicht schlafen könne, dann denke er sich Geschichten aus, und es gelänge ihm, daß er durch diese künstlich beschworenen Träume unmerklich in den Schlaf hinüberfinde. Er fange dann einfach irgendwo an, ohne noch zu wissen, was daraus entstehen werde. So wolle er es auch jetzt halten und erst aufhören, wenn alle schliefen. Auch sei es ihm lieber, selbst zu erzählen als zuzuhören. Denn das beste Mittel, sich nicht zu langweilen, sei, andere zu langweilen. Wenn er nicht mehr weiter wisse, sollten ihm die andern helfen.

»So ist es denn keine wahre Geschichte?« fragte der junge Soldat. Er lag, die Hände hinter dem Haupt verschränkt, und sah mit seinen umschatteten Augen hörbegierig zu dem Erzähler hin.

»Vielleicht, vielleicht auch nicht. Es ist die Geschichte eines alternden Herzens.

Ich könnte mir da, beispielsweise, einen Menschen vorstellen, einen wunderlichen Kauz, von der Art vielleicht, wie sie heute selten geworden sind – ich verlege die Geschichte in die Zeit vor dem letzten Krieg – sagen wir, einen Privatgelehrten. Welchen Namen soll er haben? Irgendeinen. Es ist ja gleich. Ich will ihn Wolke nennen. Er müßte ein unansehnliches Kind gewesen sein, ein häßliches Kind. Ich lasse ihn frühzeitig eine Brille tragen. Er darf nicht anziehend sein. Aber Gott hat ihm ein sehnsüchtiges Herz verliehen. Er liebte die Welt. Von ihm stammt das Wort: ›Wie schön ist doch die Welt, und wie gut sind doch die Menschen.‹ Schon als Kind ist er voll des ehrfürchtigen Staunens über die Schönheiten der

Schöpfung, deren Freuden er selber unwürdig zu sein glaubt. Neidlos bewundert er seine Spielgefährten, denen es je gleichtun zu können er nie zu hoffen wagt.

Als er dann herangewachsen war, stand es für ihn fest, daß für die Schönen, wie anbetungswürdig sie auch seien, er jedenfalls nie in Frage käme. Wie konnte er sich ihnen zumuten? Andächtig stand er beiseite. Der großen Gnade, Mensch sein zu dürfen, dankbar bewußt, wandte er sich mit heiligem Eifer dem Studium all der Herrlichkeiten zu, die große Geister hervorgebracht haben. Er empfand es als der Sterblichen heiligste Pflicht, sich mit ihren Werken aufs innigste vertraut zu machen, die sie zu aller Wohlgefallen und Nutzen selbstlos der Menschheit geschenkt hatten. Daran durfte man doch nicht vorbeigehen.

Ein kleines Vermögen ermöglichte es ihm, bei bescheidenen Ansprüchen der großen Verpflichtung nachzukommen. Da war die Dichtung, von der Antike angefangen, da waren Homer, Shakespeare, Goethe, da waren die Kunst, die Musik, die Naturwissenschaften. Welch ein Reichtum, und alles sozusagen geschenkt. Jeder brauchte nur davon zu nehmen. Wolke war ein Enthusiast des Schönen.

Ich nahm an, daß er selber als Kind häßlich gewesen sei, der Jüngling war es nicht minder. Aber es wurmte ihn nicht sonderlich. Er hatte sich damit abgefunden.

Wenn ich von seiner Häßlichkeit rede, so muß ich seine Augen ausnehmen, seine hellen, gescheiten, silbergrauen Augen, die sich dauernd über irgend etwas zu freuen schienen. Aber seine Nase war unmöglich, breitnüstrig, aufgestülpt. Die Backenknochen waren breit, die Wangen faltig und wulstig sein Mund. Sein dunkles Haar hatte etwas Unbezähmbares, Widerspenstiges, Wildwachsendes, und sein Bart, denn er trug sich später wie ein alter Revoluzzer von achtundvierzig, war von gleicher ungestümer Art. Er hatte ein Faunsgesicht. Doch dürft ihr nicht denken, daß er sich vernachlässigte. Das hätte er für rücksichtslos gehalten. Das war man doch den andern schuldig, die einen ansehen mußten.

Später konnte man finden, daß er interessant aussehe. Der geistige Ausdruck, im Umgang mit den Büchern erworben, verschönte seine Züge.« –

Während der Erzähler innehielt, um sein Kopfkissen, das er bei der Schilderung von Wolkes Aussehen, so als wolle er dessen Gesicht daraus formen, zerbeult, zerknüllt und völlig verunstaltet hatte, mit sanft streichelnder Hand wieder zu glätten, wandten sich aller Blicke unwillkürlich dem alten Feldwebel zu. Denn die Beschreibung paßte fast aufs Haar auf ihn.

»Es kam schon vor«, fuhr Pastorius unbeirrt fort, »daß er ahnte, es fehle ihm etwas Wesentliches zum Glücke, und in Zeiten solcher Schwermut wäre er eines raschen, heillosen Entschlusses fähig gewesen. Zudem mußte er eines Tages verwundert feststellen, daß sein Vermögen arg zusammengeschmolzen war. Es wurde höchste Zeit, daß er verdiente. Er hatte in seiner Weltfremdheit und Bescheidenheit versäumt, seinen Doktor zu machen. Denn er glaubte zeitlebens, stets erst in den Anfängen seiner Bemühungen um die Weisheit und um das Schöne zu stehen. Es blieb ihm nichts anderes übrig: er gab Stunden.

Nun könnten wir ein junges Mädchen seine Schülerin werden lassen. Sie muß ungewöhnlich schön und klug sein, ohne Makel, wie eben erst erblüht, ausgeschlüpft aus des Schöpfers Hand. Ihr dürft euch dabei getrost ein tolles Mädchen wie Schwester Ursula vorstellen. Aber sie soll Johanna heißen. Johanna nun, dieses halbe Kind, verliebte sich sterblich in ihren schon alternden Lehrer, den völlig Ahnungslosen. Das heißt: wie könnte es anders sein, sein Herz war beileibe nicht unempfindlich, war es nie gewesen. Aber er hätte es weit von sich gewiesen, hätte man ihm gesagt, es könnte jemand auf den lächerlichen Gedanken verfallen, ihn gern zu haben.

Im stillen vergötterte er Johanna, ihre Gegenwart beflügelte seinen Genius. Er muß hinreißend, er muß bezaubernd gewesen sein, wenn er ihr, die zu seinen Füßen saß, die Herrlichkeiten der Welt deutete.

Johanna, es mag euch vielleicht wundernehmen, entdeckte ihm eines Tages rückhaltlos ihr Herz.

Er erschrak zu Tode. Denn da sie es sagte, wußte er, daß er ihr für immer verfallen sein würde. Er versuchte wohl, es ihr auszureden, aber da er von Natur wahrhaftig war – er konnte einfach nicht lügen –, und sie ihn fragte, ob er auch sie ein wenig liebe, antwortete er sehr ernst: ›Ja, ich liebe dich und Gott sei dem gnädig, der darüber spotten kann.‹

Sie liebten einander. Sie waren, obwohl ungleich nach Alter, Gestalt und Natur, ein herrliches Paar. Er war im Grunde ein großes Kind. Er hatte bisher nicht gewußt, wie schön die Liebe sei. Vielleicht muß man erst alt sein, um den Liebreiz solcher Jugend in seiner ganzen Süße zu ermessen, und vielleicht sehr jung, um ohne Ansehen seiner irdischen Gestalt einen Genius zu lieben. –

Da kam der Krieg.

Ich vergaß zu sagen, daß Wolke, der Ungesellige und Einsame, einem Bunde angehörte, dessen einzige Satzung aus den zwei Worten bestand: Bruder hilf! Die Mitglieder dieses merkwürdigen Bundes kannten einander nicht von Angesicht. Denn wenn sie noch ein anderes Gebot heiligten, dann war es: Verborgenheit. Sie taten Gutes ohne Lohn und Dank jedem Unglücklichen. Jedem.

Und nun war Krieg.

Wolke entsetzte sich. Das Ebenbild Gottes, das Antlitz des Menschen, war in Gefahr. Also machte er sich ungeachtet seiner Jahre auf, zu seinem Teil es zu bewahren. Er wurde Sanitäter.

Besinnt euch, Freunde, auf den letzten Eindruck beim Abschied von einem sehr geliebten Menschen! Wie ist das doch zumeist? Wie zufällig, beliebig, unwichtig und vorübergehend! Und du fragst dich, das also ist das letzte

Mal? Es geschieht auf irgendeinem windigen, rauchigen, verrußten Bahnhof. So ging es den Liebenden. ›Ich schaue dich, noch lebst du‹, dachten sie, ›aber vom Zukünftigen aus gesehen, sind wir uns schon auf immer entrückt, sind wir uns schon gestorben vielleicht. Aber wir können nichts dazu tun, wir müssen es anheimstellen, es wehrlos geschehen lassen.‹

Bei dem, was nun folgt, dürft ihr keinen Augenblick außer acht lassen, wie sehr Wolke die sanfte Johanna liebte. Ich weiß, jeder Mensch glaubt, er sei von allen der Liebendste. Aber ihr müßt bedenken, ihr Jungen, daß Wolke, ein wenig spät freilich, nach einem liebeleeren Leben seine Ergänzung gefunden hatte und daß es geschah, als sein Geist gelabt an den Schönheiten der Welt – wie soll ich's nennen? –, nun als er gleichsam verklärt war. Darum liebte er größer als viele andere. Und wenn ich's recht überlege, er war wahrlich vor allen Menschen jener Tage am glücklichsten zu preisen. –

Im schönen Lande Flandern, wo die Bäume so aussehen, als lustwandelten sie aller Wege und hätten nichts zu tun, eines Abends im Winter (Wolke diente in einem Feldlazarett als Pfleger) wurde er, da infolge eines gefährlichen Einbruchs des Gegners Not am Mann war, ausgeschickt, um Verwundete zu bergen. Das gehörte sonst nicht zum Aufgabenbereich seines Dienstes. Aber der Trupp machte sich sogleich auf und ging mit einer Tragbahre ins Kampfgelände vor, in die Mondkraterlandschaft des Trichterfeldes.

An einem Kanal war es besonders wild hergegangen, und da nun ereignete sich einer jener im Kriege so häufigen Zufälle, wenn es nicht ein Wunder war. Im Kriege hängt ja so oft Heil und Unheil von Sekunden und Millimetern ab.

Ein junger Infanterist hatte gerade über den zugefrorenen Kanal laufen wollen, um an der gegenüberliegenden Böschung in Deckung zu gehen. Dabei hatte es ihn erwischt. Es. Das kurze Wörtlein Es, das an so vielem schuld ist in der Welt. Es hatte ihm das linke Bein zerschmettert, nur darum, weil das Bein gerade, als eine Kugel, ein kleines Stückchen Metall von der Dicke eines Bleistifts und noch nicht so lang wie mein kleiner Finger, daherpfiff, sich für den Bruchteil einer Sekunde ausgerechnet an dieser Stelle des unendlichen Weltenraumes befand. Eine Sekunde vorher oder nachher, eine Handbreit rechts oder links und es wäre ihm, für diesmal, nichts geschehen.

Da lag er nun und schrie: Sanitäter, Sanitäter! Aber da niemand kam, um ihm fortzuhelfen, wurde ihm angst, und er versuchte, übers Eis zurückzukriechen.

Das Eis war dünn. Er brach ein. Er glitt ins Wasser und kam unters Eis.

Er wäre rettungslos verloren gewesen, er wäre elendiglich ertrunken, wäre nicht im letzten Augenblick, gerade noch zur rechten Zeit und wie von oben gelenkt, Wolke dazugekommen. Seiner Lebtage vergaß er nicht, wie unter dem dunklen klaren Glas des Eises das bleiche junge Gesicht mit entsetzten Augen, hilflos, ihn ansah.

Genug, der arme Mensch wurde geborgen, nicht ohne daß Wolke dabei einen Streifschuß am Arm abbekam, der ihm zum Glück nur die Haut ritzte wie mit einem Pfeil. Es sollte ihn wohl erinnern, daß niemand sich ungestraft in die Angelegenheiten des Todes mischen darf.

›Der braucht keinen Arzt mehr‹, sagten die Krankenträger, während Wolke bemüht war, den Bewußtlosen wieder ins Leben zurückzurufen, denn Wolke hatte nur den einen Gedanken: ich habe dich gefunden, du gehörst jetzt mir!

Als der schier Ertrunkene wieder atmete, schwach genug freilich, notdürftig verbunden, geschient und sorgsam in Decken gehüllt war, trugen sie ihn zurück. Es sah wirklich so aus, als ginge es mit ihm dahin.

Es kommt in verzweifelten Fällen außer auf die Kunst des Arztes nicht zuletzt auf die Wachsamkeit des Wärters an, besonders, wenn der Patient von sich aus nichts dazu tut. Man darf ihm einfach keine Zeit zum Sterben lassen. Man muß immer um ihn herum sein.

Man muß dem Tod gleichsam auf die Finger gucken. Das tat Wolke.

Vielleicht kränkte er damit den Tod.

Oft war der junge Soldat am Verlöschen und bat, daß man ihn sterben lasse.

›Du willst also sterben‹, sagte Wolke zu ihm, ›schön. Warum nicht! Nichts ist leichter als das. Aber denkst du es dir nicht vielleicht drüben schöner, als es ist? Wirst du es nicht womöglich bitter bereuen, wenn es zu spät ist? Wenn ich du wäre, ich würde bleiben.‹

Er ließ das verzagte Herz keinen Augenblick zur Ruhe kommen, und was selbst den Ärzten wie ein Wunder erschien, es gelang ihm endlich, den schon Aufgegebenen dem Tod abzujagen und am Leben zu erhalten.

Der Tod, ich kann ihn mir nun einmal nicht anders vorstellen als in menschlicher Gestalt, wich im Zorn von ihm. Es wäre auch wirklich schade um den Jüngling gewesen. Denn er war ein reizender Mensch.

Ich habe schon manchmal darüber nachgedacht, was es heißt, ein reizender Mensch zu sein. Man sagt von einem: er hat zwar diese und jene schlechte Eigenschaft – aber er ist ein reizender Mensch. Oder ein anderer ist vortrefflich, ein tüchtiger Arzt oder Künstler – und außerdem ein ganz reizender Mensch. Es ist wohl ein Göttergeschenk, das einer zusätzlich von oben mitbekommt, ohne Verdienst und Würdigkeit, mühelos. Es ist eine Gabe Gottes, die seine übrigen Vorzüge überglänzt. Es ist seine eigentliche menschliche Natur, bei der man das übrige, Gutes wie Schlimmes, nur so nebenher in Kauf nimmt.

Von solcher Art war Wendelin, Wolkes Schützling. Sie wurden gute Freunde.

Natürlich hatte Wolke der sehr geliebten Freundin über Wendelin ausführlich berichtet und auch ihm erzählte er von Johanna.

Es dauerte freilich Monate, bis der junge Mensch, des Beines verlustig, völlig genas und mit einem Brief seines Lebensretters, darin er ihn angelegentlich Johannas Fürsorge empfahl, in die Heimat zurückkehren konnte.

Ihr werdet es längst erraten haben, was sich nun begibt. ›Liebe ist mitleidslos, sie kennt keine Gnade.‹

Wendelin und Johanna lernen einander kennen und lieben.«

»Logisch«, sagte ingrimmig der Schlosser, obwohl er genau wußte, wie die Anwendung dieses Wortes den Humanisten verdroß. Er setzte sich streitlustig und so heftig im Bette auf, daß die Sprungfedern stöhnten. Aber Pastorius kümmerte sich nicht darum.

»Es hat wohl so sein müssen. Die Liebenden, sie wehren sich eine Weile. Aber sie sind jung. Sie reden die Sprache der Jugend, die köstlicher ist als alle Weisheit.

Wie würdet ihr an Wolkes, wie an der Liebenden Stelle gehandelt haben? Wollt ihr sie verdammen? Seid ihr eurer Tugendhaftigkeit so sicher? Sie konnten ja nichts dafür, daß ihre Herzen füreinander entbrannten. Ja, ja, ich weiß schon, was du tun würdest, Hornissen, du Schrecklicher. Du würdest sie töten, die Ungetreuen. Würde Wolke dadurch glücklicher werden? Sollten sie einander meiden? Ewig würde Mund zu Mund wollen. Und wäre dem Betrogenen damit geholfen?

Wolke, der Gute, ach, wie finster wird es in seiner Seele! Nun hört, was Liebesschmerz über uns vermag! Er, der Friedsame, der Lautere, er, der Weise, er wünscht ihm den Tod, dem Freund, dem er das Leben gerettet hat. Wie schaudert ihm bei dem barbarischen Gedanken, der seiner ganzen Natur fremd sein mußte. Ob er in seinem Genius Trost finden wird? Wer wünschte es ihm nicht! Allein, ich fürchte, er wird es nie ganz verwinden.«

In seinen Aufzeichnungen aus jener Zeit finden sich ein paar Zeilen. Sie lauten:

»Vom Tode verschmäht
staunend erwacht' ich.
Noch einmal zu lieben
vermaß ich mich.
Morgenkühl, mädchenzart,
kamst du zu mir,
dem Abendlichen.
Wie liebt ich dich!
Wie warst du anmutsvoll,
holde Gefährtin,
mir sanft zu Willen!
Ich war dein Knecht. –
Leer liegt das Lager,
wo du schliefest,
in Götterscherben
unser Geheimnis.
Zum Freunde wirst du
nun nimmer kommen.
Ich warte deiner,
wünsch mir den Tod.
Wenn du mich tötest,
will ich dir's danken!
O, wär ich weise!
Ich bin es nicht.«

Die Orgel war schon eine gute Weile verstummt. Aber nun öffnete sich behutsam die Tür, und Schwester Ursula kam herein, um wie allabendlich noch einmal nach uns zu sehen. Wir stellten uns schlafend. Sie ging von Bett zu Bett. Sie ordnete Hubers Decke, die verrutscht war, fühlte Pastorius den Puls, sagte pscht!, als der Schlosser knurrte, verweilte nachdenklich bei dem alten Feldwebel und strich ihm sanft übers Haar. Dann trat sie zu dem Jüngsten, blickte scheu-verlegen um sich, bückte sich zu ihm herab und küßte des Schlafenden Mund.

(um 1948)

Der Jugendfreund

Der Gegenstand einer kleinen Geschichte, die ich seit langem schon schreiben möchte, läßt sich in drei Sätzen sagen: Zwei Kinder, Bruder und Schwester, etwa achtzehn und sechzehn Jahre alt, sind ihrem Vater mit seltener Innigkeit und zärtlichem Vertrauen zugetan. Eines Tages wird dieses schöne Verhältnis in einer beunruhigenden, schmerzlichen Weise auf die Probe gestellt. Ein Jugendfreund des Vaters kommt zu Besuch und erweist sich als ein solches Ekel, daß die Kinder es einfach nicht fassen können – wie »Apoll bei einem Satyr« –, wie diese beiden so grundverschiedenen Männer jemals liebe Freunde gewesen sein sollen und es offenbar noch sind.

Das ist eigentlich alles, was ich im Dünensand in der Sonne liegend vor mich hin fabulierte, angeregt und bewegt durch ein verwandtes eigenes Erlebnis, das mich sehr nahe angeht und das ich nun in zwei jungen Menschen widergespiegelt sah, die mir neulich zu meiner Freude am Strande begegnet und durch ihr anmutendes Wesen besonders aufgefallen waren, Bruder und Schwester, so schien es, auch sie.

Sie gingen untergefaßt, einander zugewandt. An ihren besorgten Gesichtern und an einer gewissen Nachdrücklichkeit ihres Ganges war zu merken, daß sie ernsthafte Dinge zu besprechen hatten, die nicht für fremde Ohren bestimmt waren. Dennoch wollte es der Zufall, daß mir der Wind einen Gesprächsfetzen zutrug, einen aus dem Zusammenhang gerissenen Satz, der mich nachdenklich stimmte, gerade weil er so reizend altklug klang in so jungem Munde. Der Bruder sagte es, wenn es überhaupt Geschwister waren, was ich meiner Geschichte zuliebe für wünschenswert hielt.

Es sprach übrigens für die Annahme, daß sie einander auf jene anziehende Weise ähnelten, welche das Wohlgefallen an jedem von beiden zu steigern pflegt.

Hinterher wunderte ich mich allerdings, daß ich den

Satz überhaupt vernommen hatte, trotz des Meeresrauschens und weil sich beide offensichtlich alle Mühe gaben, nicht gehört zu werden. Der Satz lautete: »Was wissen schon die Kinder von ihren Eltern!«

Bereits mit wacherem Ohr hörte ich auch der Schwester Antwort, die nicht weniger mißtrauisch klang: »Und was wissen Eltern von ihren Kindern?«

Kaum gesagt aber, merkte das Mädchen, was für tiefe Wahrheiten sie ausgesprochen, mußte es lachen – ein richtiges Schusterbubenlachen, wofür ich eine Schwäche habe –, und »wie weise wir doch sind«, fügte sie mit dem Zeigefinger an der Nase mit gerunzelter Stirn ernsthaft hinzu, hob einen Stein auf und warf ihn, ungeschickt, wie Mädchen werfen, ins Meer.

Vor den »Geschwistern« in geraumem Abstand gingen zwei ältere Herren, auf die das eingangs gebrauchte Hamlet-Zitat genau zutraf, und die sich vorzüglich zu meiner geplanten Erzählung eigneten: denn der eine in seiner äußeren Erscheinung, Haltung und Lebensart konnte gut der Vater der Geschwister sein, der andere, verlebt und gedunsen, redete unangenehm laut und aufdringlich auf seinen stilleren Begleiter ein, musterte unverfroren die vorübergehenden Strandgäste, kurz, benahm sich ebenso auffallend, wie jener zurückhaltend war.

Seltsamerweise konnte ich im Gegensatz zu dem, was die netten jungen Leute sagten, obwohl es doch mit leiser Stimme geschah, von dem eitlen Gerede dieses Unsympaths von Jugendfreund keine Silbe verstehen. Ich überlegte mir allen Ernstes, ob es nach den Gesetzen der Akustik möglich wäre, daß der Wind, der mir die Worte zutrug, vielleicht durch eine Art Luftwirbel einen gesprochenen Satz völlig umdrehen könnte, so daß er also unverständlich, gleichsam wie von rückwärts gelesen, bei mir ankäme. Auf dieser verzauberten Insel, dünkt mich, wäre es durchaus möglich.

Man sollte wohl annehmen, daß ich meinem Vorhaben zuliebe alles tat, um alsbald die Bekanntschaft der jungen

Leute, vielleicht auch des »Vaters« zu suchen, die mir freundlicherweise, doch ohne es zu ahnen, für meine kleine Geschichte Modell standen. Jede Art von Zielstrebigkeit und Spekulation würde jedoch ganz und gar nicht zur Natur der Insel passen.

Menschen, die sich ständig etwas vornehmen, die immer etwas erledigen zu müssen meinen, sind hier fehl am Ort. Sie stören. Sie stören den Zufall. Denn hier ist alles so wunderbar zufällig und selbstverständlich.

Auch die Zeit ist hier eine andere als beispielsweise in der Stadt. Eine an städtische Minuten gewöhnte Uhr muß hier natürlich falsch gehen.

Ähnlich ist es mit den Stimmen. Ich habe mich früher oft gewundert, mit wie wenig Stimmaufwand Seeleute sprechen und trotz des tosenden Meeres doch mühelos verstanden werden, als sprächen sie durch die Lücken des Sturmes.

Aber hier auf der Insel wundert einen nichts mehr.

Um es gleich zu sagen: ich habe die sympathischen Geschwister nicht kennengelernt, aber noch oft gesehen – ich liebe solche Sehbekanntschaften – ringtennisspielend am Strand, Hand in Hand in die Wellen laufend, zu zweit und zu dritt. Denn ein junger Kavalier hat sich ihnen zugesellt, und ich bin fest entschlossen, ihn auch in meine Erzählung »Der Jugendfreund« hereinzunehmen.

Die Geschwister, wenn es Geschwister sind und nicht am Ende Liebende, sind andere Naturen als ihr Gefährte. Ich war Zeuge ihrer ersten Begegnung. Der junge Mann in der gelben Badehose, der einzigen von dieser Farbe am Strand, schien es auf diese Begegnung anzulegen.

Ich konnte es von meiner »Loge« gut beobachten. Ich lag bäuchlings, das Kinn auf den verschränkten Armen ruhen lassend, in meiner Sandkuhle (die jetzt bereits als mein angestammter Platz respektiert wird) und blickte auf das Theater des Strandes hinunter. Von links traten die Geschwister, von rechts der in mühsamer Nichtstuerei tadellos gebräunte Jüngling auf. Aber er kam nicht wie ein gewöhnlicher Sterblicher zu Fuß des Weges. Er ging auf den Händen.

Die Geschwister blieben stehen, und das Mädchen, an des Bruders Schulter lehnend, machte offenbar eine lustige Bemerkung. Der behende Akrobat stellte sich nun mit einem Überschlag auf die Füße und antwortete, indem er die wohlbekannten Gesten eines Artisten nachahmte, der nach einem gefährlichen Akt für den Beifall dankt. Ich konnte nicht verstehen, was geredet wurde, aber es mochte dem Sinn nach etwa so gelautet haben: Wenn die ganze Welt auf den Kopf gestellt sei, halte er dies für die angemessene Art, um sich fortzubewegen.

Ohne Zweifel fanden die jungen Leute Gefallen aneinander. Sie schlenderten fortan selbdritt den Strand entlang.

Anderntags schon gab der gewandte Jüngling den Geschwistern Unterricht im »Auf-den-Händen-Gehen«. Er gab sich dabei redlich Mühe, mit Nachsicht und Geduld, aber ohne großen Erfolg. In vielen Strandburgen folgte man dem Beispiel, und man sah viel purzelnde Kinder und Erwachsene in diesen Tagen am Strand.

Über ein paar Regentagen, die ich zum Schreiben benutzte, geriet die Mode jedoch rasch wieder in Vergessenheit. Ich schrieb inzwischen an meiner Geschichte, bis hierher, und zerriß das Geschriebene wieder.

Man müßte anders verfahren, dachte ich bei mir, nicht so ins Blaue und aufs Geratewohl. Aber wie? Natürlich weiß ich schon ungefähr, was ich erzählen möchte und was ich damit sagen will, aber zuweilen ertappe ich mich dabei, daß es mir vollauf genügt, eine Geschichte mir nur so durch den Kopf gehen zu lassen. (Wobei mir bereits Zweifel kommen, ob es wirklich nur der Kopf ist, durch den sie geht.) Also ohne mir weiter die Mühe zu machen, sie Wort bei Wort aufzuzeichnen, als habe sie bereits ihren Daseinszweck erfüllt.

Lassen wir es einmal dahingestellt sein, ob sich die Geschichte von dem honetten Vater und den durch die Dazwischenkunft des unerfreulichen Jugendfreundes an ihrem Vater irre werdenden Kindern wirklich zugetragen hat, was durchaus möglich, ja sogar höchst wahrscheinlich ist – denn ich glaube nicht, daß der Mensch sich irgend etwas vorzustellen oder auszudenken vermag, was nicht auch sein könnte, und nehmen wir an, ich hätte es mir nur so ausgedacht, es erfunden, fabuliert, so ist es doch, für mich wenigstens, so gut wie geschehen. Es hat sich zugetragen, hat sich abgespielt. Aber wo?

Es ist mir, als ob ich selbst dabeigewesen wäre, zuschauenderweise und nicht, als ob es mir jemand erzählt hätte. Oder wie man einen Propheten abschildert, ein Buch auf den Knien, die Feder in der Hand, und einen Engel oder Genius hinter ihm, der es ihm zuspricht und dem er angestrengt lauscht. Er braucht es nur mitzuschreiben, was ihm eingesagt wird. Wo aber, frage ich wieder, hat sich meine Geschichte ereignet, in meinem Innern, in meinem Gehirn, oder habe ich sie geträumt? Geschah es nur in mir, oder muß ich nicht vielmehr auch »außer mir« gewesen sein, in den Gestalten nämlich, in dem von Bruder und Schwester vergötterten Vater, aber zugleich auch in dem peinlichen Jugendfreund, der plötzlich angereist kommt und Verwirrung in den jungen Gemütern anrichtet? In ein paar Minuten läuft das Geschehen gedanklich ab, das in Wirklichkeit Tage währte und Jahre voraussetzt, Lebensschicksale vieler Menschen, Empfindungen, Dinge, Landschaften, Nebensächlichkeiten, die aber doch alle, will man der Wahrheit die Ehre geben, sichtbar werden müßten, daß, wenn man danach zeichnen wollte, keine weißen Stellen blieben. Es dürfte nichts ungenau bleiben, nichts ausgelassen werden.

Gleichzeitig nehme ich aber auch mit allen Sinnen wahr, was in Wirklichkeit um mich herum geschieht. Ich lebe zwei Leben, ja viele Leben zugleich. Also müßte ich beides gleichzeitig beschreiben. Auch den Taschenkrebs, der seitwärts laufend meinen Weg kreuzt und verzweifelte Anstalten macht, mich mit seinen Scheren zu zwicken, dürfte ich ebensowenig weglassen wie das Spiel der fischenden Seeschwalben, die sich kopfüber in die Wellen plumpsen lassen, darin für einen Augenblick verschwinden (währenddessen sie vermutlich eine Krabbe schnappen), wieder zum Vorschein kommen und zu dem Schwarm in der Luft zurückkehren, während ich gleichzeitig Bruder und Schwester vor mir sehe mit traurigen Gesichtern. Ganz deutlich meine ich sie zu sehen. Aber nicht von einem festen Blickpunkt aus, sondern allseitig. Ich sehe sie leibhaftig, denke, was sie denken, und das heißt doch nichts anderes, als daß ich zugleich in ihnen, in ihrer Empfindung bin.

Ich fürchte, es geht nun dem Leser, wie es mir bei manchen Büchern geht. Ich kann sie nicht lesen, oder sie lesen mich nicht wieder. Bei diesen Büchern oder Schriftstellern geht es mir so, daß ich schließlich nur Buchstaben lese, Wortornamente, Sätze, unbezweifelbar in deutscher Sprache verfaßt, und natürlich verstehe ich: »ist« und »und« und »bin« und »habe«, »der«, »die«, »das« – aber das ist beinahe auch alles. Es stellt sich kein Bild dabei ein, es sagt mir nichts. Was heißt das: Er lächelte? Wie ungenau ist das. Es gibt so viele Arten des Lächelns. Welches ist gemeint? Ich habe es einmal bei mir selber untersucht, was solche Feststellungen zum Beispiel eines Lächelns bedeuten. Sehr häufig nicht das geringste. Es sind Floskeln, Verlegenheitsfüllsel. Was könnte er (oder sie) jetzt tun? Lächeln. Gut, lassen wir sie lächeln. Ich wette, wenn es irgendwo heißt: sie schwieg, dann ist mir bloß nichts Rechtes eingefallen, was sie jetzt sagen könnte.

Kurz, ich konnte mit meiner Geschichte vom Jugendfreund nicht recht vorankommen. Was ich mir am wenigsten gewünscht hatte, trat in dieser selbstquälerischen Krise ein. Ich machte die Bekanntschaft jenes verlebten, unangenehmen älteren Herrn, dem ich leichtfertigerweise die Rolle des Jugendfreundes zugedacht hatte. Ich konnte es nicht verhindern. Er schien es darauf abgesehen zu haben, der Reihe nach jeden Badegast kennenzulernen. Vor allem Frauen und Mädchen, über die er sich ungefragt sofort in seiner eitlen und taktlosen Art zu äußern begann. Es fehlte ihm jedes Gefühl dafür, wie unsympathisch er war, im Gegenteil, er schien sich für einen verfluchten Kerl zu halten, für einen Don Juan, katexochen, der Mühe hat, sich der Zudringlichkeiten der »Weiber« zu erwehren. Er machte einen ziemlich heruntergekommenen Eindruck und genierte sich nicht, mir in den ersten Minuten wörtlich zu versichern, er habe einst bessere Zeiten gesehen.

Von damals trug er einen schönen Ring, und seine – ich habe leider einen Blick dafür – vermutlich schon in seiner Jugend vernachlässigten Zähne waren mit Gold gefüllt, was er sich bei späteren Schäden wohl nicht mehr hatte leisten können. Er lachte übrigens gern, was er besser nicht hätte tun sollen. Durch seine ungesunde Gesichtsfarbe machte er einen kränklichen Eindruck. Er war übrigens nicht ungebildet, aber schrecklich oberflächlich.

Er besuchte mich in meiner »Loge« am Dünenkamm und hätte mir fast die Freude an diesem Ort verdorben, so widerwärtig war er mir. Es entsetzte mich, als er, der in seiner Jugend vielleicht ganz gut gewachsen gewesen, dann wohl fett und nun wieder mager geworden war, lediglich um ein paar vorübergehenden Badegästen Eindruck zu machen, wie jener Akrobat, den Handstand machte. Seine Haut schien dabei Falten zu werfen, und sein Gesicht wurde beängstigend blau. Und wenn es ihm auch erstaunlicherweise doch gelang, recht geschickt auf den Händen zu gehen, so war der Anblick mehr bejammernswert als imponierend.

Aber er war durchaus, was ich suchte. Den vermeintlichen Vater der Geschwister (er hatte mit ihren gar nichts zu tun) kannte der Unsympath nicht länger als mich. Von einer Jugendfreundschaft zwischen den beiden Badegästen war keine Rede. Doch sich vorzustellen, er wäre als der beste Jugendfreund des von seinen Kindern so innig geliebten Vaters, wie es meine Geschichte will, zu Besuch ins Haus gekommen, so müßten sie freilich erschrecken und sich über den Geschmack ihres Vaters sehr verwundern.

Er hatte sich vermutlich durch einen Brief angekündigt oder telegraphiert. Der Vater hatte hocherfreut, doch nach seiner gemessenen Art eher ruhig und freundlich von der Ankunft Mitteilung gemacht und war wohl zur Bahn gegangen, ihn abzuholen. Die alten Freunde hatten sich ziemlich lange nicht gesehen. Sie umarmten einander herzlichst (wie die Geschwister, die, was sie besser unterlassen hätten, aus einiger Entfernung dem Wiedersehen beiwohnten, mit zwiespältigen Empfindungen feststellten) und gingen Arm in Arm in vertrautem Gespräch vor den Kindern her, die den ziemlich schäbigen, aber mit vielen bunten Hotelmarken beklebten Koffer im Handwagen nach Hause zogen.

Der Vater hatte sie dem Jugendfreund vorgestellt. Schon ihr erster Eindruck war erschütternd, vor allem weil der »Onkel« die Schwester und den Bruder auf unverschämte Art musterte und tätschelte, wobei er bemerkte, daß *sie* ganz die Mutter und *er* ganz der Vater sei, was übrigens stimmte.

Sie wußten es längst und freuten sich darüber. Der Sohn wünschte sich nichts mehr, als künftig wie sein Vater zu sein und auszusehen, der ja wirklich eine erfreuliche Erscheinung war in seiner liebenswürdigen Unbekümmertheit, seiner Wahrhaftigkeit (auch gegen sich selbst), seiner Verläßlichkeit und dem völligen Mangel an Selbstgefälligkeit. Er schien es gar nicht zu wissen, wie er war, oder es selbstverständlich zu finden, so zu sein.

Es gibt schreckliche Väter (und wohl am schlimmsten muß es für einen Sohn sein, einen dummen Vater zu haben). Das wußten die Geschwister, aber auch, daß ihr Vater in jeder Beziehung eine wunderbare Ausnahme bildete. Sie lebten mit ihm allein seit dem frühen Tod der Mutter, an die sie sich selber kaum erinnerten. Sie kannten sie nur von Erzählungen des Vaters und von reizenden Bildern, nach denen sie in der Tat kaum anders ausgesehen hatte als die Tochter, die sich dieser Ähnlichkeit durchaus bewußt war, als erlebe sie an sich die Kindheit ihrer Mutter noch einmal, und der Bruder fühlte es nicht anders, als daß jene eben jetzt seine Schwester geworden sei.

Wie es in unsern Tagen Brauch wurde, nannten sie ihren Vater beim Vornamen, also wie einen älteren Bruder oder einen Freund, scherzhaft-feierlich: Timotheus. Sie fanden es nirgendwo schöner als zu Hause. Sie fanden nicht nur, daß ihr Vater »sehr gut aussah«, einen »fabelhaften Kopf« und »Stil« hatte, sondern auch, daß man sich mit ihm nie langweilte.

Und nun kam dieses Ekel von Jugendfreund. Merkte es ihr Timotheus denn nicht, wie wenig sie zusammenpaßten? Sie waren sicher fast gleichaltrig, aber – der Bruder sagte es in komischer Übertreibung –, Timotheus könnte leicht jenes früh gealterten Roués Sohn sein. Er sagte es, während sie ein paar Tage später zwischen den Beerensträuchern im Garten standen. Sie sprachen gedämpft, wie jene Geschwister am Strande es getan hatten, und blickten scheu zu den Fenstern des kleinen Hauses und auch ein wenig schuldbewußt in ihrer Treulosigkeit gegen Timotheus. Doch vergaßen sie dabei nicht, von den Beeren zu essen, den schwarzen und roten und weißen sonnenwarmen Johannisbeeren, auch von den schlechtrasierten Stachelbeeren, die borstigen Schweinchen glichen. Die Geschwister taten es unlustig, nur so nebenbei, weil ja jetzt doch alles gleich war, äsend wie junges Wild, planlos, nachlässig. Auch Monatserdbeeren gab es, und der Bruder hielt eine Handvoll davon seiner Schwester hin. »Da«, sagte er unzärtlich. Sie aß sie mit dem Mund von seiner flachen Hand, wie ein Pferd den Zucker. Nun mußte der Bruder doch lachen ob des komischen, schaudernden Gefühls aus Lippenzartheit, kühler Nasenspitze und Feuchte des Atems.

Hier müßte ich nun einschalten, daß ich während dieser melancholisch-schmackhaften Vision nichts sah als den Himmel und Sand, wenn ich die Augen öffnete. Wenn ich sie geschlossen hielt, dann sah ich feuriges Rot. Ich spürte, wie ich braun wurde.

Gleichzeitig aber sprang ein Freund der Geschwister, dem vorerwähnten, auf den Händen laufenden jungen Mann zum Verwechseln ähnlich, mit einer Flanke über den Zaun, ein reizender Bursch, der gern lachte und es sich auch leisten konnte, obwohl er sich, was sein Äußeres betraf, gern ein wenig gehenließ und es nach Bubenart zuweilen vergaß, seine sympathischen Zähne zu pflegen. Aber noch waren sie gesund.

Die Geschwister freuten sich über sein Kommen und sein lustiges Schwadronieren, bei dem man nur die Hälfte glauben durfte. Ferdinand hatte unverschämt schöne Augen, die mich übrigens an jemanden erinnerten, an das alte Ekel nämlich. Denn wenn mich etwas mit dessen abstoßender Persönlichkeit hätte aussöhnen können, dann waren es diese Augen. Sie hatten »etwas«, obwohl es Säuferaugen waren, sie hatten zuweilen einen Zauber, wie die des Freundes der Geschwister.

Sie kannten keine Geheimnisse vor ihm, und während die alten Schulfreunde im Hause bei einer Flasche Bordeaux sich viel zu erzählen hatten, besprachen die Jungen die mißliche Lage.

»Was wissen die Kinder von ihren Eltern?« sagte Ferdinand, Bruder und Schwester den Arm um die Schultern legend. »Es geht uns ja vielleicht auch gar nichts an, was der Vater beispielsweise für ein Vorleben hatte, als er noch Junggeselle war, und es mag da Fälle galanter Natur geben, wo es gut ist, nichts zu wissen.« Es konnte einem recht unbehaglich werden, wenn man den Gedanken durchdachte. Übrigens hatte der Vater, daran erinnerten sie sich jetzt, oft und unbefangen von seinem besten

Freund erzählt und was er ihm zu danken habe, die Freude an der Musik vor allem und an Literatur. »Vielleicht«, sagte der Freund der Geschwister, »vielleicht war er anders, als er, nun – als er so alt war wie ich und ihr.« Er sagte es mit einem schwermütigen Ton in der Stimme, um sogleich in sein herzliches und etwas leichtfertiges Lachen auszubrechen. »Ich möchte den alten Sünder doch gern kennenlernen«, fügte er hinzu.

Beim Abendessen verstärkte sich noch der schlechte Eindruck, den die Kinder von Timotheus' Freund bekommen hatten. Nicht nur, daß er unmanierlich aß, schmatzte, mit vollem Munde redete und bald mit der Gabel, bald mit dem Messer deutete und das Gesprochene unterstrich, auch *was* er sagte, gefiel ihnen gar nicht.

Die Zuneigung zwischen Menschen, so führte er in seiner selbstgefälligen Weise aus, die Liebe, über die es so viele ebenso begeisterte wie verlogene Zeugnisse der Dichter gäbe, sei rein animalischer Natur. Ein Duft sei es, der einen anlocke oder abstoße, ob wir wollten oder nicht. »Einander gern riechen« sei das Wort für lieben, bei irgendeinem wilden Völkerstamm, »jemanden nicht riechen können« sagten auch wir. Daher, schloß er grinsend, gäbe es so komische Ehepaare, die für den Außenstehenden scheinbar nicht zusammenpaßten, aber die sich halt gern röchen!

Die Geschwister verabschiedeten sich unhöflich bald mit eisiger Artigkeit von dem ungebetenen Besuch und sagten auch, doch weniger herzlich als sonst, dem Timotheus gute Nacht.

Als sie noch das Ereignis gründlich und mit dem Versuch, gerecht zu sein, wie schon so oft, noch einmal untersuchten und ihrer Eifersucht gedachten, kam der Vater zu ihnen herein, ein Photoalbum unter dem Arm. »Ich dachte, es wird euch vielleicht interessieren«, sagte er, küßte sie auf den Scheitel und ging wieder.

Natürlich hatte er es gemerkt, daß die Kinder seinen

Freund ablehnten. Sie wurden beide rot. Sie merkten, daß das Vertrauen erst da beginnen sollte, wo man meint, Anlaß zu haben, es enttäuscht zu sehen.

Nun saßen sie nebeneinander in ihren Schlafanzügen und besahen das Album. Sie kannten es schon, aber früher hatten sie nur die Kinderbilder der Eltern betrachtet und sich selber darin erkannt. Sie konnten es wirklich selber sein, bis auf die komische, altmodische Kleidung. Möglicherweise würden ihre Kinder dereinst die Mode von heute auch für wunderlich oder altmodisch halten. Die Photographien, die ihren vortrefflichen Timotheus als Lehrling darstellten, einen brav aussehenden, etwas zarten, ja fast dümmlichen Buben, liebten sie besonders, und da war ja auch – sie stutzten beide und sahen sich an, weil sie wußten, daß sie dasselbe dachten –, da war auch Ferdinand, ihr Freund, den sie liebten. Er konnte es wenigstens beinahe sein, dieser bildhübsche kleine Kerl, mit den unverschämt schönen Augen und dem leichtfertigen Mund, geschmackvoll, aber etwas salopp gekleidet. So also hatte der verlebte, taktlose Freund ihres Timotheus als Bub ausgesehen. Wie mußte ihrem Vater zumute sein, da er ihn so verwandelt wiederfand? Vielleicht hatte Timotheus jenem, als er jung war, nachgeeifert und wurde das, was jener hätte werden können? Und wurde es nicht, weil ihm alles so herrlich leichtfiel und weil ihn alle so gern hatten?

*

Warum machte ich mir etwas vor, warum habe ich mich gescheut, mein eigenes Erlebnis zu schildern, die Freuden der Freundschaft und ihr Sterben? Ich fürchtete mich vor dem Schmerz, diesem ganz besonderen, es wahrhaben zu müssen, daß aus einem im Entwurf so liebenswürdigen Fohlen ein so unfreundlicher alter Gaul werden kann? Einst als reizend empfundene Fehler wurden zu Unarten, als sie alterten.

Man konnte es ganz gut auf den Bildern der verschiedenen Lebensalter verfolgen. Ließ nicht Glanz und Fülle des Haares nach? Es fing an, dünn und stumpf zu werden. Der leichtfertig verliebte Mund wird lüstern und gewöhnlich, die Zähne werden dunkel und schadhaft, das Feuer der Augen erlischt. –

Bei näherem Zusehen fanden die Geschwister die nachdenkliche Ähnlichkeit der Jugendbilder mit ihrem jungen Freund gar nicht sehr groß, aber jedenfalls konnten sie des kleinen Timotheus' Zugetanheit für seinen anziehenden Freund nachfühlen.

Wie werden wir einmal später sein? Und wie der jetzt so liebenswürdige Ferdinand? Nur ungern pflichteten sie der beim Nachtessen gehörten Theorie bei von der sympathischen Umluft, wie sie Ferdinand mitbrachte. –

Anderntags, ehe der Jugendfreund abreiste, es schien fast, als habe er gefühlt, welche Verwirrung er mit seinem Erscheinen angerichtet hatte, fand die erbetene Begegnung zwischen ihm und Ferdinand statt. Beinahe vertraulich betrachteten sie einander, sich erkennend, der eine den andern als den, der er nicht war, der andere den einen als den, der er werden konnte.

Durch einen Zufall hörten die Geschwister, die sich sehr Mühe gaben, doch noch ein wenig nett zu des Timotheus' Jugendfreund zu sein, einen Gesprächsfetzen: »Ich weiß nicht, ich weiß nicht, aber ich glaube, ich gefalle deinen Kindern, scheint es, gar nicht, was mir leid tut, sehr leid.«

Die Geschwister fuhren den Koffer mit den vielen Hotelmarken aus Ostende, Rapallo, Budapest, Lugano zum Bahnhof. Die alten Freunde umarmten sich zum Abschied so herzlich wie beim Wiedersehen und schüttelten sich noch durch das Fenster die Hände, als der Zug schon im Fahren war.

Ohne es verabredet zu haben, zogen Bruder und Schwester ihre Taschentücher und winkten dem Jugendfreund nach.

Er sah es. *(1950)*

QUELLENNACHWEISE

Tommaso Cavalieri: Erstdruck in »Münchner Neueste Nachrichten« vom 2. 8. 1925. Aufgenommen in den Novellenband »Die portugalesische Schlacht«, R. Piper & Co., Verlag, München 1930 und in »Die schönsten Erzählungen«, Zweiter Band, Suhrkamp Verlag, Frankfurt am Main 1981.

Etienne und Luise: Erstdruck in »Vossische Zeitung«, Berlin vom 7. 6. 1929. Diese Urfassung der Novelle in »Reclams Universalbibliothek« als Bändchen Nr. 7010, Philipp Reclam jun., Leipzig 1929. Neue Fassung ebenda 1930. Diese Fassung aufgenommen in »Süße Bitternis«, Band 2 der »Gesammelten Schriften in Einzelbänden«, Suhrkamp Verlag, Frankfurt am Main 1951. Nach Autorenkorrekturen erweiterte Urfassung in »Die schönsten Erzählungen«, Vierter Band, Suhrkamp Verlag, Frankfurt am Main 1981. Diese Fassung wurde in die hier vorliegende Ausgabe übernommen.

Die portugalesische Schlacht: Entstanden 1930 nach dem gleichnamigen Bühnenstück und aufgenommen in den Novellenband »Die portugalesische Schlacht«, R. Piper & Co., Verlag, München 1930 und in »Die schönsten Erzählungen«, Zweiter Band, Suhrkamp Verlag, Frankfurt am Main 1981.

Der Narrenball: Bisher unveröffentlichte Erzählung, entstanden 1931.

Das Stilleben: Erstdruck in »Vossische Zeitung«, Berlin vom 16. 9. 1931. Hier erstmals in Buchform.

Die Liebende: Fragment. Entstanden um 1938. Erstdruck in »Die Liebende und andere Prosa aus dem Nachlaß«, Suhrkamp Verlag, Frankfurt am Main 1958.

Süße Bitternis: Erstdruck in »Die Neue Rundschau«, Berlin vom Juli 1938. Aufgenommen in »Süße Bitternis«, Band 2 der »Gesammelten Schriften in Einzelbänden«, Suhrkamp Verlag, Frankfurt am Main 1951 und in »Die schönsten Erzählungen«, Dritter Band, ebenda 1981.

Korporal Mombour: Erstdruck in »Die Neue Rundschau«, Berlin vom November 1940. Als Bändchen, S. Fischer Verlag, Berlin 1941. Frontbuchausgabe, City-Trykkeriet, Oslo 1943. Aufgenommen in »Süße Bitternis«, Band 2 der »Gesammelten Schriften in Einzelbänden«, Suhrkamp Verlag, Frankfurt am Main 1951. Lizenzausgabe in »Reclams Universalbibliothek« als Bändchen 8217, Reclam Stuttgart 1958. In »Die schönsten Erzählungen«, Dritter Band, Frankfurt 1981.

Das goldene Schlüsselchen: Bisher unveröffentlichte Erzählung, entstanden um 1946.

Mit Kindesaugen: Erstdruck in »Deutsche Beiträge«, München Heft 1, 1946. Aufgenommen in »Süße Bitternis«, Band 2 der »Gesammelten Schriften in Einzelbänden, Suhrkamp Verlag, Frankfurt am Main 1951. In »Reclams Universalbibliothek« im Bändchen 8217, Reclam Stuttgart 1958. In »Die schönsten Erzählungen«, Zweiter Band, Frankfurt am Main 1981.

Die Sense: Erstdruck in »Neue Zeitung«, München in drei Teilen, am 11. 3., 15. 3. und 18. 3. 1946. Aufgenommen in das Bändchen »Tröstung«, Suhrkamp Verlag, Berlin 1946. Übernommen in »Süße Bitternis«, Band 2 der »Gesammelten Schriften in Einzelbänden«, Suhrkamp Verlag, Frankfurt am Main 1951. In »Reclams Universalbibliothek« im Bändchen 8217, Reclam Stuttgart 1958. In »Die schönsten Erzählungen«, Dritter Band, Frankfurt am Main 1981.

Floris: Erstdruck in »Karussell« (Halbmonatszeitschrift der »Hessischen Nachrichten«), Kassel 1946. Aufgenommen in »Süße Bitternis«, Band 2 der »Gesammelten Schriften in Einzelbänden«, Suhrkamp Verlag, Frankfurt am Main 1951.

Olifant: Erstdruck in »Deutsche Beiträge«, München Heft 4, 1947. Aufgenommen in »Süße Bitternis«, Band 2 der »Gesammelten Schriften in Einzelbänden«, Suhrkamp Verlag, Frankfurt am Main 1951 und in »Die schönsten Erzählungen«, Dritter Band, ebenda 1981.

Der Delphin: Erstdruck in »Deutsche Beiträge«, München 1948. Aufgenommen in »Süße Bitternis«, Band 2 der »Gesammelten Schriften in Einzelbänden«, Suhrkamp Verlag, Frankfurt am Main 1951 und in »Die schönsten Erzählungen, Dritter Band, ebenda 1981.

Die Perle: Entstanden 1948. Erstdruck in »Die Erzählung«, Konstanz 1949. Aufgenommen in »Süße Bitternis«, Band 2 der »Gesammelten Schriften in Einzelbänden«, Suhrkamp Verlag, Frankfurt am Main 1951 und in »Die schönsten Erzählungen«, Vierter Band, ebenda 1981.

Schmerzenstag: Entstanden um 1948. Erstdruck in »Die Liebende und andere Prosa aus dem Nachlaß«, Suhrkamp Verlag, Frankfurt am Main 1958.

Der Jugendfreund: Erstdruck in »Die Erzählung«, Konstanz vom Juli 1950. Hier erstmals in Buchform.

Hermann Hesse
125. Geburtstag 2002

Das Jubiläumsprogramm
im Suhrkamp und im Insel Verlag

Blick nach dem Fernen Osten. Erzählungen, Legenden, Gedichte und Betrachtungen. Herausgegeben von Volker Michels. 486 Seiten. Gebunden

Die schönsten Erzählungen. Zusammengestellt von Volker Michels. 464 Seiten. Gebunden

Das Glasperlenspiel. Versuch einer Lebensbeschreibung des Magister Ludi Josef Knecht. 576 Seiten. Gebunden

Hermann Hesse als Maler. Vierundvierzig Aquarelle. Ausgewählt von Bruno Hesse und Sandor Kuthy. Mit Texten von Hermann Hesse und einem Essay von Volker Michels.
136 Seiten. Gebunden

Hermann Hesses Indienreise. Eine Moritat. Bebildert und in Verse gebracht von Otto Blümel. Mit einem Nachwort von Volker Michels. Großdruck. it 2430. 90 Seiten

Schmetterlinge. Betrachtungen, Erzählungen, Gedichte. Zusammengestellt von Volker Michels. Mit farbigen Illustrationen. Großdruck. it 2424. 160 Seiten

Stufen des Lebens. Briefe. Ausgewählt und mit einem Nachwort versehen von Siegfried Unseld. IB 1231. 96 Seiten

Tessiner Bilderbuch. Mit 28 mehrfarbig aquarellierten Federzeichnungen. Mit einem Nachwort von Rätus Luck.
88 Seiten. Leinen

NF 423/1/1.02

Hermann Hesse
im Suhrkamp und im Insel Verlag
Eine Auswahl

Hermann Hesse Lesebücher
Zusammengestellt von Volker Michels

Blick nach dem Fernen Osten. Erzählungen, Legenden, Gedichte und Betrachtungen. Herausgegeben von Volker Michels. 486 Seiten. Gebunden

Eigensinn macht Spaß. Individuation und Anpassung. 204 Seiten. Gebunden

Die Einheit hinter den Gegensätzen. Religionen und Mythen. 207 Seiten. Gebunden

Das Leben bestehen. Krisis und Wandlung. 208 Seiten. Gebunden

Jedem Anfang wohnt ein Zauber inne. Lebensstufen. 207 Seiten. Gebunden

Mit dem Erstaunen fängt es an. Herkunft und Heimat. Natur und Kunst. 206 Seiten. Gebunden

Wer lieben kann, ist glücklich. Über die Liebe. 223 Seiten. Gebunden

Das Lied des Lebens. Die schönsten Gedichte. 240 Seiten. Gebunden

NF 212/1/1.02

Biographien

Hugo Ball. Hermann Hesse. Sein Leben und sein Werk. st 385. 194 Seiten

Ralph Freedman. Hermann Hesse. Autor der Krisis. Eine Biographie. Übersetzt von Ursula Michels-Wenz. st 3088. 540 Seiten

Hermann Hesse. Sein Leben in Bildern und Texten. Herausgegeben von Volker Michels. Vorwort Hans Mayer. Gestaltet von Willy Fleckhaus. Autoren-Bildband. st 3218 und it 1111. 365 Seiten

Hermann Hesse. Schauplätze seines Lebens. Mit zahlreichen Fotografien. Herausgegeben von Herbert Schnierle-Lutz. it 1964. 365 Seiten

Marie Hesse. Ein Lebensbild in Briefen und Tagebüchern. Mit einem Essay von Siegfried Greiner. Lithographien von Gunter Böhmer. it 261. 261 Seiten

Gisela Kleine. Zwischen Welt und Zaubergarten. Ninon und Hermann Hesse. Ein Leben im Dialog. Mit Fotografien. st 1384. 643 Seiten

Volker Michels. Hermann Hesse. Leben und Werk im Bild. Mit dem »kurzgefaßten Lebenslauf« von Hermann Hesse. it 36. 235 Seiten

Theodore Ziolkowski. Der Schriftsteller Hermann Hesse. Wertung und Neubewertung. Übersetzt von Ursula Michels-Wenz. 271 Seiten. Gebunden

NF 212/2/1.02

Über Hermann Hesse

Über Hermann Hesse. Erster Band (1904-1962). Herausgegeben von Volker Michels. st 331. 473 Seiten

Über Hermann Hesse. Zweiter Band (1963-1977). Herausgegeben von Volker Michels. st 332. 523 Seiten

Hermann Hesse in Augenzeugenberichten. Herausgegeben von Volker Michels. st 1865. 553 Seiten

Hermann Hesses Indienreise. Eine Moritat. Bebildert und in Verse gebracht von Otto Blümel. Mit einem Nachwort von Volker Michels. Großdruck. it 2430. 90 Seiten

Eugen Drewermann. Das Individuelle gegen das Normierte verteidigen. Zwei Aufsätze zu Hermann Hesse. Mit einem Nachwort von Volker Michels. st 2458. 90 Seiten

Siegfried Unseld. Begegnungen mit Hermann Hesse. st 218. 268 Seiten

Siegfried Unseld. Hermann Hesse. Werk und Wirkungsgeschichte. Mit zahlreichen Abbildungen. it 1112. 414 Seiten

Briefwechsel

Ninon Hesse. »Lieber, lieber Vogel«. Briefe an Hermann Hesse. Herausgegeben von Gisela Kleine. Mit Abbildungen. 620 Seiten. Gebunden

Hermann Hesse/Thomas Mann. Briefwechsel. Herausgegeben von Anni Carlsson und Volker Michels. Mit Fotografien und Abbildungen. 380 Seiten. Leinen

NF 212/3/1.02

Hermann Hesse/Peter Suhrkamp. Briefwechsel 1945-1959. Herausgegeben von Siegfried Unseld. 507 Seiten. Leinen

Gedichte

Bäume. Betrachtungen und Gedichte. Mit Fotografien. Ausgewählt von Volker Michels. st 1308. 196 Seiten

Die Gedichte. 1892-1962. Neu eingerichtet und um Gedichte aus dem Nachlaß erweitert von Volker Michels. st 381. 831 Seiten

Schmetterlinge. Betrachtungen, Erzählungen, Gedichte. Zusammengestellt von Volker Michels. Mit farbigen Illustrationen. Großdruck. it 2424. 160 Seiten

Stufen. Ausgewählte Gedichte. BS 342. 239 Seiten

Wolken. Betrachtungen und Gedichte. Mit Bildern von Thomas Schmid. Herausgegeben und Nachwort von Volker Michels. it 2367. 189 Seiten

Hermann Hesse als Maler

Farbe ist Leben. Eine Auswahl seiner schönsten Aquarelle. Vorgestellt von Volker Michels. it 1810. 173 Seiten

Hermann Hesse als Maler. Vierundvierzig Aquarelle. Ausgewählt von Bruno Hesse und Sandor Kuthy. Mit Texten von Hermann Hesse und einem Essay von Volker Michels. 119 Seiten. Leinen

NF 212/4/1.02

Magie der Farben. Aquarelle aus dem Tessin. Mit Betrachtungen und Gedichten. Auswahl und Nachwort von Volker Michels. it 482. 117 Seiten

Tessin. Betrachtungen, Gedichte und Aquarelle des Autors. Herausgegeben und mit einem Nachwort von Volker Michels. 343 Seiten. Leinen

Tessiner Bilderbuch. Mit 28 mehrfarbig aquarellierten Federzeichnungen. Mit einem Nachwort von Rätus Luck. 88 Seiten. Leinen

Hermann Hesse und Italien

Italien. Schilderungen, Tagebücher, Gedichte, Aufsätze, Buchbesprechungen und Erzählungen. Herausgegeben und mit einem Nachwort von Volker Michels. Mit zahlreichen Abbildungen und Fotografien. st 689. 525 Seiten

Mit Hermann Hesse durch Italien. Ein Reisebegleiter durch Oberitalien. Herausgegeben von Volker Michels. it 1120. 215 Seiten

Hermann Hesse im HörVerlag

Hermann Hesse. Der Dichter. Märchen, Erzählungen und Gedichte. MC und CD, Laufzeit ca. 75 Minuten

Mit der Reife wird man immer jünger. Betrachtungen und Gedichte über das Alter. MC und CD, Laufzeit ca. 120 Minuten

Siddhartha. Eine indische Dichtung. Vollständige Lesung. 3 MC und 4 CD, Laufzeit ca. 230 Minuten

NF 212/5/1.02